西南交通大学中文教育教学成果丛书

雏凤新声：青年视域下多维展开的中文世界

主 编 刘玉珺

西南交通大学出版社
·成都·

图书在版编目（CIP）数据

雏凤新声：青年视域下多维展开的中文世界 / 刘玉珺主编. -- 成都：西南交通大学出版社，2024.10.
ISBN 978-7-5774-0119-5

I. I106-53

中国国家版本馆 CIP 数据核字第 2024GQ2091 号

Chufeng Xinsheng: Qingnian Shiyu xia Duowei Zhankai de Zhongwen Shijie
雏凤新声：青年视域下多维展开的中文世界

主　编／刘玉珺	策划编辑／罗俊亮
	责任编辑／居碧娟
	封面设计／GT 工作室

西南交通大学出版社出版发行
（四川省成都市金牛区二环路北一段 111 号西南交通大学创新大厦 21 楼　610031）
营销部电话：028-87600564　　028-87600533
审图号：陕 S（2024）027 号
网址：http://www.xnjdcbs.com
印刷：成都蜀通印务有限责任公司

成品尺寸　170 mm×240 mm
印张　29　　字数　535 千
版次　2024 年 10 月第 1 版　　印次　2024 年 10 月第 1 次

书号　ISBN 978-7-5774-0119-5
定价　148.00 元

图书如有印装质量问题　本社负责退换
版权所有　盗版必究　举报电话：028-87600562

序 言
FOREWORD

  今年是我在西南交通大学中文系任教的第十七年，为中文专业的学生编一部优秀毕业论文集是我长久以来的心愿。我以为，对于一位高校教师来说，不管在科研方面取得多少成就，最高的职业价值和理想终归是体现在学生身上。

  在十多年的本科教学经历中，学校对于本科学位论文指导过程的严格管理，是让我感触颇深的地方，而我也在论文的指导中，时常从学生那里收获身为教师才有的感动和幸福。2007年7月我入职西南交通大学中文系，住在九里校区镜湖畔的扬华斋。当我第一次在陌生的校园里漫步时，发现校园的布告栏里到处都张贴有全校本科生校级答辩的安排，甚至在教师住宅区，也可以看见那一张张红彤彤的大海报。更让我惊讶的是，校长和其他校领导的名字分别出现在各个答辩分委会主席的名单上，这种情况我在此前工作和学习过的高校里还从未遇到过。

  与此形成鲜明对比的是，有不少同在高校任教的朋友表示：有的学生在论文答辩的前几天，甚至是前一天，才联系指导教师；有时一位老师会被要求同时指导十几篇毕业论文，难免顾此失彼。在西南交通大学毕业设计（论文）指导管理规范下，上述情况在中文专业几乎不可能发生。每年大四秋季学期的中期，毕业论文的发题、开题、选题的工作就开始启动，为了保证学生论文的质量，系所会根据师生比规定每位老师指导人数的上限。老师和学生完成了双向选择之后，毕业论文的指导就进入了实质性的阶段。除寒假之外，原则上导师须每周指导学生一次。每位学生都要填写毕业论文指导纪要，把每次提出来的问题、老师的解答都记录在指导纪要上。在还没有通行线上指导时，教务处还曾一度要求指导教师提前上报每周的指导地点和时间，如果被抽查到在相应的时间和地点，教师没有履行职责，又没有正当的理由，就有可能被视作教学事故。春季学期的第7周左右，学校和学院则根据学生的指导纪要和论文初稿进行中期检查，凡是没有通过中期检查的学生，则不能进入下一阶段的学习。在这样一套严格的制度下，老师与学生通常会有非常密切的深度交流，一些优秀的学生所撰写的本科学位论文质量甚至超过了硕士研究生。师生之间往往也在这样频繁的交流中，建立起深厚的情谊。

  这一部论文集收录的八篇论文，是从西南交通大学中文专业最近五年的校级和院级优秀论文中挑选出来的，研究方向依次涉及汉语言文字学、语言学与应用语言学、中国古典文献学、中国古代文学、中国现当代文学、文艺学、世界文学与比较文学。八位作者在完成本科学业之后，除个别选择继续留在本校攻读硕士学位之外，大部分被保送到985名校深造。指导教师均来自本科教学第一线，并分属不同的教研室，也就是说，这部论文集能够在一定层面上体现西南交通大学中文专业本科教学的整体面貌。

　　从西南交通大学中文专业的教学来看，这部论文集反映的绝不仅仅是学生们大四这短短一年的学习状况，也体现了他们四年之内的学术训练和提升。徐蕾、周睿琪从大二开始，就分别跟随指导老师从事大学生创新创业训练计划项目（SRTP）"方言词语调查及数据库建设""康定市普沙绒乡火山村语言生态调查研究"的研究，二人的毕业论文《陕西协助义方位词语研究》《成都市武侯区多民族社区语言景观调查研究》，可以说是已有科研实践的自然延伸，也体现了语言学教研室近年教学改革的成绩。他们协调语言学专业课程教学、田野调查、科研实践、社会服务之间的关系，形成了一套"语言学教学—田野调查—科研实践—社会服务—语言学教学"循环渐进的培养模式；对接交通强国、乡村振兴、脱贫攻坚等重大国家战略工程，依托学校"川藏铁路中长期建设规划方针"，指导学生进行少数民族濒危语言、语言认同、语言生态调查研究；通过田野调查实践，解决语言教学与田野调查、科研脱节的难题；让学生通过体验、合作、探究、实践、创造等情境化学习活动，促进经验转化为知识、技能、能力和价值观。在这样的教学模式下，语言学教研室带领学生数次被评为或入围教育部"推普脱贫攻坚"全国大学生暑期社会实践专项活动团队。

　　西南交通大学中文系的中国古典文献学和中国古代文学专业则积极探索将两古专业理论教学与古籍整理实践相结合的教学模式，在本科的培养方案中加入了古籍整理的暑期实践课程，旨在指导学生将经典著作理论学习中遇到的问题，从古籍整理实践中找到答案，若在古籍整理实践中面临分歧，则回到经典书目中寻找方法。两方面相辅相成，既开拓学生的学术视野，使其通过理论学习掌握历代古籍图书的门类特征和形式要求，为古籍整理实践奠定认知基础，又通过古籍整理实践锻炼学生处理图书文献个案的学术能力，面对不同古籍的实际情况，广泛运用理论知识，找到对应的处理方式。在SRTP的指导中，古籍整理类项目也多次获得省级立项。陈萌萌就曾是大学生创新创业训练计划省级项目"朝鲜燕行录东亚各国文学交流史料的辑录与研究"的主要参与者。在项目的完成过程中，她表现出勤学好思的特点，最后课题小组细致整理了20万字文献资料，撰写了系列有创见的研究论文，以"优秀"的等级结项。这些科研实践开阔了她的学术视野，为毕业论文《越南国图本〈遵补御案易经大全〉的成书、版本与流传研究》的完成打下了坚实的学术基础。

此外，杨盛果《欧阳修、梅尧臣唱和诗歌研究》虽属于旧题新作，但作者立足于文本细读，以总结欧梅诗歌文本特征之异同，对文本整体特征的把握和细节的分析准确到位，语言表达成熟，行文流畅，并无一般学位论文的学生腔，展现了较为优秀的写作能力。黄舜《新诗的戏剧化和小说化》"历史化""语境化"地梳理了新诗"戏剧化"与"小说化"这两个现当代文学史上经常使用却习焉不察的重要概念的来龙去脉，细致入微地辨析了"戏剧化"与"小说化"两者之间的内容分殊，有效规避概念使用时的模棱两可、张冠李戴等问题。赵文豪《论陈映真小说中的忧郁书写（1967—1987）》将文本细读和理论资源、内部研究和外部研究较好地融会起来，同时能够把所研究的对象置于文学史脉络中进行前瞻顾后的比较审视，语言表述理性但不呆板、有学术性又不乏灵动感。王雯珂《德里克·阿特里奇独特性文学观研究》、谢富琼《食物的喜剧：论阿里斯托芬〈和平女神〉〈鸟〉中的食物》二文的共同特点是都体现出作者外文原著阅读能力，谢富琼还在指导教师的引导下，学习了古典拉丁文。从论文内容来看，王雯珂的论文选题较为新颖——德里克·阿特里奇的文论观点是法国当代哲学思潮影响下的产物，国内学术界目前尚无系统的阐发，已有成果大多是比较零散的评述，这篇论文体现出了一定的理论深度和难度。谢富琼则对阿里斯托芬《和平女神》和《鸟》这两部古希腊喜剧中的食物进行详细的数据统计、功能分析和类别划分，梳理出了一个复杂的食物系统，充分阐述了食物在阿里斯托芬两部喜剧中所起到的重要作用和所承载的特殊含义。

按照客观的学术标准，这部论文集仍不免还有可完善、深入之处，对于刚刚开始学术起步的本科生来说，这些论文曾获评"优秀"却并不为过。据我有限的了解，徐蕾、杨盛果于2023年在四川大学完成硕士学业之际，获评四川省优秀毕业生；黄舜则以优异的成绩，留在本校继续攻读博士学位。这让人感到欣慰：这些朝气蓬勃的年轻作者在学业上的优秀具有持续性，得天下英才而教之，这是身为教师的期待和幸福。

刘玉珺
甲辰年春分于西南交通大学犀浦罗河畔

目 录
CONTENTS

陕西协助义方位词语研究 / 徐 蕾 …………………… 001

成都市武侯区多民族社区语言景观调查研究 / 周睿琪 …………………… 058

越南国图本《遵补御案易经大全》的成书、版本与流传研究 / 陈萌萌 …… 141

欧阳修、梅尧臣唱和诗歌研究 / 杨盛果 …………………… 197

新诗的戏剧化和小说化 / 黄 舜 …………………… 250

论陈映真小说中的忧郁书写（1967—1987） / 赵文豪 …………………… 297

德里克·阿特里奇独特性文学观研究 / 王雯珂 …………………… 326

食物的喜剧：论阿里斯托芬《和平女神》《鸟》中的食物 / 谢富琼 ………… 370

陕西协助义方位词语研究

姓　　名：徐　蕾　　指导教师：杨建军

【摘　要】以陕西方志中的方位词语为基础材料，运用地理语言学的理论和方法，对陕西方言的"上首""底下""头里""后岸""外前""黑里""左傍""右岸""这达""兀达""边塄"等15种方位词语进行研究，可以将方位词分为两类：一是将方位词语中具有指明方向作用的"单纯方位词"称为"核心义方位词"（如果表示核心义的是指示代词非方位词，则直接称指示代词），二是将具有协助表示位置意义的方位词称为协助义方位词。

"核心义方位词+协助义方位词"组合形成的方位词共有10种5大类，由于核心义方位词指示方向，但协助义方位词更具有方言特点，研究重点着眼于此。通过观察"协助义方位词""指示代词"和其他5种"方位词语"的地理分布图，溯源结合能力最强的方位词和与特定核心义方位词结合的方位词，确定"边"在东汉完成虚化，"岸"在宋元以后在方言中完成虚化，"头"在唐代已经广泛使用，"首"与"头"高度同源，但存在书面语和口语使用差异；溯源部分方位词和指示代词的音变，"达"的本字为"党"，"旁"和"傍"仅有全浊仄声字的读音差异，"哈"分化出"下"，"里"音变为"徙"，"合""后"二字因混读而具有同义，"那"的音变有两个阶段，第一阶段为"那→兀"，第二阶段为"兀→嗶→外，那→乃"，"这"的音变过程为"制→这→咋"，这些音变的历程都是陕西方言漫长变化的见证。

基于地理分布和历史层次，从历时角度分析结合能力最强的协助义方位词和指示代词后的协助义方位词的扩散过程，拟定二者扩散顺序分别为"头→首→岸→边"和"岸→达→里"，并且这两个方位词系统在"达"产生之前同属于一个系统。

【关键词】地理语言学；方位词语；地理分布；历史层次；扩散过程

教师评语：

论文以陕西方志中的方位词语为基础材料，运用地理语言学的理论和方法，绘制了陕西省方位词语的"协助义方位词"和部分方位词语的地理分布图；确定了方位词语中"协助义方位词"的历史层次，生成了历史层次图；对部分方位词和指示代词的音变进行了探讨，找出其本音或本字，并对其音变过程进行了分析；对结合能力最强的方位词和与特定核心义方位词结合的方位词进行溯源，分析其历史层次；尝试从历时角度分析了"协助义方位词"的扩散过程。虽然论文对一些语言学基本理论和概念的把握还需加强，一些论证还不够严密，但作为本科论文，能有意识地提出并探讨一些语言学难度较大的研究课题，并得出一些有价值的结论，是非常值得肯定的。论文是一篇比较优秀的本科毕业论文。

一、绪 论

（一）研究对象和意义

本文的研究对象是陕西的方位词。通过方言志、舆地志等地方志材料和历代陕西籍作家作品，笔者收集了 7 组 15 种数据较为齐全的方位词语，分别是"中间""上面""下面""前面""后面""外面""里面""左边""右边""这里""那里""跟前""周围""旁边""对面"。由于"东南西北"四方的说法涉及的方位范围可大可小，且经调查所得数据较少，本文不进行研讨。

本文的研究视角建立于"合成方位词"，重点对"上面""下面""前面""后面""外面""里面""左边""右边""这里""那里"5 组 10 种词进行了拆解研究，将表示"上、下、前、后、外、里、左、右"等具有指明方向作用的"单纯方位词"称为"核心义方位词"，将表示"边、面、里"等具有协助表示位置意义的方位词（常被称为"方位词尾"，但其名称争议颇多）称为"协助义方位词"，将"这、那"按照现代汉语划分为"指示代词"，着重对陕西的"协助义方位词"进行历史层次和扩散演变研究。

中华上下五千年，空间是恒定存在的，历代人的生活都离不开位置和方向，更不乏多种表述。现代汉语的方位词语大都承袭自古代汉语，研究方位词语对于汉语语言学及地理方言学的发展都有促进作用。由于当代语料充足，现代汉语通语中的方位词语研究已经形成了一定的系统，但是古代汉语和方言中的方位词语研究还存在一定的空白，尤其是方言方位词的研究起步较晚，方位词语的溯源研究还不够深入；虽然"单纯方位词"的研究已经有了一定的成果，但是对于"合成方位词"的研究还处于初级阶段；同时对于"方位词"的界定，学界还有诸多争议。汉语方位词语系统较为复杂，从古至今也发生了诸多变化，汉语方位词语全貌尚未明晰，这决定了该方向的研究具有较高的价值。

由于特殊的历史地位和地理特征，陕西的方位词语独具一格。历史上，西安是多朝古都，长期为中国古代政治、经济、文化中心，其方言具有一定的古语代表性；元明清三朝定都北京，对陕西的方言影响较小，使陕西方言有机会得到较好保留。地理特征上，陕西省位于东经 105°29′~111°15′和北纬 31°42′~39°35′之间，地处我国西北，南北长，东西窄，全省包括十个地级市，周边与八个省市接壤；地形由北往南分为三个区域，北部为高山高原，中部为平原，南部为秦巴山地；根据《中国语言地图集》的划分，陕西方言包括晋语、中原官话、西南官话、江淮官话和部分赣语等，在陕南还有部分方言岛。其中陕北北部 19 个县市属晋语区；陕北南部、关中平原属于中原官话区；陕南大部分地区是西南官话区，小部分地区夹杂着西南官话区和其他小方言区或方言岛。地理差异对于"地理语言学"的研究有非常重要的意义和影响，方言的地理分布情况往往有助于获得更准确方言变化的研究结果。本论文收集全省所有市县的方言数据，但主要分析晋语区、中原官话区、西南官话区的方言数据。

（二）研究概况

关于陕西方位词语，目前并没有相关专著或论文进行过专门研究，但是关于"方位词"和"方言中的方位词"的研究却已有一定成果。

各家对"方位词"研究角度不同，主要有结构主义研究、认知语法研究、方言研究、历史研究等研究角度。

1. 关于方位词的结构主义研究

"方位词"的结构主义研究，主要是对方位词进行归类和对具体的方位词进行研究。

针对方位词的归类问题，马建忠在《马氏文通》将"左、右、中、外、上、下"归为"静字"，金兆梓在《国文法之研究》称其为"准名词"，黎锦熙在《新著国语文法》对方位词做出了更为细致的划分，指出"面、边、头"等词为"词缀"。以上针对方位词的词性研究过度注重意义，使得方位词容易与其他词性混淆。之后，吕叔湘在《中国文法要略》中将"方所词"划分为指称性和实指性的方位词；赵元任在《汉语口语语法》提出"这儿""那儿"也属于单音节方位词；李冠华的《处所词再分类》，通过研究方位词语中去掉方位的部分，论证了方位词属于名词的属性。其中赵元任先生的观点对笔者的研究产生重要影响，将"这里""那里"列入了本文的研究范畴。

除此之外，对"方位短语"和"方位词"的辨析一直在继续。刘作会、王光华的《琐谈方位词与方位短语》提到，由于"单纯词+方位词"和"合成词+方位词"在音节使用上往往会给人造成前者为词、后者为短语的错觉，在实际语用中应如何将其界定，一直是值得思考的问题。

关于某一具体方位词的考察，时间较早且具有代表性的是窦融久的《方位词"上"管窥》，他发现"上"由于其具有"定向性"和"泛向性"双重性质，所以它是方位词中使用率最高的。罗日新的《方位词"里、中、内"辨异》就这三个方位词与名词、动词、形容词的组合情况展开讨论，通过比较，作者较好地将这三个同义的方位词辨析清楚，但是他认为"内"只可与名词组合，不过在比较的过程中尚缺乏论证。

结构主义视角下的方位词研究，还有一些专著，如文炼的《处所、时间和方位》、齐沪扬的《现代汉语空间问题研究》，分别从语法、数学等角度进行阐释，各有新见。

2. 关于方位词的认知语法研究

认知语法，强调语言反映出人们的认知习惯和行为模式，与传统的结构主义语法有很大区别，它不再以词性及功能为研究重点，而是侧重于人的认知方式。

从认知语言学的角度进行研究，曾传禄的《"里、中、内、外"方位隐喻的认知分析》和罗日新的《方位词"里、中、内"辨异》都对几个相同方位词进行研究。曾侧重于辨析四个方位词不同的心理位置和使用时反映出的心理情况；而罗则更侧重明晰其义，直观地反映出三个方位词意义的不同。朱真的《"×里/中/内"的语义系统研究》和葛婷的《"×上"和"×里"的认知分析》的议题也类似，但两者分别从"容器"和数学的角度展开，论证各有千秋。

"语法化"视角的研究，现有成果多用古语料、报纸语料辅助计算机等手段进行数据分析，以揭示语法化规律。比较典型的如李晋霞的《从概念域看单音方位词语法化的非匀质性》，提出单音节方位词语法化程度越高，与不同形式成分进行组配的能力就越强，概念表示的域就越宽。这个结论对本文的研究具有借鉴意义和深刻影响。

"合成方位词"的研究大多都在认知语言学的角度下进行。如邢福义的《方位结构"×里"和"×中"》，通过30多篇中短篇小说语料的比较得出了"×里"更加口语化、使用更加活跃，"×中"的使用范围更广的结论。除此之外，邓芳的《方位结构"×中/里/内"比较研究》、王希杰的《"心"和方位词语》、张静的《先秦汉语方位词研究》也都是该方向的研究成果。

3. 关于方言方位词的研究

在20世纪80年代左右，我国出现了对方言方位词进行研究的文章，如金有景的《苏州方言的方位指示词》、范继淹的《重庆方言"下"字的分化》等，这说明学者们开始重视对方言方位词的研究。就研究成果来看，"方言方位词"的研究虽少却极具借鉴价值。

目前方位词研究已经囊括了不少方言，如卢小芳的《赣南客家话方位词语义研究及其地理分布》、胡秋香的《宁乡话方位词研究》、易柳清的《长沙话方位结构研究》，分别从社会语言学、认知语言学、结构语言学的角度对各自方言中的方位词语进行研究。而陈瑶的《官话方言方位词比较研究》涵盖范围较广，涉及几乎中国所有方言区的"官话"，并且侧重于普通话中"面、头、边"等方位词的比较，与本文的研究视角类似。

综上而言，学界对于方言中方位词的研究总体数量偏少，可研究的范围还很广，未来相关的研究要更加细致、更深入。

4. 关于方位词的历时研究

方位词古已有之，现代汉语研究视角下的方位词也往往需要从古代汉语入手以探根源，揭开古代汉语的方位词语的面纱对研究今天的方位词语有重要意义。

有的研究侧重整体方位词，如屠鸿生的《古代汉语中方位词的用法》、林晓恒的《魏晋至唐基本方位词语义研究》等。其中屠借助从《左传》到《赤壁赋》的大量例子论述了古代汉语中单纯方位词的用法、附在其他词后的用法以及合成方位词的用法，举例跨越多代，结论具有可信度。

有的研究侧重专书方位词，如《〈祖堂集〉方位词研究》《〈水浒传〉方位词研究》《〈儿女英雄传〉方位词研究》《祖堂集》《〈世说新语〉方位词研究》等。其中对于《水浒传》的研究较多，何兰对其中出现的方位词做了频率统计，但是文章仅限于表层研究，大部分是举例和数据统计；马小成则以其中的方位词使用情况为调查重点，对书中的单纯方位词、合成方位词、方位词的句法、方位词的历时演变均进行考察来推论汉语方位词的历时演变轨迹，其研究方法值得借鉴。

5. 小　结

方位词语的研究已经走过了很长的历程，从语义和语法的简单论述到多角度研究已经产生了诸多成果。

基于笔者研究内容主要涉及方言中方位词语的研究，所以笔者较为关注其中两类方言词语研究的类型：一是"合成方位词"的研究，其注重将方位词拆解来进行研究；二是"方言方位词"的研究。目前这两类的研究成果都较少，可参考的文献并不多。

综上所述，方言中方位词语的研究总体较少，而关于陕西方位词语的研究绝大部分是空白，本文在借鉴前人成果的基础上，对陕西的方位词展开研究，具有较大的研究意义。

（三）研究方法和材料来源

本文主要选用了以下几种研究方法：

（1）地理语言学方法：对收集到的数据材料进行重整，切分为"协助义方位词"和"指示代词"和其他方位词语，利用 ArcMap 进行绘图，得出分布地图，探讨方位词语的地理分布、历史层次以及扩散过程；

（2）文献探源法：通过大量的文献资料对陕西方位词，尤其是"协助义方位词"进行溯源；

（3）比较研究法：通过全文的研究，以地理分布、历史层次、扩散过程推测出"核心义方位词后的协助义方位词"和"指示代词后的协助义方位词"两个系统的关系。

本文对陕西全省各市县进行了方言中方位词材料的数据统计，其中方言材料来源是陕西各地区方言志、舆地志等地方志和历代陕西籍作家的作品以及部分前人研究的数据。历史层次探索来源是各类历史文献资料和部分前人研究成果。

二、陕西协助义方位词语的地理分布

（一）陕西方位词语的组合情况

本部分要探讨的是陕西方位词语的地理分布情况，并试图从中探寻规律，为了厘清不同类型的方位词语所具有的分布特点，笔者根据语义和逻辑关系将这些方位词语分为以下几组以便讨论：

（1）中间类：表"中间"义，如当中、当疙瘩、半中拉腰。

（2）上下类：表"上面"义，如上岸、浮头；表"下面"义，如底下、下首。

（3）前后类：表"前面"义，如前头、头里；表"后面"义，如后岸、后背。

（4）里外类：表"外面"义，如外岸、外前；表"里面"义，如里首、合头。

（5）左右类：表"左边"义，如左傍、左岸；表"右边"义，如右傍、右岸。

（6）指代类：表"这里"义，如这当、制达；表"那里"义，如兀岸、乃达。

（7）旁边类：表"跟前"义，如磕前、左近；表"周围"义，如打圆、四面；表"旁边"义，如边堎、旁里；表"对面"义，如觌面、对过。

陕西方位词语由于很多地市分布着多种同义异形的方位词，所以笔者在研究的过程中，采用将方位词语中指明方向的称为"核心义方位词"（或"指示代词"），将协助表明位置的称为"协助义方位词"。

由于研究数据来自《陕西方言大词典》、陕西各地的地方志和陕西籍作家的作品，且因音变等问题存在大量的同音异形词，数据较为复杂多样，笔者会修改简化一部分数据，以协助观察。

由于陕西方位词语的组合较为复杂，笔者在描写其地理分布之前，先对10种由"核心义方位词"或"指示代词"与"协助义方位词"组合起来的方位词语进行了统计。

在实际处理过程中，因有的方位词同时存有"定向性"和"泛向性"，方位词在不同的词中有时作为核心义出现，有时作为协助义出现，笔者根据实际使用划分。

笔者将这10种方位词语的常用词分组列为表格（如表1所示）以研究其组合情况。表1中的"出现次数"是指笔者收集的陕西116个县市中出现该方位词的县市的数量，因注重数据的典型性和方位词的结合能力，笔者只列出在陕西出现次数不少于5个地点的数据。有几个在组合中出现虽少于5次但是用法比较特殊或者具有研究性的方位词语，笔者也予以保留。

表1　10种方位词语的常用词分组

方位词语	核心义方位词/指示代词	出现次数	可搭配协助义方位词	协助义方位词	出现次数
上面	上	54	岸、头、首	岸	19
	高	23	头	头	68
	浮	47	头、起	首	38
	脑	11	头	起	29
	浮上	4			
下面	下	63	岸、首	岸	24
	底	16	里	首	51
	底下	58		里	6
	底脚	9			

续表

方位词语	核心义方位词/指示代词	出现次数	可搭配协助义方位词	协助义方位词	出现次数
前面	前	84	岸、头、首	岸	14
	头	54	里、起	头	63
	头前	8		首	8
				里	43
				起	10
后面	后	93	岸、头、首	岸	27
	合	4	头	头	86
	后背	24		首	31
	背后	16			
外面	外	116	岸、头、首、前	岸	32
	出	2	首	头	19
				首	28
				前	72
里面	里	84	岸、头、首、许	岸	9
	黑	17	岸、头、里	头	81
	合	8	头、里	首	56
	后	15	头、里	里	5
	徒	27	头	许	5
左边	左	116	岸、首、傍、畔	岸	72
				傍	42
				畔	12
				首	2
右边	右	116	岸、首、傍、畔	岸	63
	外	10	首	傍	42
				畔	12
				首	8
这边	这	92	达(当)、台、哈	达(当)	101
	制	24	达	台	6
				哈	6

续表

方位词语	核心义方位词/指示代词	出现次数	可搭配协助义方位词	协助义方位词	出现次数
那边	那	41	达（当）、岸	达（当）	112
	乃	39	达、里、岸	岸	9
	兀	64	达、岸	里	11
	外	13	达		

通过表格看出，上述 10 种方位词语的核心义方位词或指示代词大多与通语相同，又或者是通语词的方言音变。较为特殊的是，"上下前后"基本都出现了由身体部位或其他动作或构件等人们可感知的事物投射到空间而产生的方位词语，如"上"所对应的"高""浮""脑"，"下"所对应的"脚"，"前"所对应的"头"，"后"所对应的"背"。从认知语言学的角度看，"人体本身就是一个容器，有里外、上下、左右、边界等方位，人的最初经验就是空间经验，基本的意象图式就是空间图式，人类对于空间概念形成的认知过程是从身体概念映射到空间中。"[①]

核心义方位词中最为特殊的是"合"和"后"，它们既可以表"里"，也可以表"后"。而"合"和"后"只是因陕西方言让两者有了音变关系才呈现出这种特殊情况，下文会做专门讨论。

相比于核心义方位词和指示代词大多与通语类似，协助义方位词则更具有地域特色。普通话与核心义方位词搭配的协助义方位词以"边""面"为主，陕西则以"岸""头""首"为主。普通话与指示代词搭配的协助义方位词以"边""里"为主，陕西则以"达""当"为主。"边"在每个方位词语当中基本都有 1~2 次出现，虽然因出现次数极少未被列入表格，但也因涉及的方位词语甚多而须重视其较强的结合能力。

总而言之，"岸、头、首、边"是陕西结合能力最强的协助义方位词，"达"是出现次数最多且最特殊的协助义方位词。它们作为协助义方位词出现在各方位词语当中，证明它们在表义上有共通之处，但是使用量和分布却有诸多不同，这形成了系统内的对立统一，成为陕西方位词语中最具特色的一面。因此，笔者在之后的讨论将陕西的"协助义方位词"的地理分布和研究作为主要内容，其他具有陕西特色的方位词语则会单独探讨。

[①] 赵艳芳：《认知语言学概论》，上海：上海外语教育出版社，2001 年，第 73 页。

（二）陕西方位词语的地理分布情况

1. "中间"类的地理分布

陕西的"中间"义方位词语主要有"当中（里）、当亭、当疙瘩、半（中）腰里、半中拉腰"等说法。其中，"当中"的分布最广泛，主要分布于关中地区，位于中原官话区中东部和晋语区东部；"当亭"分布于晋语区北部，靠近蒙古；"当疙瘩"分布于晋语区中部；"半中腰里、半中拉腰"分布于中原官话区南部和与其邻近的西南官话区。作为使用较少的"中间"义方言词，"中欠"仅用于汉中市，位于西南官话区；"当间"仅分布于西安市，"当腰"仅用于西安周至，两者分布于中原官话区；"当定"仅用于榆林米脂，分布于晋语区。

除此之外，陕西的晋语区和靠近北部的中原官话区都使用"当+表中间方位的词"来表示"中间"义，而在西南官话区和靠近南部的中原官话区则使用"半+表中间方位的词"来表示"中间"义。（如图1所示）

图1 "中间"的地理分布

2. "上下"类协助义方位词的地理分布

陕西的"上下"类方位词语丰富，表示"上面"的主要有"上头、上岸、浮头、高头、头起"等，表示"下面"的主要有"底下、下首、下里、底脚、底起"等。

由图2可知，"上"的协助义方位词多且杂。"头"几乎遍布全省；"岸"分布于中原官话区；"起、梁"主要分布于晋语区；"首、里"分布于中原官话区中部；"盖"仅在宝鸡太白有一例，属中原官话区。

由图3可知，"下"的协助义方位词"岸、首"主要分布于中原官话区，"岸"的使用偏向中东部，"首"的使用偏向中西部；"头、起、里"主要分布于晋语区。

使用"下+方位词"的偏义短语来表示"下面"的地区主要集中于中原官话区和靠近它的晋语区和西南官话区,图 3 中大片空白区域则是使用两者核心义皆为"下"义的联合短语来表示"下面"的区域,分布于离中原官话区较远的晋语区和西南官话区。

在这一整组方位词语中,"头、岸、首、里、起"是共通的方位词,"岸"和"首"的分布具有较高的对应性,都分布于中原官话区。

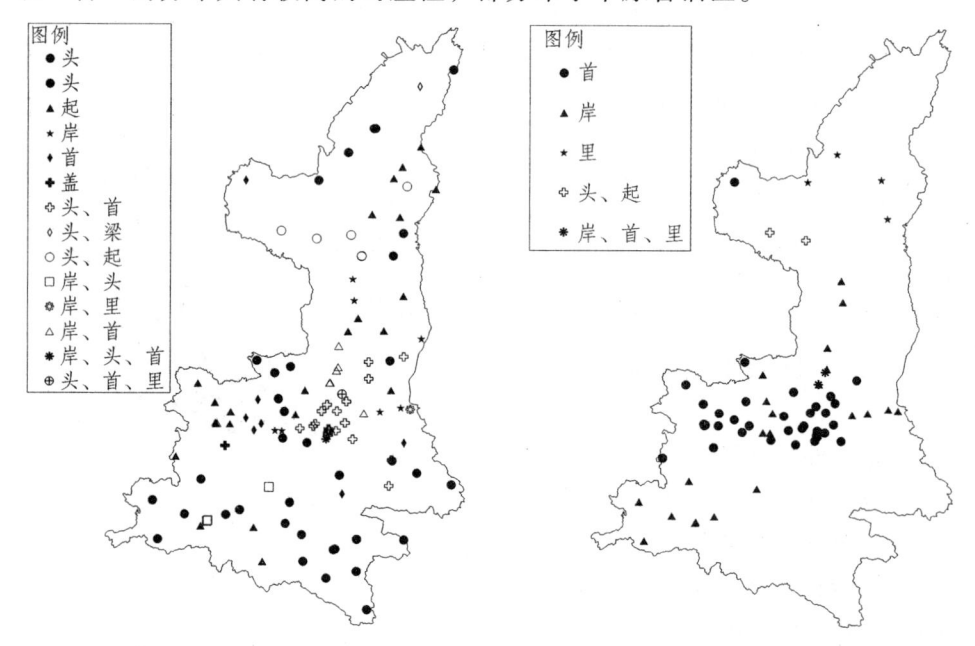

图 2　"上面"协助义方位词的地理分布　　图 3　"下面"协助义方位词的地理分布

3. "前后"类的地理分布

陕西的"前后"类方位词语多但统一,表示"前面"的主要有"前头、前岸、前首、头里"等,表示"后面"的主要有"后头、后背、后岸、后首"等。

由图 4 可知,"前"的协助义方位词主要有"头、岸、首、里、旁","头"的使用范围很广,所有方言区皆有使用;"岸"则主要分布于晋语区、中原官话区的汾河片(该片紧挨晋语区)、与汾河片距离较近的地区,其中长安区处于语言过渡地区;"首""里"分布于中原官话区;"旁"则位于晋语区,仅分布于榆林市。其中拥有三种说法的长安、富平、商州位于中原官话区,都是处于中心地带,为语言汇集区。

而由图 5 可知,"后"的协助义方位词有"头、岸、首"三个,相对于其他方位词语，其协助义方位词数量不多。其中"头"主要分布于中原官话区和西南官话区，"岸"主要分布于中原官话区，"首"仅分布于中原官话区关中片，而晋语区很少有协助义方位词的分布。

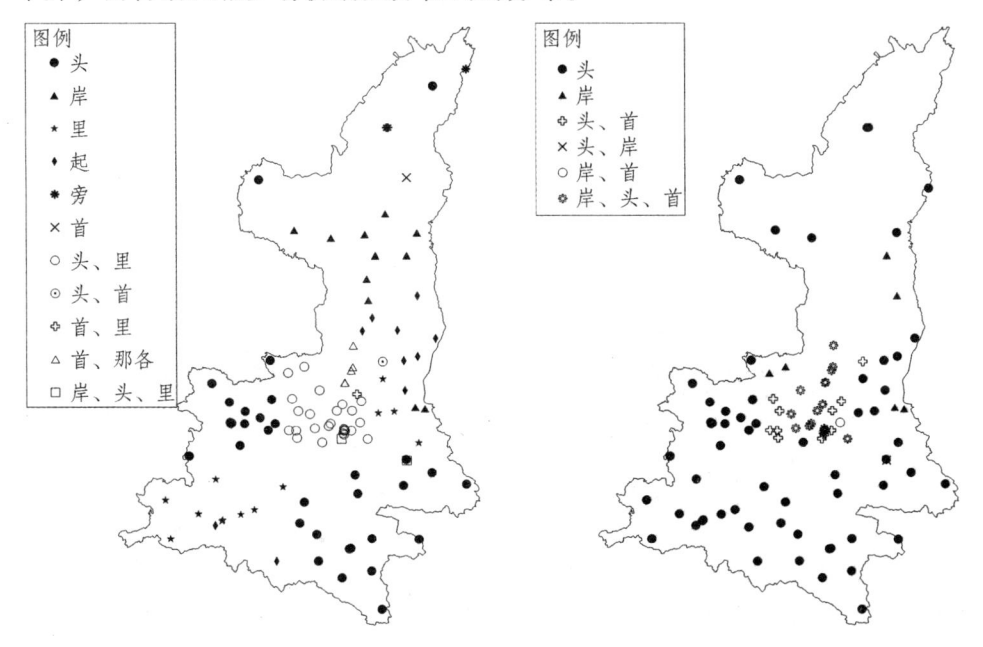

图例
● 头
▲ 岸
★ 里
◆ 起
✳ 旁
✕ 首
○ 头、里
⊙ 头、首
✛ 首、里
△ 首、那各
☐ 岸、头、里

图例
● 头
▲ 岸
✛ 头、首
✕ 头、岸
○ 岸、首
✵ 岸、头、首

图4 "前面"协助义方位词的地理分布　　图5 "后面"协助义方位词的地理分布

4."里外"类的地理分布

陕西的"外面"有"外前、外头、外岸、外首、出前、出首"六种说法，"里面"有"里头、里岸、合头、黑里、后首"等说法。

由图6可知，"外"的协助义方位词有"岸、头、首、前"四种。其中"前"分布于晋语区南部、中原官话区和西南官话区，"头"主要分布于中原官话区和西南官话区的川黔片，"岸"分布于中原官话区和晋语区南部，"首"则分布于中原官话区北部和晋语区。

"里"可以表示核心义，也可表示协助义"面"。由图7可知，"里"的协助义方位词以"头"和"首"居多："头"主要分布于中原官话区西南部和西南官话区，"首"主要分布于中原官话区东部和晋语区；"岸、首、面"皆分布于中原官话区的不同位置；"掌"仅用于延安富县，属于中原官话区秦陇片。其中长安、富平同时存在三种用法，属于典型的语言汇集区。

在这一组方位词语当中，两者共用的协助义方位词主要是"头、岸、首"，它们分布较为一致，但其他协助义方位词都与各自的核心义关系紧密，

013

分布差别大，统一性较差。总体而言，"里外"类的协助义方位词有较高的不对称性。

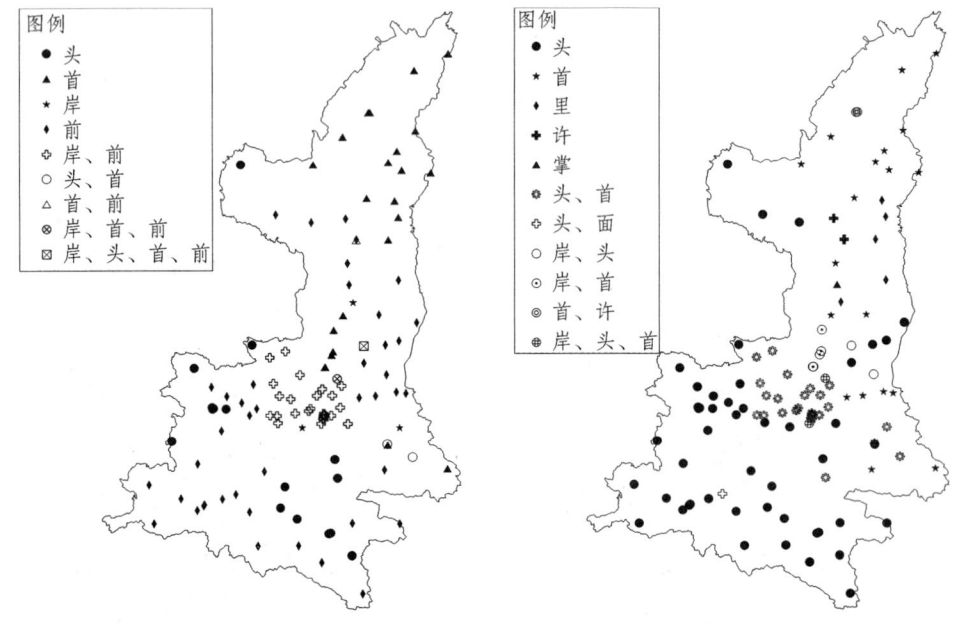

图 6 "外面"协助义方位词的地理分布　　图 7 "里面"协助义方位词的地理分布

5."左右"类的地理分布

陕西的"左边"有"左边、左岸、左傍、左畔、左首、左面、左半扎"七种说法，"右边"有"右岸、右首、右边、右傍、右半扎、外首"六种说法。

由图 8 可知，"左"的协助义方位词以"岸"最多，遍布于晋语区南部、中原官话区和西南官话区；"畔"主要分布于晋语区北部；而"边"仅分布于商洛商南，属于中原官话南鲁片和多种方言的汇集区；"傍"主要分布于中原官话的关中片和秦陇片；"首"和"半扎"分别分布于户县和商州，皆属于中原官话区关中片；"面"则仅用于商洛柞水，此处极为特殊，属于江淮官话竹柞片。

由图 9 可知，"右"的协助义方位词的分布与"左"存在一致性，受西安市大多将"右边"称作"外首"的影响，"首"的出现频率比"左边"中"首"的出现频率更高。

"左右类"具有极高的分布一致性，几乎在全省的每个地点；"左右"类协助义方位词分布几乎一致，"岸、边、首、傍、畔"的使用较多。"左右类"应当是陕西方位词语整体系统内部对立统一的典型代表。

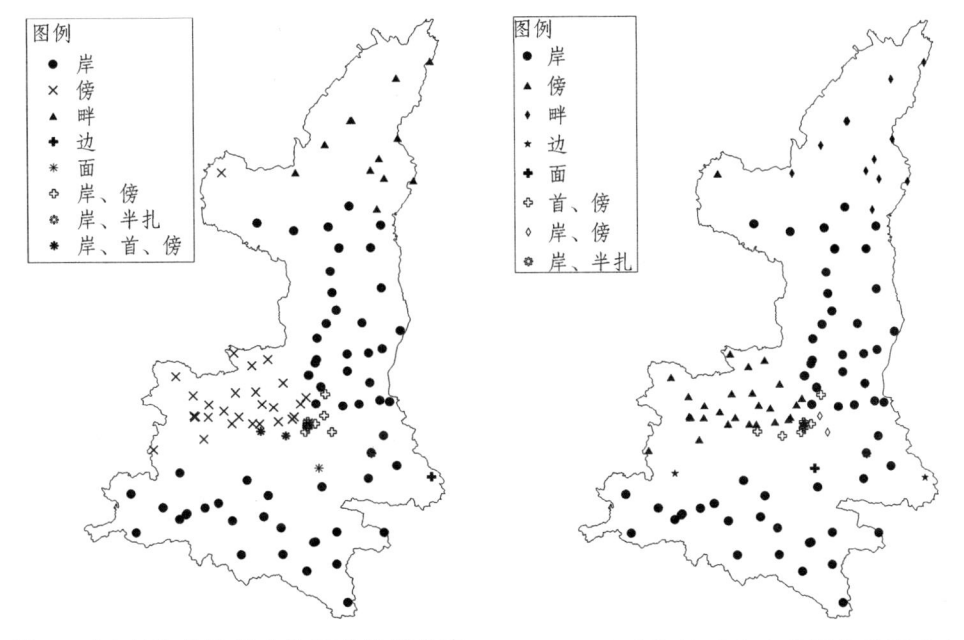

图 8 "左边"协助义方位词的地理分布　　图 9 "右边"协助义方位词的地理分布

6."指代"类的地理分布

（1）"这里"类

方位词语"这里"由指示代词"这"和方位词"里"组合而成，故而我们需要将"这里"分开来看，对指示代词和方位词分别进行探讨。

由图 10 可知，指示代词"这"主要有"这、制、扎、咋、格"五种表达，其中可以看出"制"应是"这"的音变，"扎"和"咋"也存在音变关系。"这"分布于全省的所有方言区；"制"分布于晋语区南部和中原官话区；"咋"仅在渭南市有两处，属于中原官话区。

其中，商洛市尤为特殊。"扎"仅有三例分布于此，分别在商南（中原官话区南鲁片）、镇安（中原官话区关中片）和柞水（江淮官话区竹柞片），"格"在山阳有一例。商洛方言复杂，有中原官话、西南官话、江淮官话、赣语和些许"广东村"，存在许多"方言岛"，致使在指示代词"这"上出现了与陕西其他地区较大的不同。

由图 11 可知，方位词主要有"达、台、哈、当、的、岸、傍、哪"等多种说法。其中"达"遍布全省；"哪"仅在延安志丹有一例，位于晋语区；其他皆位于西南官话区和紧挨其的中原官话区。"台、当、的、哈"可能与"达"存有音变关系。

特别指出，"儿"并非方位词，而是由于当地只用核心义方位词，同时常常带有"儿"形成儿化读音来表示"这里"，此处仅作特殊标记。

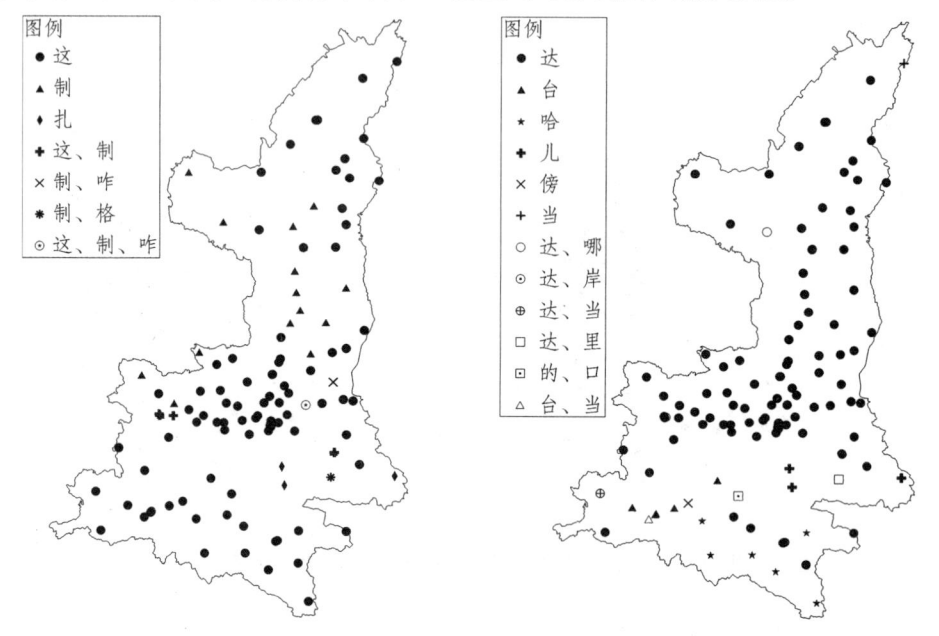

图10 "这里"核心义指示代词的地理分布　　图11 "这里"协助义方位词的地理分布

（2）"那里"类

方位词语"那里"由指示代词"那"和方位词"里"组合而成，我们也需要将"那里"分开来看，对指示代词和方位词分别进行探讨。

"那里"的陕西义方言多而杂，主要有"乃达、兀边、外岸"等说法。

由图12可知，指示代词"那"有"兀"和"乃"两大类方言表达，其中"兀"系包括"兀、外、嗫"，"乃"系包括"乃、那"，但是它们的使用又有各自的特点。"兀、外"主要分布于中原官话区和紧挨其的晋语区南部；"嗫、乃"仅分布于中原官话区；"那"则分布于西南官话区和晋语区。其中在陕西中部，尤其是中原官话关中片区，是语言使用交汇地区，"乃"系和"兀"系说法在此处皆通行。

由图13可知，方位词使用类型非常多，其中"达"的使用数量最多，几乎全省通用；"傍"位于中原官话区；"家"位于晋语区；"岸"分布于中原官话区和晋语区；"当、哈、傍"位于西南官话区；"里、头、边"仅用于中原官话区。与"这里"相同，"儿"并非方位词，仅作特殊标记。

在这一组方位词当中，都是"指示代词+方位词"的结构，指示代词的对立性不强，其分布主要是由地域决定了用词和音变，"那"的表达远比"这"

丰富。方位词的分布具有较高的一致性，特别是"达"的使用几乎遍布全省，陕南存在较多异于"达"的方位词，但是不影响"达"的主导地位。

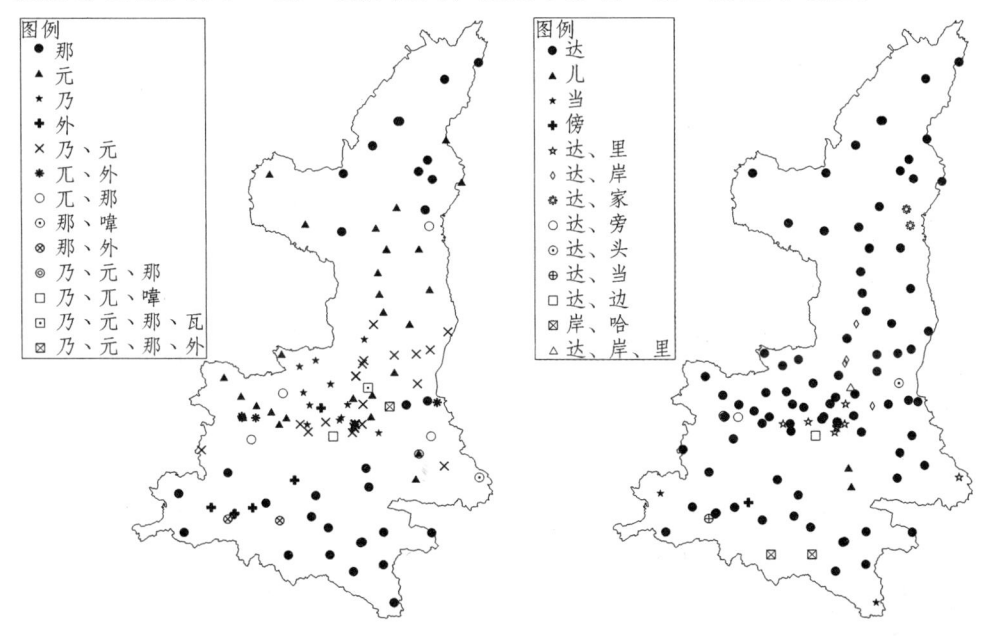

图12　"那里"核心义指示代词的地理分布　　图13　"那里"协助义方位词的地理分布

7. "旁边"类的地理分布

（1）"跟前"类

陕西的"跟前"义方位词语有"跟前、磕前、团转、打圆、围圆、左近"六种说法。总的来看，与"跟前"使用相近的方言大多有"周围"之义，如"团转，打圆，围园"。

由图14可知，"跟前"是该义在陕西方言中使用最广的，主要分布于中原官话区、西南官话区西部和晋语区的北部；"打圆"分布于中原官话区北部和晋语区南部；"围园"仅出现于榆林绥德，分布于晋语区；"团转"则全部分布于陕西南部的西南官话区；"磕前"分布于中原官话区中西部；"左近"则分布于西安市，

图14　"跟前"的地理分布

属于中原官话关中片。

（2）"周围"类

陕西的"周围"义方位词语主要有"团转、方圆、打圆、四下"等几种表达或组合表达方式，基本以"团、圆、四"等词来表示核心义"周围"。

由图 15 可知，"团转"的说法主要位于陕南地区的西南官话区，晋语区仅有两处；"围圆"分布于晋语区北部；"打圆"分布于晋语区南部和中原官话区；"方圆、方打圆"皆位于中原官话区，"方打圆"分布偏东，"四面""四下里"的说法也混在其中。西安周边地区是此词的语言汇集区。

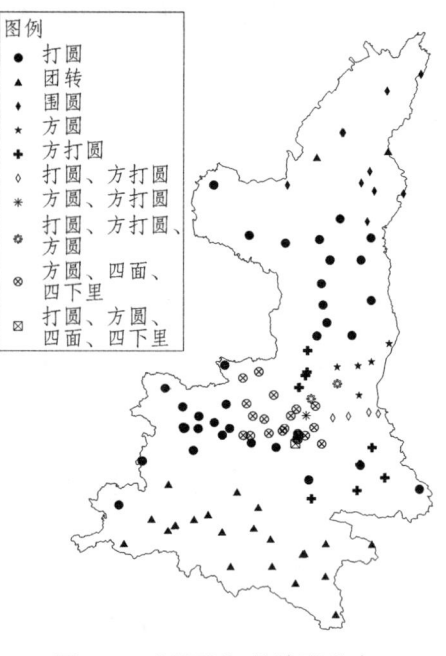

图 15 "周围"的地理分布

（3）"旁边"类

"旁"和"边"本身即是同义词构成的联合短语，故而此处不存在核心和协助义方位词之分，姑且以整体为基础进行探讨。

陕西的"旁边"义方位词语非常多，其中大多以"旁、边、偏、侧、肋、巴"为基础来表示"旁边"义。由图 16 可知，晋语区主要用"边塄"表示"旁边"；在中原官话区，汾河片主要用"边岸"，关中片主要用"偏岸"，秦陇片主要用"旁里"，而商洛独具特色，大多县用"梆梆"一词；西南官话区则说法繁多，各有特点。

图 16 "旁边"的地理分布

(4)"对面"类

陕西的"对面"义方位词语以"对过""对门""对视面""觑面"为主。

由图17可知,晋语区主要用"觑对面""觑面"来表示"对面";中原官话区汾河片主要使用"对过",关中片主要使用"对门、对面",秦陇片主要使用"对门";陕南地区,汉中多用"对视面",其他西南官话区主要用"对门",柞水仅用"对面"。

8. 小 结

陕西方位词语呈现出以方言区为界限分布的情况,但也存在紧挨的不同方言区相互影响

图17 "对面"的地理分布

图例：
- ● 对门
- ▲ 对过
- ★ 对面
- ✚ 对视面
- ◆ 觑对面
- ⊗ 对门、对面
- ○ 觑对面、觑面
- ⊗ 对门、对面、当面

的情况。由于常受自身方言区和周边方言的影响,各地也会出现同一词语的不同音变,其中必定也蕴含着陕西本身的语音变化。

尤其要注意的是,富平、户县、西安、长安等地多次成为方言汇集地,主要是由其特殊的历史决定的：其位于西安及其周边地区,是古代多朝的政治、经济、文化中心,易汇集多种方言,故而应当保存了从古至今的多种方言。

(三)陕西协助义方位词的地理分布特征

根据上一部分,我们发现协助义方位词大多具有共通点,除"旁边、跟前、周围、对面、中间、最后"之外,笔者对协助义方位词专门归纳统计并绘图,以观察其地理分布。

1. 与核心义方位词结合能力最强的协助义方位词

(1)岸：主要用于中原官话区和西南官话区,晋语区和中原官话秦陇片基本不用"岸"(如图18所示)。

(2)头：广泛分布于陕西的三大方言区,在陕西中原官话区的北部和晋语区东部使用较少(如图19所示)。

(3)首：主要分布于中原官话区和晋语区,西南官话区基本不使用(如图20所示)。

（4）边：主要分布于中原官话区关中片，分布范围集中。特殊的是，"边"较少以方言出现，多是受普通话影响进入方言被记录了下来。普通话中"边"的使用较多（如图21所示）。

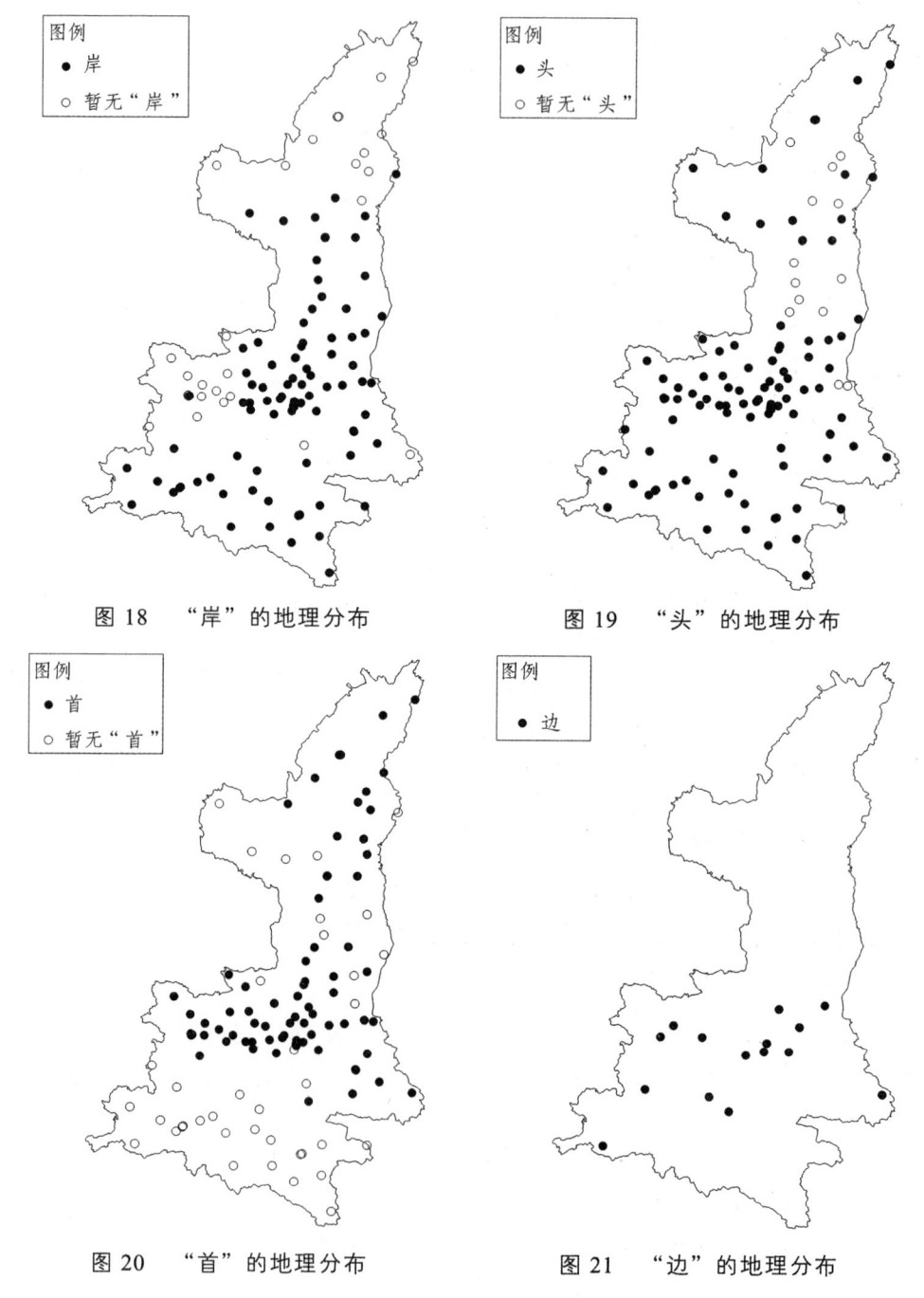

图18 "岸"的地理分布

图19 "头"的地理分布

图20 "首"的地理分布

图21 "边"的地理分布

2. 仅能与某几类核心义方位词结合的协助义方位词

（1）达、当："当"和"达"应存在音变关系，故而我们将其列在同一图中进行观察。调查数据显示，"达"和"当"仅仅在"指代"类方位词中出现，用于指示代词后，因而较为特别。"达"主要分布于中原官话区和晋语区，且分布非常广泛，几乎全省都用"达"或"当"，仅西南官话区南部有较小的一部分地区没有出现；陕西两端的西南官话区和晋语区皆有"当"。故而我们可以判断"达"应当是由内部兴起，边缘地区保留了较为古老的"当"（如图 22 所示）。

（2）前：作为协助义方位词，主要与"外"搭配使用，出现在"外面"类方位词语中，它主要分布于中原官话区中部和西南官话区（如图 23 所示）。

（3）里：主要分布于中原官话区，少量分布于西南官话区和晋语区，但分布的地方较为集中，它常与核心义为"上、下、前"的方位词搭配使用（如图 24 所示）。

（4）起："起"主要分布于晋语区南部和中原官话区北部，个别分布于西南官话区，常常与核心义为"上、前"的方位词搭配使用（如图 25 所示）。

（5）傍、旁、畔：傍、旁、畔，三者存在类似的用法或可能有音变关系，故而绘一图。"傍"主要分布于中原官话区的秦陇片和靠近其的关中片，多用于西安、宝鸡、咸阳三市；"畔"用于晋语区；"旁"用例较少，主要分布于榆林的榆阳、府谷和宝鸡的金台、佳县（如图 26 所示）。

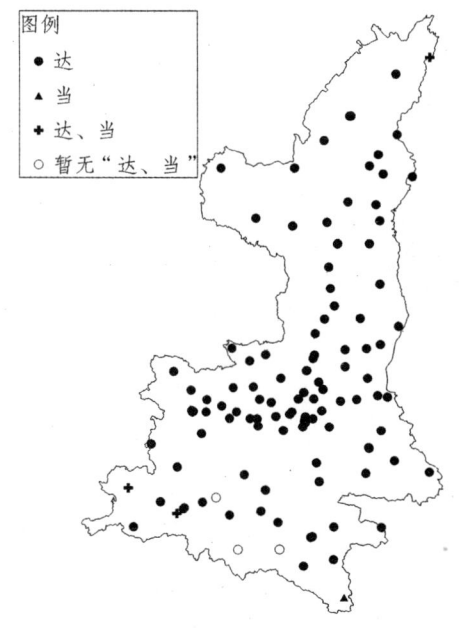

图 22　"达、当"的地理分布　　图 23　"前"的地理分布

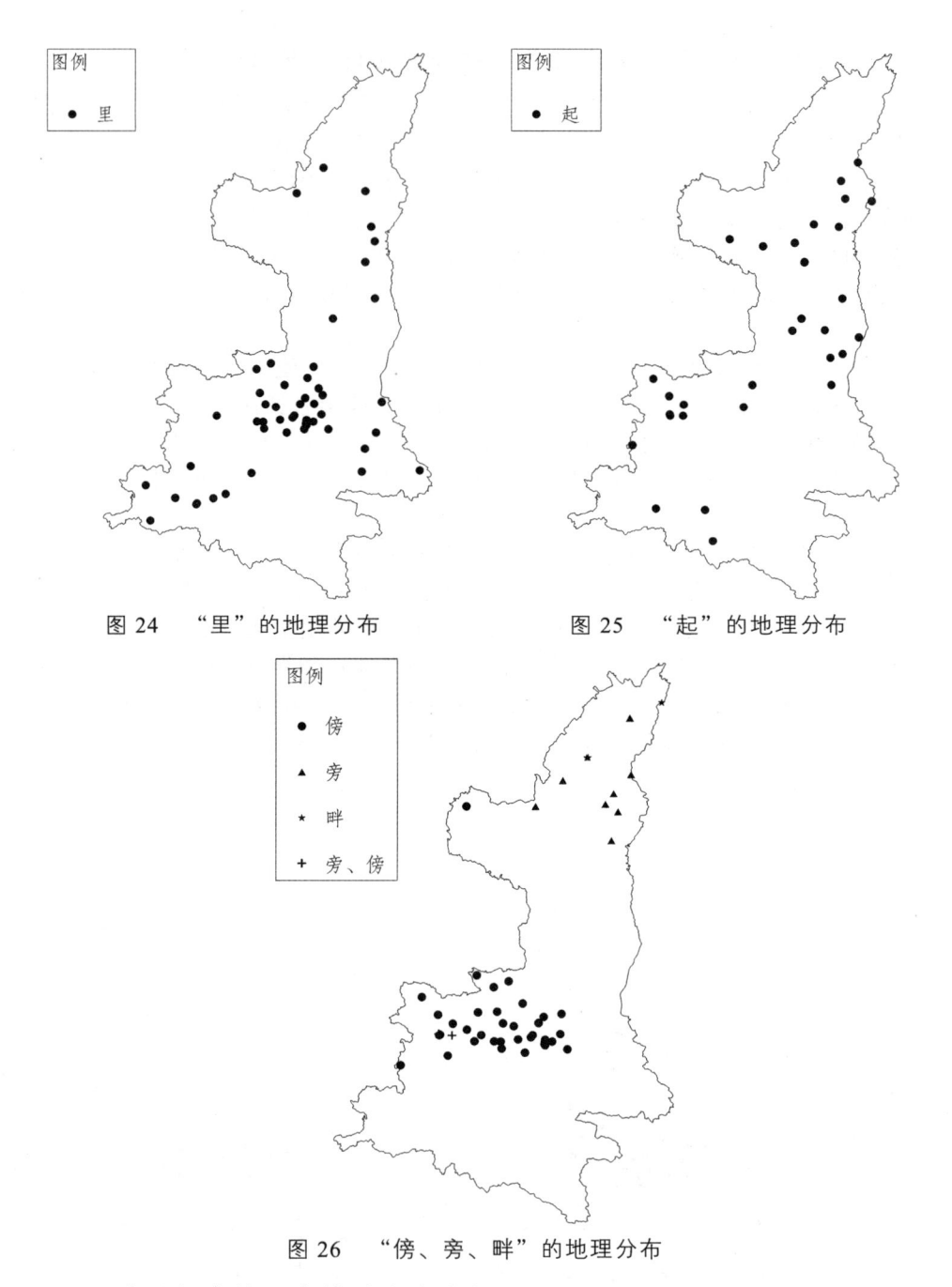

图 24　"里"的地理分布　　　　图 25　"起"的地理分布

图 26　"傍、旁、畔"的地理分布

3. 使用极少的几个协助义方位词

（1）台、哈、家、的：这四个协助义方位词仅仅用于指示代词后，且分布较少，并且除"家"用于晋语区外，其他皆用于西南官话区或与之相接的中原官话区。

（2）半扎、那各：这是较少的双音节协助义方位词，"半扎"分布于中原官话区，仅用于商州，与"左、右"联合使用；"那各"分布于中原官话区，仅与"前"搭配。

（3）许、面、掌、梁、盖："盖、面"分布于中原官话区，"梁、许、掌"皆分布于晋语区。

图 27　"台、哈、家、的"的地理分布　　图 28　"半扎、那各"的地理分布

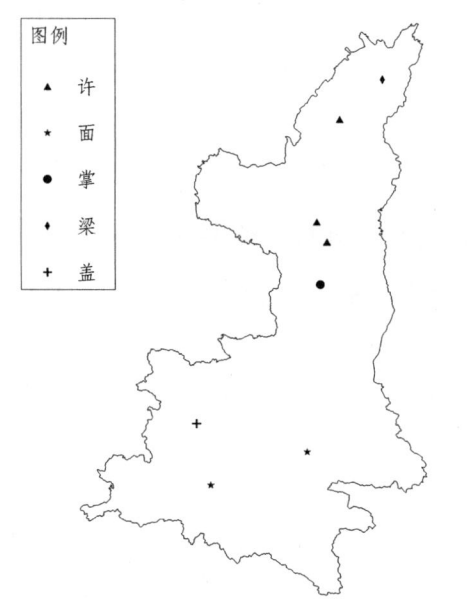

图 29　"许、面、掌、梁、盖"的地理分布

（四）小　结

在以上的地理分布图中，在忽略与某些方言区紧挨的其他方言区也有同类表达的情况下，我们可以对陕西三大方言区使用的协助义方位词进行地区划分：

晋语区：头、首、里、起、畔、达、家、梁、许、掌。

中原官话区：边、岸、头、首、前、里、起、傍、旁、半扎、那各、达、盖、面。

西南官话区：岸、头、前、达、当、哈、台、的。

通过分类，我们可以看到，各种表协助意义的方位词在各地的分布有很大差异，尤其是晋语区和西南官话区差异极大，而中原官话区处于二者之间，也有其他地区不常用的方位词语。这些都值得注意。

三、陕西协助义方位词语的历史层次

本部分将讨论陕西协助义方位词语的历史层次，其中主要包括以下几个部分：

一是研究具有陕西特色的协助义方位词的历史层次，包括该词的源头和它在历史上的使用情况，帮助我们还原其历史发展层次。

二是力在解决上一部分的遗留问题——音变。由于当地存在西南官话区、中原官话区、晋语区以及复杂的方言岛，又受到周边的少数民族语言和相邻的其他方言区影响，随着当地语音在历史中的演变，许多词在不同的地点就有不同的音变，笔者欲探求其本音或本字，还原其真实面貌。

（一）陕西协助义方位词的历史层次

在上一部分，笔者将协助义方位词分为三类："与核心义方位词结合能力最强的""能与特定核心义方位词结合的""极少出现的"。在此笔者将着重讨论前两者中出现较多且适用范围较广的方位词，对出现较少但有特殊用法或特殊含义的方位词进行部分讨论。

1. 与核心义方位词结合能力最强的协助义方位词

在上一部分，笔者将陕西结合能力最强的方位词定为四个：边、岸、头、首。

这四个词的使用并非仅限于陕西，尤其是"边""头"在全国都有着较为广泛的使用，是普通话和各地方言都普遍使用的方位词。"岸""首"的使用则较为特殊，但是这两个词的使用，也并非仅限于陕西本地。

（1）边

文献显示，先秦时期并不用"边"来表示今天所用的"边"义，而是用"侧""畔"等来表示：

① 殷其雷，在南山之侧。（《诗·召南·殷其雷》）

② 游于江潭，行吟泽畔。（《楚辞·渔父》）

当时，"边"的本义主要用的是"边境""边缘""接近"的意义：

① 故上失其道，则边侵于敌。（《吕氏春秋·先己》）

② 何危尔？边乎齐也。（《穀梁传·定公十二年》）

由此可见，最初"边"只是表示在一个整体中的边缘部分，并不表方位义。《说文》指出："邊，行垂崖也。"①"辵"为形，"臱"为声，本义是指行走到山崖边缘的地方。今天几乎看不到"边"的本义用法。那"边"如何产生了方位义呢？

从前例可以看到，先秦西汉时期，"边境""边缘"义很常见，"边"是一个国家的偏远地区，是国家内部的边缘部分。在长期的使用过程中，对"边"的限定义素就发生了变化，使词义扩大，由"国家版图边缘部分"到"一般名物边缘部分"②。而这种用法，在西汉的文献中得到初步体现：

① 思念北边之未安。（《盐铁论·利议》）

② 如孤子，衣纯以素，纯袂、缘、纯边，广各寸半。（《礼记·深衣》）

前例表明此时的"边"已经具备了方位义，并且可以与核心义方位词联合使用，但是其词义虚化并没有完成，仍用"边境"之义，后例表明它已经向一般名物发生转变。其后，"边"的意义又得到转移，从空间内部转移到空间外部，便产生了方位词表"侧""畔"的用法：

① 边，方也。（《广雅·释诂》）

② 边，畔也。（《玉篇·辵部》）

从东汉开始，"边"相比于"侧""畔"使用量开始大大增加，尤其是佛经文献中：

① 欲得火者，复当在此右边还归去者，当与汝火。（《大方便佛报恩经》）

② 自知始入分胎胞时、住时、出时、于十方面行七步，无人扶持，作如是言："我今此身是最后边。"（《大方便佛报恩经》）③

---

① [清]段玉裁：《说文解字注》，北京：中华书局，2013年，第76页。
② 梁家璇：《方位词"边"的演变》，《信阳农业高等专科学校学报》，2009年第3期，第91页。
③ 新竹佛学善书中心：《大方便佛报恩经》，台南：和裕出版社，1995年，第97-142页。

在以上两例中,"边"的组合分别为"右边""最后边",这种用法与今天对"边"的使用是完全一致的。学者通常认为古时佛经是最接近口语的用法,依此我们可以认为"边"在东汉已经完成虚化,"边"能够被采用到佛经翻译当中,更能证明在这之前其方位义已经使用过一段时间,由此才能进入佛经记载。

在数据调查中发现,南朝刘义庆的《世说新语》中"边"有17条,"侧"有2条,没有"畔"的数据;房玄龄编著的《晋书》中"边"有171条,"侧"有63条,"畔"仅有4条。由此可知,在这些同义词当中,南北朝时期"边"的使用已经取得初步的优势,与今天的使用情况基本相符。

综上可知,"边"从西汉开始虚化,在东汉顺利完成虚化,它表示靠近一个整体的外部空间时,它的使用较其他同义词更为广泛。同时,"侧"和"畔"的说法仍会流传下来,但根据语言地理分布特征,会保留在用语较为古老的方言区。

(2)岸

"岸"的使用从先秦时期便已经很广泛。

首先,"岸"有"水边高起之地"的意思,这是它最早有的意义,也是它的本义:

① 淇则有岸,隰则有泮。(《诗·卫风·氓》)
② 岸,水涯高者。(《广韵·翰部》)

除此之外,随着词义的引申,"岸"也有了"高傲,严正""将冠帽上推,露出前额"等意义:

① 充为人魁岸,容貌甚壮。(《汉书·江充传》)
② 清风岸乌纱,长揖谢君去。(唐·唐彦谦《夏日访友》)

然而在其他的释义中,"岸"并不是仅指水边的陆地,也可指陆地上的高地:

① 重厓,岸。(《尔雅·释丘》)
② 岸,高也。(《小尔雅·广诂》)[1]

可见这些和"岸"构成的方位词原本指的是与水相关的各个方位。而在《诗经·大雅》中的"诞先登于岸"则有"高位"之义。

综上可得,"岸"义项的共同义素为"高",看似与"边"义无关。但是"水边高地"之义中的"水边"则使其与"边"有了关联。"岸"指水边的高地,也就是水之外最近的空间,与"边"同理,从"水"这一事物延伸至普通名词,经过词义虚化,从而具有了"边"的意义。

---

[1] [清]胡承珙撰、石云孙校点:《小尔雅义证》,合肥:黄山书社,2011年,第9页。

而关于"岸"何时开始与方位相关,目前能看到的最早相关记载应在魏晋南北朝,其使用虽然还不广泛,但是基本可以确定,此时人们已经开始用"方向+岸"表示一处方位。《三国志》全书共 23 个"岸",就有"西岸、南岸、北岸、对岸"等 11 个"方向+岸"表义为"边"的用法。《晋书》全书共 51 个"岸",共有 19 个表义为"边"。《世说新语》中共有 6 个"岸",有 1 个表方位"边"义。

① 绍与谭等幅巾乘马,与八百骑度河,至黎阳北岸,入其将军蒋义渠营。(南朝宋《后汉书·袁绍传》)

② 陈林道在西岸,都下诸人共要至牛渚会。陈理既佳,人欲共言折。(南朝宋《世说新语·豪爽》)

这种用法自魏晋以来一直都有,但是所用范围并不广,同时"岸"的使用受到限制,即这些"岸"大多都与"河流"的使用有关,也就是它们使用的应当是"岸"的本义"水边高地",而非典型的方位义。

"岸"作为典型的方位义出现,最早能够看到的一例,是来自《风俗通义》中记载的一例"上岸",表"上面":

石岸为崩,广三丈余,陛级之。廪君行至上岸,上岸有平石,广长五丈,休其上,投算计,算处皆有石,因立城其旁。(《北堂书钞》卷一百五十八辑《风俗通义》佚文)

《风俗通义》作者为河南人应劭,东汉的都城为洛阳和西安,也同属于中原官话区,若此时西安将"上岸"用作方位词语使用有极大可能。

但是伴随着文献记载的统计,笔者发现了问题。文献记载的"左岸""右岸",唐代只有杜甫的诗《泛溪》中有一句"童戏左右岸",其他皆在清代。《风俗通义》的一例"上岸"记载之后,虽然唐宋元明清皆有"上岸、下岸、前岸、后岸、里岸、外岸"等用"方向+岸"表示的方位词语,但是皆表"河流、码头、栈道的某方向",而并不表示纯粹的"边"义:

① 下岸谁家住,残阳半掩门。(唐·许浑《南楼春望》)

② 此行况是奉皇华,数丈轻舠载一家。携瓶下岸买竹叶,挂席背风穿蓼花。(宋·王禹偁《送晁监丞赴婺州关市之役》)

③ 总栈初以仪征未易修复,设于瓜洲,后岸为水啮而圮,复移仪征。(《清史稿·食货四·盐法》)

如此,表方位的"上岸"便出现了断代问题。需要注意,《风俗通义》由《北堂书钞》摘录,它是唐代文献而非汉代,后时代的记录可能存在后代改前代的现象。

同时,在上一部分"岸"的地理分布图当中,关中地区大多都可以使用

"岸"作为协助义方位词,但是唯独宝鸡市没有使用,甚至表"旁边"义的方位词关中地区多以"边岸"表示,而宝鸡市则多用"旁里"。唐代以前,陕西关中东西府的分裂不明显,宋元时其分裂才渐渐明晰。由此可见,"岸"作为协助义方位词的使用,最早也应当在宋元时期。

综上而言,《风俗通义》的孤例不具有可信性,若是忽略此例,"岸"的典型方位义则成型较晚。李芳娟认为,"'岸'从来源上说继承自近代汉语、明清小说等近代汉语语料表明此时它已经形成了自己独特的方位系统"[1],其结论与笔者讨论结果基本一致。

综上而言,"岸"虽然早有记载,但是并不具有典型的方位义。从汉代到清代,它一直经历着漫长的词义虚化过程,直到宋元以后才在方言中完成虚化,成为具有典型"边"义的方位词。

从上一部分中可以看到,"岸"主要出现在中原官话区和西南官话区。与"边"相比,在陕西"岸"的使用量更大,用意更广,与其他方位词的结合能力更强,虚化程度极高。由此可见,"岸"比"边"在陕西方位词语当中更具有影响力,"边"作为通语进入方言中基本无法影响"岸"的地位。

(3) 头

"头"同"边"和"岸"的使用有些不同,它不仅可以表示"边",还可以表"里""前""上"。而"头"可以表示如此多的方位,与其方位词之外的本义和引申义有关。

首先,"头"可以表示"人体的最上部分或动物的最前部分",即人或动物长着口、鼻、眼等器官的部分,即现在人们最普遍理解的"头",也是它的本义:

苟偃瘅疽,生疡于头。(《左传·襄公十九年》)

由"头"的本义引申出"物体最前面的部分"之义:

① 丛头鞋子红编细,裙窣金丝,无事嚬眉。(五代·和凝《采桑子》)
② 尽背船头去,却从船尾落。(宋·梅尧臣《惊凫》)

从此,由"头"的"顶端"和"前端"之义引申出的意义非常多,其中便包括所有的方位意义。

"头"的诸多方位义,都有其较早的文献记载:

① 王乃使力士石以铁杖击圣,中断之为两头。(汉《越绝书·外传记吴王占梦》)[2]

---

[1] 李芳娟:《浅谈乾县方言中表示方位的"岸"和"邦"》,《西安社会科学》,2010年第4期,第183页。
[2] [东汉]袁康、吴平:《越绝书》,杭州:浙江古籍出版社,2013年,第64页。

② 系马长松下，废鞍高岳头。(晋·刘琨《扶风歌》)

③ 察其强力收多者，辄历载酒肴，从而劳之，便于田头树下，饮食劝勉之。(北魏《〈齐民要术〉序》)

④ 魏武将见匈奴使，自以形陋，不足雄远国，使崔季珪代，帝自捉刀立床头。(南朝《世说新语·容止》)

⑤ 潓水蛮中入洞流，人家多住竹棚头。(唐·张籍《蛮州》)

证据表明，从汉代开始，"头"便已经有了"部分"的意义，魏晋时期已经有了"边"义。结合"头"本身就有"上""前"之义，加之从口语使用到载入文献会有一段历史时期，笔者基本可以推断，"头"的"边、前、上、里"等方位义在汉代已经开始使用，南北朝时期得到发展，且因许多作品中有所记载说明这些用法到了唐代已经甚为广泛，在《水浒传》等明清作品中也可以发现，"头"的使用已经非常普遍。

"头"在陕西的使用非常广泛，各个方言区甚至方言岛均有使用，没有受到官话区的限制。当然，这也不排除"头"在方言和通语中皆有广泛使用有关。

（4）首

"首"被使用于方位词，与"头"应当有着密不可分的关系。

"首"首先就表"头"义，且是"头"的本义：

爱而不见，搔首踟蹰。(《诗·邶风·静女》)

所以"首"的用法相应的与"头"一致，包括其具有"边"义的词义虚化过程也是类似的，此处便不再多论。表本义时，"首"和"头"在先秦时已经共用，那"首"具有方位义当是何时出现的？

① 因自沐居楼上东首，开户牖而卧。(《列女传·京师节女》)

② 颎追之，且斗且行……四十余日，遂至河首积石山。(《后汉书·段颎传》)

最早的文献记载出现在汉代到南北朝，"首"已经具有了方位义，表示"面、边"。

就方位义而言，陕西方言的调查结果显示，"首"没有表示"里"的方位义。除了这一条，凡是用"头"作为协助义方位词出现的方位词语，都可以有"首"出现，甚至代替"头"的位置。而"首"不可表示"里"，只能表示"边、面、上"，成为与"头"最大的不同之处。

抛开方位义，关于"头"和"首"的产生时间问题，大多学者认为"首"早于"头"，而王力有一观点："头""首"是同源字。

王力认为，"头"属定母侯部，"首"属书母幽部。定书邻纽，侯幽旁转，"头"是"首"的音转。两者读音还可通过"道"联系起来，"头""道"语音相近，二者同为定母，"头"属侯部，"道"属幽部，侯幽旁转。"道"从"首"得声，《说文·辵部》："道，所行道也。从辵从首。"段玉裁注："首亦声"。①不仅如此，王力还指出，战国以前，只有"首"没有"头"，金文里有很多"首"，却没有一个"头"字，到了战国时代，"头"字出现了，它可能是从方言进入通语的。②

除此之外，邢公畹以亲属语言证明：泰傣语、龙州话的"头"与藏语、汉语的"头"有亲缘关系③，藏缅语"头"与侗台语"头"又有亲缘关系，而侗台语"头"字说法可以与汉语的"首"字相对应④，故而"头""首"具有同源关系。

综上而言，笔者认为"头""首"本是同源词可信度高，后来在发展之中语音出现差别。"头"多在口语中使用，应保留有古音；"首"多用于书面语，语音发生了较大的变化。"先秦时期，书面语和口语基本一致，但是书面语中的质言体和文言体也有区别。前者文句质朴，后者经加工润饰。文献中使用'头'口语色彩较为明显，用'首'则书面语气息强烈。"⑤例如《韩非子》用"头""首"分别表"人头"时，有明显的语体差别：

① 费仲曰："冠虽穿弊，必戴于头；履虽有采，必践之于地。"（《韩非子·外储说左下》）

② 桓公好味，易牙蒸其子首而进之。（《韩非子·二柄》）

最初二者的语体差别，也导致了它们在发展使用中有越来越多的差别。

根据先秦的文献数据统计，笔者发现表示"脑袋"这一意义的主要是"首"，并非是"头"：《诗经》当中出现12次"脑袋"义都是"首"；《左传》中出现34次该义有33次用"首"，1次用"头"；《论语》出现1次该义用"首"；《孟子》出现1次该义用"首"。由此可以推断，"首"出现时间应当比"头"早，且在最初的使用中"首"具有绝对的压倒性。

仅讨论"脑袋"义，"头"和"首"最大区别在于"头"可以表示"人和动物的脑袋"，"首"仅仅表示"人的脑袋"。笔者再次调查了战国末期《吕氏春秋》的"头"和"首"，发现虽然二者出现次数相同，但是"头"全都表示"脑袋"的意义，"首"仅有一半表示"脑袋"的意义。

据此可以推断，战国末期人们已经开始更多地使用"头"而非"首"来表示"脑袋"，从而使得"头"的"脑袋"义发展更快，获得更强的组合能力。

---

① 王力：《同源字典》，北京：商务印书馆，1982年，第190页。
② 王力：《汉语史稿》，北京：中华书局，1980年，第497-498页。
③ 邢公畹：《汉藏语系上古音歌侯幽宵四部同源字考》，《民族语文》，1998年第6期，第20页。
④ 邢公畹：《汉台语比较手册》，北京：商务印书馆，1999年，第148页。
⑤ 祝昊冉：《"首""头"在上古时期的演变》，《南开语言学刊》，2008年第2期，第75页。

随着时代的发展,"头"之后也具有了比"首"更强的方位组合能力。

王彤伟认为,"'首'虽然在文献中出现更早,但是就语义而言,'首'承担了过多的意义,但晚出现的'头'定义更加明晰,且其所涉及的'脑袋'义没有局限性;从语用上而言,'头'的意义明晰,也可以更好地进行双音节组合,符合历史发展的趋势,更多地用于地名、物名,组合能力更强,故而'头'在战国中晚期慢慢活跃,两汉时期已经具有了明显优势。"[①]

而关于具体的替代时间,池昌海通过考察《史记》,发现"首"通常用于转述或记述,而"头"多用于认为对话,得出"头"已经是常用词,而"首"少用于口语表达的结论。[②]

据此,汪维辉补充,《说苑》"头""首"出现频率基本持平,虽"首"的用例偏向书面语,而刘向更喜欢用"头",这证明当时的实际口语中"首"已经很少使用,同时《史记》中出现了"头发",而没有"首发",也是口语的证明。综上,西汉后期,口语中的"头"应该已经基本上取代了"首"。[③]

所以综上而言,虽然"首"和"头"是同源词,但是由于同音竞争关系和"首"语义承载量过多,反而使语义承载量较少的"头"在发展中具有了更强的组合能力和语义转向,使得其在表示"方位属性"中也具有比"首"更强的能力和更多的意义。而如何判定"首"和"头"作为方位词在陕西使用的早晚,则更多需要依靠方言地图判断。

(5)小结

在这一部分,除了在发展中"首"逐渐被"头"取代,大多协助义方位词几乎都初步形成于汉代,甚至更早,发展于魏晋,巩固于唐宋。所以这些方位词现在的使用主要由两方面决定:一是方言区,二是与其他方位词的组合能力。"头"比其他方位词具有更多的方位义,从而也就具有了更强的组合能力,遍布各方言区;"岸""边""首"的意义相对更少,且受到方言区的限制,分布更加固定。

2. 可与特定核心义方位词结合的方位词

在上一部分中,笔者划定了一部分只能用于特定方位词语中的方位词,但是"达、傍、里"相对来说使用范围较广,且使用上各具特色,故而我们对此进行探讨。

[①] 王彤伟:《"首、头"的历时演变》,《汉语史研究集刊》,2011年第14期,第182-183页。
[②] 池昌海:《〈史记〉同义词研究》,上海:上海古籍出版社,2002年,第180页。
[③] 汪维辉:《汉语核心词的历史与现状研究——以"头-首"为例》,《大理大学学报》,2017年第5期,第6页。

（1）达（党）

"达"出现在"那边""这边"之中，表示"边"的意义。"达"今天几乎不作为与方位有关的词使用，那"达"的方位义来自何处呢？

《说文解字》对"达"如此解释："行不相遇也。从辵羍声。《诗》曰：'挑兮达兮。'达，达或从大。或曰迭。徒葛切。"①可见"达"在许慎生活时期并不具有任何有关"方位"的意义，并且在演变之中具有其他实义，即使是有一地名为"达州"，这也是取"通达"之义，但与"方位"并无关系。而"达"在方言词典当中记载大多为"达"，时而为"嗒"，时而为"答"，我们可以推断，这个"达"仅仅标记了当时的发音，而非其本字。

《宜川县志（校注本）》中有记载："窝处曰圪劳儿。凸出曰圪塔（dà）或曰梁梁儿。处所曰达。这里那里曰这（zhī）达、兀（wù）达。"②由此可知，"达"表示处所，与"圪"连用表示凸出的地方。而陕西不同的方志中还有完全相同的记载，只是在"达"处写为"墶"或"搭"，而"墶"并无古文字记载，只有在部分当代方言志当中有记载，故而应当也不是本字。

除此记载之外，笔者还在文献中找到了其他的"指示代词+方位词"留下的证据，如"的""搭"等，这些应当都不是本字：

① 汉萧何忑下的，救他出井底，倒将他斩讫，那的也须放着傍州例。（元·佚名《赚蒯通》）

② 道姑，敢问这搭儿是何处也？（元·李好古《张生煮海》）

"达"在陕西作方位词还有一个音变为"当"，根据"当"和陕西方言的发展进程，我们做出推断，"达"音的本源应当是"党"。

"党"与"方位"有着特殊的关联：

① 五家为比，五比为闾，四闾为族，五族为党。（《周礼·地官·大司徒》）

② 吾党有直躬者。（《论语·子路》）

③ 以与尔邻里乡党乎。（《论语·雍也》）

这里"党"指上古社会组织形式，根据《释名》记载，古代五百家为党，一万二千五百家为乡，合而称乡党③。此外，陕西方言中有一词为"乡党"，指居住在同一乡土的人，或称同乡的人④。乡党作为老乡的用意，常见于陕西关中人对老乡的称呼，其他地域很少见。

根据马伯乐的考证可知，"'当'的7世纪汉语发音为[taŋ]，8世纪汉语为

---

① [清]段玉裁：《说文解字注》，北京：中华书局，2013年，第73页。
② 余正东：《宜川县志（校注本）》，西安：西安地图出版社，2007年，第479页。
③ [东汉]刘熙：《释名》，北京：中华书局，1985年，第26页。
④ 许宝华、宫田一郎：《陕西方言大词典》，北京：中华书局，1999年，第465页。

[taɣ̃]"①。根据孙立新和傅来兮的《陕西方言语音特征与规律研究》可知，与普通话后鼻韵母[ɑŋ]相对应，在陕北地区，可读作[ɔ̃] [æ̃][ɑŋ]；在关中地区，可读作[aɣ̃]；而在陕南地区，两种情况都可。②在此，8世纪"当"的读音与今天关中地区保留的读音一致，不仅如此，"党"的后鼻音在今天的陕西出现了明显的鼻化甚至省略的现象，故而呈现出一种全省读音变异的情况。在这种情况下，"党"的读音自然可以包括了"达"和"当"两种，同时，这也可能是方言中保留下的"阴阳对转"现象——根据渠佳敏的调查，"在山西晋语区并州片存在'鱼、铎、阳'三部的阴阳对转……普通话韵母[ɑŋ]（ang）在方言中读作[ʌ]，少数在祁县话中读成 [ɯ]、[ŋ]、[ia]，部分与普通话读音相同，'当'韵母读作[ʌ]，'党'韵母读如普通话"③，汉语拼音 a 是音位归纳的结果。同理，若为该方言归纳音位，则[ʌ]包括鱼部、铎部的[ʌ]和阳部的[ɑŋ]。故而在陕西，"达"之韵母可能受到晋语、本地语言自身演变等多重影响，演变出多个读音，"达"的读音也是长期使用选择的结果。

从语义角度而言，"党"长期以来以"乡党"出现在历朝历代的文献当中，几乎没有表示地点的意义。但是在秦代山西，有一郡名为"上党郡"，《释名》对该地名有记载："党，所也，在山上其所最高，故曰上党也。"④由此可见，在古代"党"有表示地点的意义，并且在山西一带，邻近的陕西自然可受其影响，更何况陕西北部就是晋语区。此外，《左传》中的"师乎，师乎，何党之乎"⑤，杜预为其注"党，所也"更可为证。同时，我们可以根据如今实际使用做推断：在西南官话中，部分地区会使用"这个当""那个当"等表示"这边""那边"，在实际用语中会采用"我们那个当有个人特别厉害"的说法。这句话的意义便在于，若是按照"党"最传统的意义"我们那个当"可以表示"我们乡里"等含义，但毫无疑问在现代汉语的语境下，这与"我们那边"是同义的。除此之外，在陕西清涧、延川也称"那边"为"那家"，"家"则是"党"五百分之一，是"党"的小范围体现。虽然只有两处用"家"，但却是"达"本应为"党"的极佳证据，也是具体地点虚化而来的表现。

据《汉语方言大词典》，"达儿"在陕西北部即可表示"这儿、这里"⑥，

---

① [法]马伯乐著、聂鸿音译：《唐代长安方言考》，北京：中华书局，2005年，第34页。
② 孙立新、傅来兮：《陕西方言语音特征与规律研究》，《咸阳师范学院学报》，2019年第3期，第37页。
③ 渠佳敏：《从山西祁县方言看上古鱼、铎、阳三部分合与阴入阳对转》，《天水师范学院学报》，2007年第4期，第62页。
④ [东汉]刘熙：《释名》，北京：中华书局，1985年，第24页。
⑤ 杨伯峻：《春秋左传注修订本》，北京：中华书局，1990年，第1631页。
⑥ 许宝华、宫田一郎：《陕西方言大词典》，北京：中华书局，1999年，第1780页。

说明"达"本身在当地已被用作指示代词,故而它只能用在指示代词之后。它是经过长期使用可以与多种协助义方位词互相替代并在地方志中被保留下来,加之赵元任观点的支持,才被我们划入方位词的范畴。

综上而言,笔者认为,"达"或"当"作为方位词,从语音或语义的发展演变来看,其本字应当为"党",协助指示代词"这"或"那"成为方位词。并且其使用遍布全省,因"党"之地点义最初用于陕西关中地区,故而应当是从陕西中部扩散至陕西北部和南部地区。

(2)傍/傍个

对于"傍",《说文解字注》记载道:"近也。古多假并为之……亦假旁为之……从人。旁声。此举形声包会意也。韵会无声。"①所以"傍"本身就是"近"的意思,在古代有时也用"并"和"旁"进行替代。

臣闻客有过主人者,见其灶直突,傍有积薪,客谓主人,更为曲突,远徙其薪,不者且有火患。(《汉书·霍光传》)

《汉书》中有 11 处类似上面的例子,即用"傍"表示"旁"②,可以看出,在一定程度上,在古代"傍"确实具有"旁"的意义。

在调查中,只有"左、右"这两个方位和西安、长安的"东、南、西、北"会有"旁/傍/傍个"作为协助义方位词出现。除了陕西境内,兰银官话区的"左、右、东、南、西、北"全都用"傍个"作为协助义方位词。

作为协助义方位词,在绘图时,我们为方便标记,将"旁"都归入"傍"的大类。而在"旁/傍/傍个"这组最原始的调查数据当中,仅有眉县是以"旁"为协助义方位词,其他地区都是"傍/傍个"。同样地,作为指示代词后的协助义方位词,只有金台一地出现"旁",其他地区都是"傍/傍个"。

我们不禁产生疑问,"傍"的方位词义是究竟是来源于其自身的"近"义还是来源于"旁"呢?

根据李冬鸽和郑莉的《"方"为"舫"之本字考——兼论"旁""傍"的古文》所言,"方、旁、傍同出一源,它们所表示的意义关系十分密切,所以形成了文献中互相通用的局面。"③而也正是"方"为"傍"赋予了"并"和"旁"的意义。虽然"旁"和"傍"很早就已经通用,但是在起初,"旁"具有"傍"没有的方位义:

---

① [清]段玉裁:《说文解字注》,北京:中华书局,2013 年,第 77 页。
② 牛慧芳:《"侧"与"旁(傍)"的历时替换》,《吉林省教育学院学报》,2009 年第 8 期,第 99 页。
③ 李冬鸽,郑莉:《"方"为"舫"之本字考——兼论"旁""傍"的古文》,《语文研究》,2012 年第 3 期,第 47 页。

① 成外阳之日，利以祭、之四旁野外。（睡虎地秦简《日书》乙种）①
② 穆穆鲁辟，徂省朔旁。（战国·梁十九年亡智鼎）

这个时候，"旁"有方位义，但是"傍"并没有。"傍"所具有的是"邻近、靠近"的意思，并不具有方位义。在这种情况下，今天的"傍"具有了方位义，应当是"方、旁、傍"三者通用的结果，使得"傍"也具有了"旁"的方位义。

根据牛慧芳的《"侧"与"旁（傍）"的历时替换》的数据调查，在文献记载中，"傍"应当是从《淮南子》开始具有"旁"的意义，表示"旁、侧、边"的意义。到了东汉，"旁/傍"表示"旁、侧、边"相对于"侧"已经有了绝对优势。②

除了以上研究之外，笔者发现与"旁边"类似的还有"傍边"一词：

① 傍边愚人见其毒蛇变成真宝，谓为恒尔，复取毒蛇内着怀里。（南朝《百喻经·得金鼠狼喻》）
② 响误击刺闹，焰疑彗孛飞；傍边暖白酒，不觉瀑冰垂。（唐·皮日休《奉和鲁望樵人十咏·樵火》）
③ 奴仆葵花，儿曹金菊，一秋风露清凉足。傍边只欠个姮娥，分明身在蟾宫宿。（宋·辛弃疾《踏莎行·赋木犀》）

"傍边"主要有二义，一为近旁，二为靠近边沿，最早出现在南朝《百喻经》，并且在唐宋文献中使用较多。根据以上所有材料，我们可以推断，"傍"在战国末期与"旁"通用开始有了方位义，并且一直发展使用，在唐宋之后完成虚化，成为协助义方位词。

"傍"的使用在西北地区普遍得到较好的保留，同样处于中原官话区、作为古代政治中心的洛阳，也较好地保留了"傍"，表示"物体的两旁或周围部分"③，有着与陕西方位词语的类似用法。

而在兰银官话区，"傍"的使用更为广泛，且与其他协助义方位词的具体含义出现不同于陕西的特点：在乌鲁木齐，"东（西/南/北）头"所指的是"域内四方"，"东（西/南/北）边/傍"所指的是"域外四方"。④这种具体的差别在陕西的中原官话区则没有得到好的保留。

（3）里

此处的"里"非常特殊，它并非指与"外"相对的"里"，而是作为一个协

---

① 杨树达：《积微居小学金石丛论·释旁》，北京：科学出版社，1995年。
② 牛慧芳：《"侧"与"旁（傍）"的历时替换》，《吉林省教育学院学报》，2009年第8期，第100页。
③ 任龙波：《洛阳方言的方位和时间后缀》，《河南科技大学学报（社会科学版）》，2011年第6期，第23页。
④ 陈瑶：《北方官话"四方"的表达形式》，《汉语学报》，2007年17期，第41页。

助义方位词出现的"里",例如表示"前边"的"头里"、表示"上边"的"脑里"。

首先我们要对"里"做一个区分。先秦时期很多文献中都出现了"闾里、乡里、邻里、户里"等词,那我们是否可以说明"里"在先秦时期就是一个方位词了呢?并不。此处的"里"是从"田土可居"的意思发展来的①,而我们今天的"里"在古代有两种写法,它们为同音字:里和裹(以下说的"里"都是"裹")。

"里"起初并非是个方位词,而是指衣服的内层,《说文解字》记载:"里,衣内也。"②而我们今天所说的方位词"里",是到了汉代才有此意的:

① 藏府之在胸、胁、腹里之内也,若匣匮之藏禁器也,各有次舍。(西汉《灵枢经·胀论》)③

② 今日还家去,念母劳家里。(汉《孔雀东南飞》)

而到了佛经盛行的魏晋南北朝时期,"里"作为"中间,内部"的核心方位词义才被确定下来,得到广泛的使用和记录:

① 须臾水清,又现金色,复更入里,挠泥更求,亦复不得。(南朝《百喻经·见水底金影喻》)

② 太祖隐兵堤里,出半兵堤外。(晋《三国志·魏志·武帝纪》)

到了唐代,"里"的空间表示范围更广,不再仅限于"中间、内部",还可以表示"具体的空间和范围":

东顾望汉京,南山云雾里。(唐·陈子昂《赠赵六贞固二首》)

我们可以确定,"里"的词义虚化在此时完成,协助方位词义正式形成,所以采用"某词+里"的形式。而与陕西方言符合的"里"起协助作用的"头里"在文献中也可以见到不少:

① 你看那山儿,俺在头里走,他可在后面;俺在后面走,他可在前面。(元·康进之《李逵负荆》)

② 这里又放月钱了,又散果子了,你该跑在头里了。(《红楼梦·第五十二回》)

综上而言,"里"作为协助义方位词在唐代已经形成,随着不断的发展,在元明清已经得到了较为广泛的认同使用。

3. 与人体、房屋的位置相关的几个方位词

除了以上协助义方位词,我们会发现剩下的方位词具有类似的特点。这

---

① 王莉:《汉语方位词"前、后、里、外"研究》,河南大学硕士学位论文,第2008年,第25页。
② [清]段玉裁:《说文解字注》,北京:中华书局,2013年,第394页。
③ 周鸿飞、李丹点校:《灵枢经》,郑州:河南科学技术出版社,2017年,第65页。

一类方位词较为特殊，例如：盖，面，掌，梁，起。

根据它们本身的特点，我们可以对其进行分类：

第一类，与人体部位或动作有关：面，掌，起。

第二类，与房屋有关：盖，梁。

这些协助义方位词往往是用于某一类方位词的表达："起""盖""梁"与"上"相关，"面""掌"与"里"相关。

这些词的用法可以用上一部分提到的认知语言学的认知投射空间来解释，也可以理解为它们与"头"的词义虚化演进类似。"头"表示"人体的最上部分或动物的最前部分"，从而渐渐衍生出了与其所在位置类似的方位义。与之相似的，与人体和房屋位置直接相关的词，也是从人体或房屋进行了空间的投射，与"头"有着类似的演变过程："掌"是手，现在更多指手心那一面，故而与"里"有关；"盖""梁"都在房子上部，故而与"上"有关；"起"作为一个动兼方位词，也应当是由"起"的"向上"之义而延伸出与"上"有关的方位义。而"面"比较特殊，在陕西它作为协助义方位词较少用到，但是在我们日常生活中是很常见的，与"边"同义。"面"的本义也是"头的前部"，应当也是有与"头"类似的发展演变过程得到的。此处不对它进行讨论。

（二）陕西方位词语的音变

大体而言，陕西方言在北部、中部、南部分别使用晋语、中原官话和西南官话，并且在其中甚至夹杂着些许其他方言，故而存在同一个字词有多种音变的现象。此处我们主要对协助义方位词进行音变分析，对有特殊性的核心义方位词和指示代词进行讨论，以最终拟测不同方位词的地理扩散情况。

由于当前关于陕西方言的语音研究成果颇多，笔者可以借用学界普遍认同的观点进行阐述。

1. 协助义方位词的音变

（1）达、当、的、台

之前我们谈到"达"和"当"应当都来自"党"。

由孙立新和傅来兮的《陈西方言语音特征与规律研究》可知，普通话后鼻韵母[ɑŋ]，陕北地区可读作[ɔ̃] [æ̃] [aŋ]；在关中地区可读作[aɣ̃]；在陕南地区两种情况都可。[①]

[①] 孙立新、傅来兮：《陕西方言语音特征与规律研究》，《咸阳师范学院学报》，2019年第3期，第37页。

但是区别较大的是，"达"的变化较大，元音鼻化，全省的中原官话区和晋语区、靠北的西南官话区都受到了影响；"当"则只是"党"的变调，变化很小，而且主要分布于陕南的西南官话区，在陕西最北端只保留了一处。所以我们推断，"党"变成"达"的发音，必然先发生在秦岭以北的地区，之后通过秦岭古栈道传入陕南地区。在"党"向"达"的音变过程中，受秦岭阻隔的陕南地区较好地保留了"当"的读音。

"的"也是仅能用于指示代词后的方位词，与"达"存在音变关系。根据孙立新的描述，"澄城把'蛇'读作'啥'，韩城把'扯'读作'茶'，'爷'读作'牙'，陕南不少地方亦然"①。根据该描述，我们可以了解到陕南很多地区将[ə]读作[ᴀ]，而"的"仅分布于陕南，与"达"当存有音变关系。

除此之外，"台"可能也与"达"存在音变关系。孙立新指出，"达"受到古音的影响读作 tuo，即按照古音读时声母送气，受先秦古因素的影响，"他"读作[tæ]，即[ᴀ]读作[æ]。②在古音的多重影响下，"达"声母送气且韵母音变，两者进行重组，"台"便成为它的音变体。

综上而言，笔者推测，"达""当""台""的"这四个只能用于指示代词后的协助义方位词都是"达"或其音变体。"家"则是晋语区独有的，与"党"为同类，产生时间与"党"相近，但不具有"党"强大的影响力。"哈"是西南官话区独有的。总体而言，应当是陕西中部地区率先发生音变，"党"变"达"，向陕北扩散，使得北部几乎全都用"达"，在最北端保留了较为古老的"当"音，同时向陕南扩散，虽然受到秦岭的阻挡，但也通过古栈道进行了传播，小部分地区保留了"当"音，同时陕南内部也发生了多种多样的音变。

（2）旁、傍

笔者认为，"傍"作为方位词，其义来源于"旁"，主要证据是甲骨文的"方"以及后代的发展。然而"旁"和"傍"在今天的读音中，也只有一个声母是否送气的差别。但是有一个特殊情况，在全省几乎都将"傍"作为方位词的情况下，眉县、金台仍然用"旁"。

根据《陕西方言语音特征与规律研究》可知，古汉语全浊仄声字在宝鸡、岐山、眉县一带地区读作送气清声母③，此时[p]也就念[pʻ]，"傍"也就成为"旁"，而刚好眉县、金台地处宝鸡，保留了"旁"的读音。

---

① 孙立新：《陕西方言漫话》，北京：中国社会出版社，2004年，第48页。
② 孙立新：《陕西方言漫话》，北京：中国社会出版社，2004年，第72页。
③ 孙立新、傅来兮：《陕西方言语音特征与规律研究》，《咸阳师范学院学报》，2019年第3期，第36页。

（3）下、哈

在陕南地区，存在"下"读作"哈"的现象，有时候二者可以并用。根据孙立新的《陕西方言漫话》可知，"普通话读作 ji-、qi-、xi-，白读 g、k、h 的现象比普通话多得多"[①]，由此可见陕西话中普遍存在"哈"和"下"的混读现象。

不仅如此，"汉语中古音 g、k、h 分化出了 g、k、h 和 ji-、qi-、xi-两组，前一组是保留，后一组是历时性音变的结果，陕西方言比普通话音变速度超前"[②]。就此而言，陕西方言是由"哈"分化出了"下"，而不是普通话的"下"到陕西方言中变成了"哈"。

2. 部分核心义方位词的音变

（1）后、合、黑

根据上一部分的方位词语组合表，我们发现大多核心义方位词仅表一个核心义，但是"合""后"两词较为特殊，既可以表"里"，也可以表"后"。

从各自词义出发，它们各自仅能表一义。"合"本身并无方位义，但是陕西民间戏曲当中有记载，"合头"表"里面"之义：

先前也没问题，就是最近他哥哥大老周在工作合头有些不高兴处。(《秧歌剧选·惯匪周子山》)[③]

笔者推测，"合"可能是由其本义"闭，合拢"产生了认知上的"闭合的内部空间"，从而产生心理投射到实际空间中的"里"义。

"后"，按其方位义本字"後"讨论，《说文》记载："迟也。从彳、幺、夂者，後也。"[④]其本义便是由"迟"引申出的时间、空间的"後"，在方位义中便是"与前相对"，并且此义产生时间很早：

前徒倒戈，攻于后以北。(《尚书·武成》)

除此之外，方位词"合"和"后"别无他义。所以笔者认为，两者之所以可以互表意义，是由于发生了音变。根据孙立新的调查，"[o]音位在西安、咸阳一带及渭南部分地区（如韩城）的变体为[ɤ]"[⑤]，"后"的普通话标准读音应为[xou⁵¹]，但是在实际读音中用 praat 进行分析会发现[o]音更加突出，因此笔者推测陕西部分地区的人发[u]音时发生疏化或脱落之后发生了如上音变，

[①] 孙立新：《陕西方言漫话》，北京：中国社会出版社，2004年，第48页。
[②] 孙立新：《陕西方言漫话》，北京：中国社会出版社，2004年，第49页。
[③] 张庚编：《杨歌剧选》，北京：中国戏剧出版社，1962年，第199页。
[④] [清]段玉裁：《说文解字注》，北京：中华书局，2013年，第77页。
[⑤] 孙立新、傅来兮：《陕西方言语音特征与规律研究》，《咸阳师范学院学报》，2019年第3期，第38页。

"后"的读音变为"合",韩城便具有代表性。加之[o] [ɤ] [u]三音发音位置相近,都是舌面后高元音或舌面后半高元音,是否圆唇基本决定了当地人习惯的读音。"合"和"后"虽然读音相混,但是由于并不在同一地点表两种意义,所以这种音变是单向的。

"黑"与"后"无关,它是"合"的音变。孙立新指出,"普通话读 e、ɑi、o 三韵母的古入声字,关中方言读 ei 韵母,陕南多读 e、o、uo、ei 等音,汉中读 ei"①,"合"是咸摄入声字,且普通话韵母读 e,"黑"多分布在宝鸡、汉中一带,分别位于关中东府、陕南汉中,且在核心义方位词中跟随"合"表"里"义,所以"黑"是"合"的音变,并跟随其出现在"里面"一组词中表核心义。

（2）里、徙

在"里面"这组方位词语当中,"徙头"显得尤为特别。《汉语方言大词典》记载,"徙"无方位义,同时也无其他意义可引申为"里"。二者同是止摄开口三等字,如今只有声母不同,故而推测是音变,"徙"应当只是记音所用,并非本字。

根据杨小平的调查,在陕西中原官话关中片,"心母字逢细音,除了合口三等的山摄和遇摄外都读[s]"②,而"徙"是开口三等的止摄心母字,所以读音为[si]。而王福堂对来母字进行了历时的推断,"来母早期经历过浊声母 z 的阶段,清声母音值 s 这部分来母字声只是后来浊音清化的结果,其音变过程应该是：l→z→s,即次浊音先变成浊擦音,再变成清擦音"③。由此可见,经过漫长的演变,在方言区"里"可音变为"徙"。

3. 核心义指示代词的音变

有一组指代类的方位词语较为特别,"这边"和"那边"。它们不仅协助义方位词的使用较其他方位词特别,而且指示代词的读音上也有着较大的变化,在此我们对这个问题展开讨论。

（1）兀、外、嗨、乃、那

这一组指示代词来自"那里"的"那",对于陕西方言而言究竟哪个是本音,哪个是变音,我们都需要进行一番探讨。

"那"一开始并不是指示代词,而是作疑问代词使用,至于它的本字是哪个,各有看法：王力先生认为来自"尔",之后又认为是从疑问代词转过来的。

---

① 孙立新：《陕西方言漫话》,北京：中国社会出版社,2004 年,第 67 页。
② 杨小平：《澄城方言心邪母字读音考察》,《咸阳师范学院学报》,2019 年第 3 期,第 46 页。
③ 王福堂：《汉语方言语音的演变和层次》,北京：语文出版社,1999 年,第 99 页。

吕叔湘先生认为来自"若"。其他语言学家往往也在两者之间争执不下。①但是毫无疑问,"那"是最早被用作指示代词的:

山那畔,别有人间。(宋·辛弃疾《丑奴儿·千峰云起》)

之后是"兀"。兀那,为指示代词,犹指"那、那个":

① 兀那弹琵琶的是那位娘娘?(元·马致远《汉宫秋》)
② 兀那都头不要走!(明·施耐庵《水浒传·第十四回》)

"兀"具有了"那"的意思并不是来源于其自身,而是作为元曲的发语词常常与"那"连用,长期的连用使得"兀"中具有了与"那"相同的意义。孙立新指出,"兀"表近指的"那"②,所以,兀应当不是音变,而是来自意义的延伸。

但是"外、喊、乃"在历代的意义当中皆没有用作指示代词,极可能是音变。

在这种情况下,我们姑且可以根据声母,将这一组指示代词分成两组可能存在的音变:一是"兀、外、喊",二是"乃、那"。

根据上一部分的绘图和指示代词的分布情况,我们将第一组命名为"兀"系,将第二组命名为"乃"系。"兀"主要分布于中原官话区和紧挨其的晋语区南部;"外、喊、乃"仅分布于中原官话区;"那"则主要分布于陕北和陕南,少量分布于中原官话区。分布呈现出一种陕北、陕南较为明晰地普遍使用"那",而陕西中部地区各类指示代词混用的局面,特别是"兀"系仅分布于中原官话区和紧挨其的晋语区南部。我们基本可以判断出,陕西中部的中原官话区和晋语区的南部是语音变异最多的地方。

根据《陕西方言漫话》可知,陕西方言中"屋"在户县、周至、眉县等地方白读为"wei"③,即"u"可读"uei"。此处我们可以理解为由"兀"延伸出了"喊"。除此之外,很多"ai、ei 韵字混读,uai、uei 韵字混读"④,并且根据孙立新所言,应当是由 uei 向 uai 转变,故而应当是"喊"延伸出了"外"。首先根据"喊"和"外"的分布地点符合白读转换的地点要求,并且根据今天陕西普遍接受了这种转换而言,"外"应当占多数,"喊"占少数,且"喊"正好分布于"外"的分布点中心,更为此判断提供了佐证。所以在"兀"系这一类当中,我们可以确定其语音变化的顺序为:兀→喊→外。

而关于"那"和"乃"的音变,目前很少有相关材料可以证明其有直接

---

① 韩松岭:《指示代词"这""那"研究综述》,东北师范大学硕士学位论文,2011年,第5-6页。
② 孙立新:《陕西方言漫话》,北京:中国社会出版社,2004年,第136页。
③ 孙立新:《陕西方言漫话》,北京:中国社会出版社,2004年,第55页。
④ 孙立新:《陕西方言漫话》,北京:中国社会出版社,2004年,第46页。

的音变关系。那，歌韵端组果摄上声字，开口呼，一等字。其音变在陕西方言中一直都有[u]，并不符合今天"乃"的读音。所以笔者推测"乃"可能是"那"和"外"在长期混用中发生语流音变的结果，"那"的声母[n]和"外"[ai]的韵母结合产生了"乃"。除此之外，笔者还有一种推测，便是"那"和"乃"在古代读音其实是相似的。孙立新便认为"奈"是"那一"的合音①，笔者并没有找到其他直接证据，但是在唐代，"奈何"和"那何"是同音义的：

① 其可那何，或令专局北司，则飞龙庄宅，内园弓箭，皆得以文呼也。（唐·高彦休《唐阙史·吐突承璀地毛》）②

② 只缘当路寇雠多，抱屈怎那何。（《敦煌曲子词·望江南》）③

除此之外，古代"那"和"乃"音同用的例子还很多，但是笔者推测的语流音变缺少其他实例的证明，所以认为，今天用"乃"表示"那"，是古音古义通用的结果。

按照以上的推测，笔者可以确定这一组指示代词的产生顺序如下：第一阶段为那→兀；第二阶段为兀→嗨→外、那→乃。

（2）这，制，咋

这一组指示代词来自"这里"的"这"。在上一部分中我们可以确定，全省几乎都用"这"，但中原官话区出现了"制"和"咋"。"制"和"咋"都没有作为指示代词的作用，在此可以确定其本字就应当为"这"。在讨论"这"的音变之前，我们简单了解一下它的来源。

"这"作为指示代词出现，最早出现在唐代，指代近处的人或事物：

① 笑问中庭老桐树，这回归去免来无？（唐·白居易《商山路驿桐树昔与微之前后题名处》）

② 这次第，怎一个、愁字了得。（宋·李清照《声声慢》）

但是唐代之前，并没有出现"这"。"这"是如何得来的，语言学家们对此也有很多争论：周法高、高明凯、王力等人认为是从古代汉语的"之"演变过来的，又因"之""者"通用而演化到"遮"再演化到"这"；吕叔湘认为应当是从"者"和"遮"演变而来；梅祖麟认为是从"只者"掉落了"只"，让"者"继承了"只者"的意义，并传承给"这"；冯春田认为是继承了"只么"；叶友文认为这就是唐朝的一个新词；志村良治虽然进行了讨论，但最后并没有得出倾向性的结论。④可以看到，"这"的可能来源有很多，其中包括

---

① 孙立新：《陕西方言漫话》，北京：中国社会出版社，2004年，第136页。
② 上海古籍出版社：《唐五代笔记小说大观》，上海：上海古籍出版社，2000年，第1323页。
③ 王重民：《敦煌曲子词集》，上海：商务印书馆，1950年，第24页。
④ 韩松岭：《指示代词"这""那"研究综述》，东北师范大学硕士学位论文，2011年，第4页。

了很多语言学家认为有"之"或"只"。

这，仙韵见组山摄去声字，开口呼，三等字。按照陕西中原官话区的语音演变，"这"不会变成"制"，因为很少有[ɤ]变成[ŋ]的例子。但是假设大家认为的"之"或"只"的来源是正确的，在这种情况下，"制"是"之"作"这"用的保留。在这种情况下，古音得以保留，即制→这。

而"咋"，它本身就是代词，相当于"怎"。对于其是否是音变，笔者也是存疑的。例如前面讲到的"那"，便是从疑问代词转变而来的指示代词，"咋"也具有这种可能性。当然若非要从音变的角度来看，也并不是完全不可能。在陕西关中地区，方言中"夜"读 ya，即韵母 e 会变成 a，同样在关中地区也存在部分平翘舌不分现象，这两种情况相撞就会出现"咋"的读音。

按照如上的推测，若确实是音变的结果，"这"出现的顺序应当为：制→这→咋。

4. 陕西方言方位词语从蒙古语借词音译情况及相关问题

在第二部分的方言地图中，为了清楚地展现方位词语的分布，笔者没有将陕西方言从蒙古语方位词语音译借词纳入其中。在《陕西方言大词典》中，在府谷、神木、靖边、榆林四地有以下几类方位词语出现了这类情况（因为是音译，为方便判断读音，括号当中为西里尔蒙古文，不采用回鹘文）：

上面：德日（蒙古语：Дээрээс[te：re：s]）

下面：当日（蒙古语：Доороос[to：ro：s]）

外面：嘎达（蒙古语：Гадаа[kɑta：]）

里面：巴润嘎日（蒙古语：Дотор нь[tɔt'ɔr ni]）

关于以上四个方位词语，我们可以看到，它们的音译基本与当地的蒙古语读音相同。而"这里"和"那里"的音译出现了相反的情况：

这里：腾德①（蒙古语：Энэбайна[ɛnɛ pɑinɑ]）

那里：恩德②（蒙古语：Тэнд[t'ɛnt]）

根据音译，我们判断"那里"的读音与英文单词 tend 相似，应当音译如"腾德"，而"这里"的音译基本取自蒙古语前半部分的 Энэ，其发音与英文单词 end 相似，应当音译如"恩德"。故而笔者认为，"这里"的音译应当为"恩德"，"那里"的音译应当为"腾德（特恩德）"，是《陕西方言大词典》标记相反致误。

需要注意的是，"这里"和"那里"经过音译后，似乎形成了与"达"相

---

① 熊贞：《陕西方言大词典》，西安：陕西人民出版社，2014年，第423页。
② 熊贞：《陕西方言大词典》，西安：陕西人民出版社，2014年，第107页。

对应的"德",那"达"是否可能来自从蒙古语借词音译的"德"呢?笔者认为可能性不大。①

首先在上一部分,笔者认为"达"应当来源于"党",并且陈述了理由。

其次,从文献记载来看,在历史上,"达"及其音变与"这/那"搭配有文献记载确实是从元朝开始:

咱那埚儿各间别,怎承望这搭儿里重相见!(元·关汉卿《拜月亭》)

关汉卿是山西运城人,其方言近于关中话。在他的作品当中,其他元代戏曲、杂剧中,"达"类词已经得到普遍的运用。假设"达"真的来自"德","恩德"和"腾德(特恩德)",起初应当保留有一定的文献记载,但是它们几乎没有作为方位词或指示代词的任何记载。且从口语进入文献记载理应有一定的时间差,"达"类词在元代的使用已经比较成熟,它的使用或更早,而"党"表方位是从先秦就有的。

最后,从地理分布来看,"恩德""腾德"仅使用于府谷、神木、靖边、榆林四地,皆位于陕西西部紧挨内蒙古自治区的四个城市,而在陕西其他地方该说法并没有得到保留。同时这四个地方仅使用"这达(当)""那达"来表示"这里""那里",没有使用"这/那"的其他音变形式,当地形成了"恩德"与"这达"、"腾德"与"那达"并行的情况,如若"德"是"达"的本音,受当地方言的影响也应当同时与其发生语音变化,形成"恩达""腾达"等表述,但当地并没有发生这种改变或混用。

四、陕西协助义方位词的扩散过程

前面两部分显示,陕西方位词语多而杂特点明显,但是在分布上总是有规律可循,这离不开陕西独特的地形和历史。

从地形来看,陕西可以划分为北、中、南三段:陕西北部地区地势狭长,多高山,地形起伏较大;中部为平原地区;南部为秦巴山地。北部与中部没有较大的隔阂,南部和中部虽有秦岭阻挡,也带来了语言交流上的许多不便,但是秦岭古栈道也将其连通,使得南部可以与中部北部进行沟通,也带来了语言的扩散与交融。

从历史来看,陕西西安自西周以来便已建立都城,秦、西汉、东汉、西晋、隋、唐等十多个王朝先后在此定都。在1200多年里,西安都是我国的政

---

① 笔者并非蒙古语母语者,不了解蒙古语的语音变迁,若蒙古语在元代与指示代词后的协助义方位词"里"相对应的音节为"达"音,加之今天除陕西之外也有方言区用"达",则极有可能是蒙古语从汉语中所借方位词的音译。

治、经济、文化中心，一是它会使用每个在此定都的朝代最通行的语言，于今天而言它必定也保留了属于那个文化中心时代的痕迹；二是这也导致全国的人民都会来到这个地方，它会集中更多的方言，产生比文献更多的能找到的语言接触。到了宋代以后，西安不再是都城，北京作为政治、经济、文化中心，将北京很多用法传入陕西，陕西也会受到"新通语"的影响。

在前面地理分布和历史层次的讨论基础上，本部分将结合地形、历史等多种因素，大致构拟出陕西协助义方位词的扩散过程。

（一）陕西结合能力最强的协助义方位词的扩散过程

在上一部分，首先笔者讨论了四个结合能力最强的协助义方位词"边、岸、头、首"的历史层次，现在笔者将对其扩散使用进行讨论。这里需要设置一个前提：仅考虑四个协助义方位词共有的协助义。

通过统计发现，"边"更多地使用于中原官话区和紧挨的西南官话区北部区域。它作为一种现在几乎都通用的方位词，多分布于官话区，特殊的方言区（如晋语区和陕西的方言岛）基本不受影响。作为协助义方位词随着普通话进入陕西方言，虽然其分布较少，使用频率较低，但是在各类词中均有体现，应当是通用语对方言影响的结果。尤其要注意的一点是，"边"作为通用语，很多地方都在用，尤其是中心城市，例如西安、长安、户县、富平等西安及其周边城市，但是文献记载之外的很多其他城市也在用，却未被记载入方言志，所以"边"的分布虽然看上去较少，但其实际使用并不少。也正是在这种记载与使用有差别的对比当中，笔者更加确认"边"应当是最后以通用语的方式进入各地方言的，所以在结合能力最强的四个协助义方位词中，"边"定是最晚扩散的。

关于其他三个协助义方位词，在上一部分，"岸"经过论证，其协助方位义从近代汉语发展而来；"头"和"首"作为方位词语同在汉代出现了。仅从这一层面来看，我们可以确定"岸"是最晚扩散的。

不仅如此，从它们与其他词结合的能力来看："边"的结合能力较强，虽然它在各类方位词语中仅在1~2个地点出现，但是几乎在每类方位词语中都有出现；"岸"可以与上、下、左、右、外、这、那和本文不作讨论的东、南、西、北结合，出现频率非常高，结合能力极强；"头"多与前、后、里、上等方位词结合较为紧密，使用频率较高，适用范围很广，结合能力相对较强；"首"多与上、下、后进行组合，使用频率一般高，分布一般广，结合能力一般。从这一层面看，结合能力越强的方位词理应在方言中使用越晚，保留越多，生存能力越强，除了"边"，陕西使用的协助义方位词组合能力由小到大应当为：首→头→岸。

而正是"岸"作为协助义方位词使用最多，使用频率最高，结合能力最强，我们更加可以确定，在"边"从通语进入方言之前，"岸"作为协助义方位词最晚扩散，并且得到最好的保留，生存能力极强，以至于"边"进入方言后虽然有较强的结合能力，但也无法对"岸"的使用产生威胁。

到此，我们可以确定"头"和"首"最早用于协助义方位词，其次是"岸"，最晚是"边"。那"头"和"首"哪个更早地用于陕西呢？

我们先看地理分布。根据第二部分的方言地图和图30可知："首"在陕西主要分布于中原官话区和晋语区；"头"主要分布于中原官话区和西南官话区，晋语区也少量分布。柴田武认为，"古老词语的大多数保留在边缘地区"①。受到秦岭的阻挡，"首"并没有扩散到陕南，所以"头"应当更古老。"头"在"首"扩散之前已经扩散到陕西全省，让"头"在陕南得到更好的保留。在方言地图的支持下，我们推测结合能力最强的方位词的扩散顺序应当为：头→首→岸→边。

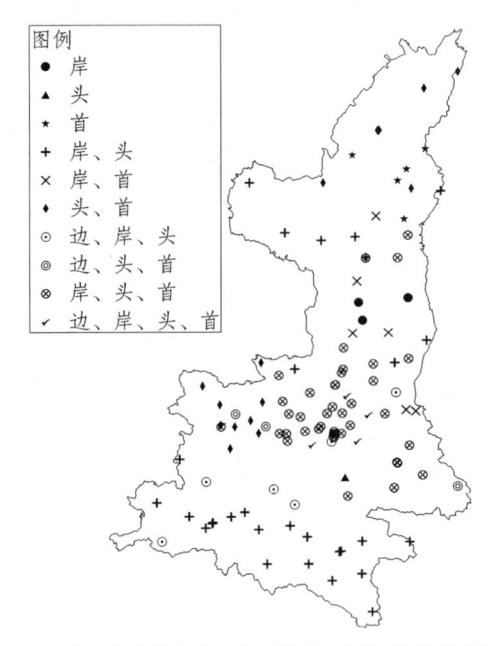

图30 "边""岸""头""首"在陕西的地理分布

除了方言地图，笔者对作为协助义方位词使用的"头"和"首"的出现次数进行了文献不完全数据统计，统计数据如表2所示。

表2 作为协助义方位词使用的"头""首"在不同文献中的出现频率

文献方言词语	全唐诗	全宋词	全宋诗	全元戏文	全元杂剧	全元散曲
前头	35	13	137	2	13	1
后头	4	1	5	2	11	1
上头	66	11	294	5	13	

---

① [日]柴田武著、崔蒙译：《语言地理学方法》，北京：商务印书馆，2018年，第25页。

续表

文献方言词语	全唐诗	全宋词	全宋诗	全元戏文	全元杂剧	全元散曲
下头	6	1	12	2	8	
里头		1	13	6	15	2
外头	7		8	1	3	3
前首			4		1	
后首			2			
上首			11		2	
下首			2		2	
里首			1			
外首			2			

由以上数据可以看出,"头"在唐代就已经得到了迅速发展,而"首"仍然发展缓慢,即便是口语化很明显的元代戏曲、杂剧、散文中也是"头"的使用比"首"更多,"首"在宋元才开始慢慢发展起来。笔者也对明清小说进行了数据统计,由于篇幅限制便不再展示数据,"头"和"首"在明清都得到迅速发展,"头"的使用仍然占据上风。由此来看,"头"的扩散时间确实早于"首",与地理分布所得出的结论可以相互印证。

但是仍然存在一个问题,即"头"如果作为古老的遗留,不应该分布如此广泛,但是我们会发现,在核心地区其实"头、首、岸"都有分布。笔者认为,这种情况应该是因为西安及附近地区是陕西的核心地带,使用各地方言的人都会往此处聚集,或者西安作为文化中心,对各类协助义方位词的使用都有保留。同时,"头"在全省分布广泛,它不仅是古代通语,也是现代通语,如同"边"一样,"头"可能作为通语再次进入方言,从而导致二次扩散。总而言之,"头"应当是一个使用时间长且稳定的协助义方位词。

综上而言,笔者认为在陕西,陕西结合能力最强的方位词扩散顺序应当为:头→首→岸→边。

根据文献记载,笔者还大体推断出了扩散时间:在汉代,"头"和"首"都作为协助义方位词出现,但是"头"更偏向口语,得到方言口语的广泛使用,在唐宋迅速发展,并进行全省扩散。"首"虽然也在汉代出现,但是在宋元才得到初步发展,并且在全省进行初步替代。然而,"首"受到秦岭的阻挡,还没有进入陕南地区。元明清时期,"岸"后来居上,在"首"进入陕南之前在全省得到扩散,迅速崛起,至今仍有充分的保留和使用。"边"则在现当代从通语进入方言。

除此之外，根据历史因素的影响，我们可以确定陕西协助义方位词的扩散方向应当是从西安周边地区（政治、经济、文化中心）向四周扩散的，即中原官话区同时向北向南进行扩散。由于秦岭的阻挡，南部扩散的速度会慢于北部。

笔者根据方位词的分布情况和认定的扩散顺序制作了"陕西结合能力最强的协助义方位词扩散图"（如图 31 所示），其中数字越小（如同言线 1 区）代表扩散的时间越早，保留的用法越古老，区域内新方位词扩散速度越慢；数字越大（如同言线 5 区）代表扩散的时间越晚，保留的用法越靠近现代，区域内新方位词扩散速度越快。由图 31 还可以看出，陕西最北部地区是扩散最慢的，而关中地区尤其是省会西安是扩散速度最快的。

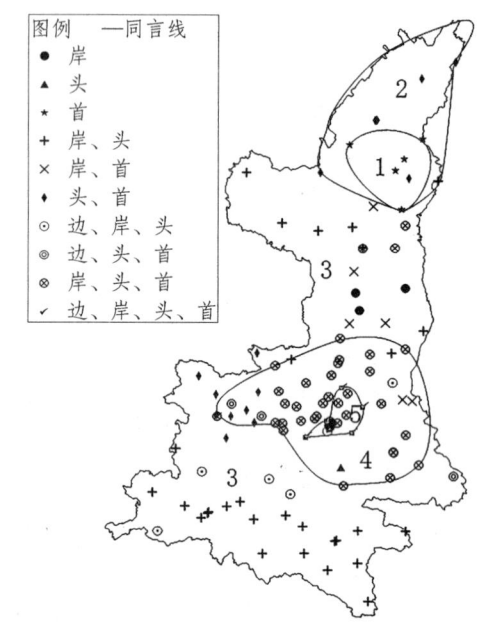

图 31　结合能力最强的协助义方位词扩散图

（二）陕西指示代词后协助义方位词的扩散过程

我们从方言地图和分析中已经发现，"边""岸""里""头""傍/旁"五类方位词既可用于核心义方位词后，也可用于指示代词后，但是"边""头"各自用例均只有 1 个，"傍/旁"用例只有 4 个，并不具有典型意义，故不做过多讨论。只有"里""岸"二词较为特殊。虽"达""当""台""的""哈""家"六个词仅用于指示代词后，但多是"达"的音变，所以此处注重探讨"达""岸""里"在陕西的扩散。

在陕西方言中，"指示代词+方位词"大多是以"这/那"+"达"的组合为主，但在文献资料中，它有更多的形式被保留下来，笔者找到的较早记载如下：

① 这里已坐却老僧，那里问什么法？（唐《赵州真际禅师行状》）①

---

① 冯学成：《赵州禅师语录·壁观》，广州：南方日报出版社，2013 年，第 272 页。

② 青嶂这边来已熟，红尘那畔去应疏。（五代·齐己《道林寓居》）①

③ 此城之下，上流之水湍急，必渡得此水上这岸，方得，所以建邺可守。（宋《朱子语类·卷一百二十七》）

④ 空疑惑了大一会，恰分明这搭里，俺淘写相思，叙问寒温，诉说真实。（元·郑光祖《倩女离魂》）

⑤ 汉萧何怎下的，救他出井底，倒将他斩讫，那的也须放着傍州例。（元·佚名《赚蒯通》）

⑥ 这条街走的那白道儿生，遮莫是黑地里行，便是梦魂中也迷不了这荅儿行径。（明·朱有燉《香囊怨》）

⑦ 香火指道："在那首卧房内。"（清《水浒后传·第十七回》）

由此可知，从唐代开始，便有文献中出现了"指示代词+方位词"的组合形式，这与"那""这"二词在唐代使用逐渐成熟有关。除了"搭""答""的"等"达"类词被记载之外，还有"畔""边""岸""首"的使用。除了"畔"和"首"在此次指示代词后的方位词调查数据中没有方言点使用，其他的协助义方位词都或多或少出现了。相比于古代丰富的表现形式，如今陕西方言中指示代词后的方位词类型较少，可见"达"类词在陕西方言方位词中极强的控制力。

仅从文献记载来看，在唐代，"里"已经可以用于指示代词后。再到宋代，"岸"也可以用于指示代词后，当然此处"岸"的使用仍大多与河流、码头、栈道等相关。而"达"类的记载较少，最早的记载在元代，《倩女离魂》的作者为山西襄汾人，明代《香囊怨》的作者为安徽凤阳人，两人方言共属中原官话区。仅从这一层面我们可以推断，这三个指示代词后的协助义方位词使用顺序应当为：里→岸→达。

由图32可见，"达"与其音变体遍布全省，其各式各样的音变分布于陕南。同类词语"家"位于晋语区。"岸"主要保留在富平、铜川等方言过渡区和陕南最南部。"里"主要保留在西安市等中心城市和商洛市等多重方言混合区。"岸"保留在最难以被替代的陕西最南部，可能为最古老的形式。"达"与其音变在全省范围内皆有使用，应当是方言中最晚使用、保留最多的形式。而"里"的分布极有特殊性，集中分布于陕西的省会西安市、其他市的中心城市及方言岛，这说明"里"并不是历史遗留，而是作为"这/那"最常用的搭配通语重新进入方言或从其他方言进入陕西方言，"里"不能替代"达"并且与其共存是通语无法替代方言的极佳证据。

---

① [清]彭定求等：《全唐诗（第二十四册）》，北京：中华书局，1960年，第9570页。

在方言地图的支持下，笔者推测指示代词后的协助义方位词的扩散顺序应当为：岸→达→里。

根据文献记载和地理分布，笔者可大体推断其扩散时间：在唐代，"这/那"的使用逐渐成熟，"里"在长时间内都是其最好的搭配。"岸"在宋元之后逐渐完成词义虚化，它以其强大的组合能力进入指示代词后的协助义方位词系统，并扩散至全省。元代，"党"逐渐兴起，并音变为"达"，由于其仅能用于指示代词后的特殊性，故迅速在全省替代"岸"，但由于秦岭的阻挡，其传播速度相对较慢。"岸"的使用具有一定的顽固性，虽然"达"传播到陕南，但是"岸"成功保留下来。"家"在此前后产生，陕南也发生了更多音变。到了现当代，"里"作为"这/那"的常用搭配以通语形式重新进入方言。

图 32 指示代词后方位词的地理分布

笔者也根据指代类方位词的分布情况和认定的扩散顺序制作了"指代类协助义方位词扩散图"（如图 33 所示），其观察方法与图 31 一致。由图 33 可以看出，指示代词后的协助义方位词在全省的扩散速度差距不大，在陕西最南端和最北端保留着最古老的用法。区域（同言线 1、2 区）内扩散速度最慢，在省会西安和多种方言聚居区的商洛部分地区则保留

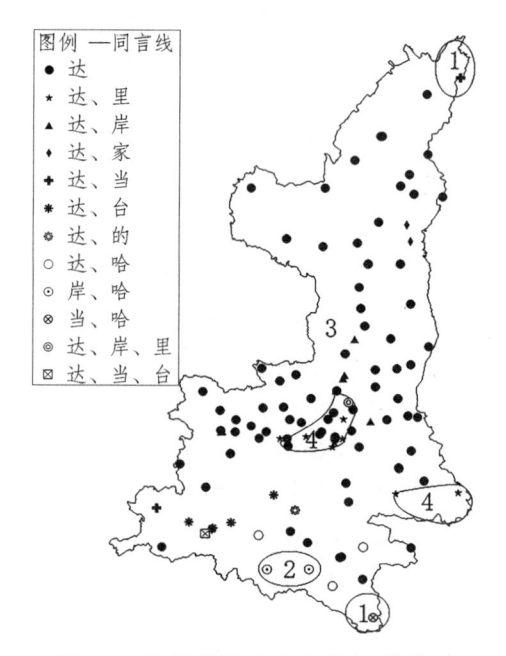

图 33 指代类协助义方位词扩散图

着最年轻的用法。区域（同言线 4 区）内的扩散速度较快。

（三）方位词"岸"的扩散过程

在以上讨论当中，会发现有一类特殊的协助义方位词"岸"。在排除通语的情况下，只有"岸"同时用于核心义方位词和指示代词之后。

可以用在核心义方位词之后的"岸"标记为"岸 1"，将指示代词之后的方位词标记为"岸 2"，并绘制其分布如图 34 所示。

由图 34 可知，更多地区是以"岸 1"为主，而"岸 2"的分布相对较少。同时，"岸 1"分布更加均匀，"岸 2"则分布在最中心和最边缘的位置。由此笔者认为：

（1）"岸"在陕西方言中与"核心义方位词"结合更加紧密。在方位词当中，"岸"的首要功能是表具体方位，次要功能是表大致方位。

图例
- 岸 1
- ★ 岸 1、岸 2

（2）由图 34 可知，"岸 1"的保留更为充分，"岸 2"仅保留在部分语言过渡城市和用语比较古老的边缘地带，所以笔者认为，"岸"与核心义方位词的结合能力更强更稳定。"岸 1"先进行了扩散之后，基本取代了使用在核心义方位词之后的"首"，同时在使用中也慢慢取代了在指示代词后的"里"。"岸 1"实现了较为完整且紧密的替代，使用时间较长、巩固较好使其得到充分的保留。"岸 2"由于其并不能只用于指示代词之后被"达"迅速地替代，没有得到充分保留。

图 34 "岸 1""岸 2"的地理分布

综上而言，"岸"由中心地带西安向南北扩散，在中原官话区和西南官话区得到较好的扩散，但是由于关中东西府的分裂，在宝鸡少有使用。也由于是官话区的扩散，晋语区只有边缘受其影响较大，其他更多使用之前在陕北完成扩散的"首"。

（四）核心义后方位词和指示代词后方位词的关系

笔者认为，在现在陕西方位词语中，"核心义方位词后的协助义方位词"和"指示代词后的协助义方位词"应当是两个系统，发生在"达"产生之后。

根据前面讨论到关于"达"的所有内容，在"达"产生之前，大多协助义方位词在两个系统内是通用的，包括方言和通语，其中"岸"最为典型。而在"达"产生之后，因其本就表示指示代词的特殊性，它只能用于指示代词之后，于是"达"几乎取代了在指示代词后的所有协助义方位词，它与指示代词强大的结合能力和替代能力是其他协助义方位词不可企及的（如表3所示）。

表3　陕西方位词语系统

陕西方位词语系统		
核心方向		协助方位
核心义方位词	指示代词	核心义方位词后的协助义方位词	指示代词后的协助义方位词
上、下、前、后、里、外、左、右及其方言词、音变词	这、那及其方言词、音变词	岸、头、首、边、里、傍（旁）、面等	达、当、哈、台、家、的等

五、结　语

本文对陕西的方位词语进行了分析，通过从方言志、舆地志等地方志收集材料，获得了"中间""上面""下面""前面""后面""外面""里面""左边""右边""这里""那里""跟前""周围""旁边""对面"等7组15种数据较为齐全的方位词语，并利用 ArcMap 软件绘制了陕西方位词语的协助义方位词、指示代词和部分方位词语的方言分布地图，重点对陕西方位词语中的协助义方位词和指示代词进行了历史层次分析，揭示了其分布和演变扩散规律。

在地理分布方面，由于陕西方位词语的名称和分布过于复杂，笔者将其进行拆解，对协助义方位词、指示代词和部分方位词语等进行地图绘制，着重将其与陕西的三大方言区挂钩，寻找分布规律。通过制作地图和制作方位词语组合表，明显发现陕西方位词语的特色在于其协助义方位词和表核心方位义的指示代词，协助义方位词如"岸""头""首""达"等。它们可以出现在多种方位词语当中，但是使用地区又呈现明显的不同。表核心方位义的指示代词则有多种多样的表达方式，且极具地域语音特色。核心义方位词则大多与通语类似，或是音变，或是由身体部位、房屋方位等由心理认知投射到空间中演化出的方位词，在认知语言学中已经得到了比较充分的理论解释，较少具有陕西特色。故而之后的历史层次分析和扩散分析的重点都在于陕西的协助义方位词。

在历史层次方面，笔者对使用最广或用例最多的"边""岸""头""首"和较为特别的"达（党）""傍""里"进行了溯源分析。其中，笔者确定了"岸"在宋元之后完成词义虚化，成为一个正式的协助义方位词。在历代学者的研究和理论支持下，"头"和"首"应当是同源字。"达"的本字应是"党"，它是从"党"的地理位置意义延伸而来的，而同类词"家"可以为其提供证明。"傍"的方位意义是从"旁"的方位意义延伸而来的。其他的方位词则是由特定名词的某一方位延伸至一般名词的方位的。

同时，笔者也对协助义方位词"达、党""傍、旁""下、哈"、核心义方位词"后、合、黑""里、徙"和指示代词"兀、外、嘩、乃、那""这，制，咋"进行了音变分析，尽量对陕西异形同义的方位词进行音变归纳，确定其音变的过程。同时，笔者对从蒙古语方位词借词音译的词进行了对比，尤其指出《陕西方言大词典》中"恩德""腾德"标注出错的问题，并认为指示代词后的方位词"达"大概率不是来自蒙古语。

在扩散分析方面，笔者着重对使用最广的四个协助义方位词和使用最多的三个指示代词后的协助义方位词进行了扩散过程分析。最终，笔者通过历史文献记载和地理分布图相互印证的方法，确定了使用最广的四个协助义方位词扩散顺序为"头→首→岸→边"，使用最多的三个指示代词后的协助义方位词扩散顺序为"岸→达→里"。其中，"岸"较为特殊，作为地道的方言代表词出现在两种扩散当中，它作为核心义方位词和指示代词后的协助义方位词的联系，让笔者发现两者后的协助义方位词本为一个系统，但由于"达"类词的出现，它们经过漫长的时间演变最终分成了较为成熟的两个系统。

本文的创新在于，笔者绘制了陕西方位词语的地理分布图，并结合材料有针对性地重点对协助义方位词进行溯源，探求历史层次，并确定了"岸""首"成为协助义方位词的大致时间，对"达"进行了溯源（确定其本字为"党"），同时辅助音变，对异形同音词进行归纳，在扩散过程中探寻出"达"产生之前陕西核心义方位词后的方位词和指示代词后位的方位词应当是一个系统，并且"岸"就是系统分裂前协助义方位词使用情况的典型代表。

本文也有一些不足之处。本文数据仅来源于地方志等文字材料，没有田野调查，数据收集还不够全面，仅仅分析了可寻的书面材料，一定程度上无法完全代表陕西方位词语的全貌；协助义方位词在陕西的扩散过程还有待进一步细化，尤其是指示代词后的方位词的部分扩散还缺少材料的支撑；并且本文着重于分析陕西方位词语中的协助义方位词和指示代词，对核心义方位词的分析较少，虽然其缺少自身的地方特色，抑或是笔者没能较好地发现其中的特色，但作为陕西方位词语系统这一整体，核心义方位词应当成为我们继续探究的目标。

参考文献

1. 专著

[1] 班固撰，颜师古注. 汉书[M]. 北京：中华书局，1964.

[2] 北大古文献研究所. 全宋诗（第二册）[M]. 北京：北京大学出版社，1998.

[3] 柴田武. 语言地理学方法[M]. 崔蒙，译. 北京：商务印书馆，2018.

[4] 陈彭年. 广韵[M]. 北京：北京图书馆出版社，2004.

[5] 池昌海.《史记》同义词研究[M]. 上海：上海古籍出版社，2002.

[6] 段玉裁. 说文解字注[M]. 北京：中华书局，2013.

[7] 冯学成. 赵州禅师语录·壁观[M]. 广州：南方日报出版社，2013.

[8] 古曲. 中国戏曲故事（第四辑）[M]. 石家庄：河北少年儿童出版社，1985.

[9] 顾野王. 玉篇[M]. 北京：中华书局，2006.

[10] 关汉卿著，李忠良校注. 拜月亭[M]. 长春：长春出版社，2013.

[11] 郭茂倩. 乐府诗集[M]. 上海：上海古籍出版社，2016.

[12] 郭璞注，王世伟校点. 尔雅[M]. 上海：上海古籍出版社，2015.

[13] 汉语大字典编辑委员会. 汉语大字典[M]. 成都：四川辞书出版社，1986.

[14] 胡承珙撰，石云孙校点. 小尔雅义证[M]. 合肥：黄山书社，2011.

[15] 皇甫谧撰，宋翔凤、钱宝塘辑，刘晓东校点. 逸周书[M]. 沈阳：辽宁教育出版社，1997.

[16] 贾思勰著，缪启愉等译注. 齐民要术译注[M]. 济南：齐鲁书社，2009.

[17] 康进之. 李逵负荆[M]. 北京：中国文史出版社，2002.

[18] 杨伯峻注译. 论语[M]. 长沙：岳麓书社，2018.

[19] 李光坡著，陈忠义校点. 周礼述注[M]. 北京：商务印书馆，2019.

[20] 李荣. 现代汉语方言大词典（西安卷）[M]. 南京：江苏教育出版社，1996.

[21] 李荣. 中国语言地图集[M]. 北京：商务印书馆，2012.

[22] 范晔撰，李贤等注. 后汉书[M]. 北京：中华书局，1965.

[23] 李云青，李正德. 陕西关中方言志[M]. 北京：文化艺术出版社，2012.

[24] 林家骊译注. 楚辞[M]. 北京：中华书局，2009.

[25] 刘熙. 释名[M]. 北京：中华书局，1985.

[26] 罗竹风. 汉语大词典[M]. 上海：汉语大词典出版社，1993.

[27] 马伯乐著，聂鸿音译. 唐代长安方言考[M]. 北京：中华书局，2005.

[28] 马致远. 汉宫秋[M]. 太原：三晋出版社，2010.

[29] 彭定求，等. 全唐诗[M]. 北京：中华书局，1960.

[30] 彭庆生校注. 陈子昂集校注[M]. 合肥：黄山书社，2015.
[31] 唐五代笔记小说大观[M]. 上海：上海古籍出版社，2000.
[32] 孙立新. 陕西方言漫话[M]. 北京：中国社会出版社，2004.
[33] 唐作藩. 音韵学教程[M]. 北京：北京大学出版社，2002.
[34] 王福堂. 汉语方言语音的演变和层次[M]. 北京：语文出版社，1999.
[35] 王雷鸣编注. 历代食货志注释（第五册）[M]. 北京：农业出版社，1991.
[36] 王力. 汉语史稿[M]. 北京：中华书局，1980.
[37] 王力. 同源字典[M]. 北京：商务印书馆，1982.
[38] 王利器校注. 盐铁论校注（定本）[M]. 北京：中华书局，1992.
[39] 王重民辑. 敦煌曲子词集[M]. 上海：商务印书馆，1950.
[40] 谢思炜撰. 白居易诗集校注[M]. 北京：中华书局，2006.
[41] 吴企明校笺. 辛弃疾词校笺[M]. 上海：上海古籍出版社，2018.
[42] 新竹佛学善书中心. 大方便佛报恩经[M]. 台南：和裕出版社，1995.
[43] 邢公畹. 汉藏语系上古音歌侯幽宵四部同源字考[J]. 民族语文，1998.
[44] 邢公畹. 汉台语比较手册[M]. 北京：商务印书馆，1999.
[45] 熊贞. 陕西方言大词典[M]. 西安：陕西人民出版社，2014.
[46] 许宝华，宫田一郎. 汉语方言大词典[M]. 北京：中华书局，1999.
[47] 许慎. 说文解字[M]. 上海：上海古籍出版社，2004.
[48] 许维遹撰. 吕氏春秋集释[M]. 北京：中华书局，2009.
[49] 杨伯峻. 春秋左传注修订本[M]. 北京：中华书局，1990.
[50] 杨树达. 积微居小学金石丛论·释旁[M]. 北京：科学出版社，1995.
[51] 杨天宇撰. 礼记译注[M]. 上海：上海古籍出版社，2004.
[52] 杨小平. 澄城方言心邪母字读音考察[J]. 咸阳师范学院学报，2019.
[53] 袁康，吴平. 越绝书[M]. 杭州：浙江古籍出版社，2013.
[54] 袁行霈. 中国文学作品选注（第二卷）[M]. 北京：中华书局，2007.
[55] 臧晋叔. 元曲选[M]. 北京：中华书局，1989.
[56] 张庚. 杨歌剧选[M]. 北京：中国戏剧出版社，1962.
[57] 赵艳芳. 认知语言学概论[M]. 上海：上海外语教育出版社，2001.
[58] 赵幼文著，赵振铎等整理. 三国志校笺上·魏志[M]. 成都：巴蜀书社，2001.
[59] 郑光祖著，王永恩校注. 倩女离魂[M]. 长春：长春出版社，2013.
[60] 中国社会科学院语言研究所. 现代汉语词典[M]. 北京：商务印书馆，2012.
[61] 周鸿飞，李丹点校. 灵枢经[M]. 郑州：河南科学技术出版社，2017.

[62] 周振甫译注. 诗经译注[M]. 北京：中华书局，2002.

[63] 朱熹著，黎靖德编. 朱子语类[M]. 武汉：崇文书局，2018.

[64] 朱有燉. 朱有燉集[M]. 济南：齐鲁书社，2014.

2. 期刊

[1] 陈瑶. 北方官话"四方"的表达形式[J]. 汉语学报，2007（1）：38-43.

[2] 李芳娟. 浅谈乾县方言中表示方位的"岸"和"邦"[J]. 西安社会科学，2010（4）：182-183.

[3] 梁家璇. 方位词"边"的演变[J]. 信阳农业高等专科学校学报，2009（3）：90-92.

[4] 牛慧芳. "侧"与"旁（傍）"的历时替换[J]. 吉林省教育学院学报，2009（8）：98-100.

[5] 任龙波. 洛阳方言的方位和时间后缀[J]. 河南科技大学学报（社会科学版），2011（6）：23-26.

[6] 孙立新，傅来兮. 陕西方言语音特征与规律研究[J]. 咸阳师范学院学报，2019（3）：33-39.

[7] 王彤伟. "首、头"的历时演变[J]. 汉语史研究集刊，第十四辑，2001（1）：172-184.

[8] 祝昊冉. "首""头"在上古时期的演变[J]. 南开语言学刊，2018（2）：69-77.

[9] 李冬鸽，郑莉. "方"为"舫"之本字考——兼论"旁""傍"的古文[J]. 语文研究，2012（3）：45-48.

[10] 渠佳敏. 从山西祁县方言看上古鱼、铎、阳三部分合与阴入阳对转[J]. 天水师范学院学报，2007（4）：61-63.

[11] 汪维辉. 汉语核心词的历史与现状研究——以"头－首"为例[J]. 大理大学学报，2017（5）：1-10.

3. 学位论文

[1] 高峰. 晋语志延片语音研究[D]. 西安：陕西师范大学，2011.

[2] 韩松岭. 指示代词"这""那"研究综述[D]. 长春：东北师范大学，2011.

[3] 王莉. 汉语方位词"前、后、里、外"研究[D]. 郑州：河南大学，2008.

[4] 薛平栓. 陕西历史人口地理研究[D]. 西安：陕西师范大学，2000.

成都市武侯区多民族社区语言景观调查研究

姓　　名：周睿琪　　指导教师：赵　静

【摘　要】 作为明清两代自藏地进入中原的重要通道，武侯祠南门浆洗街片区在西南民族大学和诸多民族自治地区机构入驻后吸引了包括藏族在内的各民族商人来此经商，这一现象使武侯祠横街和洗面桥横街成为成都市少数民族最集中的社区，也令浆洗街街道具备了多民族社区的性质。

通过调查成都市武侯区浆洗街片区的三条主要街道，采用定性研究与定量研究相结合的调查方法，在田野调查搜集语料后建立浆洗街街道语言景观语料库，研究语言景观现状，以掌握该地区的语言景观格局。参考场所符号学理论和 SPEAKING 交际模型构建的语言景观研究框架，对浆洗街街道语言景观的功能类型、空间处所类型、语码选择、字刻情况和语言特征进行了描写分析，发现当地语言景观以店名标牌和横式标牌为主，黑体字体与木料材质使用频率最高，标牌内容具有音节数量偶数化及"地名+属名+业名+通名"的命名特征。通过浆洗街街道语言景观在语码种类、语码组合、语码取向、语码排序和语码大小的情况，发现其语码选择主要表现为"汉语-藏语-英语"由强至弱的语码地位关系和"官方语言-少数民族语言-通用语言"的层级模式。而后对语码选择情况和藏语及其他变量进行了相关性检验，以探求语言景观各要素之间的相关关系。

根据语言景观在创设者主体性和城市功能规划方面的差异，通过 Pearson 卡方检验和列比例检验的检验方式，分别对浆洗街街道官方与私人语言景观、旅游商业区与本地居民消费区语言景观的异质性特征进行对比分析，探究"官民不同，内外有别"的表现形式与形成原因。而后分析浆洗街街道语言景观的特点与功能，发现当地语言景观具有聚集性分布、同质化倾向、藏民族特色和外文能见性有限的特点，主要发挥了信息功能、象征功能、文化功能与经济功能。

最后，从人口结构、族群认同和经济利益三个角度对浆洗街街道语言景观格局的形成原因进行了分析，当地语言景观在外观、内容和功能上存在标牌维护不及时、语言文字不规范和服务人群不全面的问题，并从提升社会语言文字素养、完善语言标牌管理制度和构建良好的语言环境三个方面做出了多民族社区语言景观规划，以促进语言生活的健康、良性发展。

【关键词】 语言景观；浆洗街街道；多民族社区

教师评语：

语言景观指的是公共空间的书面语言，通过语言景观研究，可以从一个新的视角剖析某个地域的路牌、公共标牌、广告牌、商铺招牌等公共空间的语言生态状况，继而揭示当地的语言政策、历史变迁、多元文化、种族结构、身份认同等社会问题。因此，语言景观是研究城市多语现象、考察城市语言生态的新路径。周睿琪的论文采用定量与定性研究相结合的方法，对成都市武侯区浆洗街片区的语言景观进行了严格采样筛选和定量分析研究。论文根据场所符号学理论和SPEAKING交际模型，对浆洗街街道语言景观的功能类型、空间处所类型、语码选择、字刻情况和语言特征等进行了描写与分析，并依据语言景观在创设者主体性和城市功能规划方面的不同，通过卡方检验和列比例检验等方式，分别对浆洗街街道官方与私人语言景观、旅游商业区与本地居民消费区语言景观进行了对比分析，在此基础上对城市多民族社区语言景观规划进行了初步探讨。武侯祠浆洗街片区作为明清两代藏地进入中原的重要通道，以及成都少数民族最集中的多民族社区，当地语言景观对于研究城市多语现象和社会语言生态具有典型性和代表性，论文通过语言景观调查，反映和记录当地的语言使用、语言活力和文化多元性，考察语言景观与族群认同、语言地位、语言权势的关系，对城市多语社区的语言政策规划、维护多语生态平衡具有重要的价值。论文结构完整，语料丰富，论证充分，是一篇优秀的本科毕业论文。

一、绪　论

（一）研究背景

1997年，Landry & Bourhis 最先提出"语言景观"的概念，并将其定义为"出现在公共路牌、广告牌、街名、地名、商铺招牌以及政府楼宇的公共标牌之上的语言共同构成某个属地、地区或城市群的语言景观"，也指出了语言景观研究对民族语研究的重要性。[①]语言景观关注公共空间和场所中的多语及多模态现象，通过探究一定区域内语言使用的特点和规律，进而研究在语言和空间互动的背后所蕴含的语言认同、政策取向、语言地位和权势关系等问题。[②]在全球化背景之下，语言景观不仅仅是文字的直观展示，更是国家文化软实力的象征，研究语言景观不仅可以为制定国家语言政策提供依据，也能够为中国文化形象的展示提供帮助。

四川省是全国第二大藏族聚居区、唯一的羌族聚居区和最大的彝族聚居区。省会成都历史上不仅是西南地区最大的商品贸易中心，而且在南方丝绸之路中发挥着起点的作用。随着城市化进程的推进，成都市政府逐步为当地外来人口提供了人性化的落户政策。这一举措不仅提高了成都的包容度和吸引力，而且让成都呈示出多元文化和多民族大杂居、小聚居的特征。2021年《成都年鉴》统计数据显示，成都全市户籍人口1519万余人，除汉族外有39个少数民族。实有少数民族人口8.3万人，其中藏族人口数量位居第一。[③]位于成都市中心城区西南部的武侯区拥有大量的藏族人口，武侯祠南部的武侯祠东街、武侯祠横街和洗面桥横街几条道路交叉形成的"民族用品一条街"为中心的浆洗街社区是藏族人口主要聚居地之一。[④]

我国是一个多民族国家，是由许多分散的民族单位在接触和融合后形成的"你中有我、我中有你"又各具个性的多元统一体。[⑤]生活在大城市中的少数民族人民常由于历史、生活、语言、文化和习俗等原因在一定范围内汇合、聚集，形成较为稳固的民族聚居区，世世代代在此生活。在同汉族人民的长期交往过程中，少数民族逐渐出现语言兼用和双语或多语现象。在双语和多

[①] Landry, R. &R. Y. Bourhis. Linguistic landscape and ethnolinguistic vitality: An empirical study[J]. Journal of Language and Social Psychology, 1997, (16): 23-49.
[②] 尚国文, 赵守辉. 语言景观研究的视角、理论与方法[J]. 外语教学与研究, 2014, 46(02): 214-223+320.
[③] 熊勇, 成都年鉴[M]. 成都年鉴社, 2021.
[④] 石硕, 王志. 汉藏交往中的藏族居住与从业调查——基于成都藏族流动人口的适应性调查[J]. 中国藏学, 2019 (4): 81-88.
[⑤] 李建新, 刘梅. 我国少数民族人口现状及变化特点[J]. 西北民族研究, 2019 (4): 120-137.

语语言环境日益常见的当下,通过对多民族社区语言景观的调研和分析,能够映射少数民族的语言生态现状,探析多语语言景观所反映出的语言意识、身份认同以及语言使用情况和多语现象背后深层次的语言文化问题,探究多语现象在多民族社区存在的规律,也能反映出当地居民和政府的语言态度,保护语言多样性,促进语言景观的可持续发展。

(二)调查情况

成都的藏族人主要集中在两个片区,"武侯区—高新区—双流区"就是其中之一。以武侯祠横街和洗面桥横街与武侯祠东街交汇形成的"民族用品一条街"为中心的浆洗街街道是藏族人口最集中的街道之一。[①]武侯祠南门浆洗街片区在明清两代就被政府规定为藏族王公贵族喇嘛入贡和朝觐路线的必经之处,是自藏地进入中原的重要通道。近代,武侯区作为将货物运输至拉萨的货运中转站,开始吸引藏族在此定居。1950年西南民族学院建校武侯区后,甘孜藏族自治州驻成都办事处、康定宾馆、华西医院西藏成办分院也先后选址浆洗街街道。20世纪末,出售民族用品的藏族商人逐渐在武侯祠横街和洗面桥横街开店经商,浆洗街片区逐渐成为藏族商业贸易发展的繁荣之地。[②]

浆洗街街道成立于1953年,2019年12月与原双楠街道合并,现管辖区域东以浆洗街、洗面桥街东侧路沿石为界,南以高升桥东路北侧、一环路南四段北侧路沿石为界,西以二环路西一段、南四段东侧路沿石为界,北以武侯区与青羊区区界为界,面积5.45平方千米。街道辖双楠、七道堰、蜀汉街、洗面桥、锦里等9个社区,2020年年末户籍人口为46 375户128 427人,常住人口为154 689人,涵盖藏族、回族、蒙古族、彝族、苗族、满族等少数民族。《武侯年鉴》统计数据显示,以经营藏传佛教用品为主的武侯祠横街、洗面桥横街是成都市少数民族居住最集中的地区。其中,藏族在浆洗街街道辖区最为集中,约占全区少数民族流动人口的21.9%。[③]

基于以上情况,本文选取四川省成都市武侯区浆洗街街道少数民族尤其是藏族最集中的三条主要街道(武侯祠横街、武侯祠东街、洗面桥横街)为调查对象,于2022年1月1日至3月6日进行实地调研,采用穷尽式的收集方式,使用数码相机与智能手机进行语料采集,共拍摄与语言景观有关的照

[①] 徐学书,喇明英,廖海亚. 藏族流动人口服务管理工作探讨——以四川省成都市为例[J]. 西南民族大学学报(人文社科版),2015,36(6):33-37.
[②] 石硕,王志. 汉藏交往中的藏族居住与从业调查——基于成都藏族流动人口的适应性调查[J]. 中国藏学,2019(4):81-88.
[③] 成都市武侯区地方志编纂委员会办公室. 武侯年鉴[M]. 新华出版社,2021.

片710张，剔除重复数据和无效数据后共获得有效语料677个，基于此建立成都市武侯区浆洗街街道语言景观语料库。其中，田野调查时的语料拍摄对象为该地区的语言标牌，包括商店招牌、公共路标、广告牌、警示标牌、公共指示语、标语口号、条幅等典型、内容不变且位置固定的语言实体。移动性和非典型语言景观如车身广告和街头艺术、街道上的公众视线不可及的建筑内部语言景观不纳入本研究的调查范围。

在数据的分析单位方面，本研究主要参考Backhaus（2006）的方法，将每一个有明显边界的语言标牌视为一个语言景观单位的方法。即在分析时将调研区域内反复出现内容相同的语言文字标牌计为一个计量单位，不进行叠加和累积。若该语言标牌出现文字内容无法辨识或仅有特殊符号和数字而没有文字的情况，也不将其归入样本。[1]

（三）研究框架

为了推动语言景观研究形成成熟的框架和体系，许多学者从符号学、社会学、语言学等不同角度提出了语言景观的研究框架和构建原则，目前应用最广泛的当属地理符号学理论和SPEAKING分析模型。

Scollon & Scollon（2003）参考视觉符号框架和Goffman的互动规则构建了能够用来进行语言符号研究的系统，将其命名为"地理符号学"[2]。场所符号学是地理符号学的子系统，包括语码取向、字刻和置放三个方面，可以利用其进行语言景观的研究。在这之中，语码取向指在双语或多语标牌中，各种语言的排列顺序和空间位置关系，并可以借此反映某一种语言在该言语社区内的重要程度和优先级别。优先语码在不同的文字排列方式中有不同的位置。字刻指语言标牌的呈现方式，有字体、材料、附加成分、变化状态等几个表现方面，其中字体指文字的书写方式，材料指文字的载体，附加成分指一种字刻叠加在另一种字刻之上，状态变化指以通过灯光和信号的变化状态代表营业状态。置放研究语言标牌放置在某个空间位置所具有的意义，包括去语境化放置、越轨化放置和场景化放置三种形式。

Huebner（2009）在继承Hymes提出的交际民族志学主要观点的基础上创建了SPEAKING分析模型，并认为可以从场合、参与者、目的、行为次序、基调、媒介、规约和体裁等由SPEAKING中每个字母代表的关键词对言语活动的

---

[1] Backhaus, P. Multilingualism in Tokyo: A look into the linguistic landscape. [J]. Linguistic Landscape: A New Approach to Multilingualism, 2006, 3(1): 52-66.

[2] Scollon R, Scollon S W. Discourses in Place: Language in the Material World[M]. London: Routledge, 2003.

构成要素进行分析。①S（setting and scene）即场合代表语言标牌所处的背景和情景环境；P（participation）即参与者包括说话人和听话人以及语言标牌的创设者和阅读者；E（ends）及目的代表语言景观的创设目的和期望获得的结果；A（act sequence）即行为次序代表言语行为和言语事件发生的形式及顺序，也就是语言标牌的呈现方式；K（keys）即基调代表言语交际中交际双方的表情、语气和动作，在语言景观研究中指文字的选择、密度和传递信息的明确程度；I（instrumentalities）即媒介代表交际的传播形式，在语言景观研究中指语言标牌的风格；N（norms）即规约，指进行交际时需要遵循的社会规则；G（genre）指题材，是言语行为的类型，在语言景观中指对语言标牌进行分类。

按照现有研究对语言景观的分类标准，官方语言景观和私人语言景观的分类方法比较常见。其中官方语言景观又称"自上而下"的语言标牌（top-down signs），主要指由官方如政府机构设立的公共语言标牌，如街名标牌和交通指示牌等。私人语言景观又称为"自下而上"的语言景观（bottom-up signs），其创设者往往是私人或商业从业者，如商店招牌和广告牌等。张媛媛（2017）从言语社区理论入手，通过对香港弥敦道和宝其利街的语言景观进行对比分析，验证了语言景观不仅在官方与私人的分类中具有差异，在言语社区内部群体和外部群体即对内和对外区域中也具有明显的区别，于是在前人分类方法的基础上提出了"官民不同，内外有别"的分类标准。②

综合以上研究成果和浆洗街街道的实际情况，本研究将根据"官民不同，内外有别"和社会语言学的分类标准及研究方法，参考SPEAKING交际模型中的背景与场合、行为次序、基调、媒介和规约及场所符号学理论中的字刻与语码取向对浆洗街街道的语言景观进行研究与分析，采用定性研究与定量研究相结合的方法，对武侯区多民族社区的语言景观进行田野调查，使用数码相机和智能手机拍摄并获得一手语料，保证数据的真实性和直观性，同时在研究过程中不断查漏补缺，对模糊、不清晰的图片在保证内容一致的情况下进行二次拍摄，辅之以非结构型访谈，同时在对语料进行数据化处理后录入SPSS，辅助研究的进行。

本研究主要希望达成以下目的：

（1）全面描写成都市武侯区浆洗街片区语言景观的现状，考察当地语言景观中的语言种类、语码数量、优先语码、字体、语言载体和材质等，分析当地语言景观的特点、规律和功能。

---

① Huebner, T. A framework for the linguistic analysis of linguistic landscapes [J]. Linguistic Landscape: Expanding the Scenery, 2009, 270-283.
② 张媛媛. 从言语社区理论看语言景观的分类标准[J]. 语言战略研究, 2017, 2（2）: 43-49.

（2）进行对比分析。分析浆洗街片区官方语言景观与私人语言景观区别、言语社区内部语言景观和言语社区外部语言景观的不同，探寻不同类别语言景观的差异。

（3）研究当地语言景观设计中存在的问题，探究语言政策与语言实践之间的落差，为规范成都市多民族社区的语言景观、优化语言政策提出具有可行性的建议。

二、浆洗街街道语言景观现状

成都市武侯区浆洗街街道语言景观丰富且多元。通过田野调查和语料整理，共获得当地语言景观有效语料677条，并基于此建立浆洗街街道语料库。本部分将根据前文建立的语言景观研究框架，运用IBM SPSS Statistic26对浆洗街街道语言景观的语言数量、语言种类、优势语码等内容进行分析，试图全面掌握浆洗街街道语言景观的现状与分布格局。

（一）基本情况

1. 分布情况

洗面桥横街和武侯祠横街是成都市少数民族人口最集中的地区，也是成都市藏族人口最集中的地区，具体地理位置情况如图1所示。

由于武侯祠横街跨度较大、距离较长，为便于统计分析，在进行街道录入时，以武侯祠横街和武侯祠东街与洗面桥横街的交叉口为界，称武侯祠横街交叉口以北的街道为"武侯祠横街（上段）"，将交叉口以南的部分称为"武侯祠横街（下段）"。

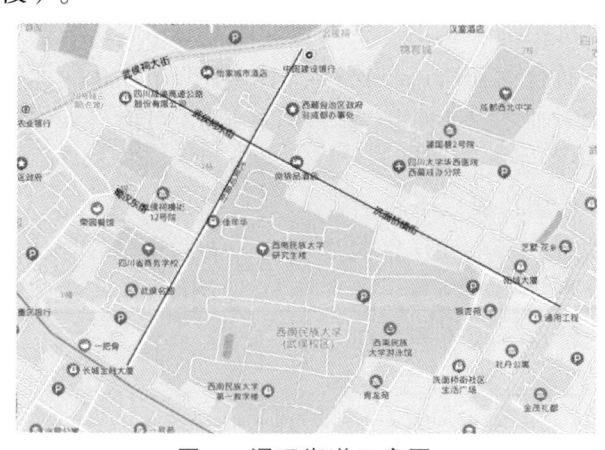

图1 调研街道示意图

笔者对所采集语言景观位置进行描述统计（如表 1 所示）可知，各街道的样本数量从多至少分别为武侯祠横街（317 个）、洗面桥横街（272 个）、武侯祠东街（88 个）。

表 1　各街道样本数量统计表

位　置	频率	百分比
武侯祠东街	88	13.0%
武侯祠横街（上段）	67	9.9%
武侯祠横街（下段）	250	36.9%
洗面桥横街	272	40.2%
总　计	677	100.0%

2. 功能类型

Spolsky& Cooper（1991）认为，在对语言景观进行分类时，可以根据标牌的功能和使用将其分为建筑名、街牌、信息牌、广告牌、物品名牌、警示牌、涂鸦和纪念牌等类型。[①]根据浆洗街街道的语言景观实际情况，并参考 Spolsky& Cooper 的分类标准，将当地语言景观分为店名标牌、警示牌、广告牌、公共标语、指示牌、信息牌、路牌、建筑名牌和其他共 9 种类型。

店名标牌指悬挂于店铺入口处上方或侧方显著位置，标示店铺名称、主营业务、商品种类等信息的招牌；警示牌是起警戒与提示危险作用或禁止人们某些行动、提示安全信息的语言标牌，可以分为警告标志、禁止标志、指令标志和提示标志四种类型；广告牌指向阅读者传播商品或服务信息的语言标牌，具有宣传性与说服性；公共标语指在公共场所展示的具有宣传与鼓动作用的口号，常具有文字简短和意义鲜明的特点；指示牌指指示方向、标识距离的牌子，也可称为标识牌或指向牌；信息牌指起详细说明作用、公示与展示信息的语言标牌，通常文字数量与密度较大；路牌指位于街道两侧用来指示道路的标牌；建筑名牌指标识建筑名称内容的语言标牌。

对浆洗街街道语言景观的功能类型进行分析（如表 2 所示）可知，当地语言标牌功能类型数量由多至少分别为店名标牌（70.8%）>广告牌（9.3%）>公共标语（5.5%）>建筑名牌（4%）>警示牌（3.7%）>信息牌（2.4%）>指示牌（2.2%）>路牌（0.7%）。部分语言景观如对联、插画和涂鸦由于数量较少且较难准确分类等原因，统一归入"其他"类。

---

① Spolsky, B. and Cooper, R. L. The Languages of Jerusalem[M]. Oxford：Clarendon Press, 1991.

表 2　功能类型统计表

功能类型	频率	百分比	示例
店名标牌	479	70.8%	"藏江佛像定制厂"
警示牌	25	3.7%	"小心地滑"
广告牌	63	9.3%	"欢迎选购"
公共标语	37	5.5%	"中华民族一家亲"
指示牌	15	2.2%	"停车场"
信息牌	16	2.4%	"急救小知识宣传栏"
路牌	5	0.7%	"武侯祠横街"
建筑名牌	27	4.0%	"融馨苑"
其他	10	1.5%	"山河大地是如来"
总计	677	100.0%	

（二）空间与字刻

SPEAKING 交际模型中的 S 代表"背景与场合"（setting and scene），即分析语言标牌放置时与受众的交际时空方位，考察信息的传递效果。字刻是场所符号学的子系统之一，包含字体和材料等同标牌语言呈现方式有关的意义系统。

1. 空间处所

语言作为信息交流的主要载体，其主要功能之一是信息传递。无论是商家通过店名标牌或广告牌吸引消费者的注意并引导其进店消费，还是官方组织以对市民施加正面影响为目的而设置公共标语，吸引读者注意和传递信息都是设立语言标牌的主要目的之一。在阅读者注意到语言标牌上的文字内容之前，往往先注意到标牌的外观及位置，不同外观与形状的语言标牌会对阅读者发挥不同的吸引力与作用。

语言标牌摆放的位置与角度可以分为四类：横式、竖式、垂吊式和墙壁式。笔者对语料库中所有语言标牌的空间处所类型进行了统计（如表 3 所示）。由表 3 可知，浆洗街街道的语言标牌以横式标牌为主，占所有标牌总数的 84%；其次为竖式标牌，占全部语言标牌总数的 8.9%；墙壁式招牌与垂吊式招牌相对较少，分别占语言标牌总数的 3.8% 和 3.2%。

表 3　空间处所统计表

空间处所	频率	百分比
横式	569	84.0%
竖式	60	8.9%
墙壁式	26	3.8%
垂吊式	22	3.2%
总计	677	100.0%

1）横式标牌

横式标牌指平行放置在建筑物门楣上方的语言标牌，通常被安装在正面（如图 2 所示）。由于横式标牌较为常见，且外形轮廓比较平庸，容易被阅读者忽视。标牌的设计者常会对其外观与造型进行一些独特的设计。与竖式标牌和垂吊式标牌相比，横式标牌通常面积较大，可以承载更多的信息。

早期的横式标牌常将长方形牌匾作为语言信息的载体，造型古朴，颜色以深色色调为主，部分使用旧式横式标牌的建筑或商店往往会配有相同材质的楹联，以增强古典特征。随着制造业的发展与审美观念的改变，传统的旧式标牌已日趋少见，但在浆洗街街道中仍有较高的能见度，主要应用于藏餐厅、藏族用品店、居民区侧门门牌等处。

图 2　横式标牌示意图

2）竖式标牌

竖式标牌指与建筑物门楣垂直的语言标牌，如图 3。在浆洗街街道语言景观中所占的比例为 8.9%，仅次于横式标牌。大部分竖式标牌为窄边朝下的长方形标牌，由于其与横式标牌相比形状更为狭长，导致竖式标牌的文字书写顺序将以从上至下为主，从而难以承载较多的信息。

图 3　竖式标牌示意图

在所有的语言标牌功能类型中，竖式招牌在广告牌中应用最多。大部分具有商业性的竖式标牌的创设者倾向于标牌中标注主营业务，并用灯箱或 KT 板的形式将其置放或粘贴在店铺周围。在官方语言景观中，标牌的创设者常将竖式标牌应用在带有警示性信息的语言标牌中，如"请勿泊车""禁止吸烟""校园禁止遛狗"等。

3）墙壁式标牌

墙壁式标牌指利用墙面作为文字载体的语言标牌，如图 4。在浆洗街街道语言景观的功能类型中，墙壁式标牌出现频率较低，仅占 3.8%，常用于公共标语、建筑名牌和商店标牌中。墙壁式标牌常与占地面积较大的店铺或建筑物一同出现，由于其书写面积较大且书写面较为平整，具有独特的视觉吸引力，可以用来书写店名与建筑名，也可以承载长句甚至篇章。许多官方语言景观充分发挥了墙壁式标牌的灵活性，通过人工在墙面绘制图画或在墙壁上镶嵌文字与图案的方式，发挥其美化市容与宣传美好品行的作用。

4）垂吊式标牌

垂吊式标牌指通过悬挂的方式垂直于建筑物立面的语言标牌，在浆洗街街道中出现频率最低，仅占语言标牌总数的 3.2%，但常作为广告牌出现。由于其体积较小，常与横式标牌结合使用，如出现在店名标牌下方、侧立于墙壁之上等，如图 5。垂吊式招牌两面均写有文字，方便标牌的阅读者从多个角度查看到店铺信息。部分商家也将垂吊式招牌设置在同店铺有一定距离的位置，以达到扩大商店宣传范围的目的。

同墙壁式标牌和横式标牌相比，垂吊式标牌的体积较小，承载的文字信息较少，但有丰富的形状，如圆形、方形、菱形等，也常具有一定的厚度，较为坚固和立体。垂吊式招牌的呈现内容十分多元，不仅可以展示商店名称，也可以用来展现商店的 Logo，或者标示店铺的距离与方向，使之具有路牌的性质。

图 4　垂吊式标牌示意图　　　　图 5　墙壁式标牌示意图

2. 字体选择

汉字是浆洗街街道的语言景观中出现频率最高的文字，本部分参考《中华人民共和国国家标准：印刷汉字字体分类》标准，分析语言标牌的汉字字体。[①]若字体不止一种，则选择优先语码的字体类型进行统计。笔者对浆洗街街道语言景观中的字体进行描述统计（如表4所示）。由表4可知，黑体、行楷、隶书、宋体和藏体在浆洗街街道的语言标牌中均有较高的使用频率。以下仅对黑体、藏体、手写体3种字体进行具体分析。

表 4　字体情况统计表

字体	频率	百分比
黑体	267	39.4%
行楷	114	16.8%
隶书	66	9.7%
宋体	45	6.6%
藏体	34	5.0%
楷体	20	3.0%
华文新魏	22	3.2%
圆体	13	1.9%
行书	8	1.2%
汉真广标	6	0.9%
方正粗倩简体	2	0.3%
艺术字	37	5.5%
手写体	17	2.5%
其他	11	1.6%
非汉字	15	2.2%
总计	677	100.0%

---

① 中华人民共和国国家标准 印刷汉字字体分类[J]. 印刷标准化，1994（5）：19-22.

1)黑体

黑体在所有功能类型的语言标牌中使用频率均为最高,在具有规定性质的语言景观中如警示牌、指示牌和路牌中更是达到了80%以上,是浆洗街街道语言景观中的优势字体。黑体字形端庄,笔画粗细基本一致,具有庄重和稳定的特征,可以给阅读者留下正式与稳健的印象,与藏族商品售卖商店的风格较为吻合(如图6所示)。同其他字体相比,黑体字相对醒目和突出,在传递信息时更加清晰与直观,易于辨认,有利于标牌阅读者在第一时间获取信息。此外,黑体属于可以商用的字体,使用时不需要购买字体版权,在一定程度上也为标牌的创设者节约了经济成本。

图6 黑体示意图

2)藏体

藏体是一种形似藏语写法的书法字体,结合了藏文的笔法与汉字,是对藏文白体写法的模仿,为平行四边形的形状,且笔画末端有斜口设计。其中撇画的笔顺呈逆时针,捺画向下延伸,模仿西藏竹笔,具有浓厚的藏族风味(如图7所示)。

藏体作为日常生活中使用频率较低的字体,在浆洗街街道的使用频率为5%,超过了楷体、华文新魏等较为常见的字体。在浆洗街街道,藏体大多出现在店名标牌和广告牌等私人语言景观中,可见标牌创设者出于对藏族文化与文字的认同心理,在选择和使用其他民族文字时也选用了带有藏文特征的汉字,不仅能够起到吸引藏族阅读者注意或进店消费的作用,也体现了藏族标牌创设者的民族认同、语言认同与文化认同。

图7 藏体示意图

3）手写体

在浆洗街街道的语言景观中，手写体占全部语言景观总数的 2.5%。手书体可以指名家题字的字体，也可以指由标牌创设者自行撰写的字体（如图 2-8 所示）。手写体主要应用在公共标语、建筑物名牌、店名标牌和广告牌中，因此在语言标牌中有许多涂改。且受书写材料的限制，创设出的语言标牌往往不易保存，因此浆洗街街道的手写体语言景观数量较少，应用范围较为狭窄。

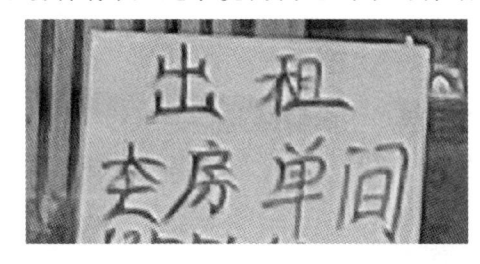

图 8　手写体示意图

3. 语言载体

在阅读者对语言景观进行感知时，往往会注意到语言标牌的物理特征，如标牌的形状、大小、材料等。材料作为场所符号学中字刻系统的子系统，指文字的物质载体的材质。以下将浆洗街街道的语言景观按照材质分为金属、木料、塑料、纸张、布料、墙面、胶纸、瓷砖、玻璃共 9 种类型，做描述性统计（如表 5 所示）。

表 5　语言载体统计表

语言载体	频率	百分比
金属	115	17.0%
木料	222	32.8%
塑料	76	11.2%
纸张	13	1.9%
布料	46	6.8%
墙面	87	12.9%
胶纸	81	12.0%
瓷砖	33	4.9%
玻璃	4	0.6%
总计	677	100.0%

由表 5 可知，浆洗街街道语言标牌中使用频率最高的材料为木料，占全

部材料的 32.8%；第二为金属，占比 17%；第三为墙面，占比 12.9%。其中，木料和金属在 667 个语言标牌中出现的频数均大于 100。

1）木料

浆洗街街道的语言标牌的功能类型以店名标牌为主，武侯祠横街、武侯祠东街、洗面桥横街等街道店铺售卖的商品大多是藏式家具、唐卡、服装、法器、熏香等。此类商品的颜色大多属于红色调、黄色调和橙色调等暖色调，与棕色的木质标牌在色系与视觉上较为搭配，故木质标牌在浆洗街街道的语言景观中得到了广泛的应用（如图 9 所示）。由于木质标牌容易被雨水冲刷而腐烂，加之成都具有多雨的气候特征，因此浆洗街街道的语言标牌所使用的木质标牌大多不是由纯木制成的，而是经过刷防水材料等工序处理过的木料。这些措施在一定程度上也提高了语言标牌的寿命，降低了其更换频率。

图 9 木料示意图

2）金属

金属标牌在浆洗街街道的语言景观中共出现了 115 次。由于金属材质本身就较为坚硬，易加工，耐腐蚀，有较强的可塑性，在现代社会各个领域有较多的使用，因而成为浆洗街街道语言标牌的主要选择之一（如图 10 所示）。此外，根据中国交通运输部发布的《公路交通标志和标线设置规范》，面积大于 5 平方米的大型标志板的材质推荐使用铝合金板，而该材质同样属于金属，因此官方语言景观也广泛使用了金属材料。

图 10 金属示意图

3）墙面

以墙面为载体的语言标牌主要分为店名标牌和公共标语两个类型。在店名标牌方面，主要是开店时间较长、店铺外观略显老旧的店铺更倾向于使用墙面作为语言载体。这些店铺由于年代相对较久，已有固定或广泛的消费者基础，往往不需要依靠独特和有个性的标牌吸引顾客进店消费，而使用墙面作为载体直接可以节省制作语言标牌的费用，有利于节约经营成本。在公共标语方面，以墙面为载体的语言标牌可以分为观赏性的诗词、手绘宣传图文和宣传标语 3 种类型。由于墙面具有面积大和连续性强的特点，将其作为标牌载体，不仅能够使语言标牌更加突出和引人注目，也可以起到美化市容市貌的作用（如图 11 所示）。

图 11　墙面示意图

（三）语码选择

语码（code）泛指言语交际过程中所使用的任一符号系统，也可指语言或方言或一种语体，是一个中性术语。语码选择（code choosing）指言语交际时交际双方根据不同的场域、交际对象等选择不同语言的行为，也可以指双多语并存的社会对语言的选择情况，后者更侧重城市语言规划的范畴。浆洗街街道的语言景观中不仅存在由政府等机构创设的官方语言景观，也存在店铺经营者基于经济利益、交际需要或语言认同情况等原因设立的私人语言景观。这两类语言景观的语码选择情况共同反映了浆洗街街道的语言权势、意识形态和社会文化信息。因此，以下笔者将从 SPEAKING 交际模型的行为次序（act sequence）角度出发，研究浆洗街街道语言景观的语码数量、语码种类、语码组合、语码取向的现状，并从基调（key）角度考察当地语言景观的语码顺序和语码大小。

1. 语码种类

对浆洗街街道 677 个语料进行描述统计（如表 6 所示），当地的语言标牌出现了 4 种语言，分别为汉语、藏语、英语和韩语（如图 12 所示）。其中出现频率排序依次为汉语（63.2%）>藏语（27.0%）>英语（9.7%）>韩语（0.1%）。其中，共有 12 个语言标牌使用了汉语拼音。根据《中华人民共和国国家通用语言文字法》规定，中国的"通用语言文字为普通话和规范汉字"，"国家通用语言文字以《汉语拼音方案》作为拼写和注音工具"，且这 12 个语言标牌中汉语拼音均伴随着汉字出现，因此将汉语拼音归入汉语，不作单独统计。①由此可见，汉语汉字作为国家通用语言文字，在语言标牌中出现的频率最高。藏语作为族内通用语，在藏族人口集中区域的语言景观中出现频率仅次于汉语。英语作为在国际上有较高影响力和通用度的语言，在当地也有一定的能见性度。

表 6 语码种类统计表

语言	频率	百分比
汉语	660	63.2%
藏语	282	27.0%
英语	101	9.7%
韩语	1	0.1%
总计	1044	100.0%

图 12 语码种类示意图

2. 语码数量

在了解了浆洗街街道的各类语言在所有语言景观中的出现频率之后，笔者对每一个语言景观单位中的语言总数进行了统计。在对语言数量进行分析时，学界常见的有两种不同判断方法。Backhaus（2007）认为，在法定语言为单语的国家中，无论标牌上的语言总数为多少，都应将包含法定语言之外

---

① 中华人民共和国国家通用语言文字法[R]. 中华人民共和国全国人民代表大会常务委员会公报，2000（6）：584-587.

的标牌全部判定为双语或多语标牌。[①]Lai（2013）认为，应该参考语言标牌中语言进行判定，若标牌中仅出现一种语言，则将其判断为单语；出现两种语言为双语；出现三种或三种以上的语言为多语。[②]结合浆洗街街道语言景观的实际情况，笔者选择第二种判断方法对当地语言标牌的语言数量进行统计（如表 7 所示）。

表 7 语码数量统计表

语言数量	频率	百分比
单语	347	51.3%
双语	294	43.4%
多语	36	5.3%
总计	677	100.0%

由表 7 可知，浆洗街街道语言景观中共有 347 个单语标牌，占语言标牌总数的 51.3%；双语标牌 294 个，占总数的 43.4%；多语标牌 36 个，占比 5.3%。其中，多语标牌共有"汉语+藏语+英语"和"汉语+英语+韩语"2 种组合情况（如图 13 所示）。因此，浆洗街街道的多语语言景观均为三语语言景观。由此可见，浆洗街街道具有明显的多语使用状况，双/多语达全部语言景观总数的 48.7%。

图 13 语码数量示意图

3. 语码组合

语码组合指语言标牌中语言单独或共同出现的语言组合形式。笔者对浆洗街街道语言景观的语码组合情况进行了统计（如表 8 所示）。

由表 8 可知，浆洗街街道语言景观的语码组合形式共有 7 种，其中 3 种为单语组合形式，2 种为双语组合形式，2 种为三语组合形式。数量由多至少分别为汉语（48.7%）>汉语+藏语（34.1%）>汉语+英语（9.2%）>汉语+藏语

[①] Said S B. Peter Backhaus: Linguistic Landscapes: A Comparative Study of Urban Multilingualism in Tokyo[J]. Language Policy, 2009, 8(2): 173-175.

[②] Lai M L. The linguistic landscape of Hong Kong after the change of sovereignty[J]. International Journal of Multilingualism, 2013, 10(3): 500-272.

+英语（5.3%）>藏语（2.2%）>英语（0.3%）>汉语+英语+韩语（0.2%）。下面将对出现频率最高的3种语码组合情况进行分析。

表 8　语码组合统计表

组合形式	频率	百分比
汉语	330	48.7%
藏语	15	2.2%
英语	2	0.3%
汉语+藏语	231	34.1%
汉语+英语	62	9.2%
汉语+藏语+英语	36	5.3%
汉语+英语+韩语	1	0.2%
总计	677	100.0%

1）汉语

由于浆洗街街道语言景观中的单语标牌数量多于双/多语标牌，且汉语在所有语言标牌中出现的频次高达97.5%，据此可以推断纯汉语的语言标牌在所有语码组合形式中占比最高。统计数据表明，实际结果与推断相符。由表8可知，汉语单语的组合形式在浆洗街街道所有语言景观中的出现频率为48.7%，高于出现频率第二高的"汉语+藏语"组合形式14.6%。除此之外，汉语普通话和规范汉字作为中国通用语言文字，在中国无疑具有最高的影响力和传播效果，使用汉语作为语言标牌的语码不仅符合《中华人民共和国国家通用语言文字法》中"招牌、广告用字……应当以国家通用语言文字为基本的用语用字"的要求，也有利于最大限度地保障语言标牌的阅读者可以识别标牌上的信息（如图14所示）。[①]

图 14　汉语示意图

---

① 中华人民共和国国家通用语言文字法[R]. 中华人民共和国全国人民代表大会常务委员会公报，2000（6）：584-587.

2）汉语+藏语

由表 8 可知，语码组合形式为"汉语+藏语"的语言标牌在浆洗街街道中共有 231 个，占全部语言景观总数的 34.1%，是双语标牌的语言组合形式中出现频率最高的一种（如图 15 所示）。

Landry& Bourhis（1997）认为，语言景观中语言的呈现和设立与其所在地区使用某种语言的人有很大的关系，比如社会文化交际背景下的家人、朋友、邻居和店员，以及特定领域的消费者。[①]"汉语+藏语"语码组成模式与浆洗街街道居民及游客的民族分布情况具有高度的一致性，因此，这种兼顾汉语和藏语的语码组合方式的出现与多民族社区独特的社区性质有很大的联系。

藏语作为在少数民族语言中活力值相对较高的语言，在藏族人口集中的公共空间领域也有较高的能见度。这种现象不仅是藏族语言文化的映射，也体现出语言标牌创设者对藏语的认同。此外，在藏族聚居区中使用藏语的现象不仅能够展示浆洗街街道的地区特色，也有利于提升藏族群众的母语意识，增强对母语的忠诚度，对推动少数民族语言的保护和发展也有重要的意义，体现了语言标牌的象征功能和文化功能。

图 15 "汉语+藏语"示意图

3）汉语+英语

"汉语+英语"的语码组合形式在浆洗街街道中共出现了 62 次，占全部样本总数的 9.2%。浆洗街街道紧邻成都知名景点武侯祠博物馆，随着经济全球化的发展和成都市旅游产业规模的扩大，当地语言标牌的受众不仅是周边居民、成都市市民和来自其他省市的国内游客，更包含国外游客。英语作为全球使用范围最广的语言，自然在其中发挥着不可忽视的作用。

对浆洗街街道"汉语+英语"语码组合模式的语言标牌的主导语言进行统计可知，62 个语言标牌中有 58 个语言标牌的主导语言为汉语，4 个语言标牌的主导语言为英语。此外，在这些标牌中，两种语言所表达的信息内容往往属于对等关系，即在这些语言标牌中，英语多为汉语的辅助语言（如图 16 所示）。

[①] Landry, R. &R. Y. Bourhis. L inguistic landscape and ethnolinguistic vitality: A n emp irical study [J]. Journal of Language and Social Psychology，1997(16): 23-49.

"汉语+英语"的语码组合模式不仅有利于扩大语言标牌的受众群体，满足不同语言使用者获取信息的需求，也有利于获取语言群体的认同，创设友好包容的语言氛围。由于浆洗街街道语言标牌的功能类型以店名标牌为主，在英语国际化趋势的影响下，许多店铺的经营者出于提升竞争优势、扩大潜在消费群体等目的，也会选择"汉语+英语"的语码组合作为标牌内容，在店铺标牌中展示多语言名称。

图 16 "汉语+英语"示意图

4. 语码取向

语码取向指双多语标牌中不同语码的重要性和优先关系。Scollon 等（2003）认为："双语或多语标牌中始终会有一种语言占据优势或主导地位。标牌中的主导语言具有反映标牌创设者喜好与需求的作用，判定的依据可以是语言标牌中文字的位置、色调与亮度和占据空间的大小。"[①] 一般而言，官方语码和社会地位较高的语码属于优先语码（preferred code），社会地位相对较低、较为不重要的语码为边缘化语码（marginalized code）。大部分情况，在包围式排列的文字中，语言标牌中心位置的语码是优先语码，边缘位置的语码是非优先语码。在横向排列的文字中，位于语言标牌上方或顶部的语码是优先语码，位于下方或底部的语码是非优先语码。在纵向排列的文字中，左侧的语码是优先语码，右侧的语码是非优先语码。若一种语言文字的书写方向为从右至左，则纵向排列文字中的优先语码位于右侧，非优先语码位于左侧。

参考语言景观的实际情况，笔者采用字号先于排列方式的判断方法，即在语言标牌中不同文字的字号大小不同时，字号最大的文字所属的语言为优先语码。若语言标牌中所有文字大小一致，则采取上文中根据文字排列方式判定优先语码的方法进行判断。对双多语标牌的优先语码进行统计（如表 9 所示），在浆洗街街道的 330 个双语或多语的语言景观中，有 229 个语言标牌的主导语言为汉语，占比 69.4%（如图 17 所示）。96 个语言标牌的主导语言

---

① Scollon, R. & Scollon, S. W. Discourses in Place: Language in the Material World [M]. London: Routledge, 2003.

为藏语，占比 29.1%（如图 18 所示）。还有 5 个语言标牌的主导语言为英语，占比 1.5%。

表 9　主导语码统计表

主导语言	频率	百分比
汉语	229	69.4%
藏语	96	29.1%
英语	5	1.5%
总计	330	100.0%

图 17　汉语主导语码示意图　　图 18　藏语为主导语码示意图

5. 语码排序

在 SPEAKING 模型中，字母 A 代表行为次序（act sequence），即言语信息呈现的形式和次序，反映在语言景观中即指语言标牌中各类文字的排列顺序和语码呈现大小。笔者对 330 个双语和多语标牌的语码排列顺序进行描述性统计（如表 10 所示）。需要说明的是，表格中的"上""下""左""右"指的是各类语码之间的位置关系。"混合"指的是语码出现的情况较为复杂、数量较多，且位置排列不规则，无法用上下左右描写。

由表 10 可知，在浆洗街街道 330 个双/多语标牌中，"藏上汉下"的语码顺序出现频率最高，占全部双/多语语言景观的 49.5%；其次是混合型的语码排列方式，共出现了 58 次，占比 17.7%；再次依次为"汉上英下"（8.4%）和"藏左汉右"（7.6%）。由此可见，在语码排列顺序中，藏语比汉语更多出现在上部和左侧，所占据的位置优先于汉语。

表 10　语码排序统计表

语码排序	频率	百分比
藏上汉下	163	49.5%
汉上藏下	8	2.5%
汉上英下	28	8.4%
英上汉下	8	2.5%

续表

语码排序	频率	百分比
藏左汉右	25	7.6%
汉左藏右	11	3.3%
英左汉右	8	2.5%
汉左英右	2	0.6%
藏上汉中英下	12	3.7%
藏上英上汉下	1	0.2%
藏上英中汉下	4	1.2%
藏左汉右英下	2	0.6%
混合	58	17.7%
总计	330	100.0%

对表 10 中的数据进行二次统计可知，上下型排列的语言标牌共有 224 个（如图 19 所示），左右型排列的语言标牌共有 46 个，混合排列类型的语言标牌共有 60 个（如图 20 所示）。由此可见，浆洗街街道双多语语言景观的语码排列类型以上下型排列为主，占比达 67.9%。究其原因，可能是上下型排列的语言标牌多为长方形，这种形状不仅符合阅读者的认知规律与阅读习惯，同左右型的语言标牌相比，所需的标牌空间也相对较少，能够使标牌空间得到更有效的利用。

图 19　上下型排序示意图　　图 20　混合型排序示意图

6. 语码大小

同一类型语言标牌的面积往往相差较小，如何在大小相对固定的标牌中更有侧重点地展示语言信息是语言标牌创设者都需要考虑的问题。语言标牌创设者常会设置不同大小的语码以达到凸显重要信息的目的。笔者对浆洗街街道双多语语言景观的语码大小进行了统计（如表 11 所示）。

表 11　语码大小统计表

语码大小	频率	百分比
汉大藏小	139	42.1%
汉大英小	55	16.6%
藏大汉小	32	9.7%
英大汉小	3	0.8%
汉藏一样	61	18.5%
汉英一样	5	1.4%
汉大藏中英小	11	3.3%
汉大英小韩小	1	0.2%
汉大英中藏小	3	0.8%
汉大藏小英小	2	0.6%
藏大汉大英小	6	1.8%
藏大汉中英小	12	3.7%
总计	330	100.0%

由表 11 可知，"汉大藏小"为浆洗街街道双多语语言景观中出现频率最高的语码大小关系，占全部双/多语语言景观的 42.1%。其次为"汉藏一样"，占比 18.5%，再次为"汉大英小"，占比 16.6%。由此可见，在 330 个语言标牌中，汉字大于其他语码的语言标牌共有 211 个，占全部双/多语语言景观的 63.9%，即在语码大小关系中，汉语在语言标牌中占据主导地位。

统计可知，在藏语和英语同时出现的 36 个语言标牌中，藏文字体大于英文的语言标牌共有 29 个，占比 80.6%。因此，在语码大小中，藏文比英文更处于优势地位，与"汉语-藏语-英语"的语码地位关系相符。

值得注意的是，浆洗街街道双/多语语言景观中也有一部分英文字体大于汉语或藏语的语言标牌存在，数量为 6 个，且存在 5 个汉语和英语字体大小相同的语言标牌。

（四）语言特征

SPEAKING 交际模型中的 I 代表媒介（instrumentalities），在语言景观研究中可以视作词汇、句法或语码转换、语码混合等语域和语码层面的内容。基于此，以下笔者将对浆洗街街道语言景观的语言特征进行分析。

1. 语音特征

语音是语言的物质外壳，是语义的表达形式。当语言标牌的受众阅读标牌上的文字内容时，往往会感知到音节的存在。音节作为由音素构成的语音片段，是听话时自然感受到的最小语音单位。一般而言，汉语的一个音节由一个汉字表示，儿化音节是例外。

由于所采集的 677 个语言景观中存在 330 个双/多语标牌，且汉语是浆洗街街道的第一优势语码，绝大多数双/多语标牌中的不同语码之间的信息为对等关系，故仅分析纯汉语的单语标牌和双/多语言标牌中的汉语音节，下文的词汇分析与语法分析同样按照此方法。若汉语中出现汉语与其他语码混用的现象，则将除汉语之外的语码按其原本的音节统计方法进行统计，如将"玉隆拉措如意宝贵商店 B 店"统计为 12 个音节。基于此，笔者对浆洗街街道语言标牌进行了语音分析，统计音节情况如表 12 所示。

由表 12 可知，在浆洗街街道符合统计条件的 660 个语言标牌中，四音节的语言标牌数量最多，为 191 个，占 660 个语言景观的 28.9%。其次为三音节的语言标牌，共有 79 个，占比 12%。数量第三多的语言标牌为六音节，共 72 个，占比 10.9%。由于所有语言景观的音节总数在十二音节之前均存在，而在十二音节之后不具有数量上的连贯性，因此以十二音节作为分界点，将大于十二音节的语言标牌记为"其他"。在"其他"类型的语言标牌中，除以篇章呈现的信息牌类语言标牌外，音节数量最多的语言标牌为"成都卓玛电器有限公司厂家直销酥油茶搅拌机"，共有 20 个音节，属广告牌类。

表 12　音节数量统计图

音节数量	频率	百分比	举例
1	5	0.8%	信
2	26	3.9%	唐卡
3	79	12.0%	七珍堂
4	191	28.9%	西藏文化
5	59	8.9%	曼扎拉酒店
6	72	10.9%	民族用品批发
7	38	5.8%	藏江佛像定制厂
8	53	8.0%	随缘恭请精品佛像
9	29	4.4%	善缘民族文化用品坊
10	17	2.6%	锦玉堂佛教用品批发店

续表

音节数量	频率	百分比	举例
11	25	3.8%	宝达雅尼泊尔佛像迎请殿
12	16	2.4%	俄萨秋措藏传佛教用品公司
13	2	0.3%	雪域萨利卓文化艺术有限公司
14	2	0.3%	成都市宇锦轩民族商贸有限公司
15	8	1.2%	西藏自治区人民政府驻成都办事处
其他	38	5.8%	尼泊尔手工厂家直销定做地毯法器批发
总计	660	100.0%	

由以上统计数据可知，浆洗街街道语言景观在语音方面有如下特点。

1）单音节语言标牌数量少

由表12可知，单音节语言标牌仅有5个，占660个语言标牌总数的0.8%，是所有音节数量中最少的类型。查看单音节对应的语言景观可知，5个单音节语言景观的内容分别是"拆""义""德""信""学"。其中"义""德""信""学"4个语言标牌均为官方语言标牌，是由政府设置的同一系列的宣传类语言景观，其表现形式均为图文并茂、以墙面为载体、面积大小相同、位置相近。此外，由于单音节的语言标牌承载的信息内容有限，如"拆"仅能表达出"拆除"之意，更具体的如"拆除什么建筑""何时拆除""用什么工具拆除"等信息便无法仅从文字中体现，而是需要结合具体语境和文字所在的位置等情况进行判断。

2）四音节语言标牌最多

在四音节的语言标牌方面，已经有学者对其进行了一定的研究。钱理等（2005）在《商店名称语言》中提出了"黄金格"的概念，并认为四、五、六音节是店名的最优音节格式。①语言标牌作为社会用语，本质是利用文字符号传递信息的言语行为。语言标牌的设立也需要遵循社会用语的原则，如信息传递原则、语言的经济性原则和人类记忆的规律，也即信息的传递要适量，不可过多或过少。在音节方面，如果一个语言标牌的音节过多，不利于标牌阅读者识记，也更容易降低传播效率；如果音节过少，则无法承载较多的信息。

吕叔湘（1963）认为，汉语使用者十分喜爱使用四个音节的语音段落，比如《诗经》《千字文》和成语等，"四音节是最具有汉语文化特色的庄重典

---

① 钱理，王军元. 商店名称语言[M]. 上海：汉语大词典出版社，2005.

雅的形式[①]。"除了受中华民族文化心理的影响外，四音节的语音段落还具有音乐性，朗读起来朗朗上口，可以满足信息传递的需求。可见，浆洗街街道语言景观中的音节也具备了这样的特征。

3）音节数量偶数化

浆洗街街道语言景观中存在33个以篇章的方式呈现的语言标牌，如信息牌和公共标语等。此类语言标牌字数较多，难以对其音节数量进行分析。对除以上语言标牌外的627个语言景观的音节数量进行统计可知，音节数量为偶数的语言标牌共有380个，占660个语言景观数量的57.6%；音节数量为奇数的语言标牌共有247个，占比42.4%。可见，浆洗街街道的语言景观音节数量为偶数的更多。究其原因，可以推测这种现象与汉语中具有音乐性有一定的关系。

2. 词汇特征

在浆洗街街道677个语言标牌中，店名标牌数量最多，含有中文语码的语言景观共有474个。对于店铺名称中所使用词汇的分类，学界暂无统一标准。有学者认为店名可以分为属名、通名、业名三类，也有学者分为专名和通名两类。郑梦娟（2006）将店名分为地名、属名、业名和通名四类。[②]根据国家市场监督管理总局修订的《企业名称登记管理规定》（2020）第六条："企业名称由行政区划名称、字号、行业或者经营特点、组织形式组成。"[③]根据浆洗街街道的实际情况，笔者采用郑梦娟的分类方法。地名指特定空间位置上自然或人文地理实体的名称，包括全球范围内的所有位置名称；属名是店铺具有个性特征的名称，可以表明其所属或区别特征；业名是表明店铺经营内容、范围和特点的名称；通名指店铺的通用名称。如果业名和通名已成为联系紧密的固定词汇，如"银行""酒店""有限公司"等，则统一归入"通名"统计，如表13所示。

表13 词汇组合统计表

组合类型	频数	百分比	举例
属名	78	16.5%	佛缘
业名	18	3.8%	僧装
地名+通名	2	0.4%	康定酒店

[①] 吕叔湘. 现代汉语单双音节初探[J]. 中国语文，1963（1）.
[②] 郑梦娟. 当代商业店名的社会语言学分析[J]. 语言文字应用，2006（3）：11-19.
[③] 国家市场监督管理总局. 企业名称登记管理规定. [EB/OL] https://gkml.samr.gov.cn/nsjg/fgs/201908/t20190820 306155.html，2022-4-7.

续表

组合类型	频数	百分比	举例
地名+业名	29	6.1%	拉萨甜茶
地名+属名	3	0.6%	西藏印象
属名+业名	139	29.3%	德青藏装
属名+通名	60	12.7%	静心阁
业名+通名	11	2.3%	汽车轮胎经营部
地名+业名+通名	28	5.9%	藏江佛像定制厂
地名+属名+通名	8	1.7%	拉萨罗布旅馆
地名+属名+业名	2	0.4%	成都市雪洁民族用品
属名+业名+通名	66	13.9%	四季鲜水果店
地名+属名+业名+通名	23	4.9%	西藏盖拉喜藏香厂
属名+地名+业名+通名	2	0.4%	宝达雅尼泊尔佛像迎请殿
属名+业名+地名+通名	2	0.4%	华博民族用品成都连锁店
其他	3	0.6%	西藏山南敏珠林寺藏香成都直销店
总计	474	100.0%	

笔者对各类词汇的缺失数量和其占 474 个语言标牌的百分比进行了统计（如表 14 所示）。

表 14 词汇缺失值统计表

分类	缺失数量	百分比
地名	374	78.9%
属名	90	19.0%
业名	152	32.1%
通名	271	57.2%

1）地名

在浆洗街街道店名标牌类的语言景观中，地名作为可以用来标示店铺所在的位置或与经营内容有关的地理位置的名称，共出现了 100 次。其中包含"成都"的店名标牌共有 15 个，包含"西藏"和"四川"的店名标牌分别有 13 个，其他与藏族的生活区域有关的地名如"香格里拉""珠穆朗玛"等共有 32 个。地名在店名标牌中的使用不仅可以用来标明生产场地、所处位置等信息，还可以展示地域文化和少数民族文化，起到增强认同度和亲切感，彰显售卖内容的专业性的作用。

命名要素的畸变和缺失是当代店铺名称的重要特点。[①]与属名、业名和通名相比，地名出现次数最少，缺失数量达 374 个，占比 78.9%。地名由于具有在地理位置上的通用性及普适性等特征，使之重要程度与展示店铺个性特征的属名和指明经营内容或售卖商品类型的业名相比大大降低。由于店铺均处于成都市武侯区浆洗街街道，且地理位置相近，使用标示经营地点的地名对于增加店铺特色和辨别性的作用较小。如若使用，还可能产生增加字刻印刷制作成本、增大店名长度而使之变得冗余、降低属名和业名的凸显度等不利于商店降低经营成本和提升知名度等影响。

2）属名

属名在浆洗街街道的店铺标牌中出现的频率最高，占比达 81%，也是缺失数量最少的一种。在当地店名标牌内容的出现频率最高的三类组合类型中，属名均在列。由此可见，属名作为能够体现店铺特点，为经营者提供最大命名空间的内容，在浆洗街街道中得到了最广泛的使用。其命名主要分为以下四种类型。

（1）称谓，包括姓名称呼等。如"简氏""卓玛""胖姐""桑杰"。

（2）藏族文化相关，如"扎西德勒""格桑""格萨尔""糌粑"。

（3）佛教相关，如"佛缘""梵音""菩提""随缘"。

（4）表示美好祝愿，如"如意""聚福""祥瑞""慧财"。

对所有属名做字频和词频分析，得表 15 和 16 如下。其中表 16 中已去除与表 15 重复的单音节词，百分比代表某字或词占 384 个包含属名的店名标牌的比例。

表 15　字频统计表

字	频数	百分比
缘	34	8.9%
藏	28	7.3%
佛	15	3.9%
艺	14	3.6%
雪	14	3.6%
拉	13	3.4%
德	13	3.4%

[①] 郑梦娟. 当代商业店名的社会语言学分析[J]. 语言文字应用，2006（3）：11-19.

续表

字	频数	百分比
聚	13	3.4%
域	12	3.1%
宝	12	3.1%

表16　词频统计表

词	频数	百分比
雪域	10	2.6%
如意	8	2.1%
吉祥	6	1.6%
扎西德勒	4	1.0%
菩提	4	1.0%

由上表可知，与其他字词相比，"缘""藏""佛""雪域""如意""吉祥"等内容在浆洗街街道语言标牌中占有较高的比例。而此类字词大部分与藏族文化和佛教文化相关，体现了与经营者和消费者的心理和文化有关的命名方式，但相对高频的使用同时也体现出了当地店名标牌内容上具有一定同质化倾向的状况。

3）业名

业名作为最直接地显示店铺信息的名称，在浆洗街街道的缺失数量为152个，缺失率为32.1%，仅高于属名。当地店名标牌中绝大多数的业名长度为2~4个汉字，主要可以分为以下几种类型。

（1）售卖商品。如"青铜像""佛宝""唐卡""花灯"。

（2）售卖商品+经营方式，如"藏香直销""僧装专卖""民族用品批发"。

（3）服务类型，如"数码摄影""广告制作""泡澡搓背""光盘刻录"。

早期店铺的业名在标示经营类型等信息时常使用较为笼统的用词，改革开放后，业名分类的精细化成为一种趋势。[①]浆洗街街道店名标牌的业名以"售卖商品类"为主，在精细化的分类上没有很明显的体现，可见当地大部分店铺的经营者更倾向于传递一类明确的信息，从而突出重点，直接、清晰地反映销售商品内容。

4）通名

通名常位于店名末尾，用来指称通用的商业特征或类别。笔者对使用通

---

① 郑梦娟. 当代商业店名的社会语言学分析[J]. 语言文字应用，2006（3）：11-19.

名的 203 个店铺的通名内容进行频率统计，得表 17 如下。由表 17 可知，浆洗街街道店铺名称中的通名具有以下特点：

（1）零通名占主导。浆洗街街道的店名标牌中通名的缺失率为 57.2%，缺失数量仅少于地名。究其原因，可能是通名的区别性作用较不明显，且传递的信息有限所致。此外，店铺的经营者也可能是为了避免店铺名称的音节数量过长或与其他店铺使用相同词汇，从而选择在店名中不使用通名。

（2）传统通名占优势。由表 17 可知，"店""阁"等传统通名的出现频率较高，体现出社会用语的延续性和继承性。

（3）用字复古。在浆洗街街道使用频率最高的 9 个通名中，"阁""苑""堂"等字均在列。而这类字词由于沿用时间长，且与古代庭院、花园等有关，从而带有了古典、雅致的韵味，体现出当地店名通名使用的复古特征。

表 17 通名统计表

通名	频数	百分比
公司	32	15.8%
店	29	14.3%
厂	16	7.9%
阁	16	7.9%
商店	11	5.4%
苑	10	4.9%
堂	10	4.9%
坊	7	3.4%
仓	5	2.5%

（五）相关性分析

本部分运用 SPSS 对浆洗街街道语言景观的功能类型与空间处所类型进行 Pearson 卡方检验、Fisher 精确检验和列比例检验，以此来判断二者之间是否存在联系以及联系程度是否密切。笔者将卡方和列比例检验的显著性水平均设为 0.05，若分析结果显著水平小于 0.05，则有 95%的把握认为两变量相关。基于双侧检验结果，对于每个显著对，列比例较小的类别的键出现在列比例较大的类别之中，其中大写字母代表显著性水平小于 0.05 的类别。若列比例等于 0 或 1，则不在结果中显示。

1. 语码选择的相关性分析

1）语码组合与功能类型的关系

语码组合与功能类型的相关性趋近于 0，做二者的交叉表如表 2-18 所示。由表 18 可知，汉语单语标牌和汉英双语标牌在所有功能类型的语言景观中均有出现，纯英语标牌和"汉语+英语+韩语"的多语标牌使用的功能类型数量最少，其中纯英语标牌仅在店名标牌中出现，"汉语+英语+韩语"多语标牌仅在指示牌中出现。在功能类型方面，店名标牌的组合形式最为丰富，信息牌和路牌的语码组合种类最为单一。在 7 种组合类型中，店名标牌涵盖 6 种，信息牌和路牌仅包括 2 种，主要是受标牌的官方与私人性质影响。值得注意的是，除去仅出现一次的语码组合形式外，店名标牌在纯汉语、纯英语、汉藏双语等众多语言组合方式中占比均超过了 50%，而纯藏语是唯一例外，这种情况将在下文进行讨论。

表 18 语言组合与功能类型交叉表

功能类型		语言组合						
		汉语	藏语	英语	汉藏	汉英	汉藏英	汉英韩
店名标牌	计数	201	3	2	208	34	31	0
	列百分比	60.9%	20.0%	100.0%	90.0%	54.8%	86.1%	0.0%
警示牌	计数	17	0	0	2	6	0	0
	列百分比	5.2%	0.0%	0.0%	0.9%	9.7%	0.0%	0.0%
广告牌	计数	29	7	0	17	6	4	0
	列百分比	8.8%	46.7%	0.0%	7.4%	9.7%	11.1%	0.0%
公共标语	计数	31	0	0	2	4	0	0
	列百分比	9.4%	0.0%	0.0%	0.9%	6.5%	0.0%	0.0%
指示牌	计数	6	1	0	0	6	1	1
	列百分比	1.8%	6.7%	0.0%	0.0%	9.7%	2.8%	100.0%
信息牌	计数	15	0	0	0	1	0	0
	列百分比	4.5%	0.0%	0.0%	0.0%	1.6%	0.0%	0.0%
路牌	计数	3	0	0	0	2	0	0
	列百分比	0.9%	0.0%	0.0%	0.0%	3.2%	0.0%	0.0%

续表

功能类型		语言组合						
		汉语	藏语	英语	汉藏	汉英	汉藏英	汉英韩
建筑名牌	计数	23	1	0	1	2	0	0
	列百分比	7.0%	6.7%	0.0%	0.4%	3.2%	0.0%	0.0%
其他	计数	5	3	0	1	1	0	0
	列百分比	1.5%	20.0%	0.0%	0.4%	1.6%	0.0%	0.0%
总计	计数	330	15	2	231	62	36	1
	列百分比	100.0%	100.0%	100.0%	100.0%	100.0%	100.0%	100.0%

2）语码数量与功能类型的关系

语码数量与功能类型相关性趋近于 0，笔者做二者的交叉表，如 19 所示。由表格可知，单语标牌和双语标牌在所有类型的语言景观中均有出现。除店名标牌和指示牌之外，单语标牌在各功能类型的语言景观中出现频率均超过了 50%，其中以信息牌（93.8%）、建筑名牌（88.9%）和公共标语（83.8%）最为显著。双语标牌仅在店名标牌中出现频率过半，占比前三位由高至低分别为店名标牌（50.5%）>指示牌（40%）=路牌（40%）。而多语标牌仅出现在了店名标牌（6.5%）、广告牌（6.3%）和指示牌（13.3%）中，其余 8 类标牌均没有涉及。由此可见，语言数量与功能类型的数量呈负相关关系，即语言数量越多，功能类型的种类越少。

表 19 功能类型与语言数量交叉表

功能类型		语言数量			总计
		单语	双语	多语	
店名标牌	计数	206	242	31	479
	行百分比	43.0%	50.5%	6.5%	100.0%
警示牌	计数	17	8	0	25
	行百分比	68.0%	32.0%	0.0%	100.0%
广告牌	计数	36	23	4	63
	行百分比	57.1%	36.5%	6.3%	100.0%
公共标语	计数	31	6	0	37
	行百分比	83.8%	16.2%	0.0%	100.0%

续表

功能类型		语言数量			总计
		单语	双语	多语	
指示牌	计数	7	6	2	15
	行百分比	46.7%	40.0%	13.3%	100.0%
信息牌	计数	15	1	0	16
	行百分比	93.8%	6.3%	0.0%	100.0%
路牌	计数	3	2	0	5
	行百分比	60.0%	40.0%	0.0%	100.0%
建筑名牌	计数	24	3	0	27
	行百分比	88.9%	11.1%	0.0%	100.0%
其他	计数	8	2	0	10
	行百分比	80.0%	20.0%	0.0%	100.0%
总计	计数	347	293	37	677
	行百分比	51.3%	43.3%	5.5%	100.0%

3）语码组合与语码取向的关系

笔者做双/多语标牌语码组合情况与优先语码的交叉表，得表20如下。由表格可知，在"汉语+藏语"和"汉语+英语"的语码组合形式中，汉语为优先语码的比例分别为65.8%和91.9%，体现出了汉语在双语标牌中的主导地位。但在"汉语+藏语+英语"的语码组合形式中，以汉语为主导语言的语言标牌的数量仅比以藏语为主导语言的语言标牌多2个，可见此类语言景观中汉语与藏语的地位比较相似，藏语在多语标牌中的显著性和地位要高于双语标牌。而英语无论在任意语码组合形式中，充当主导语言的数量均较少，在"汉语+藏语+英语"的三语组合形式中甚至没有作为第一优势语码出现。

表20　语码组合与主导语码交叉表

语码组合		主导语码			总计
		汉语	藏语	英语	
汉藏	计数	152	79	0	231
	行百分比	65.8%	34.2%	0.0%	100.0%
汉英	计数	57	0	5	62
	行百分比	91.9%	0.0%	8.1%	100.0%

续表

语码组合		主导语码			总计
		汉语	藏语	英语	
汉藏英	计数	19	17	0	36
	行百分比	52.8%	47.2%	0.0%	100.0%
汉英韩	计数	1	0	0	1
	行百分比	100.0%	0.0%	0.0%	100.0%
总计	计数	229	96	5	330
	行百分比	69.4%	29.1%	1.5%	100.0%

综合以上统计数据可知，汉语作为我国使用频率最高的语言种类，在浆洗街街道的语言景观中占据主导地位。而藏语作为当地语言标牌中的第二优势语言，虽然有较高活力与能见度，但在语言景观中的凸显程度不及汉语。英语作为外语，是浆洗街街道语言景观中的边缘性语码，重要程度和地位均不及汉语和藏语。由此可见，当地语言景观中的语码取向与语码数量具有一致性，汉语在浆洗街街道全部语言景观中具有最高的出现频率，同样也是浆洗街街道的主导语言和第一优势语码。藏语的出现频率仅次于汉语，其可视化程度也仅次于汉语，是浆洗街街道的第二优势语码。这与我国的语言政策有密不可分的联系。官方语言政策的导向使语码之间的优先关系具备一定的可预测性，主要体现为"官方语言—少数民族语言—国际通用语言"的层级模式。[1]在藏族人口集中的浆洗街街道则体现为"汉语—藏语—英语"的由强至弱的语码地位关系，体现出当地语言景观中各语言的语言活力、权势地位与重要程度。

2. 少数民族语言的相关性分析

1）藏语与语言数量的关系

根据 Pearson 卡方检验结果，藏语与语言数量有极强的相关关系。此处的"藏语"指所有使用了藏语的个案，而非藏语单语标牌。笔者做藏语与语言数量的交叉表，得表 21 如下。由表 21 可知，在使用了藏语的 282 个语言景观中，双语标牌共有 231 个，占所有藏语语言景观的 81.9%；多语标牌共有 36 个，占比 12.8%；单语标牌数量最少，仅有 15 个，占比 5.3%。由此可见，标牌创设者更倾向于在双语标牌中使用藏语。

---

[1] 付文莉. 语言景观中的多语并存理据探究——基于青海少数民族地区的调查[J]. 青海师范大学学报（哲学社会科学版），2020，42（4）：132-139.

表 21　藏语与语言数量交叉表

藏语		语言数量			总计
		单语	双语	多语	
是	计数	15	231	36	282
	行百分比	5.3%	81.9%	12.8%	100.0%
否	计数	332	62	1	395
	行百分比	84.1%	15.7%	0.3%	100.0%
总计	计数	347	293	37	677
	行百分比	51.3%	43.3%	5.5%	100.0%

2）藏语与经营类型的关系

由统计结果可知，在使用藏语的语言景观中，功能类型为店名标牌和广告牌的标牌比例达到了 95.7%。为探求藏语与不同内容的语言标牌之间的规律，细化研究结果，笔者特在功能类型分类之外对语言标牌按照经营内容与类型进行统计，将所有语言景观分为民族工艺品、佛教用品、服装饰品、藏族餐饮等 15 个类型。广告牌按广告内容进行分类，经营类型少于 8 个且无法归入已有类型的语言景观统一归入"其他"类。若标牌名称与经营内容无直接联系，或由于闭店关门等情况无法根据拍摄的门店照片进行判定，则利用网络资源检索该店铺或广告的营业类型。若以上方法皆无法判断，则统一归入"闭店未知"类。做语言景观经营类型的描述统计，得表 22 如下。

由表 22 可知，浆洗街街道语言景观的经营类型按频率由高至低的前五位分别为佛教用品（20.7%）>民族工艺品（12.3%）>生活服务（10.9%）>民族用品（8.4%）>公共标牌（6.9%）。

表 22　经营类型统计表

经营类型	频率	百分比	经营类型	频率	百分比
民族工艺品	83	12.3%	家居建材	22	3.2%
文化宣传语	37	5.5%	公办机构	39	5.8%
佛教用品	140	20.7%	公共标牌	47	6.9%
民族用品	57	8.4%	小区住宅	8	1.2%
生活服务	74	10.9%	酒店住宿	15	2.2%
汉族餐饮	19	2.8%	其他	42	6.2%
藏族餐饮	37	5.5%	闭店未知	33	4.9%
服装饰品	24	3.5%	总计	677	100.0%

（1）使用藏语的标牌

在所有语言景观中，使用藏语的标牌共有 282 个。做使用藏语的标牌与经营类型的卡方检验，发现其相关性无限趋近于 0，有极强的相关关系。做交叉表如表 23 所示。根据列比例检验结果可知，使用藏语的语言景观的经营类型主要为藏族餐饮（89.2%）>民族工艺品（73.5%）>佛教用品（68.6%）。文化宣传语（5.4%）、公办机构（5.1%）和公共标牌（4.3%）使用藏语的频率较低，而小区住宅（0%）和汉族餐饮（0%）均没有使用藏语。

表 23 经营类型与藏语交叉表

经营类型		藏语 是	藏语 否	总计
民族工艺品	计数	61	22	83
	行百分比	73.5%	26.5%	100.0%
佛教用品	计数	96	44	140
	行百分比	68.6%	31.4%	100.0%
闭店未知	计数	22	11	33
	行百分比	66.7%	33.3%	100.0%
公办机构	计数	2	37	39
	行百分比	5.1%	94.9%	100.0%
其他	计数	7	35	42
	行百分比	16.7%	83.3%	100.0%
民族用品	计数	28	29	57
	行百分比	49.1%	50.9%	100.0%
公共标牌	计数	2	45	47
	行百分比	4.3%	95.7%	100.0%
生活服务	计数	16	58	74
	行百分比	21.6%	78.4%	100.0%
文化宣传语	计数	2	35	37
	行百分比	5.4%	94.6%	100.0%
小区住宅	计数	0	8	8
	行百分比	0.0%	100.0%	100.0%

续表

经营类型		藏语 是	藏语 否	总计
酒店住宿	计数	7	8	15
	行百分比	46.7%	53.3%	100.0%
汉族餐饮	计数	0	19	19
	行百分比	0.0%	100.0%	100.0%
藏族餐饮	计数	33	4	37
	行百分比	89.2%	10.8%	100.0%
服装饰品	计数	1	23	24
	行百分比	4.2%	95.8%	100.0%
家居建材	计数	5	17	22
	行百分比	22.7%	77.3%	100.0%
总计	计数	282	395	677
	行百分比	41.7%	58.3%	100.0%

由此可见，大部分经营类型同藏族与佛教有关的语言景观中出现藏语的频率较高，而具有官方性质的语言标牌使用藏语较少。但在"民族用品"中，使用藏语的语言标牌仅占49.1%，与"民族工艺品""佛教用品"等有很大的差距。因此，将"民族用品"按售卖商品的类型进行细化分类，分为"藏装""哈达""鞋类"和"民族饰品"5种类型，将细化的结果与藏语做交叉表，得表24如下。

由表24可知，在5类民族用品店中，仅有藏装店使用藏语的频率较高，达71.4%，其余如"哈达"和"鞋类"等店铺均没有使用藏语。究其原因，可能是出售哈达的店铺将商品的定位是旅游纪念品，主要面向汉族游客出售。而鞋店的特征比较明显，从店铺门口路过即可获得商品的售卖信息，因而不需要使用多种语言。

表24 经营类型与藏语交叉表

经营类型		藏语 是	藏语 否	总计
藏装	计数	20	8	28
	行百分比	71.4%	28.6%	100.0%
哈达	计数	0	4	4
	行百分比	0.0%	100.0%	100.0%

续表

经营类型		藏语		总计
		是	否	
鞋类	计数	0	3	3
	行百分比	0.0%	100.0%	100.0%
民族饰品	计数	1	3	4
	行百分比	25.0%	75.0%	100.0%
总计	计数	21	18	39
	行百分比	53.8%	46.2%	100.0%

（2）藏语为主导语码的标牌

做主导语码与经营类型的交叉表，得表25如下。由表25可知，同其他语码相比，藏语在"藏族餐饮"类语言景观中出现的频率最高，占所有主导语码种类的59.4%，超过了汉语（40.6%）和英语（0%）；其次为民族用品类（40.7%）和酒店住宿类（40%）。主导语码为藏语的标牌共出现在了8类语言景观中。在藏语为主导语码的语言景观中，佛教用品类语言标牌使用藏语的频率最高，占主导语码为藏语语言景观的26%，其次为民族工艺品（21.9%）和藏族餐饮（19.8%）。

表25 经营类型与主导语码交叉表

经营类型		主导语码			总计
		汉语	藏语	英语	
民族工艺品	计数	39	21	0	60
	行百分比	65.0%	35.0%	0.0%	100.0%
	列百分比	17.0%	21.9%	0.0%	18.2%
佛教用品	计数	71	25	0	96
	行百分比	74.0%	26.0%	0.0%	100.0%
	列百分比	31.0%	26.0%	0.0%	29.1%
闭店未知	计数	15	8	0	23
	行百分比	65.2%	34.8%	0.0%	100.0%
	列百分比	6.6%	8.3%	0.0%	7.0%
公办机构	计数	14	0	2	16
	行百分比	87.5%	0.0%	12.5%	100.0%
	列百分比	6.1%	0.0%	40.0%	4.8%

续表

经营类型		主导语码			总计
		汉语	藏语	英语	
其他	计数	8	2	1	11
	行百分比	72.7%	18.2%	9.1%	100.0%
	列百分比	3.5%	2.1%	20.0%	3.3%
民族用品	计数	16	11	0	27
	行百分比	59.3%	40.7%	0.0%	100.0%
	列百分比	7.0%	11.5%	0.0%	8.2%
公共标牌	计数	12	0	0	12
	行百分比	100.0%	0.0%	0.0%	100.0%
	列百分比	5.2%	0.0%	0.0%	3.6%
生活服务	计数	18	6	1	25
	行百分比	72.0%	24.0%	4.0%	100.0%
	列百分比	7.9%	6.3%	20.0%	7.6%
文化宣传语	计数	6	0	0	6
	行百分比	100.0%	0.0%	0.0%	100.0%
	列百分比	2.6%	0.0%	0.0%	1.8%
酒店住宿	计数	5	4	1	10
	行百分比	50.0%	40.0%	10.0%	100.0%
	列百分比	2.2%	4.2%	20.0%	3.0%
汉族餐饮	计数	2	0	0	2
	行百分比	100.0%	0.0%	0.0%	100.0%
	列百分比	0.9%	0.0%	0.0%	0.6%
藏族餐饮	计数	13	19	0	32
	行百分比	40.6%	59.4%	0.0%	100.0%
	列百分比	5.7%	19.8%	0.0%	9.7%
服装饰品	计数	3	0	0	3
	行百分比	100.0%	0.0%	0.0%	100.0%
	列百分比	1.3%	0.0%	0.0%	0.9%

续表

经营类型		主导语码			总计
		汉语	藏语	英语	
家居建材	计数	7	0	0	7
	行百分比	100.0%	0.0%	0.0%	100.0%
	列百分比	3.1%	0.0%	0.0%	2.1%
总计	计数	229	96	5	330
	行百分比	69.4%	29.1%	1.5%	100.0%
	列百分比	100.0%	100.0%	100.0%	100.0%

（3）藏语单语标牌

由上文中的表 18 可知，藏语单语标牌是所有语码组合形式中唯一在店名标牌中使用频率低于 50% 的语言景观，出现频率为 20%，最为特殊。由于藏语单语标牌仅有 15 个，样本量较少，且上文对经营内容的分类将数量小于 8 的经营类型统一归入了"其他"类，因此不采用上文的分类方法。

统计所有藏语单语语言标牌的内容可知，藏语单语标牌共出现在了店名标牌、广告牌、指示牌、建筑名牌和其他共 5 类语言景观中，在广告牌中出现的次数最多，达 46.7%。在 7 个广告牌中，4 个语言标牌是同一家打印店的打印展示板，其余 3 个广告牌分别为药房广告、藏族旅馆广告和飞机票代购广告；在 3 个店名标牌中，纯藏语的标牌所属店铺的经营内容分别藏族旅馆、民族用品批发店和民族用品厂；在 3 个归属"其他"类的标牌中，藏语单语标牌为书法作品和内容为表示欢迎的手写对联；剩余 2 个标牌分别为表示藏族旅馆方向兼具广告牌作用的指示牌和西藏自治区人民政府驻成都办事处的建筑名牌。

由统计结果可以发现，与藏族旅馆有关的语言景观常使用藏语单语，二者有较为密切的关系。研究得知，这些旅馆的经营者均为藏族，顾客也以藏族为主，且旅馆周边或楼下常有藏餐厅。通过访谈得知，浆洗街片区曾经是藏族商人前往拉萨、青海和甘肃的重要中转站，早期主要发展藏族餐饮业和民族用品售卖业务。由于价格与语言障碍等问题，在浆洗街片区短期停留而后前往其他地区的藏族人往往不倾向于在汉族旅馆住宿。随着临时停留人数的逐步增加，许多藏餐厅经营者开始在餐厅二楼开办旅馆，为外来藏族流动人口提供临时住所，久而久之形成了如今藏餐厅与旅店紧密相邻的局面。受店家与服务对象所属民族的影响，藏语单语的语码组合便与营业类型为旅店的语言标牌产生了密切的联系。

三、对比分析

通过对浆洗街街道语言景观的描写可以了解当地语言景观的整体现状和格局。但不同标牌之间在性质上存在的差异，如设立者与主体性的不同、言语社区内部和言语社区外部的差异等，也会影响到语言景观的面貌和特征。本部分采用对比分析的方式，对浆洗街街道官方语言景观和私人语言景观、旅游商业区语言景观与本地居民消费区语言景观进行对比，以探讨不同性质语言景观的差异和不同。

（一）官方与私人语言景观

根据标牌主体性的不同，可以将语言景观分为官方语言景观和私人语言景观两类。官方语言景观又称为自上而下的标牌，是由政府等中央政策机构创设的具有官方性质的语言景观，一般更加规范和正式；私人语言景观又称自下而上的标牌，指由企业或私人创设的语言景观，与官方标牌相比更随意和灵活。

1. 调查概况

对浆洗街街道所有语言标牌的主体性分类做描述统计（如表26所示）可知，该地区共有官方语言标牌105个，占所有语言景观总数的15.5%。私人语言标牌572个，占比84.5%。究其原因，是因为样本主要采集于成都市少数民族流动量最大的地区，该地区的功能规划定位为商业区，因而由个体商户、企业设置的私人语言景观数量要大于由政府机构设置的官方语言景观。

表26 语言景观主体性分类统计表

分类	频率	百分比
官方语言景观	105	15.5%
私人语言景观	572	84.5%
总计	677	100.0%

2. 差异分析

本部分主要采用Pearson卡方检验的验证方式，以官方语言景观与非官方语言景观的相关性进行分析为基础，借助列比例检验对所得数据进行细化，判断两类不同性质标牌的差异特征，制作交叉列联表进行描写分析。

1）功能类型差异

做功能类型与官方和私人语言景观的交叉表，得表27。由表格可知，浆洗街街道的官方语言景观共有 9 类，涵盖了店名标牌、警示牌、广告牌等所有功能类型，出现频率由高至低分别为公共标语（35.2%）>建筑名片（14.3%）>信息牌（13.3%）>警示牌（11.4%）>指示牌（8.6%）>店名标牌（7.6%）>路牌（4.8%）>广告牌（2.9%）>其他（1.9%），其中店名标牌为具有公益性质的由政府设立的便民惠民超市，广告牌为中国农业银行、中国建设银行等国有大型商业银行的宣传广告。

私人语言景观共有 7 种类型，所占比例由高至低为店名标牌（82.3%）>广告牌（10.5%）>警示牌（2.3%）>建筑名牌（2.1%）>其他（1.4%）>指示牌（1%）>信息牌（0.3%）。由此可见，受功能类型分类的影响，私人语言的标牌种类比官方语言景观少，官方语言景观的类型主要以公共标语为主，而私人语言景观主要集中在店名标牌上，占所有样本的 69.6%。

表 27 功能类型与主体性交叉表

功能类型		分类		总计
		官方语言景观	私人语言景观	
店名标牌	计数	8	471	479
	列百分比	7.6%	82.3%	70.8%
警示牌	计数	12	13	25
	列百分比	11.4%	2.3%	3.7%
广告牌	计数	3	60	63
	列百分比	2.9%	10.5%	9.3%
公共标语	计数	37	0	37
	列百分比	35.2%	0.0%	5.5%
指示牌	计数	9	6	15
	列百分比	8.6%	1.0%	2.2%
信息牌	计数	14	2	16
	列百分比	13.3%	0.3%	2.4%
路牌	计数	5	0	5
	列百分比	4.8%	0.0%	0.7%
建筑名牌	计数	15	12	27
	列百分比	14.3%	2.1%	4.0%
其他	计数	2	8	10
	列百分比	1.9%	1.4%	1.5%
总计	计数	105	572	677
	列百分比	100.0%	100.0%	100.0%

2）语码选择差异
（1）语码种类
做语码种类与官方和私人语言景观的交叉表，得表28如下所示。在官方语言景观中，不同语码的使用频率排序为：汉语（99%）>英语（25.7%）>藏语（4.8%）>韩语（1.0%）。私人语言景观语码使用的频率排序为：汉语（97.2%）>藏语（41.2%）>英语（12.9%）>韩语（0）。由此可见，汉语是官方标牌和私人标牌使用频率最高的语码。

在使用频率第二高的语言上，官方语言景观更倾向于使用英语，而私人语言景观更倾向于使用藏语。值得注意的是，有一个官方语言景观中出现了韩语。由浆洗街街道语料库的数据可知，该官方语言标牌为公共卫生间标牌，共使用了韩语、英语和汉语3种语码。通过网络检索可以发现，与该标牌样式相同的标牌也存在于其他地区，因此推测韩语的出现与标牌的批量生产和创设者对该语言的使用倾向有关。

表28 语码种类与主体性交叉表

语码种类		分类		总计
		官方语言景观	私人语言景观	
汉语	计数	104	556	660
	列百分比	99.0%	97.2%	97.5%
藏语	计数	5	277	282
	列百分比	4.8%	41.2%	41.7%
英语	计数	27	74	101
	列百分比	25.7%	12.9%	14.9%
韩语	计数	1	0	1
	列百分比	1.0%	0%	0.1%
总计	计数	105	572	677
	列百分比	100.0%	100.0%	100.0%

（2）语码数量
做语码数量与官方和私人语言景观的交叉表29可知，在浆洗街街道官方语言景观中，单语标牌的出现频率最高（70.5%），其次为双语标牌（28.6%）和多语标牌（1%）。在私人语言景观中，不同语言数量的语言标牌出现频率依次为单语（47.7%）>双语（46%）>多语（6.3%）。由分析结果可知，单语

标牌在官方语言景观中占据主导地位，有很高的显著性。而在私人语言景观中，单语标牌和双语标牌的数量较为接近，可见私人语言标牌在单语标牌和双语标牌的选择中倾向性基本持平。

表 29 语码数量与主体性交叉表

语码数量		分类		总计
		官方语言景观	私人语言景观	
单语	计数	74	273	347
	列百分比	70.5%	47.7%	51.3%
双语	计数	30	263	293
	列百分比	28.6%	46.0%	43.3%
多语	计数	1	36	37
	列百分比	1.0%	6.3%	5.5%
总计	计数	105	572	677
	列百分比	100.0%	100.0%	100.0%

（3）主导语码

做主导语码与官方和私人语言景观的交叉表 30 可知，浆洗街街道的官方语言景观的优势语码以汉语为主，以汉语为优势语码的标牌占官方双/多语标牌总数的 96.8%，主导语言为英语的语言标牌仅有 1 个，没有以藏语为主导的标牌。总体而言，官方语言景观的主导语码有较高的一致性，除了一个语言标牌的主导语码为英语外，其他标牌的主导语码均为汉语。需要说明的是，以英语为主导语码的官方标牌是中国工商银行自助银行服务的英汉双语信息牌，代表银行名称的"ICBC"字号最大且位置居中，而其他汉字由于内容较多所以字号较小，因而判定该标牌的主导语码为英语，使英语成为官方语言景观中比较独特的个案。在私人语言景观中，以汉语为主导语言的语言标牌最多，占比 66.6%，其次为藏语（32.1%）和英语（1.3%）。

由此可见，汉语作为主导语码的标牌在官方语言景观和私人语言景观中所占的比例均为最高，在官方语言景观的占比高于私人语言景观。私人语言景观的主导语码类型比官方语言景观更丰富。

表 30 主导语码与主体性交叉表

主导语码		分类		总计
		官方语言景观	私人语言景观	
汉语	计数	30	199	229
	列百分比	96.8%	66.6%	69.4%

续表

主导语码		分类		总计
		官方语言景观	私人语言景观	
藏语	计数	0	96	96
	列百分比	0.0%	32.1%	29.1%
英语	计数	1	4	5
	列百分比	3.2%	1.3%	1.5%
总计	计数	31	299	330
	列百分比	100.0%	100.0%	100.0%

（4）语码组合

做语码组合与官方和私人语言景观的交叉表31可知，官方语言景观的语码组合形式共有5种，以纯汉语为主，所有组合形式的出现频率由高至低分别为汉语（69.5%）>汉语+英语（24.8%）>汉语+藏语（3.8%）>藏语（1%）=汉语+英语+韩语（1%）。私人语言景观的语码组合形式主要为汉语（44.9%）>汉语+藏语（39.7%）>汉语+英语（6.3%）=汉语+藏语+英语（6.3%）>藏语（2.4%）>英语（0.3%）。由此可见，汉语单语在两类语言景观中均为使用频率最高的语言组合形式，但官方语言景观的语码组合形式的种类要少于私人语言景观，纯英语和"汉语+藏语+英语"的组合方式没有在官方语言景观中出现。

表31 语码组合与主体性交叉表

语码组合		分类		总计
		官方语言景观	私人语言景观	
汉语	计数	73	257	330
	列百分比	69.5%	44.9%	48.7%
藏语	计数	1	14	15
	列百分比	1.0%	2.4%	2.2%
英语	计数	0	2	2
	列百分比	0.0%	0.3%	0.3%
汉语+藏语	计数	4	227	231
	列百分比	3.8%	39.7%	34.1%
汉语+英语	计数	26	36	62
	列百分比	24.8%	6.3%	9.2%

续表

语码组合	分类		总计
	官方语言景观	私人语言景观	
汉语+藏语+英语	计数 0	36	36
	列百分比 0.0%	6.3%	5.3%
汉语+英语+韩语	计数 1	0	1
	列百分比 1.0%	0.0%	0.1%
总计	计数 105	572	677
	列百分比 100.0%	100.0%	100.0%

3）字体选择差异

做字体选择与官方和私人语言景观的交叉表，由表32可知，浆洗街街道的官方语言景观使用的字体频率最高的前5位依次为黑体（53.3%）>行楷（12.4%）>宋体（9.5%）>手写体（6.7%）>华文新魏（5.7%）；私人语言景观出现频率最高的前5个字体为黑体（36.9%）>行楷（17.7%）>隶书（11%）>宋体（6.1%）=艺术字（6.1%）。官方语言景观的字体类型少于私人语言标牌，藏体、行书、方正粗倩简体使用次数为0。

表32　字体与主体性交叉表

字体		分类		总计
		官方语言景观	私人语言景观	
黑体	计数	56	211	267
	列百分比	53.3%	36.9%	39.4%
行楷	计数	13	101	114
	列百分比	12.4%	17.7%	16.8%
隶书	计数	3	63	66
	列百分比	2.9%	11.0%	9.7%
宋体	计数	10	35	45
	列百分比	9.5%	6.1%	6.6%
藏体	计数	0	34	34
	列百分比	0.0%	5.9%	5.0%
楷体	计数	1	19	20
	列百分比	1.0%	3.3%	3.0%
华文新魏	计数	6	16	22
	列百分比	5.7%	2.8%	3.2%

续表

字体	分类			总计
		官方语言景观	私人语言景观	
圆体	计数	1	12	13
	列百分比	1.0%	2.1%	1.9%
行书	计数	0	8	8
	列百分比	0.0%	1.4%	1.2%
汉真广标	计数	2	4	6
	列百分比	1.9%	0.7%	0.9%
方正粗倩简体	计数	0	2	2
	列百分比	0.0%	0.3%	0.3%
艺术字	计数	2	35	37
	列百分比	1.9%	6.1%	5.5%
手写体	计数	7	10	17
	列百分比	6.7%	1.7%	2.5%
其他	计数	3	8	11
	列百分比	2.9%	1.4%	1.6%
非汉语	计数	1	14	15
	列百分比	1.0%	2.4%	2.2%
总计	计数	105	572	677
	列百分比	100.0%	100.0%	100.0%

4）语言载体差异

做语言载体与官方和私人语言景观的交叉表，由表33可知，在浆洗街街道的官方语言景观中，语言载体使用频率最高的三类材质分别为胶纸（32.4%）>金属（24.8%）>墙面（20%）。私人语言景观的语言载体选择前三位依次为木料（37.6%）>金属（15.6%）>塑料（11.9%）。官方语言景观与私人语言景观在语言载体选择上的区别主要表现在金属、木料、墙面和胶纸4类材质中。金属均为两类标牌的第二选择，但官方标牌的使用金属为语言载体的频率高于私人标牌。私人标牌语言载体的首选材质为木料，使用频率为37.6%，但官方标牌使用木料的频率仅有6.7%，二者有30%左右的差距。胶纸在官方标牌中使用频率最高，但在私人标牌中仅排第5位。官方使用墙面的频率比私人标牌高。

表 33　语言载体与主体性交叉表

语言载体		分类		总计
		官方语言景观	私人语言景观	
金属	计数	26	89	115
	列百分比	24.8%	15.6%	17.0%
木料	计数	7	215	222
	列百分比	6.7%	37.6%	32.8%
塑料	计数	8	68	76
	列百分比	7.6%	11.9%	11.2%
纸张	计数	2	11	13
	列百分比	1.9%	1.9%	1.9%
布料	计数	3	43	46
	列百分比	2.9%	7.5%	6.8%
墙面	计数	21	66	87
	列百分比	20.0%	11.5%	12.9%
胶纸	计数	34	47	81
	列百分比	32.4%	8.2%	12.0%
瓷砖	计数	4	29	33
	列百分比	3.8%	5.1%	4.9%
玻璃	计数	0	4	4
	列百分比	0.0%	0.7%	0.6%
总计	计数	105	572	677
	列百分比	100.0%	100.0%	100.0%

3. 成因分析

官方语言景观与私人语言景观的区别是语言政策和具体实施情况的体现。通过上文分析可以发现，浆洗街街道的官方语言景观与私人语言景观在功能类型、语码选择、字体和标牌载体方面存在着较为明显的差异，因此，本文将这些区别分为功能、语码和外观三类，对其成因进行分析。

1）功能类型差异原因

浆洗街街道官方语言景观与私人语言景观在功能上的差异主要表现在标牌功能类型不同方面，即官方语言景观以公共标语为主，而私人语言景观以店名标牌为主。由于浆洗街街道的规划类型为民族商业街，加之当地民众经商历史悠久，因此分布着许多店铺，其城市规划定位对店名标牌成为私人语言景观中的主导类型有着不可忽视的影响。由于当地的经营空间已经饱和，道路宽度与周边相比更加狭隘，且当地人口流动量较大，除周边小区和西南民族大学的围墙之外较少有可以安设大型语言标牌的位置。因此政府和相关机构充分利用街道两侧的墙面，张贴、绘制和雕刻了许多与民族文化、环境保护、优良美德等内容相关的公共标语，不仅起到了宣传和引导作用，也有利于墙面美化，使公共标语在当地语言景观中的占比有了一定的增加。

2）语码选择差异原因

在语码方面，官方与私人标牌的差异主要表现在官方标牌的语言多样性没有私人语言标牌显著、除汉语外官方标牌更倾向于使用英语而私人标牌更倾向于使用藏语两个方面。

（1）语码数量

由上文分析可知，官方标牌中双/多语标牌的出现频率均低于私人标牌，且多语标牌在官方语言景观中仅出现了1次，私人标牌的语码种类比官方标牌更具有多样性。

在私人语言景观的语码数量方面，其语言的多样化使用现状可能与调查区域的特征有关。浆洗街街道属于民族商业街，是开放性的经营销售场所，私人标牌中多语码的使用有利于吸引不同民族和国家的顾客进店消费。也就是说，这种选择是基于经济利益考虑的结果。

在官方语言景观表现出的语言数量特征方面，本文将其语言种类较少的原因分为较少使用双/多语的三类标牌进行讨论：

① 公共标语。浆洗街街道官方标牌中公共标语的出现频率最高，主要分为宣传标语和观赏性诗词两类。由于缺乏对藏语使用的足够重视，所以仅有少量的标牌如手绘标语使用了汉藏双语，大部分公共标语使用的是汉语单语。而观赏性诗词由于创作年代久远，由汉语翻译为藏语需要考虑文言词汇、押韵、句式等许多因素，存在一定的难度，加之此类语言景观主要发挥的是文化功能，使用汉藏双语缺乏一定的必要性，所以也以单语为主。

② 信息牌。信息牌是起详细说明、公示与展示信息的语言标牌，文字数量与密度较大，常以篇章的形式出现。浆洗街街道的信息牌类官方语言景观除了自助银行服务的说明标牌顶部出现了银行名称的英文缩写之外，其他信息牌均使用的是汉语单语。信息牌类语言景观语码种类单一主要有文字内容较多故使用两种语码所占空间较大、缺乏对非汉语母语者信息需求的准确认识和判断、缺少专业翻译人员和翻译软件等几方面原因。

③ 警示牌。浆洗街街道的警示牌类语言景观的语码使用以汉语单语和汉英双语为主，其成因可能是受到了现有的语言标牌的影响，如官方标牌均有

其规定或常用的固定样式。警示牌的作用主要表现在对阅读者的警示和引导方面，如表示危险的警示牌为三角形，标牌的上部和下部分别是闪电符号和汉字"危险"。此类图像、文字和形状均固定化使用的语言标牌已广泛运用在居民生活的各个场合，标牌的阅读者对这些标牌也有了一定的了解。在标牌上增设其他语言文字不仅在占用空间和位置选择方面较为不易，而且标牌上的图像符号已经具备了表达部分语言信息的功能，因此使用汉语单语或者汉英双语成为官方标牌的选择。

（2）语码取向

官方语言景观与私人语言景观的语码取向是政府和个体语言态度的映射。在主导语码方面，官方设立的以汉语为主导语言的标牌比例高于同类型的私人标牌，占比分别为96.8%和66.6%。在语码频率和语码组合方面，官方语言景观与非官方语言景观都以汉语为出现频率最高的语码，其差异为：在官方标牌中，英语的能见度较高，"汉语+英语"是除汉语单语外使用频率第二高的组合方式；在私人标牌中，藏语的能见度较高，"汉语+藏语"是此类标牌除汉语单语之外使用频率第二高的组合方式。

汉语普通话和规范汉字是中国通用语言文字，绝大多数官方标牌都遵循了国家语言政策的规定，将汉语作为优先语码。而出于商业动机设立的私人标牌在此方面执行力度较低，因而主导语言为汉语的语言标牌在私人语言景观中占比少于官方语言景观。

出于严谨性与合法性的考虑，官方语言标牌的创设者选择了适用性较广、面向全体社会容错率较低且常见的"汉语+英语"双语标牌。而私人标牌的制作有一定的自主性，其语码选择与商业利益和创设者迎合消费者心理的考虑有关，加之藏族在标牌创设者和阅读者两类人群中都占有很大的比例，因而受到了私人标牌制作者的青睐。

综合以上分析可以发现，浆洗街街道的官方语言景观和私人语言景观在语码的选择上具有不一致性。这种差异是语言意识、语言政策、语言形态的映射，反映出政策因素和经济因素对语言景观的影响。

3）外观差异原因

在字体的选择方面，虽然官方标牌和私人标牌均以黑体为使用频率最高的字体，但官方标牌的字体种类少于私人标牌，藏体、行书等在私人标牌中出现的字体并没有在官方语言景观中出现。究其原因，主要是因为官方标牌选择的字体以简洁、清晰、易读为主。藏体等由通过修改汉字笔画的角度或增加装饰等手段设计的字体若作为官方标牌的字体出现，容易加重标牌接受者的阅读负担，不利于语言标牌信息功能的发挥。而私人标牌若想要吸引受众的注意，选择非同质化的字体可以帮助标牌从众多语言景观中脱颖而出，因而此类标牌字体类型较为多元化。

在语言载体方面，官方语言景观更倾向于使用胶纸、金属和墙面，而私人语言景观更倾向于使用木料、金属和塑料。官方标牌可以分为两类，一类是较长时间固定在某个位置且内容不会更改的标牌，如路牌、街牌等；另一类语言标牌的创设具有即时性，表述的内容在现实生活中可能随着时间的推移而发生更改，如宣传栏内的信息牌。因此，稳固和可移动拆卸是官方语言景观的两个主要诉求，质量轻薄且方便张贴与覆盖的胶纸和形状稳定不易更改的金属及墙面就很好地满足了这些需求，成为官方语言景观中使用频率较高的材质。在私人语言景观方面，木料与浆洗街街道的产品售卖类型在色系与视觉上都较为搭配；金属易加工，耐腐蚀，有较强的可塑性；塑料成本较低、硬度较强、性价比高。因此，以上三种材料被广泛地应用在了私人标牌中。

（二）旅游商业区与本地居民消费区语言景观

改革开放后，发现商机的藏族商人开始在洗面桥横街和武侯祠横街附近汇集，越来越多的商客前来开展商贸活动，逐渐演变成如今的民族商业街。由于紧邻武侯祠景点，其经营对象除了本地居民，还包含外地游客，属旅游商业区。除此之外，浆洗街街道也广泛分布着许多多民族杂居的生活小区，在生活小区周边也存在为本地居民提供购物、娱乐和消费等服务的生活小街，属本地居民消费区。本部分笔者将对浆洗街街道旅游商业区与本地居民消费区的语言景观进行对比，分析其差异，并探讨成因。

1. 调查概况

通过实地走访和网络调查，笔者选取了位于浆洗街街道的蜀汉街、蜀汉东街、高升桥南街（北段）、高升桥北街（东段）、高华横街、高华一街和高华二街作为调研对象（如图21）。这7条街道周边是位置相近、临街相望的多民族杂居生活小区，包括罗浮世家、富临城南国际A区、高升桥北街9号院、武侯区区级机关第三生活区和武侯祠大街262号院、260号院、254号院以及蜀汉街4号院、6号院、8号院。受地理位置和社区规划的影响，这些街道的商业经营对象以居住在附近的多民族杂居小区居民为主，与旅游商业区的武侯祠横街、武侯祠东街及洗面桥横街的经营对象和所属言语社区均有较大的不同。

基于此，笔者于 2022 年 1 月至 4 月对蜀汉街、蜀汉东街、高升桥南街（北段）、高升桥北街（东段）、高华横街、高华一街和高华二街进行了田野调查，采用穷尽式的语料搜集方式，共获得有效语料 611 条。标牌和拍摄对象的选取标准与判断方法同上文一致，不再赘述。

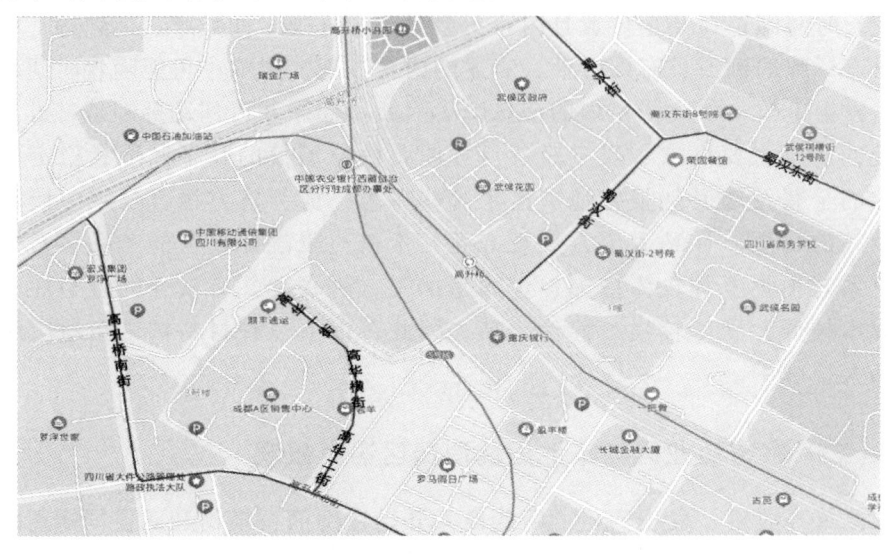

图 21　调研街道示意图

本部分的分析对象为浆洗街街道旅游商业区和本地居民消费区，对调研对象的地理位置做描述统计，得表 34 可知，旅游商业区与本地居民消费区共涉及街道 10 条，涵盖语言标牌 1288 个。其中旅游商区 677 个，本地居民消费区 611 个，语料数量较为对等。

表 34　各街道样本数量统计表

位置	数量	百分比
高华二街	30	2.3%
高华横街	18	1.4%
高华一街	5	0.4%
高升桥北街	140	10.9%
高升桥南街	146	11.3%
蜀汉东街	85	6.6%
蜀汉街	187	14.5%
武侯祠东街	88	6.8%
武侯祠横街（上段）	67	5.2%

续表

位置	数量	百分比
武侯祠横街（下段）	250	19.4%
洗面桥横街	272	21.1%
总计	1288	100.0%

2. 差异分析

1）标牌性质差异

笔者对旅游商业区和居民消费区的语言景观做描述统计得表 35 所示。由表 35 可知，旅游商业区的官方语言景观共有 105 个，占旅游商业区语言标牌总数的 15.5%；私人语言景观 572 个，占比 84.5%。本地居民消费区的官方语言景观共有 194 个，占旅游商区语言标牌总数的 31.8%；私人语言景观 417 个，占比 68.2%。本地居民消费区官方语言景观的比例比旅游商业区高 16.3%，旅游商业区的私人语言景观占比也大于本地居民消费区的私人语言景观。

表 35 主体性与区域交叉表

分类		区域类型		总计
		旅游商业区	本地居民消费区	
官方语言景观	计数	105	194	299
	列百分比	15.5%	31.8%	23.2%
私人语言景观	计数	572	417	989
	列百分比	84.5%	68.2%	76.8%
总计	计数	677	611	1288
	列百分比	100.0%	100.0%	100.0%

2）语码选择差异

（1）语码种类

做语码种类与旅游商业区和本地居民消费区的交叉表，由表 36 可知，在旅游商业区的语言景观中，共出现了 4 种语码，使用频率排序为汉语（63.2%）>藏语（27.0%）>英语（9.7%）>韩语（0.1%）。本地居民消费区语言景观的语码使用频率排序为汉语（72.5%）>英语（17.6%）>藏语（9.1%）>韩语（0.6%）>日语（0.1%）。由此可见，两类区域都以汉语为使用频率最高的语言，但旅游商业区语言景观的语码种类略少于本地居民消费区，且旅游商区的藏语使用比例远高于本地居民消费区。本地居民消费区的外语如英语、日语和韩语的使用比例略高于旅游商业区。

表 36 语码种类与区域交叉表

语码种类		区域类型		总计
		旅游商业区	本地居民消费区	
汉语	计数	660	599	1259
	列百分比	63.2%	72.5%	67.3%
藏语	计数	282	75	357
	列百分比	27.0%	9.1%	19.1%
英语	计数	101	145	246
	列百分比	9.7%	17.6%	13.2%
韩语	计数	1	6	7
	列百分比	0.1%	0.6%	0.4%
日语	计数	0	1	1
	列百分比	0%	0.1%	0.1%
总计	计数	1044	826	1870
	列百分比	100.0%	100.0%	100.0%

（2）语码数量

做语码数量与旅游商业区和本地居民消费区的交叉表37可知，在浆洗街街道的旅游商业区中，单语标牌的出现频率最高，为51.3%；其次为双语标牌（43.3%）和多语标牌（5.5%）。在本地居民消费区中，单语标牌的出现频率同样最高，占比达67.9%；其次为双语（29%）和多语（3.1%）。由此可见，单语标牌在旅游商业区和本地居民消费区均占有最高的比例，但本地居民消费区的单语标牌比例大于旅游商业区，双/多语标牌的比例也相应少于旅游商业区。

表 37 语码数量与区域交叉表

语言数量		区域类型		总计
		旅游商业区	本地居民消费区	
单语	计数	347	415	762
	列百分比	51.3%	67.9%	59.2%
双语	计数	293	177	470
	列百分比	43.3%	29.0%	36.5%

续表

语言数量		区域类型		总计
		旅游商业区	本地居民消费区	
多语	计数	37	19	56
	列百分比	5.5%	3.1%	4.3%
总计	计数	677	611	1288
	列百分比	100.0%	100.0%	100.0%

（3）语码组合

做语码组合与旅游商业区和本地居民消费区的交叉表38可知，旅游商业区语言景观的语码组合形式共有7种，所有组合形式的出现频率由高至低分别为汉语（48.7%）>汉语+藏语（31.4%）>汉语+英语（9.2%）>汉语+藏语+英语（5.3%）>藏语（2.2%）>英语（0.3%）>汉语+英语+韩语（0.1%）。本地居民消费区语言景观的语码组合形式共有10种，出现频率依次为汉语（66.1%）>汉语+英语（19.6%）>汉语+藏语（8.3%）>汉语+藏语+英语（3.1%）>英语（0.8%）>汉语+韩语（0.7%）=藏语（0.7%）>韩语（0.3%）>藏语+英语（0.2%）=汉语+日语（0.2%）。

表38　语码组合与区域交叉表

语言组合		区域类型		总计
		旅游商业区	本地居民消费区	
汉语	计数	330	404	734
	列百分比	48.7%	66.1%	57.0%
藏语	计数	15	4	19
	列百分比	2.2%	0.7%	1.5%
英语	计数	2	5	7
	列百分比	0.3%	0.8%	0.5%
汉藏	计数	231	51	282
	列百分比	34.1%	8.3%	21.9%
汉英	计数	62	120	182
	列百分比	9.2%	19.6%	14.1%
藏英	计数	0	1	1
	列百分比	0.0%	0.2%	0.1%

续表

语言组合		区域类型		总计
		旅游商业区	本地居民消费区	
汉藏英	计数	36	19	55
	列百分比	5.3%	3.1%	4.3%
韩语	计数	0	2	2
	列百分比	0.0%	0.3%	0.2%
汉韩	计数	0	4	4
	列百分比	0.0%	0.7%	0.3%
汉日	计数	0	1	1
	列百分比	0.0%	0.2%	0.1%
汉英韩	计数	1	0	1
	列百分比	0.1%	0.0%	0.1%
总计	计数	677	611	1288
	列百分比	100.0%	100.0%	100.0%

由此可见，旅游商业区和本地居民消费区的语言景观均以汉语单语为使用频率最高的语言组合形式，但纯汉语的语言组合在本地居民消费区中所占比例高于旅游商业区，二者分别为66.1%和48.7%。旅游商业区语言景观的语码组合形式种类少于居民消费区，"藏语+英语""汉语+日语"和包含韩语的双语组合形式没有在旅游商业区出现，"汉语+汉语+英语"的组合方式没有在本地居民消费区语言景观中出现。

（4）主导语码

做主导语码与旅游商业区和本地居民消费区的交叉表，由表39可知，旅游商业区和本地居民消费区语言景观的优势语码均以汉语为主，以汉语为优势语码的标牌分别占两区域语言景观总数的69.4%和73.8%。此外，藏语为两个区域的第二优势语言。在旅游商业区中，主导语码为藏语的语言标牌有96个，占比29.1%。在本地居民消费区中，主导语码为藏语的语言标牌有28个，占比14.4%，少于旅游商业区。以英语为主导语码的标牌在旅游商业区和本地居民消费区中占比均排第三位，频率分别为1.5%和11.3%。最后，本地居民消费区存在1个以韩语为主导语码的标牌，该标牌为韩式烤肉店的广告牌，韩文字号最大，但传递的信息内容较少。

表 39　主导语码与区域交叉表

主导语码		区域类型		总计
		旅游商业区	本地居民消费区	
汉语	计数	229	144	373
	列百分比	69.4%	73.8%	71.0%
藏语	计数	96	28	124
	列百分比	29.1%	14.4%	23.6%
英语	计数	5	22	27
	列百分比	1.5%	11.3%	5.1%
韩语	计数	0	1	1
	列百分比	0.0%	0.5%	0.2%
总计	计数	330	195	525
	列百分比	100.0%	100.0%	100.0%

3. 成因分析

旅游商业区与本地居民消费区同属于商业区性质，但这两类区域在标牌的受众有所不同，阅读者人群的区分也影响了语言标牌在性质和语码选择方面的差异。

1）标牌性质差异原因

旅游商业区与本地居民消费区在标牌性质方面的不同主要表现在官方语言景观和私人语言景观的比例差异上。旅游商业区的私人语言景观占比高于本地居民消费区，本地居民消费区的官方语言景观占比高于旅游商业区。

旅游商业区在 20 世纪就吸引了一大批藏族移民的迁入，这些移民在武侯祠横街与洗面桥横街附近开办商铺，从事商业贸易活动。而店铺标牌作为经商必备的宣传手段，在当地被广泛应用，影响了旅游商区私人语言标牌的数量。加之该地区用地饱和，官方标牌的创设在空间上受到了限制，因此数量相对较少。

本地居民消费区的功能定位不是纯商业区，而是商业网点和文化教育、绿化、住宅等基础设施并存的规模性区域，其建立基础是生活小区，服务对象也以本地居民为主。因此，私人标牌在当地的创设会受到空间和场所的限制。而同旅游商业区相比，由政府创设的标牌也有了如小区墙面和道路两侧等更大的安置空间。此外，浆洗街街道办事处在景观的优化方面也进行了一些努力，在 2009 年 11 月，为改造蜀汉社区居民的生活环境，提升武侯祠周边旅游经济的发展水平，浆洗街街道办事处对蜀汉街和蜀汉东街的语言景观进行了一系列改造，以古蜀农耕文化为核心理念，设置了"农夫犁牛""春耕""夏耘""秋收""冬藏"等展现农耕传统和农作场景的图文结合的语言景观，还在墙面展示了《凤求凰》《水调歌头》以及金沙遗址和三星堆出土的文物介绍，试图将蜀汉街和蜀汉东街打造为成都市独具古蜀文化风貌的街区，让群众感知古蜀文化的精髓。因此，受官方政策与规划的影响，本地居民消费区的官方语言景观占比高于旅游商业区。

2）语码选择差异原因

综合上文的分析结果可知，旅游商业区和本地居民消费区在语码选择的差异主要表现在以下三个方面：①旅游商业区语言景观的语码类型少于本地居民消费区。②除汉语之外，藏语在旅游商业区的显著性更高，而英语在本地居民消费区的显著性更高。③本地居民消费区语言景观的语码组合方式比旅游商业区更丰富。

在语码类型方面，旅游商业区语言景观的语码类型少于居民消费区这一现象主要是由营业类型决定的。旅游商业区为民族商业街，售卖的产品以藏族民族用品为主。而本地居民消费区中除了藏餐店、藏族用品店之外还有韩式料理店和日本进口商品店，为了显示店铺的正宗度与专业性，此类店铺往往会使用与经营内容相适配的外文作为店名标牌或广告牌中的语码，加之部分连锁店的商标中自带外文，因而使该区域的外语种类多于旅游商业街。受此影响，由于本地居民消费区语言景观的语码种类更多，所以组合方式也比旅游商业区更加多元化。

根据前文和列比例检验结果可知，旅游商业区与本地居民消费区语言景观在藏语和英语使用上的差异表现在主导语码比例、语码使用频率和语码组合形式频率等方面，即旅游商业区语言景观中藏语的使用比例远高于本地居民消费区，本地居民消费区语言景观中的外语使用比例高于旅游商业区。在藏语的显著性方面，由于旅游商业区的消费受众主要为外地游客，包括从藏地来此寻亲办事的藏族。针对前一类群体，藏语的使用可以彰显店铺的专业性，给游客留下内容正宗的印象，为标牌创设者带来经济效益；针对后一类群体，由于来自藏地的藏族游客与长时间生活在成都的藏族居民不同，其对国家通用语言文字的掌握能力相对较弱，因此藏语的使用可以帮助其了解店铺的主营内容。

在英语的显著性方面，其成因可以从本地居民消费区英语使用频率相对较高和旅游商业区英语使用频率相对较低两个角度进行分析。由于本地居民消费区的官方语言景观多于旅游商业区，且英语被广泛使用在了路牌、公交站牌等官方标牌中，加之本地居民消费区的商店有许多连锁品牌和国际品牌，此类商铺一般已具有一定的规模，且与国际接轨，如仅使用了英文"KFC"而没有使用汉语的肯德基快餐店。因此，英语的可见度在本地居民消费区相对较高。在旅游商业区中，由于国家通用语言和族际通用语言已经满足了标牌创设者的信息与商业需求，加之标牌空间有限，使用三种语言易使标牌在视觉上显得拥挤，故英语在旅游商业区的显著性相对较低。

四、浆洗街街道语言景观的特点与功能

通过对浆洗街街道语言景观的空间处所和语码选择等情况进行描写，且对比了当地官方语言景观与非官方语言景观、旅游商业区与本地居民消费区景观的不同，我们可以发现浆洗街街道的语言景观具有其特点和功能。本部分总结了当地语言景观的四个特点和四种功能。

（一）语言景观的特点

1. 聚集性分布

通过实地调研可知，浆洗街街道常出现地理位置较为连续地使用相同语码组合形式或使用同一种材质的语言标牌。除此之外，武侯祠横街与洗面桥横街和武侯祠东街的空间位置构成了"十"字形，在十字交叉点附近，双多语的语言标牌数量较多。而在远离十字交叉点的地区，特别是每条街的末尾，语言标牌的语码以汉语单语为主。这种现象在武侯祠横街（上段）的北端和洗面桥横街的东端最为显著。这可能是由于武侯祠横街（上段）的北部边缘更靠近武侯祠景区，标牌的阅读者以游客为主，因而对藏语的阅读需求较低。洗面桥横街东侧为洗面桥街和浆洗街，这两条街道上分布着较多的大型商场和地铁与公交站点，在附近活动的人群同样以汉族为主，因此汉语单语标牌数量较多。

2. 同质化倾向

2012年，武侯祠附近的道路进行了外立面整治，对道按"千秋序曲""蜀风礼义"和"万里古道"三个主题进行了规模化的改造，在使街道风格统一的同时也出现了同质化的问题。浆洗街街道的语言标牌以横式标牌为主，使用黑体的语言景观数量最多，占比达39.4%；其次为行楷，占比为16.8%。在语言载体的选择上，木料是当地语言标牌使用频率最高的材质，使用频率达32.8%。在实地走访时也能够直观地感受到，使用黄色调的、字体为黑体或行

楷的木质横式语言标牌在当地有很高的可见度，在武侯祠东街和武侯祠横街与洗面桥横街的交叉口处及交叉口以南的部分地区最为显著。通过对店名标牌的字频和词频分析也能够发现，"缘""佛""雪域""如意"等字词在当地有较高频的使用，重复率相对较高。此类语言标牌不仅字体相似、颜色相近、大小相同，而且常聚集出现。换言之，某一语言标牌与周边语言标牌外形相似且界限不明显的现象并不罕见。

语言标牌在外观和形式上的相似与统一不仅有利于良好市容市貌的形成和成都城市形象的展示，而且对"藏族风情街"的打造也有积极作用。但从另一角度而言，大量的雷同也容易导致部分街区的语言景观单调统一，造成阅读者的审美疲劳，对语言景观的美观性造成一定的影响。此外，由于当地语言景观的类型以店名标牌为主，这种店铺形象的同质化倾向也不利于不同的字体、颜色和标牌材质发挥其不同的效果，可能导致部分店铺的存在感降低，使其缺少个性化特征，从而不被消费者所注意。

3. 藏民族特色

浆洗街街道的武侯祠横街、武侯祠东街和洗面桥横街三条街道是成都藏族人口流动数量最大的地区。在经营内容上，这三条街道售卖的商品以藏族用品如藏香、藏装和藏传佛教用品如佛饰、转经筒等为主，因此许多非官方语言景观的用字便包含了这些同藏民族文化有关的物品的名称。很多浆洗街街道语言景观的地名和属名也采用了与藏族及藏传佛教有关的词汇，如作为地名的"藏江""香格里拉"，还有作为属名的"扎西德勒""格桑卓玛""仁钦昌瓦"等。此外，藏语的音译词在标牌的内容中也有广泛的使用。这类情况不仅出现在双语标牌中，一些纯汉语的单语标牌也使用了藏民族词汇。由此可见，当地语言景观的创设者在使用汉语时也保留了藏族的文化属性和语言面貌。

在形式上，在浆洗街街道的 677 个语言景观中，有 282 个语言标牌使用了藏文。其中有 96 个语言标牌的主导语言为藏语。语言是文化的载体，藏语作为藏族文化的重要组成部分，承载着藏民族的历史底蕴与民族记忆。在语言标牌的字体选择方面，浆洗街街道的部分店名标牌使用了结合了在其他地区较为少见的藏文的笔法与汉字的字体——藏体，这些选择都使语言标牌的外观带有藏族风情，使浆洗街街道的语言景观体现了藏民族特征。

4. 外语能见度有限

随着经济全球化的发展，很多语言特别是英语已经在中国社会中发挥着越来越重要的作用。为了顺应国际化的趋势，抑或是为了迎合消费者的心理，许多店铺都选择在店名标牌中插入英语。

根据现有多民族聚居区语言景观的调研成果，在康定市折多片区、折西片区和康定城区中，"汉英"双语标牌和"汉藏英"三语标牌占所有语言景观样本总数的 49.6%。[1]在青海省海东市和其他三个藏族自治州的语言景观中，含有英语、日语和韩语的语言标牌共有 210 个，占语言标牌总数的 34.4%。[2]在朝鲜族聚居区的沈阳市西塔区，英语在官方语言景观和非官方语言景观中的出现频率分别为 33.33%和 33.09%。[3]

在浆洗街街道的语言景观中，英语共出现了 101 次，韩语出现了 1 次，含有外语的语言景观仅占全部语言景观的 15.05%，这一比例远低于其他多民族地区和少数民族聚居区。除此之外，当地以外语为主导语码的语言标牌仅有 5 个。在双/多语标牌中，外语的尺寸大于语言标牌上其他语言的情况也仅出现了 3 次。由此可见，外语在浆洗街街道中不仅使用频率较低，而且同其他多民族社区和少数民族聚居区相比能见度也十分有限。究其原因，可能是此地外国消费者数量较少、大部分标牌创设者缺少使用国际语言的意识和汉藏双语已能够满足交际需求所致。

（二）语言景观的功能

1. 文化功能

浆洗街街道语言景观主要由汉语和少数民族语言组成。语言是一种文化现象，同文化有着密切的联系，语言景观同样具备文化功能。多民族社区语言景观的文化功能主要反映在文化载体功能、文化教育与传播功能和文化交流功能 3 个方面。

1）文化载体功能

语言不仅是民族文化的表现形式，也是民族文化的象征，充分地记录着与这种语言相连的民族文化的历史，也承载着语言使用者的习惯和信仰，是各民族文化传承与建构的重要载体。浆洗街街道在 20 世纪就吸引了大批藏族移民迁入，藏语在语言景观中占据一定比例，语言景观自然记载了藏族的文化。比如语言景观中与藏族人民姓名、服饰、饮食、信仰等有关的字词，都反映了藏民族的文化面貌，标示了藏民族的文化身份。也就是说，语言景观不仅可以体现民族的思维和历史，也承载了许多民族文化信息，展现了所代

---

[1] 高琳佳. 康定市语言景观的实证研究[J]. 四川民族学院学报，2019，28（1）：57-62.
[2] 付文莉. 语言景观中的多语并存理据探究——基于青海少数民族地区的调查[J]. 青海师范大学学报（哲学社会科学版），2020，42（4）：132-139.
[3] 于轩竹. 沈阳市西塔地区语言景观调查研究[D]. 沈阳：沈阳师范大学，2018.

表的民族的文化图景，具备文化载体功能。

2）文化教育与传播功能

浆洗街街道的语言景观包含了许多反映汉民族文化特征的内容，比如由政府设置的包含儒家仁、义、礼、智、信"五常"美德的公共语言标牌，介绍青铜纵目面具、青铜人头像等历史文物的标牌，反映历史和文化作品如"勤王事大好儿孙，三世忠贞，史笔犹褒陈庶子；出师表惊人文字，千秋涕泪，墨痕同溅岳将军"的对联等，都有利于向标牌阅读者传递汉民族文化。此外，语言景观还具有文化教育功能，即通过标牌创设者有意识地选取与设计，让语言标牌的阅读者获得有关民族文化器物、制度、心理等方面的信息，同时传递正向的文化观念如部分儒家哲学观念、社会主义核心价值观等，对阅读者产生潜移默化的影响，起到教育作用。

3）文化交流功能

在多民族社区中，由于文化差异的存在，各民族之间的交际往来也带动了文化的交流与互通。不同民族的人民在阅读和观赏其他民族的语言景观信息时也会感受到多样的民族文化，促进了文化的交流，在维护民族团结、增进文化的发展与丰富等方面具有重要意义。由此可见，语言景观的字符与阅读者之间的互动也使之具备了文化交流功能。

2. 经济功能

Bourdieu（1997）提出的文化资本理论认为，语言承载的象征资本可以换取经济利益，具备潜在的、可利用的经济价值与产业特征。[1]语言的经济功能同样可以作用在语言景观中，语言景观也可以发挥直接或间接的经济功能。在直接经济功能方面，私人语言标牌的创设者设立标牌的意图是传达产品与服务信息，语言标牌可以帮助经营者达到经济目的，获得营业收入。在间接经济功能方面，语言标牌的作用包括：①凭借友好的语言环境吸引更多的消费者，帮助阅读者降低翻译成本。②推动使用不同语言的族群相互融合，促进语言的可持续发展。③打造城市形象，节省形象营销开支。[2]

多民族社区语言景观的经济功能也体现在标牌所选语码的经济功能上，少数民族语言在许多地区特别是旅游景区常作为商品化的符号而出现，从而发挥象征功能和经济功能。在浆洗街街道中，笔者通过深度访谈发现，许多不会藏语的汉族店主也会在店名标牌中使用藏语，其原因主要有三：①为不懂汉语的藏族消费者提供便利，以促进其购买商品，获得收入。②将店铺与

---

[1] Bourdieu, P. The economics of linguistic exchanges[J]. Social Science Information, 1997, 16(6): 645-668.
[2] 尚国文. 语言景观的语言经济学分析——以新马泰为例[J]. 语言战略研究, 2016, 1(4): 83-91.

其他不使用藏语的店铺区分开来，打造店铺风格，彰显独特性。③将标牌使用的语言与所售商品如藏装、佛饰等相联系，用少数民族语言展示专业性，为消费者传达产品十分正宗的信息。这些都是经营者试图令店铺招牌与其他语言标牌区分开来的方法，也是为了迎合顾客、创造消费，最终达到获取经济利益结果的策略。由此可见，标牌创设者认识到了语言标牌的经济功能和语码的符号资源价值，从而刻意设计和选取了可以放大和凸显语言标牌经济功能的元素，以发挥其经济驱动力。

3. 象征功能

象征功能指语言景观所映射出的语言权势、语言活力和社会语言层级中的地位和身份价值，属于语言景观的隐性功能。多民族社区语言景观的象征功能主要表现在语言意识形态、语言地位和身份认同三个方面。

1）语言意识

"语言意识形态指一个国家和民族在一定经济基础上形成的对于语言的本质、功能和应用的系统看法或见解，属于上层建筑的重要组成部分。"①汉语普通话和规范汉字作为中国的通用语言文字，其使用受到了诸如《中华人民共和国宪法》《中华人民共和国国家通用语言文字法》等诸多法律法规的规定。藏语作为少数民族语言，也受到了《中华人民共和国民族区域自治法》《城市民族工作条例》等规章制度的保护。由此可见，多民族社区的语言景观格局受到了语言政策的影响，这种层级模式不仅反映了政府的语言规划设计，而且映射出国家在语言意识形态方面的考量。

2）语言地位

通过对浆洗街街道语言景观现状的描写可以发现，各类语码的使用频率由高到低分别为汉语、藏语、英语。在双/多语标牌的语码取向中，以汉语为主导语码的语言标牌数量最多，其次为藏语，最次为英语。在语码大小的对比中，"汉大藏小"和"汉大英小"的对比关系分别占语言景观总数的20.5%和8.1%，整体表现为"汉语-藏语-英语"由强至弱的层级模式。由此可见，语言景观不仅反映出了各类语码的显著性，也体现出不同语言之间的地位关系，具有象征功能。

3）身份认同

语言标牌上某一语言的使用可以帮助该语言的母语者或熟悉该语码的阅读者构建积极的身份认同，而标牌创设者在语言景观中使用某一语言同样也

---

① 周晓春. 语言景观研究的多维分析模型构建[J]. 上海理工大学学报（社会科学版），2019，41（2）：137-142+151.

能体现出创设者对该语言的认可。①通过访谈笔者发现，浆洗街街道许多单语标牌的创设者所使用的语言就是其母语或所属民族的语言。当被问及为什么不使用其他民族语言时，有受访者表示，"我们是汉族人，所以就只用汉语"。由此可见，多民族社区语言景观中的语码选取与创设者的民族身份有很大的关系，是其身份认同和民族认同的映射。

4. 信息功能

信息功能指语言景观的字面内容可以用来传递信息，是语言景观最基本的功能，也是其存在的前提。浆洗街街道的语言景观按功能类型可以分为店名标牌（70.8%）、广告牌（9.3%）、公共标语（5.5%）、建筑名牌（4%）、警示牌（3.7%）、信息牌（2.4%）、指示牌（2.2%）和路牌（0.7%）8 种类型。参考 Kallen（2009）提出的旅游语言景观的信息与话语功能，本文认为浆洗街街道语言景观的信息功能主要表现在以下三个方面：指示功能、引导与行为调节功能和认知功能。②

1）指示功能

指示功能指语言景观所发挥的指示店铺和建筑名称、指引空间处所方向和标示地点位置的功能。在浆洗街街道中，店名标牌、建筑名牌、指示牌和路牌 4 类起空间标记和指引方向作用的语言标牌主要发挥着指示功能。此类语言标牌主要出现在店铺门楣上方、建筑物侧面和相对空旷的道路两侧，有时与指示方向的箭头图形共同出现。此外，发挥指示功能的语言景观的内容与广告牌和信息牌相比往往更为简洁，以此方便阅读者获取语言标牌所传达的信息。

2）引导与行为调节功能

引导与行为调节功能主要分为引导功能和行为调节功能两方面。引导功能指语言标牌发挥的向阅读者传递商品信息进而吸引消费和通过具有宣传与教化性的语言文字引导人们树立正确的价值观念、做出文明的行为举止的功能，主要体现在广告牌和公共标语中。行为调节功能与含有警示语和提示语的语言标牌即警示牌有关。此类语言标牌通过使用简练且颜色醒目的文字，对阅读者的行为做出规范与管制，限制其行动范围和内容，如"公安执勤点严禁停车""禁止吸烟""校园禁止遛狗"等。

---

① 周明朗. 语言认同与华语传承语教育[J]. 华文教学与研究，2014（1）：15-20.
② Kallen J L. Tourism and Representation in the Irish Linguistic Landscape[M]. Linguistic Landscape：Expanding the Scenery. 2009，40-54.

3）认知功能

认知功能指语言标牌所发挥的公示、展示、介绍、说明信息、帮助标牌阅读者增加对相关事物了解的功能。在浆洗街街道中，发挥认知功能的语言标牌以信息牌为主，如"三国蜀汉地图""施工公告"等可以向阅读者传递信息并帮助其认知事物的语言景观。此类语言标牌往往以篇章的形式呈现，内容详细，分为标题和正文两个部分，语码单一，以汉语为主。

五、多民族社区语言景观规划

浆洗街街道语言景观形成上文中所描述的格局自有其成因。本部分笔者以 Ben-Rafael 提出的语言景观的构建原则和 Spolsky 的语言选择理论为基础，分析影响浆洗街街道语言景观形成的因素，而后分析浆洗街街道语言景观中存在的问题，并针对性地提出优化当地语言景观的建议和措施。

（一）语言景观格局的形成原因

1. 人口结构

浆洗街街道附近分布着多个多民族社区，主干道路上设有甘孜藏族自治州人民政府驻成都办事处、康定宾馆、华西医院西藏成办分院等机构和企业，吸引了许多藏族人来此居住、从业或办事。加之当地有成都市有名的"藏族商品一条街"和旅游景点武侯祠，街道之外也存在着许多汉族居住的生活区。由此可以推断，当地的流动人口应以藏族和汉族为主。因此，标牌的创设者主要可以分为三类：政府工作人员、藏族商铺店主和汉族商铺店主。标牌的阅读者主要有以下五类群体：藏族居民、汉族居民、藏族游客、汉族游客和外国游客。

Spolsky（2009）曾提出语言标牌的语言选择理论，并认为标牌创设者在进行语言选择时会受到三种因素的影响：创设者熟悉的语言、阅读者认识的语言和创设者自己的语言或可以表明创设者身份的语言。[1]也就是说，语言景观的设计者更倾向于选择具备这三类条件的语言作为标牌的语言。一般而言，汉族对汉语比较熟悉，藏族更熟知其母语藏语，而英语作为世界上使用范围最广的语言，更可能被国外游客识别。

在浆洗街街道的语言景观中，汉语的使用频率为 97.5%；其次为藏语，使用频率为 41.7%；最次为英语，使用频率为 14.9%。这与当地人口和民族的

---

[1] 转引自尚国文，赵守辉.语言景观的分析维度与理论构建[J]. 外国语（上海外国语大学学报），2014，37（6）：81-89.

分布规律一致。由于汉族居民和汉族游客在浆洗街街道的流动数量较大，为了让汉族群体接收到语言标牌想要传递的信息，语言标牌的创设者会倾向于使用汉语。已有研究表明，在多语社会或多语国家中，一般是官方语言承担较多社会交际工具的功能，因此汉语的使用具有必要性，且频率可能高于少数民族语言。①此外，浆洗街街道的"藏族商品一条街"售卖的物品以民族用品和佛教用品为主，藏族消费者是这类商品的主要消费群体之一，因此在浆洗街街道语言景观中藏语的使用频率也较高。最后，外国游客虽然数量不多，但也具有一定的购买力，因此英语在浆洗街街道的语言标牌中也有所使用，但能见度远低于汉语和藏语。

2. 族群认同

汉语作为浆洗街街道的优势语码，在语言景观中有着广泛的使用，但仍有部分语言标牌中没有出现汉语，还有语言标牌的创设者在设计字体的排序与大小时，将汉语放在了标牌下方或右方等相对不醒目的位置，或者令藏语的字体大于汉语。针对这种现象，可能是标牌的创设者对藏族的族群认同影响了其语言的选择和使用。

族群认同是群体内部的成员对自身所归属族群的身份认知与情感依附。王希恩（1995）提出，拥有相同语言、信奉同样的宗教、生活在同一个的地域、同属一个种族等"原生纽带"是连结族群成员的因素。这种原生的纽带和情感是下意识和非理性的。②由此可以推知，浆洗街街道的藏族对自己的民族及文化有强烈的认同感。因为语言认同是族群认同的一种属性，所以藏族对藏语同样拥有根深蒂固的记忆，这影响了他们的语言使用和标牌设计行为。

在 Ben-Rafael（2009）提出的语言景观的构建原则中，集体认同（collective identity）原则强调语言标牌对象主体的身份归属，即以相同的兴趣或身份吸引消费者。③在多语地区，使用本民族的语言文字不仅是宣传民族文化的手段，也是标牌设计者试图在多个民族中表明自身族群身份的方式。在周边人群使用汉语的环境之中选择使用本民族语言，甚至将其作为标牌中唯一的语码，不仅是展示标牌创设者族群意识与族群认同的标识，而且有利于通过展示族群身份特征来获得群体认同，从而吸引相同身份的消费者。

---

① 黄行. 论国家语言认同与民族语言认同[J]. 云南师范大学学报（哲学社会科学版），2012，44（3）：36-40.
② 王希恩. 民族认同与民族意识[J]. 民族研究，1995（6）：17-21, 92.
③ Ben-Rafael, E. A sociological approach to the study of linguistic landscapes[C]. Linguistic Landscape: Expanding the Scenery, 2009, 40-54.

3. 经济利益

浆洗街街道的语言景观以店名标牌为主，而店名标牌的创设者是商人，商家的经营目的就是在商业竞争中获得胜出，从而最大化地获取经济利益。店名标牌作为商家吸引顾客的直接手段，无论是标牌材料的选取还是语言文字的设计，都会受到店铺经营者也是标牌的创设者获取经济效益需求的影响。比如随着原料费用的增长和房屋租赁成本的增加，许多语言标牌创设者会选择木料作为信息的载体，以达到降低标牌制作成本的目的。

消费者的关注是影响店铺收入的重要因素。Ben-Rafael 依据 Goffman 的"自我优势展现"观点提出了语言景观构建的凸显自我原则。该原则认为，城市中心区域的语言标牌会吸引路人的关注，从而促使其参加与语言景观传递的信息有关的活动。④浆洗街街道语言景观的特点之一是标牌外观具有同质化倾向。为了争夺消费者的注意，在商业竞争中脱颖而出，在众多使用木质原料和黄色黑体字的横式招牌中，仍有一些样式与设计都与众不同的语言标牌存在。比如小部分商家选择了使用频率不高的字体和不同材质的标牌，或者在标牌中仅使用藏语或英语，而不选择能见度最高的汉语。

（二）语言景观存在的问题

浆洗街街道语言景观质量总体较好，但也存在一些问题，主要集中在外观、内容和功能三个方面。

1. 标牌维护不及时

由于成都市独特的气候特征和地理位置，标牌易受到自然因素的影响以致损坏（如图22）。由前文的分析可知，当地语言景观的载体材质以木料和金属为主，这两类材质容易受到温度和湿度以及其他原因的影响而产生形变。比如大风天气使标牌上的文字变得不稳固，气温的急剧上升和下降引发标牌载体腐蚀，降雨和潮湿的天气侵蚀字体外表，等等。加之当地成为商业贸易区的时间也较早，各类店铺标牌的设立时间也不同。随着使用时长的增加，部分标牌上的文字内容也产生了自然脱落的现象，造成了语言标牌字迹模糊、外观陈旧等问题。此类现象主要见于非官方语言景观，官方语言景观较少出现外观损毁现象。其问题主要表现在标牌较为陈旧和文字磨损两个方面。值得一提的是，破损的标牌较少出现人为破坏的痕迹，其损坏主要是由自然原因造成的。

一系列标牌受损的现象暴露出浆洗街街道语言标牌维护不及时的问题，即标牌的创设者缺乏对语言标牌保护的足够重视，相关责任单位和管理部门也没有对损坏标牌的更新与替换及时做出提示与监督。这些问题不仅会对语言标牌信息功能的发挥产生一定的负面影响，比如限制语言标牌的指示与认知功能，使阅读者无法准确地获取语言标牌的信息等，而且也可能给阅读者留下商铺管理松散的印象，影响成都的城市形象和语言景观的整体质量。

图 22　损坏标牌示意图

2. 语言文字不规范

在语言标牌的内容上，当地的语言景观也存在着语言文字和其他符号使用不得当的地方，主要表现在以下 5 个方面。

1）文字内容不统一

实地调研发现，浆洗街街道的部分语言景观中存在着内容对应不统一的情况。店铺的经营者通常会在垂直于店铺门楣的区域、店铺入口前侧或店铺外部墙面设置与店铺名称、与经营产品相关的广告牌以吸引消费者，也可起到补充信息的作用。但当地语言景观出现了对应语言标牌文字内容不统一的情况。如同属一家店铺的语言标牌（如图 23 所示），店名标牌上展示的店名为"喜玛拉雅藏餐"，但悬挂式广告牌中展示的店名却为"喜马拉雅藏餐"。

图 23　文字内容不统一示意图

2）语码使用不合规

在浆洗街街道的 677 个语言景观中，共有 15 个语言标牌仅使用了藏文，2 个语言标牌仅使用了英文（如图 24）。成都市人民政府发布的《成都市社会用字管理暂行规定》第六条规定："公共场所使用外国文字，应与汉字并用，且书写准确，上为汉字，下为外文。"[①]《中华人民共和国国家通用语言文字

[①] 成都市人民政府. 成都市社会用字管理暂行规定[EB/OL]. http://m.law-lib.com/law/law_view.asp?id=38971，2022-5-21.

法》也规定："招牌、广告用字……应当以国家通用语言文字为基本的用语用字。"①这些法律法规都限制了语言标牌的优势语码选择，但在当地仍存在仅使用外文语码和基本用字为非通用语言文字的标牌。

图 24　语码不合规示意图

3）繁体字使用不得当

文化功能是浆洗街街道语言景观的主要功能之一，表现在民族文化载体和文化交流等方面，在店名标牌中使用可以展示中国传统文化的繁体字的做法也受到了一些语言标牌创设者的青睐。在浆洗街街道的 677 个语言标牌中，共有 21 个语言标牌使用了繁体字，使用率为 3.1%（如图 25）。《中华人民共和国国家通用语言文字法》第 13 条和 17 条对繁体字的使用做出了明确规定，即文物古迹、艺术作品、题词和招牌的手书字等可以保留繁体字。②但浆洗街街道中共有 15 个语言景观的繁体字不是手书字，而是机器打印的印刷字。从社会用字的角度看，这种现象与语言文字法是相违背的。

图 25　繁体字使用示意图

4）翻译不准确

在语言符号的转换方面，浆洗街街道的语言景观也有一定的问题，主要表现在汉英翻译不准确上。如上文中的图 23 所示，"喜马拉雅"的正确翻译

---

① 中华人民共和国国家通用语言文字法[R]. 中华人民共和国全国人民代表大会常务委员会公报，2000（6）：584-587.
② 中华人民共和国国家通用语言文字法[R]. 中华人民共和国全国人民代表大会常务委员会公报，2000（6）：584-587.

应为"Himalaya"或"Himalayan",而非图中的"Himslays"。"餐厅"的正确翻译应为"Restaurant",图中的"Restayrant"拼写错误。此类翻译错误虽然可能不会对外国阅读者理解语言文字信息产生很大的障碍,但可能会对成都的国际形象展示产生一定的负面影响。

5)其他

除了上文提到的内容和文字使用等问题之外,也有个别语言标牌存在着语法错误和文字笔画拼装错误的问题。如图26中"开展民族团结进步创建,增进各族群众对伟大祖国、中华民族、中华文化、中国共产党、中国特色社会主义的认同"的前半句缺少宾语,存在语法错误,应改为"开展民族团结进步创建工作"。再如图27,图中的语言标牌使用的字体为微软简隶书,对照由此字体生成的正确汉字可知,该语言标牌中"瓦"字的第四笔安装方向有误,"洛"字的部首和"珍"字声旁的下半部分安装混乱,"艺"字的部首安装方向错误。

图26 语法错误示意图　　图27 文字拼装问题示意图

3. 服务人群不全面

由上文中的统计数据可知,浆洗街街道的语言景观存在着信息量不等的问题,即语言标牌的语码种类、语码次序和语码大小的不同导致同一语言标牌在向不同的语言群体传达信息时出现了信息量不平等的现象。如果某一标牌的创设者可能由于服务对象或语言认同和国家政策等原因仅选择了汉语作为标牌语码而没有使用藏语,那么汉语母语者可以很轻松地了解标牌上的内容,但不懂汉语的标牌阅读者将很难获取标牌上的信息,从而造成阅读者获取信息量的不平等,即某一语言文字在语言标牌中没有出现,则会令以该语言为母语的单语人群无法同其他群体一样获得同等的信息。

语言景观在功能上也可以被视作语言服务的一种方式,从语言标牌服务人群的角度来说,官方语言景观的语码选择所带来的影响比非官方语言景观更大,如应急语言标牌设置等。应急避难场所作为应对突发公共事件的民众安置场所,在紧急事件发生后帮助民众躲避灾害和灾难、保障基本生活是其设置的重要意义。内容为"应急避难场所"的语言标牌在浆洗街街道共出现了 7 次，但标牌上的语码均为汉语和英语，没有使用藏语。李宇明（2021）将语言服务的接受对象划分为常住居民、外地务工人员、临时来客和语言障碍人士四类。[①]在浆洗街街道中，无论是常驻居民、务工人员还是前来成都观光、行商、拜访亲友的人群，藏族在这些群体中都占据很大的比例，属于应急语言服务需要着重考虑的对象。虽然"应急避难场所"的标牌中设有与表达语言信息相对应的图像，但没有考虑藏族群体的语言需求仍是语言景观存在的缺陷。

在官方语言景观中，除了如"公安执勤点严禁停车"等表示禁止意义的警示牌使用了藏文外，没有其他官方语言标牌设置藏语。此举反映出浆洗街街道在语言景观服务对象的考虑和应急语言景观建设方面还存在一定不足。优化藏族群体的语言服务，设置针对性的语言标牌，是当地责任部门需要考虑的问题（如图 28 所示）。

图 28　语言标牌示意图

（三）语言景观规划

针对浆洗街街道语言景观的现状和问题，本文主要从提升语言文字素养、完善管理制度和构建良好的语言环境三个方面给出建议。

1. 提升社会语言文字素养

语言文字使用不规范是浆洗街街道语言景观存在的主要问题之一，实现当地标牌语言文字规范化，加大对居民的语言文字教育、增强其规范使用和书写文字的意识、增进对法律法规的理解是必不可少的内容。

1）加强规范使用语言文字的宣传

民族共同语的普及程度是国家文明程度的重要标志，推广民族共同语不仅有利于培养各族人民的中华民族共同体意识，也有利于促进文化知识的传递，服务于社会发展。社会语言文字素养水平的高低与宣传工作的质量有着

---

① 李宇明. 城市语言规划问题[J]. 同济大学学报（社会科学版），2021（1）：104-112.

密切的关系，宣传工作的开展对社会成员规范使用语言文字自律性的培养有重要的作用。从国家层面而言，政府相关部门应该适当加大规范语言文字的宣传力度，充分利用广播电视、互联网、报刊等媒介的功能，发挥新闻舆论部门、教育部门、文化部门等宣传阵地的作用，通过张贴宣传语、发放知识手册、制作宣传片等方式进行宣传，普及规范化使用和书写语言文字的重要性，提升居民的标准化意识。

2）重视不同年龄群体的语言文字教育

通过实地调研可以发现，浆洗街街道的少数民族居民对普通话的掌握程度不高，表现在部分群体使用普通话与他人进行交际时发音不准确、表达自己的意思较为困难等方面。由此可见，部分居民的语言文字能力还有较大的提升空间。因此，国家和政府应该加强对少数民族人群的国家通用语言文字教育，学校课堂教育与成人教育并举，不仅要通过创设良好的校园语言环境、提高教师的普通话能力等措施抓好面向少年儿童的校园教育，而且要通过开设成人普通话培训班、动员大中小学学生参与语言帮扶等形式加强对成年群体的国家通用语言能力培训，帮助其熟练规范使用汉字，助力减少语言景观中文字不规范现象。

3）推进语言文字法的普及工作

国家机关和地方执行机关都曾出台过法律法规，对语言景观中的语码选择、语码位置等做出了规定。但语言政策的出台与具体实施之间存在着一定的落差，浆洗街街道仍有不符合要求的语言标牌存在。政府相关职能部门应加强同语言标牌有关法律的推广和普及工作，将重点放在私人语言标牌特别是店名标牌的创设者上，通过开办普法讲座、设置语言文字法讲解宣传栏等方式有针对性地向标牌创设者强调公共空间语言文字使用的规定，讲解繁体字使用和标牌语码选择的条件与要求，明确公共领域语言文字使用的标准。

2. 完善语言标牌管理制度

1）完善多语语言景观规范化立法

健全和完善的法律法规是营造良好语言景观格局的重要保障。尽管国家和地方已经出台了许多法律规范，但现有的管理细则在少数民族语言文字的使用和多语语言景观的规范化立法方面仍有一定的欠缺，即许多法律都强调了保障少数民族使用本民族语言文字的权利，但在同少数民族语言文字和国家通用语言文字的法规设置方面还缺乏强有力的设计和规划。因此，相关部门可以通过邀请国内专家学者座谈的方式对当地语言景观的问题和多语现状进行研讨，制定符合当地情况的语言政策，在调查当地语言文字使用实际情况的基础上制定面向双多语语言标牌的规定，对少数民族语言在标牌上的位置、大小、与国家通用语言文字的关系做出指示，让语言标牌的创设者和管理者有法可依、有章可循。

2）强化语言标牌的管理和整治

浆洗街街道语言标牌创设时间不同，有许多使用时间久造成的老旧损坏标牌存在，不及时的维护也是当地语言景观存在的主要问题之一。由此可见，当地的语言标牌缺乏有效的监控与管理。成都市政府应明确语言标牌管理的责任部门，令其加大对语言标牌的检查和管理力度，动态性地对当地语言景观进行检测并对其质量进行评估，及时发现语言标牌中存在的问题并对其进行整治，在监控语言景观现状的基础上提升语言景观质量。语言文字的规范化是一项长期工作，需要社会和民众的配合，若发现某个标牌存在违反规定的问题，应先对标牌创设者进行提醒，若当事人拒绝整改，可对其进行批评、警告，情节极其严重者可以考虑使用拆除销毁等强制手段。

3. 构建良好语言生活环境

浆洗街街道多民族社区的属性奠定了其多语使用环境，也使得当地的语言文字状况相比单语社区更加复杂多样。随着社会的发展，不同的语言之间也可能会在语言地位、使用人口、社会功能、使用空间等方面相互竞争，如何应对与化解语言冲突和语言矛盾将是需要面临的重要课题。因此，构建和谐的语言生态环境在多民族社区中至关重要。

1）注重少数民族语言资源保护

在多民族社区中，语言生态平衡的保持和多语和谐共存局面的维护需要各民族语言共同发展。如果少数民族语言的使用频率下降、使用功能减弱，则会打破语言生态平衡。浆洗街街道居住着藏族、回族、蒙古族、彝族、苗族等少数民族，当地语言景观的主导语码为汉语，藏语出现频率相对低、位置相对边缘，其他少数民族文字未出现。因此，政府应该注重对少数民族语言资源的保护，鼓励在语言景观中使用少数民族文字，通过开设民族文化节、出版使用少数民族文字撰写的文化报纸和书籍、放映少数民族文化电影、举办使用本民族语言签名的活动等，扩大少数民族语言的使用范围和社会影响力，创设多民族语言使用环境。

2）完善语言服务和应急语言景观建设

语言文字事业具有基础性和全民性的特征。通过实地调研可以发现，许多初来本地的少数民族人群由于语言水平不高和学识有限，在工作和生活中常遇到许多由交际带来的困难。他们到达陌生的环境，也容易产生不适感。

针对这一问题，政府部门应开展相关的语言服务，如设立语言服务咨询机构和语言服务平台，联合西南民族大学和成都西藏中学的学生，为居民提供翻译和交际等方面的帮助。此外，上文提到浆洗街街道的语言景观特别是应急语言景观存在着服务人群不全面的问题，相关部门应当根据实际情况调整语言标牌中的语言种类，增设少数民族语言文字，提供多样化的文字形式，满足少数民族群体的语言文字需求。

3）开展语言生活满意度调查

语言生活满意度是指社区居民在实际语言生活体验的基础上对所在言语社区的语言生活质量做出的主观评价，也是衡量特定区域语言生活质量的重要标准。[①]如果居民普遍对当地语言景观的满意度不高，则不仅不利于培养少数民族群众对其他民族语言的包容和认同感，也不利于营造健康稳定的多民族生活环境。因此，政府相关部门应定期在多民族社区中进行居民语言生活满意度调查，通过随机调查或走访访谈等方式了解居民的语言诉求与问题，如公共空间中的语言景观设置是否满足语言需求、对语言景观的评价如何、阅读标牌内容时是否存在语言障碍等，并将解决调研发现的问题作为语言环境建设的方向，构建和谐包容的语言环境。

---

① 郭杰. 粤港澳大湾区语言环境建设研究[J]. 云南师范大学学报（哲学社会科学版），2019，51（6）：46-54.

结 论

浆洗街街道的武侯祠横街、洗面桥横街作为成都市少数民族最集中的地区，在长期历史发展中具备了多民族社区的性质，形成了国家通用语言、少数民族语言和国际通用语言并存的局面。在此基础上，本文对浆洗街街道的语言景观进行了较为全面的描写和对比分析，探讨了当地语言标牌的特点、功能、成因，总结了语言景观存在的问题，并做出了多民族社区语言景观规划。

首先，本文参考场所符号学理论与 SPEAKING 交际模型，结合调研地点的实际情况构建了多民族社区语言景观研究框架，并以此为基础梳理了浆洗街街道语言景观现状，对语言标牌的功能类型、空间字刻、语码选择和语言本体特征进行了分析。笔者发现，受"民族商业街"城市区域规划的影响，店名标牌在当地语言标牌的功能类型中占比最高。在语码选择方面，浆洗街街道语言景观的语码取向与语码数量具有一致性，主要体现为"官方语言-少数民族语言-国际通用语言"的层级模式，即"汉语-藏语-英语"的由强至弱的语码地位关系，反映了各语言的语言活力。在语言景观外观上，将藏文的笔法与汉字相结合的藏体字体和与售卖商品在色系与视觉上都较为搭配的木料材质在浆洗街街道都得到了较为广泛的应用。在语言特征方面，当地语言标牌在语音上表现出单音节语言标牌数量少、四音节语言标牌最多和音节数量偶数化的倾向。通过字频和词频统计，笔者发现语言景观的地名缺失值最高，属名的选取与称谓、藏族文化、佛教和美好祝愿相关，业名主要分为售卖商品、售卖商品+经营方式和服务类型三种类别，通名表现出零通名占主导、传统通名占优势和用字复古的特征。为探求语言标牌各要素之间的相关关系，本文采用 Pearson 卡方检验、Fisher 精确检验和列比例检验的验证方式，对语码选择和少数民族语言与其他名义变量的相关性做出了判断，讨论了语码组合与功能类型、藏语与经营类型等 5 类相关关系，在少数民族语言方面得出了使用藏语的标牌多出现在藏族餐饮店、以藏语为主导语码的标牌多出现在藏餐店和佛教用品店、藏语单语标牌多出现在旅馆酒店的结论。

其次，本文对浆洗街街道官方语言景观和私人语言景观、旅游商业区语言景观与居民消费区语言景观进行对比，发现官方与私人语言景观在功能类型、字体、标牌载体方面存在着较为明显的差异，对双语标牌主导语言和语言频率的选择也不尽相同，体现出两类语言标牌在语言意识和语言形态的不一致性。旅游商业区和本地居民消费区语言景观的差异主要体现在标牌性质和语码选择上，即旅游商业区语言景观的语码类型少于居民消费区。除汉语之外，藏语在旅游商业区的显著性更高，而英语在居民消费区的显著性更高等。

而后，本文总结了浆洗街街道语言景观的特点和功能，认为当地语言景观的特点主要表现在相同语码选择标牌的聚集性分布、形式的同质化倾向、外观与用词的藏民族特色和外语能见度有限四个方面。浆洗街街道语言标牌具有文化、信息、象征和经济四类功能。其中，文化功能主要反映在文化载体功能、文化教育与传播功能和文化交流功能三个方面；信息功能可以分为指示功能、引导与行为调节功能和认知功能；象征功能在语言意识形态、语言地位和身份认同上得到了体现。

最后，本文对浆洗街街道语言景观格局的成因进行了分析，认为民族人口结构、族群心理认同和经济利益是影响浆洗街街道语言景观的主要因素。当地语言标牌在外观、内容和功能上存在着一些问题，可以分为在标牌维护不及时、语言文字不规范、服务人群不全面三个方面。其中，语言文字的问题主要表现在文字内容不统一、语码使用不合规、繁体字使用不得当和翻译不准确上。针对浆洗街街道语言景观的现状和问题，本文从提升社会语言文字素养、完善语言标牌管理制度和构建良好的语言生活环境三个方面做出了语言景观规划，认为想要实现当地标牌语言文字规范化，不仅需要加强规范使用语言文字的宣传、重视不同年龄群体的语言文字教育、推进语言文字法的普及工作，而且要完善多语语言景观规范化立法、强化语言标牌的管理和整治，更要注重对少数民族语言资源的保护、完善语言服务和应急语言景观建设、开展语言生活满意度调查，构建和谐包容的语言环境。

本文虽然对浆洗街街道的语言景观格局有了较为全面的分析，但是仍存在着以下不足：一是本文将研究重点放在了典型语言景观上，后续可以对移动性和非典型语言景观进行描写与讨论；二是受篇幅与知识的限制，在进行语言本体研究时仅分析了主导语码，缺乏对少数民族语言的探讨；三是对语言景观问题的分析较为主观，缺乏对标牌阅读者感受的实证研究，希望在后续的研究中能够完善。

参考文献

[1] Backhaus, P. Multilingualism in Tokyo：A look into the linguistic landscape[J]. Linguistic Landscape：A New Approach to Multilingualism，2006，3(1)：52-66.

[2] Backhaus P. Linguistic Landscape: A Comparative Study of Urban Multilingualism[M]. Clevedon：Multilingual Matters，2007.

[3] Ben-Rafael, E. A sociological approach to the study of linguistic landscapes[C]. Linguistic Landscape：Expanding the Scenery. 2009，40-54.

[4] Bourdieu, P. The economics of linguistic exchanges[J]. Social Science Information，1997，16(6)：645-668.

[5] Huebner, T. A framework for the linguistic analysis of linguistic landscapes[J]. Linguistic Landscape：Expanding the Scenery，2009，270-283.

[6] Kallen J L. Tourism and Representation in the Irish Linguistic Landscape[M]. Linguistic Landscape：Expanding the Scenery，2009，40-54.

[7] Lai M L. The linguistic landscape of Hong Kong after the change of sovereignty[J]. International Journal of Multilingualism，2013，10(3)：500-272.

[8] Landry，R. &R. Y. Bourhis. Linguistic landscape and ethnolinguistic vitality：An empirical study[J]. Journal of Language and Social Psychology，1997，(16)：23-49.

[9] Lars-Erik E. Minority language place-names：A pratice-near study of the establishment of the South Sami Kraapohke in Swedish Lapland[J]. Names A Journal of Onomastics，2016：1-10.

[10] Said S B. Peter Backhaus：Linguistic Landscapes：A Comparative Study of Urban Multilingualism in Tokyo[J]. Language Policy，2009，8(2)：173-175.

[11] Scollon, R. & Scollon, S. W. Discourses in Place：Language in the Material World [M]. London：Routledge，2003.

[12] Spolsky, B.& Cooper, R. The language of Jerusalem[M]. Oxford：Oxford University Press，1991.

[13] 成都市人民政府. 成都市社会用字管理暂行规定[EB/OL]. http: //m.law-lib.com/law/law_view.asp?id=38971，2022-5-21.

[14] 成都市武侯区地方志编纂委员会办公室. 武侯年鉴[M]. 北京：新华出版社，2021.

[15] 付文莉. 语言景观中的多语并存理据探究——基于青海少数民族地区的调查[J]. 青海师范大学学报（哲学社会科学版），2020，42（4）：132-139.

[16] 高琳佳. 康定市语言景观的实证研究[J]. 四川民族学院学报，2019，28（1）：57-62.

[17] 郭杰. 粤港澳大湾区语言环境建设研究[J]. 云南师范大学学报（哲学社会科学版），2019，51（6）：46-54.

[18] 国家市场监督管理总局. 企业名称登记管理规定[EB/OL]. https://gkml.samr.gov.cn/nsjg/fgs/201908/t20190820_306155.html, 2022-4-7.

[19] 黄行. 论国家语言认同与民族语言认同[J]. 云南师范大学学报（哲学社会科学版），2012，44（3）：36-40.

[20] 李建新，刘梅. 我国少数民族人口现状及变化特点[J]. 西北民族研究，2019（4）：120-137.

[21] 李宇明. 城市语言规划问题[J]. 同济大学学报（社会科学版）2021（1）：104-112.

[22] 吕叔湘. 现代汉语单双音节初探[J]. 中国语文，1963（1）.

[23] 钱理，王军元. 商店名称语言[M]. 上海：汉语大词典出版社，2005.

[24] 邱莹. 上饶市语言景观调查研究[J]. 语言文字应用，2016（3）：40-49.

[25] 全国人民代表大会. 中华人民共和国宪法. [EB/OL]. https://news.12371.cn/2018/03/22/ARTI15216733311685307.shtml, 2022-5-4.

[26] 尚国文，赵守辉. 语言景观的分析维度与理论构建[J]. 外国语（上海外国语大学学报），2014，37（6）：81-89.

[27] 尚国文，赵守辉. 语言景观研究的视角、理论与方法[J]. 外语教学与研究，2014，46（2）：214-223+320.

[28] 尚国文，周先武. 非典型语言景观的类型、特征及研究视角[J]. 语言战略研究，2020，5（4）：37-47+60.

[29] 尚国文. 语言景观的语言经济学分析——以新马泰为例[J]. 语言战略研究，2016，1（4）：83-91.

[30] 石硕，王志. 汉藏交往中的藏族居住与从业调查——基于成都藏族流动人口的适应性调查[J]. 中国藏学，2019（4）：81-88.

[31] 王希恩. 民族认同与民族意识[J]. 民族研究，1995（6）：17-21，92.

[32] 巫喜丽，战菊. 全球化背景下广州市"非洲街"语言景观实探[J]. 外语研究，2017，34（2）：6-11+112.

[33] 熊勇主编. 成都年鉴[M]. 成都：成都年鉴社，2021.

[34] 徐茗. 国外语言景观研究历程与发展趋势[J]. 语言战略研究，2017，2（2）：

57-64.

[35] 徐学书，喇明英，廖海亚. 藏族流动人口服务管理工作探讨——以四川省成都市为例[J]. 西南民族大学学报（人文社科版），2015，36（6）：33-37.

[36] 于轩竹. 沈阳市西塔地区语言景观调查研究[D]. 沈阳：沈阳师范大学，2018.

[37] 俞玮奇，王婷婷，孙亚楠. 国际化大都市外侨聚居区的多语景观实态——以北京望京和上海古北为例[J]. 语言文字应用，2016（1）：36-44.

[38] 张天伟. 语言景观研究的新路径、新方法与理论进展[J]. 语言战略研究，2020，5（4）：48-60.

[39] 张媛媛，张斌华. 语言景观中的澳门多语状况[J]. 语言文字应用，2016（1）：45-54.

[40] 张媛媛. 从言语社区理论看语言景观的分类标准[J]. 语言战略研究，2017，2（2）：43-49.

[41] 郑梦娟. 当代商业店名的社会语言学分析[J]. 语言文字应用，2006（3）：11-19.

[42] 中华人民共和国国家通用语言文字法[R]. 中华人民共和国全国人民代表大会常务委员会公报，2000（6）：584-587.

[43] 中华人民共和国国家标准 印刷汉字字体分类[R]. 印刷标准化，1994(5)：19-22.

[44] 周明朗. 语言认同与华语传承语教育[J]. 华文教学与研究，2014（1）：15-20.

[45] 周晓春. 语言景观研究的多维分析模型构建[J]. 上海理工大学学报（社会科学版），2019，41（2）：137-142+151.

[46] 祝畹瑾. 新编社会语言学概论[M]. 北京：北京大学出版社，2013.

附录 1

卡方检验总表 1

		位置	功能类型	排列方式	语码体积	主导语码	空间处所	字体	语言载体	语言数量	语言组合
位置	卡方		43.225	45.668	45.920	7.209	29.630	51.321	68.260	18.557	47.076
	自由度		24	36	33	6	9	42	24	6	18
	显著性	a	.009*,c,d	.130c,d	.067c,d	.302c,d	.001*,c	.153c,d	.000*,c,d	.005*	.000*,c,d
功能类型	卡方	43.225		271.879	147.095	19.008	367.832	314.426	437.984	66.168	226.891
	自由度	24		96	88	16	24	112	64	16	48
	显著性	.009*,c,d	a	.000*,c,d	.000*,c,d	.268c,d	.000*,c,d	.000*,c,d	.000*,c,d	.000*,c,d	.000*,c,d
排列方式	卡方	45.668	271.879		718.937	167.409	79.477	226.054	133.400	205.301	473.765
	自由度	36	96		132	24	36	168	84	12	36
	显著性	.130c,d	.000*,c,d	a	.000*,c,d	.000*,c,d	.000*,c,d	.002*,c,d	.000*,c,d	.000*,c,d	.000*,c,d
语码体积	卡方	45.920	147.095	718.937		513.180	69.072	307.079	121.652	310.168	965.260
	自由度	33	88	132		22	33	154	77	11	33
	显著性	.067c,d	.000*,c,d	.000*,c,d	a	.000*,c,d	.000*,c,d	.000*,c,d	.001*,c,d	.000*,c,d	.000*,c,d
主导语码	卡方	7.209	19.008	167.409	513.180		28.567	100.396	20.246	6.114	52.617
	自由度	6	16	24	22		6	28	14	2	6
	显著性	.302c,d	.268c,d	.000*,c,d	.000*,c,d	a	.000*,c,d	.000*,c,d	.123c,d	.047*,c,d	.000*,c,d

138

续表

		位置	功能类型	排列方式	语码体积	主导语码	空间处所	字体	语言载体	语言数量	语言组合
空间处所	卡方	29.630	367.832	79.477	69.072	28.567		132.198	186.007	25.750	46.806
	自由度	9	24	36	33	6		42	24	6	18
	显著性	.001*,c	.000*,c,d	.000*,c,d	.000*,c,d	.000*,c,d		.000*,c,d	.000*,c,d	.000*,c	.000*,c,d
字体	卡方	51.321	314.426	226.054	307.079	100.396	132.198		212.768	54.350	724.965
	自由度	42	112	168	154	28	42		112	28	84
	显著性	.153c,d	.000*,c,d	.002*,c,d	.000*,c,d	.000*,c,d	.000*,c,d		.000*,c,d	.002*,c	.000*,c,d
语言载体	卡方	68.260	437.984	133.400	121.652	20.246	186.007	212.768		69.859	124.201
	自由度	24	64	84	77	14	24	112		16	48
	显著性	.000*,c,d	.000*,c,d	.000*,c,d	.001*,c,d	.123c,d	.000*,c,d	.000*,c,d		.000*,c	.000*,c,d
语言数量	卡方	18.557	66.168	205.301	310.168	6.114	25.750	54.350	69.859		1354.000
	自由度	6	16	12	11	2	6	28	16		12
	显著性	.005*	.000*,c,d	.000*,c,d	.000*,c,d	.047*,c,d	.000*,c	.002*,c	a		.000*,c,d
语言组合	卡方	47.076	226.891	473.765	965.260	52.617	46.806	724.965	124.201	1354.000	
	自由度	18	48	36	33	6	18	84	48	12	
	显著性	.000*,c,d	.000*,c,d	.000*,c,d	.000*,c,d	.000*,c,d	.000*,c,d	.000*,c,d	.000*,c,d	.000*,c,d	

附录 2

卡方检验总表 II

		区域类型	主体性	藏语
功能类型	卡方	136.951	880.236	80.339
	自由度	8	8	8
	显著性	.000*	.000*	.000*
空间处所	卡方	66.72	96.439	32.671
	自由度	3	3	3
	显著性	.000*	.000*	.000*
字体	卡方	27.751	56.226	72.915
	自由度	15	15	14
	显著性	.023*,b,c	.000*,b,c	.000*,b,c
语言载体	卡方	53.457	133.803	35.960
	自由度	8	8	8
	显著性	.000*,c	.000*,c	.000*
语言数量	卡方	37.199	42.488	412.820
	自由度	2	2	2
	显著性	.000*	.000*	.000*
语言组合	卡方	159.784	145.688	677.000
	自由度	10	10	6
	显著性	.000*,b,c	.000*,b,c	.000*,b,c
主导语码	卡方	36.032	28.403	49.609
	自由度	3	3	2
	显著性	.000*,b,c	.000*,b,c	.000*,b,c
语码体积	卡方	131.639	154.863	323.646
	自由度	19	19	11
	显著性	.000*,b,c	.000*,b,c	.000*,b,c
语码排序	卡方	100.097	121.046	252.200
	自由度	15	15	12
	显著性	.000*,b,c	.000*,b,c	.000*,b,c

越南国图本《遵补御案易经大全》的成书、版本与流传研究

姓　　名：陈萌萌　　　指导教师：刘玉珺

【摘　要】 自中国传入越南的经部易类书籍，自传入以来便在越南士大夫阶层及庶民阶层中广泛流传。从内容与体例上看，目前全球可经眼的经部易类越南汉喃文献主要包括以下几类：传入越南的中国本《易经》书籍；由越南学者撰写、关于易经基本知识的启蒙类书籍；越南大儒以问答形式注解《易经》的著作；应越南科举制度而生的易学策文集；流行于越南社会的占卜类易学著作。目前学界《越南汉喃文献目录提要》一书与越南国家图书馆网站，对经部易类越南汉籍的辑录较为全面，但美中不足的是上述著述对于部分易类书籍的著录仍存在疏漏，如《遵补御案易经大全》成书时间与撰者名称讹误、《易经蠡测》撰者名称讹误、《周易国音歌》书籍形态补充、《易肤丛说》作者讹误、《易春精义》作者讹误等。中国本《四书五经》《性理大全》成书于明永乐十三年（1415），主撰者为胡广、杨荣、金幼孜等。越南国图本《遵补御案易经大全》以清康熙年间康熙亲撰的《御制周易折中序》为序言，为清康雍年间之后传入越南并刊刻，为越南坊刻本，版式与嗣德十四年河内盛文堂刻《书经大全》极为相近，二书与广东佛山五云楼刊刻的《五经大全》属同一版本系统。经考证，《遵补御案易经大全》经由中国官方赐书、越南官方刊刻、广东书坊发售、越南书坊翻刻等途径流传至越南，并被越南儒者进行节要整理，呈现出具有本土特色的书籍形态，对当时海内外易学研究均具有重要价值。

【关键词】 中越书籍交流；汉喃文献；儒学；《五经大全》；《遵补御案易经大全》

教师评语：

  从整个汉文化圈的书籍交流研究来看，由于相关历史资料搜集难度大，相对于中日、中朝书籍交流来说，中越书籍交流研究仍处于草芜荒莱之境，在诸多方面仍留下了诸多学术空白。陈萌萌同学的这篇论文不同于前辈学者陈益源、吴伟明等人的论著，或全面地概述越南所存《易经》相关著作的情况，或从书籍内容出发，探讨越南易学的特色和思想内容，而是以中国典籍《遵补御案易经大全》的越南重刊本为研究切入点，从作者、成书时间、版本差异、流传原因等角度，对这部传入越南的易学典籍作了较为细致的研究。同时，论文又不仅仅局限于《遵补御案易经大全》这部书的本身，还充分利用越南国家图书馆所藏的各种易学文献，为《越南汉喃文献目录提要》所载录的相关书籍进行了订补，指出该提要所叙述的《遵补御案易经大全》成书时间与撰者姓名有误，《易经蠡测》《易肤丛说》《易春精义》三书的作者有误，以及存在着《周易国音歌》的书籍形态叙述不完善等疏漏。这篇论文的可贵之处在于，作者在越南所存相关资料极少，而且又难以利用的客观条件下，充分搜集了在中国所能利用的各种古籍资料，对中越所存的不同书籍版本进行细致地校勘，从而能在文献考订上有所推进。

一、绪　论[①]

（一）研究背景

东亚文化圈是指历史上受中国及中华文化（或汉文化）影响，过去或现在使用汉字并曾共同使用文言文（日韩越称之为"汉文"）作为书面语，受中华法系影响的东亚及东南亚部分地区的文化、地域相近区域，范围包括越南、朝鲜、韩国、日本等国家。其中，中国与越南在历史上关系密切，早在秦始皇一统六国之时，越南北部即成为我国象郡一部分；自汉武帝灭南越国设九真、日南、交趾三郡县，直到五代十国时期，处于"北属时期"的越南始终是中国领土的一部分，在制度、文化等方面深受中原地区儒学正统影响；公元968年越南丁朝建立，此时越南正式独立，并作为中国的藩属国，建立起从中国独立后第一个大一统王朝。地理位置接壤及政治关系分合便利了在这期间中越两国在政治制度、思想文化，以及文献往来等方面的密切交流，这种在政治和文化上的密切交往，一直延续到1885年中法战争结束。

中国与周边国家在经籍文献上的交流与互动，不仅影响了周边各国的行政律令、科举制度、风俗礼制等，更使得以四书五经等儒家经典为载体的中国儒学成为汉文化圈共同的思想文化基础。据《殊域周咨录》记载："本国自初开学校以来，都用中夏汉字，并不习夷字。及其黎氏诸王自奉天朝正朔，本国递年差使臣往来，常有文学之人则往习学艺，遍买经传诸书。并抄取礼仪官制内外文武等职，与其刑律制度，将回本国，一一仿行。"[②]自两汉起，汉文化在周边国家及地区的影响力逐渐扩大，越南等国在政治、文化等领域长久受到汉文化的影响，逐渐形成尊崇汉字、汉礼、汉俗、儒学等传统汉文化的东亚汉文化圈。作为越南的文化宗主国，我国多以官方颁赐方式向周边国家地区输入经典文献，经典书籍的向外输出，对于巩固我国文化宗主国地位、提升中国文化影响力等意义重大。

与书目庞杂的子部和集部文献相比，中越书籍交流过程中所涉及的越南经部书籍虽数量较少，但其对于越南社会政治、民风民俗、思想文化的重要性不言而喻。刘玉珺师通过校订《越南汉喃文献目录提要》兼调查越南河内社会科学中心汉喃研究院等馆藏，统计到安南本中国典籍共512种，其中包括经部书籍37种、史部书籍18种、子部书籍405种，以及集部书籍52种。

---

① 此文为参加指导教师所主持的国家社科基金重大招标项目"中越书籍交流研究（多卷本）"（20&ZD333）的实践学习成果。
② [明]严从简撰、余思黎点校：《殊域周咨录》卷六，北京：中华书局，1993年，第237页。

作为传承轴心文明价值理念的典籍，经部文献涵括《大学》《周易》《尚书》《诗经》《周礼》《仪礼》《礼记》《春秋左氏传》《春秋公羊传》《春秋穀梁传》《论语》《孝经》《尔雅》《孟子》及相关衍生文献。可以说，安南本中国典籍中的经部书籍种类虽少，但对越南思想文化、社会政治等方面的影响却极为重要。

（二）研究现状

作为"新材料、新问题、新方法"的越南域外汉籍，自20世纪中期开始便受到学界关注。我国台湾学界于1956年出版了《中越文化论集》；20世纪60年代，台湾学者邬增厚、陈以令出版《越南的汉学研究》；70—80年代，台湾学者陈光辉，发表《中国小说的演变及其传入越南》等文；1983年，日本学者山本达郎创作《越南中国关系史年表》，通过对中越史料进行对比校勘，对中越历史交往大事记进行整理，从此中越两国交往史逐渐清晰。但上述研究仍停留在对中越历史文化文学等方面进行宏观研究，学者多从东亚汉文化圈的整体研究入手，对中越书籍文献及其中经部文献交流这一研究课题关注较少，且此时我国大陆学界尚未对越南汉喃古籍进行系统研究。

21世纪伊始，南京大学率先建设"域外汉籍研究所"，从此国内学界对越南、朝鲜、日本等东亚汉文化圈内国家汉文古籍的研究逐渐系统深入。刘玉珺师《越南汉喃古籍的文献学研究》（2005）一书，从宏观层面探究了中越书籍交流、越南古籍版本、目录学研究等问题，为中越书籍交流这一研究领域奠定学研究基础；2010年复旦大学文史研究院与越南汉喃研究所历时三年，共同编著了《越南汉文燕行文献集成》。该书全面收录了越南使臣燕行日记及文学创作，使以越南使臣燕行文献为切入点的中越文学文化交流研究逐渐系统化；此后学界对越南汉喃古籍的研究逐渐丰富，陈益源教授《越南汉籍文献述论》（2012）一书辑录了12篇近年来与越南汉籍研究相关的学术论文，涉中国古籍在越南的流传、越南使臣购书经验等研究成果。

通过综述学界对中越书籍交流中经部文献的相关研究，本文认为目前学界对该领域的研究和探讨主要集中在以下几方面：

1. 中越书籍的目录编纂及考校工作

该领域以王小盾、刘春银、陈义等学者编著的《越南汉喃文献目录提要》，及在此基础上由刘春银、林庆彰、陈义等学者修改补充的《越南汉喃文献目录提要补遗》为代表。自2000年10月起，扬州大学王小盾教授团队与越南汉喃研究院合作，在越法文版《越南汉喃遗产目录》的基础上，以传统四部分类法方式，为现藏于越南及法国等地的越南汉籍编纂目录及提要。该书详细著述现存越南汉籍的馆藏编号、书名、作者、成书及刊印时间、版本、页数、版式，以及内容提要等，共辑录越法两国馆藏汉喃文献共5027种，其中包括经部文献147种。该书翔实展现了现存越南汉喃古籍的真实形态，目前业已完成数据化工作，为目前学界有关中越书籍交流研究提供了可靠工具。

在此基础上，刘玉珺师撰有《〈越南汉喃文献目录提要〉商榷》一文，总结了"版本鉴定过于草率""对刊印时间与抄写时间的鉴定过于轻率""书名讹误""误把不同书当成同一种书著录""误把同一种书当成两种书著录""文字表述前后矛盾"①等共计十种错误。其中与经部文献目录研究相关的，包括《易义存疑》将作序时间误认为刊刻抄写时间、《易经蠡测》的小标题"河洛图说略问"被当作另一部书籍、《周易问解撮要》的序文《易义存疑序》被误认为另一部书籍、《书经节要》书籍形态表述前后矛盾等问题。在此基础上，刘玉珺师提出了"对版本信息作全面著录""据实际情况详细论述书名及别名"等六条修订建议，为学界对越南汉喃古籍的目录学整理工作指明了前进方向。

2. 对越南古籍目录的研究

目录书作为"辨章学术，考镜源流"的学术研究工具，保留了越南历史上的书籍原貌，能侧面反应越南书籍流传及演变情况。在此方面，刘玉珺师《越南古籍目录概略》一文通过对越南现存十四种古典书目进行研究，归纳得出越南目录书具有"史志目录欠发达""目录编制服务于一般性管理"和"缺乏私家藏书目录"三特点，进而分析形成此种特点的深层原因。②刘玉珺师指出部分越南古目录书中收录经部文献时呈现的具体特点：《大越通史·艺文志》根据越南典籍的实际情况取消了经部分类；《历朝宪章类志·文籍志》将历代儒林著述及经籍义理（即四部分类法中经部文献及子部儒家类文献）归为"经史类"；《聚奎书院总目册》《内阁书目》《内阁守册》《新书院守册》《古书院书籍守册》均按照四部分类法将越南所藏中国典籍分为经史子集四类。其中，经部不依照书籍内容而按著述体例进行分类，体现了越南经部书籍为科举制度服务的功能。

无论是编纂中文版越南汉喃古籍目录提要，还是对越南古目录书进行考校，以上研究均是从文献学和目录学的研究视角，展示了现存越南汉喃古籍的整体风貌。上述研究对学界探究越南目录分类与学术演变、厘清越南汉喃

---

① 刘玉珺：《〈越南汉喃文献目录提要〉商榷》，《新国学》第六册，成都：巴蜀书社，2006年，第285-305页。又载于氏著《越南汉喃古籍的文献学研究》附录。
② 刘玉珺：《越南古籍目录概略》，《文献》，2006年第4期，第177-189页。

文献历史形态、梳理越南经部文献版本系统等具有积极意义，使越南古目录作为工具书更好地被利用。

3. 汉籍传入越南的方式研究

我国台湾学者陈光辉在《中国小说的演变及其传入越南》一文中指出，中国的僧侣道士、官吏士兵、侨民商人，以及越南的僧侣士人，构成了中越书籍交流的媒介。此后，法国学者可劳汀·苏尔梦《中国传统小说在亚洲》书中也曾提道："中国小说流入越南可以设想是由中国移民带去，也可能是由书商传入的。郑氏封建集团1734年曾禁止从中国输入图书，说明两国间曾存在书籍贸易。而且在19世纪后期的40年中甚至有些喃字作品是在广东特别是在佛山县印制的。"①上述研究关注到侨民和粤越书商在中越书籍交流中的重要意义，并证实广州、佛山等地发达的刻书业对书籍交流的促进作用。但上述研究均集中在中国古典小说传入越南途经这一方面，对中越总体文献交流方式的关注不够全面，亦未对粤越两地刻书业进行深入研究。

刘玉珺师《中越古代书籍交流考述》一文对越南不同历史时期汉籍流入的方式与轨迹进行研究，认为在北属郡县时期，汉文典籍曾"通过官方推行儒学教育及人口的自然流动"②等方式流传至越；独立自主及法属时期，越南使臣则在中越书籍交流中起到重要作用。对于中国经部文献传入越南的方式，刘师指出北属时期随着儒学教育的推广，此时流传至越的中文书籍多为经部文献及子部儒学类文献；到独立自主时期，越南使臣通过自主购书，使传入越南的中国书籍品类逐渐丰富，但该阶段通过中国赐书流入越南的书籍仍以宗教经文和以经部书籍为代表的儒书为主。

何仟年《中国典籍流播越南的方式及对阮朝文化的影响》一文同样关注到中国向越南传入书籍的方式。何仟年指出，中国书籍向越南传播主要是通过越南使臣购入，单纯商业性质的民间书籍贸易行为较少。究其原因，在于中越朝贡制度一定程度上制约了商业贸易的发展，且两广地区刻书业不够发达，难以成为对外书籍贸易的大型集散地。同时该文指出，明命晚期越南各都会开始大规模印制四书五经等经部文献，越南刻本的经部书籍此时较为容易获取。该文主要对"越南使臣购置中国书籍"这一流传途径进行考证研究，为关注越南汉喃文献中经部书籍，尤其是明命晚期后经部书籍的版本流传提供研究论据。

李庆新《清代广东与越南的书籍交流》一文指出，除越南使臣购入汉书

---

① 〔法〕克劳婷·苏尔梦著、颜保等译：《中国传统小说在亚洲》，国际文化出版公司，1989年，第191-236页。
② 刘玉珺：《中越古代书籍交流考述》，《文献》，2004年第4期，第85-98页。

外，僧人、侨民、士兵、商贾等也是促进中越书籍交流的重要媒介。李文通过考证明清时期广东地区书坊刻书、贩书，以及为越南代刻书籍等历史事实，证实了明清时期中越之间"广东刊刻，嘉定发售"的跨国界"厂－店"协作关系。该文认为，中越之间以华商经营为主的贸易往来，在中越书籍交流乃至文化交流层面，均起到至关重要的作用。

4. 越南文献流入中国途径研究

书籍交流是双向的，虽然中国向越南输入的汉文典籍数量庞大，但据学者研究，历史上由越南传入中国的书籍也多达百余种，其价值不可小觑。刘玉珺师《中越古代书籍交流考述》一文将越南本土书籍流入中国的方式，归纳为使节对外交流、商业贸易、民间往来三种途径。其中越南使臣朝贡过程中往往以越南名士的作品集为主，如绵审《仓山诗稿》、张登桂《张广溪先生诗集》等，历史上曾多次被作为礼物酬赠中国官员；民间往来则体现为越南书籍通过广东代刻书坊传入越南[①]。何仟年《中国历代有关越南古籍考述》一文，以传入时间为序，对传入中国的越南典籍进行考证。该文认为，与各部类中国文献均曾广泛传入越南不同，历史上传入中国的越南书籍多为史书、方志等史学书籍。[②]

以上两种研究方向，无论是从中向越的书籍输出，还是从越向中的书籍流入，均是以"书籍旅行"的研究视角，从书籍有形的流动进而延伸到文化史上的无形流动。书籍流转途径的研究成果，对深入研究书籍形态、中越文化交流史等问题均具有基础性价值。

5. 广东书籍刊刻与粤越书籍交流研究

在中越两国书籍交流和文化交往的过程中，广东地区刻书坊作为书籍支撑交流的实体，承担了书籍刊刻、流转、销售的任务，使得明清时期的广东地区成为中越两国书籍交流中心。广州、佛山等地刻坊为中越书籍交流架起桥梁，因此从地方志书等文献入手，关注广东在中越书籍刊刻与流传中的作用，对研究中越书籍交流史实、考校书籍版本系统、两国书籍流传情况等问题具有重要意义。

明清时期由广东书坊刊刻并销售至越南，或代越南刻的书籍多为文史、集部、医学类书籍，对经部书籍涉及较少。刘玉珺师《越南汉喃古籍的文献学研究》一书指出，清乾隆年间广东刻书业迅速发展，逐渐脱离对江浙一带

[①] 刘玉珺：《中越古代书籍交流考述》，《文献》，2004年第4期，第85-98页。
[②] 何仟年：《中国历代有关越南古籍考述》，《西南师范大学学报（人文社会科学版）》，2002年第6期，第129-133页。

刻书坊的依赖，佛山等地出现了诸如五云楼、天宝楼、文元堂等大型刻书机构，上述刻坊刊刻了包括《大南实录》在内的多部文史类、俗文学等汉喃古籍。广东的地方文献曾以越南华侨为纽带流入越南，越南的俗文学作品也大量委托佛山等地书坊代刻。上述研究系统梳理了历史上经由佛山书坊代刻的越南古籍，在探讨中越书籍交流中的商业贸易与刊刻方式、越南文史类和俗文学类书籍的流传研究等问题的同时，为两广地区的出版业历史研究提供了史料支持。

李杰玲《清代粤越两地汉籍交流与诗歌唱和》一文充分发掘《广东省志·出版志》《佛山忠义乡志》等地方志书中记录的有关广东出版业历史、当地文献传播等史料，并以粤刻书籍为切入点，探讨了清代广东与越南之间的书籍交流与文化交往。该文指出，清末至民国期间广州、佛山等地还有大量刻书坊少被学界提及，包括宝文堂、伟文堂、广州通亚书局、丛雅居、南海伍氏粤雅堂、南海伍氏诗雪轩、粤东翰元楼、南海吴氏筠清馆、广州宝华坊、广州劬学斋、广州荔庄、南海劬学斋、顺德黎氏教忠堂、番禺汪氏微尚斋、羊城萃古堂、佛山多宝堂、广州超华斋、顺德简氏读书草堂、广州菊坡精舍、广州天成福记、广州前翰元楼、广州郭昌记、广州大成铅印、粤东编译公司等。[①]

此外，林子雄《广东古代刻工述略》[②]《明清广东书坊述略》[③]、罗志欢《清代广东部分书坊及私人刻书简述》[④]、孙文杰《清代图书市场研究》[⑤]、潘文年《清代中前期的民间刻书及其文化贡献》[⑥]等著述，虽未直接研究中越书籍交流中的广东刻书业，但其对明清时期广州、佛山等地刻坊及刻工进行考证，也对研究中越之间通过"海上之路"实现的书籍交流提供理论支持。上述研究成果关涉越南汉喃古籍的生产、销售和流传，以及书籍的商品性等问题，具备书籍史的研究视角。值得关注的是，在明清时期在广州、佛山等地大量刊刻的越南书籍中，较少出现经部文献的身影。基于经部文献在越南文化史上的重要地位，经部文献较少通过民间刻书坊进行刊刻流传这一问题值得后续探讨。

6. 流入越南经部文献及易类书籍形制及内容研究

越南学者陈文珽在《对越南三部哲学古籍的考察》中，对现存《周易国

---

① 李杰玲：《清代粤越两地汉籍交流与诗歌唱和》，《广东第二师范学院学报》，2016年第2期，第88-93页。
② 林子雄：《广东古代刻工述略》，《图书馆论坛》，2000年第5期，第97-100页。
③ 林子雄：《明清广东书坊述略》，《图书馆论坛》，2009年第6期，第142-146+198页。
④ 罗志欢：《清代广东部分书坊及私人刻书简述》，《图书馆论坛》，1993年第2期，第70-73页。
⑤ 孙文杰：《清代图书市场研究》，武汉大学博士学位论文，2015年。
⑥ 潘文年：《清代中前期的民间刻书及其文化贡献》，《安徽大学学报(哲学社会科学版)》，2008年第2期，第142-148页。

音解义》《易经肤说》《书经演义》三部越南经部古籍进行提要,详述了以上三部古籍的撰者、序者、撰写时间、版式、序跋内容等。该文认为,邓泰滂的《周易国音解义》又名《周易国音歌诀》,于1743年前问世,共有三篇序文,作者分别为阮浩轩、武遗斋和范贵适;社会科学图书馆现存《易肤丛说》可能为黎贵惇《易经肤说》的摘录本,该书为汉文的抄写本,通过问答体的形式,在回答中征引越南学者的新学说,体现了《易经》一书在越南流传和接受的过程中衍生出新见解[1]。

美国学者理查德·史密斯在《全球视角中的〈易经〉:几点思考》(2002)一文中,对中日、中朝、中韩、中越之间对易经的接受和诠释状况进行横向对比。通过对比,该学者认为朝鲜在学习和解读《易经》的过程中,试图将其归为己有;但越南在学习《易经》的过程中始终"保留了它作为中国经典的光环"[2],可见越南书籍较为全面真实地保存了中国书籍的大致形态,并正视其汉文化渊源。由此也可推断,在中越书籍交流过程中越南始终以宗主国的文化为尊,流传至越的中国文献尤其是经部文献,作为越南官方思想——儒学的载体,较大程度地保留了中国经典的原始风貌。

2010年,我国台湾成功大学与"中研院"中国文哲研究所以及越南社会科学院哲学研究所等联合举办"东亚的思想与文化"国际学术研讨会,其中陈益源《〈易经〉在越南的流传、翻译与影响》、锺彩钧《越南本〈周易〉的文献探讨》、阮才叔《〈易经〉与越南思想史》三篇文献,均与越南汉喃古籍中经部易类文献的研究直接相关。其中,锺彩钧先生以文献学方法,研究《周易》越南批注抄本和裴辉璧《易经大全节要演义》多文堂印本的成书前后顺序,及其与中国底本的异同;越南学者阮才叔则从思想史的角度,探究越南士人学习《易经》的目的;我国台湾学者陈益源从宏观角度出发,概述了《易经》在越南的流传、翻译及影响情况[3]。陈教授利用越南《古学院书籍守册》考校了越南历史上经部易类文献的流转情况,一定程度上弥补了笔者目前仅能通过越南国图及《越南汉喃文献目录提要》等网上资源和文献了解越南现存经部易类书籍的视野局限。其对越南历史上易类书籍的流传途经等问题提出的质疑,也为学界进一步深入研究提供方向引导。

越南学者阮氏翠幸在《十三世纪至十九世纪宋儒哲学对越南儒士思想的影响》一文中,提及了中国经部书籍,尤其是《易经》在越南的流传及接受

---

[1] 〔越〕陈文甲:《对越南三部哲学古籍的考察》,罗长山译,《东南亚纵横》,1996年第2期,第20-24+27页。
[2] 〔美〕理查德·史密斯:《全球视角中的易经:几点思考》,载《世界易经大会论文集》,2002年,第129-140页。
[3] 陈益源:《〈易经〉在越南的流传、翻译与影响》,《华西语文学刊》第十一辑,成都:四川文艺出版社,2015年,第37-44页。

情况。据阮氏翠幸证,从十三世纪开始,便有史可考《四书》《五经》《性理大全》等书流入越南;陈朝时越南学者全面接受中国流入的宋朝解经著作,少有自己的注论点评;此后在胡朝、黎朝期间,均有学者对《易经》等经部文献进行诠释和解读;西方文明流入越南后,越南儒学地位受到冲击,潘佩珠《易学注解》、黎文敬《周易究原》等论著均对儒学思想产生质疑[1]。本文虽未直接研究越南汉喃古籍中经部易类文献的流传及接受情况,但其在关注宋儒哲学对越南士人思想影响这一话题的同时,也据史料论证得出越南社会对《易经》的接受情况,是从全盘接受到融入越南本土思想再到批判看待这一过程。

除上述引文外,何孝荣《明代的中越文化交流》[2]、张玲《儒学在越南的本土化研究》[3]、许氏明芳《二十世纪以来的越南周易研究》[4]等文,均论及汉喃古籍经部文献及其中易类文献在中越文化交流中的意义及其被接受的过程,从有形的书籍流动进而关注到无形的思想文化流动。除陈益源《〈易经〉在越南的流传、翻译与研究》一文外,学界目前较少对易类文献在越南的流传及接受情况进行系统深入研究,本文将在上述研究成果的基础上对越南汉喃文献中经部易类书籍的流传情况进行初步探究。

(三)研究内容与意义

本文拟从如下几个方面展开研究:

第一,利用中国国家图书馆、越南国家图书馆等数据库,《中国古籍总目》《中国古籍善本书目》《越南汉喃文献目录提要》《古学院书籍守册》等中越目录,全面整理中国与越南现存经部易类书籍信息,并结合学界研究成果校正现存目录书中易类文献在书名、撰者、序者、成书时间、版本版式、内容提要等方面的讹误。使越南国家图书馆现存经部易类书籍与《越南汉喃古籍目录提要》相互参考订正,以期展现越南历史上易经类书籍在内容和形制上的特点,为下一步明确研究对象、深入考证越南汉喃古籍中经部易类文献的流传及演义情况奠定基础,为进一步深入研究中越《易经大全》异同提供史料支持。

第二,研究现藏于越南国家图书馆的《遵补御案易经大全》一书的版本情况,考证该本成书时间与撰者名称,以及中越两书在序言上的差异等。本

---

[1] 〔越〕阮氏翠幸:《十三世纪至十九世纪宋儒哲学对越南儒士思想的影响》,《江南大学学报(人文社会科学版)》,2017年第5期,第11-15+24页。
[2] 何孝荣:《明代的中越文化交流》,《历史教学》,1998年第10期,第14-17页。
[3] 张玲:《儒学在越南的本土化研究》,云南师范大学硕士学位论文,2018年。
[4] 〔越〕许氏明芳:《二十世纪以来越南的〈周易〉研究》,河南大学硕士学位论文,2009年。

研究以期明确越南本成书时间及版本系统，系统梳理越南国图本《遵补御案易经大全》的书籍形态，为越南国图本《遵补御案易经大全》提供较为真实全面的书籍信息。

第三，结合《大越史记全书》《明史》《清实录》《殊域周咨录》等史料文献，关注当时越南统治者、在朝士大夫、在野儒者、普通民众等社会各阶层对该书的接受和学习情况，研究越南国图本《遵补御案易经大全》一书流传至越南的多条路径，并深入分析该书何以经由不同途径流传至越南。其目的在较为真实全面地展示兼具官方纂修经学专著、科举考试用书、数术易类书籍等多重身份的《遵补御案易经大全》一书，是如何在越南广为传播的，为探究经部易类文献在越南的流传方式及流传原因提供研究方向。

二、《越南汉喃文献目录提要》所载经部易类文献研究

在中越两国书籍交流史中，越南保存了大量汉喃文献。据台湾"中研院"中国文哲研究所统计，目前越南境内外现存的汉喃文献至少有七千种。据王小盾教授团队编纂翻译的《越南汉喃文献目录提要》记载，现藏于越南河内国家社会科学中心汉喃研究院图书馆、法国远东学院图书馆、法国国家图书馆东方写本部、法国亚洲学会图书馆、东方语言学院、法国吉美博物馆六个单位的越南汉籍，共计 7 307 种。

据《越南汉喃文献目录提要》一书收录，目前尚被越南国家图书馆等机构保存的越南汉喃文献经部易类书籍共有 32 种，其中包括 6 种中国本、20 种越南文人用汉文写的汉文书，以及 6 种喃文书。可见在中越书籍交流的过程中，《易经》一书逐渐衍生出不同的内容诠释和书籍形态。基于此，笔者将结合《越南汉喃文献目录提要》一书，在宏观审视越南国家图书馆所藏经部易类文献的基础上，关注部分书籍在版本、撰者、版式、序言等书籍信息的讹误，以期较为全面地展示越南本《易经》的整体面貌。

（一）越南本经部易类文献版本特点

从内容上看，现存越南汉喃古籍中的易类书籍由于读者身份的差异，其内容也在传入越南后的本土化诠释中呈现出不同形态。据越南国家图书馆及《越南汉喃文献目录提要》记载，现存可视的越南汉喃文献经部易类书籍主要包括以下几类：

第一是较大程度保留中国《易》类书籍形态、少数有越南学者进行喃译

解读的中国书籍，如《周易》《大易经》《周易折中》《遵补御案易经大全》等。此类书籍多为官方刻本，经由中国统治者颁赐、越南官方刊刻等途径流传至越南，主要目的在于推广儒家思想与文化。第二是介绍易经基本知识的蒙学类书籍，如《易学启蒙》《周易启蒙图像》《易学入门》等。此类书籍内容浅显易懂，除易学知识外，还包括四书五经诸子等基础知识及越南地理知识等，主要面向易学初学者。由于启蒙类《易经》书籍主要流传于越南普通民众，读者通常以传抄方式获取和保存该类书籍，因此现存此类书籍全为抄本。第三是越南大儒以问答形式注解《易经》的易学著作，如范贵适《周易问解撮要》、阮衙《易肤丛记》、黎贵惇《易肤丛说》、吴世荣《竹堂周易随笔》、范廷琥《蠡测问答》等。此类书籍的出现，标志着易经被越南广泛接受，并在越南大儒研究下实现本土化。第四是应科举制度而生的易学策文集，如《易春经策略》《周易策文略集》《易经大段策目》等。上述书籍除对《易》的经义讲解外，还包括军事、财政、命运、风俗、农业等内容，现存形态均为抄本。《殊域周咨录》记载，"其第一场则用九经之文；次二场则用诏制表之文；次三场则用诗赋之文；次四场则用对策之文；次五场则入殿庭在国王面前，又用对策之文。此乃科举之制"①，《易经》作为五经之一成为越南科举考试的重要内容，是此类书籍得以广泛流行的原因之一。第五是占卜类的易学著作，如《河洛理数》等，可见《易经》类书籍在越南不仅作为科举考试的主要内容，被越南士大夫阶层广泛接受并演义，更作为数术书籍，在越南庶民阶层中广泛流传。

  从形制上看，越南汉喃古籍中的易类书籍具有如下特点：首先，抄本数量居多，刻本数量较少。据《越南汉喃文献目录提要》中辑录的经部易类文献可知，仅有《易经》《御纂周易折中》《周易国音歌》《遵补御案易经大全》《易经大全节要演义》5种为刻本，其余均为抄本。其中《御纂周易折中》《易经》《遵补御案易经大全》为中国书籍，以刻本形态传入越南，并在历史上多次被越南翻刻：现藏于越南国图的《御纂周易折中》为越南真定洞庵阮茂建校订，底本为清李光地纂修康熙五十四年（1715）武英殿刻本，越南本于嗣德辛酉（1861）仲秋重镌，刻书者名号为"洞中瞻拜堂"，应为阮茂建私人家刻本；越南国图本《遵补御案易经大全》底本应为明永乐十二年（1414）撰写《五经大全》的第一种，越南本《易经大全》书中并未明确记载刻坊和刻书时间。但越南图书馆现藏《书经大全》为盛文堂藏板、《诗经大全》为锦文堂藏板可知，越南国图本《遵补御案易经大全》同样为坊刻本；越南国图所

---

① ［明］严从简：《殊域周咨录》卷六，余思黎点校，北京：中华书局，1993年，第237页。

藏《易经》为明人依据程朱熹等人著作重新编撰，据《越南汉喃文献目录提要》记载成书于于明永乐年间（1403—1425）。该书包括《易序》《周易程子传序》《二年正月庚申河南程颐正叔序》三篇序、凡例、图说、五赞、纲领、筮仪及六十四卦等。传世抄本数量居多，说明《易经》不仅作为五经之一受官方重视，更作为数术书籍在民间百姓群体中广泛传阅。其次，现存越南经部易类书籍所使用的语言较为复杂，包括汉文、汉喃文兼用、专用喃文等情况，喃译易类典籍的出现，体现了越南文人在中越书籍和文化交流过程中对中国书籍有意识地选择、接受和改造，其中尤以借喃文六八体形式解释文义的《周易国音歌》为代表。易类文献的形态逐渐丰富，代表着中越书籍交流过程中《易》类书在影响越南思想文化的同时，更通过演音、演义、演歌等方式被染上浓郁的越南本土色彩。

（二）《越南汉喃文献目录提要》易类文献补订

刘玉珺师曾指出，《越南汉喃文献目录提要》一书中有关经部易类汉喃古籍的记载，存在如下讹误[①]：

第一，《越南汉喃文献目录提要》一书记载《易义存疑》一书的抄写时间为嘉隆四年（1805年）抄。经考证，该年份为《易义存疑序》一文的写作时间，《越南汉喃文献目录提要》将作序时间误认为是抄写时间，造成了成书时间的讹误。

第二，《越南汉喃文献目录提要》一书将《义经蠡测》与《河洛图说略问》记为两种不同的书籍。但参看《河洛图书略问》原抄本可知，该书扉页提有"平江范氏家塾易经蠡测下"一行字，可证《河洛图说略问》应为《义经蠡测》一书的首章篇目，并非独立成本的易类书籍。

第三，《越南汉喃文献目录提要》中分列了《周易问解撮要》和《易义存疑》二书，刘玉珺教授对其内容进行逐篇比对，发现《周易问解撮要》的序文名为"易义存疑序"，二书实为同一本书。

第四，《越南汉喃文献目录提要》记载《义经策略》一书为撰者不详的策文集。据刘玉珺教授考证，该书各篇章之间缺乏内在逻辑，是由《周易略文》《易挂对字》《易序策略》《周易策略》《周易下经略文》等多篇拼凑而成，应为多种书籍的集合本。

笔者对照越南国家图书馆所藏经部易类文献以及《越南燕行文献集成》中收录的汉喃古籍，对《越南汉喃文献目录提要》一书中所记录的经部易类

---

① 刘玉珺：《〈越南汉喃文献目录提要〉商榷》，《新国学》第六册，成都：巴蜀书社，2006年，第285-305页。

书籍进行如下补充修订：

第一，越南国家图书馆所藏的《遵补御案易经大全》一书撰者及成书时间讹误。据越南国家图书馆官网信息可知，该书长 27 厘米，宽 16 厘米，共 931 页，由"胡广""杨荣"，"金幼牧"等人主持编撰。本文考证以上三位撰者的身份信息，发现《明史》列传三十五载："成祖入京师，擢侍读。命与黄淮、杨士奇、胡广、金幼孜、杨荣、胡俨并直文渊阁，预机务。内阁预机务自此始。"[1]可见《五经大全》撰者名称应为"金幼孜"，越南国图所载"金幼牧"应为刊刻时造成的撰者名称讹误。通过细读越南国图本《遵补御案易经大全》具体内容，笔者发现该书首章为康熙五十四年春三月十八日书《御制周易序》，越南国图正是通过该序言撰写时间，对该书成书时间进行错误判断。

第二，《越南汉喃文献目录提要》载《义经蠡测》撰者名称考订。《越南汉喃文献目录提要》载喃文书《义经蠡测》，作者为范虎，主要内容是通过问答形式，对《河图》《洛书》以及各种卦变进行解读。然据越南国家图书馆记载，该馆现藏有名称及内容相似的喃文书《蠡测问答》，作者为越南大儒范廷琥。据刘玉珺师考证，《义经蠡测》一书的序言题名为"河洛图说略问"，而越南国家图书馆藏本《蠡测问答》的首章亦名为"河洛图说略问"。因此笔者判断，《越南汉喃文献目录提要》中的《义经蠡测》与越南国家图书馆中《蠡测问答》为同一本书，作者为越南大儒范廷琥。因书籍传抄逐渐产生书名差异，《越南汉喃文献目录提要》将作者误记为"范虎"。

第三，《周易国音歌》书籍形态补订。《越南汉喃文献目录提要》中并未收录《周易歌诀》一书，该书现藏于越南国家图书馆，为抄本，高 29 厘米，宽 16 厘米，共 105 页，作者为邓泰滂和范贵适。经详细对校，本文发现抄本《周易歌诀》的内容取自印本《周易国音歌》35 页开始的《积善堂周易会订解义演歌》，且抄本版式与印本相似，分为上下两栏，上栏为解义，主要为易卦、汉文爻辞及其喃译；下栏为国音歌诀，是以六八体喃文对六十四卦卦辞、象辞、象辞的演歌。本文认为，越南国家图书馆所藏《周易歌诀》，实是《周易国音歌》的节抄本。值得注意的是，该书首章为范贵适所作序言，作序时间题为"嘉隆十二年孟夏谷日"；而越南国家图书馆所载《周易国音歌》首章序言题为"嘉隆万年之十四岁在乙亥孟夏中"，范贵适所撰序言具体时间为何，尚有待考证。

---

[1] 张廷玉等：《明史》卷一百四十七列传第三十五，北京：中华书局，1974 年，第 4120 页。

越南国图本《遵补御案易经大全》的成书、版本与流传研究

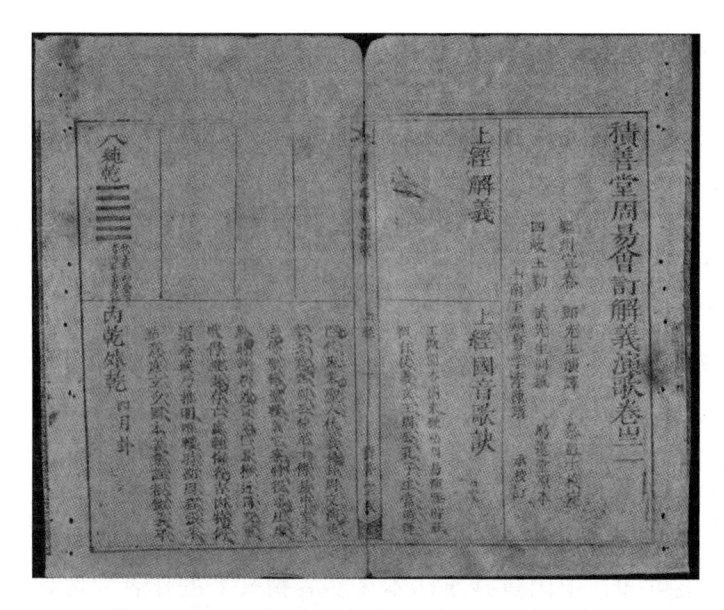

图1 越南国家图书馆藏积善堂本《周易国音歌》第35页

第四，越南国家图书馆藏《易肤丛说》作者考证。据越南国家图书馆官网信息，《易肤丛说》的作者为范廷琥（1768—1832）；而据《越南汉喃文献目录提要》载，《易肤丛说》的作者为黎贵惇（1726—1784）。《越南汉文燕行文献集成》第三册《桂堂诗汇选》前言记载，黎贵惇"平生著述甚丰，除本书外，尚有《易经肤说》《春秋略说》《书经衍义》等"[①]，且越南潘辉注《历朝宪章类志·文籍志》亦有关于黎贵惇撰写六卷《易经肤说》及序言的记载。可见越南大儒黎贵惇应是《易经肤说》一书的作者。但笔者在《越南汉喃文献目录提要》及越南国家图书馆中均未检索到名为《易经肤说》的书籍，仅有《易肤丛说》《易肤丛记》与其书名相似，作者一为黎贵惇，一为阮衙，并无作者为范廷琥的记载。对此，越南学者陈文理在《对汉喃书库的考察·哲学》中指出："《易肤丛说》该书可能是抄录了黎贵惇《易经肤说》一部分的版本。"[②]综合上述研究可知，《易肤丛说》应为《易经肤说》的节要本，作者为越南后黎朝学者黎贵惇，越南国家图书馆所载该书作者为范廷琥应为谬误。

第五，《越南汉喃文献目录提要》载《易春精义》撰者考证。据《越南汉喃文献目录提要》记载，中国本《易春精义》一书，为中国武林黄、淦伟文编撰，正文包括《周易精义》二卷、《春秋精义》二卷，二书各有一篇作于嘉

---

① 复旦大学文史研究所：《越南汉文燕行文献集成》第3册，上海：复旦大学出版社，2010年，第3页。
② 〔越〕陈文甲编撰、罗长山译：《对越南三部哲学古籍的考察》，《东南亚纵横》，1996年第2期，第20-24+27页。

庆甲子年（1804）的序，作者分别为王宗炎和邵璞。笔者搜检各种清代史料，未发现有武林黄、淦伟文两人记载。对于该书作者，笔者发现作于嘉庆初期的《锋剑春秋》一书，其作者名为"黄淦"。可见嘉庆年间虽未见"武林黄、淦伟文"二人，却有名为"黄淦"的文人。在此线索下，笔者发现《贩书偶记》有："《诗经精义》四卷，首一卷，传序一卷，武林黄淦撰，嘉庆七年壬戌刊"的记载。[①]《诗经》与《周易》《春秋》同属五经，通过作者名字与成书时间相近，可推知三书撰者应同为清人黄淦。对于序者王宗炎，《晚晴簃诗汇》曾有记载："王宗炎，字以除，号谷塍，清乾隆四十五年进士，学问淹博，性尤淡退，通籍后遂杜门不出，筑十万卷楼，以文史自娱。"[②]由此可知王宗炎为乾嘉学者，乾隆四十五年（1780）进士。对于序者邵璞，笔者据《清史稿》发现其曾编撰道家著作《瓣香录》[③]，明确其为清朝乾嘉年间的文人。因此从时间上初步判断，《周易精义》与《春秋精义》的作序者应为王宗炎、邵璞二人。综上可知，中国重抄重印本《易春精义》的作者为清代嘉庆年间广西武林人黄淦，王宗炎、邵璞曾为其作注。

《越南汉喃文献目录提要》一书，并未收录越南国家图书馆所藏的经部易类文献。为较为全面展示越南目前现存经部易类文献的面貌，本文于表1中，对《越南汉喃文献目录提要》所载越南汉喃古籍经部易类文献进行辑录和增订。对保持《越南汉喃文献目录提要》原内容不变的，在状态栏记为"原"；对《越南汉喃文献目录提要》中辑录但实际上该书不存在或应为他书的，在状态栏记为"删"；对《越南汉喃文献目录提要》中辑录内容存在谬误的，在表格中附括号进行修改，并在状态栏记为"改"；对《越南汉喃文献目录提要》中未收录而越南国家图书馆可见的书，在表格中列出，并在状态栏记为"增"。

表1 越南汉喃古籍（经部-易）目录提要

书名	作者	版本	页数及版式	《越南汉喃文献目录提要》内容	版本分类	状态	馆藏编号
周易		抄本	92页，高25厘米，宽14厘米	内容介绍易经六十四卦。与越南学者批注本《周易》并为一书，今各单列	中国书重抄本	原	VHv.2584

---

① 孙殿起：《贩书偶记》，北京：中华书局，1959年，第20页。
② [清]徐世昌：《晚晴簃诗汇》卷一百二，民国18年（1929）退耕斋刻本。
③ 《清史稿》卷一百四十七《艺文志》载："《瓣香录》一卷，邵璞撰"，且其前后均为乾嘉学派学者，如鲍廷博、惠栋等，因此笔者推测，邵璞亦为乾嘉年间的文人。

续表

书名	作者	版本	页数及版式	《越南汉喃文献目录提要》内容	版本分类	状态	馆藏编号
大易经		抄本	262页，高29厘米，宽17厘米	程、朱等宋儒关于《易经》的专论，编者不详。内容包括"易学启蒙""原画卦""易说纲领""明筮策""考变瞻"等项目	中国书重抄本	原	VHv.1013
易经		印本	626页，高26厘米，宽15厘米	明人依据宋代程颐、朱熹等人的理学著作重编的《易经》，四册四卷，编撰于永乐年间（1403—1425）。含三篇序、一篇凡例、一篇目录，有插图。内容包括序、图说、《易经》义理、五赞、纲领、筮仪、六十四卦、系辞上、系辞下、说卦传、序卦传和《杂卦》。附有考异	中国书重抄本	原	HVv.1/1-4
周易折中	李光地、阮茂建	洞中瞻拜堂嗣德辛酉年（1861）据康熙五十四年（1715）刻本重刻	1408页，高30厘米，宽16.2厘米，藏于巴黎	集注集解本《周易》，七册二十三卷，《四库全书总目》卷六题《御纂周易折中》，清臣李光地编，真定东安阮茂建校订。书前有序文、凡例、目录以及主编、编辑、校正者名单。正文残缺，仅存卷首纲领义例以及卷一到卷九、卷十六到卷二十二	中国书重抄本	原	Paris MG FC 30280-30286
易春精义	作者黄淦，注者王宗炎、邵璞	抄本	276页，高27厘米，宽15厘米	《周易》和《春秋》的注解，四卷，中国武林黄淦编撰。正文包括《周易精义》二卷、《春秋精义》二卷。二书各有一篇作于嘉庆甲子年（1804）的序，作者分别为王宗炎和邵璞	中国书重抄本	改	VHv.60

续表

书名	作者	版本	页数及版式	《越南汉喃文献目录提要》内容	版本分类	状态	馆藏编号
易经精义略		抄本	472页，高31厘米，宽22厘米	取材于《易经》的经义文集，共一百六十八篇，编者不详。含序、目录各一篇。内容涉及宇宙的玄妙以及《易经》的政治学功用等方面	中国书重抄本	原	AC.190
遵补御案易经大全	胡广、杨荣、金幼孜	印本	931页，长27厘米，宽16厘米	首章为康熙五十四年春三月十八日书《御制周易序》，下文为《周易程子传序》《上下篇义》《周易大全凡例》《义说纲领》《周易诸子图说》。正文按照《周易》三十上经和三十四下经、系辞、说卦、序卦、杂卦的顺序排列共计二十卷，多采中国儒学大家之说对易进行诠释	中国书重抄本	增	NLVNP F-0153-01 R.937
易轨秘奥集	蔡善养、范乔年	抄本	112页，高31厘米，宽21厘米	易学著作，蔡善养编撰于景兴癸巳年（1769年），东野樵范氏乔年校正。书前有序文，正文内容为四种《易经》算法，以太乙式和易卦相结合，即：《岁计》，判断帝王、国家的吉凶否泰；《月计》，判断公卿的升降安危；《日计》，判断官吏和士庶的旦夕祸福；《时计》，判断主客将帅胜负之势的变化	汉文书	原	A.866
周易类编		抄本	44页，长29厘米，宽17厘米	主要通过引用《易经》原文，从天文地理、君臣之道、政史人伦、禽兽草木等方面，对《易》进行诠释	汉文书	增	NLVNP F-0128 R.454

158

续表

书名	作者	版本	页数及版式	《越南汉喃文献目录提要》内容	版本分类	状态	馆藏编号
易肤丛记	阮衙	抄本		易学著作，阮衙撰。阮衙字南文，号左溪，1785年进士，有《阮衙诗文集》《左溪文集》，今收于集部别集类。汉文间有喃字。此书用答问形式解释《易经》义理，注解六十四卦，并载"二十四节气歌""十二月与十二律配合歌"各两篇	汉文书	原	VHv.458
周易问解撮要	范贵适	嘉隆四年（1805）抄本	184页，高29厘米，宽17厘米	易学著作，内阁大学士范贵适（号华堂）撰并序于嘉隆四年（1805年）。此书用答问形式，设一百五十七个问题来说解《易经》的卦辞。有插图。萌按：该书首章序言题为《易义存疑序》，对照内容《周易问解撮要》与《易义存疑》实为一书	汉文书	改	A.2044
易义存疑		嘉隆四年（1805）抄本	214页，高31厘米，宽22厘米	易学著作，撰人不详。汉文间有喃字。按此书包括三种内容：其一以答问形式对《易经》义理所作的注释，其二为朱熹和先儒关于河图、洛书、八卦的解说，其三为《易经》的基本知识	汉文书	删	A.363
周易	黎文休、潘孚先、吴士连、阮俨、吴时仕、黎贵惇	抄本	406页，高29厘米，宽16厘米	《周易》的越南批注本。有序，有插图。内容涉及河图、洛书、先天八卦、六十四卦，易卦法经验等。书中每页分为两栏：上栏为黎文休、潘孚先、吴士连、阮俨、吴时仕、黎贵惇等人的朱批，下栏为正文及宋儒的集注	汉文书	原	AC.367

159

续表

书名	作者	版本	页数及版式	《越南汉喃文献目录提要》内容	版本分类	状态	馆藏编号
易肤丛说	黎贵惇	抄本	篇幅规格各不相同，厚132页至238页，高多为27厘米，宽多为16厘米	易学著作，二卷，黎贵惇（字尹厚，号桂堂）编辑。正文卷一为对《易经》义理的评论以及问答体的解释，卷二为《易经》先儒各家注。其书附载部分在四种抄本有不同内容，238页本附载《律吕本源》和《应溪先生修集》，内容为对《易经》的评论；142页本附载《易义存疑》，即关于《易经》义理的疑难问题；236页本附载喃文的《河洛图说略文》，以答问形式略述河图、洛书和《易经》义理；132页本附载《易经》的若干序文。 萌按：原本应名为《易经肤说》，该书为《易经肤说》的节要本	汉文书	改	AC.189 VHv.2016 VHv.2652 A.2474
竹堂周易随笔	吴世荣	陈铭新绍治柒年（1847）抄本	380页，高30厘米，宽21厘米	问答体的《周易》介绍，吴世荣（字阳亭）撰	汉文书	原	A.1153 Paris EFEO MF I.522（A.1153）
推衍易书立成卷	杨琳	抄本	44页，高26厘米，宽17厘米	对《易经》中的河图、洛书、先天八卦、后天八卦等的解释，杨琳（号云亭）编撰	汉文书	原	Paris SA.P D.2374

续表

书名	作者	版本	页数及版式	《越南汉喃文献目录提要》内容	版本分类	状态	馆藏编号
周易究原	黎文敔	抄本	282页，高27厘米，宽15厘米	易学著作，黎文敔（字应和）编辑并序于1916年。有插图。此书首列1928年北圻统使的书信，由法文译成越文，内容为拒绝作者提出的印行此书的要求。次为《周易图说》，包括河图、洛书和六十四卦，编纂者为名仕。正文部分为对《易经》来源、原理、卦义以及《河图》《洛书》的考论	汉文书	原	A.2592/1-2
周易启蒙图象		抄本	92页，高25厘米，宽25厘米	易学著作，撰人不详。内容包括太极、两仪、四象、先天六十四卦、变卦图等图象	汉文书	原	VHv.1657
易学启蒙		抄本	128页，高27厘米，宽16厘米	介绍五经、四书、诸子的基础知识的著作，撰人不详。内容包括《易经》《家礼》《律吕新书》《律吕辨证》《黄极内篇》等典籍，儒家、道家、墨家人物以及关于宇宙、伦理、政治的概念	汉文书	原	VHv.1014
易学入门		抄本	276页，高29厘米，宽20厘米	又名《易经参考》、《易传笺注备考》。易学著作，撰人不详。此书论述河图、洛书、文王八卦、伏羲六十四卦等关于《易经》的基本知识，含《易经参考》《易传笺注备考》两部分	汉文书	原	A.865
易略		抄本	52页，高29厘米，宽17厘米	对《易经》的注解，撰人不详。正文仅存干、坤、屯、蒙四卦的注解。附载关于从河内往各地道路、海港、江河和北圻地势的越南地理知识	汉文书	原	A.1974 MF.3328

161

续表

书名	作者	版本	页数及版式	《越南汉喃文献目录提要》内容	版本分类	状态	馆藏编号
易数求声法		抄本	62页，高28厘米，宽16厘米	易学著作，撰人不详。此书讨论汉语的平上去入四声，以及宫商角征羽五音，并以易学范畴与之对应，如平声应于太阳，上声应于少阴，去声应于少阳，入声应于太阴等。附载《易卦撰序赋》和扼要介绍《尚书》价值及其内容的《书说纲领》《尧典总论》《书略》等	汉文书	原	A.2527
河洛理数		抄本	一抄本160页，高29厘米，宽16公分；一抄本148页，高29厘米，宽16厘米	占卜类易学著作，撰人不详。汉文间有喃字。内容包括河洛、紫微等算法，以及歌赋体的卜居、卜墓法	汉文书	原	VHv.729
易春经策略		抄本	308页，高27厘米，宽15厘米	策文集，共三百九十五篇，内容关于《易》与《春秋》的义理，编者不详	汉文书	原	VHv.893
周易策文略集	朱熹	抄本	192页，高28厘米，宽15厘米	策文集，亦即问答体科举文集，共四百七十篇，编者不详。书前有序；正文取材于《易经》义理及六十四卦。附载有《易序》《程子序》和朱熹《周易图说》	汉文书	原	A.1432
易经大段策目		抄本	85页，高30厘米，宽17厘米	取材于《易经》的策文集，共五篇，编者不详。内容涉及军事、财政、命运、风俗、农业（井田制）、行政等	汉文书	原	VHv.407

162

续表

书名	作者	版本	页数及版式	《越南汉喃文献目录提要》内容	版本分类	状态	馆藏编号
易经策略		抄本	两抄本各226页，高28至30厘米，宽17至18厘米	取材于《易经》的策文集，共四百三十一篇，编者不详。萌按：该书应为《周易略文》《易序策略》《周易下经略问》等多书的拼凑本	汉文书	删	VHv.378 VHv.891 VHv.892
羲经策略		抄本	二册，924页，高28厘米，宽15.5厘米	此书内容为关于《易经》的五百九十六段问答，涉及易卦考异、系辞与说卦的增补等。抄本中有多页空白无字，据原编者注，此或许表示某些问题有待索解	汉文书	原	A.423/1-2
周易国音歌	邓泰滂、李子瑨、阮浩轩、武钦邻、范贵适	印本	438页，高26厘米，宽16厘米	对《易经》的喃译和喃文解释，邓泰滂编撰，李子瑨校订。有阮浩轩、武钦邻、范贵适序，分别序于1750年、1757年、1815年。此书包括"演喃"（喃译）和"演歌"（用喃文诗形式解释文义）两部分，故正文每页分成上下两栏：上栏为易卦及其传注，汉文义辞及其喃译；下栏为《周易国音歌》，即六十四卦卦辞、象辞、彖辞的六八体喃译。书中九幅插图。 萌按：该书另有节选抄本《周易歌诀》，抄本仅有正文，包括上栏的解义和下栏的国音歌诀	喃文书	改	AB.29
易经大全节要演义	范贵适、程颐、程颢、朱熹	印本	高27厘米，宽15厘米，页数为730页、694页不等	对《易经》的喃译和喃文解释，景兴年闲范贵适撰。其内容为《易经》的"演义"（喃译和喃文解释），取材于程颐《易经序》、程颢《易经序》、朱熹的《图说》及"朱子五赞""易说纲领""朱子筮仪"、六十四卦、《系辞》注等	喃文书	原	VNv.108/1-4 VNv.110/1-3

163

续表

书名	作者	版本	页数及版式	《越南汉喃文献目录提要》内容	版本分类	状态	馆藏编号
羲经蠡测	范廷琥	抄本	抄本高多为29厘米，宽多为17厘米，页数不等	《易经》的图说，采录经传中河图、洛书和卦变的图形，并以答问形式简述其意义，一抄本题祭酒范虎撰于丁酉年。302页本、374页本附载《易肤丛说》。萌按：越南国家图书馆称该书为《蠡测问答》，其中第一章为《河洛图说略问》，又名《易经图说略问》	喃文书	改	A.1420 A.867 A.1388（东墅氏据景兴四十七年（1786）原本抄录）A.1182 Paris EFEO MF I.211 (A.1420)
易经讲义		抄本	316页，高30厘米，宽20厘米	《易经》朱子、邵子、胡氏注本的喃译，题丹山范先生家撰。此书正文每一章目均附有汉字原文	喃文书	原	AB.236 MF.1861
河洛图说略问		抄本	一抄本122页，高22厘米，宽14厘米；一抄本108页，高26厘米，宽15厘米	关于河图洛书的问答体论著，撰人不详。内容涉及河图、洛书、阴阳、八卦等。又抄本《杂录备考》附载。萌按：该书又名《易经图说略问》，为《义经蠡测》的首章，不独立成书	喃文书	删	AB.634 AB.476
易经正文演义	范贵适	抄本	268页，高26厘米，宽14厘米	喃文《易经》，范贵适撰。含序文二，有画符法和河图、洛书、八卦的插图。正文每一章目均有汉字原文	喃文书	原	VHv.1114

三、越南国图本《遵补御案易经大全》的成书时间与作者

越南国家图书馆所藏的《遵补御案易经大全》为流传至越南的中国本书籍。据馆内相关记载，该书长27厘米，宽16厘米，共931页，由翰林院学

士兼左春坊大学士奉正大夫胡广，奉正大夫右春坊右庶子兼翰林院侍讲杨荣，奉正大夫右春坊右谕德兼翰林院侍讲金幼孜三人主持编撰。越南国图本《遵补御案易经大全》首章为康熙五十四年春三月十八日书《御制周易序》，其下接为《周易程子传序》《上下篇义》《凡例》《易说纲领》《周易朱子图说》《周易五赞》《筮仪》，其后为本书正文部分。

（一）越南国图本《遵补御案易经大全》的成书时间

据越南国家图书馆网站记录，《遵补御案易经大全》的作者为林院学士兼左春坊大学士奉正大夫臣胡广、奉正大夫右春坊右庶子兼翰林院侍讲臣杨荣，以及奉正大夫右春坊右谕德兼翰林院侍讲臣"金幼牧"，该书成书时间为康熙五十四年（1715）。

对于上述三人主持撰写《易经大全》一事，《古今图书集成》记载：

> 翰林院学士胡广、侍讲杨荣、金幼孜曰："五经四书传注虽定，群儒异同之说尚互可发明其会通，采附为大全书。周程张朱所著，如太极通书西铭正蒙诸篇，亦汇聚次之，为性理书。"因命举朝臣及四方文学之士开馆东华门外纂修，而广等总其事。[①]

据上述史料可知，明成祖年间纂修《四书五经》《性理大全》，为当时大型的官方修书行为，由胡广、杨荣、金幼孜等主持编修。至于该书的纂修时间，《明史》记载："十二年命与广、荣等纂《五经四书性理大全》，迁翰林学士。"[②]可见中国本《周易大全》于明永乐十二年（1414）开始纂修并于次年成书。越南国图本《遵补御案易经大全》，其底本即为《五经大全》的第一部《易经大全》。

早在明永乐年间，明统治者便将《五经大全》颁赐至越南，此后明朝使臣与中国书商、僧人等曾将该书携至越南，越南官方及民间刻坊也曾对该书进行翻刻，因此该书版本众多、流传广泛。从刊刻字体上判断，越南国图本《易经大全》与明刻本《周易传义大全》的刊刻字体差异较大：明刻本多为赵体楷书刊刻，而越南国图藏《遵补御案易经大全》则为方体字，这是清刻本常用的刊刻书体。且该书首章序言《御制周易序》撰于清康熙年间，可见该版本刊行时间应晚于《御制周易序》撰写时间。

综上所述，越南国图馆藏《遵补御案易经大全》的底本应为清刻本，于清康熙五十四年（1715）之后重新修订并刊行。越南国家图书馆根据首章序

---

① ［清］蒋廷锡、陈梦雷等：《古今图书集成》明伦汇编皇极典帝纪部之二，中华书局影印清雍正武英殿铜活字本，1934年。
② ［清］张廷玉等：《明史》卷一百四十七，北京：中华书局，1974年，第4126页。

言撰写时间，简单判断《遵补御案易经大全》一书成书于"康熙五十四年"，造成了该书成书时间的讹误。

（二）越南国图本《遵补御案易经大全》的作者

关于《四书五经》《性理大全》丛书的主持纂修者胡广与杨荣，史料记载如下：

> 广，字光，大吉水人，父子祺自有传。建文二年，廷试策问，尧舜之世，亲则象傲，臣则共鲧之凶，意在燕王。广对策有亲藩陆梁人心摇动语。帝擢广第一更名，靖授翰林修撰。成祖即位，广偕解缙迎，附擢侍讲改侍读，复名广迁右春坊右庶子兼侍读，进翰林学士兼左春坊大学士，寻拜文渊阁大学士。①

> 杨荣，字勉仁，建安人，初名子荣。建文二年进士。授编修。成祖初入京，荣迎谒马首曰："殿下先谒陵乎，先即位乎？"成祖遽趣驾谒陵。自是遂受知。既即位，简入文渊阁，为更名荣……十四年与金幼孜俱进翰林学士，仍兼庶子，从还京师。②

胡广于明成祖年间进为翰林学士兼左春坊大学士，杨荣曾担任右春坊右庶子，并于明成祖十四年进为翰林学士。对于越南国家图书馆所记录的"金幼牧"一人，《明史》列传记载"成祖命与黄淮、杨士奇、胡广、金幼孜、杨荣、胡俨并直文渊阁"③，可知其名称实为"金幼孜"，越南国家图书馆官网所云"金幼牧"，当为字形相近致误。不过，笔者发现某一版本《明实录》"仁宗实录"中，便已出现将"金幼孜"误写为"金幼牧"④的情况。对此《明实录》不同版本已有雠校："金幼牧（金幼牧：抱本、晨本'牧'作'孜'）为太子少保兼武英殿大学士陞吏科给事中。"可见将"金幼孜"误写为"金幼牧"，并非越南国家图书馆整理工作的谬误，而是在中国本传入越南之际便已形成，对此越南国图本《遵补御案易经大全》"敕纂修"一部分亦可佐证。

---

① ［清］蒋廷锡、陈梦雷等：《古今图书集成》明伦汇编官常典公辅部之十，中华书局影印清雍正武英殿铜活字本，1934年。
② ［清］张廷玉等：《明史》卷一百四十七，北京：中华书局，1974，第4139页。
③ ［清］张廷玉等：《明史》卷一百四十七，北京：中华书局，1974，第4120页。
④ 《大明仁宗昭皇帝实录》原文为："金幼牧为太子少保兼武英殿大学士升吏科给事中。"

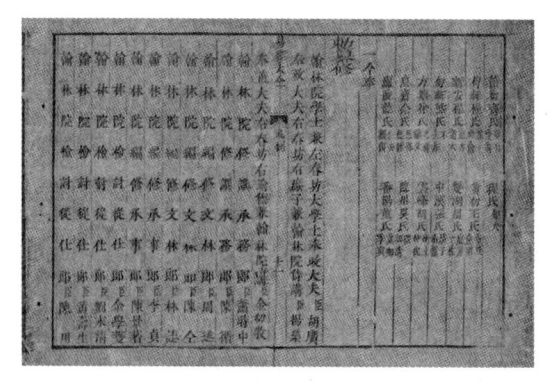

图 2 越南图书馆藏《遵补御案易经大全》敕纂修一页书影，
其中奉直大夫右春坊右谕德兼翰林院侍讲名为"金幼牧"

问题的焦点在于，"金幼牧"一字的讹误出现于什么时段、哪一版本之中。明永乐十三年（1415）内府刻本《周易传义大全》凡例页记载："永乐十二年十一月甲寅，命行在翰林院学士胡广、侍讲杨荣、金幼孜修五经四书大全。十三年九月告成，成祖亲制序，弁之卷首，命礼部刊赐天下。"①可见在永乐年间《四书五经性理大全》官刻本成书之时，"金幼孜"其名未有讹误。据《美国哈佛大学哈佛燕京图书馆藏中文善本书志》载，明代民间所刻《五经大全》现仅剩建邑余氏和长洲文氏清白堂两种。笔者查访了明万历年间闽芝城建邑书林余氏刊刻的《五经大全》首部《易经大全》，发现其敕纂修一页中，误记撰者名为"金幼牧"。

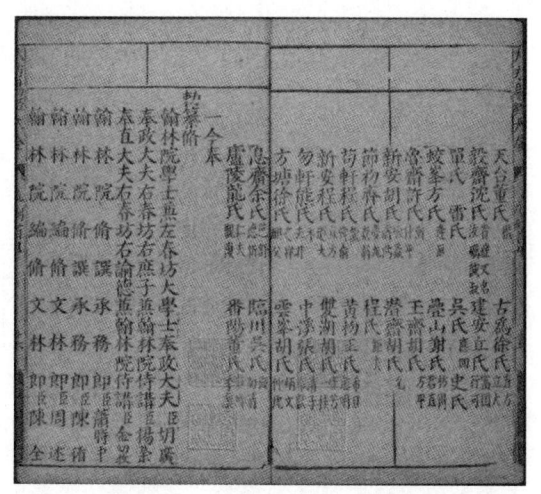

图 3 明万历闽芝城建邑书林余氏刊刻《五经大全》中《易经大全》
"敕纂修"一页书影，其中奉直大夫右春坊右谕德兼翰林院侍讲名为"金幼牧"

---

① ［明］胡广等纂：《周易传义大全》卷一，内府永乐十三年（1415）刻本。

关于清朝刻本，《美国哈佛大学哈佛燕京图书馆藏中文善本书志》有如下记载："《四库全书总目》亦不以《大全》之本入五经总义，盖因《四库》馆臣所见之本为单行之内府藏本、通行本，及陆费墀家藏本，而《大全》之全帙在其时已为不经见之本。"[①]即在《四库全书总目》修订之时，明永乐年间胡广等人纂修的《五经大全》内府刻本已经亡佚。笔者考《四库全书》中收录的刊刻于乾隆四十二年（1777）六月的陆费墀家藏本《周易传义大全》，见该本对于撰者名称的记载同为"金幼孜"。明清时期官刻本对于撰者名称的审校与刊刻较为严谨，明永乐十二年内府刻本、清代《四库全书》收录陆费墀家藏本，其撰者"金幼孜"之名均未有讹误。

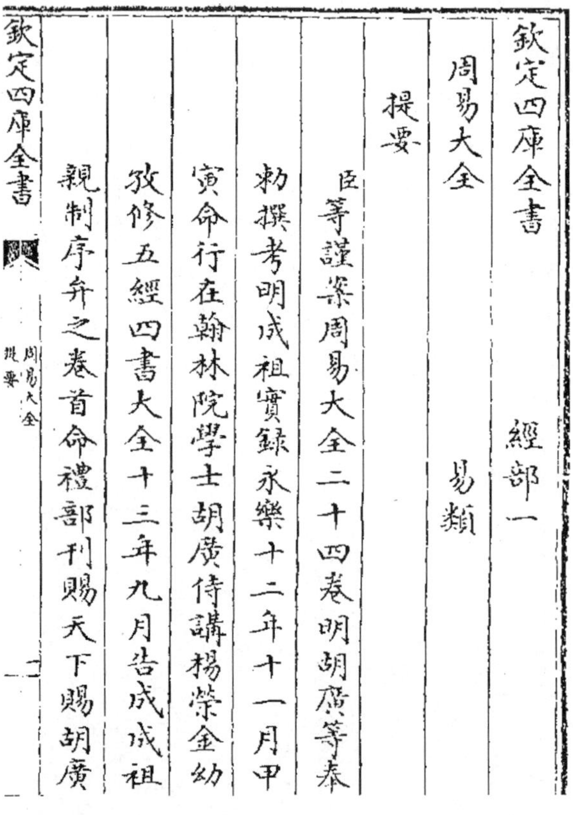
欽定四庫全書 經部一
周易大全 易類
提要
臣等謹案周易大全二十四卷明胡廣等奉
勅撰考明成祖實録永樂十二年十一月甲
寅命行在翰林院學士胡廣侍講楊榮金幼
孜修五經四書大全十三年九月告成成祖
親製序弁之卷首命禮部刊賜天下賜胡廣
欽定四庫全書 周易大全 提要

图 4 《四库全书》收录乾隆四十二年六月刻本《周易传义大全》凡例一页书影，其中"纂修者自广、荣、幼孜外"一句，可见在清代陆费墀家藏本《周易传义大全》中记载的撰者名称为"金幼孜"，并未发生讹误

越南国图本《遵补御案易经大全》为越南本土翻刻的中国书籍，是书的

① 沈津：《美国哈佛大学哈佛燕京图书馆藏中文善本书志》，桂林：广西师范大学出版社，2001年，第12页。

中国本成书时间为明永乐十二年（1414），乃明内阁大臣胡广、杨荣、金幼孜等人主持纂修《五经大全》的第一部。明人"金幼孜"其名，在越南国图本《遵补御案易经大全》中被误记为"金幼牧"，以致越南国家图书馆官网也据此将这部书的纂修者误记为"金幼牧"。但该讹误并非由《易经大全》在越南流传过程中形成，明万历年间闽芝城建邑书林余氏刊刻的《五经大全》已出现了该讹误。对"金幼牧"这一讹误的考证，也为下文对《遵补御案易经大全》的版本研究提供了线索。

四、越南国图本《遵补御案易经大全》的版本

越南国家图书馆所藏《遵补御案易经大全》正文卷首所收为康熙五十四年（1715）春三月十八日书《御制周易序》，其下接为《周易程子传序》《上下篇义》《凡例》《易说纲领》《周易朱子图说》《周易五赞》《筮仪》，其后为本书正文部分。由于这部书翻刻自中国本，因此我们先对相关的中国本作一个版本的梳理。

（一）现存的中国本《易经大全》版本

越南国图本《遵补御案易经大全》的母本——中国本《周易大全》（又名《周易传义大全》）为明永乐十二年间撰写《五经大全》的第一种。在搜集中国本《易经大全》的不同版本时，笔者发现目前中国国家图书馆等机构藏有明代周士显对《易经大全》的校勘本——《周会魁校正易经大全》一书。据《中国古籍总目》记载，该书在清康熙年间仅有刊刻于康熙五十年（1711）的郁郁堂刻本。但在检索该书的过程中，笔者发现陕西师范大学汉籍数字图书馆中藏有一本号称"康熙五十四年刻本"的《周会魁校正易经大全》。陕西师范大学汉籍数字图书馆判断该本为"康熙五十四年刻本"，是因为该书前附一篇原不属于《易经大全》，由康熙五十四年御制的《周易折中序》。笔者详校该书的内容、章节顺序、圈点痕迹、版式字体，发现其均与越南国家图书馆藏《遵补御案易经大全》一模一样，因此认为陕西师范大学汉籍数字图书馆所藏"康熙五十四年刻本"的《周会魁校正易经大全》，实际与越南国家图书馆所藏的《遵补御案易经大全》为同一书。

中国本《易经大全》版本众多，为使本文条理清晰，笔者在查阅《中国古籍总目》《中国古籍善本书目》《哈佛大学哈佛燕京图书馆藏中文善本书志》等目录文献的基础上广泛搜集中国本《易经大全》，并在下文以表格形

式，对明胡广等人编纂的《易经大全》各版本进行整理，并记录其版本形制，详细内容见表 2，如有缺佚恳请斧正。

表2　中国本《易经大全》版本一览表

书名	内容	作者	版本	版式	藏馆/丛书
《周易传义大全》	二十四卷纲领一卷诸子图说一卷	[明]胡广等编	明永乐十三年（1415）内府刻本	四周双边，黑口，对鱼尾，鱼尾下为篇名及页数。半页10行22字。刊刻字体为欧体楷书	国家图书馆、首都图书馆、上海图书馆、南京图书馆、南京博物院图书馆、宁波市天一阁博物馆、中国科学院国家科学图书馆、北京大学图书馆、北京师范大学图书馆、南开大学图书馆、暨南大学图书馆、苏州大学图书馆、湖南省图书馆、辽宁省图书馆、安徽省图书馆、江西省图书馆、河南省图书馆、《四库全书》
《周易传义大全》	二十四卷纲领一卷诸子图说一卷	[明]胡广等编	明末诗瘦阁刻本	后附宋王应麟《易经考异》一卷	国家图书馆、上海图书馆、辽宁省图书馆、吉林大学图书馆
《周易传义大全》	二十四卷上下篇义一卷周易诸子图说一卷五赞一卷筮仪一卷义说纲领一卷	[明]胡广等编	明刻本		辽宁省图书馆
《周易传义大全》	二十四卷纲领一卷诸子图说一卷	[明]胡广等编	明嘉靖十五年（1536）刘氏安正堂刻本		苏州图书馆、宁波市天一阁博物馆

续表

书名	内容	作者	版本	版式	藏馆/丛书
《周易传义大全》	二十四卷 纲领一卷 诸子图说一卷	[明]胡广等编	明弘治四年（1491）罗氏竹坪书堂刻本	存卷一至七、十六至十七、二十四	石家庄市图书馆
《周易传义大全》	二十四卷 首一卷	[明]胡广等编、陈仁锡校正	明崇祯十二年（1639）长洲陈仁锡刻本	长23.6厘米，宽13.5厘米，四周双边，上白口，下黑口，黑鱼尾，鱼尾上为书名"易经大全"，鱼尾下为篇名及页数。半页6行，经文每行16字、本义每行19字、前人解经每行36字。版面分上下两栏，下栏为正文，上栏较窄，记校勘之语。萌按：该书板同明万历闽芝城建邑余氏刻《五经大全》第一种书名易作《陈太史较正易经大全》，题"长洲明卿陈仁锡较正"，实为周世显校正本，为避熹宗朱由校之讳，改"校正"为"较正"	清华大学图书馆、北京师范大学图书馆、山东省图书馆、安徽省图书馆、杭州图书馆、日本关西大学图书馆
《周易传义大全》	二十四卷，附《周易汇征》	[明]胡广等编、[明]刘庚撰	明崇祯刻本		《中国古籍善本书目》
《周易传义大全》	二十四卷 纲领一卷 诸子图说一卷	[明]胡广等编、翁斌孙题识	明天顺八年（1464）书林龚氏明实书堂刻本	卷八配日本抄本	上海图书馆

续表

书名	内容	作者	版本	版式	藏馆/丛书
《周易传义大全》	二十四卷纲领一卷诸子图说一卷	[明]胡广等编	明嘉靖十五年（1516）叶氏作德堂刻本	卷二十三至二十四配另一明刻本	南京图书馆
《周易传义大全》	二十四卷纲领一卷诸子图说一卷	[明]胡广等编	明德寿堂刻本	存卷一至二十二	河南省图书馆
《周易传义大全》	二十四卷纲领一卷诸子图说一卷	[明]胡广等编	明正德十二年（1517）杨氏清江堂刻嘉靖四年重修本		临海博物馆、《中国古籍总目》
《周易传义大全》	二十四卷上下篇义一卷周易诸子图说一卷易五赞一卷筮仪一卷义说纲领一卷	[明]胡广等编、伊佐早谦跋	明正统五年（1440）余惠双桂书堂刻本	高19.2厘米，宽12.5厘米，半页11行21字，四周双边，对鱼尾，上下黑口，前有程子传序、易序。 萌按：此本总目后有牌记，刊"正统庚申余氏双桂堂新刊"，易序后又有牌记，题为"书林程朱易传本义等书行之久，我朝复旁搜诸家之说而详释焉，斯谓大全，颁降学校。惠虑山林之士艰于观览，乃誊原本，捐赀命工梓行，庶山林士子皆得鉴焉。正统五年书林余惠识。"	伯克莱加州大学东亚图书馆、哈佛大学哈佛燕京图书馆
《周易传义大全》	二十四卷上下篇义一卷周易诸子图说一卷易五赞一卷筮仪一卷义说纲领一卷	[明]胡广等编	明弘治九年（1496）余氏双桂堂刻	半页12行22字，四周双边，对鱼尾，上下黑口，前有程子传序、易序。 萌按：该本据明正统五年（1440）余惠双桂书堂刻本重刻	四川省图书馆、美国国会图书馆

续表

书名	内容	作者	版本	版式	藏馆/丛书
《周易传义大全》	二十四卷纲领一卷诸子图说一卷	[明]胡广等编	朝鲜纯祖二十年（1820）丁酉字版本	半页10行21字，四周双边，对鱼尾，鱼尾内为书名，鱼尾上为篇章名或卦名。刊刻字体为方体。 萌按：该本疑为翻刻明永乐十三年（1415）内府刻本	韩国藏书阁
《周易传义大全》	二十四卷纲领一卷诸子图说一卷	[明]胡广等编	明成化七年（1471）书林王氏善敬书堂刻本	半页11行19字，四周双边，对鱼尾，上下黑口，鱼尾内为书名，鱼尾上为篇章名或卦名。刊刻字体为方体。牌记刻"书林程朱易传本义等书，行之父矣。我朝复旁搜诸家之说而详释焉，斯谓大全，颁降学校，本堂虑山林之士艰于观览，乃誊原本，捐资命工梓行，庶山林士子皆得鉴焉。成化七年岁在辛卯书林王氏善敬堂识"。萌按：该本与明正统五年（1440）余惠双桂书堂刻本同版	日本内阁书库
《周易传义大全》	二十四卷纲领一卷诸子图说一卷	[明]胡广等编	朝鲜翻刻明永乐十三年（1415）内府刻本	半页10行21字或22字，四周双边，对鱼尾，鱼尾内为书名，鱼尾上为篇章名或卦名。刊刻字体为方体	中国国家图书馆
《周易传义大全》	二十四卷纲领一卷诸子图说一卷	[明]胡广等编	朝鲜全州府河庆龙刻本	半页10行，每行16字或20字，四周双边，对鱼尾，鱼尾内为书名及页数，鱼尾上为篇名或卦名。刊刻字体近似欧体楷书，字体笔画锋利。牌记刊"岁庚午仲春开刊，全州府河庆龙藏版"	西北大学图书馆、上海图书馆

续表

书名	内容	作者	版本	版式	藏馆/丛书
《周易传义大全》	二十四卷纲领一卷诸子图说一卷	[明]胡广等编	乾隆年间写本		《四库全书》
《五经大全》本		[明]胡广等编	清光绪内府刻本	四周单边，无鱼尾，版心记书名及页数。半页9行，经文每行17字、本义每行34字。刊刻字体为方体	普林斯顿大学东亚图书馆
《周易传义大全》	二十四卷	[明]胡广等编	清乾隆十五年（1751）恒阳陶灵抄本		齐齐哈尔市图书馆
《周易传义大全》	二十四卷纲领一卷诸子图说一卷	[明]胡广等编	清初古吴菊仙书屋刻本		北京大学图书馆
《周会魁校正易经大全》	二十卷首一卷	[明]胡广等编、[明]周士显校正	明万历年间刻版，明末部分改窜刻板再次翻刻		中国国家图书馆、北京大学图书馆、上海图书馆
《周会魁校正易经大全》	上下篇义一卷周易诸子图说一卷易五赞一卷筮仪一卷义说纲领一卷	[明]胡广等编、[明]周士显校正	清康熙五十年（1711）郁郁堂刻本	上下单边，左右双边，黑鱼尾，书口记书名，鱼尾下记篇名及页码，下刻"郁郁堂"。半页12行，行22字。刊刻字体为方体	中国国家图书馆、北京师范大学图书馆

续表

书名	内容	作者	版本	版式	藏馆/丛书
《周会魁校正易经大全》	上下篇义一卷周易诸子图说一卷易五赞一卷筮仪一卷义说纲领一卷	[明]胡广等编、[明]周士显校正	清豫章东邑书林王氏刻本		湖北省图书馆
《周会魁校正易经大全》	上下篇义一卷周易诸子图说一卷易五赞一卷筮仪一卷义说纲领一卷	[明]胡广等编、[明]周士显校正		日本鹈饲信之（石斋）点校，庆安五年（1652）京村上平乐寺刊27册。印记"文渊堂"	日本鹿儿岛大学
《周会魁校正易经大全》	上下篇义一卷周易诸子图说一卷易五赞一卷筮仪一卷义说纲领一卷	[明]胡广等编	明万历闽芝城建邑书林余氏刻本	长23.6厘米，宽13.5厘米，四周双边，上白口，下黑口，黑鱼尾，鱼尾上为书名"易经大全"，鱼尾下为篇名及页数。半页11行19字，版面分上下两栏，下栏为正文，上栏较窄，记校勘之语。末有荷盖莲座牌记，刊"万历乙巳仲春书林余氏仝梓"	中国国家图书馆、哈佛燕京图书馆

（二）越南国图本《遵补御案易经大全》的序文与内容

在版式上，越南国图本《遵补御案易经大全》首章《御制周易序》为半页5行，行9字，四周双边，无鱼尾，版心记序名及书名，多简称，字体为楷体字。其下自《周易程子传序》始，为半页12行22字，四周单边，黑鱼尾，书名"易经大全"全刻在鱼尾上，鱼尾下为篇名及页数，字体为方体字。通过对《御制周易序》及下文的版式、字体、纸张等比较可推知，上述两部分应原属不同书籍，是在刊印流传过程中被杂糅，并冠以统一的书名。

为验证上述推测，笔者通过《御制周易序》的成文时间"康熙五十四年春三月十八书"，以及序中"深知大学士李光地素学有本，易理精详，特命修《周易折中》"一句，将目光锁定在清康熙年间官修《御纂周易折中》一书。清康熙五十四年（1715）武英殿刻本《御纂周易折中》一书首章《御制周易折中序》，与越南国图本《遵补御案易经大全》首章《御制周易序》在序名、鱼尾、书口、字体等形制上有较大差异①，但内容完全一致。兹录该序言如下：

> 易学之广大，悉备秦汉，而后无复得其精微矣。至有宋以来，周邵程张阐发其奥，唯朱子兼象，数天理违众而定之，五百余年，无复同异。宋元明至于我朝，因先儒已开之微旨，或有议论，已见渐至启后人之疑。朕自弱龄，留心经义，五十余年，未尝少辍，但知诸书大全之驳杂，奈非专经之纯。熟深知大学士李光地，素学有本，易理精详，特命修《周易折中》，上律河洛之本末，下及众儒之考定，与通经之不可易者，折中而取之。越二寒暑，甲夜披览，片字一画，斟酌无怠，康熙五十四年春告成，而传之天下，后世能以正学为事者，自有所见欤。康熙五十四年春三月十八日。

《清史稿》李光地本传记载："四十四年，拜文渊阁大学士。时上潜心理学，旁阐六艺，御纂硃子全书及周易折中、性理精义诸书，皆命光地校理，日召入便殿挈求探讨。"②康熙认为明永乐《四书大全》《五经大全》内容杂乱，因此命易学专家李光地撰写《周易折中》一书，并亲自为其撰写序言，《圣祖仁皇帝御制文集》第四集卷二十二目录收录该序。越南国图本《遵补御案易经大全》首章《御制周易序》，实为清康熙五十四年撰《御制周易折中序》，越南国家图书馆据清康熙年间书籍的撰序时间判断《易经大全》成书时间，从而造成了讹误。

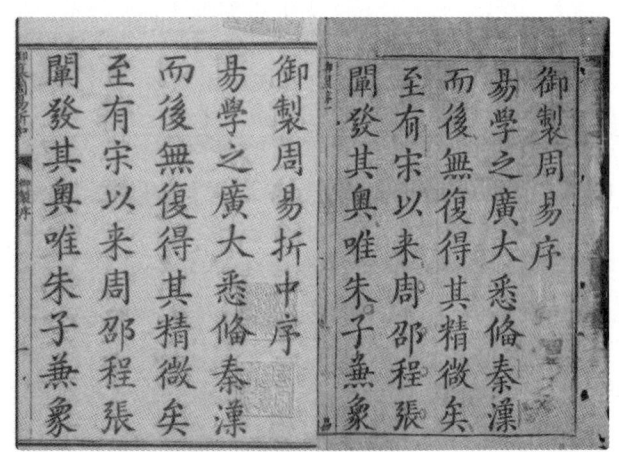

图 5 左为清康熙五十四年武英殿刻本《御纂周易折中》一书"御制周易折中序"书影，右为越南国家图书馆藏《遵补御案易经大全》一书《御制周易序》书影

---

① 中国本题为《御制周易折中序》，黑鱼尾，鱼尾上为书名全称，鱼尾下为序名简称及页数；越南国图本题为《御制周易序》，无鱼尾，书口记序名简称及页码，无书名。
② ［清］赵尔巽等撰：《清史稿》卷二百六十二，北京：中华书局，1998年，第9898页。

越南国图本《遵补御案易经大全》的成书、版本与流传研究

据越南国图本《遵补御案易经大全》中《凡例》的记载,该书应包括"程子易传序""易序""上下篇义""朱子易本义图""五赞""筮仪""程朱易说纲领",以及正文解经部分。但笔者翻阅越南国图本《遵补御案易经大全》,发现该书在《程子易传序》后紧接《上下篇义》,显然《易序》一章缺失。对此,笔者考闽芝城建邑书林余氏本《周会魁校正易经大全》,发现该明代坊刻本保留了《易序》一章,清文渊阁《四库全书》所收录的陆费墀家藏本《周易传义大全》中亦保留《易序》一章,且上述两版本的《易序》均位于首章。通过中国本内容可知,《易经大全》一书原包含了《易序》一章,该序最早出现于《周易程氏传》及《周易本义》之中,董真卿撰《周易会通》时收录该序。明永乐年间纂修《五经大全》便以《周易会通》为底本,因此明清时期国内所刻的《易经大全》一书首章便应为《易序》一章。越南国图所藏《易经大全》一书中并未出现页码缺失的情况,因此本文推测《易序》的缺失应在于越南本翻刻时并未完全按照原本翻刻。

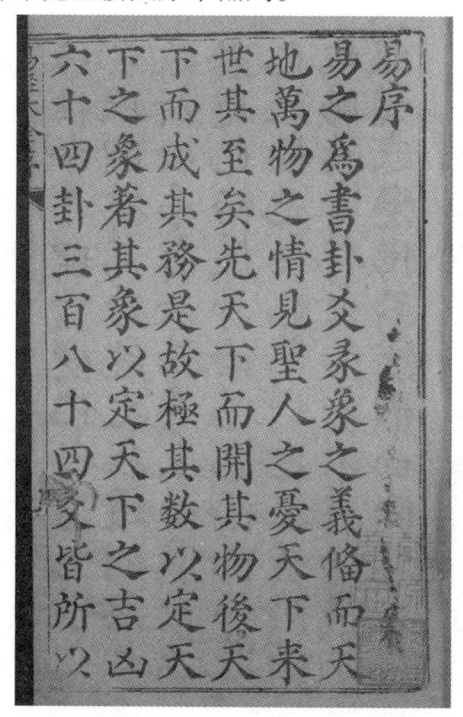

图 6 明万历三十三年闽芝城建邑书林余氏刊刻《周会魁校正易经大全》"易序"书影

综上可知,目前越南国家图书馆收录的《遵补御案易经大全》一书版本信息如下:首章《御制周易序》为半页 5 行,行 9 字,四周双边,无鱼尾,版心记序名及书名,多简称,字体为楷体;自"周易程子传序"始,为半页

177

12行22字或23字，四周单边，黑鱼尾，书名刻鱼尾上，篇名及页数刻鱼尾下，字体为方体字；首章《御制周易序》应为清康熙五十四年李光地纂《御制周易折中》一书序言，清纂书者改序言名称为《御制周易序》。序言撰写时间的混乱导致越南国家图书馆误判越南国图本《遵补御案易经大全》的成书时间为清康熙五十四年（1715）。

（三）中越《易经大全》版本比较

据本文统计，明永乐十三年（1415）成书的《易经大全》一书，现存内府经厂本、建邑余氏刻本、朝鲜铜活字本、《四库全书》本等版本，其中中国国家图书馆藏明永乐内府刻本，最大限度上保留了该书原貌。通过对越南国图本《遵补御案易经大全》及中国各版本《易经大全》进行版本对校，笔者发现越南国图本《遵补御案易经大全》有如下问题值得深入探讨：

1. 越南本的《御制周易序》

《中华古籍善本联合书目》收录了清雍正年间刊刻的《书经大全》，该本封面题书名为"遵补御案书经大全"，卷首为雍正八年（1730）所撰《御制书经序》，半页12行22字，黑鱼尾，鱼尾上为书名，鱼尾下为篇章名及页数，刊刻字体为方体。通过对校发现，该本题名、版式、字体等与越南国图本《遵补御案易经大全》极为相近，上述两本当源自同一版本的《五经大全》。

该本《书经大全》首章《御制书经序》内容如下：

> 皇考圣祖仁皇帝圣学渊深，治功弘远，存于中者二帝三王之心，业于外者二帝三王之治，而稽古好学，专典谟训诰之篇，沉潜研究、融会贯通。初命讲官今日进讲，有解义一篇领示海内，复授儒臣会评汉唐宋元明诸家之说参考折中……兹值刊板告竣，与易、诗、春秋诸经次第传布，敬制序文，勒之卷首……皇考尊崇经义、启遍万世之盛心，顾不美欤？是为序。

雍正帝作《御制书经序》，是因其父康熙帝的《御制周易序》珠玉在前，雍正为效仿康熙崇尚经义、赓续道统的盛举，因此为《书经大全》的刊本作序。此事在《四库全书总目》中有记载：

> 《钦定书经传说汇纂》，康熙末，圣祖仁皇帝敕撰，雍正八年告成，世宗宪皇帝御制序文刊行。宋以来说《五经》者，《易》《诗》《春秋》各有门户。惟三《礼》则名物度数不可辨论以空言，故无大异同……而永乐中修《书经大全》，仍悬为功令，莫敢岐趋。我国家经术昌明，竞研古义。圣祖仁皇帝聪明天纵，念典维勤，于唐虞三代之鸿规尤为加意。既

敕编《日讲书经解义》，复指授儒臣，纂辑是编。[①]

此外，五经中的《诗经》一书，在清康熙至雍正年间亦有官方刊刻及御制序言：

> 《钦定诗经传说汇纂》，康熙末圣祖仁皇帝御定。刻成于雍正五年，世宗宪皇帝制《序》颁行……明永乐中修《诗经大全》，以刘瑾《诗集传通释》为蓝本，始独以《集传》试士。然数百年来，诸儒多引据古义，窃相辨诘，亦如当日之攻毛、郑……又成祖虽战伐之余，欲兴文治，而实未能究心经义，定众说之是非。循声附和，亦其势然欤？是编之作，恭逢圣祖仁皇帝天亶聪明，道光经籍，研思六义，综贯四家。于众说之异同，既别白瑕瑜，独操衡鉴。而编校诸臣，亦克承训示，考证详明，一字一句，务深溯诗人之本旨。[②]

由于明永乐年间胡广等人编纂的《五经大全》未能究心经义、定众说之是非，自康熙至雍正年间，清王朝举行过多次大规模的经典考校与刊刻工作。清朝统治者对其甚为重视，认为该举"尊崇经义、启遍万世"，并亲自为其撰写序言。雍正八年（1730年）成文的《御制书经序》中记载："兹值刊板告竣，与易、诗、春秋诸经次第传布，敬制序文，勒之卷首"，也可证实在该本《书经》刊刻前，《易经》《诗经》《春秋》等书已撰序并付梓，即"御纂四经"。因此可以确认的是，在康雍年间官方刊刻五经的过程中，明永乐年间胡广等撰《易经大全》确被重新考校，并由清朝皇帝御制序言。

"御纂四经"中《尚书》《春秋》与《诗经》由雍正帝撰序，而越南国图本《遵补御案易经大全》中的《御制周易序》则为康熙帝于康熙五十四年（1715）所撰。该序原是康熙帝为李光地所撰《御纂周易折中》一书所题写的《御制周易折中序》，在越南国图本《遵补御案易经大全》中被隐去原序名，改为《御制周易序》。

越南国图本《遵补御案易经大全》为何汇集多家序言？本文认为主要原因如下：

首先，明永乐年间编纂的《四书五经》《性理大全》内容庞杂，且对相关学术问题没能给出准确统一的定论，不适合作为官方的科举教材与儒学定本，因而康雍年间清王朝重新考订刊刻四书五经等儒家经典。清朝统治者对《四书五经》《性理大全》等书重新考订校正，很大程度上改变了明《五经大全》的原貌；而序跋的内容多取决于书籍内容，清代官方刻书活动导致书籍内容

---

① ［清］永瑢等撰：《四库全书总目》卷十二经部十二书类二《钦定书经传说汇纂二十四卷》，北京：中华书局，1965年，第101页。

② ［清］永瑢等撰：《四库全书总目》卷十六经部十六诗类二《钦定诗经传说汇纂二十卷》，北京：中华书局，1965年，第130页。

发生改变，这便需要撰写新的序言来对书籍内容加以提要阐发。

其次，揣摩雍正帝所撰序言的语气，可知其字里行间均流露出对明朝修书活动的贬斥，以及对其父文史素养、本朝盛世修书的称颂。可见官方修订四书五经等儒家经籍，不仅是一项简单的文化行为，更能借助传统儒家实现巩固民众对清政府的认同感，从而进行文化与思想上的引导。越南国图本《易经大全》首章《御制周易序》是在清朝修书过程中加入的，清统治者希望借助重修重刻的《四书五经》《性理大全》的机会，为儒家经籍重新撰写序言，在认同并保护汉文化的同时实现本朝统治者对社会思想的引导。

最后，越南国图本《遵补御案易经大全》中的《御制易经序》，实际上乃李光地《周易折中》一书中的《御制周易折中序》。据笔者考察，清朝多种《周易》校注本以康熙五十四年撰《御制周易折中序》为序言，并根据书名对序名进行修改。如清邹圣脉所撰《寄傲山房塾课纂辑御案易经备旨》一书，卷首便为改名为《御案周易序》的《周易折中序》。可见以康熙五十四年御制序为《易经》校注本的序言，在清刻本中为常见现象，不能以此判断书籍的成书时间。当然可以确定的是，越南国家图书馆藏《遵补御案易经大全》一书的刊刻时间必定晚于康熙五十四年。

2. 越南国图本《遵补御案易经大全》的版式

据上文考知，越南国图本《遵补御案易经大全》具有如下版本特点：四周单边，半页12行22字或23字，黑鱼尾，书名刻鱼尾上，篇名及页数刻鱼尾下，书分上下两栏：上栏较窄，为评注内容；下栏为正文，刊刻字体为方体字。越南国图本与国内现存不同版本《周易传义大全》的对校具体情况如下：

一是与明代官刻本对校。明永乐十三年（1415）内府刻本《周易传义大全》为四周双边、黑口、对鱼尾、赵体楷书刊刻；越南国图本《遵补御案易经大全》与明永乐十三年（1415）内府刻本《周易传义大全》在题名、鱼尾、板框及刊刻字体上均有较大差异。因此本文认为，越南国图本《遵补御案易经大全》并非据明内府刻本《周易传义大全》进行刊刻，越南本一书并不属于明代官刻《易经大全》版本系统。

二是与明代坊刻本对校。目前国内尚可经眼的明代坊刻本包括明万历闽芝城建邑余氏刻本、明正统五年（1441）余氏双桂堂刻本、明成化七年（1371）书林王氏善敬书堂刻本、明弘治九年（1496）余氏双桂堂刻本等。以上诸本均为四周双边、对鱼尾，刊刻字体为赵体楷书，不同版本之间仅在行款上有细微差别。因此本文认为，上述中国明代坊刻本《周易传义大全》虽非同版书籍，但均与越南国图本《遵补御案易经大全》无版本流传关系。且据此可知，明代通行刻书字体大多为赵体楷书，而越南本一书刊刻字体为方体字，这也可佐证越南国图本《遵补御案易经大全》并非明代刊刻。

三是与清代官刻本对校。本文将越南本与清光绪内府刻本进行对校，发现其同为四周单边，且刊刻字体同为方体字从字体上判断，越南国图本《遵补御案易经大全》的中国版本应为清刻本；清内府刻本《五经大全》行款为半页9行，与越南本半页12行差距较大。因此本文认为，越南国图本《遵补御案易经大全》版本并非来源于清内府刻本，应为清家刻本或坊刻本。

四是与清代坊刻本对校。笔者对校清康熙五十年（1711）郁郁堂刻本《周会魁校正易经大全》，发现其与越南本虽在行款、字体、书口、鱼尾等处较为相近，但在板框上具有细微差异，且郁郁堂刻本《周会魁校正易经大全》解经前的"传"字为黑底白字，与越南本的黑框白底黑字不同。越南本一书与清康熙五十年（1711）郁郁堂刻本亦非同板。但清朝书坊林立，大型书房自制书板导致书籍版本复杂，坊刻本《周易传义大全》书籍形态差距较大为情理中事，不能因其与郁郁堂版本形有出入便判断其并非坊刻本。而笔者发现广东书坊五云楼曾刊刻《遵补御案书经大全》并发售至越南，该书版式与越南国家图书馆藏《遵补御案易经大全》十分相似，因此判断越南国图本《遵补御案易经大全》与广东佛山五云楼刊行《五经大全》为同版（具体情况下文详述）。

综上，越南国图所藏《遵补御案易经大全》为中国书籍，该书原为明永乐十三年胡广等人纂修的《五经大全》中的《周易传义大全》，内容取自董真卿《周易会通》、胡方平《易学启蒙通释》、张清子《周易本义附录集注》、吴澄《易纂言》、胡炳文《周易本义通释》等。该书刊刻字体为方体字，明显具有清代刻本的特点。将中越各种版本进行对校发现，清康熙年间五云楼刊刻并发售至越南的《遵补御案书经大全》与越南国图馆藏《易经大全》书籍形态相近，笔者以此判断越南国家图书馆藏《遵补御案易经大全》与广东佛山五云楼刻《五经大全》或属同一版本系统。

五、越南国图本《遵补御案易经大全》的流传

越南作为与我国接壤的邻邦，自古以来就同我们关系密切。在两国文化交往和书籍交流史上，越南广泛接受中国书籍并学习传统儒家思想，逐渐形成了多样化的书籍流传途径。《遵补御案易经大全》作为官方刊刻五经之一，对越南的科举考试、儒学教化、数术宗教等领域均有重要影响。该书读者类型

复杂，使得该书在越南境内存在较为丰富的流传途径。通过研究，本文将越南国图本《遵补御案易经大全》的流传途径梳理如下。

（一）明清官方赐书

早在陈朝末后黎朝初，中国便已向越南颁赐书籍。此时越南处于佛教为主、儒学上升阶段，中国颁赐儒家经典，有效推动了儒学在越南思想文化领域占据统治地位，一定程度上实现了中国统治者对藩属国进行思想管理的目的。

1470年明朝出兵灭胡，明统治者在越南设置府县，越南重归中国管辖，《四书五经》《性理大全》成书之际，明统治者向全国各地颁赐该书："永乐十二年十一月甲寅，上谕行翰林院学士胡广、侍讲杨荣、金幼孜曰：'《五经》《四书》唱圣贤经义要道，其传注之外，诸儒议论有发明余蕴者，尔等采其切当之言增附于下……二书务极精备，庶几以垂后世。'命广等总其事，仍命举朝臣及在外教官有文学者同纂修。"[1]可见明成祖十分重视面向天下民众的思想教化，统治者组织编撰全面精备的儒家经典，以期昌明学术、垂范后世。

《明实录》明确记载，明成祖曾颁赐《五经大全》至越南：

永乐二十年夏五月庚申，交阯、宣化、太原、镇蛮、奉化、清化、新安等府及所隶州县学师生贡方物诣阙，谢赐《五经四书》《性理大全》《为善阴骘》书，皇太子令礼部赐赉之。[2]

明永乐二十年（1422），《五经大全》通过官方颁赐途径流传至越南各州县，通过该途径传入越南的版本为明永乐十三年（1415）内府刻本，其版本形式为四周双边、对鱼尾、半页10行22字。该版本现藏于中国国家图书馆，在越南及法国境内几无收藏。可见，虽早在明永乐年间便有《五经大全》传入越南，但越南国图本《大全》并非通过官方赐书途径流传至越南的明官刻本，而是清朝重新刊行后流传至越南并经其翻刻的版本。

明统治者颁赐《四书五经性理大全》至周边藩属国，主要出于以下几方面考量：

第一，颁赐官方考订的儒家经典，能有效加强思想引领、强化政治认同。永乐四年（1406）明成祖派兵进攻越南，将越南收归明朝版图，并设立安南布政使司等机构管辖越南，期间越南民众反抗情绪较重。《越南通史》曰："当时，明朝虽然占领安南，但陈朝宗室尚有人企图恢复旧业，况且越南尚有许多人不愿做明朝的奴隶，因此后陈朝又能延续数年时间。"[3]可见据越南学者

---

[1]［明］姚广孝等：《明实录》太宗卷一百五十八，"中央"研究院历史语言研究所，1962年，第1803页。
[2]［明］姚广孝等：《明实录》太宗卷一百五十八，"中央"研究院历史语言研究所，1962年，第1803页。
[3]［越］陈重金：《越南通史》，戴可来译，北京：商务印书馆，1992年，第139页。

研究，在明成祖对越南的短暂统治期间政局并不稳固。对此，明成祖从思想文化方面颁行政策："明成祖令张辅搜访山林隐逸，怀才抱德、明经能文者，送至金陵，颁赐品衔，然后令其还国，使任府官州官。"①明成祖广罗通晓儒家经典的越南文人，令其管辖越南各州府，以期借助儒家思想巩固统治。明统治者在越南颁行的一系列文教政策基本同于当时明朝制度，这有利于在文化上同化越南当地居民，推动越南的内地化。明统治者将《四书五经》《性理大全》作为巩固统治的思想根据，因此也颁赐儒家经籍至越南，这种情况一直持续到越南人从华侨处习得印刷技术，越南本土方能自行刊刻儒家经典，并禁买中国书籍。

第二，出于排斥佛道、发展越南儒学的目的。越南长期属于崇佛的国家，其中尤以李朝、陈朝时期佛教最为势盛：明朝设置交阯郡时，佛教、道教在安南有相当的势力，在普罗大众中影响较广；陈朝儒、佛、道三教并行，佛教为越南国教；陈朝末年，越南儒生开始有意识地排斥佛道影响，抬升儒学地位。明统治者颁赐《五经大全》至越南，始于越南陈朝末至后黎朝初，此时正处于越南儒学超越佛教影响力、上升首要地位的重要时段。《大南郡县风土人物略志》记载："自明成祖颁定五经、四书、《性理大全》于府州县学，而文学始渐发达，至黎而文献得称于中国矣。"②可见明统治者此时一方面广兴地方学校，并以儒家经籍为教授内容；一方面面向佛道设立宗教管理机构，加强对僧侣道士等布道者的管理。据《大越史记全书》记载："黎圣宗光顺八年（1467）初置五经博士，时监生治诗、书经者多，习礼记、周易、春秋者少，故置五经博士，专治一经，以授诸生。"③可见后黎朝时期越南儒学虽发展迅速，但其中专门研究易经的学者较少，因此经官方颁赐流入越南的《易经大全》能够作为权威范本，推动越南儒学发展。

第三，出于颁定科举教材、培养官员和儒学人才的目的。明时越南科举制度已较为成熟，《五经大全》的传入，对越南设立初期的科举制度自我更新和完善具有促进意义。《大越史记全书》载："绍平元年（1434）八月，定取士科……其以绍平五年，各道乡试，六年会试都省堂，自此以后三年一大比，率以为常。"④明朝在越南各府、州、县建立学校，建设科考制度后，便顺利将越南地区纳入了全国的教育系统。明王朝作为宗主国颁赐《五经大全》至越

---

① 〔越〕陈重金：《越南通史》，戴可来译，北京：商务印书馆，1992年，第139页。
② 佚名：《大南郡县风土人物略志》，越南汉喃研究院藏抄本，编号 A.1905。
③ 〔越〕吴士连、黎文休等撰，陈荆和编校：《大越史记全书》卷二黎纪二太宗，东京大学东洋文化研究所，1982年，第662页。
④ 〔越〕吴士连、黎文休等撰，陈荆和编校：《大越史记全书》卷二黎纪二太宗，东京大学东洋文化研究所，1982年，第662页。

南，对越南科考内容与形制的发展具有重要意义。此外，台湾学者耿慧玲据越南《历朝宪章类志·科目志》和《山居杂述·试法》有如下结论："后黎朝科举……初期五经共考一题，至洪德时五经每经三题，考试者每经选一题作答。"①可见越南在后黎朝时期，科举形式逐渐成熟，命题内容上五经的占比提高。可见明统治者颁赐至越南的五经、四书、《性理大全》，正是后来越南黎朝统治者千方百计从中国求购之书，也是黎、阮两朝科考的主要参考来源。自永乐十五年（1417）起，明统治者定期选拔越南各级学校的优秀生员，送至明朝最高学府国子监就读。据《殊域周咨录》载："在国都置国子监。则有祭酒、司业、五经博士、教授之官以教贡士辈。又有崇文馆、秀林局，则有翰林院兼掌官，以教官员子孙崇文秀林儒生辈。在各府则制学校文庙，有儒学训导之官，以教生徒辈。"②越南在人才培养上效仿中国，以儒家经典作为教授内容；明王朝作为越南的宗主国，通过官方颁赐途径让《易经大全》流传至越南，也是出于帮助越南教育人才的需要。

（二）越南官方刊刻

据越南目录学家陈文玾《北书南印板书目》记载，中国本《易经大全》《五经节要》《五经体注》《五经大全》等书都曾被越南重新刊行。明内府刻本《五经大全》作为底本被越南统治者翻刻，并分送至越南各地，即为越南官刻本。自黎利建国以来，后黎朝与明朝之间的文化交往十分频繁，中国发达的封建文化典籍诸如四书五经等大量流入安南。越南官方刊刻《四书大全》《五经大全》，多发生在后黎朝，尤其是黎圣宗、黎纯宗统治年间。越南统治者受中国传入文化影响，也通过刊刻推行儒家经典、培养儒学人才、设立教育机构等方式，大力支持儒学发展。

越南绍平二年（1435），黎太宗便命少保黎国兴释奠于先师孔子，并将中国《四书大全》新版刊成，距永乐二十年（1422）明王朝颁赐《四书五经大全》至越南仅有13年，越南便已翻刻中国本《四书大全》，形成越南官刻本。光顺八年（1467），越南统治者黎圣宗颁五经官版于国子监，并修建书板库于文庙，用以储存越南官刻书板。可见此时已有明确史料记载越南统治者官方刊刻《五经大全》并储藏书板，以供后续刊行和流传。可见越南自后黎朝起便已翻刻《五经大全》，并在其境内刊行官刻本。但据越南国家图书馆藏及《越

---

① 耿慧玲：《越南黎朝科举制度在儒学教育上的作用试析》，《教育与考试》，2017年第3期，第38页。
② ［明］严从简撰、余思黎点校：《殊域周咨录》卷六，北京：中华书局，1993年，第238页。

南汉喃文献目录提要》等书可考，越南后黎朝时官刻本五经大全目前已不可见，且与越南国图现存《遵补御案易经大全》版式极为相近的越南本《遵补御案书经大全》《礼记大全》均为中国五云楼藏板本或越南书坊刻本。因此笔者判断，现藏于越南国图的《遵补御案易经大全》并非越南官刻本。

《易经大全》经由越南官方刊行并在其境内流传，出于以下需要：

越南科举制度建立和发展的需要。绍平元年（1434）越南后黎朝科举制度正式建立，绍平二年（1435）越南官方刊刻《五经大全》，二者发生时间相近，侧面证实越南官方刊行中国本《五经大全》，一定程度上出于完善科举制度、培养经学人才的需要。且据《大越史记全书》载，越南科举考试中四书五经内容占比较高：光顺三年（1462），乡试科目有"第一场四书经义共五道，第二场制诏表用古体四六，第三场诗用唐律、赋用古体骚选，第四场策一道"[①]。越南科考第一场便从四书、五经中加以命题，较为重视学子对儒家经典的理解。由此可知，越南统治者出于效仿明代科举制度的需要，命越南政府刊行《易经大全》等儒家经典，推广该类书籍在越南士大夫阶层广泛流传。

保护本国书籍业、出版业发展的需要。越南后黎朝虽归明王朝管辖，但当地民众对明王朝并非真心臣服，正如越南学者陈重金评价："向中国求封和朝贡，乃是势不得已，因为越南与中国相比大小悬殊，且越南独处南方全无屏障羽翼，这样若一味敌对抗拒则永无和平。虽表面屈居人下，但内里仍坚持独立自主，这也是一种机智巧妙的外交。"[②]可见后黎朝统治者虽臣服明朝，但在国内施政时努力摆脱明王朝的干预和影响。这一倾向体现在出版行业，便是越南统治者通过自行刊刻书籍来保护当地出版业发展。据《钦定越史通鉴纲目》："龙德三年（1743）春正月，颁赐《四书五经》各处学官，先是遣官校阅五经北板，刊刻书成颁布，令学者传授，禁买北书。"[③]可见当时越南极为重视本国出版业发展，越南官方刊刻《五经大全》等儒家经典并加以推行，一定程度是为了禁止越南学者购买中国书籍。

综上可知，15世纪中叶越南统治者通过官方刊行方式促进越南本《五经大全》的流通，一定程度上出于鼓励科举发展、便利考生学习、降低书籍生产成本，以及保护当地出版业发展等目的。但囿于越南出版业不够发达、当地气候湿热书籍难以保存等原因，越南官刻本《五经大全》现已不存。

---

① 〔越〕吴士连、黎文休等撰，陈荆和编校：《大越史记全书》卷二黎纪二太宗，东京大学东洋文化研究所，1982年，第646页。
② 〔越〕陈重金撰、戴可来译：《越南通史》，北京：商务印书馆，1992年，第168页。
③ 潘清简等撰：《钦定越史通鉴纲目》，越南汉喃研究院所藏刻本，编号A.1/1-9。

（三）越南书坊刻书

中国颁赐和越南官刻的经部文献，主要流行于越南国子监、国学等士大夫阶层的学习场所。然《易经》在越南不仅作为科举考试教材流行于士大夫阶层，同时也作为数术类书籍流行于越南平民阶层，仅靠明王朝赐书和越南官方刊刻，难以满足各阶层读者的阅读与收藏需求。因此越南本土刻坊对中国本《遵补御案易经大全》进行翻刻，促进该书在越南境内的广泛流传。

越南刻书坊在中国影响下发展较快，当地刻书坊多以"某文堂"为名号。张秀民先生指出："河内除官刻外书坊林立，多集中在行核庯和扶拥望祠，有会文堂、广盛堂、观文堂、盛文堂等。"[1]可见越南阮朝时期刻书业发达，许多刻书坊在河内省聚集，其中曾刊刻《五经大全》的"盛文堂"便是越南河内大型刻书坊。对于盛文堂的经营时间，越南汉喃研究院现藏有阮朝绍治三年（1843）盛文堂印本《赋则新选》、嗣德丁丑年（1865）盛文堂重刊本《寿梅家礼》、成泰十四年（1902）盛文堂刻本的《女秀才新传》《潘陈新传》；巴黎藏有阮朝嗣德三十年（1878）年盛文堂刻本《阳节演义》、阮朝同庆三年（1888）盛文堂刻本《三字经解音演歌》。据此可知越南刻书坊盛文堂主要在阮朝时期运营，该刻坊所刻书籍内容广泛，包括越南本土戏曲小说、蒙学类书籍、经部书籍、策文集等，大多为当时的流行书。

越南国图本《易经大全》的牌记与版心并未记载刻坊与刻书时间，但越南国图现藏有题为"嗣德十四年仲夏吉日新镌"的盛文堂刻本《遵补御案书经大全》；国内河南保定民间藏书家张旭先生藏有越南阮朝嗣德十四年（1861）《遵补御案诗经大全》。对校以上二书经眼内容，发现其同为四周双边，半页12行22字，黑鱼尾，鱼尾上为书名，鱼尾下为篇名及页数，刊刻字体也相近。据版式判断，越南国家图书馆藏《书经大全》与我国民间藏书家收藏的越南本《诗经大全》，或同为越南盛文堂藏版、镌刻于嗣德十四年（1861）的版本。上述二书同属五经，因此笔者推断，阮朝嗣德十四年（1861）越南刻坊盛文堂应是刊刻了整部《五经大全》，其中《遵补御案易经大全》亦应在其列。综上所述，越南河内刻书坊盛文堂大致在越南阮朝时期刊刻书籍，该刻坊所刊书籍内容广泛，包括越南本土戏曲小说、蒙学类书籍、经部书籍、应试策文集等。越南国家图书馆现藏《遵补御案易经大全》中虽未明确标注刻书时间和刻坊，但笔者将其与阮朝嗣德十四年盛文堂刻本的《遵补御案书经大全》进行版本对校，发现二者在版框、行款、鱼尾、版心、字体等方面相近。结

---

[1] 张秀民：《中国印刷术的发明及其影响》，上海：上海世纪出版集团，2009年，第120页。

合上文考证越南嗣德十四年间盛文堂曾大规模刊刻整套《五经大全》，越南国图现藏《遵补御案易经大全》为河内省盛文堂刊刻，刻书时间为阮朝嗣德十四年（1861年）。

《易经大全》经由越南书坊刊刻并在其境内流传，原因如下：

阮朝时期越南刻坊技术水平提高，有能力刊行《五经大全》等大体量书籍。早在越南陈朝明宗时期，越南已具备独立制版和印刷的能力。后黎朝时期官方刻书业发展较快，儒学发展进而推动印刷术在越南的普及，后黎朝黎太宗、黎圣宗、黎纯宗年间均有官方刊刻《四书五经大全》的行为。阮朝雕版印刷术在越南更加普及，除官刻本外，河内、顺化等省云集大量刻书坊，包括盛文堂在内的书坊在阮朝时期刻书活动极为活跃。可见由于越南印刷术的发展，民间刻坊亦有能力刊刻诸如《五经大全》一类体量较大的书籍，且刻工考究、图文兼备，成书较为精致。

《遵补御案易经大全》受众广泛，需求量大，刺激当地刻坊大量刊行。越南河内盛文堂除《五经大全》外，多刊行俗文学作品（如《女秀才新传》《潘陈新传》）、蒙学类书籍（如《三字经解音演歌》）、礼教礼俗书籍（如《阳节演义》《寿梅家礼》），以及科举用书（如《赋则新选》）等。越南刻坊主要刊刻的书籍类型与当地学堂所刊刻书籍类型相近，"刻书的功利色彩强烈、大众口味浓郁"[1]。作为越南刻书体量最大的方式，越南刻坊所刊行的书籍主要为了迎合普通民众的阅读兴趣和需要，通过越南刻书坊刊行并流传的诸如《遵补御案易经大全》等经部文献，其传播儒家思想的培养精英文化和特点减弱。此类书籍主要作为科考范本，经由当地书坊刊刻并发售，在社会各阶层受众中广泛流传。

越南民众对《易经》态度的转变。据越南学者阮氏翠幸介绍，陈朝及之前的越南对于中国传入的《易经》是全盘接受的态度："学者们尚不够成熟对《易经》进行自我诠释，他们忠于宋朝诠释作品，少有自己的评语。"[2]发展到黎朝、阮朝，越南对《易经》已有丰富研究，越南大儒纷纷对《易经》进行节要、诠释和喃译，如裴辉碧《易经大全节要演义》、黎贵惇《易肤丛说》、范廷琥《易经蠡测》、邓泰滂《周易国音歌》等。在这个过程中，《易经》逐渐走下神坛，在越南学者演音、演义的本土化过程中流行于越南民众。出于阅读群体扩大的需要，黎阮两朝的民间刻书坊广泛刊行《易经大全》等经部易类书籍，便于广大民众阅读。

---

[1] 刘玉珺：《越南汉喃古籍的文献学研究》，北京：中华书局，2007年，第124页。
[2] 〔越〕阮氏翠幸：《十三世纪至十九世纪宋儒哲学对越南儒士思想的影响》，《江南大学学报（人文社会科学版）》2017年第5期，第11-15页。

广东书坊部分书籍或刻板多经贸易往来、使臣购买等方式流传至越南，获得中国底本的越南书坊有能力翻刻中国书籍。广州、佛山等地刻坊藏板或书籍在贸易往来中，经由商人、华侨、僧侣、使臣等手流入越南，也是推动《遵补御案易经大全》一书在越南流传的原因。中国刻坊刊行并流传至越南的《易经大全》目前已不得见，但现存越南本《书经大全》除了越南国家图书馆藏河内盛文堂刻本外，尚存清康熙年间广东五云楼刊刻并流传至越南的版本（该书现由中国河北保定民间藏书家张旭收藏）。对校河内盛文堂刻本与广东五云楼刻本《遵补御案书经大全》，发现除封面书名字体、"御案"花字图形，以及首章《御制书经序》出入较大外，自《书经大全序》起的正文部分，二书在版式、鱼尾、字体等方面均十分相近。因此笔者认为，以上两版本《书经大全》的正文部分应属同一版本系统。因广东五云楼刻本刊刻时间较早，本文认为越南盛文堂所刻《书经大全》，乃是从广东五云楼购入书板或翻刻五云楼版《五经大全》。

（四）越南文人自购、广东书坊代刻

广东地区是中国与越南书籍交流的枢纽，明清时期，广东的广州、佛山等地私人刻书业兴盛，大型刻书坊遍及粤东各地。据越南燕行文献《粤行杂草》载，越南使臣汝伯仕曾出使广东奉命购买官书："余在广东购买官书，每访书庯，见环城者二十余。皆堆积书籍，重架叠级，不知数，问其名目，则彼客各以本庯书目示，皆至一二千余名。间经数月购，惟筠清行为多。"[1]可见由于地理位置优势及较为成熟的刻书技术，越南使臣在燕行途中多在上述地区选购官书，越南商人亦多前往广东书坊购书或委托书坊代刻书籍并运到越南销售，其中以五云楼、拾介园等大型刻书机构为代表。广东书坊的刻书和销售活动，使我国善本文献在越南广泛流传，为中越书籍及文化交流架起"海上桥梁"。

据《越南汉喃文献目录提要》及越南国家图书馆的馆藏可知，法国巴黎现藏有康熙丁酉年（1717）镌刻的五云楼本《礼记大全》，越南国内藏有康熙丙寅年（1686）镌刻的五云楼本《礼记大全》。可见《五经大全》在中国流传的途径，不仅有中国颁赐、越南官方刊行、越南刻书坊刊刻，亦有越南文人委托中国刻坊进行刊刻或从广东书坊购置等方式。目前中国民间藏书家藏有五云楼刻板的《遵补御案书经大全》，该书为四周双边，半页12行21字，黑鱼尾，鱼尾上为书名"书经大全"，鱼尾下为篇名及页数，版心下偶有刻"五

---

[1] 〔越〕汝伯仕：《粤行杂草》，越南汉喃研究院所藏248页抄本，编号 VHv1792/2 号。

云楼"字样，全文有越南文人的朱笔圈点和评注，可证广东佛山书坊五云楼曾刊刻《五经大全》并发售至越南。

对于"五云楼"，国内现存清"东山云中道人"所撰《唐钟馗平鬼传》一书，该书牌记标明"乾隆乙巳五十年广东凤城五云楼刻本"。五云楼位于广东凤城（即今佛山顺德），清属广州府管辖，运营时间主要在清康熙乾隆年间。目前已难寻广东五云楼刊刻并流传至越南的《遵补御案易经大全》底板，但据《越南汉喃文献目录提要》记载及中国民间藏书家的收藏可知，在清康熙年间确有广东五云楼刊刻的《诗经大全》与《书经大全》传入越南。五云楼位于佛山顺德，在明清时期是重要的书籍刊行地，越南使臣或文人通过前往广东书坊购书、委托广东书坊刻书的方式，将中国书籍带至越南。但随着越南刻书技术的成熟及越南独立意识的增强，统治者为保护当地书籍下令禁买北书，使得由中国书坊刊刻并流传至越南的书籍日益稀见，这也是五云楼刻本《遵补御案易经大全》现已不得见的原因之一。五云楼本《遵补御案易经大全》虽已不得见，但可以肯定的是，广东书坊在发售中国书籍至越南以及受越南人委托代刻书籍等过程中承担了重要功能。

越南文人自广东书坊五云楼购置《遵补御案易经大全》等五经书籍，并将其流传至越南，主要有以下几方面原因：

清代广东佛山、广州等地教育事业发展，刻书业兴盛。清朝时期广东等地的刻书业在全国影响力较大，书坊数量在当时仅次于北京、苏州，排全国第三位。老城区学院前、九曜坊、双门底一带有七十余家书坊聚集。广州、佛山等地文化产业发达，有足够能力刊刻书籍对外发售。且清代两广地区地方官员重视文教事业发展。据《清史稿》载："仪征阮元督粤，震泽任兆麟见钊所校字林，以告元，元惊异，延请课子。"[①]《清代学人列传》亦载："阮文达督粤，开学海堂课士。"道光年间阮元督查越南，通过兴办书院选拔人才的方式，大力促进了广东一带的思想文化发展。明清时期书院的兴盛和求学子弟的增多，从学术上为广东地区的文化产业提供质量保证，推动了广东地区刻书业发展。

明清时期越南与两广各领域交往密切，越南使臣在燕行途中多经过广东，并于此处购置或委托佛山等地刻坊代刻书籍。越南使臣潘辉泳《𬨎轩丛笔》记载："黎正和以前，使舟至此顺流东下，经肇庆府封川、清庆、高要三县水，

---

① ［清］赵尔巽等撰：《清史稿》卷四百八十二列传二百六十九儒林三《曾钊》，北京：中华书局，1977年，第13280页。

至广东广州省城……粤东一境，人物膏华，阅眼尤为爽适。"①可见明清时期越南使臣进入中国朝贡的路线多经过广州，面对热闹繁华的广州府，越南使臣"阅眼爽适"，燕行途中亦多发生两国经济文化等方面的交流互动。历史上五云楼多为越南使臣代刻书籍或将中国书籍出售给越南文人，越南使臣邓辉㷹于同治四年（1865）赴粤，燕行途中曾托广东五云楼代刻书籍："奉将原录制书八道，辑成一卷，冠以小引，颜曰邓氏家美。秋七月，携至广东，付五云楼明梓。"②越南使臣阮述亦曾于嗣德三十六年（1883）前往五云楼购置书籍："初七日……至五云楼买书，楼已失火，移居他店，书籍亦多残缺。"③可见历史上广东佛山顺德书坊五云楼的确存在向越南文人出售中国书籍或为越南使臣代刻书籍的活动。但越南使臣委托广东书坊代刻的书籍主要为越南书籍，《遵补御案易经大全》作为中国本文献，应是通过五云楼等书坊刊刻后对外发售，经越南人购入后流传至越南。

综上可知，明清时期中国古籍多由广东书坊刊刻发售，经越南使臣、文人、商人、僧侣等媒介流传至越南。上文已证实，越南河内盛文堂本《遵补御案书经大全》与五云楼刻板《遵补御案书经大全》版本相近，应为五云楼藏板流传至越南或五云楼刊刻该书并发售至越南。由此可知，广东佛山书坊五云楼在清朝时期，存在大量向越南使臣、文人、书商等发售书籍及刻板的行为，其中便包括《遵补御案易经大全》等经部文献。

六、结　语

自两汉以来，出于国力强盛、文化昌明等原因，汉文化在周边国家及地区的影响力逐渐扩大，其中越南在在历史上主动学习中国文化，吸纳中国书籍流入，有"文献之邦"的美誉。书籍作为文化的重要载体，通过两国之间诸多渠道的书籍交流，对越南儒学等本土思想文化的构建具有深远影响。中越书籍交流中的经部文献数量虽然不敌子部和史部那般庞大，但作为规范学术、发展科举、传播儒学的书籍，经部文献的流入对越南社会文化产生了重要影响。其中，自中国传入越南的经部易类书籍同时兼具经部文献和数术书籍两种身份，更是以不同的书籍形态在越南文人士大夫阶层及庶民阶层中广

---

① 〔越〕潘辉泳：《辕轩丛笔》，葛兆光、郑克孟主编：《越南汉文燕行文献集成》第11册，上海：复旦大学出版社，2010，第24页。
② 引文出自《邓黄中诗钞》第八草钞《登进〈邓家世美全集〉恭纪》诗前小序。（参见刘玉珺：《从清代粤越地方文献看中越书籍交流》，《中国文化研究》2017年第1期，第169-180页）
③ 〔越〕阮述撰、陈荆和注：《往津日记》，香港中文大学出版社，1980年，第25页。

为流传。

越南国家图书馆、越南社会科学翰林院所属汉喃研究院图书馆、法国远东学院图书馆、法国国家图书馆东方写本部、法国亚洲学会图书馆、东方语言学院、法国吉美博物馆等藏书机构现存大量越南汉喃古籍。但目前学界权威的《越南汉喃文献目录提要》与越南国图对书籍部分信息的整理存在疏漏：《易经蠡测》撰者应为越南大儒范廷琥，据内容可知该书与越南国家图书馆藏《蠡测问答》应为同一本书；《提要》中载《周易国音歌》现存全为印本，但越南国家图书馆藏有抄本《周易歌诀》，其内容为印本《周易国音歌》自35页起的正文部分，且抄本与印本版式相近，均分为上下两栏，上栏为解经，下栏为喃文歌；越南国家图书馆载《易肤丛说》作者为范廷琥，而《提要》载该书作者为黎贵惇，笔者考《越南汉文燕行文献集成》《历朝宪章类志·文籍志》等书证实，《易肤丛说》作者确为黎贵惇；《提要》载《易春精义》作者为"中国武林黄、淦伟文"，但据笔者考证，该书撰者应为乾嘉时期学者黄淦，武林为地名，位于今广西平南县武林镇。在上述研究基础上，笔者对《提要》所载经部易类文献进行总结，并将越南国图所藏经部易类文献收录其中，以表格形式较为全面展示现存越南汉喃文献经部易类书籍的整体面貌。

对于越南国图本《遵补御案易经大全》刊刻及传入越南时间及撰者的考证：中国本《易经大全》成书于明永乐十三年（1415），撰者为胡广、杨荣、金幼孜等人，卷首为《易序》。越南本中首章《易序》消失，取而代之的是康熙所撰《御制周易序》，根据内容考证应为康熙五十四年（1715）《御纂周易折中》的序言，且越南国图本《遵补御案易经大全》其撰者也误刻为"金幼牧"。据笔者考证，清邹圣脉纂辑《寄傲山房塾课纂辑御案易经备旨》首章便为"御案周易序"，可见清朝多种《周易》校注本，书前均会以康熙五十四年撰"御制周易折中序"为序言，并因书名对序名进行修改，借该序定论书籍的成书时间有失偏颇。据越南国图本《遵补御案易经大全》的刊刻字体、《御制周易序》的插入，以及越南本《书籍大全》镌刻时间判断，越南国图本《遵补御案易经大全》的成书、刊刻及传入时间应在清康熙年间之后。

关于越南本《易经大全》的版本研究。目前越南国家图书馆收录的《遵补御案易经大全》具有以下版本信息：越南国图本《遵补御案易经大全》为中国重抄重印本，内容取自董真卿《周易会通》、胡方平《易学启蒙通释》、张清子《周易本义附录集注》、吴澄《易纂言》、胡炳文《周易本义通释》等。首章《御制周易序》为半页五行，行九字，四周双边，无鱼尾，版心记序名及书名，多简称，字体为楷体字；自"周易程子传序"始，为半页12行22字或23字，四周单边，黑鱼尾，书名刻鱼尾上，篇名及页数刻鱼尾下，字体为方体字；首章《御制周易序》应为清康熙五十四年李光地纂《御制周易折中》一书序言，清纂书者改序言名称为《御制周易序》。

关于中越《易经大全》的比较研究：作为明官方纂修的经部书籍，明清时期《易经大全》在我国官方及民间均有刊刻，对此笔者对现存中国本《易经大全》进行整理，并对其刊刻时间、版本版式等进行研究整理。笔者将其与现可经眼的明内府刻本、明坊刻本、清内府刻本、清部分坊刻本进行版本对校，发现其间均存在版式差异，最后发现清康熙年间五云楼刊刻并发售至越南的《遵补御案书经大全》与越南国图馆藏《易经大全》书籍形态相近，并据此判断越南国家图书馆藏《遵补御案易经大全》与广东佛山五云楼刻《五经大全》属同一版本系统。

关于越南本《易经大全》的流传途径研究。有史可证越南国图本《遵补御案易经大全》确曾经由中国官方赐书、越南官方刊行、广东书坊发售、越南书坊翻刻共计四种方式流入越南，并被越南儒者进行节要诠释，呈现出具有本土特色的书籍形态。在证实该书通过上述途径流传至越南的基础上，笔者对该书得以经由以上方式进行流传的原因进行分析，最终详细展现中国经部易类文献流传至越南的方式和原因。

参考文献

古籍：

[1] ［明］胡广等，撰. 周易传义大全. 明永乐十三年内府刻本.

[2] ［宋］周密. 武林旧事. 明嘉靖三十九年陈柯刻本.

[3] ［明］严从简，撰. 余思黎，点校. 殊域周咨录. 北京：中华书局，1993.

[4] 台湾"中央研究院"历史语言研究所校勘. 明实录. 台北："中央研究院"历史语言研究所，1962.

[5] ［清］张廷玉，等，撰. 明史. 北京：中华书局，1974年.

[6] ［清］穆彰阿.（嘉庆）大清一统志//四部丛刊续编. 上海：商务印书馆，1934.

[7] ［清］赵尔巽，等，撰. 清史稿. 北京：中华书局，1977.

[8] ［清］王士禛. 池北偶谈//丛书集成三编. 北京：商务印书馆，1935.

[9] ［清］黄淦. 锋剑春秋. 清光绪二年（1876）刻本.

[10]［清］顾祖禹，撰. 贺次君，施金和，点校//读史方舆纪要. 北京：中华书局，2005.

[11]［清］纪昀，等，纂. 四库全书总目提要. 北京：中华书局，1997.

[12]［清］阮元，陈昌齐，等，纂. 广东通志//续修四库全书. 北京：商务印书馆影印清道光二年刻本，1934.

[13]〔越〕潘清简，等，纂. 钦定越史通鉴纲目. 越南汉喃研究院所藏刻本，编号 A.1/1-9.

专著：

[1] 陈梦雷. 古今图书集成. 北京：中华书局影印清雍正武英殿铜活字本，1934.

[2] 〔日〕山本达郎. 越南中国关系史年表. 秦钦峙，译. 昆明：云南省东南亚研究所，1983.

[3] 陈荆和. 大越史记全书（校合本）. 东京：东京大学东洋文化研究所，1984.

[4] 郭振铎，张笑梅. 越南通史. 北京：中国人民大学出版社，2001.

[5] 〔越〕陈重金. 越南通史. 戴可来，译. 北京：商务印书馆，1992.

[6] 王小盾，刘春银，陈义. 越南汉喃文献目录提要. 台北："中央研究院"中国文哲研究所，2004.

[7] 刘玉珺. 越南汉喃古籍的文献学研究. 北京：中华书局，2007.

[8] 陈益源. 越南汉籍文献述论. 北京：中华书局，2011.

[9] 张秀民. 中国印刷术的发明及其影响. 上海：上海世纪出版集团，2009.

[10] 张伯伟. 域外汉籍研究入门. 上海：复旦大学出版社，2012.

[11] 汪向荣. 古代中国关系史话. 北京：中国青年出版社，1999.

[12]〔法〕克劳婷·苏尔梦. 中国传统小说在亚洲. 颜保，等，译. 北京：国际文化出版公司，1989.

[13] 朱云影. 中国文化对日韩越的影响. 台北：黎明文化事业公司，1981.

[14] 李焯然. 中心与边缘：东亚文明的互动与传播. 桂林：广西师范大学出版社，2015.

丛书：

[1] 复旦大学文史研究院，越南汉喃研究院. 越南汉文燕行文献集成（越南所藏编）. 上海：复旦大学出版社，2010.

[2] 文渊阁四库全书. 台北：台湾商务印书馆，1986.

[3] 续修四库全书. 上海：上海古籍出版社，2002.

[4] 四库全书总目. 北京：中华书局，1956.

[5]〔清〕蒋廷锡，陈梦雷，等. 古今图书集成. 北京：中华书局影印清雍正武英殿铜活字本，1934.

[6] 沈津. 美国哈佛大学哈佛燕京图书馆藏中文善本书志. 桂林：广西师范大学出版社，2001.

[7] 《中国古籍善本书目》编辑委员会. 中国古籍善本书目. 上海：上海古籍出版社，1989.

[8] 《中国古籍总目》编纂委员会. 中国古籍总目. 北京：中华书局，上海：上海古籍出版社，2012.

论文：

[1] 刘玉珺.《越南汉喃文献目录提要》商榷，新国学（第六册）. 成都：巴蜀书社，2006.

[2] 刘玉珺. 从清代粤越地方文献看中越书籍交流//中国文化研究，2017年春之卷.

[3] 刘玉珺. 越南古籍目录概略. 文献，2006（4）.

[4] 刘玉珺. 越南使臣与中越文学交流. 学术研究，2007（1）.

[5] 刘玉珺. 中越古代书籍交流考述. 文献, 2004 (4).

[6] 何仟年. 中国典籍流播越南的方式及对阮朝文化的影响. 清史研究, 2014 (2).

[7] 何仟年. 越南传入古籍略考. 文献, 2003 (2).

[8] 何仟年. 中国历代有关越南古籍述考. 西南师范大学学报（人文社会科学版）, 2002 (6).

[9] 李焯然. 越南史籍对"中国"及"华夷"观念的诠释. 复旦学报（社会科学版）, 2008 (2).

[10] 李焯然. 文明汇通：儒家思想与外来文明的接触与融合//国际儒学研究（第二十三辑）. 北京：九州出版社, 2014.

[11] 陈益源. 中国明清小说在越南的流传及影响. 上海师范大学学报（哲学社会科学版）, 2009 (1).

[12] 陈益源.《易经》在越南的流传、翻译与影响. 华西语文学刊（第十一辑）. 成都：四川文艺出版社, 2015.

[13] 李庆新. 清代广东与越南的书籍交流. 学术研究, 2015 (12).

[14] 李杰玲. 清代粤越两地汉籍交流与诗歌唱和. 广东第二师范学院学报, 2016 (2).

[15]〔美〕理查德·史密斯. 全球视角中的《易经》：几点思考, 侯一菲, 译. 国际汉学, 2020（增刊）.

[16]〔越〕陈文珥. 对越南三部哲学古籍的考察. 罗长山, 译. 东南亚纵横, 1996 (2).

[17]〔越〕阮氏翠幸. 十三世纪至十九世纪宋儒哲学对越南儒士思想的影响. 江南大学学报（人文社会科学版）, 2017 (5).

[18]〔越〕丁克顺. 越南儒学研究的历史与现状. 复旦学报（社会科学版）, 2013 (6).

[19] 郑幸. 越南使臣入清京师路线考述. 历史地理（第三十五辑）. 上海：复旦大学出版社, 2017.

[20] 郑幸. 从刻工题名看清代刻书业的地域变迁与异地流动. 中国出版史研究, 2021 (1).

[21] 朱人求, 王玲丽. 衍义体在东亚世界的影响及其衰落. 社会科学战线, 2011 (3).

[22] 谢辉.《周易传义大全》纂修新探. 中国典籍与文化, 2019 (1).

[23] 耿慧玲. 越南黎朝科举制度在儒学教育上的作用试析. 教育与考试, 2017 (3).

[24] 陈文. 科举取士与儒学在越南的传播发展——以越南后黎朝为中心, 世界历史, 2012（5）.

[25] 蒋玉山. 后黎至阮初越南封建统治者建构越南主流意识形态——儒学的主要措施. 东南亚纵横, 2007（9）.

欧阳修、梅尧臣唱和诗歌研究

姓　　名：杨盛果　　　指导教师：李　栋

【摘　要】 宋天圣九年（1031）至嘉祐五年（1060），欧阳修和梅尧臣始终保持着频繁的唱和，留下了一百余组唱和诗。欧梅唱和诗的创作呈现出阶段性特点，其诗歌风格与题材范围在不同时期的变化，反映了二人诗歌创作的整体演变历程。欧梅唱和诗通过劝慰、戏谑、共挽等方式传达了二人长久而深厚的友谊，同时又因作者身份境遇的不同，在叙述的内容和角度方面显示出较大的差异。

　　以创作手法而论，欧梅唱和诗也表现出"同"和"异"的双重特质。在咏物写作中，欧梅将观照对象向日常与细节拓展，重视发掘物理和物趣，引入经验和知识作为诗材，从而再造新境。在运用典故时，欧梅往往交织典故与现实，大胆反思，推究事理。但两人的创作手法又各具特色：梅尧臣对物象的观照具有"审丑意识"，欧阳修则在"言他物"上更胜一筹；梅尧臣对典故的改写与反思侧重现实关怀与具体细节，欧阳修的处理则更为浪漫和抽象。

　　欧梅唱和诗对于唱和诗的发展和宋调的形成都具有承上启下的重要意义。欧梅唱和诗不仅将"诗可以群"的功能推向了一个新高度，在创作上也显现出了宋调的美学新质。

【关键词】 欧阳修；梅尧臣；唱和诗；交谊

教师评语：

　　大致来看，学术界关于欧阳修与梅尧臣之唱和诗歌的研究，在对文本特征整体把握和细致分析方面，仍留有可深入的空间。这篇论文以此为核心展开论述，在全面梳理与欧梅诗歌唱和有关的史实与文化背景的基础上，重点考察了这批诗歌中所呈现的欧梅诗歌文本特征之异同。论文首先全面搜集了欧梅唱和诗歌，在此基础上从"社会功能"和"创作手法"两方面展开分析，脉络清晰，结构合理。作者结合欧梅二人的身份、诗学观念、诗歌唱和的社会功能等，认为欧梅唱和诗因作者身份境遇的不同，在叙述的内容和角度方面显示出较大的差异；结合宋初诗歌创作与诗学观念发展的具体情况，通过扎实细致的文本分析，较为充分地说明了欧梅在体物和运用典故方面既有共同追求，又各具特色。论文行文流畅，论证有序，征引较广，体现出作者较为优秀的写作能力。

一、绪　论

1. 选题意义

欧阳修和梅尧臣，一个是当时的文坛盟主，一个是宋诗的开山祖师，都在北宋中叶的诗风革新中做出了卓越的贡献。欧阳修，字永叔，是北宋中期著名的政治家、杰出的文学家和史学家，对北宋古文运动做出了重要贡献。梅尧臣，字圣俞，是北宋诗坛上在苏轼以前最富盛名的诗人之一。相比于欧阳修的诗文兼修，梅尧臣专力于诗，开创了宋诗不同于唐诗的独特面貌，被刘克庄推为宋诗的"开山祖师"[1]。两人既是生活上的挚友，又是诗文往来的文友，同时共同致力于文学改革。自天圣九年（1031）在洛阳结识至嘉祐五年（1060）梅尧臣去世的三十年间，他们都保持着频繁的诗文往来，这在北宋士大夫交往的历史上实属罕见。据笔者统计和整理，欧阳修梅尧臣唱和诗歌（以下简称"欧梅唱和诗"）现存一百余组，在各自的唱和诗中都占到了很大比例，足以窥见两人情谊之深厚、性情之相投、诗风之相通。

唱和在中国古代诗歌史上具有悠久的文学传统。据赵以武考证，东晋末以前无唱和诗，唱和诗最早可以追溯至东晋末年的陶渊明时代，现存最早的唱和诗是陶渊明酬和其友人所写的《和刘柴桑》《和郭主簿二首》和《答庞参军》。中唐以前，唱和都是"和意不和韵"的[2]，也就是说，和作要对原作的立意予以回应，而不用原作的韵脚。到了元稹、白居易时代，才开始兴起"和韵"之风。从和韵的情况来看，和诗可以分为"次韵""用韵"（"和韵"）"依韵"。其中"次韵"要求最高，讲究"依次押韵，前后不差"[3]，即原作与和作不仅要韵字相同，还要用韵次序一样；"用韵"与"和韵"同义，是指原作与和作韵字相同，但用韵次序可以不同；"依韵"是指原作与和作的韵部相同，但韵字不一定相同。

宋代的唱和诗在保留了中唐以前"和意不和韵"传统的同时，也延续了元、白开创的"和韵"风气，"和意不和韵""和韵不和意""和意兼和韵"都有大量作品传世，这在欧梅唱和诗中也得到了充分的体现。严羽在《沧浪诗话·诗评》中指出："和韵最害人诗，古人酬唱不次韵，此风始盛于元白皮陆，

---

[1] ［宋］刘克庄：《后村诗话》，北京：中华书局，1983年，第22页。
[2] 赵以武：《试论中唐以前唱和诗的特点与体制》，《甘肃社会科学》，1997年第3期。
[3] 见于［清］赵翼《瓯北诗话》，郭绍虞编选、富寿荪校点：《清诗话续编》，上海：上海古籍出版社，1983年，第1175页。

而本朝诸贤，乃以此斗工，遂至往复有八九和者。"①不得不承认，文人之间的唱和活动存在争奇斗胜、逞才使气的创作心态，这也致使部分为了次韵而次韵的诗作在生搬硬套的押韵游戏中丧失了艺术的生命力。然而，从西昆唱和到欧梅唱和，再到苏门唱和，文人唱和活动贯穿了整个北宋，唱和诗在数量上也占到了宋诗的很大比例，其中不乏名篇佳作。另外，欧梅唱和的三十年既是北宋诗风革新的关键时期，也是承接西昆唱和、开启苏门唱和的过渡阶段，对于唱和诗的发展和宋调的形成都具有承上启下的重要意义。因此，不论是从诗歌史的地位，还是从其艺术成就来看，欧梅唱和诗都有着重要的研究价值。

2. 研究现状

由于欧梅在北宋文学史乃至中国古代文学史上有着重要地位，对于他们文学作品的研究一直是学术界的热门议题。

自20世纪80年代以来，关于欧阳修的研究成果不断丰富，其中尤以洪本健的《欧阳修资料汇编》《欧阳修诗文集校注》和刘德清的《欧阳修纪年录》最具有代表性。《欧阳修资料汇编》将北宋中期至五四运动以前的研究者提出的关于欧阳修的思想和文学创作的评述综合起来，展现了欧阳修研究的历史轨迹。②《欧阳修诗文集校注》以丛刊本为底本，参照天理本、考异本等进行校勘，参考20世纪80年代以来的诸多选注本进行笺注，借助严杰的《欧阳修年谱》、刘德清的《欧阳修纪年录》等史学资料进行编年，精选了历代关于欧阳修诗文的集评③，是研究欧阳修诗文的基础文献。刘德清的《欧阳修纪年录》对谱主经历考证详实，且注重著录其师承和交游经历，着眼于欧阳修与其他文人的诗文互动，如有唱和，则在条贯下列出原唱或和诗，兼及评介代表性诗文，较为全面地展现了欧阳修的为人为文和治学从政。④可以说，经过众多学者四十余年的努力，关于欧阳修文集的版本整理、其人的生平事迹、文学和史学成就、经学思想等方面的研究已经较为完善了。正如谭家健所总结的，欧阳修研究的大致趋势是："由简略介绍而全面研究，由通俗选本而校注笺释，由文学为主而渐及其他领域，由中国大陆而海外，呈现出逐步提高不断拓展的态势。"⑤

近代研究梅尧臣的名家有夏敬观和朱东润，两人有师承关系。夏敬观选

---

① ［宋］严羽著、郭绍虞校释：《沧浪诗话校释》，北京：人民文学出版社，1961年，第193-194页。
② 参洪本健编：《欧阳修资料汇编·前言》，北京：中华书局，1995年，第4页。
③ ［宋］欧阳修著、洪本健校笺：《欧阳修诗文集校笺·前言》，上海：上海古籍出版社，2009年。
④ 刘德清：《欧阳修纪年录·自序》，上海：上海古籍出版社，2006年。
⑤ ［宋］欧阳修著、洪本健校笺：《欧阳修诗文集校笺·序》，上海：上海古籍出版社，2009年。

注《梅尧臣诗》，又有《梅宛陵集校注》，但后者未能完成。朱东润在他老师的研究成果基础上，完成了《梅尧臣集编年校注》。该书以宋荦本、残宋本和万历本为底本进行校勘，保存了夏敬观的原注，再加上自己的补注，就梅尧臣创作活动的三十年，把每一年的作品列为一卷，共三十卷[①]，是研究梅尧臣文学作品的基础文献。20世纪80年代以来，有关梅尧臣的研究成果逐渐增多。周义敢、周雷编著的《梅尧臣资料汇编》与《欧阳修资料汇编》的体例相同，辑集从北宋中叶至五四运动以前有关梅尧臣的研究资料[②]。关于梅尧臣的研究主要集中在他的诗歌上，包括后世影响、内容题材、艺术风格等方面，取得了较为丰富的成果。比较有代表性的期刊论文有张明华和魏宏灿的《论梅尧臣诗对陶渊明的接受》[③]、张廷杰的《论梅尧臣的边塞诗》[④]、秦寰明的《论梅尧臣诗歌的艺术风格》[⑤]等，学位论文有涂序南的博士论文《梅尧臣研究》[⑥]、殷三的硕士论文《梅尧臣咏物诗研究》[⑦]、施霞的硕士论文《梅尧臣诗歌研究》[⑧]等。

唱和是欧梅维系和巩固交谊的重要手段，研究欧梅的唱和诗不可避免地要关注两人的交谊的发展。对于欧梅二人之间的交谊，许多专著和论文有过论述。专著方面，涉及欧梅交谊研究的多为两人的传记类著作。这类著述品种繁多，其中尤以王水照和崔铭合著的《欧阳修传》、朱东润的《梅尧臣传》最为翔实。王水照和崔铭的《欧阳修传》在第二章的多个小节的标题中直接提及"梅尧臣"，着重交代了洛阳时期欧梅的交谊情况。[⑨]朱东润的《梅尧臣传》将欧梅的交谊放入当时大的政治环境中去考察，让读者对两人政治生活和文化生活的联系有了更深入的理解。[⑩]期刊论文方面，张仲谋的《梅尧臣、欧阳修交谊考辨》从两人的个性、政治观、文艺观等诸方面分析了欧梅二人交谊的基础，并考察了梅欧交谊的两段公案。[⑪]苏碧铨的《梅尧臣礼物酬答诗中的交游叙事》将馈赠物品视作交往媒介，考察礼物在欧梅二人交游经历中的作用。[⑫]学位论文方面，金传道的博士论文《北宋书信研究》的第八章以欧

---

① [宋]梅尧臣著、朱东润编年校注：《梅尧臣集编年校注》，上海：上海古籍出版社，2006年。
② 周义敢、周雷：《梅尧臣资料汇编·序言》，北京：中华书局，2007年。
③ 张明华、魏宏灿：《论梅尧臣诗对陶渊明的接受》，《广西社会科学》，2004年第2期。
④ 张廷杰：《论梅尧臣的边塞诗》，《宁夏大学学报》，1998年第1期。
⑤ 秦寰明：《论梅尧臣诗歌的艺术风格》，《南京师大学报》，1986年第2期。
⑥ 涂序南：《梅尧臣研究》，南京师范大学博士学位论文，2013年。
⑦ 殷三：《梅尧臣咏物诗研究》，安徽大学硕士学位论文，2006年。
⑧ 施霞：《梅尧臣诗歌研究》，四川大学硕士学位论文，2003年。
⑨ 王水照、崔铭：《欧阳修传》，天津：天津人民出版社，2013年。
⑩ 朱东润：《梅尧臣传》，武汉：华中科技大学出版社，2019年。
⑪ 张仲谋：《梅尧臣、欧阳修交谊考辨》，《徐州师范学院学报》，1992年第4期。
⑫ 苏碧铨：《梅尧臣礼物酬答诗中的交游叙事》，《北京教育学院学报》，2019年第5期。

梅写给彼此的书信为主要研究对象，通过书简透视各个时期当事人的真实心态，串联起两人三十年的交游历程。[1]罗超华的硕士论文《欧阳修交游考》以时间为序，考证了欧阳修在不同时期的交游情况，在各个时期都有提及梅尧臣。[2]

另外，针对唱和诗的研究成果也十分丰富，且主要以唐宋各个时期的文人集团为中心展开研究，对唱和诗本身的艺术特色、与文人交谊的互动关系以及在诗歌史上的意义和地位等进行探索。其中比较有代表性的专著有赵以武的《唱和诗研究》[3]、贾晋华的《唐代集会总集与诗人群研究》[4]、郭英德的《中国古代文人集团与文学风貌》[5]、巩本栋的《唱和诗词研究——以唐宋为中心》[6]等；期刊论文有卞孝萱的《元白次韵诗新探》[7]、莫砺锋的《论苏轼苏辙的唱和诗》[8]、张志烈的《苏王唱和管窥》[9]、汤吟菲的《中唐唱和诗述论》[10]、赵乐的《元白唱和诗研究》[11]、卢燕新的《白居易与洛阳"七老会"及"九老会"考论》[12]、尹楚兵的《从吴中唱和看皮陆诗派在唐宋诗史中的地位》[13]、方智范的《杨亿及西昆体再认识》[14]、熊海英的《"游戏于斯文"——论北宋集会诗歌的竞技与谐谑性质》[15]、马东瑶的《苏门酬唱与宋调发展》[16]、吕肖奂的《元祐更化初〈同文馆唱和诗〉考论》[17]等，学位论文有岳娟娟的博士论文《唐代唱和诗研究》[18]、熊海英的博士论文《北宋文人集会与诗歌》[19]、徐宇春的博士论文《苏轼唱和诗研究》[20]等。

然而，与以上丰富的研究成果相比，目前专门研究欧梅唱和诗的成果可

---

[1] 金传道：《北宋书信研究》，复旦大学博士论文，2008年。
[2] 罗超华：《欧阳修交游考》，四川师范大学硕士学位论文，2015年。
[3] 赵以武：《唱和诗研究》，兰州：甘肃文化出版社，1997年。
[4] 贾晋华：《唐代集会总集与诗人群研究》，北京：北京大学出版社，2001年。
[5] 郭英德：《中国古代文人集团与文学风貌》，北京：中国人民大学出版社，2012年。
[6] 巩本栋：《唱和诗词研究——以唐宋为中心》，北京：中华书局，2013年。
[7] 卞孝萱：《元白次韵诗新探》，载于《汉唐文史漫谈》，西安：陕西人民出版社，1986年，第357页。
[8] 莫砺锋：《论苏轼苏辙的唱和诗》，载于《唐宋诗歌论集》，南京：凤凰出版社，2007年，第361页。
[9] 张志烈：《苏王唱和管窥》，载于《四川大学学报丛刊》，1985年。
[10] 汤吟菲：《中唐唱和诗述论》，《文学遗产》2001年第3期。
[11] 赵乐：《元白唱和诗研究》，《北京大学学报（哲学社会科学版）》2009年第6期。
[12] 卢燕新：《白居易与洛阳"七老会"及"九老会"考论》，《河南大学学报（社会科学版）》2012年第1期。
[13] 尹楚兵：《从吴中唱和看皮陆诗派在唐宋诗史中的地位》，《中国文学研究》2004年第1期。
[14] 方智范：《杨亿及西昆体再认识》，《华东师范大学学报（哲学社会科学版）》2000年第6期。
[15] 熊海英：《"游戏于斯文"——论北宋集会诗歌的竞技与谐谑性质》，《中华文化论坛》2008年第1期。
[16] 马东瑶：《苏门酬唱与宋调发展》，《文学遗产》2005年第1期。
[17] 吕肖奂：《元祐更化初〈同文馆唱和诗〉考论》，《四川大学学报（哲学社会科学版）》2013年第3期。
[18] 岳娟娟：《唐代唱和诗研究》，复旦大学博士学位论文，2004年。
[19] 熊海英：《北宋文人集会与诗歌》，复旦大学博士学位论文，2005年。
[20] 徐宇春：《苏轼唱和诗研究》，陕西师范大学博士学位论文，2006年。

谓寥寥。以欧梅唱和诗展开研究的也只有冯婷的硕士学位论文《梅尧臣唱和诗研究》和吴大顺的专著《欧梅唱和与欧梅诗派研究》[1]。其中，冯婷的《梅尧臣唱和诗研究》在第三章对欧梅的交游唱和进行了专门地论述，按照诗歌内容，将两人的唱和诗分为"山水赏游，写景咏物""讽喻现实，感概自我""叙事抒怀，论诗言理"三类。[2]这种划分方法固然能较为全面地反映一百余组欧梅唱和诗的整体风貌，但局限在于难以深入诗歌字、词、句的使用层面，言说出同一个题材领域欧梅有别于其他诗人的独特之处。吴大顺的《欧梅唱和与欧梅诗派研究》对本文具有很强的借鉴意义。他提出"欧梅诗派"的概念，以欧梅的唱和活动为中心，勾画出欧梅诗派的发展轨迹和诗歌风格。他对欧梅唱和心理动机的探寻很有创见性，为本文考察欧梅唱和的创作实践提供了一定的理论依据。[3]然而，他的研究视角过于宏观，虽然关注到了欧梅的唱和活动，但对唱和的文本没有进行细致地分析和比较，多数时候只是概括诗歌的内容主旨。其对欧梅诗派整体风貌的考察也偏重于诗学理论层面，论述的是"欧梅想要实现什么样的审美理想"，而忽略了"欧梅如何实现这样的审美理想"，后者也是本文最为关心的问题。

另外，一些期刊论文以北宋中期的某一唱和事件为研究对象，其中包含有关欧梅唱和活动与唱和诗的论述，虽然不是对欧梅唱和诗整体观照，但不乏独到而精辟的见解，为本文对某一组唱和诗的具体分析提供参考，如吕肖奂的《宋代唱和诗的深层语境与创变诗思——以北宋两次白兔唱和诗为例》[4]、闵泽平的《王安石〈明妃曲〉辩证》[5]、尚永亮和刘磊的《欧、梅对韩、孟的群体接受及其深层原因》[6]等。它们坚持从文本出发、实事求是的文本细读法也为本文在研究方法上提供了指引。

---

[1] 据《欧梅唱和与欧梅诗派研究·后记》，该书是在作者的硕士学位论文《欧梅唱和论》的基础上修改、扩充而成的。另外，该书多个章节的主要内容先后在期刊上发表：《论欧梅唱和的分期及特征》(《求索》2003年第5期)、《宋诗新质与欧梅唱和》(《晋阳学刊》2003年第5期)、《论欧梅唱和诗的创作动机》(《学术论坛》2004年第1期)、《士子友谊与唱和诗——论欧梅唱和诗对元白唱和诗的继承与超越》(《怀化学院报(社会科学)》2004年第1期)、《欧梅唱和与宋诗新质》(《船山学刊》2004年第1期)、《论欧梅诗派的诗歌风貌》(《湖南社会科学》2009年第1期)、《论欧梅诗派及其发展历程》(《湖南社会科学》2011年第2期)。因为作者的硕士论文和以上文章的内容与《欧梅唱和与欧梅诗派研究》的内容大致相同，这里都归为《欧梅唱和与欧梅诗派研究》。
[2] 冯婷：《梅尧臣唱和诗研究》，西北师范大学硕士学位论文，2018年。
[3] 吴大顺：《欧梅唱和与欧梅诗派研究》，西安：陕西人民出版社，2008年。
[4] 吕肖奂：《宋代唱和诗的深层语境与创变诗思——以北宋两次白兔唱和诗为例》，《四川大学学报(哲学社会科学版)》，2008年第2期。
[5] 闵泽平：《王安石〈明妃曲〉辩证》，《天中学刊》，2004年第1期。
[6] 尚永亮、刘磊：《欧、梅对韩、孟的群体接受及其深层原因》，《四川大学学报(哲学社会科学版)》，2005年第4期。

3. 研究方法

（1）文献整理法

本文搜集整理全部欧梅唱和诗以及欧阳修研究、梅尧臣研究、欧梅交谊研究、唱和诗研究、欧梅唱和诗研究、宋诗学研究的相关成果，采用考证的方法梳理欧梅交谊与唱和情况，深入考察欧梅唱和诗创作的时代背景、社会环境以及作者的生命轨迹，以便知人论世、以逆其志。

（2）文本细读法

本文坚持从欧梅唱和诗的文本出发，深入字、词、句层面，对欧梅唱和诗的主旨题材、修辞方法、内部逻辑、典故内涵、思想情感等方面进行解读分析，始终关注欧梅唱和诗"怎么写"的问题，在此基础上系统阐释欧梅唱和诗的艺术特色和审美价值。

（3）比较研究法

本文将欧梅唱和诗置于某一具体的唱和活动情景中进行考察，比较欧梅在处理相同主题、题材和主旨时的异同，由此进一步分析周遭环境的客观因素对欧梅诗歌具体创作的影响，并总结归纳二人在长时间互相影响下诗风诗艺上的共同特征和不同于彼此的独特面貌。

二、欧梅交谊与唱和的情况

唱和是欧梅维系和巩固交谊的重要手段，研究欧梅的唱和诗不可避免地要关注两人的交谊的发展。尽管针对欧梅二人的交谊已经有了大量的考辨和论述，但是为了厘清欧梅唱和诗的写作背景，还是很有必要大致梳理其发展脉络。政治事务是北宋士大夫最重要的生活组成部分，政治事务的任何一个细微变化都有可能投射到士大夫的文学创作中，更不用说出世或入世、在朝或在野、掌权或退闲这种剧烈的轨迹变化。有鉴于此，本文根据欧梅二人在中央和地方做官的情况，将欧梅交谊的三十年，即天圣九年（1031）至嘉祐五年（1060），分为四个时期：第一时期为天圣九年（1031）至景祐元年（1034），共四年；第二时期为景祐二年（1035）至庆历五年（1045），共十一年；第三时期为庆历六年（1046）至嘉祐元年（1056），共十一年；第四时期为嘉祐二年（1057）至嘉祐五年（1060），共四年。

1. 第一时期：天圣九年（1031）—景祐元年（1034）

这一时期从欧阳修结识梅尧臣起，到欧阳修离洛至京、梅尧臣赴任建德县结束。欧梅在这四年聚多离少，大部分时间都在洛阳，并以洛阳钱幕文人集团为中心展开交游和唱和活动。二人的唱和诗以描写洛阳的自然山水和名迹古刹为主要内容，在受到"西昆体"影响的同时又能保持清新明丽的诗歌风格。

　　天圣九年（1031），连中监元、解元、省元的欧阳修来到洛阳，补任西京留守推官，与新任的河阳县主簿梅尧臣相识于伊水河畔的午桥。二人"一见已开颜"①，从此开启了三十年的深厚友谊和频繁唱和。与此同时，欧阳修还认识了西京留守钱惟演（字希圣），以及他幕下的谢绛（字希深）、尹洙（字师鲁）、杨俞（字子聪）、王复（字几道）、张太素、张汝士（字尧夫）。其中，后五人与欧梅号为"七友"。除此之外，还有富弼（字彦国）、王顾（字公慥）、张先（字子野）、张谷（字应之）、尹源（字子渐）、孙祖德（字延仲）、孙长卿（字次公）等人②。这些钱幕文人经常在一起宴饮交游，流连于洛阳的风景名胜，并更迭唱和，形成了一个以钱惟演和谢绛为主导的洛阳钱幕文人集团，而欧梅二人这一时期的唱和活动是该集团的唱和活动的一个组成部分。

　　钱惟演是吴越王钱俶的儿子，后跟随父亲一起归顺宋朝，但仍属于当时的贵族。在文学上，钱惟演在编纂《册府元龟》时与同僚交相唱和，与同僚中的杨亿、刘筠唱和最多。唱和的诗歌编成《西昆酬唱集》，演变成宋初风行的"西昆体"。天圣九年（1031）正月二十三日，钱惟演以武胜军节度使同平章事的名义判河南府兼西京留守，成为洛阳的最高长官，在洛阳主事三年。欧阳修称他"善待士，未尝责以吏职"③。从一个细节就可以看出这点：一日，谢绛和欧阳修同游嵩山后返回洛阳，当他们抵达龙门和香山时已经是日暮时分，大雪纷飞。这时，钱惟演派遣随从官带着官厨和歌妓前来慰劳他们，并带话给他们："山行良劳，当少留龙门赏雪，府事简，无遽归也。"④钱惟演为政的宽简和为人的宽厚为欧梅的唱和提供了一个相对宽松自由的创作环境。

　　谢绛是梅尧臣的妻兄，于天圣九年（1031）开始任河南府通判，是洛阳钱幕文人集团中除钱惟演之外年龄最长、官职最高的人。在文学上，谢绛负有盛名，《宋史·谢绛传》称其"以文学知名一时"⑤，西昆体大家杨亿评价他为"文中虎"⑥。谢绛首倡变古之风，引领着欧阳修和尹洙等人从事古文创作，为大字院、双桂楼、临辕馆等建筑以古文作记。梅尧臣的《依韵和答王

---

① 见于《书怀感事寄梅圣俞》，《欧阳修诗文集校笺》，第 1288 页。
② 《欧阳修纪年录》，第 38-29 页。
③ 见于欧阳修《河南府司录张君墓表》，《欧阳修诗文集校笺》，第 683 页。
④ ［宋］邵博撰，刘德权、李剑雄点校：《邵氏见闻后录》，北京：中华书局，1983 年，第 82 页。
⑤ ［元］脱脱：《宋史》，北京：中华书局，1977 年，第 9847 页。
⑥ 见于欧阳修《归田录》，［宋］欧阳修著，李逸安点校：《欧阳修全集》，北京：中华书局，2001 年，第 1911 页。

安之因石榴诗见赠》中说:"谢公主盟文变古,欧阳才大何可涯。"①在洛阳钱幕文人集团的宴游和唱和活动中,他是具体的组织者,也是实际的主盟者,对欧梅这一时期和此后的唱和诗创作都产生了深远的影响。

在钱惟演和谢绛的影响下,欧梅在这一时期的唱和诗也表现出"西昆体"的倾向,如欧阳修《嵩山十二首》和梅尧臣《同永叔子聪游嵩山赋十二题》,以及二人的同题作《拟玉台体七首》等,在观照物象方面继承了西昆体的"赋咏"传统,即趋于人文化,求全求广,极其秾密,堆砌典故。然而,欧梅在物象观照上既保留了西昆体的痕迹,又显示出"变昆"的新特质,这一点本文第三部分会具体论述。

景祐元年(1034),欧阳修西京推官的任期已满,入京召试学士院,受宣德郎、试大理评事兼监察御史,充镇南节度掌书记、馆阁校勘。梅尧臣也在前一年赴京应试。至此,二人都离开了洛阳,欧梅唱和的第一时期结束。虽然第一时期只有短短的四年时间,却为欧梅此后的深厚交谊和往来唱和打下坚实基础,成为欧梅最为怀念的一段时期,二人此后的唱和诗中也经常提起。

2. 第二时期:景祐二年(1035)—庆历五年(1045)

这一时期从欧阳修入京召试学士院起,到欧阳修被贬滁州结束。欧梅在这十一年聚少离多,这也导致了二人唱和诗中的寄题之作较多,且多以互相慰勉为意。欧阳修在这一时期屡遭政治风波,与守旧派势力积极斗争,参与庆历新政,又两度被贬。他常常寄诗梅尧臣,表达个人思念和政治感怀。景祐元年(1034),梅尧臣省试落榜,此后十年他一直官居下僚,历任建德和襄城两任知县,郁郁不得志。这种情绪也反映在梅尧臣的诗歌里。

景祐三年(1036),范仲淹上《百官图》及《帝王好尚》《选贤任能》《近名》《推委》四论,抨击以吕夷简为首的守旧势力,但最终被贬饶州,在这场政治斗争中败下阵来。欧阳修也因作《与高司谏书》支持范仲淹而被贬夷陵。被贬夷陵是欧阳修仕途的一个重要转折点,他由一个连中三元的馆阁近臣变成了贬谪远地的逐臣,其心理落差可想而知。

从宋代士大夫的被贬经历和文学创作的关系来看,第一次被贬往往是其文学创作的一个重要转折点。欧阳修也不例外,袁枚在《随园诗话》中录庄有恭诗曰:"庐陵事业起夷陵,眼界原从阅历增"②。贬谪远地的郁愤和眼界阅历的增长让欧阳修的文学思想逐渐趋于成熟。在担任夷陵县令和乾德县令期间,他游览了不同于京洛的山水,结交了当地的士绅,看到了底层人民的

---

① 《梅尧臣集编年校注》,第1049页。
② [清]袁枚:《随园诗话》,北京:人民文学出版社,1982年,第31页。

艰辛，在写给梅尧臣的《寄梅圣俞》《寄圣俞》和《答梅圣俞寺丞见寄》中，他对夷陵和乾德两地的风土人情进行了描写，同时也抒发了对好友的思念和对时局的政治见解。

在听说欧阳修被贬夷陵后，梅尧臣在第一时间寄去了《闻欧阳永叔谪夷陵》表示劝慰。然而，梅尧臣自身的处境也不容乐观，在省试落榜后的六年，他先后担任建德县令和襄城县令，也是满腹的牢骚，他在写给欧阳修的《得欧阳永叔回书云见伞客，问予动静备详》中说："君问我何为？但云思寡过"①。他的诗风在此期间也发生了一个明显的变化：以《聚蚊》为标志，愤懑的辞句开始在（梅尧臣的）诗篇里出现②，他的诗开始变得"诙诡、变幻"③，出现"审丑意识"。但是梅尧臣并没有从此消沉下去，他一直关注着时局的变化，特别是朝廷和西夏的战事。这也促使梅尧臣对兵法进行研究。宝元元年（1038）梅尧臣注了《孙子》，两年后欧阳修为这本《孙子》新注作了《孙子后序》。④

虽然欧梅在做县令时大部分时间是在辖地居住，唱和往来也以异地唱和为主，但二人在此期间也有会面时刻。宝元二年（1039）二月，这时的欧阳修已经量移至乾德，谢绛出守邓州，梅尧臣将知襄城县，谢梅二人偕行赴任。当得知谢绛和梅尧臣要途径邓州，欧阳修于五月告假前往清风镇（乾德与邓州之间）与二人会晤，在清风镇滞留了十几日。分手时，梅作《送永叔归乾德》以陶渊明的高节勉励欧阳修。清风镇一别后，梅给欧寄去了《代书寄欧阳永叔四十韵》，欧也回以《答梅圣俞寺丞见寄》。这组唱和诗全面观照了二人洛阳时期以来的友谊和遭遇，表达了物是人非、壮志难酬的感慨。七月，欧阳修奉母寓居南阳，将赴任滑州，途径邓州，与梅尧臣再次聚会。这两次聚会，欧梅有《泛舟城隅呈永叔》《和圣俞百花洲二首》一组唱和诗，记百花洲之景物与游玩之乐事。这一年十一月，谢绛去世了，二人分别为谢绛撰写了挽词，欧有《谢公挽词三首》，梅有《南阳谢紫微挽词三首》，共挽这位昔日的文人集团盟主。之后二人相互寄诗慰藉，梅寄去《朔风寄永叔诗》，欧回以《酬圣俞朔风见寄》，共同感怀谢绛的离世和自身命运。十二月，欧阳修再至襄城，与梅尧臣一起料理谢绛的丧事，滞留襄城期间，欧梅共同送别琴僧知白，送别之际听知白奏琴，欧有《送琴僧知白》，梅有《赠琴僧知白》，言琴声之妙。⑤

康定元年（1040），朝廷的局势又发生了变化，范仲淹官复天章阁待制，

---

① 《梅尧臣集编年校注》，第82页。
② 《梅尧臣传》，第44页。
③ 《梅尧臣传》，第46页。
④ 据《欧阳修诗文集校笺》"笺注一"第1091页。
⑤ 据《欧阳修纪年录》第106-111页。

知永兴军，之后又改任陕西都转运使、陕西经略安抚副使。这标志着范派开始被重新起用。这一年六月，欧阳修被召回京，复任馆阁校勘。梅尧臣闻讯后寄去《闻永叔复馆以寄贺》表示祝贺。欧阳修在回京后，心情似乎也好了许多，有兴致作游戏之作了。他与陆经联句，有《冬夕小斋联句寄梅圣俞》互相"嘲饭颗"，并把它寄给梅尧臣。梅也回以《依韵和永叔子履冬夕小斋联句见寄》，反以为诮，并说明将要来京城的意思。收到梅诗后，欧阳修又作《依韵和圣俞见寄》，以自嘲的方式表示欢迎。这一番往来唱和暗藏机锋，妙趣横生。梅尧臣说要来京城，是因为自己襄城县令的任期满了，将改任湖州监盐税，要到京城领取文凭。庆历元年（1041），梅尧臣到达京城，欧阳修作《忆山示圣俞》相迎。短暂相聚后又到了离别的时间，在送梅尧臣南下的宴席上，欧、梅、陆三人开怀畅饮，倾诉衷肠，谈到国家大事，也谈到与西夏的战争，还谈到梅尧臣怀抱大才而久居下僚的命运，欧有《圣俞会饮》，梅有《醉中留别永叔子履》。

送别梅尧臣后不久，欧阳修先后以谏官、知制诰、龙图阁直学士和河北都转运按察使的身份投入庆历新政中，多次上书，针砭时弊，监察吏治，这自然也触犯了一些权贵的既得利益。庆历四年（1044），革新派和守旧派的矛盾进一步激化，守旧派向革新派发起攻击，兴"进奏院案"，苏舜钦被削职为民，被贬黜的还有革新派的其他成员。庆历五年（1045）春，范仲淹以朋党被罢参知政事，杜衍、韩琦、富弼也相继罢官外放，欧阳修上书辩朋党之诬却不得回应。没过几个月，守旧派终于向欧阳修发起了攻击，可是手段却出人意料，谏官钱明逸和开封府尹杨日严兴"张甥案"，诬蔑欧阳修与甥女张氏通奸，最终以欧阳修被贬滁州结案。

在欧阳修积极投身庆历新政期间，欧梅唱和因各自政务繁忙而不如前期频繁，寄给对方的唱作常常得不到回应，如欧的《病中闻梅二南归》《古正至始得先所寄书及诗不胜喜慰因书数韵奉酬圣俞》《病中代书奉寄圣俞二十五兄》等，以及梅的《永叔赠酒》。但是二人对彼此的牵挂和友谊却未消减。在这期间，欧梅唱和诗也屡有佳作，诗歌的议论性明显增强，开始关注和探讨诗学方面的问题，如欧的《水谷夜行寄子美圣俞》《读蟠桃诗寄子美》，评价了自己、苏舜钦、梅尧臣等人的诗风诗艺，梅的《偶书寄子美》《永叔寄诗八首并寄子渐文一首因采八诗之意谨以为答》也有这方面的评价。

3. 第三时期：庆历六年（1046）—嘉祐元年（1056）

这一时期从欧阳修知滁州起，到梅尧臣除母丧、充国子监直讲结束。欧梅在这十一年依然是聚少离多,欧阳修在被贬滁州后的十年,在滁州、扬州、颍州、应天府都当过知府,之后丁母忧三年,于至和元年(1054)被召回京,起复旧官,迁翰林学士。梅尧臣在这期间历任许州签判、陈州镇安军节度判官,之后丁父忧三年,于皇祐三年(1051)被召入京,赐同进士出身,改太常博士,监永济仓,于皇祐五年(1053)回宣城丁母忧三年,除服后被荐为国子监直讲。①

　　唱和方面,二人的寄题唱和依然频繁,唱和诗中的咏物类题材明显增多,占到这一时期的绝大部分,在咏物的选题、体物和造境上相对前人有较大突破。欧梅唱和诗题材的转移与二人此时心境的变化有着直接联系。政治上的挫败和失意让欧梅时常流露出退隐的思想,对政治话题也更加谨慎了,转而更多关注个人的生命体验和士大夫的文化生活,篆字、石屏风、澄心纸等具有文人化色彩的物象开始在欧梅唱和诗中出现。另外,接受韩孟诗派的影响也是这一时期欧梅唱和诗的另一明显特征,欧的《和刘原父澄心纸》《紫石屏歌》和梅的《依韵和永叔澄心堂纸答刘原甫》《咏欧阳永叔文石砚屏二首》等唱和诗继承了韩愈"觑天巧"②的精神,而欧的《弹琴效贾岛体》更是直接点明效仿的对象。

　　欧阳修被贬滁州后的心境,正如他在《醉翁亭记》中自我刻画的那样,"饮少辄醉""颓然""苍颜白发"。③欧阳修在对政治时局和人情世态有着清醒认识的同时,又抱有一种愤郁和颓唐。他没有想到守旧派竟然会以如此卑鄙和恶劣的手段攻击自己,对这种毫无道德底线的政治斗争,他感到疲惫和失望,对朝中的小人他感到厌恶和憎恨。他曾作《啼鸟》来讽刺那些巧舌如簧、颠倒黑白的谗臣,作《桐花》来赋比汉代上下和谐的君臣关系。同时,他立志不作"戚戚之文"④,寄情于山水之间,寻访李阳冰篆字,作《石篆诗》,游览琅琊山,作《琅琊山六题》,安慰因"进奏院案"而被贬为庶民的苏舜钦,和作《沧浪亭》。从这些观照物象的诗歌中,丝毫看不出沉重的政治打击给他带来的心理创伤。

　　梅尧臣在这一时期境遇有所好转。此前他一直介怀于自己是恩荫出身,屡试不中,不是科甲正途,因而久居下僚。皇祐三年(1051),在好友的举荐下,他被仁宗赐同进士出身,解决了出身问题,改任京官,不再宦游地方。然而,在这之前,梅的生活还是很拮据的,他曾向欧阳修借米,有《贷米于

---

① 据《欧阳修纪年录》,第186-287页。
② 见于韩愈《答孟郊》,屈守元、常思春:《韩愈全集校注》,成都:四川大学出版社,1996年,第34页。
③ 《欧阳修诗文集校笺》,第1021页。
④ 见于《与尹师鲁第一书》,《欧阳修诗文集校笺》,第1793页。

如晦》，欧也接济了他，同时作《寄圣俞》和《再和圣俞见答》表示同情。在这一时期的唱和活动中，梅尧臣主要扮演和者的角色，对欧阳修以上原作均有和作，即《和欧阳永叔啼鸟十八韵》《和永叔桐花十四韵》《欧阳永叔寄琅琊山李阳冰篆十八字并永叔诗一首欲予继作因成十四韵奉答》《和永叔琅琊山六咏》《寄题苏子美沧浪亭》。二人以诗文唱和消遣贬官和居丧时的空余时间，相互慰藉。

4. 第四时期：嘉祐二年（1057）—嘉祐五年（1060）

这一时期从欧阳修知贡举、梅尧臣充任点检试卷官起，到梅尧臣去世结束。欧梅在这四年聚多离少，都在京做官，官位都有所提升，生活条件相对优越，政治上也相对平和，趋于保守，退隐思想占据主流。另外，欧阳修嘉祐二年（1057）知贡举后，以欧阳修为主盟的嘉祐文人集团形成，交游和唱和活动频繁，比洛阳时期更盛。这些因素都导致欧梅唱和诗在这一时期达到顶峰，不论是数量还是质量都超过了以往的任何一个时期。

嘉祐二年（1057），欧阳修知贡举，王珪、梅挚、韩绛、范镇权同知贡举，梅尧臣等充任点检试卷官，登进士三百余人，其中不乏苏轼、苏辙、曾巩、程颐、张载、吕惠卿等今后文学界、思想界和政治界的大家领袖。[1]许多在京的青年学子和文人名流或投于欧阳修名下，或参与欧阳修主导的交游和唱和活动，进而形成了一个以欧阳修为主盟的嘉祐文人集团，其主要成员有欧阳修、梅尧臣、梅挚（字公仪）、陆经（字子履）、韩绛（字子华）、韩维（字持国）、范镇（字景仁）、王珪（字禹玉）、王安石（字介甫）、刘敞（字原父）、刘颁（字贡父）、苏轼（字子瞻）、苏辙（字子由）、曾巩（字子固）等。欧梅这一时期的唱和活动也是以该集团为中心展开的。

按照锁院制度，欧阳修等考官在批阅试卷期间要锁宿在礼部，与外界断绝联系，等到录取名单公布后才能出场。为排遣阅卷的孤闷，考官们交相唱和，"滑稽嘲谑，形于风刺"[2]，在锁院的五十天内，共留下一百七十三首唱和诗，并编为诗集[3]。其中，欧的《刑部看竹效孟郊体》《答梅圣俞莫登楼》《折刑部海棠戏赠圣俞二首》《和圣俞感李花》，以及梅的《刑部厅看竹效孟郊体和永叔》《莫登楼》《刑部厅海棠见赠依韵答永叔二首》《感李花诗》都是这次礼部锁院酬唱诗中的佳作。

这一时期唱和的题材有着较强的文人化倾向。咏物方面，一方面出现了

---

[1] 据《欧阳修纪年录》，第292-296页。
[2] 见于欧阳修《归田录》，《欧阳修全集》，第1938页。
[3] 据《欧阳修纪年录》，第297页。

白兔、白鹤、白鹇、鹦鹉、车螯、新茶、银杏、毛笔、石枕、竹簟等士大夫的宠物、食品、文具、生活用品，具有日常生活化特点，同时也保留了菊、雪、桃花等前人反复吟咏的经典物象。在赋咏的方法上，一方面讲究穷尽物象的物理和物趣，另一方面又朝着物象之外的知识和经验延展，使自然物象带上了强烈的人文色彩和文人旨趣。另外，以历史为专门题材的唱和诗也在这一时期出现。比如嘉祐四年（1059）王安石的《明妃曲二首》引发的一系列迭相唱和，见出宋人作诗好发议论、好发新论的特点。写作态度上，游戏的心态较为明显，诗人在创作的时候往往在用韵、技法、结构、立意等方面翻新出奇、逞才使气，力求压倒对方，比如对王安石《明妃曲二首》的酬和，欧梅对昭君事件从不同的角度抒发议论，于不同的叙事方式中表达观点，更像是一场思维的游戏。

要之，欧梅唱和诗在四个时期呈现出的阶段性特点是：第一时期以描写洛阳山水名胜为主，受到西昆体影响的同时又显现出"变昆"的新质；第二时期多以互相慰勉为意，且两人在诗风上都出现了转折点；第三时期咏物类题材增多，出现文人化色彩的物象，深受韩孟的影响；第四时期在数量和质量上都达到顶峰，题材的文人化倾向更加明显。

三、传情：友谊的表达

根据欧梅交谊与唱和的情况可知，二人的唱和是建立在深厚的士大夫友谊基础之上的，欧梅唱和诗的一个重要功能是在二人友谊的表达中发挥媒介作用。值得注意的是，唱和诗中的友谊不仅仅限于欧梅之间，可能还会牵涉到他者，友谊表达的内容也不限于本部分论述的内容，后两部分也会或多或少地涉及。换句话说，任何主体和内容都有可能在表达友谊时呈现，而单纯表达友谊的欧梅唱和诗相对较少。

因此，本部分只讨论三种表达友谊的方式：一是劝慰，主要集中在前三个时期（1031—1056），多与政治风波、仕途升沉、聚散离合有关，生活的剧烈变化让唱和主体都希求同道的劝勉和慰藉；二是戏谑，到了第四时期（1057—1060），欧梅进入了一个物质相对优渥、政治相对平稳、生活相对闲适的人生阶段，二人时常以游戏的态度进行诗歌创作，在嘲调中消遣闲暇时光；三是共挽，在人生的各个阶段，欧梅都可能遭遇共同好友亡故的情况，写诗悼念既是追思一同经历的过往，更是对逝者和自己生命与命运的审视。

1. 劝慰：道义与友情的互见

与唐人抒发"莫愁前路无知己，天下谁人不识君"[1]的豪情相比，在需要劝慰一方的情况下，欧梅更偏向于通过叙事和说理的方式来实现。具体来说，他们常常将政治事务、风土人情等公共生活以及过往经历、交游场景等私人生活大量引入唱和诗，并以士大夫的道德原则相劝慰，增加了诗歌的叙事性和议论性，极大减少了抒情性，实现了道义与友情的互见，而劝慰者和被劝慰者的关系也由"知己"向"同道"发展。

在唱和诗中引入公共生活，实际上是把私人性的抒情升华为公共性的叙述[2]，为的是表明自己的道义立场，更加坦诚地交流情感。以欧梅的一组唱和诗为例，在欧阳修被贬夷陵时，梅尧臣第一时间寄去了《闻欧阳永叔谪夷陵》：

> 昔在西都日，居常慷慨言。今婴明主怒，直雪谏臣冤。谪向荆蛮地，行当雾雨繁。黄牛三峡近，切莫听愁猿。[3]

对欧贬谪经过的叙述占到了全诗的四分之三，且叙述中带有明显的价值倾向性，夹叙夹议：首联从洛阳时期开始追忆，指出欧好发"慷慨言"的性格，点明欧被贬的内因；颔联的"明主"与"冤"看似矛盾，其实是将矛头另指以吕夷简为首的守旧派，将欧被贬的责任都归咎于他们，肯定欧是以直谏而受到了冤屈，认为宋仁宗依旧是"明主"；颈联虚实结合，对欧赴任旅途的场景进行描写，融情与景，流露出哀情；尾联的"切莫"二字又体现了老友的体贴和牵挂。总体来看，全诗叙事和论理的激切与义愤多于同情的伤感。

欧阳修在到达夷陵后，也写了《寄梅圣俞》予以回应：

> 青山四顾乱无涯，鸡犬萧条数百家。楚俗岁时多杂鬼，蛮乡言语不通华。绕城江急舟难泊，当县山高日易斜。击鼓踏歌成夜市，遂龟卜雨趁烧畲。丛林白昼飞妖鸟，庭砌非时见异花。惟有山川为胜绝，寄人堪作画图夸。[4]

欧诗的前五句对夷陵当地有异于中原的自然景物和人文风俗作了如实记录，如"鸡犬萧条""妖鸟""异花""杂鬼""蛮乡言语""击鼓踏歌""遂龟卜雨""烧畲"等，直到最后一句"惟有山川为胜绝，寄人堪作画图夸"才显露出私人情感：被贬"蛮乡"的情况下"我"还有兴致描摹山川，寄人作画，"你"也不必为"我"牵挂和伤感，"我"的心情没有那么糟糕。但"惟有"二字又显露出欧阳修对当地风俗的不适应，以及渴望精神交流的孤独。这种"不适

---

[1] 见于高适《别董大二首》（其一），[清]彭定求等编：《全唐诗》，北京：中华书局，1960年，第2243页。
[2] 谢琰：《北宋前期诗歌转型研究》，北京：北京大学出版社，2013年，第197页。
[3] 《梅尧臣集编年校注》，第94页。
[4] 《欧阳修诗文集校笺》，第322页。

应"有着深层次的文化原因，那就是有异于中原儒家文化的"楚俗"不能给欧阳修带来精神上的慰藉，他需要的是来自"同道"者在道义上的支持。

再如欧梅在苏舜钦被贬之后寄去的一组唱和诗，除了对沧浪亭的景物加以观照，对苏舜钦被贬也进行了一番叙事和说理。梅尧臣《寄题苏子美沧浪亭》云：

> 曩子初去国，我勉勿迷津。四方不可之，中土百物淳。今子居所乐，岂不远埃尘。被发异泰伯，结客非春申。莫与吴俗尚，吴俗多文身。蛟龙刺两股，未变此遗民。读书本为道，不计贱与贫。当须化闾里，庶使礼义臻。①

虽不像《闻欧阳永叔谪夷陵》那样直接评判政治是非，但《寄题苏子美沧浪亭》仍以"读书为道"、传播"礼义"的道德原则相劝勉，不但强调切莫沾染"吴俗"，莫与吴人"结客"，还要希望对方改变吴人"被发"和"文身"的习惯，教化乡邻。抛开其中的地域文化歧视色彩不谈，这实际上是对苏舜钦人格上的关怀和尊重。

如果说梅诗偏重于以"平天下"的道德相期许，那么欧阳修的《沧浪亭》则更多是以"修身"的道德相激励：

> 岂如扁舟任飘兀，红蕖渌浪摇醉眠。丈夫身在岂长弃？新诗美酒聊穷年。②

"岂长弃"的使命担当和"聊穷年"的权宜考虑与儒家倡导的"穷则独善其身，达则兼济天下"③精神相契合，又暗通沧浪亭"沧浪之水清兮，可以濯我缨。沧浪之水浊兮，可以濯我足"④命名的含义，而"摇醉眠"和"新诗美酒"的浪漫想象则代表着欧阳修对隐逸生活的羡慕和憧憬。两句诗所表达的情志既陈义高拔又贴近现实生活，彰显了欧阳修与苏舜钦以道相知相励的士大夫友谊。

除了政治事务和风土人情等公共生活，叙述私人生活也是欧梅表达友谊的重要方式，但仍然可以见到道德原则的影响。在叙述方式上，相比于公共生活宏大而理性的叙述方式，欧梅唱和诗对私人生活细节化的叙述方式更具普遍性和艺术性，展现出赠答双方的特殊情谊和艺术功力。

例如，自清风镇一别后不久，欧梅互相寄诗赠答，以叙友情。梅尧臣的《代书寄欧阳永叔四十韵》和欧阳修的《答梅圣俞寺丞见寄》都有大量的篇幅

---

① 《梅尧臣集编年校注》，第388页。
② 《欧阳修诗文集校笺》，第79-80页。
③ [清]焦循撰、沈文倬点校：《孟子正义》，北京：中华书局，1987年，第891页。
④ 周啸天：《诗经楚辞鉴赏辞典》，成都：四川辞书出版社，1990年，第1130页。

叙述彼此过往的经历和交谊，以时间线索串联起公共生活和私人生活，见出以文为诗的散文技法。

梅尧臣除了再次回忆和评判欧阳修被贬事件"始谪夷陵日，当居建德年。一书冤逐客，四咏继称贤"①，更多的是将"爱婴娇哑哑，嗜寝复便便""戒吏收山栗，呼童惜沼莲"②等日常杂事和生活场景融入友谊的表达，说明两人亲密无间、无话不谈的关系，但会晤的议题又是儒家经典："问传轻何学，言诗诋郑笺"③，展现出同道之间交往内容的严肃性。

欧诗在叙事既有诗文集会、故友离散、身体衰病等私人生活情形，如"交游盛京洛，樽俎陪丞相。骆骥日相追，鸾凰志高扬""兹年五六岁，人事堪凄怆。南北顿暌乖，相离独飘荡""绿发变风霜，丹颜侵疾痒"④，也有自己仓皇赴任夷陵、所见风物人情等公共生活描写，如"苍皇得一邑，奔走踰千嶂""蛮方异时俗，景物殊气象"⑤，融合了物情、宦情和友情。议论方面，欧阳修从不畏权贵、舍生取义的自我标榜，"权豪不自避，斧质诚为当"⑥，转向了对自己荒废学业、留恋利禄、忧谗畏讥的自我批判，"王事多倥偬，学业差遗忘。未能解绶去，所恋寸禄养。举足畏逢仇，低头惟避谤"⑦，将自己道德上的细微变化都汇报给对方，以求得到同道的信任和理解。

对于北宋士大夫来说，"道统"的共同体意识（道义）已经成为他们友谊的前提和底色，就像梅尧臣说的"直以道义为知己"⑧。因此，一旦友谊的表达被道义的互勉统摄，个体之间的友谊必然趋于公共化、政治化和道德化。讨论政治、共勉道德、叙述过往不仅是欧梅增进私谊的交际手段，更是他们寻求认同、超脱困境的精神支点。

2. 戏谑：缺陷与等级的超脱

欧梅唱和诗对友谊的表达也不是首首不离政道仁义，特别是在欧梅交谊和唱和的第四时期，一些唱和诗表达的情感和内容并不严肃，有异于正统的"诗言志"的功能意义，而是把游戏娱乐的功能放在首位，这一类诗歌称为俳谐诗。

值得注意的是，本部分的研究对象并不是俳谐诗，而是它的下位概念"戏作诗"，这里有必要对它们做一个区分：俳谐诗是指具有诙谐幽默元素的诗，

---

① 《梅尧臣集编年校注》，第143页。
② 同上。
③ 同上。
④ 《欧阳修诗文集校笺》，第1323页。
⑤ 同上。
⑥ 同上。
⑦ 同上。
⑧ 见于《永叔寄诗八首并祭子渐文一首因采八诗之意谨以为答》，《梅尧臣集编年校注》第287页。

而这种元素既可以是语言风格、修辞手法层面的，也可以是思想主旨层面的；而"戏作诗"的"戏"即说明了游戏、玩笑的写作态度，其思想主旨必然是对唱和主体进行一番戏谑，而题中有"戏"字往往是戏作诗的标志；比较而言，俳谐诗的思想主旨可能是认真严肃的，而戏作诗的思想主旨必然是对唱和主体的戏谑。举例来说，第五部分第一点涉及的《重赋白兔》和《戏作常娥责》都属于俳谐诗，但《戏作常娥责》还具有戏作诗的属性，因为梅尧臣借常娥之口责备自己明显带有自嘲的意味。之所以将研究对象聚焦在戏作诗上，是因为戏作诗的内容主旨关涉的是唱和主体，与唱和主体友谊的表达联系得更为紧密。

所谓戏谑，就是针对唱和主体某方面的缺陷进行嘲讽，包括自嘲和嘲人。一般来说，戏作诗的唱和主体之间都有深厚的友谊基础，毕竟只有非常要好朋友才能拿彼此的缺陷开玩笑，也开得起玩笑。

"年老"和"体衰"在欧梅唱和与交谊的第四时期被认为是一个可以取笑的缺陷，常常成为两人戏谑的着力点，但有意思的是，在早年欧梅的眼里，"老"并不是一种缺陷。洛阳时期他们就和其他六位诗友效仿"香山九老"故事自称"八老"，欧阳修当时只有二十六岁，梅尧臣也不过三十一岁。庆历六年（1045），欧阳修四十岁，自号"醉翁"，次年在写给梅尧臣的《秋怀二首寄圣俞》里尊称梅尧臣为"诗老"[1]，这时的梅尧臣也才四十五岁。可见，他们不仅不排斥"老"，还以"老"为傲、以"老"为尊，可是为什么他们到了第四时期就把"老"作为一种缺陷以资戏谑呢？原因就是他们真的老了，身体上的衰病让他们意识到"老"不完全是一种风雅和深沉的标签，同时也是一个富有悲剧色彩的人生阶段。

例如在以"滑稽嘲谑，形于风刺"[2]为旨趣的礼部唱和中，一组以梅尧臣《莫登楼》为原作的唱和就围绕着"登楼"和"年老体衰"这对矛盾展开。

原作《莫登楼》就颇具反差的幽默效果，梅尧臣一方面劝诫自己"莫登楼，脚力虽健劳双眸"，另一方面则兴致勃勃地描写登楼后所见的"马牛""歌吹""腰鼓""鲜衣壮仆""宝挝"[3]等热闹街景，之后又抒发不能出门游玩的遗憾："天寒酒醑谁尔俦，倚槛心往形独留，有此光景无能游"[4]，以及描写礼部院内的冷清场景："粉署深沉空翠帱，青绫被冷风飕飕"[5]，最后感慨"怀

---

[1] 见于《秋怀二首寄圣俞》"巉岩想诗老，瘦骨寒愈耸"，《欧阳修诗文集校笺》第89页。
[2] 见于《归田录》，《欧阳修全集》第1938页。
[3] 《梅尧臣集编年校注》，第924-925页。
[4] 《梅尧臣集编年校注》，第925页。
[5] 同上。

抱既如此，何须望楼头"①，呼应开头徒"劳双眸"的观点。这样一来就在诗歌内部形成了一种逻辑落差：自己虽然年老体衰、锁于春闱，但人老心不老、形困神逍遥，依然向往着外面热闹的世界，其反衬和自嘲的意味就很明显了。另外，从梅对贡举工作"犹喜共量天下士"②的责任心和荣誉感来看，《莫登楼》所显露的郁闷"怀抱"也很有可能是故作姿态，出于游戏的目的而已。

欧阳修的《答圣俞莫登楼》在结构和主旨上与梅诗基本一致，前半部分描写繁华热闹的街景，把自嘲的着力点也在"年老体衰"上："中年病多昏两眸，夜视曾不如鸺鹠"③，但感慨系之的触发点却与梅诗共时性的对比不同，而是历时性的对比："念昔年少追朋俦，轻衫骏马今则不"④。此外，欧诗令人解颐之处不仅在于巨大反差下的对比，更在于对自己丑态的滑稽描写："足虽欲往意已休，惟思睡眠拥衾裯，人心利害两不谋"⑤，将一个慵懒、贪睡、闲散的糟老头形象刻画得十分传神。欧梅的这种迭相自嘲既像是动物之间互舐伤口，又像是同病相怜的病友交流病情，为的是寻求慰藉，让创痛获得短暂的超脱。

从戏谑的内部看，超脱的是唱和主体的各类缺陷；从戏谑的外部看，超脱的还有唱和主体的身份等级。这一点在嘲人时表现得尤为充分，因为戏谑别人要担负着"为上不尊"或"以下犯上"的风险，这就需要唱和主体在审慎把握戏谑尺度的同时，打破尊卑、年龄、贫富等藩篱，拿出敢于嘲讽的勇气。

例如，在礼部锁院期间，梅挚思念起了家里养的白鹤，写下了"忆鹤"七律⑥，欧梅均有和诗，互相戏谑。其中，欧阳修因梅挚思念白鹤，而想起了自己家的白兔，写下《思白兔杂言戏答公仪忆鹤之作》。这首诗本是自嘲之作，诗的前半部分对兔鹤的外形和神态进行观照，后半部分见出自嘲和嘲人的双重意味：

> 两翁念此二物者，久不见之心甚劳。京师少年殊好尚，意气横出争雄豪。清樽美酒不辄饮，千金争买红颜韶。莫令少年闻我语，笑我乖僻遭讥嘲。或被偷开两家笼，纵此二物令逍遥。兔奔沧海却入明月窟，鹤飞玉山千仞直上青松巢。索然两衰翁，何以慰无憀。纤腰绿鬓既非老者事，玉山沧海一去何由招。⑦

---

① 同上。
② 见于《和永叔内翰》，《梅尧臣集编年校注》，第 926 页。
③ 《欧阳修诗文集校笺》，第 172 页。
④ 同上。
⑤ 同上。
⑥ 梅挚原诗今不存。
⑦ 《欧阳修诗文集校笺》，第 175 页。

欧诗的戏谑依然立足于"年老",嘲谑自己和梅挚与少年人爱好"美酒"和"红颜"相乖,对小小的兔鹤如此痴迷,以至于长时间不见就会感到"心劳",一旦失去就会变成"索然"和"无憀"的"衰翁",究其原因,除了白兔和白鹤的灵动可爱,更重要的是两人已然年老体衰,享受不了"美酒""红颜"的乐趣了。

在梅尧臣看来,梅挚和欧阳修喜爱白鹤和白兔是一种值得取笑的"物惑"。在对梅挚原作的和作《和公仪龙图忆小鹤》中,梅尧臣嘲谑道:"主人必欲看飞舞,太液池宽肯放无?"①意思是:"'您'既然喜欢看白鹤飞舞,那为什么不在宽阔的太液池放飞白鹤呢?"以此调侃梅挚既爱看鹤飞舞又舍不得给鹤自由的矛盾心理。而对欧诗的和作《和永叔内翰思白兔答忆鹤杂言》则更具戏谑意味,这也体现了梅尧臣与欧阳修的友谊相比于梅挚更加深厚。梅诗将欧阳修养兔和梅挚养鹤作了一个对比,认为养兔不如养鹤:

> 始忧兔饥僮失哺,又恐白毛尘土污。仍不如鹤有浅泉,自在引吭时刷羽。花前举翅鼓春风,只待公归向朝暮。②

这实际上是将戏谑的重心聚焦在了欧的身上,而梅诗最后一句"我虽老矣无物惑,欲去东家看舞姝"③,更是将嘲人和自嘲结合起来,一方面嘲笑欧阳修和梅挚为物所惑,另一方面公然与欧诗的"纤腰绿鬓既非老者事"④唱反调,展现出"为老不尊"的一面,表示要去东家看舞姝。这种态度与梅之前在《重赋白兔》中认为白兔只不过是一只"凡卑"之物一脉相承。

欧阳修也不甘示弱,写下《戏答圣俞》予以回击:

> 不惟可醒醉翁醉,能使诗老诗思添清新。醉翁谓诗老,子勿诮我愚。老弄兔儿怜鹤雏,与子俱老其衰乎!奈何反舍我,欲向东家看舞姝?须防舞姝见客笑,白发苍颜君自照。⑤

这首诗纯是嘲人之作,毫无自嘲之意,但仍以"老"为谑。显然,梅尧臣的玩笑有些开过头了,欧阳修认真了起来,诗里的语气也更加尖厉了。他首先对弄兔怜鹤的功用作了辩解,说是为了醒酒新诗,还说能够防止"体衰",接着便是近乎"人身攻击"的反唇相讥:"你"看看"我"和"你"都在老去,可是"我"的身体像"你"一样衰病吗?"你"要去东家看舞姝,要小心舞姝嘲笑"你","你"还是照照自己苍颜白发的模样吧!

梅尧臣是倔强的,他再次写下《和永叔内翰戏答》坚持自己的态度:

---

① 《梅尧臣集编年校注》,第 927 页。
② 《梅尧臣集编年校注》,第 927 页。
③ 同上。
④ 《欧阳修诗文集校笺》,第 175 页。
⑤ 《欧阳修诗文集校笺》,第 176 页。

>   从他舞姝笑我老，笑终是喜不是恶。固胜兔子固胜鹤，四蹄扑握长喙啄。任看色与月光混，只欲走飞情意薄。拘之以笼縻以索，必不似纤腰夸绰约。主人既贤豪，能使宾客乐。便归膏面染髭须，从今宴会应频数。①

通过舞姝和白兔的对比，梅同时实现了自我解嘲和戏谑对方的目的：一方面，强调舞姝笑他老是喜欢自己的表现，为了让舞姝更喜欢自己，他还可以"膏面染髭须"妆扮成少年；另一方面，认真表明女色胜过动物，因为舞姝不像兔鹤那样薄情寡义，与人亲近后还会离开，兔鹤整天被笼子和绳索拘縻，也不如舞姝风姿绰约。

席勒说："只有当人在充分意义上是人的时候，他才游戏；只有当人游戏的时候，他才是完整的人。"②在轮番的戏谑中，欧梅从唱和场域外的翰林学士和国子监直讲回归到了"完整的人"，他们互相袒露和揭发各种各样的"缺陷"，包括年老、体衰、贪睡、嗜酒、向往热闹、爱好宠物、喜欢女色等，尽显滑稽。然而，正是在人的意义面前，他们实现了身份等级的超脱，达成了某种程度上的平等，进一步纯化和深化了彼此之间的友谊。

3. 共挽：生命与命运的审视

从北宋士大夫交际的行为习惯来看，如果甲和乙有着深厚的"同道"友谊，那么甲一般不会拒绝为乙或乙的亲人撰写祭文、行状、墓志铭、神道碑、挽诗等丧葬文体，撰写丧葬文体也就自然成为一种重要的交际方式和表达友谊的渠道。然而，挽诗又不同于其他传记类丧葬文体，虽然它们都以死亡为主要题材，以哀痛为情感基调，但挽诗更多培育的是作者的生命意识（生命观）以及对公共生活的主观感受（命运观），具有相对较强的抒情性和私人性。

这一特点正好与本部分第一点论及的情况相反。究其原因，一方面，行状、墓志铭、神道碑等传记类丧葬文体已经承担了叙述墓主生平、塑造墓主形象、评价墓主得失的功能，其写作态度也是严谨、慎重、理性的，与写作挽诗的功能和态度形成了互补；另一方面，面对好友突如其来的噩耗，即使是以理性著称的欧梅也需要一个情感的宣泄口，最直接地抒发积淀多年的情感、篇幅短小而文体严肃的诗歌就成了他们理想的选择。

从传情的意义来看，悼念者追忆逝者的生前过往既是一种友谊的表达，也是再现自己的生命体验；审视逝者生命和命运的同时，也在诉说自己对于生命和命运的焦虑；悼念逝者的同时，也是在哀悼自己逝去的青春年华。

---

① 《梅尧臣集编年校注》，第 928 页。
② 〔德〕席勒著、徐恒醇译：《美育书简》，北京：中国文联出版社，1984 年，第 90 页。

在欧梅的共挽之作中，二人常常通过逝者生前身后的对比来感慨死亡到来的迅速和突然，除了表达对逝者的惋惜和不舍外，也渗透出对生命短暂和无常的基本认识。如欧阳修《谢公挽词三首》其一云："始见行春旆，俄闻引葬箫"①；其二云："前日宾齐宴，今晨奠柩觞"②；其三云："翰墨犹新泽，图书已素尘"③。梅尧臣《南阳谢紫微挽词三首》其一云："忆昨临湍水，宁知隔夜台"④等。这些诗对逝者身后的描写无非就是丧葬场面和旧物遗迹，但对逝者生前的描写则体现出私人性的特征。

　　欧梅对逝者的音容笑貌和与之交往的细节的再现大都来源于亲身经历的个人体验，且相比于其他传记类丧葬文体，这种再现往往是片段式、交错式的，具有一定的侧重性。例如同样是追忆谢绛，欧阳修回忆的是第一次见到他时他春日出巡，以及大宴宾客、翰墨新泽等场景。而梅尧臣则回忆起偕行赴任时共临湍水的场景。又如同样是追忆石延年，欧阳修《哭曼卿》"归来见京师，心老貌已癯。但惊何其衰，岂意今也无"⑤，回想的是二人契阔多年后再聚京城的感受，特别是石延年心态和相貌的衰老所带来的冲击感。而梅尧臣《吊石曼卿》"前时京师来，对马尝相揖。埃尘正满衢，笑语曾未及"⑥，则是为之前尘土满街未得交谈、只能在马上相对作揖而感到遗憾。

　　对逝者生命的价值评判是挽诗的另外一个重要命题，且有着相对固定的标准体系。首先，悼念人数的多寡就是衡量逝者德行的重要标准。如欧阳修的《谢公挽词三首》其三云："堪怜寝门哭，犹有旧时宾"⑦和梅尧臣《南阳谢紫微挽词三首》其三云："里社当存祀，邦人定立碑。还同羊叔子，罢市见遗思。"⑧两首诗分别描写了谢绛去世后旧时宾客和家乡百姓的反应，特别是民众为了纪念他，还为他"存祀""立碑""罢市"，足见其德行之昭著。另外，逝者诗文艺术的价值和地位也是评判的着眼点之一。如欧阳修《哭曼卿》"作诗几百篇，锦组联琼琚。时时出险语，意外研精粗。穷奇变云烟，搜怪蟠蛟鱼。诗成多自写，笔法颜与虞。旋弃不复惜，所存今几余。往往落人间，藏之比明珠"⑨，赞扬了石延年的诗歌和书法成就。而梅尧臣《吊石曼卿》"虽然恨莫亲，往往闻风什。星斗交垂光，昭昭不可挹。独哦秋露中，岂顾衣裳

---

① 《欧阳修诗文集校笺》，第325页。
② 同上。
③ 同上。
④ 《梅尧臣集编年校注》，第149页。
⑤ 《欧阳修诗文集校笺》，第27-28页。
⑥ 《梅尧臣集编年校注》，第185页。
⑦ 《欧阳修诗文集校笺》，第325页。
⑧ 《梅尧臣集编年校注》，第149页。
⑨ 《欧阳修诗文集校笺》，第27页。

湿。酒杯轻宇宙，天马难羁縶"①，则感叹石曼卿诗歌的高超水平和浪漫情怀。这都说明士大夫的生命价值已经超越了个人贬谪升迁的命运层面，而是熔铸在了某一群体之中，生命也在精神层面得以延续，在某种意义上实现了生命的永恒。

除了精神意义上的延续，家族的延续和生命的轮回也被看作生命的重要价值。如欧诗的"旧国难归葬，余赀不给丧"②和梅诗的"家贫留旅櫬，门庆有诸儿"③都为谢绛不能归葬家乡而感到愧惜，同时梅尧臣还为谢绛家门人丁兴旺而感到欣慰。而梅尧臣《闻临淄公薨》"子孙侁侁同雁行，二女贵婿富与杨。未知归葬何土乡，临川松柏安可忘"④，对晏殊的评判也如出一辙。又如欧阳修《苏才翁挽词二首》其一"秋风衰柳岸，抚柩送归船"⑤、梅尧臣《度支苏才翁挽词三首》"素车京岘路，应不似嶕峣"⑥，也都落脚在苏舜元归葬润州丹徒。

出于私人交谊或其他原因，欧梅在评判标准上各有侧重和避隐，对逝者进行美化，有谀墓之嫌。但从审视本身的意义上来讲，德行昭著、后世纪念、文章不朽、子孙兴旺、归葬故里，这些审视的视角和标准都深受儒家"礼义"影响，代表着士大夫毕生追求的道德化的生命理想。

如果说欧梅对生命价值的审视有着相对固定的标准，其审视结果大同小异，那么对一个人命运的审视则见仁见智，蕴含着不同的命运观。例如对晏殊一生为政的叙述和评价，欧梅二人就有着较大的区别：

欧阳修《晏元献公挽辞三首》其一云："谋猷存二府，台阁遍诸生。帝念宫臣旧，恩隆衮服荣"⑦；其二云："四镇名藩忽十春，归来白首两朝臣。上心方喜亲耆德，物论犹期秉国钧"⑧；其三云："富贵优游五十年，始终明哲保身全。一时闻望朝廷重，余事文章海外传。"⑨欧诗更多将晏殊的个人命运与生命价值联系起来，入值台阁与诸生遍布、"衮服"荣耀与皇帝的"念旧""恩隆"、镇藩归来与"上心方喜""物论犹期"、"富贵优游""明哲保身"与个人"闻望"，政治上的沉浮显得被动和自然，其为政的风格也是无为而治式的"富贵优游"和"明哲保身"，似乎表明晏殊的"耆德"是他获得崇高声望

---

① 《梅尧臣集编年校注》，第 185 页。
② 《欧阳修诗文集校笺》，第 325 页。
③ 《梅尧臣集编年校注》，第 325 页。
④ 《梅尧臣集编年校注》，第 776—777 页。
⑤ 《欧阳修诗文集校笺》，第 1477 页。
⑥ 《梅尧臣集编年校注》，第 891 页。
⑦ 《欧阳修诗文集校笺》，第 1473 页。
⑧ 同上。
⑨ 同上。

和地位的主要原因。

梅尧臣《闻临淄公薨》云:"公自十三岁而先帝兮,谓肖九龄宜相唐。后由石渠凤阁禁林以登枢兮,俄佩相印居庙堂。出入藩辅留守两都兮,其民咏歌盈康庄。官为喉舌勋爵一品兮,经筵讲义尊萧匡。"①梅诗的叙述在时间关系上更加连贯,也就显得晏殊在政治施为上更加主动和进取,说明他身居高位并不在于他的"耆德",而在于他"肖九龄宜相唐"的能力。

再如对谢绛政治生涯的审视,欧诗仅有一句"平生公辅志,所得在文章",且依旧与生命价值相关联,以文章之得抚慰"公辅志"②之未酬。而梅诗对谢绛命运的审视则更加贴切和完整:"平昔闻严助,承明厌直庐。请章来未久,捐馆遽何如。无复淮南谕,曾成太史书",借西汉严助厌倦侍从之职而自请外放的典故,叙述了谢绛起先担任秘书省校书郎之后又长期在地方做官的仕进道路。可是严助能再被召回皇帝身边,谢绛却死在了邓州任上③,也正对应了欧诗中的"公辅志"之未酬。

比较而言,对于欧阳修来说,生命价值的高低远比个人命运的沉浮更重要,生命价值的发挥既是个人进身的必要条件,又是对命运多舛的遗憾的抚慰。换句话说,"立德"与"立言"可以弥补"立功"之不足。而对梅尧臣来说,生命价值固然重要,但命运的不幸也是值得惋惜的,并不能因生命价值的实现而得到慰藉。例如,同样是审视苏才翁的一生,欧诗云:"雄心壮志两峥嵘,谁谓中年志不成!零落篇章为世宝,平生风义见交情"④,梅诗:"二十识君貌,交游非一朝,魄光沉碧海,志业陨青霄"⑤,一谓志成,一谓志陨,前者立足于苏才翁"立言"的成就,后者有鉴于苏才翁"立功"的缺失。

要之,患难之际,欧梅以道义相互劝慰,彰显出士大夫精神;优游岁月,他们超脱等级和缺陷相互戏谑,回归到人的意义;在好友的死亡面前,他们用自己的生命观和命运观审视逝者的一生,悼念他人的同时折射自己。可以说,欧梅唱和诗中的友谊表达既具公共性和严肃性,又具私人性和娱乐性。他们将私人情感的传递引入公共生活的叙述,又用公共情怀的抒发装点私人生活的纪录,公、私两个层面情感和生活在友谊的表达中彼此圆融无迹。然而,由于历史处境、身份地位、观念意识等方面的不同,在具体表达中,欧梅对立场角度和叙述内容选取时差异较大,具有较强的特殊性。

---

① 《梅尧臣集编年校注》,第776页。
② 据《欧阳修诗文集校笺》"笺注六",第326页。"公辅志"谓安邦定国之志向。
③ 据《尚书兵部员外郎知制诰谢公墓志铭》,见于《欧阳修诗文集校笺》,第714页。
④ 《欧阳修诗文集校笺》,第1477页。
⑤ 《梅尧臣集编年校注》,第891页。

四、咏物：物象的观照

咏物是欧梅唱和中最为常见的一种命题形式，在逞才使气的竞技心态下，如何对同样的所咏之物在前作（包括前人的创作和酬和的原作）的基础上再造新境，成为他们在创作唱和诗时必须要直面的问题。为了解决咏物唱和的困境，欧梅在创作实践上做出了大胆的尝试：一是在选题上，致力于对日常和细节的探寻；二是在体物上，注重对物理和物趣的发掘；三是在造境上，着眼于对经历和知识的延展。

1. 选题：日常与细节的探寻

在对所咏之物（赋题）的选择上，欧阳修有意识地避开那些已经陈熟老化的意象，如"山、水、风、云、竹、石、花、草、雪、霜、星、月、禽、鸟之类"[①]，开创"白战体"，讲求"于艰难中特出奇丽"[②]。当然，这只是一种特定情景下的游戏规则，在平时的创作实践中不可能完全避免这些经典化的意象，但它蕴含着一种创作思路和审美理想，引导诗人把目光投放在广阔而可感的日常生活和事物细节上。

"桐花""白兔""海棠""竹""菊花""牡丹"等日常生活中俯拾皆是的动植物，乃至"车螯""新茶"等食品，常常是欧阳修作为唱者时（能够自主选题时）赋咏的对象。仅从一些题目中的动词，如《初食车螯》的"食"、《折刑部海棠戏赠圣俞二首》的"折"、《尝新茶呈圣俞》的"尝"、《西斋手植菊花过节始开偶书奉呈圣俞》的"植"、《禁中见鞓红牡丹》的"见"就可以看出，这些咏物诗是即景而作、缘事而发的，而非"无是景而作"的"脱空诗"[③]。

即景而作、缘事而发，能够有效避免物象被赋予更多的象征意义或表情功能，更多地捕捉感官上的细节。即使是被前人赋咏过多次的"海棠""竹""菊花"等经典化的物象，也能从文学传统中的"一般"回落到具体诗歌的"个别"，在特定的时空环境下展现出别样面目。如《折刑部海棠戏赠圣俞二首》中"摇摇墙头花，笑笑弄颜色。荒凉众草间，露此红的皪"[④]的海棠，一反晚唐"著雨胭脂点点消，半开时节最妖娆"[⑤]、"秾丽最宜新著雨，娇娆全在欲

---

① 见于《六一诗话》，[清]何文焕辑：《历代诗话》上册，北京：中华书局，1981年，第266页。
② 见于苏轼《聚星堂雪·序》，北京大学古文献研究所编：《全宋诗》，北京：北京大学出版社，1991年，第9452页。
③ 见于《艇斋诗话》，丁福保辑：《历代诗话续编》上册，北京：中华书局，1983年，第284页。
④ 《欧阳修诗文集校笺》，第179页。
⑤ 见于何希尧《海棠》，《全唐诗》，第5745页。

开时"①这样香艳的刻板形象,而于荒凉萧索中获得美感。

此外,对其他形式的艺术作品和文具文玩,欧阳修也多有观照,如"洛阳牡丹图""紫石屏""盘车图""石篆""宣州笔""端溪绿石枕与蕲州竹簟"等,创作了许多题画诗、文具诗、文玩诗,极大地拓展了咏物的细节种类和文化意涵,也使咏物更加生活化和文人化。

相比于欧阳修和其他同时期的诗人,梅尧臣选取赋题的视野更低、更广、更细。前文提到的赋题类型,梅尧臣在选择时都有涉及,如"杏花""李花""鹦鹉""鱼头""鸭脚子""澄心堂纸"等。

在此基础上,梅尧臣的另外一些选题甚至表现出了"审丑意识"②。钱锺书在《宋诗选注》介绍梅尧臣的小序中写道:

(梅尧臣)要矫正华而不实、大而无当的习气,就每每一本正经的用些笨重干燥不很像诗的词句来写琐碎丑恶不大入诗的事物,例如聚餐后害霍乱、上茅房看见粪蛆、喝了茶肚子里打咕噜之类。③

在与欧阳修的唱和中,梅尧臣的《聚蚊》就是这类题材的第一首作品,也是代表作。实际上,晚唐的皮日休就曾写过"石鼎初煎若聚蚊"④之句,但把"不入诗"的蚊子作为专篇赋咏的对象,而且还津津有味、饶有兴致,这在之前确实不多见。

直到梅尧臣去世前一年(1059),他的《次韵和永叔夜闻风声有感》"试看蛣蜣虫,辛勤方转丸"⑤还将蛣蜣入诗,也说明他这种审丑趣味的连贯性和稳定性。以《聚蚊》为代表的审丑诗的出现,一方面与梅尧臣曲折的仕途和艰苦的生活处境有关,另一方面又是宋人"以俗为雅"的陌生化审美需求的直接产物。"以丑为美"是由"以俗为雅"进一步演化而来的。从这个意义上来说,梅尧臣的审丑诗不仅是对诗歌题材上的拓展,更重要的是开辟了一条与前人不同的审美路径,为北宋诗歌整体风貌的根本扭转进行了有益的创作实验。

2. 体物:物理与物趣的发掘

赋题选定后,便是要考虑如何对所咏之物曲尽其妙、极尽描摹,也就是体物。在体物之前,诗人需要对物象进行细致入微的观察和富有灵感的感悟,

---

① 见于郑谷《海棠》,《全唐诗》,第7738页。
② 参邱志诚、冯鼎:《梅尧臣诗中的审丑意识——兼论宋诗以俗为雅风格的形成》,《中南大学学报》,2008年第6期。
③ 钱锺书:《宋诗选注》,北京:生活·读书·新知三联书店,2002年,第22页。
④ 见于皮日休:《冬晓章上人院》,《全唐诗》,第7086页。
⑤ 《梅尧臣集编年校注》,第1106页。

观察和感悟的过程反映在诗歌中就是体物的过程。由观察所得的称为物理，是事物本身的客观属性；由感悟所得的称为物趣，是作者对事物的感官印象。前者是后者产生的基础，后者是前者妙悟的升华。

对物理的观察与程朱理学中"格物"的概念相近，即穷尽某一事物本身的特性。梅尧臣在此方面下的功夫可谓精勤，《邵氏见闻录》记载：

> 东坡《与陈传道书》云："知传道日课一诗，甚善，此技虽高才，非甚习不能工。"盖梅圣俞法也。又韩少师云："梅圣俞学诗日，欲极赋象之工，作《挑灯杖子诗》尚数十首。"[1]

咏一日用的琐物都能赋咏数十篇，可见其"赋象之工"，他的《杂言绝句十七首》更可以看作这种细致观察的专门训练。如其六云："青青老镜叶，下有繁实尖，浪头拨船女，刺手终不嫌"[2]；又如其八："青蝇何处来，聚集满盘间，谁知腹中物，变化如循环"[3]。这样具有"审丑意识"的观照，不仅需要诗人的细心，更需要抵御反胃的耐力。

在深挖专一物象的特性方面，欧诗较梅诗要显得逊色一些。如梅尧臣《赋永叔家白鹦鹉杂言》"交翠衿，刷羽[4]，性安顺，善言语，金笼爱，养妇女，是为陇山之鹦鹉。有白其类，毛冠角举，圆舌柔音竟世许，方尾鹘身食稻稊"[5]从毛色、性情、能言、形态等多个方面准确勾勒出白鹦鹉的特点。而欧阳修的《答圣俞白鹦鹉杂言》中只有"黄冠黑距人语言，有鸟玉衣尤皎洁""况尔来自炎瘴地，岂识中州霜雪寒"[6]两句点明了鹦鹉本身的特性，且细致程度不及梅诗。

除了单纯的赋象肖形，欧梅的唱和诗也不乏赋而有比之作，这类作品通常是借赋咏的物象来喻指某一个人或某一群体。如梅尧臣《赋秋鸿送刘衡州》：

> 秋鸿整羽翩，去就自因时。往春南方来，遂止天泉池。天泉水清泚，鸳鹭日追随。蒲藻岂不乐，江湖信所宜。今朝风色便，暂向衡阳归。洞庭逢叶下，潇湘先客飞。渚有兰杜美，心无稻粱卑。罾缴勿尔念，鹰隼宁尔窥。[7]

此诗通过赋咏秋鸿南归来褒美刘沆心寄江湖、悠游天地的潇洒。

赋而有比、借物喻人的表现形式可上溯至屈原的《橘颂》和《诗经》的

---

[1]《邵氏见闻后录》，第145页。
[2]《梅尧臣集编年校注》，第455页。
[3]《梅尧臣集编年校注》，第456页。
[4] 依朱东润注，"刷羽"二字中疑脱一字。
[5]《梅尧臣集编年校注》，第989页。
[6]《欧阳修诗文集校笺》，第218页。
[7]《梅尧臣集编年校注》，第62页。

《硕鼠》，欧梅对这一形式的突破在于翻案，其中尤以颠覆某一物象在传统咏物诗或写景诗中的文学形象最能见出诗人奇思。如欧阳修《啼鸟》：

> 黄鹂颜色已可爱，舌端哑咤如娇婴。竹林静啼青竹笋，深处不见惟闻声。陂田绕郭白水满，戴胜谷谷催春耕。谁谓鸣鸠拙无用，雄雌各自知阴晴。雨声萧萧泥滑滑，草深苔绿无人行。独有花上提葫芦，劝我沽酒花前倾。其余百种各嘲哳，异乡殊俗难知名。我遭谗口身落此，每闻巧舌宜可憎。①

在描摹黄鹂、竹林、戴胜、鸣鸠、泥滑滑、提葫芦等啼鸟的鸣声如何娇好的词句中丝毫见不出诗人的厌恶情绪和反讽意味，"颜色可爱""哑咤如婴"的黄鹂似乎比杜甫"两个黄鹂鸣翠柳"②中的黄鹂更招人怜爱，直到"我遭谗口身落此，每闻巧舌宜可憎"才托出啼鸟指代的是那些害他贬官的进谗者，从而给诗歌逻辑造成强烈对立，也给读者心理带来巨大冲击。

如果说将啼鸟之巧舌与小人之巧舌作比显得主观色彩过重，那么梅尧臣《谕鸥》的翻案则更多地与客观物理相连。如"翩翩沙上鸥，安用避渔舟。渔人在鱼利，何异尔所求"③，梅诗抓住沙鸥与渔船同逐鱼利却躲避渔船的物性向沙鸥发问，颇有理趣，耐人寻味。

苏轼曾给"趣"下过一个定义：诗"以奇趣为宗，反常合道为趣"④，这说明诗歌要有"趣"，一是必须"反常"——给人以不同寻常的审美体验；二是必须"合道"——蕴含某种客观的道理。如果把这个定义限定在咏物诗上，那么我们可以得出一个结论：物趣就是一种"反常"的物理。正如前述，物理和物趣都来源于诗人对客观世界的观察，但物趣比物理多了一步妙悟的升华。诗人的妙悟是给读者带来"反常"审美体验的原材料，而形式多样的描写手法就是转换的媒介，往往栖居着诗人丰富的灵感，这里仅举白描和比喻两类描写手法。

白描本是中国画中的一种传统技法，指完全用线条勾勒物象，后被文学理论借用，指不假典故和辞藻，用简洁朴素的笔触描写物象的特点，透露出诗人对物象关系的认识。

然而，唐代诗人，特别是晚唐诸人，在白描方面已经积累了太多的经验和范式。如何创新白描手法，欧梅有自己的主张：

> 诗家虽率意，而造语亦难。若意新语工，得前人所未道者，斯为善

---

① 《欧阳修诗文集校笺》，第66页。
② 见于杜甫《绝句四首》（其三），《全唐诗》，第2475页。
③ 《梅尧臣集编年校注》，第365页。
④ ［宋］魏庆之：《诗人玉屑》，上海：上海古籍出版社，1978年，第212页。

>也。必能状难写之景，如在目前，含不尽之意，见于言外，然后为至矣。贾岛云："竹笼拾山果，瓦瓶担石泉"姚合云："马随山鹿放，鸡逐野禽栖"等是山邑荒僻，官况萧条，不如"县古槐根出，官清马骨高"为工也。①

这是欧阳修在《六一诗话》中记载的梅尧臣的一段话，通过"竹笼""马随"两句与"县古"一句的对比来说明何为"意新语工"，实际上是论述如何运用白描手法才能实现"状难写之景，如在目前，含不尽之意，见于言外"的审美效果。

梅尧臣认为，"县古"一句较"竹笼""马随"两句为工，但没有说明原因。其实不难看出，"县古"一句较"竹笼""马随"两句的主要不同在于形容词的使用和物象关系的类型。"竹笼""马随"两句仅仅是空间关系层面物象的罗列，无非就是表现荒僻萧条的环境和"天人合一""艰苦朴素"的情怀，难免千篇一律。而"县古槐根出，官清马骨高"由于"古"和"清"两个形容词的使用而为"县"和"槐根""官"和"马骨"两组物象赋予了因果关系，也极大延长了描绘画面的时间跨度：因为县城经历了漫长的历史，所以槐树的树根才会冒出地面；因为县官长期的清廉奉公，所以官马才会吃不饱，从而导致马骨的突兀。既抓住物象的典型特征，又注意物象之间的逻辑关联，这也就让具体而纷繁的物象变得抽象而有序，让难以言说的象外之意通过读者的自动填补变得连贯而显豁。

从欧阳修引述梅尧臣的这段话可以看出两人对因果式白描的青睐，这在两人的唱和诗中也能得到印证。如欧阳修《初秋普明寺竹林小饮饯梅圣俞分韵得亭皋木叶下五首》其三云："野水竹间清，秋山酒中绿"②；《黄河八韵寄呈圣俞》云："坚冰驰马渡，伏浪卷沙流"③；《和圣俞百花洲二首》其二云："荷深水风阔，雨过清香发"④；梅尧臣《得高树早凉归》其三云："池上暑风收，竹间秋气早"⑤；《依韵和欧阳永叔黄河八韵》云："啮岸侵民壤，飘槎阁雁洲"⑥；

---

① 《六一诗话》，《历代诗话》上册，第267页。
② 《欧阳修诗文集校笺》，第1268页。该句的逻辑关系：原野上的水因为经过竹林而变得清澈，秋天的山峰因为倒影在绿酒中而变绿。
③ 《欧阳修诗文集校笺》，第286页。该句的逻辑关系：因为（冬天的时候）河上的冰很坚硬所以能驰马渡过，因为是在伏天所以（水势很大）能卷起泥沙。
④ 《欧阳修诗文集校笺》，第1455页。该句的逻辑关系：因为荷叶长在水域的深处，所以水面上的风能吹得很开阔，又因为刚下过雨，所以荷叶被拍打出清香。
⑤ 《梅尧臣集编年校注》，第33页。该句的逻辑关系：因为普明精庐建在水池上，所以暑热的空气消退了，又因为建在竹林中间，所以秋天的寒气较早地到来。
⑥ 《梅尧臣集编年校注》，第40页。该句的逻辑关系：因为河岸的弯曲较多，所以农民的土地常被侵蚀和吞没，因为过河时小船飘摇不定，所以要暂时停搁在河中的雁洲。

《廖秀才归衡山县》云："过林湘橘暗，收潦楚江清"①；等等。

相比于白描，比喻能够通过诗人的联想更自由地选用物象作为喻象，在本体与其他物象之间建立更广泛的联系，从而使本体的特征更加形象可感。在喻象的选用上，欧梅延续了选题的趣味，极力避陈就生，朝着日常化和细节化发展，且多有以人事比自然，或以自然比人事的"陌生化"比喻，寻求跨越物类的异质物象之间的逻辑张力。

例如，欧阳修《答梅圣俞大雨见寄》"岂止下土人，水潦没襟裾。扰扰泥淖中，无异鸭与猪"②，以鸭和猪比喻身处泥淖的人；《尝新茶呈圣俞》"鄙哉谷雨枪与旗，多不足贵如刈麻"③，以枪和旗比喻茶的芽和叶，以割麻比喻采摘谷雨后的茶（谷雨后一芽一叶的茶较老而价廉）；《寄圣俞》"空肠时如秋蚓叫，苦调或作寒蝉嘶"④，以蚯蚓叫比喻肚子饿了打咕噜，以寒蝉的嘶鸣比喻悲苦的诗风。又如梅尧臣《次韵永叔对雪十韵》"云衣随处积，水甲等闲屯，团戏为丸转，堆雕作兽蹲"⑤，把覆盖在物体表面的雪比作像云一样的衣服和水做的铠甲，把雪随风回卷比作小球滚动，把堆成的雪雕比作小兽蹲踞。

即使是典喻，欧梅也十分关注典故中那些日常生活化的甚至具有"审丑意识"的物象。如欧阳修《再和圣俞见答》"子言古淡有真味，大羹岂须调以齑。怜我区区欲强学，跛鳖曾不离淤泥"⑥，用《礼记》中不加调料的肉汁比喻古淡质朴的梅诗，用《荀子》中跛足的鳖谦指资质不佳却努力学诗的自己。又如梅尧臣《中伏日永叔遗冰》"畏冷不敢食，有类夏虫疑"⑦，用《庄子》中不可与之谈冰的夏虫来比喻畏惧寒冷而不敢食冰的自己。这种"陌生化"比喻使读者不得不花更多的时间和精力去找寻物象之间相似之处，通过延长审美的过程，还原诗人在创作时的感觉时间和妙悟难度。

欧梅唱和诗中还可以见到递进比喻，即把逻辑链条引入两个或两个以上的比喻，第一个比喻往往是后面比喻的前提条件，多个比喻层层递进，把本体和喻象的相似之处演绎得淋漓尽致，再现了诗人完整的联想过程。

例如，欧阳修《会饮圣俞家有作兼呈原父景仁圣从》云："诗翁文字发天

---

① 《梅尧臣集编年校注》，第67页。该句的逻辑关系：廖秀才经过树林的时候湘地的橘子就会熟透变暗了，下雨过后楚地的江水就会变得清澈。
② 《欧阳修诗文集校笺》，第216页。
③ 《欧阳修诗文集校笺》，第201页。
④ 《欧阳修诗文集校笺》，第136页。
⑤ 《梅尧臣集编年校注》，第1127页。
⑥ 《欧阳修诗文集校笺》，第139页。据141页"笺注六"，"大羹"语出《礼记·乐记》"大羹不和，有遗味者矣。'郑玄注："大羹，肉湆，不调以盐菜。'""跛鳖"语出《荀子·修身》"故跬步而不休，跛鳖千里。"
⑦ 《梅尧臣集编年校注》，第1097页。"夏虫"语出《庄子·外篇·秋水》"夏虫不可以语于冰者，笃于时也。"

葩，岂比青红凡草木？凡草开花数日间，天葩无根长在目"①；《依韵奉酬圣俞二十五兄见赠之作》云："念君怀中玉，不及世上珉。珉贱易为价，玉弃久埋尘"②；又如梅尧臣《偶书寄苏子美》云："我今或盈轴，体逸思益峭，有如秋空鹰，气压城雀鹞。又如饮巨钟，一举不能釂，既釂心已醉，颠倒视两曜。"③这三个例子中的本体：文才、品德、读诗体验，都是抽象的事物，却能表现得形象可感，妙趣横生，曲折有理。这正是因为递进式比喻的运用——先建立一个模糊的物象关系，再建立一个具体的、深层的物象关系，就像《偶书寄苏子美》以"饮巨钟"比喻读好诗，先以体量之大而不能立刻穷尽的相似之处建立两者的模糊联系（有这样相似之处的喻象还有很多），再以立刻穷尽便会让人神志颠倒、双目眩迷的相似之处建立两者具体的、深层的联系（有这样相似之处的喻象便很少了）。这种类似于"揭谜底"的审美体验往往能出人意表，令人叫奇。

3. 造境：经历与知识的延展

司马光《涑水记闻》卷三记载：

（夏）竦幼学于姚铉，使为《水赋》，限以万字。竦作三千字以示铉，铉怒不视，曰："汝何不以前后左右广言之，则多矣！"竦又益之，凡得六千字以示铉，铉喜曰："可教矣！"年十七，善属文，为时人所称。④

这个例子说明善咏物者不仅要善咏所咏之物，还要善咏所咏之物相关系的其他事物，从而造出一个丰富而完整的诗境。然而，物与物之间的关系并不都是水和水之"前后左右"那样能够共时地呈现在诗人眼前的空间关系，还有历时地呈现在诗人眼前的时间关系和逻辑关系。如果说咏眼前之物靠的是观察和感悟，那么咏不在眼前之物，则往往需要丰富的人生经历和知识储备。

实际上，通过延展个人经历和知识储备咏物就是欧阳修所说的"觑天巧"。梅尧臣和苏舜钦去世后，欧阳修在《感二子》中这样评价他们：

（苏梅）二子精思极搜抉，天地鬼神无遁情。及其放笔骋豪俊，笔下万物生光荣。古人谓此觑天巧，命短疑为天公憎。⑤

这种"觑天巧"的精神直接韩愈"规模背时利，文字觑天巧"⑥的衣钵，且意涵指归也很明确，就是指诗歌的内容广阔，无所不包，有时还涉及荒诞怪异

---

① 《欧阳修诗文集校笺》，第222页。
② 《欧阳修诗文集校笺》，第223页。
③ 《梅尧臣集编年校注》，第251页。
④ ［宋］司马光撰，邓广铭、张希清点校：《涑水记闻》，北京：中华书局，1989年，第55页。
⑤ 《欧阳修诗文集校笺》，第246页。
⑥ 见于韩愈《答孟郊》，《韩愈全集校注》第34页。

的"鬼神"意象。这也和他在《梅圣俞墓志铭》中对梅尧臣的单独评价相一致:"其初喜为清丽闲肆平淡,久则涵演深远,间亦琢刻以出怪巧。"①其中,"演"字透露出了"搜抉"的方式:"演,延也,言蔓延而广也。"②要达到咏一物而包罗万象的效果,欧梅的方法是沿着时间链条和逻辑链条对人生经历和知识储备进行延展,以至于上天入地,纡余委备,摇曳多姿,议论迭起,展现出物象之间的时间关系和逻辑关系,而淡化空间关系,使诗歌带有明显的叙事性和议论性特征。

人生经历以人为中心,着眼于唱和主体与所咏之物的关系。例如一组以"银杏"为赋题的唱和诗,就将赋的重心从银杏本身转移到了梅尧臣的个人处境和采摘过程上:

> 欧阳修《梅圣俞寄银杏》:鹅毛赠千里,所重以其人。鸭脚虽百个,得之诚可珍。问予得之谁,诗老远且贫。霜野摘林实,京师寄时新。封包虽甚微,采掇皆躬亲。物贱以人贵,人贤弃而沦。开缄重嗟惜,诗以报慇勤。③

> 梅尧臣《依韵酬永叔示予银杏》:去年我何有,鸭脚赠远人,人将比鸿毛,贵多不贵珍,虽少未为贵,亦以知我贫。至交不变旧,佳果幸及新,穷坑我易满,分饷犹奉亲。计料失广大,琐屑且沉沦,何用报珠玉,千里来殷勤。④

欧诗开篇即点明"所重在其人"的观点,认为银杏本身的价值犹如"鹅毛"。可是采摘之人的"贤"和"贫",以及采摘过程的艰辛和运输路途的遥远,这些因素都使银杏显得弥足珍贵,而欧诗的主旨也落在"人贤弃而沦"的"嗟惜"上。梅诗的时间线索和物我关系更加明晰,诗歌从"去年""我"寄银杏给远方的亲友写起,到欧阳修来信(报珠玉)为止。在物和人关系的处理上,虽然"我"是梅诗的主要表现对象,却与银杏的特征两相互见:银杏数量之少说明了"我"的贫穷;与老朋友的交情依旧,银杏新熟的时候才会想到寄赠;"我贫""犹奉亲"才显得银杏来之不易。

又如一组以澄心堂纸为赋题的唱和诗,同样是以赋人为中心,借赋物以赋人:

> 欧阳修《和刘原父澄心纸》:君不见曼卿子美真奇才,久已零落埋黄埃。子美生穷死愈贵,残章断稿如琼瑰。曼卿醉题红粉壁,壁粉已剥昏

---

① 《欧阳修诗文集校笺》,第881页。
② [东汉]刘熙撰,[清]毕沅疏证,王先谦补,祝敏彻、孙玉文点校:《释名疏证补》,北京:中华书局,2008年,第112页。
③ 《欧阳修诗文集校注》,第151页。
④ 《梅尧臣集编年校注》,第801页。

烟煤。河倾昆仑势曲折，雪压太华高崔嵬。自从二子相继没，山川气象皆低摧。君家虽有澄心纸，有敢下笔知谁哉。宣州诗翁饿欲死，黄鹄折翼鸣声哀。有时得饱好言语，似听高唱倾金罍。二子虽死此翁在，老手尚能工翦裁。奈何不寄反示我，如弃正论求俳诙。嗟我今衰不复昔，空能把卷阖且开。……君从何处得此纸，纯坚莹腻卷百枚。官曹职事喜闲暇，台阁唱和相追陪。文章自古世不之，间出安知无后来。①

梅尧臣《依韵和永叔澄心堂纸答刘原甫》：退之昔负天下才，扫掩众说犹除埃。张籍卢仝斗新怪，最称东野为奇瑰。当时辞人固不少，漫费纸札磨松煤。欧阳今与韩相似，海水浩浩山嵬嵬。石君苏君比卢籍，以我拟郊嗟困摧。公之此心实扶助，更後有力谁论哉。禁林晚入接俊彦，一出古纸还相哀。曼卿子美人不识，昔尝吟唱同樽罍。因之作诗答原甫，文字驯稳如刀裁。怪其有纸不寄我，如此出语亦善诙。往年公赠两大轴，於今爱惜不辄开。是时有诗述本末，值公再入居兰台。崇文库书作总目，未暇缀韵酬草莱。前者京师竞分买，罄竭旧府归邹枚。自惭把笔粗成字，安可远与锺王陪。文墨高妙公第一，宜用此纸传将来。②

欧诗的大半篇幅是在叙述石延年、苏舜钦、梅尧臣不遇的命运和超群的诗才，嘲讽自己的衰病和"空能把卷"，回答"君家虽有澄心纸，有敢下笔知谁哉？"的问题，而只有一句"君从何处得此纸，纯坚莹腻卷百枚"③是对澄心纸本身特性的描写。这样一来，澄心纸如何珍贵的问题就转换成了石、苏、梅三人诗才如何高超的问题，其内在逻辑是：纸张的质量越好，用纸之人的诗才应该越高；反过来，人的诗才越高，也说明所用之纸的质量越好。

到了梅尧臣《依韵和永叔澄心堂纸答刘原甫》那里更是终篇不见澄心纸本身的特性，而完全着题于诗才孰高孰低的探讨，同时沿着欧诗的逻辑继续推演：诗才低下者是"漫费纸札"，诗才高超者才应该用澄心堂纸将诗文流传后世。梅诗的时间切换也显得十分自由，从"退之昔负天下才"到"欧阳今与韩相似"，从"昔曾吟唱同樽罍"到"往年公赠两大轴"，再到"前者京师竞争分买"，于不连续的叙事之中对欧阳修、石延年、苏舜钦和自己的诗才做出评判，最终得出"文墨高妙公第一，宜用此纸传将来"④的结论，在诗歌最后才将人和物捆绑起来，点出澄心纸留存久远的特点。这一类咏物诗以咏物之题行咏人之实，但人之特质又与物之特性联系紧密，相辅相成，起到人、

---

① 《欧阳修诗文集校笺》，第154页。
② 《梅尧臣集编年校注》，第800-801页。
③ 同上。
④ 以上六句均见于《梅尧臣集编年校注》，第801页。

物兼咏的效果。

知识储备以物为中心，着眼于所咏之物和他物的关系。欧阳修的咏物类唱和诗在"言他物"上可以说是做足了文章，颇有"白战体"所展现的"万物驱从物外来，终篇不涉题中意"①的精神。在欧阳修那里，赋题可能只是一个切入点，诗歌开头用赋题引入后，并不像梅尧臣《赋永叔家白鹦鹉杂言》那样开始深挖该物的特性，而是转向所咏之物的前因和后果、过去和现在、物主和宾客等周边的其他主体，就像一个人从园林中心的亭子观景，会很少注意亭子内部的结构和装饰，而更多地放眼于亭子四周的景色。

例如《尝新茶呈圣俞》以"建安三千里，京师尝新茶"②领起，之后主要是写采茶的经过、标准，包装的过程，泡茶的泉水、器具，如何赏茶，客人的态度等等，只有"新香嫩色如始造，不似来远从天涯"③一句是对新茶本身特性的描写。

又如《初食车螯》：

> 累累盘中蛤，来自海之涯。坐客初未识，食之先叹嗟。五代昔乖隔，九州如剖瓜。东南限淮海，邈不通夷华。於时北州人，饮食陋莫加。鸡豚为异味，贵贱无等差。自从圣人出，天下为一家。南产错交广，西珍富邛巴。水载每连舳，陆输动盈车。溪潜细毛发，海怪雄须牙。岂惟贵公侯，闾巷饱鱼虾。此蛤今始至，其来何晚邪。螯蛾闻二名，久见南人夸。璀璨壳如玉，斑斓点生花。含浆不肯吐，得火遽已呀。共食惟恐后，争先屡成哗。但喜美无厌，岂思来甚遐。多惭海上翁，辛苦斲泥沙。④

欧阳修在第一句点出"盘中蛤"的赋题及其"海之涯"的产地，后面便跳离车螯，把主要的笔墨放在"海之涯"上，交代"海之涯"的前世和今生。欧诗从五代十国天下分裂讲到宋太祖赵匡胤建立宋朝，用国家统一、市场繁荣、百姓富足来解释车螯能够从"海之涯"来到自己的餐桌，颂扬北宋王朝开创的盛世；之后又跳回到对车螯名称的介绍，以及对其外貌特征和烹煮状态的描写，其间还暗含宾客从一开始的惊叹到后来争抢的时间线索，使得时间的延展和收束张弛有度。欧诗还在叙事中间来回穿插议论，使诗歌主旨更加鲜明，特别是诗歌最后宕开一笔，以"海上翁"作结，抒发悯农的士大夫情怀，虽"离题万里"，却显得立意高拔。

另外，作比较也是欧阳修常用的方法，赋咏的篇幅常常集中在比较的对

---

① 见于杜衍《聚星堂咏雪赠欧公》，《全宋诗》，第1600页。
② 《欧阳修诗文集校笺》，第201页。
③ 同上。
④ 《欧阳修诗文集校笺》，第168页。

象上,从反面来突出所咏之物的特性。以《圣俞惠宣州笔戏书》为例:

圣俞宣城人,能使紫毫笔。宣人诸葛高,世业守不失。紧心缚长毫,三副颇精密。硬软适人手,百管不差一。京师诸笔工,牌榜自称述。累累相国东,比若衣缝虱。或柔多虚尖,或硬不可屈。但能装管梢,有表曾无实。价高仍费钱,用不过数日。岂如宣城毫,耐久仍可乞。①

该诗只有"硬软适人手""耐久仍可乞"两句是揭示宣州笔本身特性的,却有一半是在写"京师诸笔工"人多而技低,所造之笔或柔或硬,有表无实,价高寿短。这样的写法看似"本末倒置",却更加凸显宣州笔本身的特性和欧阳修的揄扬之意。从以上例子可以看出,"言他物"的过程实际上就是用运动的、联系的观点看所咏之物,点明"他物"的特性也就是对所咏之物特性的再细分和再阐发。

值得注意的是,唱和活动本身也是一次人生经历,而原作也自然成为和者在酬和时知识储备的一部分。欧梅唱和诗中的大量和作都对原作的物象进行了重述,这种处理方式是和作常用的,尤其对于异地唱和的酬和一方来说具有十分重要的意义,因为它不仅可以弥补不在场所带来的观察和感悟缺陷,还可以使和作在原作的基础上再造新境。

庆历七年(1047),苏舜钦作《沧浪亭记》和《沧浪亭》《初晴游沧浪亭》《独步游沧浪亭》等诗,并邀欧阳修、梅尧臣等人共赋沧浪。欧梅在没有前往苏州的情况下,分别创作了两首寄题和作——《沧浪亭》和《寄题苏子美沧浪亭》②,其中就有对唱和活动的介绍以及对原作物象的重述。

一般来说,对唱和活动的介绍会出现在寄题和作的开头,不会像上文以咏物之名行咏人之实的咏物诗那样"喧宾夺主",而只是作为引入的部分。有的叙述自己的写作背景,如欧阳修《沧浪亭》云:"子美寄我沧浪吟,邀我共作沧浪篇。沧浪有景不可到,使我东望心悠然"③,将对方寄诗、自己受邀作诗、写作环境和心态都一一点明;有的叙述对方的写作背景,如梅尧臣《寄题苏子美沧浪亭》云:"闻买沧浪水,遂作沧浪人。置亭沧浪上,日与沧浪亲,宜曰沧浪叟,老向沧浪滨"④,几乎就差写明"遂吟沧浪诗"了;还有的兼述两者,如韩维《寄题苏子美沧浪亭》云:"闻君买宅洞庭傍,白水千畦插稻身"⑤,用一个"闻"字将唱者和和者的写作背景拉拢在一起。

引入过后便是对景物的赋咏,这一部分和原作具有高度的"互文性",同

---

① 《欧阳修诗文集校笺》,第1373页。
② 《欧阳修诗文集校笺》,第80页。
③ 《欧阳修诗文集校笺》,第79页。
④ 《梅尧臣集编年校注》,第388页。
⑤ 《全宋诗》,第5212页。

时又见出和者的丰富想象力。以下列出与苏记和欧诗"互文性"较强的语句进行对比（如表1所示），并由此分析和者对原作物象重述的方式。

表1 苏舜钦与欧阳修诗中互文性较强诗句对比

苏舜钦《沧浪亭记》	欧阳修《沧浪亭》
"崇阜广水""有弃地""三向皆水也""遗意尚存""澄川翠干""左右皆林木相亏蔽"	"荒湾野水气象古，高林翠阜相回环"
"杂花修竹""光影会合于轩户之间"	"新篁抽笋添夏影，老枿乱发争春妍"
"鱼鸟共乐"	"水禽闲暇事高格，山鸟日夕相啾喧"
"访诸旧老，云钱氏有国，近戚孙承右之池馆也。坳隆胜势，遗意尚存""左右皆林木相亏蔽"	"不知此地几兴废？仰视乔木皆苍烟"
"野老不至""并水得微径于杂花修竹之间""其地益阔""无穷极"	"堪嗟人迹到不远，虽有来路曾无缘"
	"穷奇极怪谁似子？搜索幽隐探神仙"
	"初寻一径入蒙密，豁目异境无穷边"
"澄川翠干""尤与风月为相宜""遂以钱四万得之"①	"风高月白最宜夜，一片莹净铺琼田"
	"清光不辨水与月，但见空碧涵潋滟"
	"清风明月本无价，可惜只卖四万钱"②

从物象的选取来看，欧诗几乎囊括了苏记的所有物象，并根据自己的想象，新增了一部分，如"笋""春妍""苍烟""神仙""琼田""潋滟"，其中后五个都用在句末。这样做固然是出于造新境的考虑，同样也是为了兼顾和韵的需要。

然而，物象并不等同于意象，更不等同于意境。虽然物象大多是从苏记中"拿来"的，但欧诗对苏记的意象和意境并没有完全照搬，而是进行了重述③。重述的方式可以分为以下四类：

一是替换，是指对原作中物象的修饰成分进行替换。如"崇阜"替换为"翠阜"、"修竹"替换为"新篁"、"光影"替换为"夏影"、"微径"替换为"来路"，实际上就是从另外一个角度为物象释名，比较符合客观事实，并没有掺入和者的想象元素。

二是补充，是指为原作中没有修饰成分的物象增加一个修饰成分。如"鸟"

---

① 表中"苏舜钦《沧浪亭记》"一列和下文从中所引用的语句均见于《欧阳修诗文集校笺》，第80-81页。
② 表中"欧阳修《沧浪亭》"一列和下文从中引用的语句均见于《欧阳修诗文集校笺》，第79页。
③ 这里的"重述"是放在不改变物象的前提下来探讨的，基本同义的物象相替换也应视作不改变物象，如"篁"与"竹"、"禽"与"鸟"、"路"与"径"、"川"与"水"、"四万钱"与"钱四万"等。

扩充为"水禽"和"山鸟"、"风月"扩充为"风高月白"和"清风明月",这些添加的修饰成分透露了和者对原作物象的想象,但并不充分。

三是凝练,是指对原作物象的整合和升华。如"三向皆水"的"弃地"凝结为"荒湾"、"弃地"的"水"凝结为"野水"、"左右""相亏蔽"的"林木"凝结为"高林"和"乔木"、"三向皆水"的"弃地"和"遗意尚存"的"池馆"凝结为"气象古"等。其妙处与"县古槐根出,官清马骨高"异曲同工,一个形容词的嵌入有时会使整个句子的意境开阔不少。

四是演绎,是指重新支配原作中的物象从事某种活动,从而衍生出全新的诗境,最能见出和者的想象力。如苏记的"鸟"在欧诗中"闲暇事高格""日夕相啾喧"、苏记的"竹"和"花"分别在欧诗中"抽笋添夏影"[1]和"(于)老柄乱发争春妍"、苏记的"风月"变得"最宜夜""(月光)一片莹净铺琼田"、苏记的"澄川"在"清光"的照耀下"不辨水与月""但见空碧涵漪涟"。可以说,演绎让和作最终完成了造新境的任务,从本质上展现出有别于原作的独特面貌。

要之,为了实现咏物类唱和诗新诗境的再创造,欧梅在观照对象和观照方式上都做了一定的创新:选题方面,欧梅既继承了经典化的物象,又将目光聚焦在日常生活和事物细节上,开拓咏物的题材;体物方面,欧梅既注重以细致入微的观察穷尽物理,又强调将灵感和妙悟注入观照过程,实现物趣的升华。更为重要的是造境,欧梅发扬韩愈"觑天巧"精神,将人生经历、知识储备以及两者基础上生发出的合理想象引入咏物类唱和诗,展现出观照过程的时间性和逻辑性。然而,在具体的观照过程中,欧梅对观照对象和观照方式的选择具有一定的偶然性,也体现出或强或弱的偏好。例如,最明显的区别是,梅具有欧所不具备的"审丑意识"以及更强的发掘物理的能力,而欧则比梅在"言他物"上更胜一筹。

五、用事:典故的处理

在为诗人提供诗材的知识储备中,有一类知识非常特殊,那就是典故。典故分为两种,一种是语典,一种是事典。语典是指作品中所引用的有来历出处的词藻,通常带有某种感情色彩或象征意义。事典是指作品中所依据的有来历出处的故事,一般具有相对完整的情节意味和价值评判,即事情和事理。由于事典所具备的以上两个特性,因此对于事典的处理更能见出宋人对

---

[1] 虽然苏记中也提到了"澄川翠干,光影会合于轩户之间",但主语是"澄川翠干",而不是"竹"。

"事"编码和解码的创作技巧和理性精神。虽然在宋诗学中,"用事"兼采语典和事典[1],但为了聚焦讨论欧梅唱和诗如何处理事典,本部分即拟在行文中将典故专指事典,用事也专指使用事典,并将其方式方法分为三类:一是改写,交织事情与现实;二是反思,翻新事情和事理;三是共鸣,贯通事理与达意。

1. 改写:事情与现实的交织

改写的对象一般是神话故事,这类典故的事情本就扑朔迷离,诡谲离奇,富有传奇色彩,因此二次创作的施展空间也比较广阔,有利于进行唱和诗创作。在唱和活动中,对一个神话的改写往往会把唱和的主体代入神话故事中,并通过新主体的行为改变神话故事的情节发展,或以新主体之视角描述非凡境界的系列场景,而事情或大或小的波澜变动都可以折射出唱和主体和整个时代的光影。

嘉祐元年(1056),滁州人捕获了一只白兔赠送给远在京城做官的欧阳修。欧阳修十分喜爱这只白兔,为它写了《白兔》诗,并宴请宾客进行唱和。梅尧臣、刘敞、刘攽、苏洵、韩维、王安石等人均有和作。这些宴会之上的和作,包括欧阳修的原作,"皆以常娥月宫为说"[2],即都把玉兔逃离月宫作为构思和发挥的起点,直到后来欧阳修敦促梅尧臣"颇愿我兄以他意别作一篇"[3],梅尧臣才创作了以韩愈《毛颖传》为改写对象的和作《重赋白兔》。那么对于同样一件事情,欧梅在改写上有何不同呢?他们又为何这样改写呢?以下将对欧阳修的原作和梅尧臣的和作进行比较:

欧阳修《白兔》:天冥冥,云濛濛,白兔捣药姮娥宫。玉关金锁夜不闭,窜入滁山千万重。滁泉清甘泻大壑,滁草软翠摇轻风。渴饮泉,困栖草,滁人遇之丰山道。网罗百计偶得之,千里持为翰林宝。酬酢委金璧,珠箔花笼玉为食。朝随孔翠伴,暮缀鸾皇翼。主人邀客醉筵下,京洛风埃不沾席。群诗名貌极豪纵,尔兔有意果谁识。天资洁白已为累,物性拘囚尽无益。上林荣落几时休,回首峰峦断消息。[4]

梅尧臣《永叔白兔》:可笑常娥不了事,走却玉兔来人间。分寸不落猎犬口,滁州野叟获以还。霜毛氀毹目睛殷,红绦金练相系攘。驰献旧守作异玩,况乃已在蓬莱山。月中辛勤莫捣药,桂旁杵臼今应闲。我欲

---

[1] 周裕锴:《宋代诗学通论》,上海:上海古籍出版社,2007年,第515页。
[2] 《欧阳修诗文集校笺》,第1368页。
[3] 同上。
[4] 同上。

拔毛为白笔，研朱写诗破公颜。①

事情方面，欧诗和梅诗在开篇都交代了月宫白兔偷下凡间，至于白兔被滁州人捕获，并当作礼物送给欧阳修的现实情节也别无二致。但是，梅尧臣删减了欧诗的一些情节，包括白兔如何在滁州悠游自在，以及到欧阳修家后如何生活奢华却又失去自由。在辞藻和诗境上，欧诗都要比梅诗华丽和充实。

这种取舍的殊异首先是因为欧梅对待白兔态度和立意的不同。欧阳修把白兔作为自己的经历和情志的寄托，极力发掘白兔与自己的共同点：白兔从"金关玉锁"的月宫逃到泉清草软的滁州，再从滁州绑到京城，正像是自己从京城到滁州再到京城的宦游经历；白兔为"天资洁白"而遭受累绁，自己也因出众的才能被召入京城；白兔锦衣玉食而"物性拘囚"，自己也在得享高官厚禄的同时受到烦琐政务的束缚。因此，白兔在滁州和京城的两种生活形态会出现在欧诗中，欧阳修通过两种生活形态的强烈对比，抒发的是对滁州山水的怀念和仕宦羁累的感慨。

相比于欧阳修的寄托遥深，梅尧臣则对白兔无所寄托，只是就事论事，表现出强烈的理性精神和批判意识。在他看来，欧阳修对白兔下凡的改写在逻辑上讲不通：首先，放走白兔的嫦娥是糊涂可笑的；其次，白兔也没有理由要作欧阳修养在金笼子里的玩物，因为蓬莱山的神仙生活都留不住它，何况凡间的富贵呢？因此，这只白兔并不是从月宫逃离的玉兔，只是一只"凡卑"之物。②虽然从"可笑""况乃"二词上看出梅尧臣对欧诗的改写有所微辞，但出于应酬的需要，梅诗在玉兔下凡、月中捣药、桂旁杵臼的叙述上还是顺着原作意思的，直到最后一句"我欲拔毛为白笔，研朱写诗破公颜"在戏谑中暴露出真实用意，从神话跌落到现实，与原作对待白兔的态度和立意大相径庭，也难怪"翰林主人不爱尔说"③。

另外，这种改写的差异也透露出欧梅在这一时期的诗学观念上存在分歧。梅尧臣在第二篇和作《戏作常娥责》中假托嫦娥与自己对话，解释了自己为何这样改写的原因：

以理责我我为听，何拟玉兔为凡卑。"百兽皆有偶然白，神灵独冒由所推。裴生亦有如此作，专意见责心未夷。"遂云"裴生少年尔，谑弄温软在酒卮。尔身屈强一片铁，安得妄许成怪奇。翰林主人亦不爱尔说，尔犹自惜知不知。"④

---

① 《梅尧臣集编年校注》，第 896 页。
② 梅尧臣在《戏作常娥责》中假托常娥责备自己："以理责我我为听，何拟玉兔为凡卑……翰林主人不爱尔说。"见于《梅尧臣集编年校注》，第 898 页。
③ 《梅尧臣集编年校注》，第 898 页。
④ 同上。

梅尧臣在这里想表达的是，自己虽然有像欧阳修那样改写的能力，但自己年事已高，且性格倔强似铁，行文应该持重一些，不能随意"妄许"事情，而导致改写的部分"成怪奇"。在梅尧臣看来，欧阳修将一只"凡卑"的白兔改写成逃下凡间的玉兔是一种"怪奇"的写法。这一时期，欧阳修的浪漫主义和梅尧臣的现实主义倾向性差别日益鲜明：梅尧臣更加注重细节和逻辑，而欧阳修则在求新求奇的道路上越走越远。

欧阳修对梅尧臣《永叔白兔》的不欣赏，以及对"皆以常娥月宫为说"的不满足，促成了梅尧臣的第三篇和作《重赋白兔》。梅诗虽在场景描写上的想象力上不及原作，却在情节和比拟的曲折变化上更胜一筹。

梅诗从《毛颖传》中获得灵感，同样将毛笔拟作中山人："毛氏颖出中山中，衣白兔褐求文公，文公尝为颖作传，使颖名字存无穷。"[1]但是毛笔和兔子关系被做了改写：《毛颖传》将兔子拟作是毛颖（毛笔）的先祖[2]，而梅诗将兔子拟作是穿了"白兔褐"的毛颖，且毛颖求韩愈作传的情节也不见于《毛颖传》，完全出于梅尧臣的虚构。

这两处虚构和改写是为了后面情节的展开作铺垫："徧走五岳都不逢，乃至琅琊闻醉翁，醉翁传是昌黎之后身，文章节行一以同。滁人喜其就笼绁，遂与提携来自东。见公於钜鳌之峰，正草命令辞如虹，笔秃愿脱冠以从，赤身谢德归蒿蓬。"[3]梅尧臣在这里将《毛颖传》的前世和后事成功改编成了一个报恩的故事：毛颖曾经求韩愈为自己作传，毛颖为了报答韩愈，找到了韩愈的"后身"欧阳修，自愿用自己的"白兔褐"来为欧阳修作毛笔起草诏书。

这样虚构的目的显然是引出欧阳修"是昌黎之后身，文章节行一以同"的赞誉。而"衣白兔褐"的改写则与"赤身谢德归蒿蓬"的结局遥相呼应，毛颖把自己的"白兔褐"献给欧阳修后从白兔变回了"赤身"的毛笔，功成身退，归于蒿蓬，与《毛颖传》中被秦始皇遗弃的结局又有不同。虽然最后还是落入了《永叔白兔》"拔毛为白笔"的窠臼，但《重赋白兔》的整个改写和虚构可谓巧妙而圆满，且在叙事之中自然融合了对欧阳修的赞扬，让人不得不赞叹梅尧臣的"老笔"。

2. 反思：事情与事理的翻新

由于对诗歌强烈的求新求变需求，以及宋代各种思想潮流的交织跌宕，

---

[1]《梅尧臣集编年校注》，第900页。
[2] "毛颖者，中山人也。其先明眎……"见于《韩愈全集校注》第1693页，据第1696页注释（三），《礼记·曲礼下》云："凡祭祀宗庙之礼，兔曰明视。"
[3]《梅尧臣集编年校注》，第900页。

宋人对事情和事理都产生了强烈的质疑和批判精神，好为翻案诗①也成为宋人作诗的一大特色。在唱和活动中，对某一事情的翻案固然有标新立异、以才相挑的竞争心理，但也渗透出宋人对待典故的反思意识。为了给某一事情翻案，宋人往往撇开事情全貌，攻其一点，从而翻新某个事理的正论，自成一家之言。其方法主要有两种：一是质疑事情细节；二是变换事理视角。

通过质疑事情细节来推翻前论往往缺乏逻辑深度，却颇有解构效果和诘难趣味，相比视角上的翻新出奇更容易让人信服，正如在法庭辩护的过程中，千言万语的雄辩敌不过静默无言的证据。比如欧阳修《夜坐弹琴有感二首呈圣俞》（其二）：

　　瓠巴鱼自跃，此事见於书。师旷尝一鼓，群鹤舞空虚。吾恐二三说，其言皆过欤。不然古今人，愚智邈已殊。奈何人有耳，不及鸟与鱼。②

瓠巴跃鱼，师旷舞鹤本是赞扬两位琴师技艺高超，然而欧诗的立论却认为这两段事情言过其实，因为在有耳郭的人里尚且难寻知音，更何况是没有耳郭的鸟鱼呢？显然，欧阳修在这里是通过反讽来感慨知音难寻，但利用人有耳而鸟鱼无耳来论证确实比直接判断"鸟鱼不及人"更具有说服力。

梅尧臣和作《次韵和永叔夜坐鼓琴有感二首》（其二）：

　　鱼跃与鹤舞，物情曾未殊。无情则无应，何必问鸟鱼。③

此诗选择回避有耳与无耳的细节，在"问鸟鱼"行为本身上作文章，反诘道：如果鸟鱼不能感受到音乐的美好，那么瓠巴和师旷何必对着它们弹琴呢？梅尧臣在这里无意于对欧诗的立论进行"拨乱反正"，而是劝慰欧阳修：鸟鱼的"物情"不曾改变，只要是有回应的事物都可以成为知音。欧梅对鸟鱼"物情"的机智对答，虽不及庄子与惠子对"鱼之乐"的辩论那样诡诈而激烈，但也能见出其中的思辨性。

再如王安石《明妃曲二首》（其一）对毛延寿的翻案可谓"离经叛道"："意态由来画不成，当时枉杀毛延寿"④，针对昭君和亲的典故，批判毛延寿的奸佞贪婪和汉廷的懦弱无能是两大正论，而王安石执拗地认为人的"意态"不可画，将毛延寿的忠奸问题转变为单纯的技术问题，进而证实毛延寿是被冤枉的，汉元帝应该对昭君悲剧负全部责任，其意在借古讽今，将矛头直指施行"岁币外交"的宋仁宗。

然而，翻案诗所质疑的事情细节未必就是铁证，可能存在历史考辨不严

---

① 翻案诗涉及咏史、咏物、题画等多个题材，如本文在第三部分中提到的《啼鸟》就属于咏物一类的翻案诗。要申明的是，此处只选取欧唱和诗中咏史一类的翻案诗进行考察。
② 《欧阳修诗文集校笺》，第228页。
③ 《梅尧臣集编年校注》，第1130页。
④ ［宋］王安石撰、［宋］李壁注、李之亮补笺：《王荆公诗注补笺》，成都：巴蜀书社，2002年，第109页。

谨、逻辑论证不严密的问题，比如没有耳郭的鱼鸟是否具有"物情"（感知音乐的能力），鱼的跳跃和鹤的起舞又是否是对琴声的回应，"意态"是否真的"画不成"等，这些问题都值得商榷。但我们也应认识到，质疑事情细节不是为了考证历史，甚至不是为了单纯地评论典故，而是为了寄托当下，反映诗人的心灵困境和时代背景。

通过变换事理的视角来重新评判典故，不一定是推翻正论，得出一个与正论完全相反的结论，更多的是从另外一个视角阐发正论或者进一步引申，而视角的选择和论证的过程则集中体现了宋人的道德判断和政治关怀。比如在嘉祐四年（1059）围绕王安石《明妃曲二首》的唱和活动中，王安石、欧阳修、梅尧臣针对昭君的幽怨和汉廷的无能两个问题通过不同的视角展开了以下探讨：

针对昭君幽怨的问题，王安石的《明妃曲二首》（其一）从个人得失的角度认为，昭君不应该为远嫁而幽怨，因为远嫁匈奴未必就是相对的不幸："君不见咫尺长门闭阿娇，人生失意无南北"[①]，就算是留在汉宫，也会像陈皇后那样被打入冷宫，既然都是不幸，那么在汉地或胡地又有什么区别呢？

王安石无奈地将昭君的不幸归结于命运的必然，实际上是偷换了昭君悲剧的原因。因为不幸并不是昭君命运的必然，陈皇后的遭遇固然是宫中大部分女性的缩影，但也不是所有宫中女性都是如此。王安石感慨"失意无南北"，其实是对自己长期有志难酬宣泄：昭君在胡地失意，而我王安石在汉地也同样失意。那么，这也就不难理解《明妃曲二首》（其二）"汉恩自浅胡恩深，人生乐在相知心"[②]的意思了：汉家虽然对我恩情浅薄，胡人虽然对我恩情深厚，但人生最快乐的事是互相知心，而能与自己互相知心的只有语言与习俗相通的汉家。[③]在这里，王安石又从人生贵在相知的角度认为，昭君应该幽怨，实际上还是对自己不逢知遇的抒发。这样看来，昭君到底应不应该幽怨就不重要了，重要的是论证过程背后王安石自己的幽怨。

梅尧臣的和作《和介甫明妃曲》"男儿反覆尚不保，女子轻微何可望"[④]对该问题的观点相对缺乏新意，其思路与王安石"君不见咫尺长门闭阿娇，人

---

① 《王荆公诗注补笺》，第109页。
② 同上。
③ 对"君不见咫尺长门闭阿娇，人生失意无南北"和"汉恩自浅胡恩深，人生乐在相知心"两句的解释历来存在争议，这里选取的是目前学界主流的观点。参邓广铭《为王安石〈明妃曲〉辨诬》，《文学遗产》，1996年第3期；漆侠《王安石的〈明妃曲〉》，《中国文化研究》1999年第1期；闵泽平《王安石〈明妃曲〉辩证》，《天中学刊》2004年第1期；高宏洲《王安石〈明妃曲〉释疑》，《理论月刊》，2017年第9期。
④ 《梅尧臣集编年校注》，第1143页。

生失意无南北"①一致,也是对昭君的安慰之语,但是从男女对比的角度切入的:男子在这动荡的环境中尚且不可保全,何况身份轻微的女子,她们能有什么指望呢?

针对汉廷无能的问题,欧阳修的和作《再和明妃曲》"虽能杀画工,于事竟何益?耳目所及尚如此,安能万里制夷狄!汉计诚已拙,女色难自夸"②顺着王安石"枉杀毛延寿"的角度进行引申。但与王安石不同,欧阳修并没有言明毛延寿冤枉与否,因为他觉得这个问题不重要,毛延寿有没有罪和杀不杀他都于事无补,重要的是汉元帝对自己身边的事都觉察不到,更何况万里之外的敌情呢?了解敌情都做不到就更谈不上制服敌人了,昭君和亲完全是汉廷无计可施、乞求和平的表现。

相比于王安石,欧阳修在汉廷无能的问题上反思更为深刻,他不仅把责任都算在了"耳目"主人汉元帝的头上,更指出汉元帝的耳塞目昏与不能"制夷狄"有直接关系,点明了昭君出塞就是汉廷无能的直接表现。这种差异应该与他当时官居翰林学士、能够从更高的站位上看政治问题有关。

3. 共鸣:事理与达意的贯通

作为一种蕴含着深厚历史文化内涵的艺术符号,典故往往具有多层次、多向度的事理指向,常被诗人用来表达某种态度、观念、逻辑,即诗家常说的"达意",而典故的丰富内涵也能为达意增添文化厚度,使"意"的表达或一往情深,或言简意赅。在两人异地的情况下,欧梅唱和诗时常充当着书信的功能,承载着达意的使命。用事以达意是欧梅唱和诗的惯用手段,但不同于西昆体繁缛堆砌、晦涩朦胧的用事风格,欧梅更注重事理与达意的贯通,在典故与现实的类比中形成某种共鸣。

明道二年(1033),钱惟演南下随州就职,洛阳钱幕文人集团的其他成员也相继离开洛阳,而留在洛阳的欧阳修不免有离群索居之感,他寄诗给在河阳县做主簿的梅尧臣:"寄问陶彭泽,篮舆谁见邀?"③意思是:"寄诗询问您这位'陶渊明',谁来抬着篮舆邀请您呢?"欧在这里用陶渊明乘坐篮舆赴会的典故④,向梅发出赴会的邀请,同时将梅暗比为陶渊明,表达了褒美之意,

---

① 《王荆公诗注补笺》,第109页。
② 《欧阳修诗文集校笺》,第234页。
③ 见于《寄圣俞》,《欧阳修诗文集校笺》,第1439页。
④ 见于《晋书·隐逸传·陶潜传》。"篮舆"的典故大致讲述了江州刺史王弘想要结识陶渊明却不能召他前来,而让他的朋友庞通之在他游玩庐山的途中准备好酒等他,陶渊明有脚疾,要让人用篮舆抬着上山,到了庞通之等候的地方便一起饮酒,过了一会儿王弘到了,陶渊明也没有产生抵触。

而之所以这样作比又与梅常常师法陶渊明诗歌有关。①

梅在和作中也用相同的典故予以回应:"纵令佳约在,载酒定何邀?"②意思是"即使有赴会的约定,那您载着酒邀请谁呢?"梅没有正面回答是否赴邀,而是反问欧载着酒邀请谁,实际上就是婉拒了欧的邀请,同时对欧无人可邀的离索处境表示同情。"载酒"二字还暗把欧比作渴望与贤士交游的王弘,同样有褒美之意。通过用"篮舆"的典故,欧诗和梅诗扩大了邀请和拒绝的信息体量,使其更加深情和委婉,欧梅也进一步实现了更高层次的精神交流。

受韩孟诗派的影响是欧梅诗歌的一大显著特征③,以韩孟比对方或自己也成为欧梅唱和诗中经常出现的内容,且主要分为以韩孟诗风和以韩孟交谊作比两方面。

例如,欧阳修的《读蟠桃诗寄子美》第一次明确地将梅尧臣比作孟郊,并以韩孟诗风类比自己和梅的诗风:

> 韩孟于文词,两雄力相当……郊死不为岛,圣俞发其藏。患世愈不出,孤吟夜号霜。霜寒入毛骨,清响哀愈长。玉山禾难熟,终岁苦饥肠。我不能饱之,更欲不自量。引吭和其音,力尽犹勉强。诚知非所敌,但欲继前芳。④

欧阳修在诗中称誉梅比贾岛更能发掘孟郊"苦吟"诗风和清寒诗境,同时对梅像孟郊一样"终岁枯饥肠"的境遇表示同情。虽然"患世愈不出,孤吟夜号霜"一句似乎表明,像韩愈一样的诗人还没有出世,梅尧臣未获知音,只能"孤鸣",但后文的"力尽犹勉强"和"但欲继前芳"又见出欧在表面谦虚下对"韩愈"角色当仁不让的自信,实际上是以韩孟之唱和比自己与梅之唱和。

而梅尧臣的和作《永叔寄诗八首并祭子渐文一首因采八诗之意谨以为答》则是以韩孟交谊类比自己和欧的交谊:

> 昔闻退之与东野,相与结交贱微时。孟不改贫韩渐贵,二人情契都不移。韩无骄矜孟无腼,直以道义为己知。我今与子亦似此,子亦不愧前人为。⑤

---

① 张明华、魏宏灿:《论梅尧臣诗对陶渊明的接受》,《广西社会科学》,2004年第2期。
② 见于《依韵和永叔雪后见寄,兼云自尹家兄弟及几道散后子聪下县,久不得归,颇有离索之叹》,《梅尧臣集编年校注》,第40页。
③ 尚永亮、刘磊:《欧、梅对韩、孟的群体接受及其深层原因》,《四川大学学报(哲学社会科学版)》,2005年第4期。
④ 《欧阳修诗文集校笺》,第59页。
⑤ 《梅尧臣集编年校注》,第287页。

这组唱和诗作于庆历五年（1045），此时的欧阳修已经担任过谏官、知制诰、龙图阁直学士和河北都转运按察使等高级官职，在庆历新政中发挥重要作用，而梅尧臣还只是一个从湖州监盐税卸任在京听候磨勘的闲官，生活拮据，欧曾赠梅酒，解其困窘。①

梅用"贫"与"贵"来形容自己和欧的地位差距可谓名副其实，但梅在这里绝不是为了单纯界定二人的悬殊处境，而是借韩孟交谊的典故叙说与欧的交往历程：韩孟相交于两人都"贱微"的时候，而"我们"同样是结识于钱惟演的幕僚中。韩愈日后的官位日益上升，孟郊却依然穷困潦倒，而"你"也像韩愈一样逐渐显贵，"我"像孟郊一样久居下僚。面对这种地位变化，韩孟二人能够情谊不改，韩愈毫无骄矜之态，孟郊也没有表现出腼腆，"我们"的心态也是如此。通过与韩孟交谊相比拟，梅更自然地把自己与欧的友谊性质提升到了"道义"的高度："我们"和韩孟一样，都是因为坚守"道义"才成为知己。

梅尧臣将欧阳修比作韩愈的其他唱和诗还有很多，如前述的《依韵和永叔澄心堂纸答刘原甫》的"欧阳今与韩相似……文墨高妙公第一"②以韩愈文坛盟主的地位比欧在当时文坛之地位。又如《重赋白兔》的"醉翁传是昌黎之后身，文章节行一以同"③，以韩愈文与道的高度统一比欧的"文章节行"。再如《和永叔内翰》的"犹喜共量天下士，亦胜东野亦胜韩"④，认为自己与欧的交谊甚至胜过韩孟，因为韩孟之间仅能唱和，而自己和欧还能共同主持礼部贡举，为国家量选天下英才。

然而，梅尧臣对于欧阳修将自己比作孟郊却持保留意见，尽管梅在与欧的唱和诗中接受了这种比拟，并自觉地在"孟郊"的角色上对号入座，但多是在附和和自嘲的情况下，其态度明显不像欧认领"韩愈"角色那样干脆利落。如庆历八年（1047）他在《别后寄永叔》中写道：

> 孟卢张贾流，其言不相昵……窃比于老郊，深愧言过实，然于世道中，固且异谤嫉。交情有若此，始可论胶漆。⑤

诗中的"流"字暗含梅尧臣对孟郊等人的贬义，"深愧"二字也颇有"固辞不受"的意味。"然"和"固且"两个虚词的意涵十分丰富：既感激欧对自己的激赏，认识到欧将自己比作孟郊是对自己的推誉，但也认识到这种话仅限于

---

① 庆历四年（1044），梅尧臣在京期间有《永叔赠酒》，见于《梅尧臣集编年校注》，第261页。
② 《梅尧臣集编年校注》，第801页。
③ 《梅尧臣集编年校注》，第900页。
④ 《梅尧臣集编年校注》，第926页。
⑤ 《梅尧臣集编年校注》，第468页。

朋友之间，如果在世道之中就可能是诽谤嫉妒之语了。诗歌最后还是落到"交情"上来，说明梅仅认同以韩孟交谊作比的方面，而不认同以孟郊诗风比自己诗风的方面。

从诗学渊源来看，梅更多师法的是陶渊明和韩愈。梅在写给晏殊的一篇和诗中也提道："宁从陶令野，不取孟郊新"①，同样表明了这种态度。究其原因，可能与梅尧臣久居下僚形成的自卑而敏感的心理有关。康定元年（1040），梅在《依韵和永叔子履冬夕小斋联句见寄》的自注里写道：

> 永叔尝见嘲，谓自古诗人率多寒饿颠困：屈原行吟于泽畔；苏武啮雪于海上；杜甫冻馁于耒阳；李白穷溺于宣城；孟郊、卢仝栖栖道路。以子之才，必类数子。今二君又自为此态而反有"饭颗"之诮，何耶？②

对于一句玩笑之语如此介怀，以至于多年后还念念不忘，反唇相讥，可见以梅的政治抱负，他并不想和孟郊一样拥有穷困潦倒的命运。但不幸的是被欧一语成谶，梅终究一生"寒饿颠困"，在这样的处境下也难免沾染上孟郊苦寒的诗风。

要之，典故的事情和事理往往和欧梅唱和诗的造境和立意联系紧密，而欧梅唱和诗对典故的处理既彰显了艺术的追求，也有出于功用的考量：在交织事情与现实时，欧梅依旧发挥"戮天巧"精神，代入唱和主体改写神话故事，继续着再造新境的任务；在翻新事理和事情时，欧梅则表现出强烈的反思意识，大胆质疑事情细节和变换事理视角，在唱和竞技中出一头地；在贯通事理与达意时，欧梅充分利用典故的丰富文化意涵，各执事理的一端，在与典故的某种共鸣中完成了达意的任务。

然而，欧梅处理典故的方式也存在明显的差别：对于事情的改写，欧倾向于浪漫，而梅则注重贴合现实；对于典故的反思，梅将发掘物理的功夫应用到对事情的质疑，更显思维的敏锐，而欧则将深切的政治关怀引入对事理的探讨，更显立意的高拔；在以韩孟类比自己的问题上，欧阳修主张以韩孟诗风类比自己和梅之诗风，而梅则更加认同以韩孟交谊类比自己和欧之交谊。

六、结　语

天圣九年（1031）至嘉祐五年（1060），是欧阳修和梅尧臣唱和的三十年，

---

① 见于《以近诗贽尚书晏相公忽有酬赠之什，称之甚过，不敢，辄有所叙，谨依韵缀前日坐末教诲之言以和》，《梅尧臣集编年校注》，第369页。
② 《梅尧臣集编年校注》，第171页。

也是北宋诗风革新一个重要的过渡时期。其间，欧梅留下的一百余组唱和诗直接参与和书写了这场革新运动。这些唱和诗所具备的文人化题材、"觑天巧"的咏物方法以及翻案法等特征都已指向了宋诗的基本面貌。而两人参加的洛阳钱幕文人集团和组织的嘉祐文人集团也是北宋重要的文学团体，承续着宋初西昆的唱和之风，开启了后来苏门的酬酢之盛。因此，不论是唱和诗的发展脉络还是宋调的形成过程，都可以从欧梅唱和诗创作的实践轨迹中窥见端倪。

首先，欧梅唱和诗将"诗可以群"的功能推向了一个新高度。从创作的情景来看，欧梅唱和诗几乎涵盖了文人社交的所有场合：宴游应制、朋友赠答、馆阁酬唱、悼念朋友，相比于元白以朋友赠答为主，西昆以馆阁酬唱为主，欧梅将唱和更广泛地应用于交际之中。从诗歌的题材来看，欧梅唱和诗几乎囊括了公共生活和私人生活的所有截面：政治事务、风土人情、道德原则、交游场景、琐物琐事、知识储备等，特别是对琐物琐事的关注具有开创性，欧梅从中发掘美感和趣味，叙述给彼此，大家一同赏玩，为日常生活找寻"诗意的栖居地"。从欧梅的共同体意识来看，长期的唱和促进了两人诗学理论自觉的萌发和共同审美理想的形成，评诗论诗是欧梅唱和诗的重要主题，两人也常常提出相似的观点，例如欧《水谷夜行寄子美圣俞》和梅《偶书寄子美》中关于"苦硬"的一致看法等，而由此形成的共同体意识必然也使欧梅"以诗交友"的友谊更加紧密。

另外，欧梅唱和诗在创作上已经显现出宋调的美学新质。在长时间切磋诗艺的相互影响下，欧梅唱和诗形成了相对一致的审美特征。如果一定要找一个概念去总括这个审美特征，那恐怕只有"理性精神"最为合适了。周裕锴说宋人"主张用道德理性对诗的情感内容严加规范"，"无论是论诗还是作诗都自觉将理致置于激情之上"[1]。在我看来，欧梅唱和诗"理性精神"的主要表征是逻辑的贯穿。在原作与和作之间、诗歌与现实之间、前文与后文之间，逻辑的种种变化，诸如推演、断裂、接续、对立、类比，演化出欧梅对友人的劝慰、戏谑和悼念，对日常与细节的探寻，对物理和物趣的发掘，对经历和知识的延展，对事情与现实的交织，对事情与事理的翻新，以及对事理与达意的贯通。这种搭配可以无穷无尽，为"理性精神"在诗歌领域的孕育和发展提供了广阔的空间和无限的可能。而欧梅对同一主题、题材和主旨处理的差异性，则体现了唱和诗逻辑细节的复杂性和链条的曲折性，也意味着宋诗"重理"的基本面貌在两人的创作实践中逐渐廓清和成熟。

---

[1] 周裕锴：《自持与自适——宋人论诗的心理功能》，《文学遗产》，1995年第6期。

由于时间紧迫，本文对欧梅唱和诗的研究还不够深入，有些问题还有待解决。例如，欧梅唱和诗中有大量的异地唱和之作，在异地的条件下，唱和诗创作会出现什么样的特征，与同地唱和有什么不同，这些问题都值得继续深入讨论。

参考文献

1. 古籍

[1] 焦循撰，沈文倬点校. 孟子正义. 北京：中华书局，1987.

[2] 刘熙撰，毕沅疏证，王先谦补，祝敏彻、孙玉文点校. 释名疏证补. 北京：中华书局，2008.

[3] 沈约撰. 宋书. 北京：中华书局，1983.

[4] 脱脱等撰. 宋史. 北京：中华书局，1977.

[5] 邵博撰，刘德权、李剑雄点校. 邵氏见闻录. 北京：中华书局，1983.

[6] 司马光撰，邓广铭、张希清点校. 涑水记闻. 北京：中华书局，1989.

[7] 欧阳修著，洪本健校笺. 欧阳修诗文集校笺. 上海：上海古籍出版社，2009.

[8] 梅尧臣著，朱东润编年校注. 梅尧臣集编年校注. 上海：上海古籍出版社，2006.

[9] 欧阳修著，李逸安点校. 欧阳修全集. 北京：中华书局，2001.

[10] 韩愈著，屈守元、常思春主编. 韩愈全集校注. 成都：四川大学出版社，1996.

[11] 王安石撰，李壁注，李之亮补笺. 王荆公诗注补笺. 成都：巴蜀书社，2002.

[12] 彭定求等. 全唐诗. 北京：中华书局，1960.

[13] 北京大学古文献研究所. 全宋诗. 北京：北京大学出版社，1991.

[14] 周啸天. 诗经楚辞鉴赏辞典. 成都：四川辞书出版社，1990.

[15] 刘克庄. 后村诗话. 北京：中华书局，1983.

[16] 魏庆之. 诗人玉屑. 上海：上海古籍出版社，1978.

[17] 严羽著，郭绍虞校释. 沧浪诗话校释. 北京：人民文学出版社，1961.

[18] 袁枚. 随园诗话. 北京：人民文学出版社，1982.

[19] 何文焕辑. 历代诗话. 北京：中华书局，1981.

[20] 丁福保辑. 历代诗话续编. 北京：中华书局，1983.

[21] 郭绍虞编选，富寿荪校点. 清诗话续编. 上海：上海古籍出版社，1983.

2. 专著

[1] 洪本健. 欧阳修资料汇编. 北京：中华书局，1995.

[2] 周义敢，周雷. 梅尧臣资料汇编. 北京：中华书局，2007.

[3] 刘德清. 欧阳修纪年录. 上海：上海古籍出版社，2006.

[4] 钱锺书. 宋诗选注. 北京：生活·读书·新知三联书店，2002.

[5] 王水照，崔铭. 欧阳修传. 天津：天津人民出版社，2013.

[6] 朱东润. 梅尧臣传. 武汉：华中科技大学出版社，2019.

[7] 周裕锴. 宋代诗学通论. 上海：上海古籍出版社，2007.

[8] 赵以武. 唱和诗研究. 兰州：甘肃文化出版社，1997.

[9] 席勒. 美育书简. 徐恒醇，译. 北京：中国文联出版社，1984.

[10] 吴大顺. 欧梅唱和与欧梅诗派研究. 西安：陕西人民出版社，2008.

[11] 谢琰. 北宋前期诗歌转型研究. 北京：北京大学出版社，2013.

[12] 巩本栋. 唱和诗词研究——以唐宋为中心. 北京：中华书局，2013.

[13] 郭英德. 中国古代文人集团与文学风貌（修订版）. 北京：中国人民出版社，2012.

[14] 贾晋华. 唐代集会总集与诗人群研究. 北京：北京大学出版社，2001.

[15] 成玮. 制度、思想与文学的互动. 上海：复旦大学出版社，2013.

3. 论文

[1] 赵以武. 试论中唐以前唱和诗的特点与体制. 甘肃社会科学，1997（3）.

[2] 卞孝萱. 元白次韵诗新探//汉唐文史漫谈. 西安：陕西人民出版社，1986：357.

[3] 莫砺锋. 论苏轼苏辙的唱和诗//唐宋诗歌论集. 南京：凤凰出版社，2007：361.

[4] 张志烈. 苏王唱和管窥//四川大学学报丛刊，1985.

[5] 汤吟菲. 中唐唱和诗述论. 文学遗产，2001（3）.

[6] 赵乐. 元白唱和诗研究. 北京大学学报（哲学社会科学版），2009（6）.

[7] 卢燕新. 白居易与洛阳"七老会"及"九老会"考论. 河南大学学报（社会科学版），2012（1）.

[8] 尹楚兵. 从吴中唱和看皮陆诗派在唐宋诗史中的地位. 中国文学研究，2004（1）.

[9] 方智范. 杨亿及西昆体再认识. 华东师范大学学报（哲学社会科学版），

2000（6）.

[10] 熊海英. "游戏于斯文"——论北宋集会诗歌的竞技于谐谑性质. 中华文化论坛，2008（1）.

[11] 马东瑶. 苏门酬唱与宋调发展. 文学遗产，2005（1）.

[12] 吕肖奂. 元祐更化初<同文馆唱和诗>考论. 四川大学学报（哲学社会科学版），2013（3）.

[13] 张明华，魏宏灿. 论梅尧臣诗对陶渊明的接受. 广西社会科学，2004（2）.

[14] 张廷杰. 论梅尧臣的边塞诗. 宁夏大学学报，1998（1）.

[15] 秦寰明. 论梅尧臣诗歌的艺术风格. 南京师大学报，1986（2）.

[16] 张仲谋. 梅尧臣、欧阳修交谊考辩. 徐州示范学院学报，1992（4）.

[17] 苏碧铨. 梅尧臣礼物酬答诗中的交游叙事. 北京教育学院学报，2019（5）.

[18] 吕肖奂. 宋代唱和诗的深层语境与创变诗思——以北宋两次白兔唱和诗为例. 四川大学学报（哲学社会科学版），2008（2）.

[19] 闵泽平. 王安石《明妃曲》辩证. 天中学刊，2004（1）.

[20] 邓广铭. 为王安石《明妃曲》辨诬. 文学遗产，1996（3）.

[21] 漆侠. 王安石的《明妃曲》. 中国文化研究，1999（1）.

[22] 高宏洲. 王安石《明妃曲》释疑. 理论月刊，2017（9）.

[23] 尚永亮，刘磊. 欧、梅对韩、孟的群体接受及其深层原因. 四川大学学报（哲学社会科学版），2005（4）.

[24] 邱志诚，冯鼎. 梅尧臣诗中的审丑意识——兼论宋诗以俗为雅风格的形成. 中南大学学报，2008（6）.

[25] 周裕锴. 诗可以群：略谈元祐体诗歌的交际性. 社会科学研究，2001（5）.

[26] 周裕锴. 自持与自适——宋人论诗的心理功能. 文学遗产，1995（6）.

4. 学位论文

[1] 施霞. 梅尧臣诗歌研究. 成都：四川大学，2003.

[2] 殷三. 梅尧臣咏物诗研究. 合肥：安徽大学，2006.

[3] 冯婷. 梅尧臣唱和诗研究. 兰州：西北师范大学，2018.

[4] 罗超华. 欧阳修交游考. 成都：四川师范大学，2015.

[5] 岳娟娟. 唐代唱和诗研究. 上海：复旦大学，2004.

[6] 熊海英. 北宋文人集会与诗歌. 上海：复旦大学，2005.
[7] 徐宇春. 苏轼唱和诗研究. 西安：陕西师范大学，2006.
[8] 金传道. 北宋书信研究. 上海：复旦大学，2008.
[9] 涂序南. 梅尧臣研究. 南京：南京师范大学，2013.

新诗的戏剧化和小说化

姓　　名：黄　舜　　　指导教师：周东升

【摘　要】 作为一个诗学概念,"戏剧化"在新诗历史上经历了不同时期的阐述并主要在 20 世纪 40 年代袁可嘉那里获得系统性的讨论,此后经历一段时期的沉寂,又在 90 年代隐现于诸多诗人的诗歌实践中并以碎片化的方式被诗人、诗家所论及。"戏剧化"的此种发展性、差异性特征决定了其不具备给定内涵。研究者的误读、移植或对概念的无意识挪用又更大限度加重了"戏剧化"概念不明、指涉过广的情况,导致其与诸多概念发生混淆,其中以"小说化"尤甚,以至于难以区分何谓"戏剧化""小说化"。实际上,"戏剧化"显见特征有戏剧性的对白或独白、类似舞台效果或影视镜头语言效果的戏剧化情境以及通过情感、观念、语言(语气、语调)等构建的戏剧式冲突;"小说化"显见特征则是心理刻画,人物描写、故事情节的讲述。结合具体文体而言,二者之间又有更为细微的区别。

【关键词】 新诗;戏剧化;小说化

教师评语：

　　当代新诗批评一个显见又顽固的问题就是不加辨析地使用概念，以至于同一篇文章也不能保持概念在前后文中的同一性。正是基于这样的问题意识，黄舜的论文选取新诗批评中常用的两个高频概念：戏剧化、小说化，从起源开始进行历时性的梳理，揭示概念的本土内涵和西方内涵，同时又通过批评话语分析及诗歌文本细读，辨别两个概念之间错综复杂的关联和各自侧重的意涵，最终为两个概念的内涵与外延划出相对清晰的边界。论文选题有学术敏感性、针对性，具有较高学术研究价值；在论述过程中，理路清晰，材料丰富，思维严谨，论证有力。特别值得一提的是，黄舜拥有敏锐又精确的话语分析能力，常常能在平常处发现疑点或问题。其诗歌细读能力也相当突出，不仅能准确切入文本，而且能穿透文本发现文本后的戏剧化或小说化特征。总之，这是一篇优秀的本科毕业论文，也是一篇优秀的新诗批评话语研究的学术论文。

一、绪 论

1. 研究背景及研究现状

新诗"戏剧化"作为一个较为重要的诗学命题，最早出现在袁可嘉 20 世纪 40 年代末有关新诗"现代化"的系列讨论文章中，但除在以九叶派为代表的诗人群体中产生了较大影响外并未获得其余诗人、诗家的认可，此后几十年的时间里亦并未受到广泛关注。至八九十年代，随着国内诗歌界对西方理论的大量译介，诗人写作自觉化以及"叙事性""非个人化写作"等命题的涌现，"戏剧化"开始较为隐秘地在众多诗人那里透过个人经验的诗歌实践展现出来。虽然 90 年代有关"戏剧化"的讨论没有呈现出如 40 年代袁可嘉"戏剧化"理论那样的系统性和完整性，往往以碎片形式散落于各诗人、论者有关其他诗学命题的讨论中，但集中来看，却无不体现出 90 年代对"戏剧化"技法的重视。

值得注意的是，90 年代的"戏剧化"阐述又与袁可嘉主要基于英美新批评而转译出的"戏剧化"诗学有着较大区别。事实上，闻一多、卞之琳等也曾从技法的角度隐微地谈及"戏剧化"，但现当代诗歌史上有关此概念的论说并无一个较为统一的内涵，这也造成当下诗歌理论语境中的"戏剧化"概念呈现出一种模糊、混乱的状态并往往与其余概念（如"叙事性"以及本文要讨论的另一关键词"小说化"等）相互纠缠。

目前较为常见的情况是：有部分研究者倾向于把袁可嘉《论新诗戏剧化》系列文章中的论述泛化为总体的"戏剧化"理论并对之进行详细的探讨和解读，但又并未指出其与其他阶段的"戏剧化"存在的出入；有部分诗人、诗家则在没有清晰把握"戏剧化"内涵的情况下以"戏剧化"理论介入某些诗歌文本展开分析。

"戏剧化"概念的发展性、差异性特征决定了其并不具备给定的专门内涵，或者说具有了过于广阔的内涵。而研究者的误读、移植或对概念的无意识挪用又更大程度地加重了"戏剧化"概念不明、指涉过广的情况。

不同于"戏剧化"，诗歌中的"小说化"概念并未成为一个重要的诗学命题，亦未获得如前者那样广泛的讨论，几乎很少有理论文本涉及，在寥寥一些论述中也往往伴随着"戏剧化"出现（但均未直接将之表述为"小说化"）。如闻一多曾提到："在一个小说戏剧的时代，诗得尽量采取小说戏剧的态度，利用小说戏剧的技巧。"①更为典型的则是出现在卞之琳的论述中,他在谈及自己的诗歌写作时,提到自己习惯于借用一种西方小说、戏剧的技巧:"常倾向于写戏剧性处境,作戏剧性独白或对话,甚至进行小说化。"②

梁实秋曾在《〈草儿〉评论》一文对康白情《草儿》诗集中的作品进行批评时,指出其中诸多作品乃"不是诗的诗",并对那些像小说的诗进行了一一列举,加以反对。如:"再看《醉人的荷风》直是《礼拜六》里的一篇小说了!我不愿拿道德批评文艺,但只看见他的形式材料,写法,实在不像诗。譬如:'她的姿态是很婀娜的而她的装饰却是很朴素的',这就是小说的写法了,诗人绝不肯这样客观地老实地平铺直叙。诗人所要写的不是婀娜的姿态与朴素的装饰,是他对于婀娜的姿态与朴素的装饰所生的感觉,由感觉引出的情感。原来诗的成就,即是以情感为中心的。"③此外,他还对《一封没写完的信》和《日光记游十一首》《庐山记游三十七首》中的两首以及《蔡苏娟访问记》《卅日踏青会》等进行批评,提出"不能承认小说是诗"和"不能承认记事文是诗"的观点。他如此说道:"诗是不宜于纪事的,纪事的文字也犯不着用诗的体裁。除了真正的叙事诗(epc)以外,诗是可以说是专为抒情的。游赏名山大川,看到奇景妙境,因而触动情绪,原是很自然的事,所以自古登临的诗也颇有佳作,对着伟丽的自然本应发出自然玄妙的调子来。"④

尽管梁实秋的上述评价没有涉及我们在此讨论的"小说化"这一概念,且带有较为强烈的受个人诗学观影响的痕迹(我们在此无意对之进行评论),但这无疑是有关"诗歌小说化"较有参考性的材料,康白情《草儿》诗集中的相关作品也为我们研究"小说化"的诗歌提供了一定参照。

对"小说化"进行考察,如果仅从形式上来看,会发现在"戏剧化"那里获得强调的间接性、客观性、矛盾冲突、情景等在"小说化"中亦兼而有之,从卞之琳的谈论中也可以间接窥见二者这种颇为暧昧的关系。这就产生了这样一系列问题,即:二者究竟是不是同一概念?为什么绝大多数研究者倾向于谈论"戏剧化"而较少提及"小说化"?如果两者不同,又具体在哪些方面存在差异?

无论从形式上还是从内在诗思来看,"小说化"都具有与"戏剧化"极为相似的特征,"小说化"与"叙事性"尤为紧密的关联以及它较少为我们关注的这一情形则共同构成了"戏剧化"与其余概念纠缠不清的主要原因。因此,

---

① 闻一多:《文学的历史动向》,《闻一多全集》(第1卷),北京:三联书店,1982年,第205页。
② 卞之琳:《完成与开端:纪念诗人闻一多80生辰》,卞之琳:《人与诗:忆旧说新》,北京:三联书店,1984年,第10页。
③ 《梁实秋文集》编辑委员会:《梁实秋文集 第1卷 文学批评》,厦门:鹭江出版社,2002年,第7页。
④ 《梁实秋文集》编辑委员会:《梁实秋文集 第1卷 文学批评》,厦门:鹭江出版社,2002年,第8页。

对"戏剧化"进行历时性梳理并就"小说化"与"戏剧化"展开辨析有助于我们厘清"戏剧化"的具体内涵，去除掺杂在其内部的诸多元素，将之还原为一个较为纯粹的诗学概念。

目前关于"戏剧化"的研究主要集中在对不同时期所展开的阶段性考察，其中又尤其以对袁可嘉相关理论的探讨为主。可以说，涉及袁可嘉"戏剧化"理论的研究材料尤为丰富，但未见专著进行探讨，往往是以专章、专节的形式出现在某些有关现代诗学或诗歌创作的集合性著作中，或者仅以单篇论文的形式出现。前者较为重要的有龙泉明、邹建军《现代诗学》以及潘颂德所著《中国理论批评史》，但二者基本止于对袁可嘉"戏剧化"的介绍与复述，并未给出较有参考价值的个人阐释。讨论袁可嘉"戏剧化"的单篇论文数目相对较多，如曹万生《中国现代诗学的深化——40年代知性诗学："包容的诗"与"戏剧化"》(《诗探索》2015年第5期，第148-158页)，廖四平、魏玲玲所撰《中国现代诗论的一种总结——论袁可嘉的诗论》(《学习与探索》，2018年第3期，第148-158页)，韦珺《袁可嘉新诗"戏剧化"诗学思想探析》(《袁可嘉诗歌创作与诗歌理论研讨会论文集》，2009年4月版)等。这些研究文章均致力对袁可嘉的"戏剧化"理论展开解读，其本质作用在于为袁氏的"戏剧化"实现一次再梳理，即前文所言将袁可嘉《论新诗戏剧化》系列文章中的论述泛化为总体的"戏剧化"理论并对之进行详细的探讨和解读。也有较多研究致力探讨袁可嘉"戏剧化"理论与西方尤其是英美新批评之间的关系。如臧棣的《袁可嘉：40年代中国诗歌批评的一次现代主义总结》(《诗探索》，1994年第2期)较早关注袁可嘉现代化诗学与英美新批评的关系并对"戏剧性"和涉及综合冲突、矛盾的"包含性"的逻辑关系进行了一定讨论；蓝棣之则在《九叶派诗歌批评理论探源》(《作家》，2001年第1期)一文中论述袁可嘉"戏剧化"诗学的同时对其西方来源展开追踪；周晓秋《浅谈〈新诗戏剧化〉和英美新批评的影响》(《袁可嘉诗歌创作与诗歌理论研讨会论文集》，2009年4月版)从袁可嘉知识构成及《新诗戏剧化》生成背景入手分析英美新批评对其诗歌理论的影响。

此外亦有不少对卞之琳"戏剧化"论说展开讨论的案例，比较重要且具影响力的主要有香港学者张曼仪的《卞之琳著译研究》以及江弱水的《卞之琳诗艺研究》。二者都是研究卞之琳诗歌的重要专著，且皆辟专章以文本细读的方式分析了卞之琳诗歌中的"戏剧化"表现。尽管二人的阐述已经非常详尽，可以不夸张地说，将卞之琳自己未展开的"戏剧化"理念进行了充分的展示。但纵观两本著作，都并未对卞诗中的"小说化"与"戏剧化"进行有效区分，即使张曼仪与江弱水都已意识到这个问题，但却一致认为两个概念在卞之琳诗歌中是相同的。①另有部分研究者则主要针对卞之琳诗歌中的"小说化"展开探讨，如朱滨丹所撰《谈卞之琳诗歌中的小说化》(《学习与探索》2004 年 5 期，第 115-117 页)致力对卞诗之中的"小说化"因素展开新的解读，对以往研究中对"小说化"的偏见进行了一定纠正，难能可贵地意识到研究者普遍将其与"戏剧化""戏剧性"混同的现象，但对此文深入考察会发现其论述停留于对诗歌中各类"小说化"特征进行展示而未关注"小说化"与"戏剧化"的差异，因此仍然未能有效地将两个粘结的概念区分开来。

另有针对徐志摩、闻一多或九叶诗群的"戏剧化"讨论，但都大多呈现出以"戏剧化"理论来关照诗歌创作的模式。如徐志摩并未有过涉及"戏剧化"的具体言论，但毛迅《徐志摩论稿》一文则切入徐志摩诗歌的"戏剧性"结构，对其诗歌中的戏剧化因子进行讨论。徐霆著《闻一多新诗艺术》辟专章对闻一多的"戏剧化"观念展开过讨论，并涉及了卞之琳和袁可嘉的"戏剧化"论述，但主要是结合闻一多创作文本进行分析，其重心主要倾向于探讨闻一多作品的"戏剧化"，而缺少对"戏剧化"理论的详细分析。游友基针对九叶派的专著《九叶诗派研究》以及蒋登科的《九叶诗派的合璧艺术》和《九叶诗人论稿》也对九叶派诗群创作上体现出的"戏剧化"进行了探索。需要注意的是，有一些研究以"戏剧化"为名但实际上与理论意义上的"戏剧化"并无本质关联，如陈卫的《论闻一多诗歌的戏剧化》(《东方丛刊》，1998年第 2 期)从朗诵、表演层面，并主要透过诗歌节奏来谈论闻一多诗歌的"戏剧化"。

未针对具体诗人、诗家而直接专注于"戏剧化"理论的研究则有李怡《中国现代新诗与古典诗歌传统》、龙泉明《中国新诗流变论》《中国新诗的现代性》、蓝棣之《现代诗的情感与形式》、孙玉石《中国现代主义诗潮史论》以及陈旭光《中西诗学的会通——20 世纪中国现代主义诗学研究》等。考察这些专著，有关"戏剧化"的讨论主要集中于卞之琳、袁可嘉、穆旦的戏剧化手法或观念上，并以片断性的论述散见于文本之中。

以上主要是针对现代时期"戏剧化"所展开的研究，而至当代，尤其是20 世纪 90 年代，所谓的"90 年代诗人批评现象"②的发生，使得此段时期对

---

① 江弱水在谈到卞之琳诗歌"对话性"与"戏剧性"时说道："如果不是同时继承了徐闻另一方面的艺术手法的话，他就不会发展出一种对话型的诗，从而为口语派上足够多的用场。这种艺术手法，就是诗的小说化、戏剧化。"(参见江弱水：《卞之琳诗艺研究》，合肥：安徽教育出版社，2000年，第 265 页)张曼仪则认为，在卞之琳的诗歌里，两者是基本同一的——"两者都是利用虚构的人物和情节，制造某一个程度上的艺术距离，以看似客观的物象表达诗人主观的感受。"(参见张曼仪：《卞之琳著译研究》，香港：香港大学出版社，1989 年)
② 冷霜：《90 年代"诗人批评"研究》，硕士学位论文，北京大学，2000 年。

于诗歌有效的研究往往只发生于诗人内部或长期关注诗歌发展的论者那里。因此，尽管不少诗人都在自觉并积极进行具有"戏剧化"特征的创作实践，但"新诗戏剧化"并未被任何诗家阐释到类似40年代袁可嘉那里达到的理论高度。加之大量诗学词汇的兴起，诗人写作的自觉化以及在技艺上对诗歌更高的要求，我们仅能从论述者的研究文本中找到有关"戏剧化"的讨论。然而正是没有研究者对90年代诗学中的"戏剧化"展开过系统性讨论而我们又在使用"戏剧化"这一概念，造成了其内涵的不明，譬如我们能感到90年代"戏剧化"与40年代"戏剧化"的区别，但又很难说清其具体差异何在，而我们在谈及"戏剧化"时亦能意识到它与其余概念意义的交叉但同样难以言明。我们可以看到，90年代"戏剧化"论说基本附带、夹杂在对具体诗人或整个90年代诗歌（主要是前者）的批评当中，如对翟永明"戏剧化"的讨论主要有陈超《翟永明诗歌论》、唐晓渡《谁是翟永明》、夏元明的《论翟永明诗歌的"戏剧性"》等，程光炜亦在《岁月的遗照》序文《不知所终的旅行》中概述了翟永明的"戏剧化"追求。除对"翟永明"的相关探讨外，另有陈超在《西川诗歌论》点出西川写作上的"面具"写作意识。同样讨论了"面具"意识的还有余旸《张枣诗歌论："传统"建构及其体制化》（北京大学硕士学位论文，2005年）。王昌忠《综合性视野中的1990年代诗歌写作》（苏州大学博士学位论文，2008）在讨论90年代综合性构思时曾提及戏剧化手法。有关"戏剧化"的论述还隐约见于洪子诚主编《在北大课堂读诗》末尾有关90年代诗学关键词的讨论中。陈均撰写的《90年代部分诗学词语梳理》将"戏剧化"作为主要关键词进行了简短的介绍，但由于其篇幅限制而仅仅展现了90年代"戏剧化"的凤毛麟角。

另有一些研究致力讨论40年代与90年代"戏剧化"之间的对应关系，如霍俊明《并非圭臬："新诗戏剧化"的历史意义与现实反思》（袁可嘉诗歌创作与诗歌理论研讨会论文集，2009年）。但此文将"戏剧化"与"叙事性"视作几乎相似的命题，并将关注点放在讨论"戏剧化"造成的对抒情性的放逐上面，是存在一定问题的。另有张桃洲在《现代汉语的诗性空间——新诗话语研究》中以专节提出了"戏剧化"在40年代和90年代的对应性，虽篇幅短小（仅有约6000字），但无疑已为"戏剧化"的研究辟了一条新的路径。

对"戏剧化"展开详尽的历时性梳理，并有意识地对"戏剧化"的内涵进行清理的研究，笔者仅见到胡苏珍《跨语际实践中的新诗"戏剧化"研究》（浙江大学博士学位论文，2009年）一文。此文从"跨语际实践"的角度对"戏剧化"理论加以关照，且对"戏剧化"的梳理尤为详细，但并未意识到"戏剧化"内部所隐含的与"小说化"之间的交叉关系，其原因或许在于：其一，论文主要将注意力集中在以跨语际实践关照"戏剧化"上面而未详细辨析其与诸多概念之间的关系（尽管胡苏珍在此文讨论过"戏剧化"与"叙事性"之间的关系，但笔者认为并不详尽）；其二，也是主要原因，即目前有关"小说化"的研究除以"化小说"的写作技法的形式出现在闻一多及卞之琳那里，以及前文提及的有关卞之琳诗歌"小说化"的讨论以外几乎处于半真空状态。

因此本文旨在梳理有关"戏剧化"的研究现状并在此基础上探讨"戏剧化""小说化"（"叙事性"）以及类似概念之间的区别，力图在各概念之间梳理出一条较为清楚的界限。

2. 研究方法及研究思路

本文主要通过文献研究法展开并以历时性梳理的方式对"戏剧化"在不同时期的概念进行展示，尤其是 40 年代和 90 年代两个时期，力图使每个时期、每个代表性论者那里的"戏剧化"概念都呈现一个较为清晰的内涵，以此为基础展开第二部分的工作，即详细讨论"戏剧化"概念定义上的混乱，以及和其他概念混用的现象，探讨造成这一现象的原因。最后，主要围绕"戏剧化""小说化"概念展开辨析，结合具体作品及中西方相关论著探讨什么是典型的"戏剧化"，什么是典型的"小说化"。

论文框架包括历时性梳理和共时性阐述，除绪论外具体分第二、第三部分进行。第二部分主要致力于概念梳理，阶段性地考察 40 年代及 90 年代戏剧化写作的具体渊源和表现形态。在讨论 40 年代的同时兼涉闻一多、卞之琳等的相关论述及英美新批评的"戏剧化"理论，在讨论 90 年代时尽量从各诗人、诗家的论述里挖掘出那些隐含在不同言说中的"戏剧化"影子。

第三部分主要致力于概念辨析，又分为两个部分，前一部分展示"戏剧化"与其余概念（主要是"小说化"）混用的情况并探讨其内在原因；后一部分为主体，重在辨析，结合具体诗作讨论什么是典型的"戏剧化"、什么是典型的"小说化"。

结语部分将对第二、第三部分的内容进行总结式的提炼，并析出研究结论，在此基础上亦注重对整个研究过程的反思，指出工作中的不足以及尚需改进的部分。

3. 研究目的和研究意义

本文主要基于以下两方面的意图：

第一，从现有研究来看，关于"戏剧化"的探讨多集中于对单个诗派、诗人作品的研究，鲜见专题性的单篇论文或专著对"戏剧化"诞生以来的具体内涵进行论述。此外，诸多研究者都将兴趣投向卞之琳的戏剧化技法、袁可嘉的"戏剧化"理论或者九叶诗人（以穆旦为主）的戏剧性实践，少有研究者将目光投向 90 年代的"戏剧化"，更少有诗人、诗家对"戏剧化"概念混淆不清的现状予以重视。故鉴于还没有较为完整的研究致力对不同时期不同论者那里的"戏剧化"理论进行详细梳理，本文希望能通过对不同时期文献的考察来较为清晰地展示"戏剧化"在自 40 年代（或更早）至 90 年代之间的阶段性内涵，并挖掘每个时期"戏剧化"的主要特征。

第二，新诗史上各个时期各个论者那里的"戏剧化"论说并没有一个较为统一的内涵。有部分研究者倾向于将袁可嘉参考西方"戏剧化"而得的个人化阐述看作总体的"戏剧化"理论；另一些研究者则将袁可嘉的观点与在 90 年代诗人那里阐释出的观念都当作"戏剧化"。但事实上 90 年代诗人的观念与袁可嘉的"戏剧化"存在出入，甚至前二者与闻一多、卞之琳提到的"化戏剧、化小说"也有较大差别。可以说，袁可嘉最早直接译介的"戏剧化"论本身就存在一定的"直译"和"转述"上的机械性，且在其后各家的理解中已日益走样。

"戏剧化"理论及相似提法除见于袁可嘉的《论新诗现代化》等重要文集之外，往往只是潜藏在不同时期的诗人、诗家个人化的经验论之中，每个诗人、诗家的理论之间并无较为明显的承继关系。可以说"戏剧化"之所以没有一个较为确定的基本内涵，正是和这种差异性、发展性有关。通过长时间来不同诗人、诗家的不同阐释，"戏剧化"已经获得了非常广阔的内涵，成为一个可以指涉很多特征的诗学概念。似乎当我们提到某首诗歌具有"间接性""冲突性""对话性"等特点时，我们就能说它是一首具有一定"戏剧化"特征的诗歌。如此一来，"戏剧化"这一命题的诗学价值就必然遭到削弱。要知道，当一个概念"无所不指"的时候，它也同时"无所可指"，从而沦为一个无意义的概念。

因此，鉴于目前在使用"戏剧化""小说化"（叙事性）等概念时混乱模糊的情况，本文希望能通过笔者的论述在"戏剧化""小说化"概念之间给出一个较为明晰的界定，并试图以"典型的戏剧化"和"典型的小说化"来加以区分，使得各个概念能以一个较为清楚的面貌呈现在我们面前。

二、新诗"戏剧化"的历时性梳理

在 20 世纪 20 年代，新诗戏剧化的试验已初现端倪，但试验者及相应作品皆屈指可数，且没有直接提及"戏剧化"的言论。寥寥的实验之作如朱自清《小舱中的现代》，诗歌将一大段方言对白置于开头，展现了一幅嘈杂拥挤的生活场面。之后则有以徐志摩、闻一多为代表的新月派诗人将"土白""对话"等掺入诗歌。闻一多曾提到："在一个小说戏剧的时代，诗得尽量采取小说戏剧的态度，利用小说戏剧的技巧。"①但他仅仅将之作为一种写作技巧，相关论述也只停留在较为粗略的感知阶段，且他提倡的"化戏剧、化小说"实际上是为其后期诗歌走向大众化的观念服务。30年代卞之琳将"戏剧化""小说化"引入诗歌并作为自己诗歌创作的一项重要手段加以讨论，但并未进行系统性的阐述。真正将"戏剧化"提升到诗学命题层面是在40年代，诗人兼论者的袁可嘉在吸纳英美新批评理论的基础上，针对当时诗坛流行的感伤情绪及具有强烈政治意识形态的现实主义系统性地提出新诗"戏剧化"理论。袁可嘉在《新诗现代化》《新诗现代化的再分析》《新诗戏剧化》《谈戏剧主义》以及《对于诗的迷信》等系列文章中对英美新批评的戏剧化理论进行了直译和转化，并对"戏剧化"的内涵进行了第一次较为完整的理论界定。此后，新诗"戏剧化"经历了一段时期的沉寂，在90年代又获得了重新阐释和发展。这一时期的阐述虽未能如袁可嘉那样涉及方向、原则这一类大角度，却呈现众声喧哗式的多声部交响状态。这些碎片式的个人诗观相互交集，在拓宽"戏剧化"内涵的同时也造成其概念的多义性。

可见，国内关于"戏剧化"的阐述主要集中于两个历史时期，即40年代和90年代。下面，本文试图就这两个时期的"戏剧化"理论进行更为详细的展开，并以两个时期作为中心点，在对40年代进行讨论的同时兼涉20—30年代新月派及卞之琳的有关论述且简要梳理英美新批评的"戏剧化"理论（在这个部分我们还会看到"戏剧化"与"小说化"被混为一谈的情况）；在对90年代进行讨论的同时则注重展示其与诸多概念之间的交缠情况，以期现示"戏剧化"在各个时期及论者那里体现出的不同内涵。

1. "戏剧化"的初次成形：40年代的"戏剧化"言说

新诗"戏剧化"作为一个诗学概念出现并被第一次集中讨论主要发生在40年代，由袁可嘉在转译英美新批评理论的基础上展开。在此之前国内诗学理论中并无"戏剧化"这一明确概念，"戏剧化"或曰"戏剧性""化戏剧"往往作为一种写作技法被部分较为敏锐的诗人发现并在诗歌中展开实验，包括徐志摩、闻一多、卞之琳等。而他们零零星星谈到的有关"戏剧化"的言论和袁可嘉后来倡导的"戏剧化"实际上仅在一小部分上存在类似，但对这些言论加以梳理关照无疑有助于我们对"戏剧化"获得更全面的理解。因此，

---

① 闻一多：《文学的历史动向》，《闻一多全集》第1卷，北京：三联书店，1982年，第205页。

在讨论袁可嘉的"戏剧化"理论之前,我们先简单地对闻一多、卞之琳的相关言说进行讨论。

(1)"戏剧化"的初步发生及与"小说化"的最初交缠

在前文我们已经提到,闻一多在 40 年代早期曾朦胧地谈到诗歌可以借鉴戏剧的技巧和态度,在同一篇文章里他又申明:"要把诗做得不像诗……说得更准确点,不像诗,而像小说戏剧,至少让它多像点小说戏剧,少像点诗……这是新诗之所以'新'的第一也是最主要的理由。"[1]闻一多这样的提法仅仅是作为一种倡导,至于如何写得"像小说戏剧",何谓"少像一点诗",他都没有给出明确回答。但对他相关的诗歌文本进行解读,就会发现他所倡导的写法的确具备一种"化小说""化戏剧"式的跨文体写作特征。例如较有代表性的《闻一多先生的书桌》《飞毛腿》《天安门》《大鼓师》等诗作均以戏剧独白或对白的形式展开。(如果仔细考察还会发现闻一多的这类诗歌写作及"化戏剧""化小说"的诗歌观念与勃朗宁夫妇、丁尼生、霍斯曼等英国维多利亚时代诗人有着隐秘联系[2],由于相关论述与我们这里所论主题关系不大且有关这一点已有较多论者讨论,此处不再赘述。)

对闻一多的观念及诗作进行探索,我们发现"戏剧化"思想在他那里仍然只停留于创作手法的层面,主要体现为在技巧上学习戏剧的"突转""冲突"等,在形式上则借鉴戏剧独白、对白等言说方式。然而,需要引起注意的一点是,闻一多在提及"化戏剧"时往往与"化小说"并举,且他提及诗歌要"更像小说戏剧"的主要缘由在于他认为过去的诗是贵族的,而现在的诗应该放下"身价",实现通俗化并向平民、大众的方向发展。

卞之琳也曾提及"戏剧化"的话题且同样与"小说化"并为一谈,作为一个较为敏感内敛的诗人,他虽然在诗歌中进行了大量具有"戏剧化""小说化"特征的实践,却并未将之作为一种普遍原则来论述,而仅仅结合自己的诗歌写作心得作出一些总结性的思考。60 年代末,香港学者张曼仪在其著作《卞之琳著译研究》中提出:"戏剧性地描绘一个场面"和"灵活地运用口语"是卞之琳继承于新月派的两个基本功。[3]而卞之琳在阐释自己 1930 年代的诗歌时也曾自言:"我总喜欢表达我国旧说的'意境'或者西方所说的'戏剧性

---

[1] 闻一多:《文学的历史动向》,《闻一多全集》第1卷,北京:三联书店,1982年,第205页。
[2] 1923 年,他和梁实秋一同选修'丁尼生与伯(勃)朗宁'及'现代英美诗'两课程",并对勃朗宁、哈代、丁尼生等诗人较为青睐(参见闻黎明、侯菊坤:《闻一多年谱》,河北:河北人民出版社,1994年,第231页)。而卞之琳亦曾提到:"徐、闻等曾被称为《新月》派的诗创作里,受过英国19世纪浪漫摄传统和它在维多列亚时代的变种以至世纪末的唯美主义和哈代、霍思曼的影响是明显的"(参见卞之琳:《人与诗:忆旧说新》,北京:三联书店,1984年,第9页)。
[3] 张曼仪:《卞之琳著译研究》,香港:香港大学中文系出版社,1989年,第17页。

处境',也可以说是倾向于小说化,典型化,非个人化","这种抒情诗创作上小说化,'非个人化',也有利于我自己在倾向上比较能跳出小我,开拓视野,由内向到外向,由片面到全面"。①在回顾自己的诗歌创作时,他又如此说道:"常倾向于写戏剧性处境,作戏剧性独白或对话,甚至进行小说化,从西方诗里当然找得到直接启迪,从我国的旧诗的'意境'说里也多少可以找得到间接的领会。②在这类论述里,我们看到卞之琳将"意境""戏剧性""小说化""非个人化"这类关键词进行并列,但他并未对之加以区别,亦未就自己的诗歌文本进行分析。所以,欲探讨"戏剧化"在卞之琳那里的具体内涵,我们仍需对他的诗歌文本进行观察。不过,在经过考察后我们会发现,卞之琳所提到的"戏剧化"无论是在其自我论述还是诗歌里都呈现出一种模糊的不明晰状态。

在卞之琳的诗歌中,我们会很明显地看到一些类似戏剧或小说中的"角色",如《叫卖》《酸梅汤》《过节》《苦雨》《几个人》《古镇的梦》中出现了类似现实生活中各式各样身份不同的小人物,还有《水成岩》《尺八》《几个人》《航海》中由诗人自我间离出来的言说主体,以及《寒夜》《一块破船片》《断章》《道旁》等由想象生发出的处于抽象处境中没有明确身份的人物等。至于诗歌写作技法层面,在《酸梅汤》《奈何》《白螺壳》等诗作中,我们看到,卞之琳也喜欢使用戏剧性对话或独白来表现现实的人生处境和经验,使诗歌从一维的诉说变成多维的复调。同时我们还应注意到,卞之琳诗歌的语调在整体上都显得冷静、客观,几乎没有太多外露的冲突,而往往呈现出一种静水流深式的内在张力。这种写法的间接性和客观性既似戏剧又似小说,但在形式上更倾向于戏剧。然而,《路过居》《尺八》《古镇的梦》《距离的组织》等诗里则少了明显的戏剧性对话和独白,多为小说般的叙述性文字。整体来看,卞之琳的诗歌展现出"角色化""客观化""间接化""智性""内在张力"等特征,他进一步发展了闻一多在新诗中掺入对话的戏剧性尝试,又将"复调"技法融入诗歌,带来多声部效果。更值得注意的是,卞之琳在诗歌中进一步强化了戏剧性情境的设置并关注角色内心情态的呈现,通过"间接化"的写作方式来隐藏写作主体,但更冷静地表达着主观的情思。然而,这些特征与"小说化""非个人化"等概念相互交织,要判定其中哪些属于"戏剧化"的具体内涵哪些又属于"小说化"则较难实现,正如他在论述自己的创作时也把多个概念模糊并举一样,可以说"戏剧化"的内涵在卞之琳这里

---

① 卞之琳:《雕虫纪历》,北京:人民文学出版社,1984 年,第 3 页。
② 卞之琳:《完成与开端:纪念诗人闻一多 80 生辰》,《人与诗:忆旧说新》,北京:三联书店,1984 年,第 10 页。

有迹可循，但并不明确。

在此有必要宕开一笔，即我们必须注意，事实上，卞之琳未曾将自己的诗歌看作是具体的"戏剧化"还是"小说化"，他从未明确表明自己的"戏剧化"观点，在创作时也仅是秉着一种新诗可对戏剧、小说进行借鉴的意识来展开写作。但当后来"戏剧化"这一概念出现并引发较大关注后，众多论者开始以此概念对卞氏的诗歌进行回观并展开讨论，为其作品扣上"戏剧化"的概念或者企图捻出其"戏剧化"和"小说化"的部分。例如学者江弱水在谈到卞之琳诗歌"对话性"与"戏剧性"时说道："如果不是同时继承了徐闻另一方面的艺术手法的话，他就不会发展出一种对话型的诗，从而为口语派上足够多的用场。这种艺术手法，就是诗的小说化、戏剧化。"①更有研究者致力对卞之琳诗歌的"小说化"和"戏剧化"进行区分，但并未论述清楚。问题在于，当我们在使用"戏剧化"或者"小说化"这类概念时是否弄清了其真正内涵？现今"小说化"尤其是"戏剧化"的概念呈现出较为模糊、混乱的状态，大部分情况是：论者在尚不清楚"戏剧化"的概念所指时即以"戏剧化"的理论对诗歌文本展开了讨论。这一现象以及"戏剧化"在卞之琳这里的独特性提示我们这样一个问题——"戏剧化"与"小说化"究竟是不是同一个概念？如果是作为两个诗学概念，它们又存在怎样的异同？关于这一点，香港学者张曼仪认为，在卞之琳的诗歌里，两者是基本同一的——"两者都是利用虚构的人物和情节，制造某一个程度上的艺术距离，以看似客观的物象表达诗人主观的感受"。只不过"小说化"是用叙述性的语言将戏剧性场景表述出来。②对于二者的辨析，我们将在后面章节进行专门讨论。

（2）"戏剧化"的最初成形：袁可嘉的"戏剧化"理论

在袁可嘉之前，闻一多、卞之琳的相关论述都只是涉及诗歌与戏剧或小说模糊的化用关系，更多是停留于诗歌技术层面，而"戏剧化"真正的理论成形是在袁可嘉那里得以完成的。袁可嘉在1946—1948两年时间里推出的二十余篇文章里借鉴英美新批评的理论详细讨论了"新诗现代化"的问题，确立了"新诗戏剧化"的整体性原则，并认为"新诗戏剧化"是"新诗现代化"的基本方向。他曾明确表明："从浪漫主义到现代主义的诗底发展无疑是从抒情的进展到戏剧的。这却不是说现代诗人已不需要抒情，而是说抒情的方式，因文化演变的压力，已必须放弃原来的直线倾泻而采取曲线的戏剧的发展。造成这个变化的因素很多……最基本的理由之一是现代诗人重新发现诗是经

---

① 江弱水：《卞之琳诗艺研究》，合肥：安徽教育出版社，2000年，第265页。
② 张曼仪：《卞之琳著译研究》，香港：香港大学出版社，1989年。

验的传达而非单纯的热情的宣泄。热情可以借惊叹号而表现得痛快淋漓，复杂的现代经验却决非捶胸顿足所能道其万一的。诗底必须戏剧化因此便成为现代诗人的课题。"①

袁可嘉的"戏剧化"理论集中于其文集《论新诗现代化》，他在多篇文章的论述中吸纳了大量西方诗学思想②，但他并非对西方理论纯粹的直译或模仿，而是进行了一定的阐述和发明。例如他将伯克的"戏剧化"理论和布鲁克斯的"戏剧性结构"理念以及柯勒律治的"想象"说进行提炼融合，提出自己的"戏剧主义"理论。可以说袁可嘉的"戏剧化"具有较为广阔的内涵，但对之加以整理，会发现他的"戏剧化"理论主要体现为两个特征：其一是"间接性""客观性"；其二是"冲突性""包含性"。而他的"戏剧化"理论应用于创作，在类型上又体现为三点：其一是内向化的"戏剧性"写作，其二是外向化的"戏剧性"写作，其三是诗剧形式的写作。下面我们对其进行逐一梳理。

袁可嘉认为诗歌由主观抒情向客观描写的转化，是西方19世纪30年代以来现代诗发展的基本趋向，也是国内新诗可资参考的发展方向。针对当时流行于诗坛的感伤情绪和强烈抒情意味的现实主义热潮，袁可嘉强调新诗的"客观性""间接性"转向——"尽量避免直截了当的正面陈述而以相当的外界事物寄托作者的意志与情感"，即"表现上的客观性与间接性"。③他借用艾略特的"客观对应物"理论，强调新诗的情感或思性应寄寓于某一客观对象。在他看来，诗歌应该隐去创作者自己的声音，通过设置一个戏剧性情境或场景，将"我"的声音分解为不同的角色。他在《新诗戏剧化》一文中写道："我们从来没有遇见过一出好戏是依赖某些主要角色的冗长而带暴露性的独白而获得成功的；戏中人物的性格必须从他对四周事物的处理，有决定作用的行为表现，与其他角色性格的矛盾冲突中得到有力的刻画；戏中的道德意义更必须配合戏剧的曲折发展而自然而然对观众的想象起拘束的作用，这些都是很明显的事实，很浅显的道理。"④这段话表明了这样一种观点，即一首好诗可以像一出好的戏剧那样通过某些"间接"的手段来展开。在《新诗现代化的再分析——技术诸平面的透视》一文中，袁可嘉提道："一个感性敏锐，内心生活丰富的作者在任何特定时空内的感觉发展必多曲折变易，而无取于一推到底的直线运动；因此要充分保持对于自己的忠实，此类表现手法也必全

---

① 袁可嘉：《诗与民主——五论新诗现代化》，《论新诗现代化》，北京：三联书店，1988年，第47页。
② 如叶芝"现实、象征、玄学的综合"理想，艾略特的"客观对应物"理论，瑞恰兹的"最大量意识状态""包容的诗""排斥的诗""经验"等。
③ 袁可嘉：《论现代诗中的政治感伤性》，《论新诗现代化》，北京：三联书店，1988年，第54页。
④ 袁可嘉：《新诗戏剧化》，《论新诗现代化》，北京：三联书店，1988年，第25页。

部依赖诗篇所控制的间接性，迂回性，暗示性。"[1]他还通过戏剧中"意志经过挫折磨炼，它的表现必更加明确，情感历经起伏反复，更会获得不可比拟的强烈程度"[2]来佐证诗歌客观性、间接性的有效和合法。

袁可嘉不仅提到了"间接化""客观化"这样的表现方式，他还较为具体地讨论了实现"间接化""客观化"的途径。而袁可嘉有关表现上的"间接性"和叙述上的"客观性"的讨论早在卞之琳那里就略有涉及，正如前文所说，只是卞之琳并未将之提炼出来，形成系统的理论。除此之外，袁可嘉较为可贵地谈到了"冲突""包含"这样的概念，并将其看作新诗"戏剧化"中尤为重要的一点，花费大量笔墨展开讨论。受西方瑞恰兹、艾略特、燕卜荪、布鲁克斯等人的影响，他认为好的诗歌不应仅有一种单一的人生态度（这种单一的态度往往流于感伤或说教的极端），而是应有"戏剧"那样的冲突和矛盾，但又不是纯粹的充满矛盾和冲突，而"是辩证的（作曲线行进），包含的（包含可能溶入诗中的种种经验），戏剧的（从矛盾到和谐），复杂的（因此有时也就是晦涩的），创造的（诗是象征的行为），有机的，现代的"[3]。在袁可嘉那里，"冲突性"和"包含性"并不是同一概念但互为补充，他引用瑞恰兹"包含的诗"来加以指代，强调所谓"包含的诗"即是通过包容各种冲突、矛盾以形成内在张力，实现"戏剧化"效果。对其思想进行探源，会发现他是将瑞恰兹的"包容诗"理论和布鲁克斯的"冲突""对立共存"等思想进行了结合，以此倡导在诗歌中融合各种"相反的情绪"。[4]

袁可嘉在讨论"包含的诗"时，也提到这一类诗歌需依赖表现上的"暗示""迂回"，这一点其实与他所强调的"间接性""客观性"达成了某种程度上的暗合。《新诗戏剧化》一文中写道："现代诗的主潮是追求一个现实、象征、玄学的综合传统。"[5]在《新诗现代化》里他又提到："现实表现于对当前世界人生的密切把握，象征表现于暗示含蓄，玄学则表现于敏感多思、情感意志强烈结合及机智的不时流露。"[6]他说："现在的戏剧性的诗，恰巧相反，十分看重复杂经验底有组织的表达，因为每一刹那的人生经验既然都包含不同的、矛盾的因素，这一类诗的效果势必依赖表现上的曲折、暗示与迂回。创作这样的诗篇无异是做一件富有戏剧性的（即是从矛盾求统一的）工作。"[7]从这里我

---

[1] 袁可嘉：《新诗现代化的再分析——技术诸平面的透视》，《论新诗现代化》，北京：三联书店，1988年，第54页。
[2] 袁可嘉：《新诗戏剧化》，《论新诗现代化》，北京：三联书店，1988年，第24页。
[3] 袁可嘉：《诗与民主》，《论新诗现代化》，北京：三联书店，1988年，第43页。
[4] 袁可嘉：《诗境的扩展与结晶》，《论新诗现代化》，北京：三联书店，1988年，第131页。
[5] 袁可嘉：《新诗戏剧化》，《论新诗现代化》，北京：三联书店，1988年，第24页。
[6] 袁可嘉：《新诗现代化》，《论新诗现代化》，北京：三联书店，1988年，第24页。
[7] 袁可嘉：《诗与民主》，《论新诗现代化》，北京：三联书店，1988年，第48页。

们还可以看到袁可嘉认为"包含的诗"的终点是"现实、象征、玄学"的"综合传统"的形成,也是"新诗现代化"的旨归。而其所倡导的"包含的诗"不仅仅强调冲突与矛盾,还更注重一种将各类冲突、矛盾进行调和,获得统一的能力。

此外,袁可嘉还在《新诗现代化的再分析》《诗与意义》《诗与晦涩》《论诗境的扩展与结晶》《谈戏剧主义》等文章中对诗歌意象,隐喻、悖论、反讽等修辞技巧以及语言的象征功能进行了系统性的论述。例如他在分析戏剧主义批评观时,对戏剧主义常用批评术语进行过一次较为深入的阐释,对其中涉及的关键元素进行整合,实际上就是客观、讽刺、冲突、包含等。在关于"机智(wit)"这一术语的阐述中,他指出这主要是指诗人面对某一特定处境时,不主观上把某一种反应认定为特定的唯一反应,"表现于人生或诗里,它常流露为幽默、讽刺或自嘲"。可见袁可嘉认为"幽默、讽刺或自嘲"乃是获得"机智"的一种手段。针对"似是而非,似非而是(paradox)",他说:"它本身至少就包含两种矛盾的因素,在某种行文次序中,它往往产生不止两种的不同意义,这便造成前次我们所说的'模棱',而使诗篇丰富。"即强调在具体的创作中包含矛盾的因子,使诗篇趋向多义性以获得丰富。至于"讽刺感(sense of irony)",他认为这是指诗人在表明倾向时,希望出现其他相反相成的态度而使之明朗化的一种欲望与心情,实际上就是提倡诗歌包容多种异质的情感态度,以相反的态度突出诗人所想表明的倾向。有关这两点的阐释不妨看作是袁可嘉所讨论的"包含的诗"观念的一个注脚。在讨论"辩证性(dialectic)"时,我们就能明显看到这些论述与"包含的诗"这一提法的相似关系,他认为"戏剧化的诗既包含众多冲突矛盾的的因素,在最终却都须消溶于一个模式之中……它表示两个性质。一是从一致中产生殊异,二是从矛盾中求得统一"[1]。事实上,袁可嘉在多篇文章里讨论的技法或特征均可以被视作获得"戏剧化"效果的手段而纳入"间接性""客观性"以及"冲突性""矛盾性"的范畴,即可以看作他对于"戏剧化"理论的补充说明。例如对"诗歌意象""隐喻""象征功能"这类特征的论述与"间接性、客观性"具有较为密切的关联,而"悖论""反讽"这类技法则体现出袁可嘉"戏剧化"内涵中阐述过的"冲突性""矛盾性"的一面。

在《新诗戏剧化》一文中,袁可嘉还从诗歌形式上将"新诗戏剧化"的方向分为三类,并在讨论时以具体的代表性诗人为例。其一是以里尔克为代表的内向型诗人。这一类诗人"努力探索自己的内心,而把思想感觉的波动借对于客观事物的精神的认识而得到表现","注意对事物本质的了解"。可见

---

[1] 本段所引皆参见袁可嘉:《谈戏剧主义》,《论新诗现代化》,北京:三联书店,1988年,第38-39页。

这一类写作倾向于将敏锐的诗思深入内心，探索自我内在情绪，但我们注意到袁可嘉专门提到借助"对客观事物的精神的认识"，可以说这类"戏剧化"的创作方式是关注内在的感知和冲突，借"客观对应物"以"间接性""客观性"加以表达。袁可嘉称其有一种"沉潜的、深厚的、静止的雕像美"。其二是以奥登为代表的外向型诗人，即"通过心理的了解把诗作的对象搬上纸面，利用诗人的机智、聪明及运用文字的特殊才能把他们写得栩栩如生"，但他们仍然关注内心——"着眼心理隐微的探索"。对奥登的诗歌特征加以分析，会发现这类写作方式虽然显得活泼、机智，却并不将所书写的客体直接外露，而是借用隐喻、反讽等方式进行巧妙的表达。其三是以艾略特为代表的诗人擅长以诗剧的形式进行创作。袁可嘉认为诗剧正好配合了"现代诗追求现实、象征、玄学的综合传统"的要求。他这样说道："一方面因为现代诗人的综合意识内涵有强烈的社会意义，而诗剧形式给予作者在处理题材时，空间、时间、广度、深度诸方面的自由与弹性都远比其他诗的体裁多，以诗剧为媒介，现代诗人的社会意识才可得到充分表现，争取现实倾向的效果；另一方面诗剧又利用历史做背景，使作者面对现实时有不可或缺的透视或距离，使它有象征的功用，不致粘于现实世界，而产生过度的现实写法。"[①]我们也完全可以从袁可嘉关于这三类写作方向的阐述中窥见他的"戏剧化"的特征（即"间接性、客观性""冲突性、包含性"）。

2. 西方"戏剧化"探源——兼论袁可嘉"戏剧化"与西方理论的关系

袁可嘉的"戏剧化"理论与西方相关理论关系密切，甚至可以说其"客观对应物""包含的诗"这类主要概念都具有鲜明的"翻译转述"的色彩。因此，对西方相关理论进行溯源，并详细考察其与袁可嘉"戏剧化"的关系有助于理解袁可嘉的"戏剧化"概念，对其内涵获得更清晰的把握。

西方近现代诗歌批评中所关注的"戏剧化"理论并非固定不变，而是在不同的文学情境中呈现出一定的流变特征。对影响过国内新诗的西方近现代诗学及诗歌进行考察，我们发现诗歌"戏剧化"说主要出现在英美诗坛，但在此之前也有其它论者进行过类似"戏剧化"的讨论。

诗歌"戏剧化"在西方的提出有着针对诗歌高昂饱满的抒情传统的缘由，随着抒情诗自我主体情感特征在浪漫主义潮流中逐渐收获其自足的艺术地位，诗歌中的抒情主体日益高扬。"戏剧化"理论的缘起即旨在对这一强烈的抒情洪流做出疏导。早在勃朗宁展开"戏剧化"实践之前，理论批评家赫兹利特在对莎士比亚的戏剧进行研究时就曾发现莎士比亚一项巨大的艺术成就在于

[①] 本段所引皆参见袁可嘉：《新诗戏剧化》，《论新诗现代化》，北京：三联书店，1988年，第26-28页。

对各种角色的创造，即隐去创造主体而化身为剧中人物展开言说①，在他这里就已经隐含了将创作主体进行"角色化"的客观性观念，这一点对之后的艾略特产生过较大影响。当然，真正提炼出"戏剧化"理念的还是诗人勃朗宁，他认为浪漫主义的抒情性写作由于"诗人介入了诗歌"，诗歌写作变得单一。为了对这种写作模式进行纠偏，他致力创作诗歌时对言说主体进行戏剧化，最终在"戏剧独白诗"这一模块获得较为可观的成就。在勃朗宁的影响下，叶芝曾提出"面具"论，主张诗人像戴着一副面具一样，以"第二自我"的特殊角色在诗歌中发声。庞德也提出"替身"说，倡导以虚构的角色代替写作主体出场。到了艾略特，他则毫不掩饰地直接表明自己对"戏剧化"的偏好。他这样评价勃朗宁的诗："假如有一种诗不是为舞台而写的，但有值得称为'戏剧的'诗，毫无疑问，那就是勃朗宁的诗。"在同一篇文章里他还详细区分了诗歌的三种声音：其一是诗人对自己说话（也可能不对任何人说话），其二是诗人对听众讲话，其三则是"戏剧化声音"（dramatic voice）——"诗人试图创造一个用韵文说话的戏剧人物的声音"。前两者构成对自己说话的诗人与对听众说话的诗人之间的区别，后两种构成"剧诗、准剧诗和非剧诗之间的差异问题"。他更是表示在自己早期许多诗歌中具有戏剧的成分，这种成分的一个重要体现就是使用了"第三种声音"，它是"通过和含有戏剧成分——尤其是戏剧的独白——的非诗剧的声音的比较而显露出来的"②。

以上这些论述都可以被归纳为一种"主体戏剧化"的诗歌观念，真正对"戏剧化"进行详细阐释的则是以英美新批评为代表的一群诗人、学者。在新批评早期③，艾略特在他那篇著名的《传统与个人才能》里提出"正反""对比"的诗学思想，并表示诗人应该是起到一种"催化剂"的作用。他将诗歌中两种相反情感的平衡看作戏剧化的"结构的感情"。例如他曾对《复仇者的悲剧》里一段戏剧台词评价道："这里有正反两种感情的结合：一种对于美的非常强烈的吸引和一种对于丑的同样强烈的迷惑，前者与后者作对比，并加以抵消。"④艾略特也自觉意识到了诗歌中冲突、对立等复杂因素并提倡对其加以调和，获得包容、平衡。他说："我们的文化体系包含极大的多样性和复杂性，这种多样性和复杂性在诗人精细的情感上起了作用，必然产生多样的

---

① "他自己什么也不是，然而他是所有其他人曾经是、或他们可能成为的人。"参见赫兹利特：《英国诗人讲座》，道森著、艾晓明译：《论戏剧与戏剧性》，北京：昆仑出版社，1992年，第128页。
② 以上引述参见艾略特：《诗的三种声音》，王恩衷编译：《艾略特诗学文集》，北京：国际文化出版公司，1989年，第249页。
③ 虽然艾略特、瑞恰兹、燕卜荪等并不认为自己是新批评成员，但他们往往因相关诗学观念直接启发后来者而被追认为新批评先驱。
④ 艾略特：《传统与个人才能》，王恩衷译：《艾略特诗学文集》，北京：国际文化出版公司，1989年，第7页。

和复杂的效果，诗人必须变得愈来愈无所不包。"[1]袁可嘉十分推崇艾略特，并认为"新诗现代化"应该接受以艾略特为核心的西洋诗歌的影响。瑞恰兹则提出著名的"包含的诗"的概念，与之相对的是"排斥的诗"。他认为前者因具有不寻常的异质性而要在诗艺上高出平凡无奇、缺少冲突与矛盾的后者。他这样说道："还有什么比悲剧更能明显地说明'使对立和不协调的品质取得平衡或使它协调'的说法呢"，"异常稳定的'悲剧'体验几乎能够包容任何其他反应和冲动"。[2]此外，他还讨论了有效的"反讽"可以达到使各种相反、矛盾的因子相互冲突却最终归于平衡的效果。

布鲁克斯和沃伦等人继之对"戏剧化"展开了更为详细的讨论。布鲁克斯在其《现代诗歌与传统》一书中提出了诗歌的"戏剧化"，认为"戏剧化"的诗歌应包括"突转""反讽的震惊"和"正反面的结合"等。[3]但对他的系列文章进行考察不难发现，其有关"戏剧化"特征的论述也主要集中于讨论"冲突""对立"和"综合"。值得注意的一点是，布鲁克斯还提出了"戏剧化结构"（dramatic structure）。这一概念事实上对袁可嘉的"戏剧化"理论产生过重要影响。那么究竟何谓"戏剧性结构"？布鲁克斯认为，组成诗歌的材料应以一种有序（有规律）的方式获得呈现，并最终指向诗歌的整体意义，即各成分无论如何互异冲突最终都走向一种结构上的"一致性"。诗歌的戏剧性结构就是这样一种呈现规律。我们必须注意到，布鲁克斯那里的"戏剧化理论"事实上与我们这里要讨论的"戏剧化"是有所区别的。其"戏剧性结构"的理论旨在用"戏剧"做切口去阐释诗歌，可以说，其对象可泛化到所有诗歌。而我们所讨论的"戏剧化"旨在寻找一个可供判定的参考标准，以求从所有诗歌中规约出那些属于"戏剧化"的作品。从这一点看，当袁可嘉对其进行转述并在其后被我们作为一种标准去判定何谓"戏剧化"诗歌时，是存在一定问题的。

我们看到，在西方有关"戏剧化"的讨论，尤其是新批评的理论逐渐将"对立""冲突"作为核心，强调诗人像写"戏剧"一样从文本中退场，客观地去展现自我情思，而在具体的技法层面则主要涉及"想象""反讽""象征""隐喻"（实际上有西方学者指出新批评过度关注"反讽"，将"象征""隐喻"等都纳入了"反讽"的范畴[4]）。这与我们在分析袁可嘉的"戏剧化"理论时归

---

[1] 艾略特：《玄学派诗人》，王思衷译：《艾略特诗学文集》，北京：国际文化出版公司，1989年，第32页。
[2] 瑞恰兹：《想象力》，杨自伍译：《文学批评原理》，南昌：百花洲文艺出版社，1992年，第221页。
[3] 布鲁克斯：《释义误说》，赵毅衡编：《"新批评"文集》，北京：中国社会科学出版社，1988年，第189-224页。
[4] 米克著、周发祥译：《论反讽》，北京：昆仑出版社，1992年，第47页。

纳出的特征几乎相同。当然，袁可嘉的"戏剧化"思想有丰富的西方渊源是毋庸置疑的，他也曾直接表明："我所提出的诗的本体论、有机综合论、诗的艺术转化论、诗的戏剧化论都明显地受到了瑞恰兹、艾略特和英美新批评的启发，而且结合着中国新诗创作存在的实际问题。"①事实上，透过西方相关理论所呈现出的"戏剧化"特征，我们也能更进一步理解袁可嘉的"戏剧化"特征。

在袁可嘉那里，"戏剧化"第一次以诗学概念的形态获得系统的阐释，但袁可嘉的"戏剧化"理论在当时除在以"九叶派"为代表的诗人群里产生一定影响外，未受足够关注，且他致力对"英美新批评"的理论进行转译，即使在意识到卞之琳的作品中有类似"戏剧化"的特征时也未观察到"戏剧化"的特征与小说特征的相似，比如"客观性""间接性"以及受强调的"冲突"等特质除"戏剧化"作品外，在小说式的诗作中也能找到。换句话说，袁可嘉以实现"新诗现代化"，推进新诗走向客观、智性书写等为目的而转译的新批评的"戏剧化"理论，事实上从某种程度导致了"戏剧化"的内涵过广而并不自知。

3. 90年代"戏剧化"言说及与"小说化"的再次纠缠

像袁可嘉这样致力译介并倡导"新诗戏剧化"（"新诗现代化"）的行为在40年代实属珍贵。他以一个诗人的敏锐和一个诗评家的细心洞察到"戏剧化"促进国内新诗发展的可能，并在阐释时已流露出相当清晰的建构理论体系的意识。尽管有关"戏剧化"的理论在当时仅作为一个小众的美学旨趣在以九叶派为代表的诗人群里引起回应，后来它也逐渐沉没在时代的洪流之下，至80、90年代被隐秘地唤起，在90年代才在众多诗人那里获得回应。但需注意的是，90年代有关"戏剧化"的阐述和袁可嘉的理论存在一定的差异。

90年代并没有40年代袁可嘉那样关于"戏剧化"理论的系统性阐释，而是以碎片的形态散落在众多诗家与论者的言论中，并且与诸多其他诗学关键词交叉、并置，有着纠缠不清的联系。如洪子诚曾敏感地意识到："'叙事性'确实容易产生误解，可'综合'形态又怎样在诗中呈现，都没有有效的说明；另一方面，'戏剧性''戏剧主义'虽被一些诗人、学者提议为关键词，但也不够明晰和准确。"②但是，对这些个人化、碎片化的陈述加以综合，无疑有助于我们较为清晰地探索"戏剧化"在90年代的内涵。下面我们就针对部分诗人、诗家涉及"戏剧化"的言论展开讨论。

普遍认为，翟永明早期的诗歌呈现出强烈的普拉斯式的自我独白风格，

---

① 袁可嘉：《欧美现代派文学概论》，北京：上海：上海文艺出版社，1993年，第95页。
② 洪子诚：《在北大课堂读诗》，武汉：长江文艺出版社，2002年，第405页。

但在经历内心长期激情翻涌后，她感觉自己受到了另一种诗歌语言的召唤，一种她视作细致而平淡的叙说风格。有较多论者对翟永明有别于早期的创作风格展开过讨论，而有关其"戏剧化"实践的论述也多散落于这些讨论之中。

翟永明曾自言自己的诗歌写作受到了叶芝的影响。对她的相关论述及诗歌实践加以观察，会发现其所谓"影响"主要体现在叶芝提出的"面具"理论在一定程度上为翟永明所吸纳和改造，从中我们可以隐约窥见其创作中一些"戏剧化"的影子。她说："我最喜欢的诗人随阶段性而变化，他们对我的启迪和影响也是综合的，其中，从一开始到现在，一如既往地对我产生持续影响的诗人是叶芝。"[1]程光炜则在诗选集《岁月的遗照》序言对翟永明的面具化、角色化言说进行过这样的评价："对脸谱——人格面具的研究，使她90年代的诗发散出一种深不可测的悲怜，也使她的叙事游离纯粹的个人体验，而变得愈加混沌。"[2]的确，步入90年代后，翟永明不仅逐渐倾向于以隐身人的方式在诗歌中发声，还将"面具论"中的"第二自我"推广为"一切我"。关于后者，她曾用诗歌式的句子表述道："我死了，请让我复活／成为活着的任何人"。

而直接提到翟永明诗歌中具有"戏剧化"特征的，则有如唐晓渡在《谁是翟永明》一文提到翟永明1989年年底所写的《我策马扬鞭》一诗时，指出这是一首"充满戏剧性"的诗歌，并且认为其中体现出的"戏剧化"乃是一种"反戏剧的戏剧化"。其原文如下："这首充满戏剧性的诗并没有结束或开始一个时代的写作；它只是预示了某种既与我们正在经历的时代相对称，又与个体经验（包括写作经验）和诗的想象类型相适应的方法转换。如果可以勉强称之为'戏剧化'的话，那么很显然，这种'戏剧化'和我们熟悉的例如英美'新批评'所推崇的'戏剧化'并不是一回事。在某种意义上毋宁说这是一种'反戏剧化的戏剧化'。"那么，唐晓渡在此所言的"反戏剧的戏剧化"又具体指什么呢？她在文中紧接着谈道："它敏锐地捕捉并呈现矛盾和冲突，但既不展开，也不探究，同样不寻求'象征性的解决'（勃克语）。它的内在张力不是来自各种成分在冲突之中发展，最后达到一个'戏剧性整体'（布鲁克斯语）的'一致性'，而是来自不但无法构成，相反不断消解其整体性的、各种成分彼此之间的漠不相干和连续错位。"[3]可以看到，唐晓渡认为翟永明以《我策马扬鞭》为代表的"戏剧性"的诗歌，其"戏剧性"主要体现在对"矛盾、冲突"的捕捉和呈现，但并不关注于对这些矛盾冲突进行有序组织，

---

[1] 翟永明：《词语与激情共舞》，《诗歌与人》，2003年第8期。
[2] 程光炜：《不知所终的旅行》，《岁月的遗照》，北京：社会科学文献出版社，2000年，第11页。
[3] 唐晓渡：《谁是翟永明》，《当代作家评论》，2005年第6期。

使之获得一种布鲁克斯所倡导的"戏剧性整体",而是使之在诗歌内部不断错位以产生更大的张力。换句话说,如果诗歌中的矛盾冲突由一些互为异质的因子(如经验、情感、事件等)组成,那么这些"矛盾冲突"则又因彼此异质或错乱而成为更深一层的矛盾因子。

翟永明本人谈到此诗,则表示其中的意象是"故事性的投影",而诗歌中较为重要的是通过一种暗示性的戏剧结构影射出的"印象、冲突、时间"等——"1989年底,完成长诗《颜色中的颜色》之后,我写了一首短诗《我策马扬鞭》,诗中第一次想用一种暗示性的戏剧结构来影射一些印象,一种冲突,一段时间。语言方面重新考虑了音韵的音响效果以及一咏三叹式的旋律,意象几乎是抽象的故事性的投影。这首诗本身并不完善,但它却是《静安庄》与《咖啡馆之歌》之间的一个重要转变———只在手上玩熟后放飞的鸟。"①

为进一步对"反戏剧的戏剧化"这一说法进行解释,唐晓渡又针对翟永明《咖啡馆之歌》展开如下讨论:"在最为显著地运用了这一方法的《咖啡馆之歌》中,作品的'一致性'仅仅维系于抽象的地点(域外某一咖啡馆)、时间(从下午到凌晨)和事件(阔别多年的朋友聚会);而本应为此提供主要保证、从一开始就由一支歌曲暗示出来的怀旧主题,却因聚会者始终找不到相关的新鲜话题和恰当的交流方式,以及由此产生的、横亘在'我'和交谈者之间无可逾越的心理距离而变得支离破碎、软弱无质。正如'我'在诗中更像是一个心不在焉的旁观者和旁听者一样,这场聚会也更像是一幕角色的面目模糊不清、并因缺少导演和必要的情节而各行其是的皮影表演;结果令人印象深刻的反而是叙述者(一个不在场的'我')冷静、克制而又细致入微的叙述,包括那些在旁白和独白、铭文和对话之间摇摆不定,像不明飞行物般孤立、突兀、来去无踪的引语。换句话说,叙述本身吸收了作品可能具有的戏剧性,它在把一次不成功的怀旧聚会成功地转述为一首诗的过程中扮演了惟一的主角。"②我们或许可以说,在40年代"戏剧化"那里可以清楚看见的"戏剧性情景""人物(角色)""独白对白"等在翟永明"戏剧化"实践中则呈现出模糊、变形、错乱的形态,它们实现"戏剧化"的辅助性功能被弱化了,而"矛盾、冲突"的因素则被加强,但后者并不走向统一,而是在诗歌内部不断碰撞、交错。然而更为重要的是,无论是前者还是后者,它们都被囊括在一种平静、克制的叙述之内。这也是我们需要关注的一点,即唐晓渡所言:"叙述本身吸收了作品可能具有的戏剧性。""戏剧化"的确需要经由"叙述"

---

① 翟永明:《〈咖啡馆之歌〉及以后》,唐晓渡:《中国女性诗歌文库 称之为一切》,沈阳:春风文艺出版社,1997年,第213页。
② 唐晓渡:《谁是翟永明》,《当代作家评论》,2005年第6期。

而表现出来，因为"戏剧化"的诗歌并不能像真正的戏剧那样通过舞台表演的方式来呈现，其呈现的唯一方式乃是文字，而其中最主要的即是"叙述"。

将翟永明中后期的创作阐述为具有"叙述"或"叙事"特征的论述则有很多。例如她本人谈道："从《咖啡馆之歌》开始，我越来越着迷一种新的叙说风格，它使我的创作有了一个更为广阔的背景，提供给我种种观察周围事物以及自身的新的角度，飘忽不定的题材和主题改变了我从前的观念。""通过写作《咖啡馆之歌》，我完成了久已期待的语言的转换，它带走了我过去写作中受普拉斯影响而强调的自白语调，而带来一种新的细微而平淡的叙说风格。"①钟鸣评价翟永明时也提到她从80年代到90年代的转变，并将其90年代的书写方式描述为一种"外部事件性的描述"，即"伪陈述"："如果说，她八十年代的作品，在形式上，多着力于较大型的组诗，而方法更趋于内心的剖述，那么，九十年代，她则更偏爱纯粹的短诗。而且，也由内心的剖述，转为一种外部事件性的描述——用批评术语说，便是一种伪陈述。"②

直接就翟永明诗歌"戏剧化"进行专门讨论的，目前笔者仅找到夏元明《论翟永明诗歌的"戏剧性"》一文，可惜此文诸多论述都存在较大问题，例如他认为翟永明诗歌的"戏剧化"包含如下内容："其一，以戏剧为题材；其二，写现实如戏剧；其三，'细微而平淡的叙述风格'。"③需指出的是，翟永明的确有不少以戏剧为题材的作品，但实际上并不算"戏剧化"的写作方式，比如《祖母的时光》《孩子的时光》《道具和场景的述说》《脸谱生涯》等其实只是写"戏曲的题材"，而不是"戏剧化"地书写。此外，将翟永明"细微而平淡的叙述风格"直接表述为其"戏剧化"的体现则存在明显错误，只能说翟永明诗歌中的"戏剧化"被包含在"细微而平淡的叙述风格"之中，但二者并不等同。

我们不仅能在一些表述中窥见"叙事"与"戏剧化"之间的隐秘交杂关系，在另一些论述中还能直接看到"戏剧化"与"小说化"的纠缠。陈超在《翟永明论》一文提到翟永明组诗《莉莉和琼》，认为它在叙述层面具有戏剧和小说的特点："长诗《莉莉和琼》带有戏剧性和小说式的叙述特点，与在女性负笈异域，怀乡和伤感、慵倦的情绪中潜伏着的纤敏的芒刺性质。诗人不是'写我'，而是'我写'，——'我站在横街直街的交点上'打量同类的命运。"④但陈超仅浮光掠影地提到这一点，却并未深入分析其"戏剧"或"小说"的特

---

① 翟永明：《〈咖啡馆之歌〉及以后》，唐晓渡：《中国女性诗歌文库 称之为一切》，沈阳：春风文艺出版社，1997年，第213-214页。
② 钟鸣：《快乐和忧伤的秘密》，《黑夜里的素歌·代序》，北京：改革出版社，1997年，第8页。
③ 夏元明：《论翟永明诗歌的"戏剧性"》，《黄冈师范学院学报》，2002第26卷第1期。
④ 陈超：《翟永明论》，《文艺争鸣》，2008年第6期。

点是如何体现出来的。但阅读此诗，我们会发现诗歌的确具有很明显的戏剧性场景和戏剧式的对白，在形式上也类似戏剧的"一角一唱"，且看组诗第一首《公园以北》的开头部分：

公园以北，一个鬼魂
正昼夜歌唱：
"我死了，请让我复活
成为活着的任何人"
公园以北，一个行人
正停足四望：
"是谁？又是谁？
在说着这些疯话？"
公园以北，女友莉莉
正匆匆回家：
"太多了，太多的伤心事
对哪位朋友讲？"

我们看到，诗人首先在诗歌中创造了一个舞台背景，即"公园以北"，此后立即让"鬼魂、行人、莉莉"等多位角色上场，让他们交互发声，这就具有很明显的戏剧特色，但"戏剧性"的对话主要出现在组诗多首中的这一首，之后的诗歌虽然依旧致力于展现各类角色的动作、行为，却几乎没有对白，更加类似小说的形式，而这首诗也往往被看作"叙事组诗"，这或许正是陈超称其有小说特点的主要原因，但他并未表示究竟哪些属于戏剧的部分，哪些属于小说的部分，也并未在讨论时使用"戏剧化"这一概念，他本人在讨论自己的诗歌写作时反而提到了自己"戏剧化的需要"。

陈东东总结个人写作转向时，将自己早期的写作描述为"将诗歌视为一种表达"，认为"诗歌是为我所用的"，后来他"意识到诗歌作为一种方式，实际上并不属于诗人，相反诗人的写作努力不过是塑造着诗的形象"，"这带来了我诗歌的'非我化'和其它调整，譬如'非抒情化'……从诗的'非抒情化'看到了戏剧化的需要"。[1]这与艾略特的"非个人化"诗学颇为相仿，都是针对自我抒情而提出"戏剧化"。但不同的是，艾略特偏重于诗人与文化传统的对接，而陈超更关注诗歌本身的"非我化""非抒情化"，也可以说透过这段表述我们看到"戏剧化"在陈超这里具有"非我化""非抒情"的意味。

此外，在有关"戏剧化"体现出的"矛盾冲突"特征的论述里，90年代

---

[1] 肖开愚：《1990年代诗歌：抱负、特征和资料》，陈超：《最新先锋诗论选》，石家庄：河北教育出版社，1999年，第336页。

关于"张力""矛盾异质"的论述与袁可嘉从布鲁克斯那里转述而来的观点略有不同，后者倾向于将"矛盾异质"看作诗歌因隐喻、象征而出现的字面意义和深层意义的不协调因素，前者则更倾向于指涉情感、经验之间的冲突。但从相关的论述中我们可以明显感到90年代在强调"戏剧化"时对"矛盾异质"因子的重视。例如西川认为"戏剧性"写作是对"生活的矛盾"的必然选择，诗歌与诗人对生活的洞察力有关，诗歌必须向包括"经验、矛盾、悖论、噩梦"的世界敞开。①姜涛则认为诗歌的综合性体现在"由线性的美学趣味到对异质经验的包容"②。王家新在谈及自己的诗作《伦敦随笔》时也意识到诗歌应该致力对"多种不同的相互冲突的经验"加以整合。③张曙光还主张诗歌"应该由各种矛盾或异质的成分构成"，突出"拟想的戏剧冲突"。④

有关90年代"戏剧化"的诗歌形式，部分诗人或论者也进行过一些讨论并展开了具体的写作实践，例如我们在前文提到翟永明所写作的《莉莉和琼》组诗第一首就是一种以对白为主要形式的、经由多角色共同演绎下的"戏剧化"书写。孙文波从戏剧美学的"旁白"获得启发，提出现代诗歌的"引文"策略："正是在《地图上的旅行》一诗的写作过程中，主要是在对引文的使用过程中，我领悟了什么是诗歌的戏剧性，以及怎样才能达到诗歌戏剧性的凸现。"⑤肖开愚在《当代中国诗歌的困惑》一文则分析了"戏剧独白式抒情诗"对中年写作的节制意味。⑥他还进一步强调说自己自觉写过"戏剧独白诗"——"从勃朗宁，我学到了语气"，并坦承"长时期地训练各种手艺，就是希望培养综合写作的能力"。⑦但其实肖开愚自称的"戏剧独白诗"更加倾向于"叙事性"书写，更具有小说的意味，他的一些以对白展开的诗歌反而更具有戏剧的特点，例如收入《岁月的遗照》的一首诗歌《嘀咕》，主要以一男一女两人的对白、动作来展开，并且几乎没有诗人主观意识的干预。整首诗类似一个短幅的情景剧，诗人则似导演一般安排其中的人物进行表演——"他观察月亮直到双目失明。/他告诉她他想哭，痛哭。/她搀扶着他走下图书馆的台阶，/'但是'，他说，'那违背了初衷'。"⑧这是全诗的第一段，此后四段也是类似的组织形式，先是交待两个角色的动作，在末尾则出现一句对白。有研究者认为肖开愚的长诗《动物园》因为展现了强烈的话语冲突和精神冲突而具有

---

① 西川：《〈大意如此〉自序》，西川：《大意如此》，长沙：湖南文艺出版社，1997年，第2页。
② 姜涛：《叙述中的当代诗歌》，《诗探索》，1998年第2期。
③ 王家新：《回答普美子的二十五个诗学问题》，《诗探索》，2003年第1-2辑。
④ 张曙光：《关于诗的谈话》，孙文波：《语言：形式的命名》，北京：人民文学出版社，1999年，第238页。
⑤ 孙文波：《生活：解释的背景》，http://www.Zgyspp.com/Article/Show Article.Asp Article ID=1 2747.
⑥ 肖开愚：《当代中国诗歌的困惑》，《读书》，1997年第11期。
⑦ 肖开愚：《个人写作，但是在个人与世界之间：肖开愚访谈录》，《北京文学》，1998年第8期。
⑧ 肖开愚：《嘀咕》，程光炜选编：《岁月的遗照》，北京：社会科学文献出版社，2000年。

典型的"戏剧化"意味,因为诗歌描写了"我"和一个时髦女士在逛动物园过程中断断续续的交谈以及自我内心活动,且这些交谈充满了矛盾戏剧性意味。事实上此诗描写了大量的人物心理活动和情节变化,它更偏向于具有叙事特征的小说,我们不能因其中突出了明显的矛盾冲突就将之简单划定为具有"戏剧化"特征,然而这也正是"戏剧化"概念本身存在并在被不断使用的过程中普遍出现的问题。

尽管有不少诗人论者提到过"戏剧化"但均未对其进行过明确的定义,而总是与其余概念混淆在一起。"戏剧化"最直接的一次定义出现在陈均整理的《90年代部分诗学词语》,在此文中"戏剧化"被作为单独一个关键词加以讨论,并被定义为"指诗人通过建构戏剧化情景、戏剧性结构、对白等手段组织诗歌材料实现叙事的一种技巧",进而提出它在90年代被屡屡提及的原因:"一方面是艾略特的诗学原则影响所致,另一方面受40年代诗歌中戏剧化实践的启发,然而最根本的原因是历史和个人生活以戏剧化方式呈现出的同构性以及戏剧化这一技巧作为现代诗歌基本框架的有效性。"实际上此处对"戏剧化"的定义是较为明确的但并不详尽,陈均认为它是一种技巧,并以"戏剧化情景""戏剧化结构""对白"等对其内涵加以界定。[①]可以说这样斩截干净的定义是难能可贵的,笔者也较为认同这一说法。但问题在于,这一定义并未成为诗人和批评者的共识,即使有以上的认识作为前提,许多讨论者在使用"戏剧化"时仍然无意识地将之看作一个可以包含"间接""冲突""张力""戏剧性对话""场景""叙事"等特征的概念。在此我们需重视一个问题,即一旦一个诗学概念所指涉的范围过于广阔时,它便必然失去其指涉的意义,成为可有可无的概念。

90年代有关"戏剧化"的言说呈现出驳杂、混乱的特征,没有一个较为统一的内涵,但我们能够较为明显地感到90年代的"戏剧化"与袁可嘉在40年代末倡导的"戏剧化"有着较大区别。40年代的"戏剧化",其"矛盾冲突"等主要经由较为明显的"戏剧性情景""角色""角色对白"以及经验、情感的对立冲突而产生;90年代"戏剧化"之下的"矛盾冲突"则在一种更为复杂的,混合着各类经验、情感的变形、错位的场景中呈现出来,其形式上与40年代"戏剧化"有较大不同,甚至不致力构建整体性的、清晰的戏剧化结构。可以说40年代的"戏剧化"则较为显在、清晰;90年代的"戏剧化"较为隐秘且驳杂,其隐秘主要体现在不具有较为明显的戏剧性结构且被嵌套于"叙事"的大框架之下,其驳杂主要体现在与其余概念存在交叉。此外,我们

[①] 陈均:《90年代部分诗学词语》,王家新、孙文波:《中国诗歌:九十年代备忘录》,北京:人民文学出版社,2000年,第402页。

也注意到 90 年代在对"戏剧化"进行阐释时,与"小说化"、"叙事"(叙述)之间的粘连状况。

一方面,正是由于"戏剧化"内涵在不同时期阐释上的差异,造成了我们在使用这一概念时很难明确说出其定义;另一方面,我们需认识到,"戏剧化"不仅仅是在 90 年代与其余诗学概念发生意义上的纠缠,从上文的梳理中就能观察到,早在闻一多、卞之琳初涉"化戏剧"诗学观念时就与"化小说"有着不可分割的缠绕,而在卞之琳那里出现过后来在袁可嘉那里成为"戏剧化"主要特征的"客观性""间接性",事实上也极其隐秘地构成了"戏剧化"与"小说化"(在此暂且以此概念来指代)的混淆(据笔者观察,这一点还很少有人提及)。现在的情况是,很多论者往往是根据自己论述的需要有意无意地截取其内涵中的片段,部分论者则毫无辨析意识地在使用着"戏剧化"这一概念。虽然通过以上梳理,我们仍不能回答开头提到的"什么是戏剧化"的问题,但对"戏剧化"在不同时期不同论者那里的阐述有了较为清晰的把握,这无疑为我们将要进行的概念辨析工作提供了一定基础。

三、正本清源:"戏剧化"与"小说化"辨析

从本文第二部分所梳理的内容来看,新诗史上各个时期各个论者那里的"戏剧化"论说并没有一个较为统一的内涵。有部分研究者倾向于将袁可嘉参考西方"戏剧化"而得的个人化阐述看作总体的"戏剧化"理论;另一些研究者则将袁可嘉的观点与在 90 年代诗人那里阐释出的观念都当作"戏剧化"。但事实上 90 年代诗人与袁可嘉的"戏剧化"存在出入,甚至前二者与闻一多、卞之琳提到的"化戏剧、化小说"也有较大差别。可以说,袁可嘉最早直接译介的"戏剧化"论本身就存在一定的"直译"和"转述"上的机械性,且在其后各家的理解中已日益走样。

"戏剧化"理论及相似提法除见于袁可嘉的《论新诗现代化》等重要文集之外往往只是潜藏在不同时期的诗人、诗家个人化的经验论之中,每个诗人、诗家的理论之间并无较为明显的承继关系。可以说"戏剧化"之所以没有一个较为确定的基本内涵,正是和这种差异性、发展性有关。通过长时间来不同诗人、诗家的不同阐释,"戏剧化"已经获得了非常广阔的内涵,成为一个可以指涉很多特征的诗学概念,似乎当我们提到某首诗歌具有"间接性""冲突性""对话性"等特点时,我们就能说它是一首具有一定"戏剧化"特征的诗歌。如此一来,"戏剧化"这一命题的诗学价值就必然遭到削弱。要知道,当一个概念"无所不指"的时候,它也同时"无所可指",从而沦为一个无意

义的概念。事实上，目前有关"戏剧化"最大的问题在于：从这个概念本身衍生出的特征，常常在无意识间被用于判定一首诗歌是否为"戏剧化"。例如"戏剧化"的诗歌的确可能具有冲突、矛盾、间接性等特征，但需要注意的是，具有"冲突、矛盾、间接性"等特征的诗歌并不一定是"戏剧化"的诗歌。

为了使"戏剧化"概念获得一个较为明晰的内涵，本部分试图深入探讨"戏剧化"本身概念模糊及与其余概念混淆的原因，对造成其混乱的衍生特征进行清理，并最终辨析"戏剧化""小说化""叙事性"等概念之间的关系。这里主要分为两点，第一点集中讨论"戏剧化"与其他概念混用的原因，第二点引入"小说化""叙事性"概念，指出"戏剧化"和"小说化"之间出现混杂的主要原因在于二者必须借助叙事（叙述）这一手段，经由叙述抵达戏剧化或小说化，乃至还有经由叙述抵达散文化，并以此为基础，辨析何谓典型的"戏剧化"，何谓典型的"小说化"。

1. 混淆的概念："戏剧化"与"小说化"概念交缠的缘由探讨

我们在第二部分中以历时性的方式展示了"戏剧化"概念在不同时期不同论者那里的内涵，这正是"戏剧化"概念不清的原因之一。下面我们进一步挖掘"戏剧化"与其他概念之间意义纠缠的案例并在这个过程中对概念与概念之间的关系做一个简单的辨析，事实上，这既形成了另一个导致"戏剧化"概念模糊的因素，同时也是前一个原因牵扯出的后果。

臧棣在《袁可嘉：40 年代中国诗歌批评的一次现代主义总结》一文中提到袁可嘉诗歌理论所涉及的"戏剧性"概念与其他一些概念可互为界说，他说"包含性"是袁可嘉诗论的核心词（另一对应词是"综合"）。在不同场合，"包含性"与"复杂性""辨证性""有机性""戏剧性"这些词汇在意指上可互为界说，但在他的批评理念中，"包含性"是居于统摄地位的，其他那些词汇不过是对它的某一层义的具体阐释。[1]尽管臧棣在这段论述中主要针对"包含的诗"展开，却也间接反映出"戏剧性"这一概念与其余概念的交叉混杂。

而"戏剧化"也常常和与"叙事"相关的概念混淆，比如王荣在《论"新月诗派"的现代叙事诗创作及理论批评》一文将 40 年代的新诗"戏剧化"称为"为当时的中国现代叙事诗理论建设及批评实践，提供了新的思想活力及启迪"，认为它开启了 80 年代呼唤史诗的先河。[2]又如有诗人认为："'戏剧化'是'叙事性'的一种技术、因素、手段。"[3]的确，尤其是在 90 年代，对"戏

---

[1] 臧棣：《袁可嘉：40 年代中国诗歌批评的一次现代主义总结》，《文艺理论研究》，1997 年第 4 期。
[2] 王荣：《论"新月诗派"的现代叙事诗创作及理论批评》，《文学评论》，2008 年第 2 期。
[3] 马永波：《客观化写作——复调、散点透视、伪叙述》，《诗探索》，2006 年第 1 辑。

剧化"手法的新发现与"叙事性"诗学的兴起有着不可忽视的互动关系，那么二者究竟是怎样的一种关系呢？"戏剧化"的确为"叙事性"提供了一种有效的规范作用，例如有效避免了叙事容易产生的琐碎、平淡，使叙事性的文本更具节制性、趣味性或曰冲突性。但笔者认为并不能因此将"戏剧化"与"叙事性"视作相似的概念，它们实际上只具有这种单向型的关系，而"戏剧化"与"叙事性"的这种关系恰恰向我们指明了它们之间的区别。

事实上，"戏剧化"与其余概念之间的交叉纠缠很少以以上这种直接的方式被诗人、论者提到，它们之间的纠缠关系往往通过各个概念内部的子层次概念联系在一起，即我们在第二部分末尾简单提到的那样，诸概念与其内部子概念存在的映射关系被我们反向逆推时当作了充分必要条件。拿"戏剧化"和"小说化"为例（后者虽不被经常提及，也不被看作一个类似"戏剧化"的诗学命题），"戏剧化"常常被阐释出的"间接性""客观性""冲突"等，事实上在"化小说"的"叙事性"诗歌写作中也会存在，而有的论者就未经辨识地将具有这些特征的文本反推为"戏剧化"。其中还有一定的历史渊源，即在闻一多、卞之琳那里提及"戏剧化"时往往是以"化戏剧、化小说"的提法出现，这也造成了我们的一些误判。

正如我们在第二章第一部分提到的那样，卞之琳在谈到诗歌的"小说化"问题时，一般都是将它与"戏剧性处境"和"戏剧性对白"等词语并列使用。陈圣生在《卞之琳诗艺初探》中也说道："'戏剧性处境'甚至'小说化'的手法在卞诗中则几乎无所不在，已接近于普通抒情方式浑然不分的境界。"而在讨论其中"戏剧化"与"小说化"的区别时，他则认为两者类似但又略有区别，且倾向于认为卞之琳诗歌中"小说化"的意味要更浓一些——"诗中的'小说化'时常与'戏剧化'差不多，如果读者稍多注意其中的人际关系和环境而略少留意它的动作性。不过，卞诗的'小说化'可以说是'戏剧性处境'上加强环境气氛的点染，尤其注意采纳现代小说的叙事技巧，从而提高了抒情诗的表现范围和深度。"笔者在前面也提到过张曼仪在专著《卞之琳著译研究》里讨论卞诗"小说化""戏剧化"时认为二者"基本同一"，只是小说化是用叙述性的语言来展示戏剧性场景。

可以看到，陈、张二人的表述基本类似，且他们其实都已经意识到了卞之琳诗歌中"戏剧化"与"小说化"的微妙差异，然而他们都未进行深入探究，而是将之简单归结为相同的概念。究其原因，笔者猜测可能是由于卞之琳本人在讨论自己诗歌时也将两者未加分别地并提，且两个概念是否同一对有关卞之琳诗歌的研究并无较大影响。那么，对"戏剧化"的概念进行清理并辨析其与"小说化""叙事性"之间的关系有何意义呢？

实际上，对"戏剧化"概念进行辨析已具有较为迫切的必要性。在现当代关于诗歌"戏剧化"的各类批评阐释中,诗人、诗家对其进行的改造与发明,在研究中已经带来了一定的困惑,引起了一定的混乱。

部分论者拘囿于诗人、诗家的原有说法,对概念的内涵、实质及细部的检视不够充分,尤其对袁可嘉较为驳杂的"戏剧化"理论缺乏辨析。袁可嘉把艾略特的"客观对应物"和布鲁克斯的"戏剧化"两个概念连接起来,将诗人运用客观物象表达主观情思的构思称作"戏剧化",即"设法使意志与情感都得着戏剧的表现"。[1]这样,"戏剧化"就成了"客观对应物"的代名词,其意义似乎也可以类同"物象化""形象化"。但如此一来,"戏剧化"和以往诗学提法并无截然区分,失去了专门所指,"戏剧化"也就谈不上存在的价值。

关于具体诗人"戏剧化"诗观的讨论也存在一些分歧,例如江弱水在《卞之琳诗艺研究》中认为以闻一多、徐志摩为代表的新月派在戏剧性和矛盾性上的诗艺尝试在卞之琳那里获得了"全面深入"。而陈旭光则认为卞氏的"戏剧化"是"颇为可疑"的,因为"矛盾冲突性似乎不够"。[2]然而,正是"戏剧化"与"矛盾冲突性"及"小说化"之间的关系不够明确,导致卞之琳诗歌中戏剧化的成分与小说化的成分未得到有效区分。

此外,一些较受认可的涉及"戏剧化"命题的观点仍有不少值得探讨的疑问,例如冷霜曾提及:"在'意境'和主要从艾略特那里得来的'戏剧化'技巧(它与袁可嘉1994年主要从肯尼斯·伯克那里借来的'戏剧主义'诗学是需要区分开的两个概念)这两个相当不同的范畴之间,卞之琳将之牵连起来的交叉点在哪里?"[3]实际上卞之琳敏锐地观察到了中国古典诗词那里的"情境、意境"与"戏剧化场景"之间的关系,例如我们将在后文辨析"戏剧化"与"小说化""叙事性"时讨论周邦彦《少年游》等诗词中体现的"戏剧化场景",这就能很好地解释冷霜在这里提出的疑惑。

现当代诗歌中有关"戏剧化"的论说众说不一,且一直以来都没有与"小说化"进行有效区分。在此,我们有必要对那些包括含混、断裂和误读,具有差异性的个人化理解与阐释进行清理,对两个概念进行一定辨析。

2. 典型的"戏剧化"与"小说化"

通过上文的梳理,我们对有关"戏剧化"的不同言说以及在诗歌实践中的表现有了较为清楚的把握,明显感到我们现在所提及的"戏剧化"包含了间接客观、矛盾综合、反讽、情景、对话等诸方面的意味(这些概念颇为驳

---

[1] 袁可嘉:《新诗戏剧化》,《论新诗戏剧化》,北京:三联书店,1988年,第25页。
[2] 陈旭光:《中西诗学的会通——二十世纪中国现代主义诗学研究》,北京:北京大学出版社,2002年,第109页。
[3] 冷霜:《重识卞之琳的"化古"观念》,《江汉大学学报》,2007年第6期。

杂，且严格意义上说并不属于相同范畴）。这也引出了一个问题，即我们在本文开头就提到的：到底什么是"戏剧化"？怎样判断一首诗歌是否是"戏剧化"的文本？笔者认为，"戏剧化"的本质实际上是"化戏剧"，但又不仅仅是一种单纯的跨文体写作。但欲厘清"戏剧化"的本质特征，应首先去除附加在这一命题身上数目庞杂的子概念，将"戏剧化"放在跨文体写作的角度去谈论，其次再对其内部具有典型性的特征加以讨论，将之还原为一个较为纯粹的概念。也就是说，先从形式上对它进行界定，再以此为基础讨论其内在诗思，将更有益于我们去谈论这个概念。

然而，在这个过程中，势必会面临如何将"戏剧化"与其他与之具有交叉关系的概念进行区别的问题。在此，我们需指出一个不常为诗家使用亦未经类似"戏剧化"那样丰富讨论的概念，即"小说化"。事实上，类似的说法在梁实秋《〈草儿〉评论》一文已经出现，在闻一多，尤其是卞之琳那里，则隐晦地以"化戏剧、化小说"的方式提及，而部分研究者在讨论卞之琳诗歌时更是涉及了如何对其中"小说化""戏剧化"进行区分的问题（参见本部分第一点）。经笔者观察，正是"小说化"类似"戏剧化"，也关注于呈现某个情景，具有"客观性、间接性""矛盾冲突"等特征，且与"叙事"有着密不可分的联系（可以说都需借助叙述这一手段才能实现二者），导致了"戏剧化"本身内涵界定的困难以及"小说化""戏剧化"概念之间暧昧不清的关系。袁可嘉在40年代对西方"戏剧化"理论进行转化的过程中，致力关注西方本源理论并着力促进新诗现代化而并未意识到"化小说"与"化戏剧"在文体特征上的相似（事实上那时候"戏剧化"理论本身也并不受广泛认可，"叙事"等概念亦未获得关注，因此并不存在这种概念上的混乱）。90年代则不同，虽然已经有了概念交缠的现象，但众多诗人诗家在谈论"戏剧化"时都将重心倾向于对个人经验的阐发而有意无意忽视了这种交缠的现状，以至于将诸多实际上更偏似"小说化"的诗歌文本阐述为"戏剧化"。在此，我们将首先从整体形式上对"戏剧化"概念进行关照，并希望通过对"戏剧化"与"小说化"的区分来使"戏剧化"概念呈现更为明晰的内涵。

本文第二部分曾谈到陈均在《90年代部分诗学词语》中对"戏剧化"的定义："指诗人通过建构戏剧化情景、戏剧性结构、对白等手段组织诗歌材料实现叙事的一种技巧。"[①]在此我们再次观察这段描述，首先他将"戏剧化"看作一种技巧，并将其最终目的指向"叙事"。将"戏剧化"看作为"叙事"服务的一种手段是并不合理的，但在此我们能隐约察觉"戏剧化"与"叙事"

[①] 陈均：《90年代部分诗学词语》，王家新、孙文波：《中国诗歌：九十年代备忘录》，北京：人民文学出版社，2000年，第402页。

在 90 年代的特殊联系。在此再次引述这段话，更大的缘由是笔者认为陈均所言的"戏剧化情景""戏剧性结构""对白"等在对"戏剧化"概念进行辨析时具有较大的参考价值。布鲁克斯也曾从比喻意义上提出"戏剧化结构"的理论，认为"一首诗像一出小小的戏"，诗歌的各部分存在有机的联系，且"诗中所作的陈述语——包括那些看起来像哲学概念式的陈述语——必须作为一出戏中的台词来念……它们的修辞力量甚至它们的意义都离不开它们所植基的语境"①。

无论是借鉴"面具""角色"等戏剧理论实现"戏剧化"，还是以"冲突""矛盾""综合"等内在诗思的"戏剧性精神"来加强"戏剧化"等，所谓的"戏剧化"需首先在形式上表现出"化戏剧"的特点。诗人应如剧作者一般，在诗歌文本中构建一出直观的、在场的戏剧化场景，并在场景中放置一个或多个角色，使之发出对话，形成互动，以此获得一种类似戏剧的具备现在时、进行时特征的直观美学效应。下面我们先对"戏剧化情景"展开讨论。

法国狄德罗曾提出"戏剧情境"（situation of play）概念，认为"人物性格要根据情境来决定"且"情境"乃是戏剧最为重要的特征。②在现当代新诗批评话语中，也有不少诗人、诗家进行过有关"戏剧化情景"的表述，比如卞之琳曾自言自己喜欢表达"西方所说的'戏剧性处境'"③。叶维廉在解读被其称为"戏剧诗人"的痖弦时，也认为他的诗歌往往具有一种通过"假叙述"将"情境"中的事件推向"悲情"的戏剧性。④孙文波也曾谈到自己对"人物出现均是此在，占有一个空间平面"的时空观念上的现场感的追求⑤。

那么，何谓"戏剧化情景"呢？可以参考戏剧理论，将"戏剧化情景"与专指戏剧表演过程中具体时空片段的"场景（scene）"联系起来，把诗歌的"戏剧化情景"看作某些事件发生或人物活动的背景，但又不单单是一种舞台式的背景，更包括在这类特定情景中所呈现出的人物的动作、对话。可以说，"戏剧化"的场景类似于电影中某个具有人物、情节的片段，但它既可以是对事件的想象性呈现，也可以表现为对现实事境的变形化处理。

布鲁克斯曾提出戏剧性情境（dramatic situation）这一概念，相关论述主要集中在布鲁克斯与沃伦合著的《理解诗歌》第一章节。在这一章中，布鲁克斯以《帕特里克·斯宾塞爵士》（Sir Patrick Spence）一诗为例进行了一定

---

① 布鲁克斯：《释义误说》，赵毅衡：《"新批评"文集》，北京：中国社会科学出版社，1988 年，第 224 页。
② 狄德罗：《论情境》，《西方美学史》（上卷），北京：人民文学出版社，1980 年，第 279 页。
③ 卞之琳：《雕虫纪历》，北京：人民文学出版社，1984 年，第 3 页。
④ 叶维廉《在记忆离散的文化空间里歌唱——论痖弦记忆塑像的艺术》，《诗探索》，1994 年第 1 期。
⑤ 孙文波：《生活：解释的背景》，http://www.Zgyspp.com/Article/Show Article.Asp Article ID=1 2747.

讨论。观察此诗，其中出现了多组具有较强直观性与连贯性的情境，包括国王招募船长出海、老骑士举荐爵士、国王致函爵士、爵士读信、女人等待出海的人、航船沉没等，我们引全诗前两节原文如下：

> The king sits in Dumferling toune,
> Drinking the blude-reid wine:
> "O whar will I get guid sailor,
> To sail this schip of mine?"
>
> Up and spak an eldern knicht,
> Sat at the kings richt kne:
> "Sir Patrick Spence is the best sailor
> That sails upon the se." ①

布鲁克斯也谈到叶芝 *After Long Silence* 一诗，认为这首诗歌有很典型的"戏剧性情景"（"The dramatic situation implied by the poem is easily defined." ②）。

> After Long Silence
> by Yeats
> Speech after long silence; it is right,
> All other lovers being estranged or dead,
> Unfriendly lamplight hid under its shade,
> The curtains drawn upon unfriendly night,
> That we descant and yet again descant
> Upon the supreme theme of Art and Song:
> Bodily decrepitude is wisdom; young
> We loved each other and were ignorant.③

诗歌虽不长，但已呈现出两个已近迟暮的恋人夜晚交谈的情境，在情境展开的同时，其中暗示性元素逐渐显露（例如交谈者在交谈前已沉默了很久，以及二人已老的事实等）而其中隐含的冲突也渐露锋芒（年轻时我们无知但

---

① 国王坐在邓福林镇上，/喝着血一样红的酒说道：/"啊，哪里才找得到好水手，/驾驶我这艘好船出航？"//坐在国王右脚边的/一个老骑士起身禀报：/"帕特里克·斯彭斯爵士/是海上最顶尖的船长。"（笔者译）原文参见：Cleanth Brooks&Robert Penn Warren.Understanding Poetry. New Youry: Harcourt, Henry Holt and Company, Inc.1939, P39.
② Cleanth Brooks&Robert Penn Warren.Understanding Poetry. New Youry: Harcourt, Henry Holt and Company, Inc.1939, P224.
③ 漫长的沉默后,我们交谈；是的,/其他恋人都已疏远或者死亡/不友善的灯光隐匿在灯罩下面/而窗帘,遮蔽不友善的夜晚,/一遍又一遍,我们这样谈论着/至高的艺术和诗歌：/身体的衰老带来智慧；而年轻时/我们彼此相爱而不觉。（笔者译），原文参见：Cleanth Brooks&Robert Penn Warren.Understanding Poetry. New Youry: Harcourt, Henry Holt and Company, Inc.1939, P224.

能热烈地相爱，年老后我们获得智慧但爱已经缺席，也即布鲁克斯在文中所言"man cannot ever be complete——cannot, that is, possess beauty and wisdom together."①）。简单来看，"戏剧性情境"或曰"戏剧化情境"指一种在诗歌中呈现出来的类似戏剧表演且具有舞台感、时间感和空间感的场景、情节。

我们将视野拉回国内现当代诗歌，以卞之琳的诗歌文本为例，他的作品中就多呈现一些想象性的戏剧化情景，而这些情景常常又以角色对话的形式展现出来。比如短诗《苦雨》，就描绘了一个角色"小周"遇到下雨，躲在茶馆的屋檐下，与一位撑伞而来的老人进行了寥寥两句简短的对话：

　　茶馆老王懒得没开门；
　　小周躲在屋檐下等候，
　　隔了空洋车一排檐溜。
　　一把伞拖来了一个老人：
　　"早啊，今天还想卖烧饼？"
　　"卖不了什么也得走走。"②

全诗类似一个短小的舞台剧，背景为雨中的街道、茶馆门前。首先第一个角色"小周"在屋檐下出场，紧接着另一个角色"老人"从"隔了空洋车"的"一排檐溜"下出场，并与第一个角色展开对话。整首诗歌仅仅是一个事件的片断，尽管没有明显的戏剧性冲突，也没有呈现出一个相对完整的场景，弱化了事件性因素却折射出诗人具有戏剧特征的"在场感"这一创作意识。《西长安街》一诗则倾向于以对话构建戏剧化场景："啊！老人家，这道儿你一定/觉得是长的，这冬天的日子/也觉得长吧？是的，我相信。/看，我也走近来了，真不防一路上谈谈话。"③诗人在诗中设置了一个独白者，另一角色老人则隐藏在对话中，二者之间的关系比较模糊，没有实质性事件，也没有冲突性场景，但卞之琳却通过对话，也即一种角色的声音的形式构建出一个戏剧化现场，隐约透出角色之间假定性交流的意味。相似的诗歌又有如《春城》，整首诗歌几乎都是以车夫这一角色展开的独白，其对北京城的观察以及自我的心理活动都是通过独白式的语言间接地展现出来，其中又穿插了一段隐含人物的对白——"'好家伙！真吓坏了我，倒不是/一枚炸弹——哈哈哈哈！'/'真舒服，春梦做得够香了不是？/拉不到人就在车蹬上歇午觉，/幸亏瓦片儿倒还有眼睛。'/'鸟矢儿也有眼睛——哈哈哈哈！'"④

---

① Cleanth Brooks&RobertPenn Warren.Understanding Poetry. New Yourk: Harcourt, Henry Holt and Company, Inc.1939, P225.
② 卞之琳：《雕虫纪历》，北京：人民文学出版社，1984年，第40页。
③ 卞之琳：《雕虫纪历》，北京：人民文学出版社，1984年，第44页。
④ 卞之琳：《雕虫纪历》，北京：人民文学出版社，1984年，第56页。

我们曾在前文提到，卞之琳曾自言自己诗歌中的情景与我国旧诗中的"意境"有着较为隐微的联系，但并未展开具体阐释，他说："常倾向于写戏剧性处境，作戏剧性独白或对话，甚至进行小说化，从西方诗里当然找得到直接启迪，从我国的旧诗的'意境'说里也多少可以找得到间接的领会。"[①]部分诗人、诗家认为二者并无紧密关联，例如冷霜对卞之琳所言西方戏剧化情景与古诗意境之间的交叉点提出质疑。事实上，足够敏锐的话会发现，一些古典诗词中已经较为明显地透露出类似"戏剧化情景"的场景化书写，此处仅以周邦彦《少年游》一词为例：

并刀如水，吴盐胜雪，纤指破新橙。锦幄初温，兽香不断，相对坐调笙。
低声问：向谁行宿？城上已三更。马滑霜浓，不如休去，直是少人行！[②]

上阕主要描绘一幅女子闺房的场景，从视觉技巧来看，整个场景几乎可以看作一出戏剧或电影中的镜头。前一句以特写的方式展现屋内两个物件"并刀""吴盐"，进而出现女子纤细的手指剥开橙皮这一动态情景；后一句则将视野拉开，向读者呈现室内全景，帷幄之中兽烟缭绕，一男一女两个人物亦全部出场，并"相对坐调笙"。词作下阕则主要是女子的独白，且从中可以明显感到另一角色的在场。全词并无人物心理的刻画，仅仅通过对场景和对话的描绘将人物之间幽微宛曲的心理表现得恰到好处。

叶维廉认为王昌龄的《闺怨》，描绘一位少妇精心梳妆登楼，因眼前杨柳的触动而生出愁思，有着沃伦和布鲁克斯所言及的"情境反讽"。[③]尽管他的这番论述主要是针对反讽展开的讨论，且王昌龄此诗严格意义上属于古诗中代拟的写法，并不具有典型的戏剧化情景，但也向我们提示了古典诗词中确实存在或多或少的"情景"式描写。海外学者林顺夫曾讨论过姜夔《浣溪沙·著酒行行满袂风》一词，并用"戏剧性张力"理论对之进行分析，认为"愉快野游与情场酸楚"存在"两个相反经验之冲突的戏剧性张力"。[④]观察姜夔此词，其形式上更类似叙述性的记录，但词中确实呈现出了一个较为具体的场景。具有类似情景化书写的古典诗词还有很多，我们不妨猜测，卞之琳事实上正是敏锐地意识到了古典诗词中这种"意境"与西方所言"戏剧化处境"之间的相似性。对古典诗词的"戏剧化情景"进行考察也无疑提示我们这样一点，即我们应该抛开"戏剧化"主要作为西方诗学理论的观念（但并非完全忽略）从而在本质上抓住"戏剧化"的主要内涵。

---

① 卞之琳：《完成与开端：纪念诗人闻一多80生辰》，卞之琳《人与诗：忆旧说新》，北京：三联书店，1984年，第10页。
② 周邦彦：《周邦彦词集》，上海：上海古籍出版社，2010年，第3页。
③ 叶维廉：《艾兹拉·庞德的〈神州集〉》，普林斯顿大学出版社，1967年，第129-130页。
④ 林顺夫：《中国抒情传统的转变——姜夔及南宋词》，普林斯顿大学出版社，1978年，第87页。

新诗的戏剧化和小说话化

可以说,"戏剧化"在诗歌形式上的主要特征即是"场景性",但常常被我们忽略的一点是,并非所有具有情景特质的诗歌文本都应被看作"戏剧化",即"戏剧化"的特征之一乃是"戏剧化情景"而非"情景",理由在于,"小说化"的诗歌文本也会呈现出较为明显的"情景"描写。仍以卞之琳的诗歌为例,卞诗中"小说化"很典型地表现在《还乡》《路过居》《距离的组织》《尺八》等诗里,但有不少论者倾向于在谈论卞诗"戏剧化冲突"时却以这些诗歌为例。相对于卞之琳其他诗歌而言,这些诗歌的确具有较为明显的"冲突"意味,但事实上,我们不能将"冲突"简单地归结为"戏剧化冲突",就如我们在此处讨论到的"情景"既有"戏剧化情景"亦有"小说化情景","冲突"也应该区分为"戏剧化冲突"与"小说化冲突"。事实上,"冲突、矛盾"往往发生于"情景"之中(内在诗思中的冲突做另外讨论),在此我们先集中来看这些诗歌是如何体现出一种"小说化"的情景的。

《尺八》《距离的组织》等诗歌被看作卞之琳较有代表性的作品而受到诸多讨论,在此我们主要从"情景"的角度切入对其进行关照。《尺八》一诗主要展开两个场景,其一是古时寄居长安的番客寻访尺八,其二是现代海西客在岛国因听到尺八而生发乡愁。尽管诗人在括号中以独白形式表达了叙述者的感慨,但并非明显的戏剧性独白而更类似于小说中的心理描绘。全诗基本是用陈述性的文字,透过叙事展现复杂情思,仅针对诗中的叙述主体,就有不少研究者从叙事学的角度进行过分层讨论。

从"情景"来看,前半节主要展现了两个古今相对的情境:"像候鸟衔来了异方的种子,/三桅船载来了一枝尺八,/从夕阳里,从海西头。/长安丸载来的海西客/夜半听楼下醉汉的尺八,/想一个孤馆寄居的番客/听了雁声,动了乡愁,/得了慰藉于邻家的尺八,/次朝在长安市的繁华里/独访取一枝凄凉的竹管……"[①]我们看到,后一情景事实上是由前一情景中的"海西客"因联想而生发,两个情景相互联结又互为对比,展示了中日民族两个游子在不同历史时空各处异乡的孤独处境。紧接着,诗人使用括号里的诗句展示了"海西客"这一人物悲戚的心理:"为什么霓虹灯的万花间/还飘着一缕凄凉的古香?"值得注意的是,诗人还介入了整个场景,以一种旁观者的角度在文本中传达出"归去也,归去也,归去也——海西人想带回失去的悲哀吗?"这一悲剧性抒怀。整首诗歌的"情境"是借由简单平淡的叙述而展开的,且尤为重要的是,诗人不仅描写了人物的心理,更是以旁观身份抒发了感怀,事实上更类似小说而非戏剧。

---

① 卞之琳:《雕虫纪历》,北京:人民文学出版社,1984年,第63页。

再看《距离的组织》一诗，其情景的转换和人物心理活动在诗人的自注中就有很明显的体现，这里我们暂且不谈此诗复杂的诗艺和内涵，仅从形式上对之进行简单考察。且看前四句："想独上高楼读一遍《罗马衰亡史》，/忽有罗马灭亡星出现在报上。/报纸落。地图开，因想起远人的嘱咐。/寄来的风景也暮色苍茫了。"[1]诗人在这里展示了一个隐含的叙述者"我"的所为所见所感，紧接着是一句心理描绘："（'醒来天欲暮，无聊，一访友人吧。'）"而卞之琳就此句在注释中标明："这行是来访友人（即末行的'友人'）将来前的内心独白，语调戏拟我国旧戏的台白。"需注意，尽管卞之琳表明此句的语调是模仿古代戏曲的独白，但其前提是一个人物（友人）的内心独白。由于没有对"戏剧化"与"小说化"进行较为严格的辨析，我们极其容易将之看作"戏剧化"的典范，但实际上作为人物内心的独白是不会在戏剧中直接出现的。诗歌接下来写道："灰色的天。灰色的海。灰色的路。"，构建了一个灰色调的场景，卞之琳是这样注释的——"本行和下一行是本篇说话人（用第一人称的）进入的梦境。"由人物现实的动作性场景转化到虚幻的梦境，更丰富了此诗小说化的意味。

从上面的讨论来看，所谓的"情景"并非"戏剧化"或"小说化"专有的特征，那么二者之间有什么样的差异呢？我们不妨将视点转移到戏剧和小说上。二者都可客观、间接地展现情景、角色，以及角色之间的对话，冲突或事件与事件的冲突，但只有小说可以直接表现诸如心理活动、意识、潜意识等更为抽象的东西，而戏剧则强调通过有形的展示来间接地揭示内蕴。因此，我们说涉及心理描写的情景应当被看作"小说化"的情景而不应被纳入"戏剧化"来看，例如以上经过简要分析的卞之琳的诗作。

除此之外，我们还发觉，戏剧化的场景具有更强的可视性和在场性，仿佛整个场景都可以被搬上舞台，而且无论任何时候将之呈现于读者面前都像是一种戏剧式的进行时呈现，即叙述时间与情境发生的时间相同，诗人"不是笔直地走进事实，用词语叙述出来"[2]，也不是以一种回忆式的过去进行时来讲述事件，而是围绕情景，剥离叙述者本身。这种"进行时"的写作方式，使读者无需经过诗人这一隐藏叙述者而直接如临舞台，亲自聆听人物的声音、观看角色的动作。小说化的情景则更倾向于经由叙事展开，仔细观察，其中都会有一个较为明显的叙述者，如卞之琳《尺八》中讲述海西客所见所感的隐含叙述者（即诗人自身）。这样的"小说化"情景并不对"进行时"有所强调而往往偏向以某个时态（常常表现为"现在时"）为基点，展开"过去时"、

---

[1] 卞之琳：《雕虫纪历》，北京：人民文学出版社，1984年，第60-61页。
[2] 韦恩·布斯著、付礼军译：《小说修辞学》，南宁：广西人民出版社，1987年，第126页。

"过去进行时"或者"将来时"的书写（尽管这种书写并不一定基于现实性事件，也可以是基于诗人想象出的虚构事件，甚至还可以进行一定程度的变形）。

我们在此主要从形式上对"戏剧化"和"小说化"进行了一定程度的区分，但当我们面临某些特定文本时，依旧很难从根本上判断它是属于"戏剧化"还是"小说化"，原因在于，某些诗歌并非仅仅指向单一的"戏剧化"和"小说化"，而更可能将两者兼容。卞之琳较为有名的另一首诗作《道旁》往往被研究者看作具有较为明显的"戏剧化"特征，但我们不能忽略其中较为典型的"小说化"的成分。全诗只有短短两节，第一节交代出一个"倦行人"向"树下人"问路的情景，整个诗节以简洁的笔触勾勒出人物赶路而至问路的情景，不仅有对话，还以括号形式对人物的动作（"看流水里流云"）、神态（闲）进行提示，整体在形式上类似一出短小的戏剧：

　　家驮在身上像一只蜗牛，
　　弓了背，弓了手杖，弓了腿，
　　倦行人挨近来问树下人
　　（闲看流水里流云的）：
　　"请教北安村打哪儿走？"

然而，诗歌进入第二节后立即从场景式的描写转到对人物内心的刻画，整个的第二节都旨在交代"树下人"因被问路而产生的心理活动，而末尾两行，既可以看作是人物自我的想象，又更像是叙述者以比喻的方式来对人物心理进行评价式的描绘：

　　骄傲于被问路于自己，
　　异乡人懂得水里的微笑；
　　又后悔不曾开倦行人的话匣
　　像家里的小弟弟检查
　　远方回来的哥哥的行箧。①

类似的诗歌作品还有很多，例如当代诗人翟永明的叙事长诗《莉莉和琼》，组诗第一首《公园以北》以较为典型的戏剧化手法展示人物及人物的独白，其后的几首却几乎隐去了人物的声音，仅将之放入特定的情景，对其动作、心理进行小说式的描摹。由此可见，"戏剧化"和"小说化"可以同时进入一首诗歌并互相作用，呈现出一个较为优秀的文本，但我们要意识到，往往正是我们未加辨析地将此类诗歌宽泛地认定为"戏剧化"作品这一行为不断加重着"戏剧化"内涵的混乱。至此我们已经对"戏剧化""小说化"在形式上

---

① 卞之琳：《雕虫纪历》，北京：人民文学出版社，1984年，第60-61页。

的差别进行了简单的讨论。为进一步区分二者,下面,我们将深入内在诗思,对"戏剧化"和"小说化"在概念上所包含的特征——如"矛盾、冲突""反讽"等方面——仍存在的微妙差异进行辨析。

戏剧基本上都需要借助强烈的冲突以获得一种具有"紧张感"的表演效果,众多戏剧理论家也对"冲突"进行过着重强调,如有所有的戏剧"基本上都产生于冲突"的说法。①而诗歌的"戏剧化"也对"冲突"尤为专注。我们可以从前文的梳理中看到,无论是袁可嘉的"戏剧化"理论还是在90年代诗人那里获得的"戏剧化"阐发都一致地强调"冲突""矛盾""异质性"。但在此我们要指出一点,即在不少叙事性的诗歌文本中也能发现"冲突"的元素,一种近似于小说式的情节性的冲突(我们不妨暂时将之看作笼统的"小说化的冲突")。我们能模糊地感到两种"冲突"之间存在一定的差别,却很少有人对之进行具体的区分。事实上,对两者进行比较,会发现"小说化的冲突"往往偏向于人物性格差异、异质力量对比和情节转换等造成的外在矛盾性,而"戏剧化的冲突"常常指向各种包含矛盾因子的内在成分,如悖论的事实,互为冲突的经验、情感,不相协调的思想等,类似"戏剧",旨在构成一种内在的张力、紧张感。在与戏剧相关的理论中我们也能获得一些启发,例如将"冲突"的表现描述为"突然的,惊奇的、骚动的和猛烈的……有紧张特性的事件"②。

以具体诗歌作品为例,由于不加区别地将具有明显"冲突"特征的作品看作"戏剧化"作品,很多事实上是"小说化"的文本都被看作了"戏剧化"文本而进行讨论。例如肖开愚长诗《动物园》,描写叙述者"我"和一名时髦女士在观看动物园的过程中断断续续的交谈和自我的内心活动,尽管整个交谈内容充满了矛盾冲突的意味,但我们不能忽视诗歌中更为主要的叙事因素。很大程度上来看,诗歌中的"冲突"都是被放置在叙事环境内展开的。整首诗歌具有较强的假叙述特征,且具有明显的情节的推进和心理意识的流动,可以说是完全"小说化"的文本,但不可否认诗歌内部某些部分具有"戏剧化"的特征。又如伊沙一首同样题为《动物园》的小诗,下面是这首诗歌全文:

> 我有十八年未到过动物园了
> 再次光临此处
> 是在我有了孩子之后
> 我要带他去看看
> 这个世界不光有人

---

① 尼柯尔:《西欧戏剧理论》,北京:中国戏剧出版社,1985年,第108页。
② 庞考克:《戏剧艺术论》,顾仲彝:《编剧理论与技巧》,北京:中国戏剧出版社,1987年,第94页。

在虎山我看到的
已不是十八年前的那一只
那一只是这一只的老娘
死于十年前的夏天
这没什么
我的儿子只需知道
它是老虎就可以了
后来他"呜"的一声
我儿子"哇"的一声
我只好抱着他逃窜
去看梅花鹿
因为我手中
一把青草的逗弄
鹿把其嘴脸
凑到铁栏边
这一次
无畏的儿子抱住了鹿头
并把他的小手指头
恶狠狠地抠进了鹿的双眸[①]

  这首诗歌不仅具有类似小说那样对日常俗事的吞纳能力，还注重情节上的推进，其中的"冲突"则以反讽的形式表现出来，主要通过虎的残忍与人的脆弱、人的残忍与鹿的脆弱两组力量的对比获得体现。其中没有比较典型的戏剧化角色亦没有对话，而是全部通过叙述者语调冷静的陈述展开一个日常故事。我们看到，这种文本也表现出客观性、冲突性，但并不是戏剧化的文本，而更偏向小说化。类似的作品还有伊沙《车过黄河》、侯马《贵客临门》等。

  我们还能从以上的分析中看出"小说化"与"戏剧化"之间一个微妙差别，即"小说化"往往倾向于对诗歌进行一种整体性的操作，比如伊沙《动物园》一诗，当我们说它是一首"小说化"的诗歌时，我们是从整体上将其看作"小说化"的文本。与此不同的是，"戏剧化"更倾向于一首诗歌内部的某种"作用力"。当我们在说一首诗歌是"戏剧化"的诗歌时，大多数情况下我们是在说这首诗歌内部具有"戏剧化"的成分，也即其外在情境或内在诗思具有一种"戏剧性"。

[①] 伊沙：《伊沙诗集·卷1·车过黄河》，杭州：浙江文艺出版社，2016年，第121页。

通过以上辨析，我们已对二者的重要特征有了较为清晰的把握，但仍存在一个问题，简单说来，即如何去把握"小说化"的边界？我们提出这个问题的主要理由在于，目前除将"小说化"误作"戏剧化"外也有将"叙事性"的作品或曰具有叙事特征的作品看作"小说化"文本的例子。但事实上，具有"叙事"特点的作品不一定具有"小说化"特征，这是需要我们注意的一点。

与"叙事"有关的论述在新诗史上很早就有所涉及，但到 90 年代才以"叙事性"的诗学命题为主要话语方式。在 90 年代的语境中，"叙事"往往被表述为"叙事性"，并指向一种技巧层面的修辞策略，它具有较为独特的诗学旨归。在大多数 90 年代诗人那里，叙事意义下的事件、场景、细节往往只是写作的基础，是诗人进行语言变形、情景改造的原始素材。其目的在于"使之映现出可能隐含的构成人类生活本质的东西，以及映现出我们在精神上对它们作出的人性的理解"[①]。可以说，90 年代的叙事是不完整、不具体的叙事，且由于诗人有意对叙事设置障碍而表现出一种"不可叙事"的特点。它也经常被阐述为"伪陈述"或"假叙述"。例如叶维廉曾这样描述这种叙事特征："有故事的架构的提示，而无细节的叙说"，是"用省略的方法和压缩的方法"造成"模拟了的故事线"，"故事性发展的因由、轮廓、动机不似一般叙述（如小说中或叙事诗叙述）那样交代和一步步串连性的引领"。[②]后面那一句话无疑向我们提示了这种 90 年代的"叙事性"与"小说化"的差异。我们不妨将 40—70 年代间以史诗为追求的宏大叙事诗、80 年代注重日常经验的具有叙事特征的作品与 90 年代的"叙事性"作品进行一次简单的比对。40—70 年代，由于政治意识形态等因素，诗坛涌现出数量较多的具有史诗样式的叙事长诗，呈现出异常"兴盛"的叙事诗热潮，例如张志民长篇叙事诗《王九诉苦》《死不着》和阮章竞《漳河水》等。我们可以清楚地在这类诗歌中看到一种以叙事为骨架、以抒情为目的的小说化写法。80 年代以"他们"诗派为主要代表的诗人群体注重诗歌对日常经验的临摹并有意在其中制造反讽、戏谑等效果。这类叙事不及 90 年代诗歌在艺术上抵达的难度、深度，部分诗歌亦展现出一定的粗陋和油滑，甚至带有"自动化写作"的嫌疑，其"口语化"的书写形式决定了他们诗歌文本的此类特征，但其中有较多作品可以被看作具有"小说化"特征（如前文提到的伊沙《动物园》《车过黄河》，侯马《贵客临门》以及韩东《有关大雁塔》等）。90 年代诸多诗人的"叙事"则关注对经验进行

---

① 张曙光、孙文波、西渡：《写作：意识和方法》，孙文波等：《语言：形式的命名》，北京：人民文学出版社，1999 年，第 36 页。
② 叶维廉：《在记忆离散的文化空间里歌唱——论痖弦记忆塑像的艺术》，《诗探索》，1994 年第 1 期，第 71-95 页。

转化、变形、想象等个人化处理，实际上是对"叙事"的超越。以张曙光带有叙事特质的诗歌为例，我们从《岁月的遗照》《尤利西斯》《西游记》等较有代表性的文本中就能明显地看到浓郁的叙述风格，但诗人几乎是以沉潜、平缓的散文式的语调展开叙述的，在其作品中，叙事更多的是表现为一种技巧（或曰手段）。尽管我们在文本中也能找到一个显在的叙述者，甚至能感到叙述者微妙的心理变化，但我们却并不将之视作一种"小说化"的文本，理由在于我们不能仅关注"小说化"叙述的特征而忽视了其对"客观化、间接化"的要求。张曙光的这些诗作更类似于以散文式的叙述笔法来展现自我的经验、感受。正如程光炜在《不知所终的旅行》一文所评的那样："与继他之后对叙事技艺感兴趣的诗人相比，他的诗作中更为触目的是一种个人存在的沉痛感、荒谬感和摧毁感。他诗歌中的现代感受似乎不如那些更敏捷的诗人，在平稳、无可挑剔的结构的设置中，他把句子的变化尽量缩小到难以觉察的程度，而把震撼力的语言效果留给了读者。"[1]类似诗作还有如王家新《醒来》《日记》，孙文波的《在无名小镇上》《搬家》《地图上的旅行》等，这类诗歌都有着共同的叙事的特质却很难将之看作小说化亦或戏剧化的文本。"戏剧化"和"小说化"之间之所以有交叉地带，最主要原因在于二者都须借助叙事（叙述）这一手段，经由叙述抵达"戏剧化"或"小说化"。但其中还需注意的是，部分诗歌文本（如以上谈及张曙光的部分作品）还可经由叙述抵达"散文化"。

再看王寅《想起一部捷克电影但想不起片名》一诗，同样是以叙事的方式展开，但其叙述方式很明显更具小说特质（如我们在前面讨论过的表现方式的间接化、客观化以及具有人物、情景等）。诗歌在叙述上冷静、克制，并注重情节的转换。文本大部分都是围绕诗题中的"捷克电影"展开，所述场景几乎是以第二人称呈现出的电影片段，下面是此诗前10行（全诗仅16行）：

  鹅卵石街道湿漉漉的
  布拉格湿漉漉的
  公园拐角上姑娘吻了你
  你的眼睛一眨不眨
  后来面对枪口也是这样
  党卫军雨衣反穿
  像光亮的皮大衣
  三轮摩托驶过

---

[1] 程光炜：《不知所终的旅行》，《岁月的遗照》，北京：社会科学文献出版社，2000年，第9页。

你和朋友们倒下的时候

雨还在下[①]

再来对比张枣组诗《历史与欲望》中主要以第三人称展开书写的前三首作品(《罗密欧与朱丽叶》《梁山伯与祝英台》《爱尔莎和隐名骑士》)与主要以第一、第二人称展开的后三首作品(《丽达与天鹅》《吴刚的怨诉》《色米拉恳求宙斯显现》),我们可以更清楚地看到叙事与"小说化"、"小说化"与"戏剧化"之间的差异。前三首,尤其是第一、二首带有明显的小说化叙事痕迹(尽管这里我们很容易联想到《罗密欧与朱丽叶》作为莎士比亚戏剧以及《梁山伯与祝英台》作为中国越剧,而产生两首诗歌是否更应倾向"戏剧化"的疑惑),笔者认为,张枣这三首诗歌都是通过叙事的手段将历史素材进行个人化加工后的文本,虽然素材的原型乃是戏剧(戏曲),但展现在诗人此处的诗歌文本却是类似小说的形态,我们可以很轻易地在其中看到人物、情景、情节及情节的转变。后三首则与前者区别,其书写形式几乎类似戏剧的独白。在这里我们也可以窥见张枣具有"戏剧化"特征的"面具"理论的影子。而张枣具有戏剧化特质的诗歌还有如《灯芯绒幸福的舞蹈》,十四行组诗《卡夫卡致菲丽斯》《跟茨维塔伊娃的对话》等。三者都主要以独白的形式展开,其中《灯芯绒幸福的舞蹈》以虚拟的两个角色独白分别构成诗歌的两个主体部分,舞者与观者呈现出互相观看的特征,但又共同处于供读者"观看"的诗歌情景之内。

至此,我们已对"戏剧化""小说化"进行了一定程度的辨析,其区别大致可归纳为以下几点:

其一,从形式上看,二者都关注于对"情境"进行呈现,但"戏剧化"往往呈现出一种"现时性",其情境具有更强的可视性和在场性,在其中很难找到叙述时间与呈现时间上的差别。而"小说化"的情境呈现过程可跨越时间、空间,其叙述时间与呈现在读者面前的时间有着较为明显的差别,多数情况下是,它不追求"进行时"而往往偏向以某个时态(常常表现为"现在时")为基点,展开"过去时""过去进行时"或者"将来时"的书写。

其二,"戏剧化"倾向于戏剧性地呈现一个场景,没有显在的叙述者(类似"戴着面具讲话",将叙述交给角色)而"小说化"则有较为显见的叙述者。

其三,"小说化"可直接表现诸如心理活动、意识、潜意识等更为抽象的东西,而"戏剧化"强调通过有形的展示来间接地揭示内蕴。

其四,"戏剧化"更类似一种作用于诗歌内部的手法,"小说化"更倾向

[①] 王寅:《王寅诗选》,广州:花城出版社,2005年,第104页。

于对诗歌进行一种整体上的操作，很少见到整首诗都是"戏剧化"的作品，但可很轻易找到整首诗都是"小说化"的作品（即我们在谈到"小说化"时往往是针对整首诗歌而言的，且值得注意的是，"小说化"的作品中局部可能出现"戏剧化"的成分）。

其五，从内在诗思的角度看，"小说化"构成冲突的方式往往偏向于因人物性格差异、异质力量对比和情节转换等造成的外在矛盾性；"戏剧化"的冲突常常指向各种包含矛盾因子的内在成分，如悖论的事实，互为冲突的经验、情感，不相协调的思想等等，类似"戏剧"，旨在构成一种内在的张力、紧张感（如布鲁克斯在讨论"戏剧性结构"时所说："就像戏剧的情节依靠角色的台词、动作等推进，诗歌的语境也为语言、语调、语气所支撑，而诗节的安排一如戏剧舞台的设定。"[①]）。

四、结　语

"小说化"与"戏剧化"无论在形式上还是内在诗思上都极易混淆，但通过正文部分的梳理及辨析，我们可以发现二者之间又的确存在一定差别，甚至可以通过这些差别来为两个概念划定一条可供参考的界限。但这条用以区别二者的界限并不清晰或者绝对，我们必须承认两者之间存在难辨的地带——不妨将它们之间的关系看作一条线的两端，我们能够在两个端点找到"典型的戏剧化"或"典型的小说化"，但其间必然存在不可分辨的中间地带。因此，我们以上的工作如果说有所成效的话，至多是通过对比的手段为这条线的两个端点做了一次尝试性的描述。

"戏剧化"与"小说化"或者说类似二者的表述出现的时间不同，获得阐述的程度也不同，二者混淆的情形主要在 90 年代复杂的诗艺背景下逐渐凸显，但也正是至此才有了对之加以辨析的意义。我们在前面已提及，90 年代及之后的诗歌强调诗艺的难度和深度，诸多诗人都倾向于将叙事、戏剧化等融合于诗歌实践。例如西川曾指出自己综合创作的期望："叙事不指向叙事的可能性，而是指向叙事的不可能性，而再判断本身不得不留待读者去完成。……所以与其说我在九十年代的写作中转向了叙事，不如说我转向了综合创造。既然生活和历史、现在和过去、善与恶、美与丑、纯粹与混浊处于一种混生状态，为什么我们不能将诗歌的叙事性、歌唱性、戏剧性融于一炉？"[②]这种

[①] Cleanth Brooks.The Well Wrought Um: Studies in the Structure of Poetry. New Yourk: Harcourt, Brace& World, Inc.1947，P.75.
[②] 西川：《大意如此》，长沙：湖南文艺出版社，1997 年，第 2 页。

综合性的诗歌写作一方面对诗人的诗歌技艺提出了更高要求，另一方面也招致了各类概念的混淆，引发辨析的必要。而通过几个方面的对比，我们已观察出"戏剧化"与"小说化"的一些区别。

"戏剧化"显见的特征，有戏剧性的对白或独白、类似舞台效果或影视镜头语言效果的戏剧化情境以及通过情感、观念、语言（语气、语调）等构建的戏剧式冲突等；"小说化"显见的特征则是心理刻画，人物描写、故事情节的讲述等。两者之间具体的区别则有：第一，对于"情境"而言，"戏剧化"往往呈现出一种"现时性"，具有更强的可视性和在场性；"小说化"的情境更类似对情节进行讲述，其呈现过程可跨越时间、空间，它不追求"进行时"而往往偏向以某个时态（常常表现为"现在时"）为基点展开书写。第二，"戏剧化"没有显在的叙述者（类似"戴着面具讲话"，将叙述交给角色）而"小说化"有较为显见的叙述者。第三，"小说化"可直接表现诸如心理活动、意识、潜意识等更为抽象的东西，而"戏剧化"只能通过有形的展示来间接地揭示内蕴。第四，"戏剧化"更类似一种作用于诗歌内部的手法，"小说化"更倾向于对诗歌进行一种整体上的操作，很少见到整首诗都是"戏剧化"的作品，但可很轻易找到整首诗都是"小说化"的作品（即我们在谈到"小说化"时往往是针对整首诗歌而言的，且值得注意的是，"小说化"的作品中局部可能出现"戏剧化"的成分）。第五，从内在诗思的角度看，"小说化"构成冲突的方式往往偏向于因人物性格差异、异质力量对比和情节转换等造成的外在矛盾性；"戏剧化"的冲突常常指向各种包含矛盾因子的内在成分，如悖论的事实，互为冲突的经验、情感，不相协调的思想等，类似"戏剧"，旨在构成一种内在的张力、紧张感。

我们在此进行的梳理及辨析工作尚有较多不完善、不严谨之处，例如在讨论90年代"戏剧化"的内涵时实际上并不系统、完整，另并未对当代青年写作者中的"戏剧化"书写做出关照，但笔者希望此研究工作能对"小说化""戏剧化"的内涵进行较为清晰的展现，并为二者之间的区别提供一个参考。

参考文献

1. 中文专著

[1] 闻一多. 闻一多全集[M]. 北京：生活·读书·新知三联书店，1982.

[2] 卞之琳. 人与诗：忆旧说新[M]. 北京：生活·读书·新知三联书店，1984.

[3] 卞之琳. 雕虫纪历[M]. 北京：人民文学出版社，1984.

[4] 袁可嘉. 论新诗现代化[M]. 北京：生活·读书·新知三联书店，1988.

[5] 袁可嘉. 欧美现代派文学概论[M]. 上海：上海文艺出版社，1993.

[6] 《梁实秋文集》编辑委员会. 梁实秋文集[M]. 厦门：鹭江出版社，2002.

[7] 江弱水. 卞之琳诗艺研究[M]. 合肥：安徽教育出版社，2000.

[8] 张曼仪. 卞之琳著译研究[M]. 香港：香港大学出版社，1989.

[9] 西川. 大意如此[M]. 长沙：湖南文艺出版社，1997.

[10] 陈超. 最新先锋诗论选[M]. 石家庄：河北教育出版社，1999.

[11] 程光炜. 岁月的遗照[M]. 北京：社会科学文献出版社，2000.

[12] 王家新，孙文波. 中国诗歌：九十年代备忘录[C]. 北京：人民文学出版社，2000.

[13] 唐晓渡. 中国女性诗歌文库 称之为一切[M]. 沈阳：春风文艺出版社，1997.

[14] 孙文波，等. 语言：形式的命名[M]. 北京：人民文学出版社，1999.

[15] 洪子诚. 在北大课堂读诗[M]. 武汉：长江文艺出版社，2002.

[16] 陈旭光. 中西诗学的会通——二十世纪中国现代主义诗学研究[M]. 北京：北京大学出版社，2002.

2. 译著

[1] 道森. 论戏剧与戏剧性[M]. 艾晓明，译. 北京：昆仑出版社，1992.

[2] 米克. 论反讽[M]. 周发祥，译. 北京：昆仑出版杜，1992.

[3] 王思衷. 艾略特诗学文集[M]. 北京：国际文化出版公司，1989.

[4] 艾·阿·瑞恰慈. 文学批评原理[M]. 杨自伍，译. 南昌：百花洲文艺出版社，1992.

[5] 韦恩·布斯. 小说修辞学[M]. 付礼军，译. 南宁：广西人民出版社，1987.

3. 期刊

[1] 翟永明. 词语与激情共舞[J]. 上海文学, 2003, (2): 60-61.

[2] 唐晓渡. 谁是翟永明[J]. 当代作家评论, 2005, (6): 27-36.

[3] 陈超. 翟永明论[J]. 文艺争鸣, 2008, (6): 136-146.

[4] 姜涛. 叙述中的当代诗歌[J]. 诗探索, 1998, (6): 1-10.

[5] 王家新. 回答普美子的二十五个诗学问题[J]. 诗探索, 2003, (1-2): 6-27.

[6] 肖开愚. 当代中国诗歌的困惑[J]. 读书, 1997, (11): 90-98.

[7] 肖开愚. 个人写作, 但是在个人与世界之间——肖开愚访谈录[J]. 北京文学, 1998, (8): 97-102.

[8] 臧棣. 袁可嘉: 40年代中国诗歌批评的一次现代主义总结[J]. 文艺理论研究, 1997, (4): 85-92.

[9] 王荣. 论"新月诗派"的现代叙事诗创作及理论批评[J]. 文学评论, 2008, (2): 180-185.

[10] 马永波. 客观化写作——复调、散点透视、伪叙述[M]. 诗探索, 2006, (1): 117-127.

[11] 冷霜. 重识卞之琳的"化古"观念[M]. 江汉大学学报, 2007, (6): 12-17.

[12] 叶维廉. 在记忆离散的文化空间里歌唱——论痖弦记忆塑像的艺术[J]. 诗探索, 1994, (1): 71-95.

论陈映真小说中的忧郁书写（1967—1987）

姓　　名：赵文豪　　　指导教师：余夏云

【摘　要】 在陈映真的小说中，"爱"和"希望"是随处可见的主旋律，但是忧悒、悲恸、颓废等"负面情绪"也一直涌动在小说内部。两种看似对立的情感互为表里，密若织体。这些看似晦暗不明的情感反而可能给予读者文本解读的新空间，但是它们少有被正视和理解。本文借弗洛伊德的"忧郁"概念，对陈映真 1967 年至 1987 年间小说中的忧郁现象进行研究。小说中的忧郁缘起于"丧失"，表现为一种念念不忘、进退两难的症结。在不同主体和范畴中，忧郁又有着不同的书写方式，文章就从性/别、历史、现实主义三个方面考察小说中忧郁的表现与根源。其中，每个范畴的书写都体现了忧郁产生的部分诱因：性别的忧郁体现了"欲望的回撤"，历史的忧郁体现了"对象的丧失"，现实主义的忧郁体现了"两歧情感"。

【关键词】 忧郁；忧郁书写；陈映真

教师评语：

晚近的西方学界流行"左翼的忧郁"一说，指陈革命未能善始善终之际，知识分子仍对过去的理想和信念不弃不离，以至于陷入自怜自艾的境地。一般人以为这样胶柱鼓瑟，实在是脱离现实的表现，但另一派亦指出见风使舵不是革命的本真，忧郁反而见证左翼最值得肯定的品质。陈映真是中国台湾的共产主义斗士，终其一生，他对革命执着无悔，赴汤蹈火，但岛内的现实屡屡挫伤革命的进程，以至于斗士也有了忧郁的表现。赵文豪的论文以此为起点，细致揭开陈映真笔下充满两歧的情感，说明了其复杂多变的情感和思想状况。论文的选题具有新意，所应用之理论亦具有前沿性。文章从性别、主题、风格三个维度切入，说明忧郁的风格如何贯穿于陈映真早期的文学创作（1967—1987）。全文层次分明，线索清晰，最值得称道的地方是语言优美而准确，展现了作者较强的文字驾驭能力，而渗透于字里行间的思辨性和反思性更将文章带向了一个新的层次。相较于一般本科学位论文倾向于安全而完整地叙述现象，展示观察的宽广度，赵文豪的论文选择小切口进入问题，由表及里，深挖价值，辐射意义，表现出一定的学术勇气和探索精神，值得特别肯定。当然，"忧郁"对应着"哀悼"，陈映真的作品是否若隐若现表达出相关情绪，并由此形成张力，文章并未触及，可成为日后继续努力的方向。但就整体而言，文章选题精巧，论述得当，结构合理，引证丰富，写作符合规范，是一篇优秀的本科毕业论文。

一、绪　论

1. 研究背景及研究现状

在中国现当代文学中，陈映真始终是一个独特的存在，他总是因为尖锐深刻的思想和独特的政治立场而难以被归入任何群体中。在台湾，他始终坚持"左统"立场，后期又开始探索台湾经济殖民问题和日本殖民统治时期的历史问题。在大多数问题的思考中，他始终从第三世界的视角出发，衡量台湾与大陆、外省人与本土人的关系。种种复杂的思想和立场注定让他在海岛一隅成为鲁迅笔下的"孤独者"。大陆改革开放以后市场经济迅速腾飞，发展这一命题不断地被赋予重要的意义和价值。由于革命历史年代的创伤记忆，人们逐渐放弃了对阶级议题的讨论和批判。但是海峡另一岸的陈映真却始终观察着大陆社会主义革命和建设的进程，不断地表达他对社会发展的担忧和疑问，也不断地表达自己的对历史记忆的左翼立场。2020年九州出版社出版了陈映真全集，是中国文学界值得关注的一个事件，全集的再次出版促使我们重新审视陈映真的文学遗产，发现陈映真的文学和思想在当今语境下的价值和意义。

在20世纪80年代，陈映真进入了大陆文学研究的视野。直至今日，学界对他的研究热情也未曾冷却，对陈映真的研究颇具规模。被誉为"台湾的鲁迅"的陈映真在艺术和思想上都与鲁迅有着千丝万缕的联系，具有独特的左翼色彩。因此大量的研究都在文学内的思想光谱上寻找陈映真的位置，在中国现当代文学这一更大的语境下寻找台湾的左翼作家对新文学左翼传统的承接和延续。其中较有影响力的研究是钱理群《陈映真与"鲁迅左翼"传统》[1]和陈思和、罗兴萍《试论陈映真的创作与五四新文学传统》[2]。前者从鲁迅对陈映真的意义和陈映真对"鲁迅左翼"的传承这两个方面论述陈映真与"鲁迅左翼"的关系。鲁迅使得陈映真确立了"陈映真视野"，让他得以把台湾放置在世界范围内进行观察。同时作为左翼知识分子，陈映真和鲁迅有许多的相似之处，他们都与政权保持距离，始终站在弱势和边缘一方，坚持自我批判。后者则更多地论述陈映真如何从鲁迅走向新文学左翼传统的，如何从"岗位型知识分子"走向"流浪型知识分子"。陈思和和罗兴萍从陈映真的文学创作转向入手，试图确定他在中国文学中的独特位置，接续至五四以来左翼文学传统。除此以外，还有王晴飞《陈映真对鲁迅的接受与偏离》[3]、徐纪阳《意

---

[1] 钱理群：《陈映真和"鲁迅左翼"传统》，《现代中文学刊》，2010年第1期，第27-34页。
[2] 陈思和、罗兴萍：《试论陈映真的创作与五四新文学传统》，《文学评论》，2011年第1期，第63-70页。
[3] 王晴飞：《陈映真对鲁迅的接受与偏离》，《社会科学》，2011年第2期，第187-192页。

象重构与左翼思想再出发——论陈映真早期创作中的鲁迅影响》[1]、傅修海《反抗虚无、身份认同与历史言说的葛藤——陈映真"文学左翼"意味与反省》[2]等研究，分析了鲁迅等左翼作家对陈映真的影响。

除了左翼思想研究，各种主题研究也数量较多。陈映真文学作品折射了他复杂斑驳的思想，他的文学作品中充满了基督教救赎和忏悔的情结，还有对中国海峡两岸民族分裂的痛苦与迷惑，对日殖后本省人和外省人裂痕的批判与质疑等思考。

其中，陈映真对"国族"立场的思辨与重述是被讨论的话题之一，许多研究都乐于揭示陈映真小说中"中国"与"中国人"的情结，"本省人"与"外省人"之间的纠葛也是在这一母题下向外延伸的讨论内容。朱双一的《论陈映真的身份建构》就层层展示了陈映真的身份认同：中国人、第三世界左翼作家、现实主义作家[3]。他在《民族主义作为帝国主义侵凌的产物——陈映真的"民族主义"观》一文中认为陈映真的民族主义是受著名新左派学者伊曼纽尔·沃勒斯坦"资本主义世界体系论"的启发，这一影响使得他从第三世界的观念出发，不局限于中国台湾、大陆、亚洲的地理位置。[4]

这一母题在近年来的讨论声势逐渐变小，其延伸下的子题反而逐渐枝繁叶茂。其中值得关注的就是陈映真小说中有关历史记忆的研究，吴宝林在《"再政治化"的文学实践——读陈映真小说〈铃铛花〉》一文中就指出，陈映真在"去政治化"的年代里将左翼思想通过美学形式"再政治化"[5]。叙述者在回忆20世纪50年代的政治记忆时，将其包裹在乡村风景和嬉戏冒险中，因此现实世界和理想世界的张力都是在记忆这一机制上建立起来的。在《文本内部的日本——论陈映真小说的殖民记忆》一文中，赵牧给予我们更多的启示在于揭示了文本中记忆书写的作用：早期的殖民记忆掩盖了大陆左翼革命的想象，后期的殖民记忆在跨国资本主义的影响下失去了征用价值，于是陈映真开始批判处于殖民统治下部分台湾人的臣服意识和奴化心理[6]。

---

[1] 徐纪阳：《意象重构与左翼思想再出发——论陈映真早期创作中的鲁迅影响》，《当代作家评论》2019年第5期，第139-145页。

[2] 傅修海：《反抗虚无、身份认同与历史言说的葛藤——陈映真"文学左翼"意味及省思》，《郑州大学学报（哲学社会科学版）》，2013年第3期，第117-121页。

[3] 朱双一：《论陈映真的身份建构》，《厦门大学学报（哲学社会科学版）》，2008年第5期，第99-105页。

[4] 朱双一：《民族主义作为帝国主义侵凌的产物——陈映真的"民族主义"观》，《台湾研究集刊》，2010年第3期，第64-72页。

[5] 吴宝林：《"再政治化"的文学实践——读陈映真小说〈铃铛花〉》，《中国文学研究》，2016年第4期，第107-111页。

[6] 赵牧：《文本内部的日本——论陈映真小说中的殖民记忆》，《中国现代文学研究丛刊》，2018年第4期，第164-177页。

吴舒洁、王玥琳等人都关注到了陈映真小说中的"家"的主题，吴舒洁《"市镇小知识分子"的家国伦理——试论陈映真早期的家庭书写》认为家庭是陈映真在个人和社会之间的中介，表现出知识分子在社会、历史、家庭之间的主体状态，"家"也因此能够映射国家政治经济环境[1]。还颇受关注的就是陈映真小说中出现的自杀与死亡现象，王向阳在《陈映真小说中的死亡言说》中将陈映真小说中的"死亡言说"拆分成自杀和走向绝望的不归路两种类型[2]，类似的研究还有杨若虹《陈映真早期作品的死亡意识》[3]。

除了思想研究、政治光谱研究等范畴，对陈映真小说中的文学审美研究可谓是繁多复杂，难以进行直截了当地概括和总结。施淑在《从前夜到长征——陈映真与台湾左翼文学》中提到了文艺先锋运动和颓废思想的关系[4]。在其他的文章里，施淑进一步地论述了陈映真对现代主义文学复杂的看法。此外还有研究关注到陈映真小说的叙事特色，例如刘红英《鲁迅与陈映真"乡愁"叙事异同考释》[5]、吕周聚《论陈映真小说的叙述模式》[6]和黎湘萍《陈映真与三代台湾作家——兼论台湾小说叙事模式之转变》[7]等。这些研究从历时、共时的角度分析陈映真小说内叙事视角、叙事结构、叙事层级等艺术特色。

综上所述，对陈映真文学作品的讨论，大多数是以意识形态研究和各类主题探讨为主。在这些研究中，陈映真的文学似乎总是以一种简单状态存在着：在意识形态上，他的文学是左翼的文学；在价值追求上，他的文学坚定地追寻着理想主义；在艺术上，他的文学是现实主义的。对于陈映真文学的研究似乎逐渐固定成型，对其文学内部声音的解读也逐渐单一化。众所周知，在1967—1987年间，陈映真的理想主义经历了危机，他的信仰从失落崩溃到重构。彼时大陆社会主义实践的挫折，不仅使他对社会主义信仰灰心，而且也沉重地打击了他对公正、正义等价值的追寻。雪上加霜的是，世界历史也风云变幻，革命似乎结束，新自由主义席卷世界。多少知识分子感到精神幻灭与沉沦，历史和理想的失去必然带来了忧郁。陈映真经历了复杂曲折的精

---

[1] 吴舒洁：《"市镇小知识分子"的家国伦理——试论陈映真早期的家庭书写》，《台湾研究集刊》，2020年第6期，第51-59页。
[2] 王向阳：《陈映真小说文本中的死亡言说》，《山东社会科学》，2004年第3期，第99-102页。
[3] 杨若虹：《陈映真早期作品的死亡意识》，《海南师范学院学报（社会科学版）》，2006年第4期，第68-71页。
[4] 施淑：《从前夜到长征——陈映真与台湾左翼文学》，《人间思想》，2015年第9期，第185-203页。
[5] 刘红英：《鲁迅与陈映真"乡愁"叙事异同考释——以同名小说〈故乡〉为例》，《文艺争鸣》，2015年第7期，第153-156页。
[6] 吕周聚：《论陈映真小说的叙述模式》，《理论学刊》，2010年第11期，第119-122页。
[7] 黎湘萍：《陈映真与三代台湾作家（上）——兼论台湾小说叙事模式之演变》，《台湾研究集刊》，1992年第4期，第87-93页。

神历程，但它们在小说中的传递与表达逐渐被忽略，他对理想主义的追寻似乎成为毫无困难的胜利之旅，其他幽微隐秘的负面情绪则很少被正视。于此，我们有机会反思这样一种逐渐中心化、固定化的研究思路：革命历史的逝去是否让陈映真曾万念俱灰、感到忧郁？他"阴暗"的一面是否也进入文本中并被表达出来？忧郁是如何表现的？小说中的人物是否能克服这种失去历史的忧郁？文本中的忧郁与理想主义的关系是什么？忧郁是否能成为一种资源？

刘奎和施淑的研究给予上述问题些许启示，施淑在《从前夜到长征——陈映真与台湾左翼文学》中指出：陈映真即使在与"颓废"的文学底色决裂后，也未能摆脱早期作品"抒情的、不安的、贯注于文字意象和细节经营的风格"[1]。刘奎在《陈映真小说的忧郁诗学与情感政治》一文中概括了陈映真小说中的忧郁诗学，在忧郁环境和氛围书写营造下，小说中的人物也都在精神和气质方面表现出忧郁、苦闷、迷茫的特点。[2]上述讨论更注重从审美角度出发，但是忧郁并不只在诗学层面和审美层面存在，陈映真对忧郁的书写有其自身的特点和表现形式，它有着丰富的面向，这值得进一步的讨论与研究。

如克里斯蒂娃（Julia Kristeva）所言："对于那些遭受忧郁折磨的人来说，书写忧郁恰恰意味着书写已成为忧郁的征候。"[3]对小说书写中忧郁的研究不仅是我们知人论世、观察作家个人内心情感动向的途径；或许还是我们面对文本时的一种阅读策略，经由文本中的那些失落悲伤等"负面情绪"，我们反而可能听到浮于地表之下的杂音与复义。因此本文将从忧郁这一视角阅读陈映真小说，发现他在书写中思想的曲折变化，分析忧郁的表现形式；通过文本细读的方式重新阅读那些被忽视或者被淹没的情感表现与人物行为，重新审视那些似乎成为定论的观点，并且尝试点明忧郁的根源和表现，以及与理想主义的关系。或许陈映真的忧郁书写也为"忧郁"这一概念带来了延展，丰富了忧郁诗学的内涵。

2. 研究方法及研究思路

本文将选取陈映真在1967年至1987年间的小说作为研究对象，他在这段时间的创作内容以对社会现实的批判为主。从《唐倩的喜剧》起陈映真便开始"自我改造"，摆脱早期颓废、忧郁、充满隐喻的艺术风格，开始用写实主义的逻辑和视角把握现实社会。他就此自我剖析："他学会了站立在更高的层次，更冷静、更客观、从而更加深入地解析他周遭的事物。这时他的作品，

---

[1] 施淑：《从前夜到长征——陈映真与台湾左翼文学》，人间思想，2015年第9期，第185-203页。
[2] 刘奎：《陈映真小说的忧郁诗学与情感政治》，《文艺研究》，2017年第9期，第47-56页。
[3] 〔法〕茱莉娅·克里斯蒂娃著、杨国静译：《心理分析：消除抑郁的方法》，汪民安：《生产》（8），南京：江苏人民出版社，2013年，第45页。

也就较少有早期那种阴柔纤细的风貌。他的问题意识也显得更为鲜明，而他的容量也显得更加辽阔了。"[1]陈映真如同大陆革命时期的知识分子一样，不容置喙地为自己的"脱胎换骨"背书。然而这一转向果真如他所言一样斩钉截铁吗？1967年前后的文学创作真的泾渭分明、互无干涉？在理想与信仰陨落后，失去所爱的陈映真是否也陷入忧郁和失落？

"忧郁"（Meloncholia）一词历史悠久，从古希腊至文艺复兴时期用作医学概念。随着现代医学及现代天文学的不断发展，用于人体和医学概念的忧郁逐渐式微。弗洛伊德（Sigmund Freud）在《哀悼与忧郁症》[2]中将忧郁收入精神分析学说麾下，以建构三层人格结构。正如现代诸多理论跨界旅行，对忧郁这一概念的讨论也不再局限于一种病情描述。它"不再是一种失败性的病态，而是一种理解与实践，都可能有着积极创发性的能量"[3]，从社会、政治、美学、文学等诸方面进行着对该概念和现象的诠释与建构。朱迪斯·巴特勒（Judith Butler）在《性别麻烦》中探讨了性别的忧郁，揭示了异性恋原初欲望及性别认同的生发过程，强调生理性别和社会性别的操演（performativity）性展现。[4]温迪·布朗（Wendy Brown）的文章《抵制左派忧郁》则将忧郁概念应用在政治修辞上，承续本雅明（Walter Benjamin）"左翼对忧郁"的批评，为唤醒沉溺往昔的知识分子，并指出新的未来可能性。[5]Enzo Traverso则探究了忧郁的左翼与历史、记忆和马克思主义之间的互动与辩证关系。[6]还有学者将忧郁视作大众消费时代新颖的文化符号，忧郁症从一个人人避之不及的病症，变成了青少年狂热追捧的商品。[7]忧郁这一概念对理解、揭示各类现象的可能性和可行性已逐渐显示。

在弗洛伊德对忧郁的阐释中，忧郁的特征凸显为痛苦和沮丧，人们对外在世界不感兴趣，失去了爱的能力。其中最突出的就是人对自我的贬低，自我评价下降，发展到一定程度甚至可能会自我惩罚。而忧郁的产生原理如下，人经历丧失对象（亲人、某种理想甚至是国家）的痛苦和失落，但是人们却拒绝承认这一失去的事实，他们拒绝哀悼和悲伤。更重要的是，经历忧郁的

---

[1] 陈映真：《试论陈映真》，《陈映真文集：文论卷》，北京：中国友谊出版公司，1998年，第136页。
[2] 〔奥〕弗洛伊德著、马元龙译：《哀悼与忧郁症》，汪民安：《生产》（8），南京：江苏人民出版社，2013，第3-13页。
[3] 郑圣勋：《哀悼有时》，《忧郁的文化政治》，台北：蜃楼股份有限公司，2010年，第10页。
[4] 〔美〕朱迪斯·巴特勒：《性别麻烦》，上海：上海三联书店，2009年。
[5] 〔美〕温迪·布朗著、庞红蕊译：《抵制左派忧郁》，汪民安：《生产》（8），南京：江苏人民出版社，2013年，第81页。
[6] Enzo Traverso: Left-wing melancholia: Marxism, history and memory, New York: Columbia University Press, 2016.
[7] 〔美〕爱密丽·马汀著、杨雅婷译：《躁郁简史》，《忧郁的文化政治》，台北：蜃楼股份有限公司，2010年，第1页。

人们企图将丧失的对象保留在自我体内，这一对象得以成为这些人精神世界的一部分，使得人们表现出忧郁的症状。

相比忧郁症的特征，忧郁产生的过程和前提更值得我们注意。弗洛伊德总结出了产生忧郁的三个重要原因："对象的丧失，两歧情感和力比多在自我中的退行。"[1] 对象的丧失（loss of the object）即主体丧失了亲人、理想、国家等爱恋对象的过程；两歧情感（ambivalence）指的是人们对爱恋对象爱恨交织的矛盾情感，这种情感的冲突和矛盾是人们产生忧郁的重要前提之一，它可能会使得人们自我折磨、自我虐待。如果没有复杂的情感，那么人们就可以顺利地跨过失去的痛苦，不会产生忧郁。而正是由于对象的丧失，贯注在对象身上的力比多从对象身上撤回到人们的自我中（regression of libido into the ego），产生了自我中的斗争与冲突，因此人们才表现出各种忧郁症的症状。

因此本文将借助弗洛伊德这一概念，分析陈映真小说的忧郁现象，试图探究其表现和背后产生的根源。本文总共四个部分，第一部分为"绪论"，第二至四部分是本文的主体部分。本文将以后三个部分分别阐述忧郁的原因与表现。陈映真小说的各种面向都经历着产生忧郁的全部历程，但本文选择其最突出的部分论述，并不代表该现象只受产生忧郁的部分原因影响。本文的第二部分将考察陈映真小说中的性/别中展现的忧郁。后革命的性别书写中正体现了欲望从对象回撤这一过程。第三部分将考察小说中历史的忧郁面向。笔者将选择其中的两类主体阐述，即左翼人士和新生代，而他们正体现出对象的丧失对忧郁产生的重要性。第四部分将考察小说中的艺术风格和陈映真的艺术观念中的忧郁现象，陈映真的现实主义书写正表现了复杂冲突的两歧情感。

二、性/别的忧郁：欲望的回撤

在诸多研究中，针对陈映真小说的性别批评、女性主义研究也大有可观。有一些研究认为陈映真小说中性别书写是在映射"本省人/外省人""殖民者/被殖民者"等关系，用寓言化的思路理解性别叙事。这些研究认为陈映真书写女性时并不局限于从"权利""主体"等观念出发，而是为了更宏大的理想和希望塑造了各种女性形象[2]。与前述相对的研究则批评陈映真对女性人物形

---

[1] 〔奥〕弗洛伊德著，马元龙译：《哀悼与忧郁症》，汪民安：《生产》（8），南京：江苏人民出版社，2013年，第3-13页。
[2] 此类研究包括赵刚《左眼台湾：重读陈映真》、刘堃《女性、革命与知识分子的人格模拟——论陈映真小说〈山路〉》等。

象的单一化处理,即所谓的"地母"形象——纯洁无瑕、不容亵渎、道德完美的女性角色。这是因为小说里的女性人物臣服于男性作家的左翼理想和政治概念之下,女性的声音不过是服务于阶级议题和国族叙事的手段和工具,她们变成被动的、丧失主体地位的"她"者。[1]这些批评和研究与对"革命历史小说"的性别研究和女性主义批评何其相似,它们都揭示了作家在性别书写背后的意识形态和政治动机,质疑那些让女性反复颠倒、呈现出云泥之别的书写方式——无非就是"地母"和"妖妇"。[2]这种对性别研究的本质主义思路在坚持解构政治神话时,确实将女性解放出来了,却未曾赋予她们另外的关注,她们依然以"无性别"的身份存在。况且对性别的本质主义阅读方式时常将历史叙事排除在文本阅读以外,经常将女性人物形象置于真空的环境中解读,这也就变成了对女性的另一种压迫和制衡。

陈映真小说中的人物在失去所爱恋的对象后,时常表现出对性别的困惑与忧悒。蔡千惠身上的男性身影几乎压倒了自身的女性形象,展现着一种"阳刚"的女性剪影;赵尔平由于双性恋者、同性恋者的存在,对性别的界限产生了困惑,从而痛苦地反省男性自身的欲望;唐倩辗转于男性知识分子之间,却感到自己女性所属身份的空洞和匮乏,缺乏爱的能力。由此我们看到,性别的忧郁表现为无法去爱别人,没有爱的能力,对自身性别或者性别界限感到困惑。这些对性别的忧郁是如何产生的?同时,这种忧郁也给予我们重新解读性别的空间。

短篇小说《山路》书写了在后革命时代的环境中,往昔革命者在当下的生存困境,也就是革命后的故事。蔡千惠爱慕着革命者黄贞柏和李国坤,但是其家人却将二人出卖给当局。蔡千惠怀着愧疚羞辱的心情,决定假装成李国坤的妻子去贫苦的李国坤家"服役"。蔡千惠在一封信中自陈道:"我狠狠地劳动,像苛毒地虐待着别人似的,役使着自己的肉体和身体。"[3]她以这种虔诚的态度进行自我赎罪,通过让身体饱尝贫穷和苦难以澡雪精神。直至三十年后黄贞柏出狱,蔡千惠在优渥富裕、安逸舒适的家庭中惊醒,她觉得自己被资本主义生活方式驯化成为"家畜"。这就意味着往昔革命年代里的囚禁、苦痛与耻辱都付诸东流,她和那些左翼人士一样,丧失了理想、青春和信仰。于是蔡千惠断绝了活着的念头,抽空自己的生命力,逐渐枯萎直至去世。其中不难看出,蔡千惠正符合忧郁症的症状:痛苦的沮丧、对外在世界

---

[1] 针对陈映真小说的性别研究有高雄医院大学李淑君《民族主义与社会主义革命下的左翼女性身影:论映真与蓝博洲的白色恐怖系列作品》、东海大学戴盛柏《陈映真的文学视野:阴柔理论的启示》等。
[2] 孟悦、戴锦华:《浮出历史地表》,郑州:河南人民出版社,1989年。
[3] 陈映真:《赵南栋》,北京:九州出版社,2020年,第74页。

不感兴趣、自我惩罚。

在李国坤二人最初认识蔡千惠时，作为少女的她并无法理解那些宏大的理想和情怀，她无法理解男性知识分子谈论的那些话语。"我整个的心都装满着国坤大哥的影子……"①她只是革命男性身边点缀般的存在，以一种微弱和否定自我的形象存在，她并没有自我和主体的意识。当白色恐怖笼罩历史进程之时，政权开始对左翼进步人士的运动进行镇压与剿灭，蔡千惠亦因为家人的出卖而背上深深的耻辱与精神债务，开始了她的忏悔之路。蔡千惠并没有对前辈们丧失希望与信心，而是继承了他们的衣钵，模仿男性革命者的形象践行牺牲、无私奉献的理念，希冀在劳动和奉献中洗涤罪孽、改造自我。至此在蔡千惠的身上，我们清晰地看到了叙述者给予崇高女性划分的位置和任务："在男性的视野和性别的制约之下，女英雄更进一步被定格在传统的辅助角色和男性的价值观之中。"②蔡千惠显然是许多左翼男性的镜像人物：抑郁致死的康雄、患病去世的赵庆云等。在《山路》中，蔡千惠就是李国木和黄贞柏两个左翼男性的某种容器，他们虽然被囚禁或被杀，但是他们的理念和信仰却流转到涉世未深的少女身上，让她代替自己活下去。"如果说陈映真早期作品中'人格分裂的知识分子'被转化和模拟为李国坤、李国木兄弟'革命/去革命'的差异化形象，那么，蔡千惠形象的前后落差，则是这种差异的二度模拟。"③然而蔡千惠绝非是对男性形象单纯地复刻与再现，她的亲身经历告诉我们，她绝不仅是传声筒而已。就如同小说标题"山路"一般，蔡千惠对自己欲望和主体性的认识有着幽微曲折的过程。

当蔡千惠面对失败的历史时，她不仅丧失了理想和信仰，还失去了李国坤和黄贞柏，她惩罚、谴责自己作为女性的身体。性别忧郁的原因在此显露：力比多的回撤。当二位男性面临囚禁和处死的结局时，蔡千惠将对李国坤、黄贞柏的爱欲和仰慕撤回进了自我之中，让逝去的爱恋对象重新在自我之内保存和呈现，让身体和认同的对象一同死去。对象的丧失也就意味着自我的丧失，她因此陷入深深的忧郁之中。她自我惩罚，把自己的身体视为被驯化的牲畜，断绝活着的念头；她不再会爱，不能再做出伟大的奉献，也无法面对自己爱恋的黄贞柏，她认为自己是一个失败的女性。

但是正如弗洛伊德所言："但自由的力比多并未流向另一个对象，它撤回进了自我。但是，它不是以任何未加规定的方式被利用，而是用于以那个被

---

① 陈映真：《赵南栋》，北京：九州出版社，2020年，第71页。
② 陈顺馨：《中国当代文学的叙事与性别》，北京：北京大学出版社，1995年，第85页。
③ 刘堃：《女性、革命与知识分子的人格模拟——论陈映真小说〈山路〉》，《妇女研究论丛》，2017年第4期，第110-128页。

论陈映真小说中的忧郁书写（1967—1987）

放弃的对象来建构自我的认同……以这种方式，对象丧失变成了自我丧失。"①不应该被忽视的是，欲望的回撤能够建构自我的认同，正是这种强烈沉痛的失去，让主体形成了对自己的认同，借助男性的身影来建构女性的主体。

蔡千惠临死前写下的信中就正展现了力比多的回撤的过程，也即她重新发现主体和欲望的时刻。蔡千惠也不再是那个懵懂无知的女孩，她过去期待着被两位男性褒奖赞扬；而今时今日却能反思大陆与台湾革命的潮起潮落，写出信件叮嘱即将出狱的黄贞柏：世界已经大变，你们未必能再适应，未来的战斗将更加艰苦。与此同时，类似遗书的信件落笔之时，即是叙述者悬置革命理想之时，蔡千惠拥有了检视自己过去的机会，把自己从左翼男性主体的阴影中解放出来，重新获得了自己的欲望和情感。借用特里林（Lionel Trilling）的概念，蔡千惠终于直面自己感情的"诚"（sincerity）一面②。在生命尽头，她卸下外在的行为标准和道德准则，将其自己的欲望和情感真实地流露在外，还原出自己内在的真实情感。在信中，蔡千惠始终以少女的口吻重述历史阴霾中的幸福，她表达了对李国坤大哥忽隐忽现、明暗交替的感情（她是黄贞柏的未婚妻），在临死之际，她真挚地面对自己"那如何愁悒的少女的恋爱着的心"③。过去三十年里被忘却的不仅有历史记忆，还有蔡千惠作为女性懵懂青涩的感情与欲望。当女性丧失了爱恋的对象，性别主体将欲望撤回自我之时，这便是她重新发现主体性的时刻，那些关于女性的记忆和欲望也就重新被展示在外④。当女性失去爱恋的对象且不能自拔时，回撤的欲望也就宣告自我的部分丧失，性别的忧郁由此产生，但是同时这一过程也部分地建构着自我，使得女性重新面对自己的欲望。

三、历史的忧郁：丧失与受挫

在《再见列宁》这部影片中，半截断裂的列宁雕塑被直升机拖着划过城市上空，那个沉睡多年的东德母亲感到的是极大的震惊与惊悚。她多年投身于东德的革命事业，和以往的社会主义理想信念在此刻成为一种"不合时宜"，之前冻结的历史进程如滔天洪水涌进这个前社会主义战士的"当下时刻"。荧幕前的观众纷纷为那种时光错置的理想主义情怀潸然落泪，或为其执着与古

---

① 〔奥〕弗洛伊德著、马元龙译：《哀悼与忧郁症》，汪民安：《生产》（8），南京：江苏人民出版社，2013年，第7页。
② 〔美〕莱昂纳尔·特里林：《诚与真》，南京：江苏教育出版社，2006年。
③ 陈映真：《赵南栋》，北京：九州出版社，2020年，第72页。
④ 〔美〕朱迪斯·巴特勒著、何磊译：《心灵的诞生：忧郁、矛盾、愤怒》，汪民安：《生产》（8），南京：江苏人民出版社，2013年。

板感到疑惑。这部电影上映时已经距离柏林墙倒塌过去了十多年，毋宁说观众以一种遥远的视角打量这个前社会主义女教师，同时也是在凝视着我们对20世纪革命历史逐渐遗忘和误读的过程。陈映真有着和这位女教师类似的生命体验，他在1968年至1975年身陷囹圄，而监狱外的世界各种运动轰轰烈烈："文化大革命""保钓"运动、法国五月风暴……

尽管陈映真对这些历史常常避而不谈，但难以回避的是：他的理想主义遭遇了重大危机，理想和价值遭遇了"断裂"的变故。在戒严历史中曾经身陷囹圄，甚至奉献生命的革命一辈，难道就变成没有回声的幽灵了吗？关于在挫败之后陈映真如何重构自己的理想主义，并且解决价值危机，已有高论在前：他以爱和希望等解放神学重新形塑昔日理想与信念，重新赋予自己的历史体验以价值和意义。[1]但令人好奇的是，当这样的经历付诸书写实践时，文本中并未洋溢着必定胜利的乐观与自信，反而被忧郁萦绕。其中的历史究竟为何如此令人困惑？历史的忧郁表现为主体对过往历史的沉溺与留恋，不愿失去属于自己的过去。这种留恋也代表着他们不愿迈向未来，对任何其他的替代物都不感兴趣。如弗洛伊德所言，正是对象的丧失导致主体产生忧郁情结。如果丧失对象正是文本中产生历史忧郁的重要原因，那么这一"丧失"又有何表现和根源？主体是如何丧失了历史？本部分就从历史这一面向出发，探讨其中的忧郁。

1. 左翼的哀悼：曲终人已散？

如果将《山路》《赵南栋》（1983）、《铃铛花》（1987）等作品置于陈映真的创作脉络里来看，或许能给我们提供更多启发。1974年出狱后陈映真发表了"华盛顿大楼"系列小说，包括《夜行货车》《上班族的一日》《云》《万商帝君》。在这四篇小说中，他描绘了资本主义体制下丧失活力、庸庸碌碌的"上班族"们。如他自述那样："作家首要的功课，是自觉地透过勤勉的学习与思想，穿透层层欺惘的烟幕，争取理解人和他的处境；理解生活和学习的真实；理解企业下人的异化的本质。"[2]虽然陈映真多次表示这些小说不是"主题先行"的作品，它们担当不起社会批判的任务。但是这番表述还是体现了他在书写资本主义带来的影响时，尝试将其精准再现的追求。比如陈映真关注着跨国企业下第三世界的工人群众的生存境况和体验。在《云》中就讲述了一场工人运动的始末，以及知识分子和工人的关系。

---

[1] 贺照田：《当信仰遭遇危机……——陈映真20世纪80年代的思想涌流析论（二）》，《开放时代》，2010年第12期，第69-88页。
[2] 陈映真：《企业下人的异化》，载《陈映真文集：文论卷》，北京：中国友谊出版公司，1998年，第146页。

在这期间，陈映真一直探索出路、梳理现实，除了多次提及的"爱"和"希望"，乡村和传统作为一种资源也逐渐进入他的视野。他于1983年起发表了《山路》《铃铛花》《赵南栋》等几篇小说，甚至在这之后发表的《夜雾》《归乡》《忠孝公园》中更认真地面向过往的历史。1983年后发表的几篇小说在主题和风格上，都与前一阶段的探索和开拓有着不同，忧郁、踌躇的风格席卷归来。陈映真花了大气力重塑他的价值和信仰，为了不成为"历史的孤儿"，他决定重访历史。

在《赵南栋》中，经历过牢狱之灾的赵庆云在生命最后关头，回溯其革命生涯，及牺牲的亲眷友人。面对幸存者叶春美，赵庆云提起关于"浦岛太郎"的日本童话——"到乡翻似烂柯人"的日本版本，这则故事暗示了赵庆云对物是人非、时光荏苒的感慨。他并不是单纯地感慨时间在向前推进，而是另有寓意。当他回忆起在大陆为抗日演出的舞台剧时，他暗自神伤地说："关了将近三十年，回到社会上来，我想起那一台戏。真像呢。这个社会，早已没有我们这个角色，没有我们的台词，叫我说些什么哩？"①赵庆云深深留恋自己参与其中的历史，无法体认当下与未来，感到历史终结的忧郁。借镜温迪·布朗在《抵制左派忧郁》中探讨的"左派忧郁"（Left melancholia）概念，我们能更深入地体会为何赵庆云难以走出历史，历史又为何使其忧郁。温迪·布朗探讨斯图亚特·霍尔（Stuart McPhail Hall）分析"左派危机"时面对的种种问题，她明确了这一概念："它指涉的是一些雇佣文人，他们依附于某种独特的政治纲领或政治理想，并没有抓住当前彻底变革的诸多机遇……它还表明他们对其过去之政治依附和身份认同有某种程度的自恋，而这要胜过他们在政治动员、联盟或改革方面的任何投入。"②诚然如刘奎所言，陈映真并未沉溺于往昔政治理想不能自拔，以至于转向自甘保守的地步③。但是他笔下的左翼人士，却往往对革命历史难以忘怀。

在后革命社会中，"新生产形式的出现，以及劳动力大量集中的大工厂的旧制度的混乱产生了许多的后果：一方面，它严重影响了传统的左翼，质疑其社会和政治身份；另一方面，它与左翼记忆的社会框架相脱节，它的连续性被不可挽回地破坏了。"④在小说中借叶春美的视角可以观察到，赵庆云一家已经迈入小康生活，儿子赵尔平在"外企"拥有成功的事业，他们的衣食

---

① 陈映真：《赵南栋》，北京：九州出版社，2020年，第99页。
② 〔美〕温迪·布朗著、庞红蕊译：《抵制左派忧郁》，汪民安：《生产》（8），南京：江苏人民出版社，2013年，第81页。
③ 刘奎：《陈映真小说的忧郁诗学与情感政治》，《文艺研究》，2017年第9期，第47-56页。
④ Enzo Traverso: Left-wing melancholia: Marxism, history and memory, New York: Columbia University Press, 2016. p. 9.

住行都充满中产阶级的优雅与考究。当今世界的生活是洁净工整、光滑无暇的，人们期待蒸蒸日上的美好生活，不久前历史的阵痛似乎已经消失了。对这花花世界，叶春美发出了充满困惑的疑问："说你们的世界是假的吧，可天天看见的，全是闹闹热热的生活。"①假设如李海燕所指出的那样，日常生活的现代性肯定最终代表着对弘高的理想主义的否定②。那么不难看出，革命历史已将消逝，新自由主义的生产方式和文化政治登上历史舞台。左翼人士将丧失属于他们的历史记忆与场景，那段热火朝天、激情澎湃的历史也是他们确立身份认同和政治依附的重要对象。革命历史的丧失，对他们来说也就意味着爱恋对象的失去，因此导致了左翼的忧郁。

其实，无论新自由主义是否取代了革命的年代，热火朝天、狂飚突进的左翼运动总会被叙事所提前终结，成为永恒、稳定的舞台后景。赵庆云将后革命社会比作一台戏剧，其中的危机则是革命者们社会角色的缺席。没有"台词"则意味着他们的价值和话语权陷入了深深的虚妄中，他们丧失了属于他们的历史年代。这一表述不难让人想到有关十七年文学中革命戏剧的评论，唐小兵提道："所有的革命运动实际上必须有能鼓舞人心的舞台表演成分。但是，尽管舞台上演出的生活能激发生命的狂欢，并进一步点燃蓬勃的青春能量，但是维持这种能量和激情、使其延续得到控制，却是一个严峻的挑战，甚至会揭示出舞台景观的不堪一击。"③激进、兴奋的革命能量永远会平稳下来，"革命后的第二天"面对的就是重建与规划，否则极易变成"'革命内部的革命'，是以革命精神对革命政权的批判"④。

但这出戏剧果真是连续剧吗？三十多年以来这场戏从未改弦易辙吗？事实上赵庆云的叙述绝非只道出了失去历史的悲悼，还有从未参与在内的痛苦。原来三十多年前，他就曾在抗日话剧演出的后台工作。他因不小心而走到前台，发现自己没有角色和台词，失落寂寞地站在角落里。这番经历就暗示着他是历史的"误入者"。"后台"这一词语像极了陈映真使用过的"后街"一词，他用来代指台湾历史真实的一面，即暴力之下的囚禁、逮捕、肃清⑤。但是叙述者这番甘愿身处后台的处境，也藏匿着复杂的情感。

在赵庆云一章中，即将去世的赵庆云在脑海里回顾了生前的全部朋友亲

---

① 陈映真：《赵南栋》，北京：九州出版社，2020年，第100页。
② 李海燕：《心灵革命》，北京：北京大学出版社，2018年，第305页。
③ 唐小兵：《抒情时代及其焦虑：试论〈年青的一代〉所展现的社会主义新中国》，《海南师范大学学报》，2008年第1期，第1-14页。
④ 贺桂梅：《知识分子、女性与革命——丁玲与延安作家的身份冲突》，《女性文学与性别政治变迁》，北京：北京大学出版社，2014年，第8页。
⑤ 陈映真：《后街——陈映真的创作历程》，北京：生活·读书·新知三联书店，2009年，第27页。

人，他们大多都是饱含理想、渴望正义、充满热情的左翼知识分子。妻子宋蓉萱、指挥家张锡命、挚友蔡宗义和林添福都如同天神降世，开化点拨着赵庆云，赵庆云被书写成一个亟待启蒙的信徒，接受着几位亲眷好友的观念和信仰。原来在赵庆云念兹在兹的历史中，他始终只是个无名小卒，没有作出过惊天动地的贡献。他以被启蒙者的形象存在，在"国族"问题、戒断政策甚至生死哲学上都被动地接受着他人的点拨和教育，居于历史阴影的"后台"中。赵庆云的理想和信仰逝去，竟然使他对自我的存在和价值都产生了怀疑。

作为原乡存在的社会主义理想，对赵庆云等左翼人士来说此时也成为某种"预期的乡愁"（anticipatory nostalgia）了吧？这并不是诋毁他们对社会主义的忠诚的信仰，而是"不如说原乡的'总已经'失落构成了一种'缺席前提'（absent cause），促成了回忆与期待、书写和重写的循环演出；这既是原初激情的迸发，又是由多重历史因素决定的传统"[1]。换句话说，赵庆云在叙述历史、回忆历史时，过往总是已经面目全非，越想拼凑历史的断璋残瓦却越发现其奇形怪状。他在回忆历史"原乡"时，正是同时再发现和抹除左翼历史的过程，这一依恋不舍的姿态和难以释怀的历史互为表里[2]，更加清楚地揭开了他们丧失历史的伤疤和痛楚，加重着左翼的忧郁。

20世纪80年代以后，陈映真面对消费社会、后现代主义等各种"后学"时，曾多次撰文分析其弊害和威胁，其中也不乏许多流于表面和抽象的意见。这正切中了温迪·布朗的疑问："左派人士将责任推卸到贬低的他者身上，通过这样做，对许诺的何种依恋保存了下来呢？我们是否也在左派身上看到某种物性的东西，它具化为某种'现存'之物，而事实上这种物性的东西不属于当下此刻，它只是对'曾在'的一种虚幻记忆？"[3]本文并不想简单评判陈映真政治观点正确与否，但是这种身处异时异地回顾历史"故乡"的批评，却有助于理解文本中显露的忧郁症候：属于左翼的历史的丧失。忧郁似乎是试图重绘历史废墟的人的宿命，正如赵庆云等人所做的努力与尝试。最终赵庆云的历史回忆不是讲述给了子孙后代，或者记录传播，而是在临死前的脑海里反复上演一幅幅画面。属于左翼的革命历史已经过去，历史的丧失开启了他们的忧郁体验；他们通过追忆和重述又不断地重复这一丧失历史的现实，如走入循环般鬼魅地加深左翼的忧郁。

---

[1] 王德威：《史诗时代的抒情声音：二十世纪中期的中国知识分子与艺术家》，北京：生活·读书·新知三联书店，2019年，第257页。
[2] 王德威：《写实主义小说的虚构》，上海：复旦大学出版社，2011年，第274页。
[3] 〔美〕温迪·布朗著、庞红蕊译：《抵制左派忧郁》，汪民安：《生产》（8），南京：江苏人民出版社，2013年，第83页。

2. 新生代的徘徊：拒绝前进

以往陈映真在"华盛顿系列"小说中孜孜不倦地介绍资本主义行销学科；不吝笔墨地使用各种专业术语，批判跨国资本的现代化理论。在回顾历史的作品中，小说里时常被调度使用的政治经济学在面对历史时却悄悄隐身，作者似乎有意搁置了马克思主义的思考方式。在叩询历史的路途中，陈映真并未遗忘那些新一代的历史新生儿们。《铃铛花》中的"我"顺利升学，举家搬到台北，读者不难猜到其未来生活的美满顺利；《山路》中李国木一家和《赵南栋》中赵尔平一家已经跻身中产阶级，沐浴在现代化生活的恩泽之下。如此看来，革命看似失去了所有的潜力和动力，历史止步不前。曾经被许诺的乌托邦难道真的只能无限推迟了？那些被寄予厚望的"爱"与"希望"是否能等待到"弥赛亚"的救赎时刻？以赵南栋代表的历史新生儿们时，面对历史仍然充满忧郁。因为他们丧失的不仅是过去的历史，还是未来的历史。

新生代一辈丧失了历史的方式不同于左翼前辈们。他们拒绝承担和背负严肃、沉重的过去，但是历史的阴影无时不刻地威胁他们的存在。他们不仅丧失了过去，还不打算迈向未来。对他们而言，最重要的是活在当下。然而在当下，理想和信仰也荡然无存了。赵南栋的生活放纵狂欢，充满物质和感官享受，面对自己的官能和欲望毫不愧疚。简言之，他的生活展现了当代消费社会中颓废、荒淫、享乐本质的小小一角。这个形象的行为和表现让人不难想起历史中的"波西米亚"（Bohemia）们。这些"波西米亚"经常展示着一种生活方式和美学态度，他们"拒绝资产阶级惯例，缺乏（或自愿放弃）固定的住所和工作……喜欢夜间生活，招摇的性生活，热衷于酒精和毒品……这些是波西米亚生活的经典特征"[1]。

显然，这些狂欢放纵的新生代已经将沉重的历史抛诸脑后，不再具有承担起革命的能力，如同李海燕所言："浪漫以自由和越轨挑逗着小资产阶级，并承诺不必牺牲他们的自足、舒适和安全感"[2]。在多年未见的父亲赵尔平面前，赵南栋羞赧不语，和父亲始终保持疏远的关系。除了性格，更多的或许是他感到了愧疚和羞耻，他在见证了革命历史的父亲面前，感到空洞和匮乏。父亲时刻提醒着他那份沉重的历史债务。新生代的他们对为革命流血、为理想献身的过去不感兴趣，只有通过逃避和拒绝才能继续活着。否则，他们就会因为难以面对历史的终结而自杀，如同《某一个日午》中国民党军官房处长的儿子。面对对父辈"痛失历史"的债务和负担，他同样感到愧疚和不安，

---

[1] Enzo Traverso: Left-wing melancholia: Marxism, history and memory, New York: Columbia University Press, 2016, p. 120.
[2] 李海燕：《心灵革命》，北京：北京大学出版社，2018年，第149页。

最终自杀才能躲避历史。然而拒绝面对历史的做法，却只能放大和强调他们"丧失历史"的事实。这种拒绝和逃避提醒着他们的一无所有，为他们滋生忧郁提供养料。

那么新生代一辈具体如何存在于历史中的呢？他们并不完全是历史的剩余物。这些"波西米亚"既丧失历史，又拒绝未来，他们却未察觉自己对当下现状的颠覆与讽刺。赵南栋的身上具有部分波西米亚的特质：他住在破落阴暗的社区小屋里；平日没有固定的工作；不停地满足肉体和欲望的快乐；贩卖、抽食迷幻药品。同时他为人真诚善良、不算计使坏、不盗窃偷盗。与此同时，他们又和资产阶级保持着暧昧的共生关系，他们离不开繁华的城市和社会生活、离不开五光十色的现代都市。他们选择人群和社会是为了隐匿自己、保护自己。"受它的启发，或者将其作为一种审美体验利用，模仿它，定位它，使它成为一个有意识的主体。"①

对赵南栋的描述显然和对兄长赵尔平有所区别。赵尔平在跨国公司的打拼中，从穷小子变成了成功人士，"滑进了一个富裕、贪嗜、腐败的世界"②。在商界中他使尽计谋、铲除异己；在生活中他狎养女人，甚至将女人当作资源工具。他逐渐察觉出自己的腐化与堕落。如此看来赵南栋逃离和背叛的，不正是哥哥金玉其外、败絮其中的资产阶级生活吗？即使赵南栋部分寄居在这种生活方式中，但他不屑这种为功利钱财算计的社会，不曾对给予稳定承诺的现代化生活示好和亲近。而是放任自流，让欲望和官能没过身体和心智。历史中的"波西米亚"就是处于社会的边缘存在，他们拒绝按照资产阶级迂腐陈旧、循规蹈矩的生活方式存在。企图摆脱理性和功利算计，反对利益至上的支配法则。他们的生活给整个社会带来了不稳定因素。

因此波西米亚对社会和道德秩序具有颠覆性。如果将其推至极端，这是否是一种以欲望和情感对现代资本主义新形态的对抗和嘲弄？这个诞生在天地昏暗的后革命时期的历史畸形儿，拒绝已经远去不再的历史，斩断任何政治经济关系，用刺激和捣毁的手段抵御新自由主义的控制与操纵。在马克思（Karl Marx）、托洛茨基（Leon Trotsky）和本雅明那里，他们认为波西米亚处在革命和忧郁之中，他们的身上同时存在着革命的激进力量和极端的保守势力；本雅明认为超现实主义能够和波西米亚结合，激发出梦想和乌托邦的革命潜力，再次展示通向社会主义和革命的道路。③

---

① Enzo Traverso: Left-wing melancholia: Marxism, history and memory, New York: Columbia University Press, 2016. p. 122.
② 陈映真：《赵南栋》，北京：九州出版社，2020年，第132页。
③ Enzo Traverso：Left-wing melancholia: Marxism, history and memory, New York: Columbia University Press, 2016. p. 140.

1987年2月，陈映真写下《鸢山》一文，表达了对好友画家吴耀忠离世的哀悼和追忆。在文章中，陈映真回顾起吴耀忠和自己的青春时光，那段岁月充满奋斗和抗争。后来，吴耀忠也难逃牢狱之灾。出狱后的他却深陷颓废，沉沦在虚无之中难以自拔，将自己放逐于政治生活之外。林振荃提到，吴耀忠出狱后反而比在狱中更痛苦和消极。这正是因为出狱后面对台湾社会环境，他感到幻灭、孤独与挫折，这正是典型的左翼忧郁症[1]。在哀悼文章的最后，陈映真慨叹道："革命者和颓废者，天神和魔障，圣徒与败德者，原是这么互相酷似的孪生儿啊。"[2]或许四个月后发表的《赵南栋》正是受到这位挚友离世的影响而作，作者在赵南栋身上重现着酷似吴耀忠的生命体验，同时也表达自己对历史残墟断瓦的忧郁块垒。已有论者指出，陈映真早期小说中也提到过魔鬼和天使的辩证关系，以及自己对魔鬼的暧昧态度。[3]这番经历便证实着，面对历史之中忧郁书写也开启着历史的辩证机遇。如同本雅明所言："在这个结构中，他把历史事件的悬置视为一种拯救的标记。换句话说，它是为了被压迫的过去而战斗的一个革命机会，他审度着这个机会，以便把一个特别的时代从同质的历史进程中剥离出来，把一种特别的生活从那个时代中剥离出来，把一篇特别的作品从一生的著述中剥离出来。"[4]

伴随着历史的冷笑，陈映真面对着历史债务和阴影，这威胁着他的主体，威胁着他的理想主义和信仰。他面临着前进与后退的问题，站在门槛上，一边是机遇，另一边是危机。最终他选择了以"新天使"（Angelus Novus）的姿态回顾历史、凝望历史；把"当下时刻"放置进历史脉络中，寻求契机，等待救赎；他笔下的新生儿们未尝不可能代表新的历史转折点的诞生。尽管他们丧失了父辈的历史，但他们却拒绝着未来那个无孔不入的新自由主义社会，并没有轻易选择和认同看似美好的未来。最终，他们徘徊于丧失历史的忧郁和拒绝前进的窘境中。

四、现实主义的忧郁：两歧选择

上一部分论述了陈映真小说中历史中的忧郁，本部分将关注陈映真现实

---

[1] 林丽云：《黑暗中寻找星星（续）》，《书城》，2012年第2期，第16-27页。
[2] 陈映真：《鸢山》，《陈映真文集：杂文卷》，北京：中国友谊出版公司，1998年，第124页。
[3] 赵刚：《光影与折射：1963-1967的陈映真及其作品〈最后的夏日〉》，《台湾社会研究季刊》，2015年第101期，第171-200页。
[4] 〔美〕阿伦特编，张旭东、王斑译：《启迪·本雅明文选》，北京：生活·读书·新知三联书店，2008年，第275页。

主义风格和忧郁的关系。现实主义是陈映真尖锐的武器之一，选择现实主义艺术观和他的政治立场与意识形态息息相关，这也传递出他"为人生的文学"的文学立场。在陈映真的文学生涯中，他在早期曾私淑鲁迅、茅盾和巴金等五四作家的文学，自然而然地接受了他们的现实主义书写风格与观念，他一生的创作生涯都贯穿着现实主义风格和艺术观。但是他同时也接受着契诃夫、芥川龙之介等作家的影响，这使他的小说也不时地出现死亡、颓废、悲伤、绝望等情绪色彩，营造出忧郁的氛围。通常认为陈映真早期的小说中现代主义色彩较为浓厚，而随着时间推移，现实主义在随后的创作中则占据着主导地位。然而，他后期的创作真的不受现代主义颓废、绝望等忧郁色彩的影响吗？

1967年至1987年，这段时间是陈映真艺术观念和创作手法剧烈变化的时期。观察这个阶段的小说，更能让我们理解他复杂的艺术观念。本部分认为，当陈映真对自己的现实主义书写心有戚戚时，始终想避开早期现代主义颓废、悲悼、迷惘的忧郁情绪。在早期作品中陈映真曾大量使用现代主义手法，表达忧郁、颓废、困苦等情绪。到后来，陈映真却"惟恐避之不及"，不谈现代主义对他的影响，转而推崇现实主义创作原则。但是他越重复和强调现实主义观念时，实践中的现代主义艺术与情绪却越隐隐浮现，两种艺术观念你追我赶。这一背反的矛盾反映的正是现实主义书写及其艺术观念的忧郁症候，而该矛盾正体现了弗洛伊德分析忧郁产生时的前提之一：两歧情感，即爱恨交织的情感。与此同时，陈映真也在用现实主义探索新的理想主义出路，纾解着信仰晦暗的困境。

1. 现实主义与现代主义的纠缠

在1967年，陈映真在观赏完戏剧《等待戈多》后，修正了自己对现代主义的看法。在《现代主义的再开发》一文中，他诚恳地为自己过去对现代主义的偏见道歉，冷静地剖析了自己持有偏见的理由。更重要的是，他承认了现代主义艺术也能够满足"艺术需要"和"知性需要"[1]。《等待戈多》这部戏剧让他看到了现代主义作品同样具备反映人和社会、反映现实矛盾的作用。而且陈映真认为其内容和形式是一个统一的整体，最终"形式""现代"等标签都消失了。这部现代主义作品之所以能打动他，还是因为他相信文艺应该反映现实。他借此其实是批评台湾现代主义文学徒有其表——充满天花乱坠的形式、玩弄眼花缭乱的技巧，在思想和知性上则空洞苍白，背后的作家以躲避和逃离的姿态创作文学。对他来说，不论何种艺术形式，他都坚信文艺作

---

[1] 陈映真：《现代主义的再开发》，《陈映真文集：杂文卷》，北京：中国友谊出版公司，1998年，第17页。

品的内容必须反映现实、反映人生，承载作者的思考与批判，形式则只是辅助作者更好地传达思想的工具。这些思考与讨论都彰显了他对现实主义原则的忠诚，但是他渐渐地也接受着现代主义的存在，在《期待一个丰收的季节》《知识人的偏执》中承认了现代主义的成绩与价值。

随着时间推移，陈映真却逐渐否认现代主义艺术带来的的影响和其重要性。在《试论陈映真》（1975）一文中，他将自己的作品分为两个时期。1959年到1969年是第一个时期，他的作品充满了感伤、忧悒与苦闷。他将该时期的创作归结为营养不良的、不健康的"市镇小知识分子"作派，充满了契诃夫式的色调。早期小说中的知识分子们"也因着他们在行动上的无力和弱质，使他们不能做出任何努力使自己认同于他们在懵懂中看见的新世界。结果，他们终于只能怀着自身的某种宿命的破灭感去瞭望新的生活和新的生命"[①]，小说的结局往往充满了窒息、绝望的气氛，历史看不到出口与尽头。陈映真反思这段时期的创作时，毫不掩饰地对自己缺点进行了批判与质疑，现代主义艺术与现代主义的情绪被贬低与边缘化。

1965年到1968年是他创作的第二个时期，这个时期他宣布自己"脱胎换骨"。他从一个哀悼自怜的资产阶级知识分子，变成了"感时忧国"的介入型作家。文学中逐渐呈现出明快的、理智的、嘲讽的色彩，写作姿态更加"知性"，主题更聚焦现实矛盾、社会弊病与"国族"问题。发表于1983年的《写作是一个批判斗争与自我检讨的作用》访谈中，陈映真对现代主义的看法更加充满不屑与批评。如果说之前他还承认现代主义的"技巧""形式"有用，能够服务于他的写实目的与批判立场，此时他则改变了这一看法，暗示现代主义文学的形式与技巧只是雕虫小技，不值一提："用什么立场、什么观点去评断技巧的优劣巧拙，结果是彼此大有不同。现实主义之以为善，恰好为形式主义者之恶"[②]。继而他有意区分现实主义的技巧和现代主义的技巧。在他看来，现代主义的技巧不过是一次性的快消品，没有什么价值和意义。

在对现代主义认识的过程中，陈映真不断地加深了对现代主义的批判，质疑其内容和形式的价值和功能。这一面对社会的呼吁当然有其历史背景，70年代台湾商业文学不断兴起，文学的商业价值与消费功能被挖掘出来，各种肤浅浮躁的现代主义文学涌现。传统的现实主义文学价值观念遭受冷遇，渐渐被历史遗忘，人们不再对以反映客观为主的写实原则感兴趣，现实主义逐渐过气。此时"现代诗""乡土文学"的讨论又方兴未艾，陈映真面对敌营

[①] 陈映真：《试论陈映真》，《陈映真文集：文论卷》，北京：中国友谊出版公司，1998年，第136页。
[②] 李瀛：《写作是一个思想批判和自我检讨的过程》，《陈映真文集：文论卷》，北京：中国友谊出版公司，1998年，第10页。

的攻击与质疑，更加迫切地需要坚定现实主义的创作道路，高举文学为人生的大纛。

回顾他这个阶段的文学作品，却发现他极力躲避的情绪从未远离，现代主义文学的创作原则带来的影响也不时地浮现在文本的内部。在《累累》中，那些战败迁徙至台湾的大陆士兵思念故乡与亲人，战争的残酷和战败的压抑挥之不去，他们在海岛上只能感受到令人气闷的朦胧。鲁排长回忆起了大陆的某个山路一幕："就是那些腐朽的死尸，那些累累然的男性的标志，却都依旧很愤立着"[1]。死尸的男性生殖器官耸立着，现实中活着的士兵却萎靡不举。陈映真使用象征主义的手法，以累累的男性生殖器官象征底层士兵的生命力与生存状态，展现了战败的经历对他们的重击与压迫。这惊悚怪诞的一幕正暗示着这些底层士兵生命力的颓靡不振，他们只能如虫豸一般地苟延残喘。如赵刚精辟地分析："这不是那 1960 年代初千千万万离乡无告的底层外省官士兵的真实生存状态的超现实写照吗？这幅超现实图画所指出的一个现实是：除了阳具的愤立，他们的人生几乎已经全倒下来了。"[2]

《某一个日午》中国民党官员房处长的儿子自杀后，一封信件按时寄给了房处长，让他明白了儿子的死因：他的儿子厌恶着国民党腐败昏暗的统治。但是觉醒的青年一面极力挣脱这"被欺惘"的罗网，却同时发现自己和这种现状有千丝万缕的关系。自己受惠于父辈的历史，已经成为"被阉割的宦官"，只有用死亡结束这种欺惘。这不正是早期小说《我的弟弟康雄》中的康雄吗？那个"自以为否定了一切既存价值系统的、虚无主义的康雄，在实践上却为他所拒绝的道德律所紧紧地束缚着"[3]的忧悒青年，他们如出一辙地背负愧疚、无路可走，亟待与旧世界的阴影割席，却发现自身沉沦其中难以逃离。和《我的弟弟康雄》类似的，《某一个日午》也使用着第一人称叙事的嵌套结构，忧郁的青年总是被他人讲述的，这种结构确实能缓和感伤氛围与忧郁，通过抽离的批判掩埋忧郁[4]。但是这嵌套在内的忧郁与哀伤却总是威胁着文本意义的解读，"在再现性艺术中，受害者有可能成为读者好奇心或同情心的对象；在阅读中，观者得到了情感的自我满足，而读者与受害者之前的真实关联却被掩盖了"[5]。换句话说，叙述者极力想要阐述的批判和冷静效果，还是可能会被四溢的忧郁所笼罩。

即使在《万商帝君》这样极具现实主义的作品中，还是笼罩着忧郁气氛：

---

[1] 陈映真：《将军族》，北京：九州出版社，2020年，第270页。
[2] 赵刚：《陈映真〈累累〉：被遗忘的爱欲生死》，《扬子江评论》，2017年第1期，第75-79页。
[3] 陈映真：《试论陈映真》，《陈映真文集：文论卷》，北京：中国友谊出版公司，1998年，第136页。
[4] 刘奎：《陈映真小说的忧郁诗学与情感政治》，《文艺研究》，2017年第9期，第47-56页。
[5] 〔美〕安敏成：《写实主义的限制》，南京：江苏人民出版社，2001年，第90页。

分离主义甚嚣尘上,"国族统一"的愿望日渐被遗忘;资本主义行政销售席卷全球,人与人之间的爱与希望破灭弥散;以及理想主义信仰消散。尽管叙述者铺陈式地用经济学术话语讲解资本主义行销学,极力试图将现实世界的经济逻辑在文本中重现,并给予批判。但在这样做时,叙述者对待资本主义逻辑的态度似乎不是批判,而是偏执的迷恋。发疯偏执的林德旺是被哀悼怜悯的对象,但最后他似乎被长篇累牍的会议纪要和学科阐释挤到文本的边缘。叙述者更在乎的是资本主义行销如何运作与实现,在文本内研究着他所批判的经济殖民现象。这样一来,读者可能迅速遗忘了林德旺发疯的缘由,甚至认为他咎由自取。正如安敏成(Marston Anderson)的分析所言:"现实主义实践者的首要愿望,似乎是沟通他们不甚情愿地设定的批判精神与社会秩序间的鸿沟,但这样做的结果,却是批判的湮没与模式的消解。"[①]

陈映真如卢卡奇(György Lukács)一样,追求着客观、再现的写实观。他努力强调着内容必须是现实的,而技巧可以是现代主义的。他在访谈中被问到早期小说中的现代主义元素时,甚至试图将其总结为技巧问题,然后归入现实主义麾下。詹姆逊(Fredric Jameson)曾思考过现实主义和现代主义的形式内容问题,他认为现代主义的形式与其内容不能分开谈论,因为形式本身就是时代精神和社会现实的抽象产物,也受历史制约。因此不妨尝试把现代主义看作客观真实的反映,而现实主义则是一种形式上的创造[②]。如果将形式和内容拆解来看,两者反而可能难舍难分。

但是出于意识形态的要求和历史环境的变化,陈映真愈发自觉地追逐现实主义冷静、知性、批判等效果,寻找更"现实主义"的创作方法,企图剥离、贬低现代主义给他的影响。但是他的写作实践中,现代主义的情绪和艺术手法却反复再现。即使在现实主义发挥至极致的"华盛顿系列"中,批判和反思的作用也没有如预期那样尖锐有力。其中的情节和人物还是被重重困境围住,"宿命的破灭感"从未离开。陈映真的文学创作中,现代主义和现实主义两种艺术观间的关系就是所谓的"两歧情感"。他对它们充满着复杂的爱恨情感,他试图克服早期的现代主义,主动地哀悼现代主义的离去,拥抱现实主义的艺术观念。但这场哀悼却并未顺利结束,现代主义的情绪与艺术观念早就成为陈映真现实主义书写的一部分,难以割舍。就如同弗洛伊德的"忧郁"中试图说明主体和对象的复杂关系所言:"因此在忧郁症中,有无数各自为战的斗争在针对对象进行,主体对对象爱恨交织;一些斗争试图让力比多

---

① 〔美〕安敏成:《写实主义的限制》,南京:江苏人民出版社,2001年,第201页。
② 詹明信:《晚期资本主义的文化逻辑》,北京:生活·读书·新知三联书店,2013年,第227页。

与对象分离，一些斗争则反对攻击力图保持力比多。"①

2. 重建理想的细节

尽管如此，陈映真在现实主义书写中依然寻求着自己的救赎之路，企图克服上述的忧郁症候。个人主义色彩在后来的小说中大大减少，题材朝向社会后容量逐渐开阔，总体上创作趋向更加现实。如同茅盾一样，他将人物放置于更广阔的社会舞台和历史背景中去，按照马克思现实主义观，刻画典型环境中的典型人物。由于小说中的人物承载、带动着历史记忆与社会背景，因此在刻画人物时人物形象自身的背景故事就尤为重要。但是茅盾在20世纪二三十年代更关心的是如何让文学来革命的问题，他急切地寻找出路，刻画工农大众解放中国的未来可能。因此，茅盾大多采取横截面的方式，描写社会及其之下的人物，用勾连纵横的方式展现历史变革。但是陈映真却更多地试图在传统和历史中寻找希望，静待魂兮归来。因此在陈映真的小说里，每个典型人物的背景一定是巨细无遗地呈现在文本内部，典型人物身份背景的书写是历时性的，类似古典小说中从头到尾的、完整的叙述方式。例如《云》中的女工小文，文中详细地通过小文的日记创作，叙述了其家庭背景、阶级归属、文化程度、教育情况等个人信息，把小文从小到大生活的乡村环境、家庭氛围、感情状态与思想变化娓娓道来。小说以此记述一个朴实天真的农村女孩的经历，她成为工厂的工人后，努力向上学习，经历了工人运动的高涨与破灭。

这些叙述细节对追求叙述者现实主义来说至关重要，对克服现代主义萎靡情绪，以及带有"宿命的破灭感"的结局也十分重要。如果对于茅盾、巴金等人来说，细节是可以被宏大的现代化叙事吸纳的对象，用以划分出一个"他者"的存在的话②，那么对于陈映真来说，细节则是在小说中试图克服两种艺术观的矛盾的重要资源。因为这些充满细节的现实主义书写，往往承载着陈映真重构现实主义理想的重要元素："爱"与"希望"。如同贺照田所分析的那样："……还着眼挖掘他们承担苦难、坚于责任、享受生活、享受爱的强韧和能力，着眼从他们所执守的价值与具有的能力中，找到可以让这被牺牲和被损害的阶层突破自身'精神和社会的荒废'的决定性契机。"③而这种救赎"精神和社会的荒废"的契机则往往通过细节描写来辩证地探索。

---

① 〔奥〕弗洛伊德著、马元龙译：《哀悼与忧郁症》，汪民安：《生产》（8），南京：江苏人民出版社，2013年，第3-13页。
② 周蕾：《妇女与中国现代性：西方与东方之间的阅读政治》，上海：上海三联书店，2008年。
③ 贺照田：《当信仰遭遇危机……——陈映真20世纪80年代的思想涌流析论（二）》，《开放时代》，2010年第12期，第69-88页。

在《云》中女工小文的日记里，她不时地想念起自己的家乡，那是淳朴、勤劳、和睦的象征。小文和父母、哥嫂的关系十分密切、融洽和谐，她常用崇拜的口吻描述着母亲和嫂子的辛勤与智慧，用赞赏的语调记录兄友弟恭的日常生活。而且小文还在日记和文学创作中多次以抒情的方式，书写了乡村优美的风景：水井、竹林、阳光、麻雀……她的乡村记忆就成了一个可供不停返回的资源。每当小文觉得自己的物质欲望膨胀了，她就会回忆起单纯朴素的乡村；不仅如此，她在和其他女工接触的时候，也是以和家人的相处模式去理解她们之间的友情。比如她就以崇拜嫂子的方式，崇拜着何大姊等积极地争取工人权益的工友，她亲切单纯地和每个女工都成为了好友，与工人姐妹形成了密不可分的情谊。在工人运动受阻失败后，小文盯着云朵说："实在说，我方才一直在看那些白云。看着它们那么快乐、那么和平、那么友爱地，一起在天上慢慢地漂流、互相轻轻地挽着、抱着。"[1]在乡村的生活经历始终支撑着她，使她坚信和谐友善、充满爱与希望的人际关系，给予她不断反省自身及周遭环境的能力。即使工人运动遭受挫折，但是这些乡村的、传统的生活方式却暗示着读者，人间还有另一种有别于现代化的生活方式与交往模式。

这种由己及人、爱天下人的思想在《贺大哥》《万商帝君》中也存在着，它们不仅以人物行动体现，还藏匿在各种文本中。在《贺大哥》中，"我"捕捉着贺大哥在小儿麻痹复建所中陪伴儿童的一举一动，他温和、友善，流露着"一种发自内心极深之处的爱的光芒"[2]，全身心地投到陪伴残疾儿童的事业中。不仅如此，贺大哥还执着于传播人间的正义与善良。"我"收到了贺大哥的赠书《普希金传》，其中反叛、恣恣、大胆的诗人形象给"我"带来了震动。"我"也借此知道了虚无主义、无政府主义、反战运动等历史，了解了人类历史上激情、热血、理想主义的一面。贺大哥是一个虔诚的实践派，用一点一滴的行动传播爱和理想。他相信，总有一天更多的人能不求回报，而真心信赖别人。在和贺大哥相遇的过程中，种种细节描写表明"我"逐渐懂得了"爱"和"幸福"等模糊、抽象的概念，接受了贺大哥的启蒙。

《万商帝君》中的救赎之路，则在基督教的"爱"中。雇员林德旺因为贪痴于想当经理，而走火入魔变成了疯子。他周围的人和环境却都是冷漠无情的，只有秘书 Rita 关心林德旺癫狂的生命状态。因为她信奉基督，在人间踏实地传播上帝的福音。但是 Rita 陷入了不知道如何帮助林德旺的窘境。而好友琼的行为正体现了神学对陈映真理想的重铸。Rita 和她昔日的好友琼一同信仰基督，信奉其将到来的自由、公平与幸福。而琼远离台湾，飞往罗马开

---

[1] 陈映真：《夜行货车》，北京：九州出版社，2020 年，第 256 页。
[2] 陈映真：《夜行货车》，北京：九州出版社，2020 年，第 38 页。

始了修女行程，因为她觉得台湾的教会和信徒是自私虚伪的。琼阅读《变动社会中的教会》、*Church And Asian People* 等书籍，试图真正理解"爱"的含义，不想让信仰落入世俗，不愿让人们抛弃爱和信仰。如同贺照田分析："'爱'若想在这个世界上有真正撑起世界、撑起困难的能力，必须有相应对世界、对世界苦难的认知。"[1]

从懵懂单纯的爱，到身体力行、付诸实践的爱，再到体验苦难才能理解爱。这些对理想主义的感悟和思考都是存在于人际交往中，存在于人物的语言和行动中。而陈映真正是通过这些细节，孜孜不倦地进行写实主义描写，把传统和乡村作为可供使用的资源；把人与人间的关爱、理解和体贴作为可供付诸实践的行为，重铸自己遭遇危机的理想主义。即使文本内依旧有人困愁城的忧悒与荒凉，历史走向无名的困境，这些现实主义书写也源源不断地揭示人类收获"爱"和"希望"的可能。这一忧郁与理想交错并行的现象，正如贺大哥所言："毋宁是清楚地认识到不能及身而见到那'美丽的世界'，你才能开始把自己看作有史以来人类孜孜矻矻地为一个更好、更公平、更自由的世界而坚毅不拔地奋斗着的潮流里的一滴水珠。看清了这一点，你才没有了个人的寂寞和无能为力的感觉……"[2]

五、结　语

当失去所爱，或遇到挫折与忽视时，人们会哀悼与悲伤；如果主体不能选择新的对象，走出"失去"的结果，就陷入忧郁之中。陈映真小说中的忧郁，大致可以被看作主体的"无力感"，令人气闷的朦胧堵塞了未来的出路。因为忧郁，人们沉溺过往、拒绝迈向未来；因为忧郁，人们自我谴责、甚至自杀；因为忧郁，人们颓废、放纵、丧失爱的能力……未来晦暗不明。

文本内的忧郁，也不只有上述如此简单。陈映真探索"跨国企业"的"异化"问题时，则可能发现了异于弗洛伊德"忧郁症"概念的存在。在《万商帝君》中，小员工林德旺痴迷于升职梦，走火入魔以至于变成疯子。他卑微的出身和职场中所遭受的挫折当然是他误入歧途的原因，但在他的身上，很难看到他究竟所爱之物为何、失去的爱恋之物又是什么。表面上看，社会中再没有威权和规训控制着普通人，大公司内再也没有《云》中镇压工会运动的"土皇帝"，白色恐怖后的专制历史已经趋于瓦解。好像逼疯林德旺的正是

---

[1] 贺照田：《当信仰遭遇危机……——陈映真20世纪80年代的思想涌流析论（二）》，《开放时代》，2010年第12期，第69—88页。
[2] 陈映真：《夜行货车》，北京：九州出版社，2020年，第47页。

他自己：他不识好歹的野心、欠缺能力的资质、过分贪婪的欲望。这个疯人身上展现的忧郁好像是咎由自取，和"丧失"已经没有关系。然而果真如此？

韩炳哲（Byung-Chul Han）在讨论"倦怠社会"时提到，现如今忧郁症的诱因已经不再是匮乏和丧失，而是过分盈余①。林德旺痴迷于总经理的位置，嫉妒其他身为高材生的同事，他的脑海中只想着发财升官。他最后发疯，认为自己是"万商帝君爷"。他的忧郁症状，已经不再是由于"丧失"与"欠缺"。随着历史进展，新的忧郁症正在诞生。正如韩炳哲所言："导致抑郁症和最终精力枯竭的原因在于，过度紧张的、过量的、自恋式自我指涉，这种自我关注带有自我毁灭的性质。"②正是因为在功绩社会中个体相信绝对自由的许诺，他们才会自我鞭策、自我规训，最终生成了偏执、癫狂和忧郁。更可怕的是，这种抑郁正代表着外界、他者在自我世界的消逝——这正是陈映真无比惧怖的事。因为这正暗示着甚至连"爱和希望"的哲学都会在拯救历史面前失灵，世界会陷入冷漠，除了自己别无他物。

或许正因此，陈映真此后再也没有对这些企业内的"狂人"进行刻画和书写，转而回归更久远的历史处，寻求帮助。于此，我们也能发现"忧郁"对左翼人士的意义。正是因为这种忧郁，人们不愿轻易放开信仰和理想，不愿投入其他阵营，不愿对肆虐的新自由主义投降。他们得以在对以往和过去流连忘返的回忆中，拒绝着盲目乐观的线性进化观点，避免被收编进代表"正音"的官方叙事，摩挲出可能拯救未来的灵光，呼唤"虎跃"的时刻。如本雅明所言："过去借助着一种神秘的趋日性竭力转向那个正在历史的天空冉冉上升的太阳。"③陈映真愿意倾注所有，沉浸忧郁之中，等待救赎的时刻。

反思文本中的忧郁，它也提醒着我们：对过往历史的沉溺与逗留，也使我们面临着沦为保守一方的风险，错失变化的机遇。本雅明警示道："历史唯物主义者不能不带着恐惧去沉思……因而历史唯物主义者总是尽可能切断自己同它们的联系，他把与历史保持一种格格不入的关系视为自己的使命。"④庸俗的历史主义可能会使我们沦为敌人的帮闲。当陈映真更乐意于用传统的阶级至上论刻画人物、批判社会的时候，就可能未曾关注和思考文化政治的变革。

叙述沦为保守，就可能使文本变成封闭的场域，可能使写实主义丧失活

---

① 〔德〕韩炳哲：《倦怠社会》，北京：中信出版社，2019年。
② 〔德〕韩炳哲：《倦怠社会》，北京：中信出版社，2019年。第74页。
③ 〔美〕阿伦特编，张旭东、王斑译：《启迪·本雅明文选》，北京：生活·读书·新知三联书店，2008年，第275页。
④ 〔美〕阿伦特编，张旭东、王斑译：《启迪·本雅明文选》，北京：生活·读书·新知三联书店，2008年，第269页。

力与生命。陈映真批判着理论,却时而陷入另一种理论中。他对此也承认自己主题先行的弊病,认为自己创作能力仍欠火候。事实上,如果再次重温赵尔平的夫子自道,我们发现作者在对漫漶的欲望的批判之中,曾给予过他们慈悲和宽容。只是作者更习惯地将这些情感藏匿于意识形态后。赵尔平欲望膨胀的背后,是人的自私与软弱,他是千百个潦倒时代里的潦倒人物中的一个。与陈映真的其他小说相比,这种突围般地灵光乍现更使人为之动容。让人可惜的是,这些充满情动的时刻并不多见。

参考文献

1. 陈映真作品

[1] 陈映真. 将军族[M]. 北京：九州出版社，2020.

[2] 陈映真. 夜行货车[M]. 北京：九州出版社，2020.

[3] 陈映真. 赵南栋[M]. 北京：九州出版社，2020.

[4] 陈映真. 陈映真文集（文论卷）[M]. 北京：中国友谊出版公司，1998.

[5] 陈映真. 陈映真文集（杂文卷）[M]. 北京：中国友谊出版公司，1998.

[6] 陈映真. 后街——陈映真的创作历程[M]. 北京：生活·读书·新知三联书店，2009.

2. 外文文献

[1] TRAVERSO E. Left-wing melancholia: marxism, history and memory[M]. New York: Columbia University Press，2016.

[2] TU H. Left Melancholy: Chen Yingzhen, Wang Anyi, and the Desire for Utopia in the Post- revolutionary Era[J]. Modern Chinese Literature and Culture，2021,（33）：122-160.

3. 中文专著

[1] 安敏成. 写实主义的限制[M]. 南京：江苏人民出版社，2001.

[2] 阿伦特. 启迪·本雅明文选[M]. 张旭东、王斑译. 北京：生活·读书·新知三联书店，2008.

[3] 陈顺馨. 中国当代文学的叙事与性别[M]. 北京：北京大学出版社，1995.

[4] 贺桂梅. 女性文学与性别政治变迁[M]. 北京：北京大学出版社，2014.

[5] 黄子平. 灰阑中的叙述[M]. 北京：北京大学出版社，2020.

[6] 李海燕. 心灵革命[M]. 北京：北京大学出版社，2018.

[7] 刘剑梅. 革命与情爱——二十世纪中国小说史中的女性身体与主题重述[M]. 上海：上海三联书店，2008.

[8] 王德威. 史诗时代的抒情声音：二十世纪中期的中国知识分子与艺术家[M]. 北京：生活·读书·新知三联书店，2019.

[9] 王德威. 写实主义小说的虚构[M]. 上海：复旦大学出版社，2011.

[10] 赵刚. 左眼台湾：重读陈映真[M]. 北京：北京大学出版社，2016.

[11] 周蕾. 妇女与中国现代性：西方与东方之间的阅读政治[M]. 上海：上海

三联书店，2008.

[12] 詹明信. 晚期资本主义的文化逻辑[M]. 北京：生活·读书·新知三联书店，2013.

4. 论文集

[1] 刘人鹏，郑圣勋，宋玉雯. 忧郁的文化政治[C]. 台北：蜃楼股份有限公司，2010.

[2] 汪民安，郭晓彦. 生产（8）[C]. 南京：江苏人民出版社，2013.

5. 期刊

[1] 陈建忠. 末日启示录：陈映真小说中的记忆政治[J]. 中外文学，2003，32（4）：113-143.

[2] 贺照田. 当信仰遭遇危机……——陈映真20世纪80年代的思想涌流析论（二）[J]. 开放时代，2010，（12）：69-88.

[3] 刘奎. 陈映真小说的忧郁诗学与情感政治[J]. 文艺研究，2017，(9)：47-56.

[4] 刘堃. 女性、革命与知识分子的人格模拟——论陈映真小说《山路》[J]. 妇女研究论丛，2017，（4）：110-128.

[5] 施淑. 从前夜到长征——陈映真与台湾左翼文学[J]. 人间思想，2015，(9)：185-203.

[6] 施淑. 陈映真对台湾现代主义的省思[J]. 郑州大学学报（哲学社会科学版），2010，43（1）：83-85.

[7] 陶家俊. 忧郁的范农，忧郁的种族[J]. 外国文学，2014（5）：131-139.

[8] 唐小兵，张清芳. 抒情时代及其焦虑：试论《年青的一代》所展现的社会主义新中国[J]. 海南师范大学学报，2008（1）：1-14.

[9] 王德威. 文学地理与国族想象：台湾的鲁迅，南洋的张爱玲[J]. 扬子江评论，2013，（3）：5-20.

[10] 赵刚. 陈映真《累累》：被遗忘的爱欲生死[J]. 扬子江评论，2017，（1）：75-79.

[11] 赵刚. 光影与折射：1963-1967的陈映真及其作品《最后的夏日》[J]. 台湾社会研究季刊，2015，101：171-200.

德里克·阿特里奇独特性文学观研究

姓　　名：王雯珂　　　指导教师：王长才

【摘　要】 自20世纪下半叶以来，文化政治论占据文学理论界的上风，对文学作品采取工具性的预设型研究模式使得对文学自身的关注有所缺失。在此背景下，英国文论家德里克·阿特里奇主张以关注文学写作的特异性和独特性、考察文学创作与阅读的事件特征并审慎对待他性的方式，重新建构对文学的认识，将文学视为由作者、读者两大主体共同参与的动态的事件，并由此关注文学自身的独特性。文学的独特性并非静态属性，而指向文学生成的动态过程，它意味着对被同一排斥在外的异质的他者的引入，意味着对原有规范发起挑战，并在这个过程中，在作者、读者的共同参与之下带来同一的更新与重塑。文学的独特性与创新、他异性紧密相连，以不可分割的三位一体居于西方艺术的核心地位。异质的他者的引入可以说是独特性的生成性原因，而创新所呼唤的原创性与独创性则以对"他性"提出要求的方式，确保了独特性的具有长久影响力的品格；同时独特性也呼唤对形式的新认识。文学独特性诞生于作者与读者的活动之中，在作者创造文学作品与读者阅读作品的"行动–事件"动态过程之中得以呈现。前者在创造的"行动–事件"中引入文化裂缝处的他者，使得独特性被感知成为可能；后者则在动态的阅读表演中对独特性做出充分反应。主体身负的伦理式的责任则是文学的独特性得以运转的保障。

【关键词】 德里克·阿特里奇；独特性；事件；伦理

教师评语：

　　英国学者德里克·阿特里奇（Derek Attridge）不仅是乔伊斯研究专家，也是位有影响的文学理论家，其理论主张在文学政治化的背景下引起较为强烈的关注，但国内学界的讨论尚不够充分。本论文以德里克·阿特里奇的《文学的独特性》（The Singularity of Literature）等英文原著为基础，并结合其他著述，对阿特里奇以文学"独特性"为核心的文学理论进行了较为细致的讨论。本论文先结合他性、创新等概念对阿特里奇所说的文学"独特性"的意涵进行了分析，并对其与语言组织的"唯一性"（uniqueness）等概念加以辨析，深化了对独特性这一重要概念的认识；接下来从"行动－事件"角度加以探讨，在对文学的独特性的产生与存在的动态过程的确认中，以事件性统领作者的创造与读者的阅读两大主体活动，分析独特性得以呈现、得以被感受的过程，并在其中引入"书写"一词所暗含的时间性等维度，尝试将两大主体、两大主体活动相联结，进而对伦理式责任作为文学独特性得以运转的保障等方面进行梳理与分析，对于我们深入理解阿特里奇的文学理论有所裨益。尽管个别地方还可以再深入，但就本科生而言已经是难能可贵。本论文选题得当，结构合理，逻辑清晰，论证较为充分，行文流畅，显示出作者很好的学术素养和研究能力，是一篇优秀的本科毕业论文。

一、绪　论

1. 德里克·阿特里奇及《文学的独特性》

德里克·阿特里奇（Derek Attridge，1945— ），出生于南非，拥有南非与英国双重国籍，英国科学院院士、美国现代语言协会终身荣誉成员、当代著名文学批评家，曾获得有古根海姆基金会、卡马戈基金会和勒弗胡姆信托基金的研究金。阿特里奇在南非纳塔尔大学接受本科教育，获得文学学士学位，后前往英国剑桥大学求学，获得文学硕士与博士学位，于 1973 年任教于英国南安普顿大学，在校十年间先后担任英语文学讲师、副教授（高级讲师），1984 年到 1988 年供职于思克莱德大学，担任文学教授，后于 1988 年年底前往美国新泽西州的罗格斯大学任教。1988 年当年，其前往英国约克大学，为勒弗胡姆研究教授，并于 2003 成为英语文学教授，在约克大学执教 29 年后于 2017 年退休，现在是约克大学英语语言文学系名誉教授。

阿特里奇长期活跃于英美文学批评界，在文学研究与理论研究方面拥有极大的学术热情，著述颇丰，到目前共出版有 26 部著作，涉及文学理论、诗学形式、南非文学和乔伊斯作品研究等方面，同时他还编辑了德里达的部分作品。

阿特里奇的研究兴趣集中在文学语言方面，但也并不局限于此，而是以此为基础辐射到许多不同的方向。在小说研究方面，阿特里奇用力颇深。出生、成长于南非以及在南非的大学攻读文学专业的经历，让阿特里奇对南非文学有着深厚的感情与知识积累，这为阿特里奇处理与南非文学有关的研究提供了优势。阿特里奇的与南非文学研究有关的著作包括其与大卫·阿特维尔合编的《剑桥南非文学史》。在南非众多作家中，阿特里奇对诺贝尔文学奖得主约翰·马克斯韦尔·库切（John Maxwell Coetzee）尤为青睐，对其多部作品进行的细致深入的研究。同时，阿特里奇也是著名的乔伊斯学者，出版有多部关于爱尔兰作家詹姆斯·乔伊斯（James Joyce）作品研究的著作，并多年担任国际詹姆斯·乔伊斯基金会的理事。小说之外，阿特里奇也对诗歌及诗歌形式抱有研究兴趣，反映在其于 2019 年出版的新作《诗歌的经验：从荷马的听众到莎士比亚的读者》(*The Experience of Poetry: From Homer's Listeners to Shakespeare's Readers*，2019）中。

在上述具体的文学批评实践之外，阿特里奇也长期从事文学理论研究，尤其是对雅克·德里达（Jacques Derrida）著作的研究。在理论研究者身份之外，阿特里奇自身也是一位文学理论家，试图建立、阐明一套新的关于文学的认识体系，出版有《文学的独特性》(*The Singularity of Literature*，2004）、

《文学作品》(*The Work of Literature*, 2015)等理论著作。

《文学的独特性》是阿特里奇最为著名的文学理论著作,阿特里奇在其中充分展露了雅克·德里达与伊曼努尔·列维纳斯(Emmanuel Levinas)对其的影响,或者说,展示出阿特里奇自身对德里达与列维纳斯观点的吸收与转化——阿特里奇在其中做出自己的选择与剪裁。在本书中,阿特里奇提出了文学作为一种语言和社会实践的独特性问题,并且讨论了一个至关重要的因素——即对他性的反应,这种反应既是创造性文学写作的特点,也是将其作为文学作品阅读的特点。在2006年时,阿特里奇凭借这部初版于2004年的作品获得了欧洲英语研究协会图书奖(ESSE Book Award;ESSE全称为The European Society for the Study of English)。这本书在2017年由Routledge出版社再版,并在2019年时被翻译为中文由知识产权出版社在中国出版。

该书中论述的问题、提出的处理"文学"的新体系构建起了阿特里奇文学理论的根基,其后续出版的理论著作大多围绕着该书里的研究问题做进一步研究,如《阅读与责任:解构的踪迹》(*Reading and Responsibility: Deconstruction's Traces*, 2010)和作为该书续篇的《文学作品》(*The Work of Literature*, 2015)等。

2. 国内外研究情况述评及研究思路

(1)国外研究现状

在西方学界,阿特里奇文论思想已经引起较为广泛的关注,一些学者对阿特里奇的批评方法、研究路径展进行了分析、阐释,并与阿特里奇进行了深入的对话、讨论。

来自惠特曼大学的扎希·扎鲁阿(Zahi Zalloua)教授在《德里克·阿特里奇论文学研究中的伦理争议》[1]一文中指出阿特里奇在《文学的独特性》一书中以高度创新的方式推动了文学研究中伦理争议的重新建构,并在其与阿特里奇的对话中探讨阿特里奇对阿兰·巴迪欧(Alain Badiou)与斯拉沃热·齐泽克(Slavoj Žižek)对列维纳斯的差异伦理学、他者哲学的批评的看法,以及他对经由德里达改编后的列维纳斯伦理学理论的接受。来自罗德斯大学的迈克尔·马莱(Michael Marais)教授在《包容他者:德里克·阿特里奇论文学、伦理与库切的作品》[2]这一评论文章中指出阿特里奇对文学文本与他异性之间关系的批评性关注,并在例证中追溯了阿特里奇在探索库切的作

---

[1] Zahi Zalloua. "Derek Attridge on the Ethical Debates in Literary Studies". SubStance, vol.38, no.3(2009), pp.18-30.
[2] Michael Marais. "Accommodating the Other: Derek Attridge on Literature, Ethics, and The Work of J.M Coetzee". Current Writing: Text and Reception in Southern Africa, vol.17(2005), pp.87-101.

品时所坚持的一种负责任的阅读的路径与方式；马莱教授在肯定阿特里奇对他异性的尊重与承担阅读责任的观点在库切作品研究方面，以及在关于文学伦理的争议中做出重大贡献的同时，也指出阿特里奇未能充分表明他对莫里斯·布朗肖(Maurice Blanchot)关于文学和他异性的观点的使用与分歧，这种疏忽使得阿特里奇在对文学作品容纳他者能力的论述上还存在一些问题。来自阿姆斯特丹大学的卡罗尔·克拉克森（Carrol Clarkson）在《事件中的德里克·阿特里奇：评论文章》[1]一文中对当时阿特里奇新近出版的《文学的独特性》一书表达了高度赞誉，并展望阿特里奇提出的新观念在文学研究界带来的影响。

与此同时，也有学者认为，阿特里奇的文论思想强调读者个人阅读体验，难免会流于主观，容易将文学批评虚无化，通过分析个别文本，的确可以挖掘其独特之处，但也容易使文学批评变成零散的印象与感性的认识，这就令文学批评陷入困境，蒂莫西·克拉克（Timothy Clark）在《批评的独特性》（Singularity in Criticism, The Cambridge Quarterly, 2004）一文中就有相关表述。[2]

总体来看，国外还未出现对阿特里奇文学理论的整体研究，现有的研究的关注点往往集中在某一特定维度，或考察阿特里奇的文学事件观，或讨论其批评的伦理维度并关注阿特里奇在文学伦理领域的论争为文学批评带来的新变，或提炼其文学批评的方法运用于具体的文学批评实践中去。总之，研究者目前各取阿特里奇理论思想的一部分，而缺乏对其文论思想的整体观照。

（2）国内研究现状

如上所述，德里克·阿特里奇在欧美文学批评界与理论界十分活跃且著述丰富，然而，其目前在我国的知名度却并不高，原因可能在于我国对其原著的引介、翻译还在起步阶段，还存在大量的空白，使得我国的读者很难接触到其作，就更无法了解远在异国的其人。目前，国内以中文出版的阿特里奇的相关作品，除却其作为编者之一而参与编撰的《历史哲学：后结构主义路径》（北京师范大学出版社，2009）一书，仅有两部作品，一部是《用天才向极峰探险：乔伊斯导读》（中信出版社，2017），另一部是《文学的独特性》（知识产权出版社，2019）——前者是阿特里奇作为一名"乔伊斯学者"以文本细读的方式为乔伊斯的经典小说所写的导读，后者则是阿特里奇创作的一

---

[1] Carrol Clarkson. "Derek Attridge in the Event: Review Article". Journal of Literary Studies, vol.21(2005), pp.368-375.
[2] 傅利、黄芙蓉：《回归文本审美的文学批评理论：评〈文学独创性〉》，《外国文学研究》，2012年第2期，第165-168页。

本文论书籍，而更多关乎阿特里奇文论思想的英文著作还在等待进一步的译介、引入。

如同阿特里奇的著作在中国的引介方面呈现大量空缺，国内对阿特里奇的文论的研究也是暂付阙如的，呈现出来的直观现象就是在此领域的研究论文数量较少——目前为止，在以系统研究为特征的学位论文中，还未有以阿特里奇文论或相关思想为研究对象的博士学位论文，而在硕士学位论文中，也仅出现了一部以阿特里奇文学事件理论为研究对象的论文；系统研究阿特里奇理论的学位论文之外的其他研究论文，则只能散见于各类期刊中，数量也十分有限。对阿特里奇文论的研究大体呈现出碎片化、零散化的状态，缺乏系统地整合。

目前与德里克·阿特里奇相关的研究论文按其所选择的研究切入点及与阿特里奇文论本身的关联程度主要可分为四类。前两类为基于阿特里奇文论的专人专题研究，后两类则是将阿特里奇理论放在更大的背景框架下作为例证或具体环节加以提及的某类专题研究，以及利用阿特里奇理论进行的具体的文学批评实践。

第一类论文主要是对阿特里奇的"独特性"（singularity）文学观的梳理与分析，以及基于此而萌生的对阿特里奇"文学独特性"建构的阐释，以"独特性"为文章论述的中心统领起全篇，未涉及对阿特里奇文学事件理论的集中处理，而是将事件的概念融入各个部分之中。于2012年发表的、由王兴文、董国俊二人共同撰写的《论德里克·阿特里奇的"独特性"文学观》一文，作为兰州大学"Derek Attridge 文学创造性理论的译介与研究"项目的基金论文，是国内最早对阿特里奇文学理论展开研究的论文。该文立足于阿特里奇于2004年出版的《文学的独特性》一书，着重于分析阿特里奇在该书中为讨论文学与文学性所勾勒出的新框架——体现为对文学独特性的新认识，文学的独特性不再是一种静态的性质，而是一个动态的过程；体现为"文学创作中作为创新因素的他者的介入以及文学阅读过程中对文学独特性的'表演'"[1]，并将伦理放置到文学独特性能够发生的前提的位置上。以此为基础，该文以他者、表演、伦理三个关键词为核心介绍了阿特里奇的观点。作为国内关于阿特里奇文论最早的研究文献，该文切实地抓住了"文学独特性何以体现"这一要点，对阿特里奇的理论进行了梳理，在缺乏相关研究资料提供参考的情况下，作者特别选择了将阿特里奇的文论与中国古代文论中的创作发生说与伦理批评等做比较分析，不过由于篇幅、时间、语言等维度的局限，该文

---

[1] 王兴文、董国俊：《论德里克·阿特里奇的"独特性"文学观》，《石家庄学院学报》，2012年第2期，第44-48页。

在具体展开中缺乏对于具体概念意义的考察与辨析。李文芬于 2022 年发表的《文学独特性的构建——以阿特里奇"文学事件观"为例》一文里将独特性处理为文学事件的核心，着重考察文学独特性的生成过程，从作者创造作品与读者阅读作品这两种主体行动入手，同时依旧突出伦理的前提地位，但其在文章中并未对文学事件本身进行梳理。同年，王嘉军在《福建论坛》上发表的《他异性与独异性：从列维纳斯的伦理学到阿特里奇的文学理论》一文则以独异性（singularity）、好客、创造三个关键词为切入点解析阿特里奇的独异性文学理论，其将理论阐释的重心放在文学阅读方面，并由此勾连起阿特里奇在阅读伦理维度与列维纳斯伦理学的联系，指出阿特里奇文论在伦理层面忽略文学作品所指涉的文本之外的伦理的不足，进而主张将列维纳斯的"第三方"等概念引入文学批评以调和"阅读的伦理在'文本内外'之间的矛盾"[①]。

第二类论文则将研究要点集中于阿特里奇的文学事件理论，在对其哲学基础进行溯源的同时对该理论的内部构成要素进行细致分析、阐发。高彦萍的硕士学位论文《德里克·阿特里奇文学事件理论研究》是这一类的代表，同时也是唯一以阿特里奇专人专题为研究对象的系统之作。高彦萍在此部论文中梳理了"事件"这一观念的哲学起源，再由"事件"与"文学"相关联的理论研讨过渡到对阿特里奇的事件观与文学事件观的分析、阐释，而"独一性"（singularity）作为文学事件的核心特征则体现在具体文本的分析之中，被处理为"阅读与责任""伦理与政治关怀"[②]两部分。

第三类论文则是在一种既定专题研究内，将阿特里奇及其观点、主张作为一个例证或一种发展进程中的一个环节提及；论文在其行文论述中会涉及到对阿特里奇理论、方法的介绍、评析，但并不以此为主题或对此展开。这样的"既定专题"主要有文学伦理学批评研究、文学事件理论研究等。张德旭在其于 2016 发表的《西方文学伦理学批评：脉络与方法》一文中将阿特里奇作为解构主义文学伦理学批评派的代表人物之一，指出阿特里奇在其著作《文学的独特性》中阐述了关于他者性与读者责任的文学伦理批评，"反对把文学当成工具进行政治、历史、传记、道德或心理学研究的功利主义做法，强调文学之所以为文学的特质"[③]。同年，周宪在《审美论回归之路》一文中

---

① 王嘉军：《他异性与独异性：从列维纳斯的伦理学到阿特里奇的文学理论》，《福建论坛（人文社会科学版）》，2022 年第 1 期，第 95-112 页。
② 高彦萍：《德里克·阿特里奇文学事件理论研究》，华东师范大学硕士学位论文，2018 年。
③ 张德旭：《西方文学伦理学批评：脉络与方法》，《东北大学学报：社会科学版》，2016 年第 2 期，第 209-214 页。

将阿特里奇的"文学事件的独一性"理论主旨纳入审美论回归的一环中,指出阿特里奇"向前看"即"充分汲取一切对审美论有益的当代理论资源,在一个全新的语境中更加开放和系统地重构审美论"①的理论倾向在审美论的回归历程中相比起对过往审美论的回望更有发展前景。也是在 2016 年,阴志科在其《伊格尔顿"文学事件"的三重涵义——兼谈作为书名的 event》一文中,在谈及"Event"一词所具备的"差异性""奇异性"意义时,分析了德里克·阿特里奇的具有伦理学意味的理论观念对伊格尔顿的影响,指出阿特里奇"在强调'事件'为既定传统带来'异质性''他异性'的同时,又为文学性赋予了一种'工具性'的意义……这种'工具性'让我们的审美实践从属于道德实践"②。何成洲在其于 2019 年发表的《何谓文学事件》一文对事件理论的基本概念的分析阐释和对文学事件核心问题的梳理过程中,提及阿特里奇的文论在文学事件理论形成过程中提供的思想资源,丰富了理论话语建构。

  第四类论文是阿特里奇独特性文学理论在经过一定的阐发后,在文学批评领域内的具体运用,体现为以阿特里奇的独特性文学理论为切入点,对具体的文学作品展开研究与批评。2020 年,尚必武在《〈我的紫色芳香小说〉:作为事件的文学剽窃案及其伦理阐释》一文中借助齐泽克、巴迪欧与阿特里奇的批评立场来将文本内容处理为一个事件,以阿特里奇提出的他者性、发明性与单一性为事件的三个特征具体分析了主人公乔斯林的文学剽窃案。同年,张席在其硕士学位论文《他者性、独一性和伦理性——〈上帝救助孩子〉中的事件研究》中以阿特里奇事件理论为依据来展开对莫里森之作《上帝救助孩子》的批评研究,"剖析在充满创伤和肤色主义的背景下所展现的他者性、独一性和伦理性,及作品所展现出的作者性及读者性,分析作品的深层含义"③。

  综上所述,国内对于阿特里奇文论的研究还处于起步阶段,一方面在研究数量上相对较少,另一方面在研究内容方面呈现出碎片化、零散化的状态,完整的体系还未确立,对阿特里奇文论的专人专题梳理与研究依旧薄弱。现阶段研究者热衷于引用阿特里奇的观点、看法论述文学事件理论的形成、发展与理论主旨,却忽略对阿特里奇文论具体、深入地研究——《文学的独特性》一书在成为学者们大量征引的文献材料的同时,却鲜少成为学者们倾心研究的对象。

---

① 周宪:《审美论回归之路》,《文艺研究》,2016 年第 1 期,第 5-18 页。
② 阴志科:《伊格尔顿"文学事件"的三重涵义——兼谈作为书名的 event》,《文艺理论研究》,2016 年第 6 期,第 81-90 页。
③ 张席:《他者性、独一性和伦理性》,江南大学硕士学位论文,2020 年。

（3）研究思路

围绕《文学的独特性》一书，尽管目前仅有的几篇关于阿特里奇文论研究的论文里通过抓住他者、表演、伦理等关键词，分为作者创作、读者阅读两大主体行动的展开来对阿特里奇文论进行介绍、阐释，但尚未完成对阿特里奇文论系统、清晰的阐发，还存在大量讨论的空间。独特性、他性与创新如何关联在一起？文学的独特性除了在作者创作与读者阅读这两大主体行动过程中体现外，能否有对其单独的论述——它自身在何种程度上是独特的？在以事件性为中心、统领在事件范畴内的两大主体行动，是否是互不关联的两部分？能否寻找到一个中介实现两者的联通与相互转换……这些问题都有待更进一步的考察与思考。

本文将以德里克·阿特里奇最为著名的文论著作《文学的独特性》一书为主要立足点，研究阿特里奇的独特性文学理论体系，尝试在对阿特里奇文论进行梳理、阐释的同时融入对上述问题的思考与回应。在将独特性与他性、创新等概念联系起来的体系中展开对文学的"独特性"的讨论，并对其与语言组织的"唯一性"（uniqueness）等概念加以辨析，以深化对独特性这一重要概念的认识，同时也关注与文学独特性紧密关联的新的形式观念；接着在对文学的独特性的产生与存在是一个动态的过程这一观念的确认中，以事件性统领作者的创造与读者的阅读两大主体活动，分析独特性得以呈现、得以被感受的过程，并在其中引入"书写"一词所暗含的时间性等维度尝试将两大主体、两大主体活动相联结；最后则是对文学的独特性得以运转的保障的伦理式责任进行梳理、分析。

二、何为"独特性"

"文学是什么""是什么使文学得以成为文学""是什么使文学不同于其他门类"等对文学本质或者说文学的一种独有属性的探寻、追问勾勒起文学研究的一条脉络。对后世影响颇为深远的柏拉图的理式论摹仿说将文学艺术作为理式的摹仿之摹仿。而在20世纪西方文论历经语言论转向以来，一些新兴理论学派对这一问题做出自己的新的解答——如在20世纪初，俄国形式主义与英美新批评以文本为中心，注重文学的内部研究，积极探寻和呼吁使文学成为文学的"文学性"，它们对于这一问题的回答借用乔纳森·卡勒的对文学本质的总结可以概括为"文学是语言的'突出'"与"文学是语言的综合"[1]，

---

[1] 〔美〕乔纳森·卡勒著、李平译：《文学理论入门》，南京：译林出版社，2008年，第30-31页。

这种对文本语言、形式的注重与突出无疑带有审美的眼光，它将文学文本作为一个排除掉作者、排除到社会语境影响的自恰的审美对象。

如果说 20 世纪上半叶西方文论界的主导理论是这样一种审美论，那么在 20 世纪下半叶时则迎来了一次"洗牌"——"文化政治论占据上风，而审美论则沦为残存理论了"①。随着女性主义、后殖民主义、西方马克思主义等新式文学批评的兴起，文学研究的视野从专注于文本形式等的内部研究转移到以性别、种族、阶级等为中心的外部研究之中，让文学在新的批评方法中获得更强大的解释力与收获更广阔的言说与研究空间的同时，也不可避免地使得文学本身让渡出一定的独立性而成为一种政治意图的附庸——这种被阿特里奇称为"文学工具主义"的对文本的处理方式"和为了达到一个预定目的而使用的方法是一样的，带着一种期待或预设走近一个客体，而这种期待或预设在推进一个既有论题上是工具性的"②，使得文学逐渐成为争取政治或道德利益的武器，而"在文本领域对文学的独特性和单个作品独特性的深切关注正在逐渐减少"③。

在这样的背景下，阿特里奇主张关注文学写作的特异性和独特性、考察文学创作与阅读的事件特征并审慎地对待他性的方式，"在一个全新的语境中更加开放和系统地重构审美论"④。阿特里奇独特性文学观的理论建设是作为现有文学研究框架内的一种补充而非一场颠覆——阿特里奇并非想要复刻仅限于文学形式的内部研究、重归传统的审美论，他认识到文学研究要完全脱离外部动机与外在目的是并不现实的，同时，审美传统自身也存在有解释力度不够的问题以及走向不可说与不可知的超验——神秘化的倾向。在一种反对彻底的文学工具主义化与追寻对审美传统的超越的诉求中，在"尽力保持审美与政治、形式主义与现实主义、美学原则与社会关切之间的平衡"⑤的实践中，阿特里奇的理论构建的目的就是"发现一种更加清晰链接的框架，并在此框架下解释和阐明那些情感和需求"⑥。

阿特里奇"从'事件'内含的发生、未完成、来临等含义切入，在海德格尔将语言视为重现、言说事件的基础上，吸收了德里达'事件观'中事件

---

① 周宪：《审美论回归之路》，《文艺研究》，2016 年第 1 期，第 5-18 页。
② Derek Attridge. The Singularity of Literature. London and New York: Routledge, 2004, p.7. 译文参考了〔英〕德里克·阿特里奇著，张进、董国俊、张丹旸译：《文学的独特性》，北京：知识产权出版社，2019，第 11 页。以下同，不再标注。
③ Derek Attridge. The Singularity of Literature. London and New York: Routledge, 2004, p.10.
④ 周宪：《审美论回归之路》，《文艺研究》，2016 年第 1 期，第 5-18 页。
⑤ 周宪：《审美论回归之路》，《文艺研究》，2016 年第 1 期，第 5-18 页。
⑥ Derek Attridge. The Singularity of Literature. London and New York: Routledge, 2004, p.10.

的开放性、重复性以及利奥塔'事件'的独一性和不可预测性等观念"[1]，在其构建出的文学研究的新框架中，文学自身不再是一个由文字符码组成的、意义已经确定了的静态的客体，而是一个正在发生的动态的"行动－事件"，它在作者与读者的创造与阅读的"行动－事件"中不断建构、不断生成——前者的活动让其成为潜在的可读文本，后者的活动则以自身的历史偶然性参与到对"未完成"的文学作品进一步的写作中，为其提供被传播与被阅读的语境。作为事件，文学的意义并不先由作者"制定"、再由读者来"知晓"，而是生发于"有待发生"与"正在进行"的状态交互之中，因而难以预测，需要主体放弃主观意识的掌控，转而以"体验"的姿态进入其中，以敞开的、愿意接受无数可能的开放心态，在随时间流动的过程中，被动地感受、体验。

因此，这样的对文学的新观照使得文学有别于其他门类的、使其成为文学的"文学性"，就不再是形式主义等在对文学静态观照下所指出的文学别样的形式与对语言的极致的利用方式。这种拿来做区分的"文学性"，或者说就是阿特里奇所指的文学的"独特性"（singularity），作为阿特里奇文学事件理论的核心，在突出文学与其他客体的差异的同时，其自身同样也是动态的。

如同阿特里奇指出的那般，独特性的概念并非一个封闭性的问题，而恰恰是一个开放性的问题，它并不指向物质性的、最终凝结在某一物质因素上的东西，也并不指向某一种具体的、指定的观念，而是更加开放式地指向文学生成的动态的过程。如此，要说明"文学的独特性是什么"，就不能像传统流派那样开宗明义般地明确点明"文学"本身是在文本里的哪些因素上——诸如语言的突出、想象力的施展、虚构的手法、审美的意识形态——有别于其他门类，从而得到一个静态的回答。

在阿特里奇看来，文学的一个独特之处就在于它带来了新的东西，而且这"新"的内容尽管可能出现在很早之前，却依旧能给当下的人们带来新颖感，不像科学发明那样最终伴随时间的流逝而让人失去感觉，而是可以在漫长的时空跨越中，在不同时代的不同的人、在同一个人的不同次数的阅读之中，不断被重新地、不同地感知。在文学的动态建构过程中形成的独特性，并非一个固定的可以具体说明的属性，而是一个保持开放的事件，它产生于

---

[1] 李文芬：《文学独特性的构建——以阿特里奇"文学事件观"为例》，《新乡学院学报》，2022年第2期，第48-51页。引用原文中，作者将"利奥塔"写为"利维斯"，但经笔者查阅资料，认为是其笔误，将其改正为"利奥塔"。利奥塔为当代法国哲学家，对事件理论有所研究；而利维斯为英国20世纪前中期的文学批评家，其研究内容未涉及事件理论。另，高彦萍的硕士学位论文也为笔者的判断提供佐证："利奥塔对'事件'这一术语的阐释为阿特里奇提供了直接的理论资源。在利奥塔看来，'事件'具有独一性，它是不可预测的"。（高彦萍：《德里克·阿特里奇文学事件理论研究》，华东师范大学硕士学位论文，2018年，第36页。）

构成一个实体时的总体特性的布局，而构成实体的那些特性，往往超越了人们所熟悉的文化规范里被允许的所有的可能性而走向了更广阔的文化框架，因此，独特性"不仅是作为对一般规则的特定表现而存在，而且是作为一个文化内的特殊联结而存在，这个联结又是作为抵制或超越原有一切一般限定而被感知"①，它意味着对编织入他性的语言本身的一种处理方式，即引入异质的他者，使得其超越原有的同一而对原有的规范发起挑战，指向由作家、读者等主体参与进来的文学建构、生成的动态的过程，指向作品中引入异质的他性又被不同读者以表演的方式充分感受到的事件，指向一个伴随着未知、异质与无限可能性的"正发生"。

文学的独特性与创新、他异性紧密相连，其产生与存在是一个动态的过程，在"事件性"中得以呈现。要厘清独特性为何，在与其概念关联的内部，就需要对他性与独创性等进行考察；在与其概念关联的外部，则呼唤对形式的新的认识。

1. 他者与他性

在处于西方艺术的核心地位、由创新、独特性、他异性构成的不可分割的三位一体②结构的框架下，如果说我们在一部文学作品或一件艺术品中感受到了一种独特性，我们则必然在其中体验到了一种来自异质的他者、在他者身上展露的他性。实际上，独特性与他性往往相互交织、紧密缠绕，"既然独特性总是抵制或超越原有的框架，那它自身也是他性"③。

要理解这种与文学的独特性紧密相联、甚至在一定程度上就是所感受到的独特性本身的一部分的他性，我们必须要厘清阿特里奇是在何种意义下使用"他者"的概念。

自柏拉图到笛卡尔的主体客体二元对立的传统以来，在人们希冀充分利用理性来实现对客观世界的完全认识的愿望中，客体逐渐成为被认识、把握与征服的对象，成为外在于自我的"他者"。在这样的观念中，他者首先是一个实体，只不过它外在于主体自身，等待着主体的把握与征服。在历经黑格尔、胡塞尔、萨特等人对他者概念建构的努力后，20世纪60年代的法国哲学家列维纳斯认为"他者具有完全外在于自我的陌生性，对于自我和自我的思想具有不可化约性"④，"陌生性"与"不可化约性"的提出则将自我与他者的考量引入对一种关系的思考中——他者并不一定是一个可见可触及的实体，

---

① Derek Attridge. The Singularity of Literature. London and New York: Routledge, 2004, p.63.
② Derek Attridge. The Singularity of Literature. London and New York: Routledge, 2004, p.2.
③ Derek Attridge. The Singularity of Literature. London and New York: Routledge, 2004, p.129.
④ 张剑：《西方文论关键词——他者》，《外国文学》，2011第1期，第118-127页。

而是一种让主体感到陌生、感到与自身思想相抵触的关系中的对象。但对列维纳斯来说,最终的他者就是上帝,这是一个绝对的、无条件的、完全超验的和大写的他者[①],这也就使得他者"绝对地、无限地存在于自我的意识之外"[②]。

阿特里奇对于他者问题的思考在一定程度上借鉴了列维纳斯的观点,他强调他者之所以为他者,是以一种与作为主体的"我"的关系为前提——"成为'他者'就一定是'不同于'或者'相异于'什么"[③]"只有在与我的关联中,他者才是他者"[④]。他者并非必然以一种起初不可接近、在实现把控与征服后变得完全熟悉的实体出现,相反,它是在一种关系中的、有别于主体的对象。在吸收这一点的同时,阿特里奇也摒弃了列维纳斯观点里的"完全超验的、无关于任何经验的特殊性存在"的"绝对的他者"[⑤],因为那样的话,作为主体的"我"则根本不能对这个他者的他异性有任何有效的认识以及做出任何反应,这就和阿特里奇论述的感受到独特性与他异性的体验相悖,阿特里奇理论中的他者是可以被感知到的,尽管往往是在人们的回溯中才能将其确认。

由此,阿特里奇指出他者"不是一个我碰巧没有看到的事先独立的存在。它……并非来自外层空间,而是来自文化中固有的可能性和不可能性,这种文化被包含在一个主体或一群主体之中"[⑥]——他者与"我"是一种关系下的两个部分,我们同在一个框架之内,而这个被"我"与他者共同分享、共同在其中存在的框架就是一个广义上的"文化"。尚未纳入主体的文化中的部分、尚未进入"同一"范畴内的部分,但又切实存在于一个更大的文化所孕育的丰富可能性中的部分,即与独特性紧密关联的他者。而由它所呈现的他性即"处在特定文化范围'之外'的思考、理解、想象、感觉和感知"[⑦],它在作者的创造活动中被引入,又在读者的阅读表演中被感受(本文第二部分将论述这一过程)。

处在特定文化范围"之外"的他性,在某种程度上是可以被认为等同于"新奇"(newness)这一概念的——它们都向主体传达出一种新颖,一种异质性,但两者却不能完全重叠,依然存在着区别。"新奇"一词之"新",暗示着存在一种与之形成对比的"旧"——在"新""旧"这样一组带有历史线性

---

① Derek Attridge. The Singularity of Literature (London and New York: Routledge, 2004), p.151.
② 张剑:《西方文论关键词——他者》,《外国文学》,2011 年第 1 期,第 118-127 页。
③ Derek Attridge. The Singularity of Literature. London and New York: Routledge, 2004, p.29.
④ Derek Attridge. The Singularity of Literature. London and New York: Routledge, 2004, p.30.
⑤ Derek Attridge. The Singularity of Literature. London and New York: Routledge, 2004, p.29.
⑥ Derek Attridge. The Singularity of Literature. London and New York: Routledge, 2004, p.30.
⑦ Derek Attridge. The Singularity of Literature. London and New York: Routledge, 2004, p.19.

更替意味的叙事中，后发的"新"往往会取代先前的"旧"；而"他性"则并不包含这样一种时间线性维度，与之相反，笔者认为其拥有的是一种来自空间维度的"广度"，它表示的是原本认知图式以外的内容，这些内容并非一定是后来才有，而是在文化广袤的空间中由无数平行的可能性孕育的、尚未被纳入社会或个体文化之中的部分。同时，他性的引入并非意味着要迎来"新旧"之间的更替，反之，被引入的他性会参与到构成熟悉的东西的同一过程中，引起"同一"的自我重塑。

值得一提的是，异质的他性并不与"熟悉"构成完全的对立——孕育它的无数种相互平行的文化的可能性中，也包含有构成主体性即为主体所享有的那个文化网络——它被孕育在这个文化网络的隐微之处，孕育在这个文化网络的"亲密幽深处"。对此，阿特里奇评论这种来自主体内部的他者"只能是熟悉的异亮、折射、自我疏离的那个版本"①，它存在于"熟悉"的文化网络的暗处，以一种幽微的形态等待被发现与照亮——比如，一部文学作品用它的表述恰当且十分契合地说出了我们酝酿已久却未能用语言准确表达的思想时，我们从作品中感受到的他性既让我们领会到不一样的惊喜，也让我们感到一种亲密，因为它本身就来自我们的主体性之中。

既然他者"产生于主体内部的程度与产生于主体外部的程度一样多"②，那么由文学作品承载的他性就不必一定是令人不安或是吃惊的了，它也可以是令人感到亲密与熟悉的——这也就解释了为何在阅读一部具有独特性的作品时体验到的却是亲密的感受。由此，也引出一个澄清：在初次阅读某部作品时，如果时不时产生了亲密的体验，这并非该作品缺乏独特性、独创性与他异性的标记——这实则是一种由作品所承载的来自主体内部的他者的运作方式——"这种效果更多的不是对已理解的和完全成形的思想和偏好的确认，而是作品深深地进入我的个体文化的根元素之中，并沉淀和结晶它们，在摒弃一些东西的同时也从遮蔽中带来模糊的感知"③。真正缺乏独特性、独创性与他异性的作品，在读者完全熟悉的程式中，带给读者的不是亲密感，而是一种纯然的厌倦。

2. 创新：原创性与独创性

在创新、独特性与他异性三者不可分割、三位一体的框架下，当我们说一部作品具有独特性之时，我们是在"将其作为创新的事件或成果"这个意

---

① Derek Attridge. The Singularity of Literature. London and New York: Routledge, 2004, p.76.
② Derek Attridge. The Singularity of Literature. London and New York: Routledge, 2004, p.76.
③ Derek Attridge. The Singularity of Literature. London and New York: Routledge, 2004, p.78.

义上来指认它的。要对独特性进行深入的考察，就不能忽视掉创新。实际上，如果说他者或他性的引入是独特性的生成性原因，那么创新所呼唤的原创性（originality）与独创性（inventiveness）则是以对"他性"提出一种要求的形式，确保了独特性的具有长久影响力的品格。对原创性与独创性的探讨既是对创新的回应，也是对独特性产生后绵延的后续影响的分析。

异质的任意一次引入都将带来一种创造：它使新事物产生并在其创造的事物上体现出来，但这种没有任何条件限制的创造仅仅只能归属于一个个体事件——就好比如果一个人将自己做梦时所说的没有逻辑甚至违反了被人们普遍接受的语法规则的呓语记录下来作为一个读物，这个过程中，"记录"的成果即为一种与以往的东西相比存在不同之处的新事物，但这个新事物往往只能被自己欣赏，而无法成为一个会影响更多人的公共事件——它仅是一个个人意义上的创造（creation），而非公共意义上的创新（invention）。由此，即引入创新与创造的一个区分：创新带来的影响力更大更广——"当创造事件也成为创新事件时，它的影响会显著地超越所创造的实体。创新具备最充分的原创性"[1]。

在阿特里奇看来，创新所具备的"最充分的原创性"，是康德意义上的"典范的原创性"——天才的作品"必须同时是典范，这就是说必须是能成为范例的。它自身不是由摹仿产生，而它对于别人却须能成为评判或法则的准绳"[2]。这种典范的原创性能够为其后的创造活动提供一种可供参考的范式与模仿的可能，为缺乏原创性的艺术家们提供一种线条清晰的再生产模式。同时，这样的"典范"也可以带来新的刺激，激发后来的天才们进一步的典范的原创性实践——它"对于另一天才唤醒他对于自己独创性的感觉，在艺术里从规则的束缚解放出来，以致艺术自身由此获得一新的规则，通过这个，那才能表出自己是可以成为典范的"[3]。

但阿特里奇对"原创性"概念的运用并非完全照搬康德的观点，在以康德的"典范的原创性"所具备的特点为基础来讨论原创性的同时，他还将"原创性"与"他者"关联到一起——"当已经形成的新事物成为更大范围内的文化规范和文化惯例的他者时，我们通常以'原创性'这个术语来命名其展示出来的品质"[4]。

将他者"特定文化范围之外"的性质施加于原创性，意味着其将创造出

---

[1] Derek Attridge. The Singularity of Literature. London and New York：Routledge，2004，p.42.
[2] 〔德〕康德著、宗白华译：《判断力批判》，北京：商务印书馆，1985年，第153页。
[3] 〔德〕康德著、宗白华译：《判断力批判》，北京：商务印书馆，1985年，第164-165页。
[4] Derek Attridge. The Singularity of Literature. London and New York：Routledge，2004，p.35.

一个东西,这个东西"与生产和接受它的文化母体规范显著背离"①——而这就要求在创造之时引入的他者必须同样是"显著"的,它不能仅仅是一些"语法规范"之外的胡言乱语,不能单单体现出一种不同与差异性,否则"过分胡言即为原创";被引入的他者应该发生于"文化素材中的裂缝、曲解和张力——它们表明了一种来自他者的、迄今不能被接受的以及必然被排斥的压力"②之中,它是文化母体暗含的呼唤的显现,它让承载着它的作品因为包含了更多更丰富的暂未被文化母体所容纳的、来自文化领域中的可能性而成为这个既有的文化母体的他者。由此,在这部作品被接受的过程中,当其中蕴含的他性被感受到的时候,它也就以其自身的深刻的他异性为后续的创造开创了一个可供模仿与学习的新规则。

同时,"那些新的可能性中既包含能够被模仿的规则,也包含不能被容纳的却能激发更多原创性的他性"③——这里的"他性"可以从两个角度来理解,一是来自原创性的作品所引入的他性中的尚未被纳入"同一"的部分,它们在该作品的接受过程中是未被完全理解、未被接受的,因而还将带来一种异质的刺激,激发更多的原创性;二是那些已经在作品的接受过程中被容纳入"同一"之中的他性,它们进入同一之中,使得"同一"得到"重塑",成为与容纳它们之前不同的"同一",而这样的被容纳的他性拓宽了边界的新的"同一"无疑又将在其新生的触须之尖面临新的、不同的他者,由此呼唤下一次的原创性实践。这样,阿特里奇理论中与"他者"概念关联的"原创性"也就实现了其"典范"的意义——作品的独特性也就因此并非呈现为"感受到即结束"的闭环,而是将产生绵延的、持续的后续影响。

相比于"原创性","独创性"一词更强调一种动词意味:它"更强烈地暗示了创造出一种原创性的实体或观念时所需要的思维活动,即创新"④——独创性并非标榜一种静态的固有特性,而是一个动态的过程,是一个事件。如果说阿特里奇使用"原创性"这一概念来指称新可能性的形成的话,他对"独创性"概念的使用则是用来说明为何在跨越时空之后人们依旧能在当下感受到一些作品的革新感——"艺术的独创性连接着过去和当下"⑤。

在阿特里奇看来,如果人们在体验过去的作品时依旧感受一种消弭了时间跨度的独创性,那么这种体验实际上是和作品中的处在"同一"之外的他性的相遇;这场相遇的产生既和拥有不同个体文化的读者有关,也和作品中

---

① Derek Attridge. The Singularity of Literature. London and New York:Routledge,2004,p.35.
② Derek Attridge. The Singularity of Literature. London and New York:Routledge,2004,p.36.
③ Derek Attridge. The Singularity of Literature. London and New York:Routledge,2004,p.36.
④ Derek Attridge. The Singularity of Literature. London and New York:Routledge,2004,p.42.
⑤ Derek Attridge. The Singularity of Literature. London and New York:Routledge,2004,p.45.

的他性本身有关——首先,就读者而言:即便某种异质的内容已经在社会范围内被每个主体所共同享有的文化母体所容纳,从而进入"同一"的范畴中,每个人自身所接受的却并不一定和文化母体完全重合,或许这个内容对一个个体来说依旧是异质的——或者这么说,在个体文化生成、变迁的动态过程中,随着后续越来越多的他者的进入,一些早先被容纳入"同一"的部分可能会在个体文化"这种不稳定性和不连贯性、内部和外部的压力与盲点以及自我的可分性"[1]中又再度被排除在"同一"之外,成为一种"范围之外"的他者。这也就解释了为什么已经吸收了20世纪早期诗歌创作与阅读的发展的经验,即崇尚表达的直接性、措辞的精巧性以及理智与情感相结合观念的批评家利维斯在面对17世纪的英国诗人约翰·邓恩的诗歌时感叹"这种原创性的非凡力量使邓恩对17世纪的诗歌产生了如此巨大的影响力,以至于我们今天还能体会到。如果没有他的原创性,那个时代和这个时代的人就会少感觉到许多东西"[2]——只不过,利维斯的表述把作品诞生时代的典范的原创性与现代读者阅读时感受到的新鲜和重要的原创性,即独创性,等同在一起。其次,就作品中本身带来的他性来说,有一部分他性在作品被接受的漫长过程中一直保持有一种抵制性——它抵制被"同一"所完全容纳,"一部作品可能会以一种挑战文化规范的姿态出现,并在几个世纪里依然保持那种挑战,这是因为它从来没有被完全容纳。也就是说,那种文化从来没有调整到使那部作品的他性成为同一性的程度"[3],这种从未被完全容纳、吸收到同一性的他性,使得不同时代、不同文化规范下的读者面对它时依旧会感受到一种独创性。

由此,独创性也同样对被引入作品的他性提出了要求:这种他性需要具有一定的抵抗性,而不能太过随意。对作品跨越时间的独创性的体验,也是对作品独特性体验的一部分,它构成了一种穿越时间的长久影响力。

值得注意的是,对原创性与独创性的体验并不排斥知识的获得——我们对原创性与独特性的体验并非基于对它们的陌生而产生的陌生性;相反,知识的获得与丰富才能让我们更好地体验到这两者——"体验过去的原创性依赖对新作品出现时的背景知识的熟悉程度""我们对文学作品的理解,由于吸收了文本本身之外的信息而丰富起来""深入了解一般文化及其历史通常是必需的,这不仅有助于体验独创性艺术的创造,也有助于鉴赏它的独创性"[4]。实际上,越对其相关背景知识有所积累,就越能破除因为陌生带来的迷惑。知识帮助

---

[1] Derek Attridge. The Singularity of Literature. London and New York: Routledge, 2004, p.25.
[2] F. R. Leavis. Revaluation: Tradition and Development in English Poetry, Harmondsworth: Penguin Press, 1964, p.18.
[3] Derek Attridge. The Singularity of Literature. London and New York: Routledge, 2004, p.46.
[4] Derek Attridge. The Singularity of Literature. London and New York: Routledge, 2004, p.41、45.

淡化不熟悉之物的陌生性，而在这种陌生性淡化之后，我们才可能更接近作品的独特性。①

3. 独特性与唯一性的辨析

特定文化范围外的他者的引入带来异质的体验，成为独特性的生成性原因，而创新事件的原创性与独创性品质则延长了独特性的后续影响，并打破其感受时限，使得独特性并非以一个静态的属性呈现，而是一个动态的过程中的事件——"独特性就像他性和独创性一样，不是一个特性而是一个事件"②。这样的与他性、独创性紧紧关联在一起的独特性以其自身所包含的异质的、新颖的无限可能性自然而然地站在了陈腐、模仿、平庸、粗劣、老套、刻板等词语的对立面，二者宛如一条河流的两岸。与此同时，阿特里奇也提醒我们不能将独特性（singularity）与似乎同在一岸的唯一性（uniqueness）相混淆——实际上，正是通过对独特性与唯一性的辨析，我们才能在这种比较中更充分地了解独特性到底意味着什么。

两者之间的辨析可分为三点。首先，唯一性处在一种文化规范的框架之内，而独特性则超越了这个文化规范的框架，在其之外。唯一性是一个区分性的概念，一物不完全和他物重叠、存在得以让自己从他物中区分出来的不同之处即可以认为其具有唯一性——这是一种既成之物（实体）在一个平面框架内的区分。在阿特里奇看来，唯一性"指一种不带有独创性的实体……那种实体没有把他性引入同一范围之中"③。这种没有引入他性的实体，因构成其的原料全然来自既存的文化素材已经被挖掘出的可能性中，从而使得其可能能够在既有的文化规范内被完全解读。而独特性则并不是一个区分性的概念，它并不标举谁是"独特"的，谁是"不独特"的或是比较谁是"更独特"的，因为其不是一种特性而是一个关乎他性被引入，既而被感受到的事件。特定文化范围之外的他性的引入，意味着包含更大的文化所孕育的丰富可能性的一部分，这种"范围之外"的可能性超越了既存的文化素材已经被挖掘出的可能性，由此使得独特性产生于更广义的文化的总体的、综合的特性的排列之中，"那些特性会超越由一种文化规范所预先编制的可能性"④，独特性也就由此居于这种文化规范的框架之外。

第二，唯一性是被决定的、封闭的、固定的，而独特性则处在一种建构

---

① 王嘉军：《他异性与独异性：从列维纳斯的伦理学到阿特里奇的文学理论》，《福建论坛（人文社会科学版）》，2022年第1期，第95-112页。
② Derek Attridge. The Singularity of Literature. London and New York: Routledge, 2004, p.64.
③ Derek Attridge. The Singularity of Literature. London and New York: Routledge, 2004, p.64.
④ Derek Attridge. The Singularity of Literature. London and New York: Routledge, 2004, p.63.

之中，是未被给定或固定的，具有开放性与生成性。以诗歌为例，一首诗所选用的与众不同的韵律、新奇的写作格式，以及反映创作该诗歌的特定历史时期的背景的内容……这些都因为其所具有的"与众不同"之处而能带给人们对于唯一性的体验。"对诗歌唯一性的欣赏，不仅依靠于英语语言和文体的必要知识，也依赖于对植入该诗创作时传统的熟悉，或许还要熟稔诗歌创作时的特定历史和传记语境"①，这就意味着对诗歌唯一性的欣赏，关乎、依赖语言本身、文体知识、文学传统、历史语境等因素，而这些因素都是在我们去体验这种唯一性时被决定好了的、无法变更的：我们没有办法改变已经成为事实的诗歌语言、历史与某一时刻下的文学传统——它们作为既定事实是无法被改变、被进一步更新的。因而，一个作品的唯一性也就因为这些因素的既已存在与无法改变，成为被决定好了的、固定的东西。

独特性则没有对一些无法改变的因素的依赖——如果说独特性的生成要求对他性的引入，这也并非一种固定的因素。相反，被引入的他性具有无限丰富的可能性，是变化且未被给定的。同时，就独特性的组成而言，也蕴含了丰富的"变数"与改变、更新的可能——独特性"不纯粹且总是接纳杂质、嫁接、偶然性、重新解释和重新语境化"②。"独特性来源于作品被作为一系列积极关系的建构之中，并在阅读中得以体现，而不会拘泥于一个固定的形态之中"③，由此，其具有一种对未知的开放性，一种处于建构之中的生成性。

第三，唯一性是平面的、既存的客体属性，而独特性则是一种交互的、与主体发生关系的概念。上文的论述已经提及唯一性的平面、既存的特征，此处不再赘述。不管唯一性有没有被读者体认到，它都已经存在于它和他物的区分中。而作为事件（因而强调过程性）的独特性则存在于（或者说发生于）读者的体验之中——只有当读者在阅读活动中感受到作品中的他性并使得自身这个主体的个体文化得到重塑，我们才能说独特性出现或显现了。此时，独特性的显现也意味着它的改变：当它被主体感知到的时候，它也就在这个接受过程中部分地被纳入主体的个体文化母体之中。在这个意义上，笔者认为独特性是一种发生在与主体的交互之中的概念，或者说"一个'间性'或'关系性'概念，而不指涉一个封闭的'统一体（unity）'或'单子'的特性"④。

以上便是唯一性与独特性的辨析，对两者之间的不同之处的认识能帮助我们更好地理解独特性。

---

① Derek Attridge. The Singularity of Literature. London and New York：Routledge，2004，p.66.
② Derek Attridge. The Singularity of Literature. London and New York：Routledge，2004，p.63.
③ Derek Attridge. The Singularity of Literature. London and New York：Routledge，2004，p.68.
④ 王嘉军：《他异性与独异性：从列维纳斯的伦理学到阿特里奇的文学理论》，《福建论坛（人文社会科学版）》，2022年第1期，第95-112页。

4. 形式的新认识

当我们尝试在独特性与他异性、独创性所构成的"三位一体"框架下，通过勾连、分析三者的具体联系来寻求对"独特性"这一概念的理解时，我们知道了独特性的生成性原因及其具备的可超越时空的长效影响力。同时，在其与"唯一性"概念所做的对比之中，我们也知晓了"独特性"一词所内涵的相应品质。然而，这一切似乎尚且停留在"独特性"范畴的内部，此刻不妨将视线转移到独特性的现实性载体之中，在对可触及的、颇具物质意味的现实性载体的体认中，在与外部事物的积极关联中，将对独特性的理解引向一个外部的、现实的维度。

既然独特性本身并非一个固存的实体，那么对独特性的感知则必然会先经由与其物质载体的接触，并借由其载体的表象来展开更深层的领略——当你试图去感受一部文学作品的独特性时，你首先要做的是打开这本书，将你的目光落到印刷在纸张上的文字及其按照某种结构排列的段落身上，随着阅读的行进，开始了与作品相遇之路，开始了对被引入的他性的感受之路。

由此一来，"在文学作品中，他性和独特性来源于与文字本身的相遇，也来源于与文字的序列、暗示性、型式、相互关系、声音和韵律的相遇"[1]，文学的独特性与作为文学载体的文字本身、特定的序列之间存在着紧密的关系。而当我们循着阿特里奇的声音将关注点转向极具形式意味的文字的序列、特殊的编排方式之时，我们就得如实地承认："文学领域的创造性成就都是一种形式的成就"[2]"独特性观念与形式的观念很明晰地紧密联系在一起"[3]。

如何体认阿特里奇所说的与独特性观念紧密联系的"形式"的观念，则成为在"独特性"范畴的外部理解独特性的一个切入点。

"形式"的观念，如同"他者"的观念一样，拥有一个漫长而纷乱的理论历史。尽管柏拉图与亚里士多德对形式的探讨为其确立下一个哲学传统——柏拉图所谓的形式"是一种确定的、永恒的、超验的心观之相——对应于'理念'"[4]，而亚里士多德的"形式"则从柏拉图的形式（理念）与个体二分之中脱离出来，与个体生命联系在一起而成为事物的本体，是"具有创造性和生长性的存在论的形式"[5]。不过，在文学批评领域中，"形式"却通常指向与作品内容相对照的作品的语言、风格和结构等方面，指向文体抽象的结构、

---

[1] Derek Attridge. The Singularity of Literature. London and New York：Routledge，2004，p.107.
[2] Derek Attridge. The Singularity of Literature. London and New York：Routledge，2004，p.107.
[3] Derek Attridge. The Singularity of Literature. London and New York：Routledge，2004，p.112.
[4] 高秉江：《Form 和 information——论存在结构与语言结构》，《自然辩证法通讯》，2009 年第 4 期，第 19-24、110 页。
[5] 曹晖：《亚里士多德"形式"的美学意蕴探究》，《学习与探索》，2021 年第 2 期，第 139-145、176 页。

排列或一部作品的具体特性——"如果你对诗歌的语音或图解素材感兴趣，那么你就会被认为是一个形式主义者"①。在这样的对"形式"一语的使用中，形式往往来到了"内容"、或者说是"意义"的对立面，与内容相互分离，与作品可能表达的伦理、历史和社会问题相互分离，而与物质或物体关联为一体，对形式的理解成为对艺术客体的静态理解。

到了英美新批评那里，当兰色姆依循这样一种审美传统的二分论，将"诗中可以用散文转述的主题意义或思想内容部分"与"作品中不能用散文转述的部分"②，即所谓的"构架"与"肌质"分裂、对立起来，提出"构架－肌质"说后，他的学生布鲁克斯、维姆萨特、沃伦则从有机整体的观点出发，对其二分论的主张表达了反对——在新批评派的由"独立自主性""有机整体性"与"对立调和性"等概念共同组成的"有机形式观"的建构中，他们主张"用'有机论'消融内容（构架）和形式（肌质）的对立，将作品的结构视为一个和谐的有机整体来看待，并用对立统一的观点来认识结构的基本原则"③。尽管布鲁克斯等人以"有机形式"呼唤着一种积极的结构，要求对作品的语言形式与作品的内涵、态度和意义进行平衡和协调，从而为形式与内容的调和做出相应的贡献，为丰富"形式"一词的涵盖做出努力。然而，诚如阿特里奇所指出的那样，"人们在讨论形式与内容无法分离而完美融合的可能性时，却依据的还是先前的那种理论性分离"④——当人们尝试去融合二者为"有机整体"时，率先存在于人们脑中的却还是"二者首先仍是分离的两部分"的观念，既而等待被调和、等待以一个更大的框架来容纳二者为一个整体。此时，人们还没有意识到形式与内容本身是否可以存在一种新的、并非独立分块而是"以此包含彼"的关系——在这样一种新关系中，形式跳脱出具有悠久传统的与内容、意义相互对立、分离的框架，获得新的阐释。

阿特里奇指出，不管是柏拉图、亚里士多德哲学意义上的圆满的形式观念，还是传统文学批评里与内容、意义相对立的形式观念，都让"形式"陷入到"透明的、纯洁的、可提取的和可归纳的"⑤局面中，而这样的局面会使得形式成为静态的、固定的。对这种形式观念的体认，往往会在形式与意义之间形成一个相互对应的矩阵：语句的重复与强调意味相关联，省略号则按例指向韵味的绵长或是戛然而止的无尽想象……如此，形式与内容相互分离，却又相互指向对方，形式的特征在特定的语境中被当作已有意义和有意义的

---

① Derek Attridge. The Singularity of Literature. London and New York：Routledge，2004，p.107-108.
② 朱立元：《当代西方文艺理论》，上海：华东师范大学出版社，2014年，第79页。
③ 刘万勇：《新批评派有机形式观溯源》，《山西师大学报：社会科学版》，2006年第3期，第38-41页。
④ Derek Attridge. The Singularity of Literature. London and New York：Routledge，2004，pp.107-108.
⑤ Derek Attridge. The Singularity of Literature. London and New York：Routledge，2004，p.114.

来理解，文本自身则成为一个由读者解密的静观的审美客体，"这忽视了文学作品的事件性，而意味着形式需要拘泥于文字被理解"①。这样的形式没有为他性的运作预留任何空间，也就无从生发文学的独特性。

所以，与文学鲜活的、动态的独特性观念紧密联系的形式呼唤着一场观念的更新：形式本身的内涵是否可以更丰富，是否具有表演的动态性。

在阿特里奇看来，"形式"与"内容"之间不仅不构成对立，而且甚至很难认为二者是独立分块、各自表征一定内涵的两个互不相关的单独的部分。当一部引入了"被社会所广泛接受的特定文化范围"之外的他性的文学作品被创作出来，在读者翻开它、目光落到这部作品的文字、段落身上进行阅读的时刻，读者的对这部作品的感受并不是首先就由作品中的一系列静态的观念或意象所直接牵动，而是在一个与作品字句相遇、对它进行表演的动态过程中，顺着作品本身的文字序列、组排，顺着语言本身的生发与展开，不断滋生、流溢而出。在这个过程中，作品呈现出的文字组合的新形式（文字组成某种声音和形态的事实），在作为作品所要表达的"意义"的物质载体的同时，也因其实际上是"意义与情感的节点"②，具有丰富的可感性，从而成为读者需要对之做出反应的对象——借由对它们的体验、对它们所做出的反应，读者才能来到作品敞开的可能性面前——在此意义上，形式并不与内容相对立，而是将其自身指向内容，成为广义内容的一部分。新的形式，"同样也是新内容，它向意义、情感、感知、反应和行为的新的可能性开放"③。

而在形式自身作为内容的同时，在读者对其的阅读表演中，作为意义与情感的节点的形式，也包括了意义的动员（mobilization）——"意义的序列性、相互作用和变化的强度，意义的期待、满意或张力、释放模式，以及意义的精确或扩散"④——意义，就像声音和形态从形式中产生的那样，也由形式生产；它被蕴含在形式中，但并不指向一个明确的、固定的含义，等待在读者的动态的阅读表演里，从形式中得到"因人而异"的释放，而非取得一种对固有之物的静态的理解。形式对意义的动员、调动，使得文本不会在被表征的世界里静止、关闭自身，而是走向表演的流动与开放的无限可能；它也不会仅仅成为语言之外的东西的投射，而保有自身的独立性与生命力。实际上，也正是因为形式对意义动员的包括，才能实现语言本身的指称性、隐喻性、意向性与伦理性等功能。

---

① Derek Attridge. The Singularity of Literature. London and New York：Routledge，2004，p.113.
② Derek Attridge. The Singularity of Literature. London and New York：Routledge，2004，p.109.
③ Derek Attridge. The Singularity of Literature. London and New York：Routledge，2004，p.108.
④ Derek Attridge. The Singularity of Literature. London and New York：Routledge，2004，p.109.

因此，当我们回过头来考察形式创造所具有的他性时，我们会发现，形式的他性不仅来源于基于文字编排的建构句子、处理文字韵律的新方法，而且又因形式作为意义与情感的节点的事实而"根植于文化、历史和人类的各种体验之中"①。具有这般他性的形式创造——那些文字的组合、序列，由此构建出一个"包括语言、文学传统、一般特性和文化规范"②的语境（context），一个潜在的表意系统，等待作为一个文化建构的个体的读者的阅读反应之中，激活作品的意义，激活蕴含于作品的他性。语境正是如此存在于文字、存在于身负个体文化的读者的反应之中，在我们通过阅读这一行为与文字相遇，并积极对其做出反应的时刻，我们才会在这个纷繁的、包含众多因素的语境之中感受到作品的独特性。在此意义上，独特性正是"由我们叫作'语境化'运作的东西所建构的"③。

阿特里奇所要重新概念化的"形式"，既不是理念式的，也不是与内容、意义相对立的语言结构。相反，这样的形式既是内容性的，也像包含声音、形态那样包含意义，它呼唤着一种随时间展演开来的动态的表演性，"每一种隐喻都是隐喻性的演出，每一种表述的意图都是意图性的展现"④。这种表演性就是对传统形式观念中的语言工具性的悬置，而独特性来源于与这样的形式的相遇的行动与事件之中，与形式的观念紧密联系在一起。

三、行动-事件：何以感受到独特性

通过上文的论述，我们知道独特性并非一种天然存在于一本一本的文学作品之中的静态的属性，相反，处在建构之中不断生成的独特性是一个动态的、关系性的、交互的概念。它诞生于与作品相关的两大主体——即作者与读者的活动之中，在作者创造文学作品与读者阅读作品的"行动-事件"动态过程之中得以呈现。理解作者与读者这两个主体的活动的事件性，才能明白独特性何以在创作与阅读的活动中得以产生和存在并被人们所感受。

在《事件》（Event）一书的开篇，作者齐泽克以英国侦探小说家阿加莎·克里斯蒂的小说《命案目睹记》（*4.50 from Paddington*）里的一处情节为例，指明一个"最简单纯粹意义上的事件"⑤——搭乘列车准备去看望老朋友的一位

---

① Derek Attridge. The Singularity of Literature. London and New York：Routledge, 2004, p.109.
② Derek Attridge. The Singularity of Literature. London and New York：Routledge, 2004, p.114.
③ Derek Attridge. The Singularity of Literature. London and New York：Routledge, 2004, p.114.
④ Derek Attridge. The Singularity of Literature. London and New York：Routledge, 2004, p.118.
⑤ 〔斯洛文尼亚〕齐泽克著、王师译：《事件》，上海：上海译文出版社，2016年，第2页。

贵妇老太太埃尔斯佩思·麦克基利科蒂，在那个本应无事发生、闲暇舒适的午后时光，在车厢里意外地目睹了迎面驶来的列车车厢里发生的一起命案：一个男人双手掐着一个女人的脖子，杀害了这个女人。这个惊悚的画面显然让这位贵妇老太太受到了一定的惊吓，以至于当她向警员诉说自己的所见时语言几乎是没有清晰的逻辑的，是零散而混乱的。其实老太太的慌乱很容易理解，作为一名贵妇太太，她平日所过的都是富足闲适的生活，接触的也大多是美的优雅的事物，很少会有机会直面这样一个惊悚的行凶现场；如此凶恶的画面完全在老太太对生活的期待之外，在她的接受领域之外，在她既有的认知之外，在她惯常的面对轻松的日常生活的思考方式、思维模式之外。这样的意想不到的突发情况就这么毫无征兆地发生了，它并非是老太太"想要经历某事"的主观期待的结果，也并非是老太太主动寻求的"发生"，相反，它是一种"不期而遇"的意外，是一种无法预判的"遭遇"，而人在其中往往是被动的。由此，齐泽克总结道，事件正是"在毫无准备的情况下，一件骇人而出乎意料的事情突然发生，从而打破了惯常的生活节奏，这些突发的状况既无征兆，也不见得有可以察觉的原因，它们的出现似乎不以任何稳固的事件为基础"[①]。

事件就是这般，它出乎意料、不可预测，它的出现为原本我们认为既定的程式增添了新变；它并不指明我们会在其中遭遇什么、获得什么特定的东西，而是提供无数种相遇的可能，让我们在事件的未知当中、在不知尽头的开放的"发生"之中，进入一个动态的、多样的可能性的集合之中。"让某事发生"就是事件来临的方式[②]。正是基于此，作为事件的创造与阅读，才能与框架之外的他性相遇，与独特性相遇。

1. 创造事件：让独特性被感知成为可能

文学作品是由作者写出来的，从无到有，其产生的过程就是一个创造的过程。不同于工厂流水线上工人们按照既定的生产模式和规则，对原材料进行相同的加工以期完成的产品呈现出整齐划一的统一形象那般的"生产"或"制造"。文学作品的创造需要的是打破千篇一律的趋同，在新的作品中带来与往常不同的创造性因素——在作品之中带来现存文化框架之外的他者——"它将产生或促成某种新的东西""它应该促进或允许'迄今为止第一次'的新事物的到来"[③]。

[①] 〔斯洛文尼亚〕齐泽克著、王师译：《事件》，上海：上海译文出版社，2016年，第2页。
[②] 王嘉军：《他异性与独异性：从列维纳斯的伦理学到阿特里奇的文学理论》，《福建论坛（人文社会科学版）》，2022年第1期，第95-112页。
[③] 〔法〕雅克·德里达著、赵兴国等译：《文学行动》，北京：中国社会科学出版社，2000年，第256页。

因而阿特里奇套用德里达的话，说文学创造是一种"他者的创造"。①

对于"带来新变的创造何以发生"这一问题，尽管从创造者的创造过程的心理学描述或解释会成为回答之一——比如柏拉图认为神灵的附体让那个被选中的创造者陷入迷狂的状态之中，在此过程中源源不断地接受神灵赋予他的灵感，从而进行诗的创造——但阿特里奇想要做的，则是跳脱出传统的心理的、意识的或主观经验本身的问题，将目光转向各种结构关系——"更准确地说，是不同结构关系以及它们所形成的可能性与局限性之间的结构转换"②，来实现对这一问题的回答。

在阿特里奇看来，"创造"并非仅仅是一个依靠创造者怀抱着一个想要创作出某物的意愿并为此积极付出——冥思苦想如何恰当地选取、加工素材，绞尽脑汁思索该用哪个词汇、该使用怎样的结构编排才能恰如其分地表达自己脑中浮现出的想法，苦苦探寻那个最合适的表达——的行动，它在是一个"行动"（act）的同时，也是一个"事件"（event），"既是由意志力的努力有意促成的，也是在没有前兆的情况下通过警觉和意识被动完成的"③。前者肯定了创造过程中，作为活动主体的创造者的主动的、有意识的努力，后者则表明主体在遭遇不可预测、难以捉摸的事件之时的被动性。

既然柏拉图所说的"神启"在现在看来太过神秘而缺乏依据，康德所谓的"天才"又是何等地难得，一般的文学作品的创造者在创造的过程中，总归是少不了自身的努力——无论是对素材做丰富的积累、深入的挖掘不同以往的写作角度，还是对遣词造句做精细的考量与打磨，都需要创造者有意识地主动地付出自己的精力，在此意义上，"创造"正是每个创造者为了达成一个目的（完成一本书的写作）而主动进行的一个行动。然而，我们又得承认，要求引入他者、要求带来新变的创造活动，不同于那些可以循着既定程序、图纸进行的机械劳动，可以仅凭着行动主体的努力付出就能实现最终的目的——创造的过程往往伴随着创造者思维的滞塞，让创造者为之苦恼不已；同时，当创造者突然间写下一个正合其意甚至出乎其意料的句子之时，我们也很难说这完完全全就是创造者主观努力的结果——那种体验更像是，在创造者无意识的情况下，在一个不期而发生的事件之中，恰巧触碰到了脑子里尚未成形的东西，恰巧发现了它。

作家库切与哲学家德里达对此的相关描述似乎都可以成为这种体验的佐

---

① 王兴文、董国俊：《论德里克·阿特里奇的"独特性"文学观》，《石家庄学院学报》，2012年第2期，第44-48页。
② Derek Attridge. The Singularity of Literature. London and New York: Routledge, 2004, p.18.
③ Derek Attridge. The Singularity of Literature. London and New York: Routledge, 2004, p.26.

证——库切曾说"当你写作时（我是指各种体裁的写作），你有一种是否更靠近了'它'的感觉。……认为写作只是一个分两个阶段的过程的想法是很天真的，即先决定想说什么，然后把它说出来"[1]；德里达也说有"突然之间一个词出现了，由于其格式化的简约，正是我努力寻找的那个词。……我的感觉是并非我创造了它或我是那个东西的一个积极的创造者，而是我幸运地接收到了它"[2]。在这种体验之中，创造者不是那个积极探求的主动的主体，而是一个事件的被动的遭遇者，这个创造事件让遭遇者在其中遇到了他正希望着的表达，让他发现了与往常不同的新点子、新内容，并将其引入文学作品的创造之中，由此使得创造出的作品拥有了之前的作品所不具备的新意——"成功的作家创造性地吸收了她们既有文化中的规范、多样的知识……，并利用它们超越了先前的思想和感觉"[3]。

"既然创造是没有秘诀也没有程序的，它就不可能纯粹是一种意志力的行动。……然而，既然创造需要准备和付出，那它又不可能单纯是一个事件"[4]，因此，创造是一个行动与事件的综合体，是一个既伴随创造者主观的努力又伴随着未知的、开放的、脱离意识管控的"正发生"（happening）的，动态的"行动-事件"（act-event）。

创造的双重性质表明，若单单依靠有意识的创造行动，很难能直接创造出具有他性的作品，作品的创造往往还需要无意识状态下对创造事件的体验。因此，已创造出的作品与有意识的创造行动之间，并不构成一种完全的单对单的因果关系——实际上，因为"意识"本身牢牢根植于每个创造者的受社会文化体系深深影响的个体文化之中，主观意识的积极参与，在让创造者积极为创造活动做足充分准备、付出相当的精力的同时，也往往将创造者的思维稍稍局限在了现有的文化规范之内，没有真正"打破"熟悉的东西。

阿特里奇指出，"一种全新事物的形成，需要对人的智能控制作出一些让步，'他者'也是为让步于那种控制而起的一个可能的名字，不管构想出的那种控制是基于主体'之外'还是'之内'"[5]——可以说，正是创造者在无意识的情况下，思维暂时从既有的规范之中脱离出来、被动地经历事件性的创造之时，他才在其中与原有文化框架之外的他者相遇，才在其中"发现"了"或

---

[1] J. M. Coetzee. David Attwell. Doubling the Point: Essays and Interviews. Cambridge, Mass.&London: Harvard University Press, 1992, p.18.
[2] Jacques Derrida. "Entre le corps écrivant et l'écriture"（interview with Daniel Ferrer）//Derek Attridge. The Singularity of Literature. London and New York: Routledge, 2004, pp.23-24.
[3] Derek Attridge. The Work of Literature. London: Oxford University Press, 2015, p.57.
[4] Derek Attridge. The Singularity of Literature. London and New York: Routledge, 2004, p.26.
[5] Derek Attridge. The Singularity of Literature. London and New York: Routledge, 2004, p.24.

者来自异文化域,或者是在原有文化几种因素基础上有机合成的,或者是被原文化所禁忌、贬抑而处于边缘的因素"[1]与现有文化相异的他者,从而在创作的作品之中引入他者,促进一个具有独特性的新事物的形成。

值得注意的是,我们在第一部分中已经论述了他者并非之前先不存在、等待经由"创造"活动衍生而出的新东西,相反,它是与"我"共存于广义上的"文化"这个大框架内的、与"我"相异、尚未被纳入主体的文化中的既存的部分。因此,"他者的创造"(the creation of the other)指向的就该是"创造"使我们在既有"同一"范畴的内外的边缘不经意间与他者相遇,"使其显现"(letting them come)[2],将其引入,而非是"创造"让他者获得"从不存在到存在"的衍生。在此意义上,"创造性的主要功绩似乎来源于心智对尚未掌握事物的更为显著的开放"[3]——创造活动的事件性,使得其为思想的解放提供可能,它的不可预测与未知、缺乏固定的程式与要求,以及创造者在事件之中体验的被动性,不断提醒着创作者放弃深受社会文化规范影响的意识对外在事物的控制,转而在创造的过程之中保持开放的、虚静的心态,随时可能在既定文化边缘的矛盾与张力之间,与异质的他者相遇,并以包容接纳的态度将其引入正在创造的作品之中,由此创造出具有他性或者说独特性的作品,让他性、独特性被感知成为可能。

同时,"他者的创造"(the creation of the other)一语也因其双向的结构导致语义上的多义,"融合了具有不同过程或相反描述的东西"[4]。在这个短语中,他者既可以是创造这个活动所针对的对象、是动作的承受者,也可以是创造这一动作的发出者、执行者。它表示出他者在创造事件里不仅是与创造者相遇而得到显现、被引入正在创造的作品中,而且也在其中发挥自身的"创造"——当异质的他者被发现时,当主体以接纳、欢迎的态度对待它时,它进入主体的既有文化体系之中,进入"同一"之中,它以异质的挑战者的姿态,像一颗掷入湖水中的石子在原本平静的湖面激起层层波澜一样,在主体的既有认知内激起新的刺激。而当这种刺激被主体积极地消化掉,当这一他者被容纳入主体的个体文化范畴之中、转化入"同一"之中时,此刻的"同一"也因容纳了这一他者而相比之前更加丰富从而区别于从前的"同一"——如此,他者重塑了主体的个体文化框架,获得了重塑的"自我"则正是他者创造的成果。因而,创造事件既可以说是主体的创造,也可以说是他者的创造——两

---

[1] 王兴文、董国俊:《论德里克·阿特里奇的"独特性"文学观》,《石家庄学院学报》,2012年第2期,第44-48页。
[2] Derek Attridge. The Singularity of Literature. London and New York: Routledge, 2004, p.23.
[3] Derek Attridge. The Singularity of Literature. London and New York: Routledge, 2004, p.23.
[4] Derek Attridge. The Singularity of Literature. London and New York: Routledge, 2004, p.24.

者都具有双重含义。

2. 阅读表演事件：感受作品的独特性

当他性经由创新事件在创造者的创造过程中得到显现并被引入之后，它也可以在对这些独特的创新所做出的充分的反应之中再度显现。阿特里奇指出，阅读就是这类反应中的一种——"'阅读'就是试图对作品的他性、独创性和独特性作出反应"[①]。但如果把此处的"阅读"仅仅理解为惯常的、逐字逐句去理解文本内容和其所蕴含的价值启示的阅读行动的话，则是远远不能够说明它是如何实现这种反应的——"这种开启过程和走向未知领域的运动，在读者忠实而专心的阅读过程中，是作为恰巧在他们身上发生的某事而体验的"[②]。因而，这种能对独特的创新做出充分反应的"阅读"，如同前面论及的"创造"一样，既是一个行动，也是一个事件。

谈到阅读，根据对此的实际经验，我们脑中都有一个典型的阅读图式，那便是对眼睛所接收到的、由作者编码的符号集合进行力求精准的解码——"根据词典、句法、文类、会话和关联等惯例，将印刷符号或声音序列无意识地转换成一些概念性结构"[③]。这样的为了理解作品的内容、知晓作者的表达而进行的阅读，是一个理性起主导作用、由主观意识积极引领人们的、寻求理解的行动。如果阅读活动就仅仅停留于此——按照一定的程式、按照统一的参考，不停地追求精准而客观的解码、"翻译"，那么这样的阅读也可以说是机械性的。

寻求理解的阅读行动固然是阅读活动中十分重要的一环，甚至可以说是阅读活动的基石所在——如果阅读不与理解相伴，那也就在根本上不存在阅读，但我们也不能因此就忽略掉阅读活动所具备的事件性：阅读作为事件时，人们不再作为施事方去主动地进行阅读，而是成为一个暂时脱离理性控制的放松的、向无数可能性开放的事件遭遇者，阅读活动在此刻就宛如在纷繁交错的林间小道上漫无目的的行进，不知何时会在何处遇到突然钻出的小兽、遭遇何种惊喜与惊骇……"作为事件的阅读意味着读者经历一次非同寻常的改变，进入一个阈限状态，是对自我的一次超越"[④]，人们就在阅读的事件中，与所阅读的作品里包含的、与原有文化体系相异的他性相遇。

这样的相遇往往因为与异质元素的接触而伴有"惊异"的感觉，"这是一种来源于那些习惯性模式无法解释甚至无法表述的实体、观念、形式和情感遭

---

① Derek Attridge. The Singularity of Literature. London and New York: Routledge, 2004, p.79.
② Derek Attridge. The Singularity of Literature. London and New York: Routledge, 2004, p.59.
③ Derek Attridge. The Singularity of Literature. London and New York: Routledge, 2004, p.79.
④ 何成洲：《何谓文学事件？》，《南京师大学报（社会科学版）》，2019年第6期，第5-14页。

遇中的体验"①，然而这种体验常常并非像是一道突如其来的闪电那般迅速而强烈、单刀直入地发生在初次接触的时刻，它更可能是"逐步地、间歇地与其他许多反应混合在一起而发生的"②——这就解释了为何当我们初次阅读某部作品时觉得其平平无奇，而在阅读其之后经历了一段时间或经历其他事情后，才回头来感叹之前阅读的那部作品竟是如此妙不可言——"惊异"体验的过程性，也表征了与他性相遇后对他性的接受等反应也往往要经历一个过程。

在阅读中与他者相遇的体验，因其不可预测的事件性，读者事先并不知道自己会对此产生何种反应，同时也并不抱有"这种反应会给自己带来何种影响"的先见之明，因而只能让这一切都发生在未知之中。这样的阅读事件是未指定特定方向而包含多种可能性的，如同"创造"时向多种可能性开放一般。因此，作为行动与事件结合体（act-event）的阅读不再是一种机械性的阅读，而是创造性的。

创造性阅读，即"努力实现对文本他性和独特性充分而负责的反应，就是抵制把他者同化为同一的思想倾向，抵制不能倾听文本的处理方式，从而表明特定作品中语言、思想和情感塑造有哪些独特的东西"③的阅读。这样的阅读要求人们在阅读之时，要悬置旧的习惯模式——暂时地将受既有规范约束的思维方式放下，不在自身的个体文化的边界处设置警觉的保卫随时准备判断所接收的东西哪些是可以进入其中、哪些又是相异的元素而将其排除在外，转而以一种放松的、不设限的状态面对接受到的内容。而在做出这个悬置行动之前，还需要人们拥有再思考、再审视原有立场的意愿——后者是前者的保障——人们要先拥有一个重新审视自我的意愿，没有这种想要打开自己、解控自己而直面未知的意愿的话，人们是不能真正做到将自己所熟悉的习惯模式悬置起来的，那仅仅会成为一种强制撤销守卫的行动，而并没有做到对异质的他者的欢迎，这样一来，很难说对作品中的他性、独特性的反应是充分的。"只有在我们放松控制，将自身交付给作品时，才能获得一种更新，才能接近未知和他者。"④正是在这样的作为"行动-事件"的创造性阅读中，读者才能对独特的创新做出充足的反应，才能感受到一部拥有他性的作品所具有的独创性与独特性。

需要注意的是，作品与读者之间并非没有关联——将作品视为一个由一系列编码符号组成的、事先存在的客体，而读者是在与之毫无关联的情况下对

---

① Derek Attridge. The Singularity of Literature. London and New York: Routledge, 2004, p.84.
② Derek Attridge. The Singularity of Literature. London and New York: Routledge, 2004, p.84.
③ Derek Attridge. The Singularity of Literature. London and New York: Routledge, 2004, p.80.
④ 王嘉军：《他异性与独异性：从列维纳斯的伦理学到阿特里奇的文学理论》，《福建论坛（人文社会科学版）》，2022年第1期，第95-112页。

之做出反应的看法,这个观点在阿特里奇看来是错误的。实际上,"作品"与"读者"都在某次特定的阅读活动中才得以成形——构成诗歌或小说的一系列编码符号在阅读中才成为"作品",而某个具体的人也只有在阅读之中,才拥有"读者"这一身份。在此意义上,阅读勾连起两者的"显形"与部分生成,阅读作品就是"使作品发生"。"更确切地说,阅读是对写作的独特性和他性的表演,这种独特性和他性构成了作品,因为它是在特定的语境中为特定的读者而形成的"[1]——"在每一次阅读中,作品的独特性就存在于作品的表演中……它随着每一次新的表演重生为新的独特性"[2]。

将阅读视为对作品的"表演"(performance),强调了对其动态的过程性的关注。如同阿多诺所指出的那般,"理解特定艺术品……需要一种客观的体验式重演,它以同样的意义来源于对音乐的阐释,这种阐释意味着忠实地表演"[3],当演奏家面对作曲家创作出的乐谱之时,他需要做的不仅仅是对创作的结果(result)进行关注——关注构成这个乐谱的音符有哪些、关注它们是如何排列的,还需要从第一个音符开始到最后一个音符结束,对这个乐谱本身进行重写般的表演——只有在表演这个作品的过程中,他才可能真正理解和掌握这个新作。

在以往的阅读中,当我们按传统的方式想要知晓作品描述的内容、传达的观念时,我们做的是将文字作为一个直接结果并对其展开"认知、理解与阐释",这种处理方式是"认识性地"(cognitively)和"工具性地"(instrumentally)[4]。而将阅读视为"表演",则意味着我们的阅读不仅仅是对结果本身的关注,更是对其作为一个事件的过程的关注,要去努力还原或再现一个正在建构中的审美场域,感受作品的动态的鲜活。我们体会到的不再是其预设的意义,而是这个感受过程中的独特的审美体验。"用汉斯-格奥尔格·伽达默尔的话说,一件艺术品不是一个需要凝神观看以期读懂预设的概念意义的东西,相反,它是一个'事件'"[5],对艺术品的表演,不仅仅是让我们体会到美,而是让我们在这样一个事件中经历创造美、实现美的过程。

在此意义上,当把一首诗歌作为文学来进行阅读的表演时,我们既需要在对这首诗的内容与文化语境的关注中注意到教义性和历史性的问题,以获得对诗歌内容的理解,同时也需要悬置起关于真理、道德与历史的问题,不做相关的评判,而让自己轻盈地流动在对这首诗歌的表演之中,"想象在脑海

---

[1] Derek Attridge. The Singularity of Literature. London and New York: Routledge, 2004, p.87.
[2] Derek Attridge. The Singularity of Literature. London and New York: Routledge, 2004, p.106.
[3] Theodor Adorno. Aesthetic Theory. Minneapolis.: University of Minnesota Press, 1997, p.121.
[4] Derek Attridge. The Singularity of Literature. London and New York: Routledge, 2004, p.95.
[5] J. Landy. How to Do Things with Fiction. London: Oxford University, 2012, p.9.

里'上演'一个既熟悉又陌生的文学世界，既带给读者丰富的知识，又产生巨大的愉悦"[1]，在这样的过程中感受文学的审美所带来的愉悦，与作品的他性、独特性以及其本身的事件性。

值得一提的是，既然对作品的表演能让我们以更开放的心态体验作品中的他性，而异质的他性一旦被引入我们自身的思维模式中，就会引起自我的重塑——这就使得"表演"并非一个由主体施予作品的单箭头活动；相反，它显示出一种相互关系——读者在阅读中表演作品的同时，自身也会被作品所表演——"这种'被表演的我'是在过程中的我，承载着与他性相遇时所形成并保持下来的种种变化"[2]。"我相信，如果读者在阅读作品之后有所改变，这是由于作品展示给读者的他性；但是我需要再一次强调，我所谈论的这种变化能够从人们生活中的整个道德基础的重估延伸到一个对句力量的重新鉴赏。"[3]在阅读之中，在对作品的表演之中，读者既如同"重走创造之路"一般感受了作品中他者成功引入的一个过程[4]，也在其中迎来"他者的创造"，即自我的重塑，在此意义上，阅读，如同萨特所说的那样，是一种"再创造"（re-invention），"那种再创造就像第一次创造行动一样是新颖和原创的"[5]。

3. 书写：创造与阅读的相遇

作者创作作品与读者阅读作品，看似是有着线性先后顺序且彼此独立的两个活动，实则不然。在阿特里奇看来，作品的写作与对作品的阅读是紧密联系在一起的，"作者"与"读者"的身份也并非僵硬的、在现实意义上固定不变的。相反，两者之间往往伴随着一种关系的相互转换，而这种转换则在作为动态书写的作品中得到展现。

阿特里奇在谈论作品（work）一词时，注意到它如同创新（invention）一词"既指向事件带来的结果，也指向事件本身"般，拥有双重含义——"作品"（work）既指向作为成果的作品，也表明在创作作品的过程中注入了的人的劳动。事实上，阿特里奇并不像罗兰·巴特那样高举"作者之死"的旗帜，将"作者"彻底排除在作品意义的生产环节之外，他充分肯定作者在创造性

---

[1] 何成洲：《何谓文学事件？》，《南京师大学报（社会科学版）》，2019年第6期，第5-14页。
[2] Derek Attridge, The Singularity of Literature, London and New York: Routledge, 2004, p.98.
[3] Derek Attridge, The Work of Literature, London: Oxford University Press, 2015, pp.55-56.
[4] 当然，这种感受并不会完全等同于创造者在创造之时的整个过程的体验（这个完整的过程往往是伴随了很多挫折坎坷、不断推翻又不断重来的）。布朗肖就曾指出，"阅读把言读作品的任何人都拉进那些丰富起源的记忆。不是读者一定会重新感知作品被生产的方式，不是读者会参与到作品创造的真实体验中，但创造中的某事件伸展时读者会参与到作品中"。（Maurice Blanchot. The Space of Literature. Lincoln: University of Nebraska Press, 1982, p.202.）
[5] Jean-Paul Sartre. What is Literature. London: Methuen, 1950, pp.30-31.

书写中的付出以及在其中体现出的创造力，肯定作者在创造的行动-事件中为作品带来的创新——而正是这种作为一种或一组思想的起源点的创新，才为读者们阅读作品、表演作品，并在其中为获得生动的理解与体验提供了一个供其展开的基点。没有作者的付出与创造力，就不会有具有他性与独特性的作品，而面对一个缺乏他性的、俗套的、默守陈规的作品，读者也就无从对作品进行表演以积极回应、感受作品的独特性。

而与此同时，阿特里奇也反对"作者决定论"的倾向——虽然不能忘却作者的付出与努力，但当读者在阅读当中做出创造性的、负责的反应时，"我们反应的只是一个持久的并使那种劳动成为可能的创造事件，而非劳动本身"[1]。这是对一个在创造事件中正发生（working）的作品的表演，而非是对一个已经完成（worked）的成品的表演，从而包含着因不同的读者个体或同一读者但感受并不重复的"重读"而带来的不同的、开放的可能性。在此意义上，作品本身，也不再是一个由编码符号构成的客体，而是一个"向主体敞开、有待主体以体验的方式重新构建的事件"[2]。读者的创造性阅读参与了建构、生成"正发生"的作品的过程——不同读者的不同的表演与反应，以其自身因各异的个体文化而具备的独特性，参与到构成"完整的作品"的独特性的过程中来——可以说，读者以创造性阅读的方式参与到对作为事件的作品的进一步的独特书写之中，"作品的书写性（writtenness）只有在阅读中才能被认识到，那种阅读是作品潜力的独特表演，它充分利用了作品中被编码的许多（从来都不是全部）可能性"[3]。

如此，将正发生的作品视为名词意义上的"书写"（a writing），将其视为一个动态的、进行中的过程而非一个封闭的结果，就指向了作品的时间性——"它暗示着创造一个文本的活动，并不随着作者放下笔杆或退出文字处理程序时而停止。只要文本被阅读，它就一直处于正在写作的状态之中"[4]。读者在进行创造性阅读之时，也正参与到作为一种动态书写的作品的创造活动之中。

同时，当作品作为一种动态的、不随作者停止活动而结束的书写，而非静态的由编码符号组成的成品时，也意味着作者失去了传统意义上主宰、支配作品的权力——作品并不是由作者单一完成的结果，在尚未结束的"创造"中，对作品的写作并不成为作者的专权。这就要求作者不能以"造物主"的

---

[1] Derek Attridge. The Singularity of Literature. London and New York: Routledge, 2004, p.103.
[2] 李文芬：《文学独特性的构建——以阿特里奇"文学事件观"为例》，《新乡学院学报》，2022年第2期，第48-51页。
[3] Derek Attridge. The Singularity of Literature. London and New York: Routledge, 2004, p.104.
[4] Derek Attridge. The Singularity of Literature. London and New York: Routledge, 2004, p.105.

身份居高临下式的对待作品，将其视为自我意识控制下的、附属于自我的产物，而应当转变为"参与者"的身份，在创造的过程中敞开自身，不再支配作品，而是在与作品处在平等关系的前提下，就像阅读作品的读者一般，积极地与作品互动——作者写下一些内容后，也需要一次次潜入到对所写内容的阅读之中，这种"阅读"不是一次检查所写内容是否完美表意的审查，而是如同刚接触这些内容的读者一样，跟随作品的流动，敞开自身，开启体验之旅，感受到作品中蕴含的异质的他性，从而让自己的思维更加开阔，激发出更多的创造力。阿特里奇指出，"创造性地写作也是不断阅读和再阅读的过程，在与作品的互动中，在将出乎意料和难以想象的事情变成可能之后，感受自己的作品逐渐地被赋予多样化的文学性"[1]，在此意义上，作者自身也就成为作品的读者，甚至是先于其他读者的第一位读者——面对作为动态的、流动的书写的作品，他"既是自己作品的创造者，又是它的接受者；既是主体，也是客体；既拥有它，又不得不失去了它"[2]。

由此，"作者"与"读者"两大主体身份并非隔离开的，"创造"与"阅读"两大主体行动也并未完全分离，它们就在充满时间性的作品之中，在流动的书写之中，在未完成的"a writing"之中，实现了相互的转换。

四、伦理式的责任：独特性运转的保障

独特的文学事件，意味着他性的引入与被感受的动态过程。而这一过程的真正实现，并非是毫无条件、自然发生的，它要求主体对他者等新成分的确认与接受，但这种对异质元素的确认与接受会带来主体原有的个体文化框架的动摇、变更与重塑，因而需要人们做出一种清空过于在乎目的的中心意识的努力，转而全身心地投入到这个意味着改变、重塑的过程之中。

创造者在进行创造活动之时为什么愿意并最终引入与原文化相互抵制的异质的他者，读者在进行阅读表演活动之时为什么可以放下意识对自身的控制，转而将自身完全投入对作品的无功利感受之旅中……面对这些问题，如果仅仅以"为了获得对文学的完全享受而带来的乐趣"为动机来解释主体为什么做出如此行动、付出如此努力的话，是远远不能提供一个长久的、牢靠的保障的——因为这种依据快乐与奖赏的动机，不具备任何强制性而仅仅是个人的选择与追求，一旦人们不对这种"文学带来的愉悦"感兴趣、不再对文

---

[1] Derek Attridge. The Work of Literature. London: Oxford University Press, 2015, pp.36-37.
[2] 何成洲：《何谓文学事件？》，《南京师大学报（社会科学版）》，2019年第6期，第5-14页。

学着迷的时候，人们就可以不用再为引入、确认和接受他者做出努力，不再让自己全身心投入文学的建构过程中来。

为此，阿特里奇引入"伦理"这一术语，来对应主体对他者、对新事物以及正在形成中的事物所担负的一种义务与责任。正是这种主体与他者之间的义务与责任，为他者的引入与充分感受提供了保障，为文学作品独特性的运转提供了保障。

1. 伦 理

阿特里奇在此处使用的"伦理"一语，并不等同于20世纪80年代西方文学批评界伦理学转向以来以韦恩·布斯为代表的新亚里士多德主义文学伦理批评流派所指认的"伦理"——后者的"伦理"指向文本的叙事修辞所承载的道德寓意，以求读者在阅读文学之时收获伦理道德教育；阿特里奇使用的"伦理"则颇具解构主义色彩，"把伦理的重心从文本修辞的道德寓意移向读者的伦理责任"[1]——这样的伦理并不指向文本的内容本身，而指向外在的主体在活动中担负的责任。

而这种"伦理责任"的所指，则是受列维纳斯的影响，指向主体与他者相遇之际，主体对他者负有的一种义务——在列维纳斯看来，主体与他者的关系是人质与劫持者的关系，在随机的"劫持"之中，并不被特定指定的主体成为他者在特定时空中的人质，而作为人质的主体，需要随时准备对他者的一切行为主动承担责任——就像亚伯拉罕随时准备以"我在这里"（Here I am）回应上帝不可预测的召唤、以完成上帝要求的指示一样——"列维纳斯经常引用'Here I am'这样的感召来表明人质主动为他者承担责任，他认为'我在这'最具伦理的纯粹性，就是一种'没有言说的所说'，'我在这'也表示了主体最大的被动性，是对召唤的回应，而召唤者本身却始终隐而不露。"[2]主体所负有的伦理责任，就是义无反顾地对他者需要的回应。回落到我们所说的文学之中，则同时也是对作为他性的独特表演的作品本身的召唤的回应——负责地对文学作品的他性做出反应，对他者做到公正，给予他者充分的尊重。

需要注意的是，此处的"伦理"（ethics）并不同于"道德"（morality）。一来，两者的涵盖范围不同。前者只指向主体面对作品中的他者时、秉持为他者负责的态度而积极地敞开自身、迎接他者的开放性，后者则往往"与比

---

[1] 张德旭：《西方文学伦理学批评：脉络与方法》，《东北大学学报：社会科学版》，2016年第2期，第209-214页。
[2] 张炜炜：《主体性的转化——论列维纳斯的伦理主体》，《甘肃社会科学》，2017年第6期，第20-25页。

伦理更可知的、更可被编码的一系列规范联系在一起"①从而指向更庞杂的社会规范、宗教制度、国家法律等与社会制度息息相关的内容。两者之间并没有必然的联系，一个在社会层面遵守法制、不破坏规则、拥有良好道德的人，并不一定会是一个承担起对他者的伦理责任的负责任的读者；而一个人如果是一个对他者保持开放、积极回应作品中他者的诉求的好的读者，我们也无从得知他是否是一个社会意义上的良好公民。

二来，两者为之负责的对象各有侧重。伦理为之负责的对象是他者，他者在此处的语境里又往往寓存于文学作品之中，而文学作品又是主体参与建构的产物，所以可以说，伦理是为"人的产品"负责。至于这个产品本身、产品中寓存的他者是否能给主体带来什么好处抑或是带来某种破坏，则都不在考虑之列，只需要无条件地回应"人的产品"对主体的召唤，满足他者的需求——义无反顾地确认、接受他者，义无反顾地迎接异质的创新因素，哪怕为此而承担不可预知的风险，哪怕这种负责本身就指向一场不知结果好坏的冒险。而道德负责的对象则更偏重于人——或者说主体本身，而非人的产品。为人负责的道德就要求维护人的利益，更看重某一事物能否给人带来有益的东西，是否能让人变得更好而不是损害人本身既有的利益，所以道德的判断会凭借创造性给人带来的益处而考量创造性，而不是对无法预知后果好坏的创造性的全盘接受。如此，伦理的视角提供了一种支持不可预测的冒险与开放的可能，"它为道德-政治领域以及规则、计划和种类世界的基本状态提供了一种洞察，但不会还原于它们"②。

如此一来，这样的伦理"不仅是主体之间，而且是主体与它多重的他者之间的一种基本关系"③。借鉴列维纳斯对伦理问题的思考，阿特里奇指出，制约创造性行为的伦理力量是没有根据的，因为它先于任何可能的依据，在逻辑上先于关系与命名，同时也先于逻辑自身——"没有为他者的责任就不会有他者；没有他者反复且经常不同地出现，就不会有同一、自我、社会和道德"④。这意味着，当我们认识到创新、他性与独特性是事件之时，我们实则已经在践行这样一种伦理责任，已经在为他者负责了——这种责任与义务已经发生在我们身上了（happen to us）。可以说，这样的先于一切的伦理观念处于构成一切的基层，既是我们能够成为主体的前提，同时也是文学事件得以实

---

① Derek Attridge. The Singularity of Literature. London and New York：Routledge，2004，p.161.
② Derek Attridge. The Singularity of Literature. London and New York：Routledge，2004，p.128.
③ Derek Attridge. The Singularity of Literature. London and New York：Routledge，2004，p.127.
④ Derek Attridge. The Singularity of Literature. London and New York：Routledge，2004，p.127.

现的基础，因而成为文学的独特性得以获得与展现的保障。

2. 为他者负责

对他者的伦理要求主体为他者负责，承担起为他者的责任与义务。在这里，阿特里奇区分了"对他者的责任"（responsibility to the other）与"为他者的责任"（responsibility for the other）——前者指向责任"感"（sense）本身，而后者则指向一种作为"态度"（attitude）的责任感。

两者中，"对他者的责任"一语中暗含一种被动的意味："我"意识到自身怀有对他者的责任，而只有等到"我"感受到了此刻他者正在呼唤"我"，"我"才为实现这种责任而去回应他者——在这个过程中，需要他者首先发出呼唤，主体若感受到这种呼唤，才给予与呼唤相对应的回应，这之中有一个反应的时间；而"为他者的责任"一语则显得更加积极主动："我"知道自己怀有为他者的责任，因而自身时刻准备着承担起这份责任，随着等候他者的召唤，等他者向"我"发出"呼唤"之时，"我"不需要一段过渡时间来准备，来调节自身，因为"我"总是时刻准备好为了他者而做出相应的付出，为此，"我"已经秉持着想他者之所想，为了他者的满足不惜牺牲自身的利益的积极的、义无反顾的态度——"为他者负责涉及猜想他者的需要（只要存在这种需要），并确认和保持那种需要，也准备为了他者而放弃我自己的需要和满足"①。

因而，为他者负责体现出一种对他者的绝对的信任——面对他者的召唤时，主体根本没有讨价还价的余地，而只能义无反顾地敞开自身，以确认、回应与迎接他者。而对于来自异文化域的异质的他者积极回应，则无法预知会带给主体什么：一来，他者本身具体指向什么无法预测；二来，被原有文化框架所排斥在外的他者被引入又会给现有文化带来何种震颤与刺激也无从得知——它可能会使现有文化更加丰富，并不断开阔文化的疆域带来更多的可能性，同时也完全可能因其的异质性而走向一个坏的方向，使现有文化受到一定的损害甚至毁灭……这种面对他者的无法预测性与不确定性，使得主体每次与他者的相遇并承担为他者的责任都意味着一场不知结局好坏的冒险。这场冒险无法利用任何风险预测模型做出任何权衡利弊的计算，主体只能以绝对的信任，将自己交付于其中，实现对他者的伦理责任。

面临风险，却依然义无反顾，并不是宗教信仰般的热忱情绪使然，而是由于他者对于主体来说是珍贵的、是值得珍视的——他者以其他性，让主体不断收获对于"新"的感知，并不断在对这种他性的确认中感受到自身文化的边界所在，不断调整、不断重塑自我，使得主体不断获得一种锻炼，如同活

---

① Derek Attridge. The Singularity of Literature. London and New York: Routledge, 2004, p.124.

水一般变动不居而保持活力。"既然他者的他性恰好对我而言是弥足珍贵的东西,因而无须任何担保,我会尽可能充分而持久地承担实现和维持他性的责任,这意味着我准备每次都以新的相遇开始"①。同时,他者本身也是脆弱的,它需要主体的保护,或者用列维纳斯所用的词语——他者是"赤贫"(destitute)的②——它自身并不具备任何强制作用力,想要发挥其作用就需要得到主体的承认,只有主体确认了他者,它才能在这种对差异的确认中真正成为主体的他者,才能激起一种直面异质带来的挑战与刺激,尽管这种"确认"似乎包含了要将其同化的潜在意图。而一旦主体选择对不熟悉的内容保持排斥,对异质的内容直接忽视,那么他者就没有得到主体的确认,也就无从发挥其作用。可以说,他者的力量就存在于它自身的脆弱之中,需要得到保护才能被激发出来,"对于文学能够产生的所有力量来说,如果文学离开了读者(负责的读者),那么它就一无所得"③。也正是基于此,才需要主体义无反顾地站在他者的一面,给予其绝对的信任,积极回应它的需求,承担起对它的责任。

尽管阿特里奇所指出的伦理式的责任更侧重于指向阅读中的读者,但正如前文论述的,作者与读者两大主体之间并不完全分离,而往往是相互转换的,因而作为广义上的读者,创造作品的作者也和读者一样,需要承担起对他者的伦理式责任。那么,两者应该如何承担这份责任呢?对作者来说,为他者负责意味着在创作之时要敞开自身,暂时放下对社会文化规则所编织的意识的保护与控制,转而以一种开放的态度面对无限的可能,积极地向他者发出真诚的邀请,勇敢地接纳处于文化裂缝张力之间的异质的他者,将其引入正在创造的作品之中,哪怕这种对现有文化框架的突破会显得"冒进",从而在社会接受层面遭到失败也在所不惜。当纳博科夫创作小说《洛丽塔》时,他为男女主角设置了继父与继女这样一组身份,在刻画男主人公亨伯特怪异的性癖及探讨主角与此对应的幽微偏执的心理的同时,也呈现了一段违背社会公序良俗的禁忌畸形恋;同时,纳博科夫在小说之中并没有以作者的声音对人物的所作所为进行道德伦理批评,而只是让故事顺着它的内在生命线自由地流淌、发生而并不妄加指责……如此种种,使得《洛丽塔》在问世之初因其被当时的人们认为极不道德的内容与禁忌主题,引起相当的争议,饱受诘责,以至于屡屡遭禁。如果纳博科夫甘愿当一个思想保守的、死守道德规则的卫道士,那么他就在创作之时就不会将主人公的关系处理为乱伦的、恋童的类型,他就不会去写这样一个故事并任由其发展而不加以指责;尽管他

---

① Derek Attridge. The Singularity of Literature. London and New York: Routledge, 2004, p.124.
② Derek Attridge. The Singularity of Literature. London and New York: Routledge, 2004, p.131.
③ Derek Attridge. The Singularity of Literature. London and New York: Routledge, 2004, p.131.

意识到这样的内容可能在社会大众看来是难以接受的，可能并不能像市面上俗套的畅销书那样轻而易举获得人们的认可并取得成功，而是迎来一个失败的结局，但他还是写下了这个故事。事实表明，虽然这部作品在问世之初常常招致诘责，但其最终也因其深刻的艺术张力成为了文学史上的经典之作。

对读者来说，在阅读中承担起伦理式的责任，就是要负责地阅读，对作品做出负责的、充分的反应，"这样的阅读并不仅是为了挪用和解释作品来把它带入熟悉的范围，而是为了呈现作品的抵制和不可简约性"①。为此，读者首先需要做的，是对作品中的他性给予充分的尊重，要尊重被原有文化框架排斥在外的异质的他者与自身相遇时带来的刺激体验。如果读者并不足够尊重作品中的他性，一旦在阅读中感受到现有思维框架下"无法理解"的事物便直接选择忽略或站在自身已熟悉的传统立场的角度上对其进行批判，并不尝试去接受、去投入到对阅读的沉浸表演之中而一直保持原有的思维习惯，那么读者就无法对作品做到公正的反应，无法回应他者的召唤。当已经接受现代家庭伦理观念的人们阅读紫式部的小说《源氏物语》时，如果不能对作品本身给予充分的尊重，那么很容易在对主人公光源氏与众多身份不一的女子的交媾与乱伦的故事所感到不适和震惊之中，悄然地以防备、批判的姿态面对这部作品，仅停留在对具体情节安排的抗拒之中，停留在对他者向自身发起的挑战带来的刺激的防备之中，从而不能更贴近作品，难以感受到作品更深刻的思想内涵。

其二，面对异质的他者，读者要保持一份长久的耐心，同时克服畏难情绪。与异质的他者相遇，当不熟悉的他者向主体现有文化框架发起的挑战时，主体会因其的陌生性与抵抗性感到不快与无所适从，不能像处理熟悉的、存在于原有文化母体里的事物那般得心应手、迅速而直接并感到轻松愉悦，这时就需要主体保持足够的耐心，不是急于求成，而是慢慢地贴近他者，允许其间存在一段较长的时间毫无收获，并愿意以多次重复，多次直面挑战的方式回应他者的召唤，而不是一次不成就畏难、选择彻底放弃——"这可能意味着当反应似乎还是模糊不清或令人不快的时候，愿意相信它有重要的东西表达。至少几次阅读——或许谈话或研究——使得一种有根据的、公正的反应成为可能。"②

其三则如同作家在创造之时一般，读者在阅读之际需要放开自我，勇敢地对他者开放，并为此愿意积极地不断重塑、调整自身惯常的思维模式等，以确认、迎接他者。"为了最大可能地思考、尊重、维护和学习他者的他性与

---

① Derek Attridge. The Singularity of Literature. London and New York: Routledge, 2004, p.125.
② Derek Attridge. The Singularity of Literature. London and New York: Routledge, 2004, p.125.

独特性，我的义务就是去重塑我所思考的与我是什么的问题，而且这样做的时候，我的行为结果也没有任何确定性"①，与他者的相遇是一场不知结局好坏的冒险，尽管如此，也需要读者勇敢地向他者敞开；而他者又与原本的文化框架相互排斥、相互抵制，为了能真正接近他者、拥抱他者，读者就需要悬置起原有的思维习惯与模式，重塑自己的认知方式以贴近他者，并接受他者进入同一之中时对主体的个体文化带来的另一场变革、重塑。

要做到这一点，就要求读者秉持一种好客与慷慨的心态面对他者。阿特里奇借用德里达的"好客"（hospitality）术语，用以表达一种对他者的无条件的开放——主体乐于敞开自身，迎接各异的他者，而非门窗紧闭、守备森严拒绝任何异质元素的接近；而"慷慨"一语则表达出一种义无反顾的豪情与深厚的信任——不管与他者相遇的冒险会带来什么样的结局，无论好坏，主体都照单全收，毫无怨言，正如萨特指出的那般，"阅读是作者的豪情与读者的豪情缔结的一项协定，每一方都信任另一方，每一方都把自己托付给另一方，在同等程度上要求对方和要求自己"②。只有读者秉持这样的心态，才能真正将自己托付给未知的他者，才能实现自我的重塑。

总之，负责任地阅读一部文学作品，就是要求抵制以往将其作为意图的预设的文学工具主义的研究方法，要求抵制各种理论施加给文本的暴力，不再把文学视为历史证据、道德教训、真理路径、政治灵感或个人激励的附庸之物，也不对作品做出居高临下式的粗暴的评判，转而以平等的姿态对待文本，接受它的挑战，迎接未知的、变化莫测的可能性，在对它的表演之中认真体会文本自身的魅力与独特性，收获一种无关功利、无关结局的独特的审美体验。在此意义上，文学阅读的伦理与其说是每次阅读都要付出某种努力（尽管确实如此），不如说是一种性格、一种习惯，一种在文字世界中存在的方式。③

五、结　语

德里克·阿特里奇的独特性文学理论提出了对文学的新认识，文学不再是传统理论中与主体无关、静态的审美客体，而是一个由作者、读者两大主体参与进来，进行建构的、正发生的动态事件。作品真正的诞生、起到相应的作用，离不开作者与读者的共同努力。这种对文学的新认识，赋予了文学自身动态的生命力与开放、无限的可能性。同时，对作者与读者两大主体的

---

① Derek Attridge. The Singularity of Literature. London and New York: Routledge, 2004, p.125.
② 〔法〕萨特著、施康强译：《萨特文论选》，北京：人民文学出版社，1991年，第128页。
③ Derek Attridge. The Singularity of Literature. London and New York: Routledge, 2004, p.130.

并重与对两者身份在作品生成过程中能够相互转换的阐释,成为对过往理论中对两者厚此薄彼的观点的反拨——如实证主义将文学认为是作者绝对的产物,读者面对作品能做的只能是通过对作者的传记式研究来实现对全然体现为作者意图的作品的解密;形式主义、新批评以及结构主义重文本本身,而将作者因素排除在研究之外,使文本成为独立于作者的、单独的研究客体;接受美学则反过来强调读者在作品意义生成过程中的作用,将文学研究的中心由过往的作者、作品(文本)转移到读者身上。这种反拨达成一种主体间的均衡,使得对文学的体认更加全面。

同时,阿特里奇也号召在对文学工具主义研究模式的反思中,将文学研究的重心回归文学自身的独特性。文学的独特性并非一种静态的属性,而是一个动态的概念,它是文学事件的核心,意味着对编织入他性的语言本身的一种处理方式,即引入异质的他者,使得其超越原有的同一而对原有的规范发起挑战,故而指向文学生成的动态的过程。回归文学自身独特性的观念,要求人们抵制理论施加给文学的暴力,不要将文学作品简单地粗暴地置于各式理论框架下,将其仅仅视为表达某种观点的工具,或是为自身争取政治、道德利益的武器,同时也不要以意义赋予者等掌控者的身份自居,从而居高临下地"阐释"文学;而要去关注文学本身,力图做到美学原则与社会关切之间的平衡,在与文学作品保持平等关系的前提下去体验动态的文学事件,在这个充满未知与开放性的体验过程之中感受文学带给主体的独特的审美感受。当然,阿特里奇的号召并非简单地要求回归到如同形式主义或新批评那般封闭的文本研究中去,他认识到文学的非封闭性与非自足性,故而强调文学与主体之间无限可能的交互;主体在对文学独特性的感知中收获的审美体验,也并非像以往那般最终走向神秘化的超验,而是在与主体自身的——与历史与现实紧密交织在一起的——个体文化的关联之中,贴近生活与现实。

最后,阿特里奇还提出伦理式的责任为这一理论运转提供保障,呼唤一种主体在与他者相遇之际、为他者承担的伦理责任。这种伦理责任要求主体认识到阅读本身即是一种伦理。主体需要改变过往的机械式、居高临下式的阅读方式,转而在对他者持有足够的尊重与耐心的前提下,积极打开自身,秉持好客与慷慨的心态,以平等姿态投入一种开放的、动态的、伴随未知与冒险的阅读表演之中,并在这个动态的过程中、在与他者的相遇中迎来自身的重塑。

阿特里奇本人在写作《文学的独特性》一书时,并不像是按照编写一部文学理论教材那般系统地、严格依照逻辑地处理与安排每一篇章,也无意于像开设"理论超市"一般将本书处理为各种理论、概念条条分明地摆放在货架上等待读者按序选购的集合，以此集中地、笼统地表达自己的新观点；而是将自身对文学实践和文学经验之本质的思考，与自身对文学的实际体验（诸如阅读一首诗歌的体验）结合起来，以更灵活的笔触展开论述，对观点娓娓道来。其理论提出的对文学的新的观照方式在当下西方文论界引起较大反响，尽管这种新方式在重视文学语言打破常规与重视读者的阅读反应方面，似乎是"语言陌生化与读者反应批评理论的结合性翻版"①，但不可否认，该理论就像阿特里奇自己论述的他者一般，开拓了人们对文学的新认识，并延展出更多的可能性激发理论家们继续探索与追问。

而当我们将目光转向我国文论发展现状时，我们也会发现，阿特里奇的文论思想以其理论内涵与发展实践为我国文论建设带来一些启示：一是要保持开放的发展姿态，以好客的心态面对西方文论，并充分吸收其中贴合中国文论发展脉络的部分，将其纳入中国文论建设体系中来，以此丰富我国当代文论的理论话语资源。二是文论创新往往不是没有根基、依凭突发灵感的"神来之笔"，更多是要依靠对过往理论的吸收借鉴与融会贯通，要善于发现过往理论面对当下处境所呈现的裂痕之处，并寻找理论与理论之间对话的可能，在此基础上发展新的认识——正如阿特里奇吸收借鉴德里达、利奥塔等的事件理论与列维纳斯的他者伦理学等前人学说，将其串联在一起，建设自己的独特性文学理论。三是理论研究不是脑中的空想，而应当与实践紧密相联——阿特里奇新文论的提出，就是基于自身的理论研究思考与切身阅读实践的结合，中国当代文论建设在离不开对理论话语资源的发掘、吸收与思考的同时，也离不开理论家们自身的实践。

---

① 刘阳：《文学事件论形态演替与中国接受析疑》，《汉语言文学研究》，2022 年第 2 期，第 43-51 页。

参考文献

1. 外文

[1] ATTRIDGE D. The Singularity of Literature[M]. Routledge，2004.

[2] ATTRIDGE D. Reading and Responsibility：Deconstruction's Traces[M]. Edinburgh University Press，2010.

[3] ATTRIDGE D. The Work of Literature[M]. Oxford University Press, 2015.

[4] ATTRIDGE D. Context，Idioculture，Invention[J]. New Literary History. Vol. 42(4). 2011：681-699.

[5] ADORNO T. Aesthetic Theory[M]. Minneapolis，Minn.：University of Minnesota Press，1997.

[6] BLANCHOT M. The space of Literature[M]. Lincoln，Nebr.：University of Nebraska Press，1982.

[7] CLARK T. Singularity in Criticism[J]. Cambridge Quarterly，2004，volume 33(4)：395-398.

[8] CLARKSON C. Derek Attridge in the Event：Review Article[J]. Journal of Literary Studies，2005，volume 21：368-375.

[9] COETZEE J. M，ATTWELL D. Doubling the Point：Essays and Interviews[C]. Cambridge，Mass.&London：Harvard University Press，1992.

[10] DERRIDA J. 'Entre le corps écrivant et l'écriture'(interview with Daniel Ferrer)[J]. Genesis，2001，volume 17：59-72.

[11] LANDY J. How to Do Things with Fiction[M]. London：Oxford University，2012.

[12] LEAVIS F. R. Revaluation：Tradition and Development in English Poetry[M]. Harmondsworth：Penguin Press，1964.

[13] MARAIS M. Accommodating the Other：Derek Attridge on Literature，Ethics，and The Work of J.M Coetzee[J]. Current Writing：Text and Reception in Southern Africa，2005，volume 17：87-101.

[14] SARTRE JEAN-PAUL. What is Literature[M]. London：Methuen，1950.

[15] ZALLOUA Z. Derek Attridge on the Ethical Debates in Literary Studies[J]. SubStance，2009，volume 38(3)：18-30.

2. 中文

[1] 德里克·阿特里奇：文学的独特性[M]. 张进，董国俊，张丹旸，译. 北京：知识产权出版社，2019.

[2] 何成洲，但汉松. 文学的事件[G]. 南京：南京大学出版社，2020.

[3] 康德. 判断力批判[M]. 宗白华，译. 北京：商务印书馆，1985.

[4] 齐泽克. 事件[M]. 王师，译. 上海：上海译文出版社，2016.

[5] 萨特. 萨特文论选[M]. 施康强，译. 北京：人民文学出版社，1991.

[6] 雅克·德里达. 文学行动[M]. 赵兴国，等，译. 北京：中国社会科学出版社，2000.

[7] 赵一凡，等. 西方文论关键词[C]. 北京：外语教学与研究出版社，2006.

[8] 朱立元. 当代西方文艺理论[M]. 上海：华东师范大学出版社，2014.

[9] 高琼. 事件：文学研究的关键词[D]. 兰州：兰州大学，2017.

[10] 高彦萍. 德里克·阿特里奇文学事件理论研究[D]. 上海：华东师范大学，2018.

[11] 张席. 他者性、独一性和伦理性[D]. 无锡：江南大学，2020.

[12] 曹晖. 亚里士多德"形式"的美学意蕴探究[J]. 学习与探索，2021（2）：139-145+176.

[13] 刁克利. 西方文论关键词 作者[J]. 外国文学，2010（2）：100-107+159.

[14] 傅利，黄芙蓉. 回归文本审美的文学批评理论：评《文学独创性》[J]. 外国文学研究，2012，34（2）：165-168.

[15] 高秉江.Form 和 information——论存在结构与语言结构[J]. 自然辩证法通讯，2009，31（4）：19-24+110.

[16] 何成洲. 何谓文学事件？[J]. 南京师大学报(社会科学版)，2019(6)：5-14.

[17] 江守义. 文学事件的两个维度[J]. 中国文学研究，2017（3）：5-10.

[18] 蓝江. 面向未来的事件——当代思想家视野下的事件哲学转向[J]. 文艺理论研究，2020，40（2）：150-158.

[19] 劳拉·奥斯特里克，谷鹏飞. 超越原创与典范——康德关于艺术的天才创造思想再阐释[J]. 西北大学学报（哲学社会科学版），2014，44（2）：20-27.

[20] 李文芬. 文学独特性的构建——以阿特里奇"文学事件观"为例[J]. 新乡学院学报，2022，39（2）：48-51.

[21] 刘万勇. 新批评派有机形式观溯源[J]. 山西师大学报：社会科学版，2006，33（3）：38-41.

[22] 刘阳."文学事件"的缘起、命名、对证与跨语境回应[J]. 学习与探

索，2022（2）：167-175+186.

[23] 刘阳. 文学事件论形态演替与中国接受析疑[J]. 汉语言文学研究，2022，13（2）：43-51.

[24] 马元龙. 列维纳斯来历，或面向他者的伦理学[J]. 文艺争鸣，2022（2）：74-84.

[25] 钱翰. 西方文论关键词：文本[J]. 外国文学，2020（5）：85-95.

[26] 尚必武.《我的紫色芳香小说》：作为事件的文学剽窃案及其伦理阐释[J]. 东北师大学报（哲学社会科学版），2020（1）：11-19.

[27] 王嘉军. 好客中的伦理、政治与语言——德里达对列维纳斯好客理论的解构[J]. 世界哲学，2018（2）：101-109.

[28] 王嘉军. 他异性与独异性：从列维纳斯的伦理学到阿特里奇的文学理论[J]. 福建论坛（人文社会科学版），2022（1）：95-112.

[29] 王兴文，董国俊. 论德里克·阿特里奇的"独特性"文学观[J]. 石家庄学院学报，2012，14（2）：44-48.

[30] 阴志科. 伊格尔顿"文学事件"的三重涵义--兼谈作为书名的 event[J]. 文艺理论研究，2016（6）：81-90.

[31] 张丹旸. 从互文性到事件性：文学审美意义的动态阐释[J]. 西北民族大学学报（哲学社会科学版），2022（6）：158-165.

[32] 张德旭. 西方文学伦理学批评：脉络与方法[J]. 东北大学学报：社会科学版，2016，18（2）：209-214.

[33] 张剑. 西方文论关键词　他者[J]. 外国文学，2011（1）：118-127.

[34] 张炜炜. 主体性的转化——论列维纳斯的伦理主体[J]. 甘肃社会科学，2017（6）：20-25.

[35] 张玉能. 文学事件论的现实理论意义[J]. 中国政法大学学报，2022（2）：286-293.

[36] 周宪. 审美论回归之路[J]. 文艺研究，2016（1）：5-18.

食物的喜剧：论阿里斯托芬《和平女神》《鸟》中的食物

姓　　名：谢富琼　　　指导教师：陈国强

【摘　要】 作为唯一有完整作品流传于世的古希腊旧喜剧诗人阿里斯托芬，他的喜剧价值非凡。在他的喜剧中，食物是一个不可或缺的元素，他笔下的食物不仅仅是单纯的食物，还对剧作的舞台呈现、喜剧效果和主题表达有着重要的作用。但国内学界对其喜剧里食物的研究还未起步，英文世界的研究也寥若晨星。本文将以《和平女神》和《鸟》这两部喜剧中的食物为主要研究对象，通过情节梳理、数据统计和相关解释，笔者将阿里斯托芬喜剧中的食物按照出现的场景分为三类，分别是日常食物、宴会食物和祭祀食物，然它们并不是各自独立，存在着相互交错的关系。在这样的分类中，我们更加具体地明白了阿里斯托芬喜剧里食物的分工。

【关键词】 阿里斯托芬；喜剧；食物；《和平女神》；《鸟》

教师评语：

  这篇学士学位论文思路难得的清晰，行文时有非常强烈的问题意识感。她清楚这个研究，对于目前的作者而言，限制在哪里，该充分发力的地方在哪里。虽然这个研究难度很大，会较多涉及古希腊文和英文，以及古典时期雅典社会生活的具体情况，但是，作者能够紧扣阿里斯托芬《和平女神》和《鸟》中食物出现的具体场景，对这两部古希腊旧喜剧中的食物做初步的数据统计、功能分析和类别划分，完美地完成了一次扎实的文学研究的学术训练。

  更为难得的是，作者实事求是的研究态度（读者从行文中可以体会到这一点），一分材料说一分的话，使读者能够较为可靠地管窥食物与阿里斯托芬喜剧的密切关联。不厌其烦地分辨和统计庞杂的食物系统，以及不断地将食物与其出现的场景和喜剧情节联系起来进行思考，是这篇学士学位论文得以出色完成的诀窍。

  虽然这仅仅是一篇青年学人蹒跚起步的处女作，但依然可以检视出一鳞半爪对于整个中国学术界在阿里斯托芬研究上的推进价值。如它系统地将 Olson 阿里斯托芬《和平女神》注本和 Dunbar《鸟》注本中有关食物的注释全部翻译成了汉语。这两个注本是目前西方学术界关于阿里斯托芬的这两部喜剧最权威的详注本，因此，读者在阅读这两部喜剧时，如对食物感到兴趣，可以参考该学士学位论文中的相关部分。

一、绪 论

1. 阿里斯托芬生平及作品

关于阿里斯托芬的生平,能够找到的资料真的是寥寥无几,而且它们的真实性也有待考证,但他是古希腊著名的喜剧诗人这一点毋庸置疑。[①]阿里斯托芬大约活动于公元前 448 年至公元前 380 年之间,他的祖籍在雅典城邦库达忒奈翁(Cydathenaion)[②],族名潘狄俄尼斯(Pandionis),但是他的父亲菲利波斯(Philippos)在埃及那(Aegina)岛有些许财产,因此在阿里斯托芬小时候曾在那里生活,以致于阿里斯托芬雅典血统的纯正性曾被质疑。这涉及到他与克勒翁(Cleon)之间的恩怨,他曾被克勒翁以外邦人背叛城邦的罪名起诉。他的第一部喜剧《宴会》(Daitaleis,B.C.427)和第二部喜剧《巴比伦人》(Babylonians,B.C.426)皆已遗失,现存的第一部喜剧是《阿卡奈人》(Acharnians,B.C.425),讲述的是一个人寻求与斯巴达人签订和约,与主战的克勒翁相对立。这三部喜剧都不是以阿里斯托芬自己的名字写成的,至今也不知道原因,或许与他和克勒翁的恩怨有关。但是在他接下来的一部剧作《骑士》(Knights,B.C.424)中,他以本名面世,更令人震惊地是,他在剧中对克勒翁恶言相向并极尽嘲讽,还讽刺民主的腐败,这部剧再次得了一等奖。之后,《云》(Clouds,B.C.423)、《马蜂》(Wasps,B.C.422)和《和平女神》[③](Peace,B.C.421)依次上演成功。然而,在接下来六年里所作的喜剧已经遗失。《鸟》(Birds)大约在公元前 414 年上演,《吕西斯忒拉忒》(Lysitrata)在公元前 411 年,《地母节妇女》(Thesmophoriazusae)在公元前 410 年,《蛙》(Frogs)在公元前 405 年,《公民大会妇女》(Ecclesiazusae)在公元前 392 年,《财神》(Plutus)在公元前 388 年。相传他曾经以他儿子阿剌洛斯(Araros)的名义创作了两部喜剧,但都遗失了。其中之一的《科卡罗斯》(Kokalos)开创了新喜剧的风格,浪漫主义的特点后来在米南德(Menander)的喜剧中出现。阿里斯托芬一共写了 44 部喜剧,现存 11 部。从他一生的作品来看,他是旧喜剧诗人的主要代表,他不断地完善旧喜剧,最后逐渐发展成一种新

---

① 张竹明先生和罗念生先生的译序皆如此说道。Peter D. Arnott,M.A.,PH.D.还在他的书——An Introduction to the Greek Theatre(1959,p.133.)——中说到"By an accident,Greek comedy and Aristophanes are almost synonymous."
② 此节的地名和人名均采用罗念生先生的翻译。
③ 现在中文世界的翻译大多采用的是《和平》,但该部喜剧讲的是救出和平女神的故事,所以笔者倾向于翻译为《和平女神》。

的艺术形式。他的对话是生动而自然的；他的语言空灵美丽；他的猥亵之语粗俗而坦率，并没有好色和病态之意。[1]他的喜剧深受当时观众的喜爱，尽管他一生只得过 4 次一等奖。因为伯罗奔尼撒战争（B.C.431-B.C.404），他的生活中有一个巨大的变化——公共演讲变得危险，故而他的喜剧也从直言不讳变得有更多的隐喻。我们需要注意的是，阿里斯托芬是一位喜剧作家，引得观众发笑是他一直不变的风格。所以，当时社会上发生的一切事情都有可能变成他的笑料。[2]

阿里斯托芬的喜剧表明他是乡村的支持者，即他是农民和地主的代表，他强烈地反对战争，因为战争会使农民和地主遭受灾难。在《和平女神》(Peace) 289-300 行中也可以看出这一点，主人公特律盖奥斯邀请农夫、商人、手工业者、工匠、侨民、外邦人和岛民一起来帮他救出和平女神，这样他们最后就可以一起品尝幸福美酒。[3]他矛头指向从伯里克利（Pericles）到克勒翁，通过漫画化他们的形象，他指出了当时政治主张和习俗可笑荒唐的一面，毫无疑问，他对个人或者当局或者神的嘲笑和讽刺被观众在笑声中或多或少地接受了。柏拉图（Plato）曾在《会饮篇》(Symposium) 中说，阿里斯托芬是一位令人愉快的人，是欢宴的诗人，他总是在严肃的问题上给出令人发笑的回应，这或许也引发大家对他更多作品的关注。[4]

John F. Donahue（2015）也在他的书里提到，尽管大型公共节日上表演的喜剧所具有的夸张服饰和欢乐氛围是为了加强观众的喜剧体验，但喜剧对社会各个方面进行戏讽，正好给我们提供了探究食物的空间，它能以丰富多彩的方式将食物囊括其中。[5]总而言之，阿里斯托芬的喜剧给我们展示了比较接近当时雅典人的日常生活[6]，而食物当然也在其中。

2. 研究背景、意义及方法

在图书馆中文文献一站式检索中，以"阿里斯托芬 食物"为关键词进行搜索，并没有搜到相关文献；在图书馆外文文献 EBS 一站式检索中，以

---

[1] Sir Paul Harvey. The Oxford Companion to Classical literature. Oxford at the Clarendon Press, 1937, p.43-44.
[2] Peter D. Arnott, M.A., PH.D. An Introduction to the Greek Theatre. London: Macmillan Press LTD, 1959, p. 133-134.
[3] 张竹明译：《古希腊悲喜剧全集》第 6 卷.译林出版社，2007 年：第 513 页。
[4] Sir Paul Harvey. The Oxford Companion to Classical literature. Oxford at the Clarendon Press, 1937, p.44.
[5] John F. Donahue. Food and Drink in Antiquity: Readings from the Graeco-Roman World. Bloomsbury Academic: An imprint of Bloomsbury Publishing Plc, 2015, p. 2-16.
[6] Peter D. Arnott, M.A., PH.D. An Introduction to the Greek Theatre. London: Macmillan Press LTD, 1959, p. 154-155.

"Aristophanes food"为关键词进行搜索,搜到相关文献[1]约 3574 个结果,但其中没有任何一个文献是专门研究阿里斯托芬喜剧里的食物。[2]由此可见,国内学界对阿里斯托芬喜剧里食物的研究还未起步,英文世界的研究也寥若晨星,值得探究的地方还有许多,于是,本篇文章便以此为出发点,希望可以在该主题的探索阶段为中文世界提供些许资料。

笔者同意 Peter Garnsey(1999)在他的书 *Food and Society in Classical Antiquity* 提到的观点,食物不仅仅是人们赖以生存的东西,更是一种生物文化现象,它作为一种交流信号或者工具穿梭于各种人物关系、社会生活之间。[3]一个地方的习俗和特性总会在食物上有所反应,而包含食物的文学作品也会反映出一个地方的习俗和特性。那么,在阿里斯托芬的喜剧中也不例外,在他所描写的食物中,又会反应哪些当时社会的习俗和特性呢?

在阅读阿里斯托芬喜剧的过程中,笔者感受到食物带有某种超越食材本身的作用,它们不仅仅是食物,不仅仅反应当时社会的习俗和特性,还在某些方面对喜剧效果的展现有深刻的作用。

首先,我们得清楚阿里斯托芬的喜剧是用来表演的剧本,也就是说,它是用来演的,不是用来读的。[4]这就需要了解当时观看喜剧的人是谁,他们希望看到什么样的内容,他们能看懂什么样的内容。而当时的观众就是雅典的男性公民——一群极具批判力的观众。[5]毕竟,剧作家并不是编喜剧来玩的,他需要在庆典中取胜以获得名声和奖励。所以,剧作家更有倾向写观众感兴趣、能看懂的内容。食物是每个人每天都要接触的东西,把它穿插在当时的各种社会事件之中,在剧场表演出来,它就具备了让当时的观众感兴趣、能看懂的条件。

阿里斯托芬把食物运用在喜剧效果的强化上,让观众在轻松幽默的氛围中或多或少地接受了他想要表达的东西。所以,在他的剧作中,食物不仅仅是食物,不仅仅是填饱肚子的东西,食物还有许多其他的作用。例如,《和平女神》的主人公特律盖奥斯"τρυγαῖοσ"这个名字就蕴含了这部喜剧的主题,这个词来源于动词"τρυγάω",意思是"收获水果",而最后,特律盖奥斯娶

---

[1] 在前 20 个结果中,题目中涉及阿里斯托芬喜剧里食物(食物的定义参考 1.3 节)的文献只有 6 个,而且其中有 2 个是同样的文献,其余 15 个是在关键词中涉及食物(food)一词。
[2] 两个检测结果来源于西南交通大学图书馆官网的"中文发现"和"外文发现",这两个检索都是针对馆内外所有的纸质、电子资源进行的一站式检索,检测最新时间为 2019 年 5 月 24 日。
[3] Peter Garnsey. Food and Society in Classical Antiquity. New York:Cambrige University Press,1999. p. xi-11.
[4] Peter D. Arnott,M.A.,PH.D. An Introduction to the Greek Theatre. London: Macmillan Press LTD,1959, p. xii.
[5] Peter D. Arnott,M.A.,PH.D. An Introduction to the Greek Theatre. London: Macmillan Press LTD,1959, p. xii.

了女神侍女"收获",完成了这个名字的含义。也许在今天的我们看来,由于语言的限制,我们很难发现这层关系,但是在当时观众的眼里,这层关系是不言而喻的。

本文将从阿里斯托芬的食物是什么、他是怎么把这些食物融入他的剧作中、他为什么要在某些地方写这种食物等方面来展开。由于时间和精力所限,以下两部分暂时选择《和平女神》和《鸟》进行分析。笔者会使用张竹明先生对《和平女神》和《鸟》的译本[1],并参考 S. Douglas Olson[2]对《和平女神》的注释、Nan Dunbar[3]对《鸟》的注释,因为这两个版本是目前为止最新、最全的详注本,都带有古希腊文本和详细的英文注释,契合本篇论文仔细梳理食物来龙去脉的目标。

与阿里斯托芬的喜剧[4]一样,如果想要对食物进行简单粗暴的分类和界定,这可能是会没有用的。因此,本文将记录《鸟》与《和平女神》中出现的每一个食物,并对注释本中的相关评注进行翻译整合,以求展现阿里斯托芬喜剧的食物图景。

3. 关于食物的定义

说到食物,特别是喜爱的食物,多数人总是会欣然一笑,或者两眼发光,或者唾液迅速分泌。那么,笔者也很好奇,阿里斯托芬笔下的食物是什么样子的,是否也"色香味"俱全?他是否也有偏爱的食物?他是否也会根据观众的喜恶设置相应的食物?

在阅读文本以及相关参考文献的时候,笔者发现对食物进行定义是非常有必要的,以此避免研究对象的模糊。

一般来说,食物是可以吃的东西,不仅是人吃的,还有动物吃的,这是我们日常对食物的印象。然而,笔者所要研究的是阿里斯托芬喜剧里的食物,也就是阿里斯托芬在他的喜剧里所认为或者描述的食物,这跟时代、地域甚至喜剧情节设置都有密不可分的关系。那么,为了避免先入为主的偏见以及

---

[1] 张竹明译:《古希腊悲喜剧全集》第6卷,南京:译林出版社,2007年。
[2] S. Douglas Olson. Aristophanes Peace edited with introduction and commentary. New York:Oxford University Press Ins. 1998. 以下简称"S. Douglas Olson 注释本"。
[3] Nan Dunbar. Library of Congress Cataloging in Publication Data Aristophanes, Birds|edited with introduction and commentary. New York:Oxford University Press Inc., 1995.以下简称"Nan Dunbar 注释本"。
[4] "为了作充分的了解,对于阿里斯托芬的概括徐是尝试性的和不简明扼要的。列举他的搞笑类型比对之作理论概括要更为有用,而这个清单一定会包括丰富的文学谐謔、人身和社会讽刺以及多种巧妙的文字游戏。"多佛等著、陈国强译:《古希腊文学常谈》,北京:华夏出版社,2012年,第93页。

因时间地域不同而产生的分歧，笔者也就不愿意以平常的食物概念来定义阿里斯托芬喜剧里的食物，而更倾向于读完文本之后，根据具体的语境来判断哪些东西可以被当作食物。为什么要靠语境呢？因为笔者认为语言的含义一定要在语境中才能明确。比如，"鸟"是动物还是食物？你是否感觉到在判断的时候有些困难？撇开每个人对"鸟"的定义不谈，我们就用最普通的平常的"鸟"来进行判断，好像还是难以下判断。因为这要涉及"鸟"在什么语境中出现，如果"鸟"在被当作一种宠物来养这个语境中出现，它就不是食物，但如果"鸟"在被当作给人类杀食的动物来养这个语境中出现，它就是食物。因此，语境对于判断语言的含义非常重要，阿里斯托芬喜剧里的食物也要根据其喜剧的语境来判断。

按照之前的考量，读完文本之后，如果非要下一个定义，那本文所探究的食物就是：在《和平女神》和《鸟》中，阿里斯托芬根据喜剧的需要所写出来跟被吃有关的事物。

限定在《和平女神》和《鸟》中，是因为本篇文章就只涉及这两部喜剧，如果加入阿里斯托芬的其他喜剧，就会影响这个定义。那为什么是阿里斯托芬根据喜剧的需要呢？因为阿里斯托芬写的是喜剧，是用来表演的，是给当时的观众观看的，是需要引观众发笑的，是隐含了自己的某些观点的，是需要去争得头奖的。因此，他所写的食物也难免受这样的目的影响。至于"被吃"，"被"字表明食物是一种不具备主动发出行为的事物，它是处于被动的状态，被人吃、被动物吃或者被神"吃"的[1]，如果不能判断是否能被吃的情况下，就要依靠语境。值得注意的是，这里的"吃"也不是我们常以为的从口中"吃"下去，它也可以是抽象的含义，例如，在《鸟》1367行[2]中，"吃当兵的饭"这里表达的就是一个抽象的意思，古希腊原文"φρούρει, στρατεύου, μισθοφορῶν σαυτὸν τρέφε"的意思是"去参军，从而养活自己"，但因为这个行为也是可以领取士兵的供给从而养活自己，所以"当兵的饭"也被看作一种食物。

笔者发现，在《鸟》和《和平女神》中，食物的种类非常丰富，有人吃的食物（例如主食、熟的菜肴、零碎的香料等等）、动物（例如鸟和螳螂等）吃的食物和神吃（献祭）的食物。其作用也是各种各样，这些食物可以用来暗示职业、表达讽刺意味等。那么，在繁多的食物中，为了方便查阅和叙述，

---

[1] 也就是祭祀神的食物。
[2] 张竹明译：《古希腊悲喜剧全集》第6卷，南京：译林出版社，2007年：第720页。

笔者根据食物出现的场次①，给它们每一个进行了编号。

既然有这么多的食物和如此不一样的作用，分类也就成为一个难题。深思熟虑之后，鉴于这些食物是阿里斯托芬的喜剧里出现，喜剧也是由一个一个场景组成的，因此，笔者根据食物所出现的场景，大致分为三种主要的食物类型：日常食物、宴会食物和祭祀食物。有关这三类食物的介绍在第四部分有具体的阐述。

虽然对食物的定义已经有比较详细的描述，但是依然不可避免地会有一些遗漏，或者带有一些主观性，欢迎各位批评指正。关于本文所研究的食物定义就言尽于此，接下来的部分将会有更加详细的情节梳理、数据统计、相关解释和功能分析。

二、《和平女神》中的食物

1. 与食物相关的情节梳理

每个人的记忆是有限的，就算是反复读完《和平女神》，也不可能记得每一个细节，笔者也是如此，但如果要对《和平女神》中的食物有比较全面的了解，把与食物相关的情节一一梳理出来不失为一个好办法，于是，本部分的内容就此产生。

将这部喜剧里所有与食物相关的情节一一梳理出来，既是为了弥补我们记忆力有限的缺陷，也是为了更清楚地了解食物在《和平女神》中是以什么样的场景出现，为什么出现，以及出现的作用，这样的方法既记下了关键信息，又没有过长的篇幅。这样，不仅笔者可以更清楚食物的分布和使用情况，作为读者的你也会更加清楚。当然，并不是说不与食物相关的情节就会被省略，为了保证情节的完整性，不与食物相关的情节也会提到，只是会简单带过。在《鸟》中与食物相关的情节梳理的用意也是如此，在第三部分对应位置便不再赘述。

下面，笔者将梳理《和平女神》中与食物相关的情节，并将每一种食物以"加粗字体"的方式表示出来。

---

① 场次的意思是：从喜剧原本的"开场"依次从"1"开始编号，直到"退场"，中间也要包括"第一插曲"和"第二插曲"。例如在《和平女神》中，所对应的场次为："开场"——"1"，"第一场"——"2"，"第二场"——"3"，"进场"——"4"，"第一插曲"——"5"，"第三场"——"6"，"第四场"——"7"，"第二插曲"——"8"，"第五场"——"9"，"第六场"——"10"，"退场"——"11"。而每一场次中出现的食物再依次从"01"开始编号，例如：1.01 螳螂吃的饼、1.02 驴粪、1.03 驴粪丸……其他的场次以此类推。

（1）开场（1-179）[1]特[2]凭借螳螂飞到天上[3]

奴甲正在喂螳螂[4]吃驴粪，奴乙正在搅拌驴粪，以做成像油油的圆蛋糕那样，喂给它吃。奴甲和奴乙都表示出了对这份工作、这个牲畜、这粪便的嫌弃，最后他们丢掉了粪盆。奴乙向观众述说螳螂是怎么吃粪团的，言语中也满是嫌弃，最后他和奴甲讨论说这不可能是美惠三女神或者阿佛洛狄忒的标志，可能是雷霆万钧的宙斯的标志[5]。然后他就去喂螳螂喝水。奴甲继续叙述他的主人特律盖奥斯得了一种全新的疯病，他不断地自言自语，想要飞到天上去，让宙斯停止对城邦的伤害，放过希腊人。他带了一只诶特纳甲虫[6]回家，想要借助这只甲虫飞到宙斯那里去。正当他说的时候，他的主人就骑着这只甲虫准备飞了。奴甲叫出了他的女儿，想要阻止他。特律盖奥斯安慰女儿说，当她饿了，他没有一文钱去买粮食的时候，他的心里很难受，如果他回来，他就会带来好大的面包和拳头那么大的果酱。女儿问他要用什么交通工具，他说要用甲虫，也就是螳螂，因为这是《伊索寓言》中唯一能够到达神灵的有翼动物。而且骑甲虫还有一个好处，就是自己吃的粮食很快就可以变成它吃的粮食。他让大家在三天内别解手，因为甲虫闻到了那东西就会俯冲下来。他让甲虫起飞，让它的鼻孔不要对着地上的粪便，让它暂时忘记每天的食粮。一会儿，一个人在下面拉屎，特律盖奥斯让他在上面多盖点土，土上面再种点百里香，再滴点香油。

特律盖奥斯让改变场景的人小心一点，不要把他摔下来了，然后他就到了宙斯的宫殿前。

（2）第一场（180-235）赫[7]与特相见

赫尔墨斯出场，问哪里来的凡人气味，还问眼前的怪物是什么。特律盖奥斯回答说这是甲虫。赫尔墨斯破口大骂，问特律盖奥斯是谁。特律盖奥斯顺着他骂的词回答，也许是为了引起观众的笑。最后他自报家门，说自己是阿特莫尼村社的人，叫特律盖奥斯，"善种葡萄，不爱诬告，不惹是非"[8]。

---

[1] 括号里的数字表示喜剧的行数，之后的部分也是如此。
[2] 特律盖奥斯的简称。
[3] 在情节梳理的过程中，场次的划分（包括诗行的划分）和对白的分配（即有关行为施动者的判断）是根据张竹明先生的译本，同时，每一节的小标题是笔者根据喜剧内容加上的。3.2节相应内容也是如此，便不再说明。
[4] 这是张竹明先生的翻译，也叫作屎壳郎，在《伊索寓言》第3则中，屎壳郎滚了一个粪球，飞到了宙斯那里。伊索著.《伊索寓言》.王焕生译.上海人民出版社，2014：第7页。
[5] 转注："雷霆万钧的"一词的词根前半部分发音和"粪便"相同。张竹明译：《古希腊悲喜剧全集》第6卷，南京：译林出版社，2007年，第492页。
[6] 也就是他们要喂屎的螳螂。
[7] 赫尔墨斯的简称。
[8] 张竹明译：《古希腊悲喜剧全集》第6卷，南京：译林出版社，2007年，第503页。

赫尔墨斯问他来干什么，他回答说给他送这块肉。特律盖奥斯想要见宙斯，赫尔墨斯告诉他宙斯已经走了，去了很远的地方，他留下是为了看守锅碗瓢盆。他把希腊以及希腊的人交给了战神，和平女神被藏进了一个很深的洞里。特律盖奥斯问他战神准备如何处置他们，他说他只知道昨晚战神搬来了一只巨大的臼，他想把这些城邦都放进去捣烂。特律盖奥斯说快跑，他听见了臼发出了巨大的轰隆声。

（3）第二场（236-300）战神捣臼

战神搬上了大石臼，扔进了韭菜、大蒜、奶酪和蜂蜜，这四样原料分别代表普拉西亚、麦加拉、西西里和阿提克。暴乱神出场，被战神打了一拳，拳上涂有大蒜，因为他嫌弃暴乱神偷懒了。战神让暴乱神去问雅典人借一根杵，结果雅典人的杵丢了。特律盖奥斯很开心，因为这样他们就不会被做成苦味的色拉酱了。战神又让暴乱神去向拉康尼亚借杵，结果他们的杵也丢了。战神让暴乱神把这些东西捡起来，他要自己做一根杵，他们俩退场。特律盖奥斯特别开心，他呼唤农夫、商人、手工业者、工匠、侨民、外邦人和岛民一起来，想要在另一把杵做出来之前把和平女神救出来，这也是他们品尝幸福美酒的时候。

（4）进场（301-728）和平女神被救出

歌队长出场，他说自己愿意听特律盖奥斯的吩咐，直到他们救出和平女神。歌队长说特律盖奥斯的宣告与"带上三天干粮到军营集中"[①]的声音很不一样，特律盖奥斯让他们小声点，不要不停地又唱又跳，不要惊动不想让他们救出和平女神的人。歌队长说他真的很开心，特律盖奥斯告诉他救出后再开心，救出和平女神后他们就可以尽情享乐。甲半歌队唱诵他们在战争期间经受的磨难，说他们已经厌倦，已经疲惫，想要特律盖奥斯带他们走出来。正当特律盖奥斯在想要找从哪个角度搬石头的时候，赫尔墨斯出来了，赫尔墨斯说他死定了，特律盖奥斯说他自己不会死，因为他还没有带上面包和牛奶，这也是一处笑点，因为参军的人才要带上面包和牛奶，特律盖奥斯自动认为参军的人才会死。赫尔墨斯说凡是在此处挖掘的人，都会遭天谴。特律盖奥斯说那他要买头猪来举行祭奠仪式。赫尔墨斯神生气，想要向宙斯告发，特律盖奥斯求他看在自己曾经送过美味香肉的份上不要告发他，并且他让歌队开始唱歌，求赫尔墨斯不要告发。乙半歌队开唱，如果赫尔墨斯尝过猪肉，尝过那些乳猪肉，尝过那些香肉，就不要告发，并且他们以后会永远供奉应有的牺牲给他。特律盖奥斯继续游说赫尔墨斯，他要告诉他一个巨大的秘密。那就是塞勒涅和赫利奥斯在密谋伤害赫尔墨斯，因为他们受蛮族人祭拜，而他受希腊人祭拜，

---

① 张竹明译：《古希腊悲喜剧全集》第6卷，南京：译林出版社，2007年，第514页。

所以他们就想把希腊人全部出卖给蛮族人，这样他们就可以享用所有的祭祀。赫尔墨斯想起来他们经常像偷吃圆饼一样，减短白天。特律盖奥斯继续游说赫尔墨斯，还要送他一个金杯子。赫尔墨斯最后同意了。

歌队长开始动手，特律盖奥斯开始奠酒，要带着神圣的祈祷开始工作。他一边倒酒，一边祈祷。他希望全体希腊人从此都会有幸福的生活，歌队长附和——"烤着炉火，爱人在身边"①。他们俩依次诅咒喜欢战争的人，特律盖奥斯说如果商人想要从战争中获利，那就希望他们被贼捉住，去吃生大麦。奠酒结束，他们开始拉绳，有些人偷懒，有些人是真的在拉。赫尔墨斯让墨伽拉人滚出去，因为他们没有用力气，最初还是他们用大蒜擦拭了和平女神全身。歌队长让农民朋友单独来拉，最后顺利救出和平女神和她的两位侍从——"庆典"和"收获"。特律盖奥斯把和平女神称为葡萄的赐予者，同时被两位侍女迷住。特律盖奥斯说他喜欢两位侍女身上好闻的味道，讨厌男人身上阵阵洋葱的臭气味。特律盖奥斯认为她们身上的味道代表了一切美好的事物——收获、盛宴、酒神节、长笛、夜莺、戏剧、索福克勒斯的歌、欧里庇得斯的诗、咩咩叫的羊羔、常春藤的叶子、滤酒的袋子、胸脯隆丰急匆匆赶往农场的妇女、喝醉了的侍女、喝空了的酒钵和许多别的乐事。②特律盖奥斯和赫尔墨斯在描述观众的反应，羽饰匠和擦矛匠在懊悔，镰刀匠和卖干草叉的很得意。赫尔墨斯说农民可以走了，特律盖奥斯让他们带着农具回家去。歌队长说他想去看他的葡萄藤和无花果树。特律盖奥斯让大家感谢和平女神，然后采购一些乡下人爱吃的咸鱼腊肉回家去。赫尔墨斯说他们回家的行列像是节日的大圆饼。特律盖奥斯描述农具闪闪发光，回想以前的快乐生活：果脯、无花果、橄榄、葡萄美酒、爱神木和喷泉边的紫罗兰③，邀请歌队用舞蹈和歌声欢迎女神回归。甲半歌队开始唱歌，描述他们的快乐，农民依靠她的帮助得到了烤大麦。葡萄藤和无花果树、花朵和水果都在迎接她。

歌队长请求赫尔墨斯讲出和平女神离开这么长时间的原因。赫尔墨斯说是菲迪亚斯④和伯里克利引起的，然后伯罗奔尼撒战争就开始了，没有谁可以阻止这场战争，和平女神就退出了。特律盖奥斯和歌队长说他们之前都不知道这些。赫尔墨斯继续说还有那些结盟的城邦为了逃避纳税，想出了诡计，

---

① 张竹明译：《古希腊悲喜剧全集》第6卷，南京：译林出版社，2007年，第525页。
② 张竹明译：《古希腊悲喜剧全集》第6卷，南京：译林出版社，2007年，第533-534页。
③ 张竹明译：《古希腊悲喜剧全集》第6卷，南京：译林出版社，2007年，第536页。
④ 转注：因为伯里克利的好友，雕塑家菲迪亚斯曾遭到激烈的攻击。结果他因被指控把自己和伯里克利的形象刻在雅典娜塑像中的盾牌上而被被捕入狱，并死在狱中。这件事情以及雅典人对伯里克利的情妇阿斯帕西亚和他的老师阿那克萨戈拉斯的攻击，据普塔克说，伯里克利害怕因这件事而遭到法庭审判，故挑起伯罗奔尼撒战争。张竹明译：《古希腊悲喜剧全集》第6卷，南京：译林出版社，2007年，第538页。

贿赂拉康尼亚人的首领，挑起了战争。他们为了自身的利益，吃光了无辜农民的无花果。特律盖奥斯说还毁坏了他精心培育的深色无花果树，歌队长说他的储粮桶被砸了一个洞。赫尔墨斯继续控诉皮革商[1]的罪恶，他害农民失去了葡萄园和无花果树。特律盖奥斯让他小声点，不要惊动他，因为他已经在地底下了。他突然转过头问和平女神为什么不说话，赫尔墨斯说女神不会对他们说话，因为他们伤害她太久了，因为他们曾经三次拒绝她带来的和约。赫尔墨斯继续和和平女神对话，并把女神的话传给特律盖奥斯，她讨厌接替克里昂的徐佩尔波洛斯，因此移开了目光。她问索福克勒斯好不好，问老才子克拉提诺斯是不是还活着，得到的答案都是否定的。特律盖奥斯向女神说他们还受了许多其他的苦楚，希望女神永远不要离开他们。赫尔墨斯说他要把"收获"交给特律盖奥斯做妻子，让他们一起繁殖葡萄幼苗。特律盖奥斯很开心，要去吻她，要与她在多年之后结出果实。赫尔墨斯让他加一点薄荷[2]进去，这样就不会不适，并让他把"庆典"带回她原来属于的地方——议事院。特律盖奥斯感叹议事院有了庆典，将会有三天三夜的吃喝——鲜美的汤、煮熟的肚子和鲜嫩的肉。赫尔墨斯祝福特律盖奥斯，并让他不要忘记自己。特律盖奥斯正准备走，却发现螳螂不见了，赫尔墨斯说它被套到宙斯的车上去了，而且吃的是伽尼墨得斯[3]的仙果。特律盖奥斯不知道怎么回到地上，赫尔墨斯让他跟着女神走就行。

（5）第一插曲（729-818）歌队拉票

歌队长在唱诵中安排各种工作，将器械和绳索交给剧场仆役，并警告他们不要顺手牵羊，接着他要对观众讲述这场戏的主旨以及他顺便想到的一切。他首先赞扬了阿里斯托芬，他惩恶扬善，讥讽大人物，关心小人物，一直保护雅典和其他岛屿的人，他没有在得奖之后去体育学校和漂亮男孩调情，他是个乐天派，并且使一切应该快乐的人快乐。因此，在宴席或者酒席上，都会有人说"把这甜糕递给秃头，把这甜饼递给秃头"[4]。

歌队呼唤缪斯忘记战争，参加歌舞。称赞阿里斯托芬写的歌曲是甜美的美惠女神唱的，而摩尔西摩斯和米兰提奥斯都没有得到歌队，并指责米兰提奥斯和他的兄弟不过是戈耳工、饕餮、旋风怪、老妇的奸夫和贪吃鱼者，让

---

[1] 转注：指克里昂。张竹明译：《古希腊悲喜剧全集》第6卷，南京：译林出版社，2007年，第540页。
[2] 转注：过去薄荷常用在药剂中，用来消除水果吃得过多后引起的不适。张竹明译：《古希腊悲喜剧全集》第6卷，南京：译林出版社，2007年，第546页。
[3] 转注：希腊神话中诸神的侍酒俊童。张竹明译：《古希腊悲喜剧全集》第6卷，南京：译林出版社，2007年，第547页。
[4] 转注：普鲁塔克说，阿里斯托芬"在取笑自己的秃顶"。张竹明译：《古希腊悲喜剧全集》第6卷，南京：译林出版社，2007年，第550页。

大家唾弃他们，来参加欢乐的舞蹈。

（6）第三场（819-1038）特回到地面，安顿两位侍女

特律盖奥斯回到了地面，奴甲看见了他，问他得到了什么，他说是两条腿的酸痛。又问他遇见了谁，他说遇见了赞美酒神的合唱诗人的灵魂，说他们在寻找灵感。奴甲又问人死后变成天上的星星这是真的吗？特律盖奥斯告诉他是真的，而且说流星是晚宴后回家的富裕星星，因为他们提着点着火的灯笼。他嘱咐奴甲把"收获"领进屋里去，为他铺好婚床，他要送"庆典"去议事院。奴甲问她吃什么，特律盖奥斯说她不吃我们用小麦和大麦做的馒头，她舔仙果。甲半歌队称赞特律盖奥斯的计划一切顺利，大家都会羡慕他，他会得到非常多的快乐。特律盖奥斯说这是因为他拯救了希腊，让大家能够安全活动、安心睡觉。奴甲报告说"收获"已经沐浴更衣好了，看起来很美丽。糕点也已经做好了，芝麻粉也拌好蜜了，一切都准备好了，只差特律盖奥斯。特律盖奥斯问有谁值得他信任，能够把"庆典"安全地送到议事院，阿里弗拉德斯示意，特律盖奥斯①不放心，他觉得他会像啃肉骨头那样对待她。最后他自己送。

特律盖奥斯对议事院的长官说"庆典"将会给他们带来许多供品，有烤肉架子上烤的肉。他还叫他们应该把这一天当作接待日来对待，举行真正的庆典，举行体育比赛。乙半歌队再次夸奖特律盖奥斯，他回答说收获葡萄时才能真正体会他的功劳。乙半歌队说现在已经体会，他回答说当他们痛饮葡萄酒的时候会更相信这一点。歌队长说特律盖奥斯是除了神灵之外他们最尊敬的英雄。特律盖奥斯欣然接受，他也认为是他自己让大家得到了福祉、摆脱了苦难。

奴甲问下一步该做什么，特律盖奥斯说用瓦钵②祭祀女神，奴甲有点质疑。他又说用公牛，奴甲也否定。他又说用大肥猪，奴甲再次否定。他问奴甲到底用什么，奴甲说用一头羊，这样他们也会变得温和一些，对盟友会客气一些。甲半歌队唱好运连连、心想事成。特律盖奥斯认为他们是对的。甲半歌队接着让他们赶快祭祀，因为战争已经短暂平息，命运正在向好的方向变化。特律盖奥斯说篮子已经准备好，里面有大麦、花环和短剑③。圣火也已经准备

---

① 转注：一个猥琐好色之徒。张竹明译：《古希腊悲喜剧全集》第6卷，南京：译林出版社，2007年，第559页。

② 转注：他现在要做的事情是开始礼拜获救后的和平女神，而且他的第一个建议是用盛满蔬菜和煮豆子之类食品的小瓦钵献给女神。（参见《财神》第1198行）张竹明译：《古希腊悲喜剧全集》第6卷，南京：译林出版社，2007年，第562页。

③ 转注：篮子里装着用来装饰牺牲的小花冠，麦粒用来撒在牺牲头上，在这些东西下面放着献祭用的

好，只需要一头羊。甲半歌队催促他们动作快点。特律盖奥斯指挥奴甲进行祭祀，拿着篮子和净水从左向右绕祭坛快步走，把火炬往水里蘸一下，把大麦给自己，洗手后把谷子撒向观众。奴甲很快就撒完了，以至于特律盖奥斯有点惊讶。然后特律盖奥斯让大家开始祈祷，让奴甲给虔诚的人洒水①。特律盖奥斯开始念祈祷词，请和平女神接受他们的供品。奴甲也参与进来。特律盖奥斯继续请求和平女神展示她全部的美貌，请求她让他们的关系变得融洽，请求她让他们的市场有大蒜、鲜嫩的早黄瓜、柿子、苹果、鸽子、野鸭、鹅、鸫鸟以及遮盖在甜菜叶下的鳗鱼。奴甲想要宰了绵羊。特律盖奥斯阻止，因为和平女神不喜欢血腥的场面，他让奴甲拿到里面去宰，然后把羊腿拿出来，绵羊就留给歌队长。乙半歌队建议堆柴堆，特律盖奥斯说自己堆柴像占卜师一样。乙半歌队赞成，继续夸赞特律盖奥斯。特律盖奥斯觉得火冒烟太呛人了，他自己跑去搬桌子。乙半歌队继续赞美他，认为他的名字将被永远记住。

（7）第四场（1039-1126）祭祀和平女神时被打扰

奴甲汇报说他的工作已经完成，并把羊腿拿了出来，他要进屋去取占卜的内脏。特律盖奥斯嫌他太慢，要自己去取，并且他注意到一个带着花冠的人朝他们走来。奴甲猜测会是预言家，特律盖奥斯否定了，他说他是希埃罗克勒斯——预言解释者②。特律盖奥斯认为他是来阻止他们签订和约，奴甲认为他是被烤羊肉的香味吸引过来的，特律盖奥斯想要假装没有看见他。希埃罗克勒斯搭讪，特律盖奥斯不理他，继续跟奴甲说话，让他不要吃肚肉。希埃罗克勒斯继续说尾巴不错，特律盖奥斯回复说的确不错。希埃罗克勒斯想要尝一块，特律盖奥斯说等熟了再说，希埃罗克勒斯说已经熟了，特律盖奥斯说不关他的事。特律盖奥斯继续跟奴甲说，让他割肉，让他拿酒。希埃罗克勒斯说舌头要单独割下来。特律盖奥斯请求他不要打扰他们，希埃罗克勒斯生气了，破口大骂，特律盖奥斯说他在胡说八道，这时他的手被羊肉烫了一下。在跟希埃罗克勒斯争论的同时，特律盖奥斯还在指导奴甲工作，告诉他这块肉还要放点盐。希埃罗克勒斯说他们永远无法签订和约，特律盖奥斯特别生气，也诅咒了他。希埃罗克勒斯问是谁教他们烤祭牲的腿肉，特律盖

匕首。张竹明译：《古希腊悲喜剧全集》第6卷，南京：译林出版社，2007：565页。

① 转注：指歌队。家奴逼迫歌队作为会众参加仪式，并且给他们洒了很多水。从第972行起看，他们似乎为了躲避洒到水，已挤成了一团。张竹明译：《古希腊悲喜剧全集》第6卷，南京：译林出版社，2007年，第567页。

② 转注：先知是预言未来的。预言解释者是保存和解释别人预言的。他们中许多人拥有或假装拥有古代先知们的预言，他们经常根据需要拿出这些预言显示给人。修昔底德《伯罗奔尼撒战争史》ii，8指出，在伯罗奔尼撒战争爆发之时，神谕和预言解释者的活动神行。张竹明译：《古希腊悲喜剧全集》第6卷，译林出版社，2007年，第573页。

奥斯回答说是荷马——"他们焚献了祭牲的腿肉，自己吃肚肉和内脏，然后倒酒浇奠"①。希埃罗克勒斯说他不知道这些话，并提醒特律盖奥斯不要让鹞鹰攫走他的祭品。特律盖奥斯让奴甲小心内脏，再倒酒，再递给他一份内脏。希埃罗克勒斯想要自己动手，要一杯酒，一份内脏。特律盖奥斯拒绝。希埃罗克勒斯想去拿舌头，又被特律盖奥斯警告。特律盖奥斯在奠酒后扔给他一些下脚料，并说绝对不可能给他内脏。希埃罗克勒斯再三恳求，依旧没用。特律盖奥斯邀请观众共享酒肉。希埃罗克勒斯最后想抢，被奴甲打了，落荒而逃。

（8）第二插曲（1127-1190）和平生活的幸福

歌队开始唱和平时期的幸福生活，有奶酪，有洋葱，没有战争，歌队长和朋友一起喝着美酒，围着炉火，炉子上烤着豌豆和栗子，妻子不在，和侍女亲嘴。歌队长接着唱，种下种子后刚好下雨，邻居过来窜门，说："天正在下雨，我想，喝酒是个好主意。喂，我的爱妻，拿三升豆子出来，和好麦粉，再取出你的无花果……叫人从屋里把鹌鹑取出来，再取出二只乌鸡，屋里还有母牛的初乳和四块野兔肉……把他叫来和我们一起喝酒。"②歌队又接着唱，他爱观察利母诺斯的葡萄，因为这种葡萄熟得最早，还爱看多汁的无花果，因为看起来很好吃，喝着果酒，在夏天长胖。歌队长接着唱，描述战争的残酷，与和平时期完全相反的景象，一个不知道自己在出征名单上的人还没有准备粮食，知道后变得很愁苦。

（9）第五场（1191-1264）羞辱卖武器的人

特律盖奥斯携奴仆上场，他让奴仆用羽饰擦桌子，因为它已经没用了，然后再端上鹌鹑和松鸡，馅儿饼和兔子肉。镰刀匠上场，问特律盖奥斯在哪，特律盖奥斯回答在这里烤松鸡，镰刀匠特别开心，要送他酒桶和镰刀，最后还有结婚的礼金。特律盖奥斯欣然接受，让他进去参加婚礼。

镰刀匠下场后，羽饰匠上场。他抱怨特律盖奥斯彻底把他给毁了，因为他没生意可做了。特律盖奥斯愿意给他三升无花果，买羽饰来擦桌子，羽饰匠答应了，让他去取无花果干，但特律盖奥斯突然反悔，不想拿无花果干换废品，因为他说这个羽饰都快掉光了，其实是他自己在把玩的过程中弄坏的。

羽饰匠下场，胸铠商上场。特律盖奥斯要买胸铠做马桶，胸铠商认为他在羞辱他。但最后特律盖奥斯又反悔，还是没买。

胸铠商下场，号兵上场。号兵问特律盖奥斯他买的军号还有什么用，特

---

① 转注：模仿荷马风格，把各色各样的词和句凑在一起，临时创作出这几行诗。张竹明译：《古希腊悲喜剧全集》第6卷，译林出版社，2007年，第578页。

② 张竹明译：《古希腊悲喜剧全集》第6卷，译林出版社，2007年，第583-584页。

律盖奥斯告诉他可以做一个滴水的嗡嗡①。号兵认为他在嘲笑他，特律盖奥斯又让他改为农场称无花果的天平。

号兵下场，头盔商上场。头盔商也在抱怨特律盖奥斯毁了他，他的头盔卖不出去了。特律盖奥斯建议他拿到埃及去做成计量泻药的容器②，或者装上一副耳朵③。头盔商让磨矛匠④跟他一起走。特律盖奥斯拦下了，说他想要买长矛，把他们折成两半，用来搭葡萄架。磨矛匠感受到了侮辱，他俩一块下场了。

（10）第六场（1265-1304）两个男童唱颂歌

两个男童上场，开始表演诵歌。童甲唱了武装青年的歌，被特律盖奥斯打断三次。于是童甲问他喜欢听什么，特律盖奥斯说喜欢"他们参加宴会，吃着牛肉"或者"人们给他送上午餐和美食"。童甲又开始唱，最后又回到参加战争，特律盖奥斯再次打断，让他离开，并且得知他是拉马科斯的儿子。特律盖奥斯想要克勒奥倪摩斯的儿子唱。

童甲离开，童乙开始表演。童乙唱了弃盾之歌，但特律盖奥斯没有反对。

（11）退场（1305-1357）婚礼现场

特律盖奥斯邀请歌队尽情吃喝，把桌上的东西都吃光。歌队长说他们不会客气。特律盖奥斯让他们吃兔子肉和馅儿饼。歌队献上他们要说吉祥话，请出新娘，载歌载舞，把农具带回农庄。祈祷众神让他们的仓库里堆满大麦，酒缸里装满葡萄美酒，有充足的无花果，妻子生了健壮的孩子，战争永远离开。

特律盖奥斯去迎接新娘队列，歌队献上祝福。甲半歌队问他有了"收获"会干什么，乙半歌队回答要从她那里摘取成熟的果实。甲半歌队抬起新郎，乙半歌队祝福他们幸福生活，在和平中收获无花果。甲半歌队说他的无花果树粗壮，乙半歌队说她的无花果甜蜜。特律盖奥斯让他们一边唱一边吃喝。最后特律盖奥斯邀请观众一起来吃婚礼的糕点。

2. 对食物的统计

上一部分的梳理因为考虑到情节的流畅性和完整性，食物的分布和使用情况还不够直观和简洁，而且还有可能有所遗漏，为了能够更直观、简洁以

---

① 转注：这是一种游戏，把几滴酒注入一个小的天平里，让它落到放置在下面的小雕像上。这里的号是一个高直的乐器，一端为钟形，并用铅加重，以便稳定不倒，另一端是一根轻的小杆子，横放着一个天平。张竹明译：《古希腊悲喜剧全集》第6卷，译林出版社，2007年，第590页。
② 转注：根据希罗多德《历史》ii, 77，在埃及的有些地区，所有居民每月要连续三天服用一种泻药。张竹明译：《古希腊悲喜剧全集》第6卷，译林出版社，2007年，第591页。
③ 转注：装上两只耳形把手头盔作杯子用。此处特律盖奥斯指自己的耳朵。张竹明译：《古希腊悲喜剧全集》第6卷，译林出版社，2007年，第591页。
④ 磨矛匠是什么时候上场的这一信息并没有在文本中透露出来，笔者怀疑此处有所遗漏的文本。

及准确地看出食物的分布和使用情况,在表 1 中,笔者记录了《和平女神》中所有的食物。

该表格的凡例如下:

【有无注释】:参考 S. Douglas Olson 的注解,如果在他的书里有详细注解,则标注为有,反之则无,但在相关语句中提到就标注为涉及。

【类属】:为了统计"次数"而做出来的,有些食物其实就是同一种东西或很接近的东西,但名字或者说叫法不一样,如此,就只选择其中一个名称作为"类属",若食物只有一种,则该食物的"类属"就是在该剧中实际所指的食物名称。

【次数】:这类食物在整本书中出现了多少次,但在"类属"中字体加粗的食物所对应的"次数"也是该食物出现的总数。

【人物】:食物所对应的说话者。

【作用】:该食物出现的简单场景或者原因介绍。

表 1 《和平女神》中食物相关信息

章节	序号	食物名称	行	有无注释	类属	次数	人物	作用
1.开场	1.01	螳螂吃的饼	1	有	粪	1	奴甲	描述奴甲正在喂螳螂吃
	1.02	驴粪	4	有	粪	2	同上	同上
	1.03	驴粪丸	12	无	粪	3	同上	同上
	1.04	饼	14	有	饼	1	奴乙	描述自己不会被说偷吃
	1.05	粪便	17	无	粪	4	同上	描述自己受不了的情绪
	1.06	油油的圆蛋糕	28	有	粪	5	同上	描述螳螂吃屎的要求
	1.07	粪团	34	无	粪	6	同上	描述螳螂吃屎的动作
	1.08	好大的面包	120	有	面包	1	特[①]	描述特给女儿的承诺
	1.09	粮食	121	无	粮食	1	特	描述飞走的原因
	1.10	拳头那么大的果酱	123	有	果酱	1	同上	描述特给女儿的承诺

---

① 即特律盖奥斯,为了方便统计,简称为"特"。

续表

章节	序号	食物名称	行	有无注释	类属	次数	人物	作用
1.开场	1.11	粮食	137	有	粮食	2	同上	描述选择甲虫的原因
	1.12	它吃的粮食	139	有	粪	7	同上	同上
	1.13	那东西	153	无	粪	8	同上	描述不让解手的原因
	1.14	粪便	162	无	粪	9	同上	安慰甲虫
	1.15	食粮	163	无	粪	10	同上	同上
	1.16	屎	165	无	粪	11	同上	表达生气的情绪
	1.17	芬芳的百里香	168	有	百里香	1	同上	描述盖住屎味的方法
	1.18	香油	169	有	香油	1	同上	同上
2.第一场	2.01	葡萄	190	有	葡萄	1	同上	描述自己的身份
	2.02	这块肉	192	有	猪肉	1	同上	用来讨好赫尔墨斯
3.第二场	3.01	普拉西亚	241	有	韭菜	1	战神	借用谐音意在捣碎城邦
	3.02	麦加拉	246	有	大蒜	1	同上	同上
	3.03	色拉	247	有	色拉	1	同上	描述捣碎城邦做什么
	3.04	麦加拉	249	无	大蒜	2	特	表达沉痛的心情
	3.05	西西里	250	有	奶酪	1	战神	借用谐音意在捣碎城邦
	3.06	阿提克的蜂蜜	252	有	蜂蜜	1	同上	同上
	3.07	别的蜂蜜	253	无	蜂蜜	2	特	插科打诨
	3.08	阿提克的蜜	254	无	蜂蜜	3	特	插科打诨
	3.09	大蒜	258	有	大蒜	3	暴乱神	插科打诨
	3.10	苦味的色拉酱	273	涉及	色拉	2	特	隐含痛苦着急的心情
	3.11	幸福美酒	300	有	葡萄酒	1	特	鼓励救和平女神的人

续表

章节	序号	食物名称	行	有无注释	类属	次数	人物	作用
4.进场	4.01	干粮	312	涉及	干粮	1	歌队长	表达开心的心情
	4.02	面包	368	有	面包	2	特	反驳赫尔墨斯
	4.03	奶酪	368	有	奶酪	2	同上	同上
	4.04	猪	386	无	祭肉	1	同上	插科打诨
	4.05	美味香肉	379	涉及	祭肉	2	同上	求赫尔墨斯不要告密
	4.06	猪肉	386	涉及	祭肉	3	乙半歌队	同上
	4.07	乳猪肉	387	无	祭肉	4	同上	同上
	4.08	香肉	388	无	祭肉	5	同上	同上
	4.09	牺牲	398	有	祭肉	6	同上	承诺给赫尔墨斯的祭品
	4.10	圆饼	415	无	饼	2	赫①	抱怨蛮族神
	4.11	酒	431/3/4	无	祭酒	1/2/3	特/赫/特	和赫尔墨斯达成一致
	4.12	生大麦	449	有	生大麦	1	特	惩罚从战争中牟利的人
	4.13	大蒜	502	有	大蒜	4	赫	表达女神对墨伽拉人的厌恶
	4.14	葡萄	520	涉及	葡萄	2	特	对女神的称呼
	4.15	洋葱的臭气味	529	有	臭气味	1	同上	描述臭男人的臭气味
	4.16	夜莺	531	有	夜莺	1	同上	描述女神美好的气味
	4.17	咸鱼腊肉	562	有	咸鱼腊肉	1	同上	描述女神得救后的欢乐
	4.18	节日的大圆饼	565	有	节日的大圆饼	1	赫	同上
	4.19	果脯	574	有	果脯	1	赫	描述和平时期的生活

① 即赫尔墨斯，为方便统计，简称为"赫"。

续表

章节	序号	食物名称	行	有无注释	类属	次数	人物	作用
	4.20	无花果	575	无	无花果	1	同上	同上
	4.21	葡萄美酒	576	有	葡萄酒	2	同上	同上
	4.22	橄榄	579	有	橄榄	1	同上	同上
	4.23	烤大麦	595	有	烤大麦	1	甲半歌队	同上
	4.24	水果	598	无	水果	1	同上	同上
	4.25	无花果	627	无	无花果	2	赫	描述战争时期的残酷
	4.26	果实	711	无	果实	1	特	娶了"收获"之后
	4.27	薄荷	712	有	薄荷	1	赫	插科打诨
	4.28	鲜美的汤	717	涉及	汤	1	特	拥有"庆典"之后
	4.29	煮熟的肚子	717	有	肚子	1	同上	同上
	4.30	鲜嫩的肉	717	有	肉	1	同上	同上
	4.31	仙果	724	有	仙果	1	赫	甲虫在天上吃的东西
5.第一插曲	5.01	甜糕	771	有	甜糕	1	歌队长	拉票
	5.02	甜饼	772	无	甜糕	2	歌队长	拉票
	5.03	饕餮	810	有	饕餮	2	歌队	贬低对手
	5.04	贪吃鱼者	813	有	鱼	3	歌队	贬低对手
6.第三场	6.01	用小麦和大麦做的馒头	853	有	馒头	1	特	描述女神不会吃的食物
	6.02	仙果	854	有	仙果	2	同上	同上
	6.03	糕点	869	有	糕点	1	奴甲	描述婚礼的准备情况
	6.04	芝麻粉	869	有	芝麻粉	1	同上	同上
	6.05	蜜			蜂蜜	4	同上	同上
	6.06	肉骨头	856	无	肉骨头	1	同上	表达对别人的不放心

续表

章节	序号	食物名称	行	有无注释	类属	次数	人物	作用
6.第三场	6.07	供品	891	涉及	祭肉	7	同上	描述"庆典"带来的好处
	6.08	肉	894	无	肉	2	同上	描议事厅在战前干的事
	6.09	葡萄	912	无	葡萄	3	同上	描述自己的功德
	6.10	葡萄酒	916	有	葡萄酒	3	同上	同上
	6.11	公牛	925/926	无	祭肉	8/9	特/奴甲	讨论怎么献祭和平女神
	6.12	大肥猪	927/928	无	祭肉	10/11	同上	同上
	6.13	羊	928/929/935/937/949	有	祭肉	12/13/14/15/16	奴甲/特/奴甲/特/特	同上
	6.14	大麦	948/960	有	大麦	1/2	特/特	向女神献祭的过程
	6.15	谷子	962/965	有	谷子	1/2	特/奴甲	同上
	6.16	供品	977	无	供品	1	特	同上
	6.17	大蒜	1001	有	大蒜	5	同上	向女神的祈愿
	6.18	早黄瓜	1001	有	黄瓜	1	同上	同上
	6.19	柿子	1002	有	柿子	1	同上	同上
	6.20	苹果	1002	有	苹果	1	同上	同上
	6.21	鸽子	1004	有	鸽子	1	同上	同上
	6.22	野鸭	1004	有	野鸭	1	同上	同上
	6.23	鹅	1004	有	鹅	1	同上	同上
	6.24	鸧鸟	1004	有	鸧鸟	1	同上	同上
	6.25	鳗鱼	1005/1008/1011	有	鳗鱼	1	同上	同上
	6.26	在甜菜叶下	1014	有	甜菜叶	1	同上	同上
	6.27	绵羊	1018/1022	无	绵羊	1	同上	同上
	6.28	羊腿	1021	涉及	羊腿	1	同上	同上

续表

章节	序号	食物名称	行	有无注释	类属	次数	人物	作用
7.第四场	7.01	羊腿	1039	无	羊腿	2	奴甲	描述烤羊肉的进程
	7.02	内脏	1040	有	内脏	1	同上	同上
	7.03	烤羊肉的香味	1050	有	烤羊肉的香味	1	同上	猜测预言家的来意
	7.04	肚肉	1052	无	肚肉	1	特	警告奴甲不许偷吃
	7.05	尾巴	1054	有	尾巴	1	希①	向特搭讪
	7.06	酒	1059	无	酒	1	特	继续向女神献祭
	7.07	舌头	1060/1108	有	舌头	1/2	希/希	提示舌头要单独割下
	7.08	羊肉	1069	无	羊肉	1	特	咒骂希
	7.09	这块肉	1074	有	羊肉	2	同上	指使奴甲撒盐
	7.10	盐	1074	无	盐	1	同上	同上
	7.11	牺牲的腿肉	1087/1092	无	牺牲的腿肉	1	希/特	希和特讨论献祭礼仪从何而来
	7.12	肚肉	1092	无	肚肉	2	特	特回答来自于荷马
	7.13	内脏	1092/1102/1104/1107/1109/1110/1115	无	内脏	2/3/4/5/6/7	特/特/特/希/希/特	希和特争内脏
	7.14	酒	1093/1102/1104/1107/1109/1110/1115	无	酒	2/3/4/5/6/7/8/9	特/特/特/特/特/希/特	向和平女神奠酒
	7.15	祭品	1100	无	羊肉	3	希	提醒特小心羊肉被叼走
	7.16	酒肉	1115	无	羊肉	4	特	邀请观众共享酒肉

---

① 希埃罗克勒斯，一个预言家，为了方便统计，简称"希"。

续表

章节	序号	食物名称	行	有无注释	类属	次数	人物	作用
8.第二插曲	8.01	奶酪	1129	无	奶酪	3	歌队	唱和平时期的快乐生活
	8.02	洋葱	1129	无	洋葱	1	同上	同上
	8.03	美酒	1132	涉及	葡萄酒	4	同上	同上
	8.04	豌豆	1137	有	豌豆	1	同上	同上
	8.05	果子	1137	有	果子	1	同上	同上
	8.06	酒	1143/1156/1157	涉及	酒	10/11/12	歌队长	同上
	8.07	豆子	1144	有	豆子	1	同上	同上
	8.08	好麦粉	1145	有	好麦粉	1	同上	同上
	8.09	无花果	1145	有	无花果	3	同上	同上
	8.10	鹌鹑	1149	有	鹌鹑	1	同上	同上
	8.11	二只乌鸡	1149	有	乌鸡	1	同上	同上
	8.12	母牛的初乳	1150	有	母牛的初乳	1	同上	同上
	8.13	四块野兔肉肉	1150	有	兔子肉	1	同上	同上
	8.14	利母诺斯的葡萄	1162/1165	有	葡萄	4/5	歌队	同上
	8.15	多汁的无花果	1166	有	无花果	4	同上	同上
	8.16	可口的果酒	1169	无	果酒	1	同上	同上
	8.17	粮食	1182	无	粮食	3	歌队长	讲述参战者的窘境
9.第五场	9.01	鹌鹑	1195	有	鹌鹑	2	特	描述婚礼宴席
	9.02	松鸡	1195	有	松鸡	1	同上	同上
	9.03	馅儿饼	1196	有	馅儿饼	1	同上	同上
	9.04	兔子肉	1196	有	兔子肉	2	同上	同上
	9.05	松鸡	1197	无	松鸡	2	同上	回答镰刀匠的问题
	9.06	无花果	1217/1249	有	无花果干	1/2	特/特	给羽饰匠的交换物
	9.07	无花果干	1219/1223	无	无花果干	3/4	羽饰匠/特	同上

续表

章节	序号	食物名称	行	有无注释	类属	次数	人物	作用
10.第六场	10.01	牛肉	1282/1284	无	牛肉	1	特/童甲	建议诵诗的题材
	10.02	午餐	1283	无	午餐	1	特	同上
	10.03	美食	1283	无	美食	1	同上	同上
11.退场	11.01	从餐桌上的东西	1305	有	午餐	2	同上	让大家放开吃
	11.02	兔子肉	1314	有	兔子肉	3	同上	同上
	11.03	馅儿饼	1314	有	馅儿饼	2	同上	同上
	11.04	酒	1318	无	酒	11	歌队	唱热闹的婚礼场面
	11.05	大麦	1322	无	大麦	3	同上	对以后生活的期望
	11.06	葡萄美酒	1323	无	葡萄酒	5	同上	同上
	11.07	无花果	1324/1345/1350	无	无花果	5	同上/乙半歌队/乙半歌队	同上
	11.08	成熟的果实	1342/1343	涉及	成熟的果实	1	乙半歌队	同上
	11.09	婚礼的糕点	1357	有	糕点	2	特	让观众来吃婚礼的糕点

3. 对食物的解释

之前两部分所做的工作是最基础的，在弄清楚食物的分布和使用情况之后，我们还需要进一步了解食物在当时是什么样子的，为什么是这个样子，怎么做成这个样子的，同时，我们需要回到古希腊原文的版本，以求减少甚至消除翻译过程中可能出现的误差。于是，这部分笔者会借助 S. Douglas Olson 对《和平女神》的详注本，仔细地记录和整合 S. Douglas Olson 对食物的注释[①]，以求更加全面、准确地了解食物。为了便于对照和区别，延用表 2-1 中食物的序号。

---

① 一些食物的解释是直接翻译的，一些是笔者看完之后综合整理的，一些是笔者自己的理解，翻译和综合整理的内容都有标明出处。

1.01 螳螂吃的饼（μᾶζαν，μάσσω）："一种捏制的蛋糕"。区别于"ἄρτος"（120 行，1144 行）——烤的面包，这种烤的面包是用小麦做成的，也因此而有所不同。"μᾶζα"是用大麦做成的，大麦要经过烤制才能去除外壳。烤制过程极大地破坏了这种谷物的谷蛋白，因此它不能用来做常规的烤面包。它先会被弄成燕麦颗粒"ἄλφιτα"（368 行），然后再加入牛奶、红酒、油，或者之类的东西，做成一个厚厚的糊状物，就可以吃了。①

1.02 驴粪（ὀνίδων）：不同物种的粪是不同的，并且不同的粪也用于不同的目的，Thphr.认为，马、骡子和驴的粪是最温和的，最无味的。②

1.03 驴粪丸：无。

1.04 饼（μάττοντ（α）③ ἐσθίειν）：家奴服侍主人吃饭是很常规的事，但是他们自己通常得到的是少量不好的食物，因此一些家奴可能会偷吃主人的食物、在集市中行骗、或者抢小孩儿的食物。主人知道后会严厉地惩罚他们，还会加大监管，让他们带上木枷锁，以此防止他们偷吃食物。④

1.05 粪便：无。

1.06 油油的圆蛋糕（γογγύλην μεμαγμένην）："被做成的圆形物"，真的螳螂也是这样把自己的食物捣鼓成圆形再吃。⑤

1.07 粪团：无。

1.08 好大的面包（ἄρτον）："烤的面包"，这样的面包足够便宜，一个大概 5 欧宝（obol），但是它很大，赫拉克勒斯只能吃 17 个。像 121 行说到的那样，这种面包通常可以在面包店、旅馆或者街边小摊买到，但一般不在家里做。⑥

1.09 粮食：无。

1.10 拳头那么大的果酱（ὄψον ἐπ'αὐτῇ）："一种配菜"，在主食之外的，通常是面包或者之类的东西，比较倾向于加一些趣味在上面，因此"ὀψονέω"就是去买鳗鱼之类的鱼的意思。笑点之一在于这一餐的每一样东西都是珍馐美味。⑦

1.11 粮食（σιτίων）："供应的粮食"，特别是指干粮，能够带在路途中吃的。参见 1182 行。⑧

---

① S. Douglas Olson 注释本，第 67-68 页。
② S. Douglas Olson 注释本，第 68 页。
③ 学界对此处是否有"α"还存在争议。
④ S. Douglas Olson 注释本，第 70 页。
⑤ S. Douglas Olson 注释本，第 72 页。
⑥ S. Douglas Olson 注释本，第 91 页。
⑦ S. Douglas Olson 注释本，第 92 页。
⑧ S. Douglas Olson 注释本，第 95 页。

1.12 它吃的粮食（τούτοισι τοῖς αὐτοῖσι）：就是指粪便之类的东西，能够从人吃的食物转化而来。①

1.13 那东西：无。

1.14 粪便：无。

1.15 食粮：无。

1.16 屎：无。

1.17 芬芳的百里香（ἕρπυλλην）：或许是百里花香，一种芳香的百里香，用于生产没药香料，也用于制作花环，通常在嫩枝儿的时候就被摘下来。②

1.18 香油（μύρον）："香油"，通常是橄榄油，扁桃油，以及芝麻油，首先要加入收敛剂来增强其维持香味的能力，然后被放在各种各样的芬芳混合剂中。③

2.01 葡萄（ἀμπελουργός）："修饰葡萄的人"，"ἀμπελοθργία"或许是修剪者，为了保持葡萄枝足够强壮多产，但是 Thphr. 把"ἀμπελοθργοί"当作种植新葡萄的人，这就使这个词有更广泛的意思。④

2.02 肉（τὰ κρέα...φέρων⑤）：献祭必不可少的一种方式就是向神供奉食物，好赢得他们的庇佑，特律盖奥斯在这里让这个仪式具体化了。他直接打开包或者在挂他肩上的篮子，递给了赫尔墨斯一块肉（或许就是 1039 行在舞台上出现的羊腿）。⑥

3.01 普拉西亚（Πρασιαί）：拉科尼亚东海岸的一个海港，名字与韭菜"πράσα"相似。⑦

3.02 麦加拉（Μέγαρα）：麦加拉的多里安城市，距柯林斯管辖的海域一里，与雅典结盟数年后叛变，在公元前 446 年加入了斯巴达联盟。在和平时期，麦加拉出口大蒜。当战神说到这几行的时候，抓了一大把大蒜扔进臼里。⑧

3.03 色拉（μυττωτός）：很辛辣的一种酱，主要原料是大蒜，但是也有奶酪、韭菜、蜂蜜、鸡蛋、橄榄油，或许还有醋，全部放在一个臼里用杵搅碎。这种酱用来作为鱼的调料特别好，但是有可能也是士兵平时用的很普通的酱。当战神叫出每一种原料所代表的城市时，他把它们举起来给观众看，然后再

---

① S. Douglas Olson 注释本，第 95 页。
② S. Douglas Olson 注释本，第 99 页。
③ S. Douglas Olson 注释本，第 99 页。
④ S. Douglas Olson 注释本，第 105-106 页。
⑤ 字体 Calibri "φ" 和字体 Times New Roman "φ" 是同一个古希腊文字母，因为字体不一样，所以字母的形态上有差别。
⑥ S. Douglas Olson 注释本，第 106 页。
⑦ S. Douglas Olson 注释本，第 118 页。
⑧ S. Douglas Olson 注释本，第 119 页。

扔入他的臼中。他的威胁概括了在希腊世界过去数十年的战争，并且准备一次全新的看似最后一次地震动，在这些区域的人都会遭受灾难。①

3.04 麦加拉：无。

3.05 西西里（Σικελία）：西西里被多里安和爱奥里亚之间的战火撕扯，分别由锡拉库扎（Syracuse）和里昂提尼（Leontini）率领，至少从公元前 427 年进行到公元前 424 年，事实是在这场争斗中雅典参与了许多，因此特律盖奥斯的观众对此是熟悉的。西西里也以奶酪闻名，当战神说到这几行的时候，他抓了一大块奶酪，扔进已经装有大蒜赫韭菜的臼里。②

3.06 阿提克的蜂蜜（τὸ μέλι...τ(ὸ Ἀ)ττικόν）：阿提卡蜂蜜，特别是加了海默托斯山（Mt. Hymettos）地区的野外百里香而生产出来的，被认为是世界上最好的蜂蜜。③

3.07 别的蜂蜜：无。

3.08 阿提克的蜜：无。

3.09 大蒜（τῶν σκορόδων）："一些大蒜瓣"，暴乱神的意思是战争给他的眼睛带来了痛苦，但是大蒜一般也是和凶残有关系的，因为会给斗鸡喂大蒜来增加它们的战斗力。④

3.10 苦味的色拉酱：无注释，但 242-59 行有提到这种色拉。

3.11 幸福美酒（ἀγαθοῦ δαίμονος）："好酒（祭奠用语）"，主菜所在的桌子被移走之后，宴饮开始之前（769-70 行），希腊赴宴的客人会得到一种混合的葡萄酒（自然是伴随着祭奠），名字来自于"ἀγαθὸς δαίμων"——发明这种酒的人。当兑水的红酒不醉人时（997-8 行），这很容易被当成稀罕东西的征兆。⑤

4.01 干粮（ἔχοντας...τριῶν）：从军的士兵要求从他们的日薪中拿出东西来供养自己（368 行），这应该是根据标准命令来的。一旦从家带的干粮没有了，他们就要从商人手中购买，或者去抢战利品。⑥

4.02 面包（ἄλφιτ(α)）："碾去壳的燕麦"，也就是粗糙磨碎的颗粒，此时通常是大麦（449 行），不是小麦，用来做"μᾶζα"（1 行）、"κυκεών"（712 行），或者之类的东西。参考 475-7 行和 636 行。⑦

---

① S. Douglas Olson 注释本，第 117-118 页。
② S. Douglas Olson 注释本，第 120 页。
③ S. Douglas Olson 注释本，第 120 页。
④ S. Douglas Olson 注释本，第 122 页。
⑤ S. Douglas Olson 注释本，第 131-132 页。
⑥ S. Douglas Olson 注释本，第 134 页。
⑦ S. Douglas Olson 注释本，第 147 页。

4.03 奶酪（τυρόν）：咸的，干的奶酪，像《马蜂》里的西西里奶酪，用绵羊或者山羊的奶做成。不同于"χλωρὸς τυρός"——"新鲜的（绿色的）奶酪"，此时的奶酪正在滤水。大麦做的燕麦和干奶酪（像大蒜、橄榄和盐一样）能抗热，并且是粗加工，对于雅典士兵来说，也是很常见的为自己买的口粮，因此愈发珍贵。这个笑点在于特律盖奥斯把赫尔墨斯紧迫的威胁当作他已经报名参军了。[1]

4.04 猪：无。

4.05 美味香肉（προθύμως）：想要尽可能美化特律盖奥斯之前送的礼，尽管不必要去说明他去天上的唯一目的就是给赫尔墨斯送食物，这是一个明显又没必要的说谎。[2]

4.06 猪肉（χοιρίδιον）：在古典时期的阿提卡地区是否给赫尔墨斯献祭猪肉还不是很确定，但是铭文证据表明这样的供品不仅仅是献给得墨忒耳（Demeter）和科莱的（Kore）（374-5 行），还有喜多其他的神，包括雅典娜埃洛提丝（Athena Ellotis）、命运三女神（the Fates）、宙斯埃珀佩特斯（Zeus Epopetes）、以及阿耳忒弥丝（Artemis）和当地的英雄。[3]

4.07 乳猪肉：无。

4.08 香肉：无。

4.09 牺牲（θυσίαισιν）：或许应是"祭献仪式"（参考 1052 行）而不是"牺牲"，这样可以更多地与"προσόδοι（游行队伍）"相呼应。[4]

4.10 圆饼：无。

4.11 酒：无。

4.12 生大麦（κριθὰς μόνας）："没有碾碎的大麦"（368 行），也就是说，没有加菜，甚至没有做"μᾶζα"的原材料。在希腊，大麦是在新石器时期被培育出来的，并且在古典时期是一种基本的谷物，尽管它被认为没有小麦好。[5]

4.13 大蒜（τοῖς σκορόδοις）："用你的大蒜"（246-7 行），也就是说，不是用香水或者之类的东西（39-40 行）。斗鸡或许要在打斗之前给鸡涂上大蒜（或者大蒜油），与之相关的是，士兵也经常吃大蒜。[6]

4.14 葡萄（βοτρυόδωρε）："葡萄的赐予者"，也就是红酒的赐予者，这也是特律盖奥斯对和平女神最感兴趣的方面，因为他是葡萄的修饰者（参见 308

---

[1] S. Douglas Olson 注释本，第 147 页。
[2] S. Douglas Olson 注释本，第 150 页。
[3] S. Douglas Olson 注释本，第 152 页。
[4] S. Douglas Olson 注释本，第 154 页。
[5] S. Douglas Olson 注释本，第 168 页。
[6] S. Douglas Olson 注释本，第 502 页。

行"φιλαμπελωτάτην")。①

4.15 洋葱的臭气味（κρομμυοξυρεγμίας）："κρόμμυον'洋葱'+ὀξυρεγμία'酸嗳气，来自于消化不良'"，也就是说，"发出酸嗳气的人，也是有一个士兵的胃的人"。②

4.16 夜莺（κιχλῶν）："鸫属，在雅典被活捕并出售"，是一道美味。③

4.17 咸鱼腊肉（ταρίκιον）："τάρικος"的小称，"咸鱼"，通常是金枪鱼或者鲭鱼，产生于地中海地区，但集中在黑海、达达尼尔海峡和西班牙。是雅典市场一个普通的东西。人尽皆知地，很便宜，因此也用来给奴隶吃，或者普通劳动力，但是好的那一部分鱼就是一道珍馐。④

4.18 节日的大圆饼（πανδαισία）：在宴会里会有所有的好东西。这个比喻的意思或许是这些食物被放在一起，堆成圆形的，或者食物非常多，多到令人震惊。⑤

4.19 果脯（παλασίων）："παλάθη"的昵称缩小叫法，一种结实的蛋糕，掺和了干果，经常是无花果。⑥

4.20 无花果：无。

4.21 葡萄美酒（γλεῦκος）：未发酵的葡萄汁或者葡萄浆，已经是甜的，但有时需要更甜，会煮沸形成"σίραιον"。

4.22 橄榄（ἐλαῶν）："橄榄树"，是阿提卡农村经济的基础，在伯罗奔尼撒入侵之间被毁坏了许多，幸好它们的重生能力使得只有少部分被彻底毁坏。⑦

4.23 烤大麦（χῖδρα）：一种煮沸了的麦片粥，很典型的农村食物，至于和"σωτηρῖα"的组合，参考525-6行。⑧

4.24 水果：无。

4.25 无花果（ἰσχάδας）："无花果干"（558-9行），一种基本的食物，也是糖的重要来源，被当作阿提卡地区出名的产品。⑨

4.26 果实：无。

4.27 薄荷（βληκωνίαν）："βλήχων/φλήχων"是薄荷油，一种薄荷（或许是唇萼薄荷(Mentha pulegium)）做成的，"κυκεῶν"加了这种薄荷油能有效

---

① S. Douglas Olson 注释本，第183页。
② S. Douglas Olson 注释本，第185页。
③ S. Douglas Olson 注释本，第186页。
④ S. Douglas Olson 注释本，第191-192页。
⑤ S. Douglas Olson 注释本，第192页。
⑥ S. Douglas Olson 注释本，第193页。
⑦ S. Douglas Olson 注释本，第194页。
⑧ S. Douglas Olson 注释本，第195页。
⑨ S. Douglas Olson 注释本，第202页。

抵抗晕船和恶心，的症状这就可以大概推测赫尔墨斯为何如此描述。"κυκεῶν(α)"（从"κυκάω"变化而来）是"一种混合剂"，通常是水，撒上大麦去掉壳的颗粒（ἄλφιτα），有时也加入调味的香草，如百里香或者薄荷油。①

4.28 鲜美的汤（ζωμόν）：献祭的动物被煮沸，汤和肉发给大家。②

4.29 煮熟的肚子（χόλικας）："内脏"，通常是牛的，装满然后做成香肠。③

4.30 鲜嫩的肉（κρέα）：不详。

4.31 仙果（ἀμβροσίαν）：神圣的食物（参考854行），与液体的"νέκταρ"相对，但它们之间的关系经常颠倒，所以令人困惑。韦斯特（West on Hes. Th.640）认为在这里指的是伽尼墨得斯的粪便，也就是螳螂最后得到了它想要的东西。④

5.01 甜糕（τῶν τρωγαλίων）："一些'τρωγάλια'（从'τρώγω'变化而来）"，相对于"τραγήματα"，"τρωγάλια"是一个古老的词语，各种东西掺杂而成的美味，包括了鸡蛋、蛋糕、坚果、甚至鸫属鸟和野兔，是在主餐结束和红酒喝完后被端上来的。⑤

5.02 甜饼：无。

5.03 饕餮（ὀψοφάγοι）：参考122-3行。"βάτις"，"鱼"或者"鳐鱼"（特别是 Raia batis），是一道美味。"βατιδοσκόποι"是阿里斯托芬式的造词，以"τυννοσκόποι"金枪鱼监测者的构词法为模板。和"ἅρπυιαι"一起。⑥

5.04 贪吃鱼者（ἰχθυολῦμαι）："鱼的毁灭者（也就是贪吃者）"，在阿尔奇波斯（Archippos）的"Ἰχθύες"中，梅兰提欧斯（Melanthios）是受制约的，并且喜欢吃鱼去报复已经发生在他们家族的毁灭。⑦

6.01 用小麦和大麦做的馒头（οὔτ' ἄρτον οὔτε μάζαν）：也就是，任何凡人的食物。参考122-3行。⑧

6.02 仙果（ἀμβροσίαν）：见723-4行。

6.03 糕点（ὁ πλακοῦς πέπεπται）："πλακοῦς"是蛋糕一般性的名字，特别是油炸或者烘焙的蛋糕。⑨

---

① S. Douglas Olson 注释本，第213页。
② S. Douglas Olson 注释本，第214页。
③ S. Douglas Olson 注释本，第214页。
④ S. Douglas Olson 注释本，第215页。
⑤ S. Douglas Olson 注释本，第224页。
⑥ S. Douglas Olson 注释本，第229-230页。
⑦ S. Douglas Olson 注释本，第230页。
⑧ S. Douglas Olson 注释本，第235页。
⑨ S. Douglas Olson 注释本，第237页。

6.04 芝麻粉①（σησαμῆ）：一个没有烘焙的蛋糕，是芝麻粉加香油和蜂蜜做成的膏状物，在婚礼上可以见到，是丰裕的象征。②

6.05 蜜：无。

6.06 像根肉骨头那样：无。

6.07 供品：供品会在宴饮之后端上来。

6.08 肉：无。

6.09 葡萄：无。

6.10 葡萄酒（οἴνου νέου）：也以"τρύξ"闻名，这是一个或多或少地与葡萄混合剂和葡萄芳香剂有关的词语，红酒和果汁就是用这些东西做出来的。③

6.11 公牛：无。

6.12 大肥猪：无。

6.13 羊（τῶν λοιπῶν）：绵羊和山羊不是寻常的祭祀动物，除非是在"πόλις"的水平。但为了笑点，特律盖奥斯忽视了这一点。④

6.14 大麦（ὀλάς）：在杀祭祀的动物之前，祭祀者要把没有磨碎的加盐的大麦（有时叫"κριθαί"，368行）象征性地散在祭台上和动物身上。⑤

6.15 谷子（τῶν κριθῶν）：奴隶递给特律盖奥斯一个盆子，或许还有"κανοῦν"（参见1017-18行），并且把他的手伸入盆子（956-7行）。然后她从"κανοῦν"拿了一些"ὀλαί"（或者篮子里的任何东西），并撒向观众。在"ἰδοῦ"之前或许有一段沉默，因为奴隶在执行主人的命令，但是如果有，也不会很长，因为从963行特律盖奥斯的话可以看出来。⑥

6.16 供品：无。

6.17 大蒜（σκορόδων）：各种各样的大蒜都有被培育，至于麦加拉的大蒜，参考246-7行。⑦

6.18 早黄瓜（σικύων πρῴων）："各种各样的早黄瓜"，在《阿卡奈人》520行麦加拉的农产品中有提到。不像其他的蔬菜，黄瓜在夏天才种，这就让早熟的黄瓜显得更重要，更有存在的价值，参考1161-4行。⑧

6.19 柿子⑨（ῥοιῶν）："石榴（Punica granatum）"，包括在 Antiph.

---

① 张竹明先生只翻译出"芝麻粉"的含义，没有翻译出这是一种糕点。
② S. Douglas Olson 注释本，第237页。
③ S. Douglas Olson 注释本，第244页。
④ S. Douglas Olson 注释本，第246-247页。
⑤ S. Douglas Olson 注释本，第251页。
⑥ S. Douglas Olson 注释本，第254页。
⑦ S. Douglas Olson 注释本，第260页。
⑧ S. Douglas Olson 注释本，第260页。
⑨ 张竹明先生翻译为"柿子"，但根据 S. Douglas Olson 的注释来看，应该是"石榴"。

fr.66/Ephipp.fr.24.1/Ephipp.fr.13.1/Men.fr.133 的美味之列，在 Epil.fr.2 中，"μῆλα καὶ ῥοᾶς" 貌似是奢侈的象征，在 V.1268 是模糊的，但是 "μῆλον καὶ ῥοᾶς" 在这或许是 "好且简单的食物"。"ι" 可能是艾奥里亚史诗韵律的要求。①

6.20 苹果（μήλων）：或许是 "苹果"，尽管这个词经常被很宽泛地使用，拿来指树上结的水果，包括柑橘、香木缘、杏子或者桃子，但不包括梨。属于晚餐后甜点和宴会之食。②

6.21 鸽子（φάττας）："斑尾林鸽" 或者 "斑鸠"（Columba palumbus），在《阿卡奈人》1104 行和 1106 行被当作一道美味。③

6.22 野鸭（νήττας）："鸭子"，种类无法辨别。也处在食物之列。④

6.23 鹅（χῆνας）："鹅"，在荷马时期就已经被驯化，成为家禽，尽管这里好像说的是野生的鸟。⑤

6.24 鹆鸟（τροκίλους）："鹪鹩"。⑥

6.25 鳗鱼（κωπάδων）：淡水鳗鱼是一道美味。⑦

6.26 在甜菜叶下（ἐν τεύτλοισι λοχέυομενας）：通常是这样来保存鳗鱼。⑧

6.27 绵羊：无。

6.28 羊腿（τὰ μηρί(α) ἐξελών）：移除骨头之后，就剩腿肉，叫作 "μηροί"，这是从去除内脏和头的动物身上切出来的，是一条条的肉，然后在裹在肥肉里，烤之后作为祭祀神的主要的肉。不过神的供品还包括动物的血和尾巴，甚至有时候还有胆汁、或膀胱、或脾脏。⑨

7.01 羊腿：无。

7.02 内脏（σπυλάγχν(α)）：牺牲的心、肺、肾、肝和脾，这是在烤肉架子上烤的，然后切碎，在参与者之间分了，只留一份给神。

7.03 烤羊肉的香味（τὴν κνῖσαν）：这个香味萦绕在锅的周围，吸引了希埃罗克勒斯。他应该离烤肉的地方不远，奴隶才能判断出他的行为。⑪

7.04 肚肉（τῆς ὀσφύος）：脊椎最下面的部分，和尾巴一起烤，作为供品

---

① S. Douglas Olson 注释本，第 261 页。
② S. Douglas Olson 注释本，第 260-261 页。
③ S. Douglas Olson 注释本，第 261-262 页。
④ S. Douglas Olson 注释本，第 261 页。
⑤ S. Douglas Olson 注释本，第 261 页。
⑥ S. Douglas Olson 注释本，第 262 页。
⑦ S. Douglas Olson 注释本，第 262 页。
⑧ S. Douglas Olson 注释本，第 263 页。
⑨ S. Douglas Olson 注释本，第 264-265 页。
⑩ S. Douglas Olson 注释本，第 267 页。
⑪ S. Douglas Olson 注释本，第 270 页。

的一部分。烤肚肉的方法是祭祀中很常规的,特律盖奥斯担心他被打扰。①

7.05 尾巴(κέρκος):无。

7.06 酒:无。

7.07 舌头(ἡ γλῶττα):舌头在荷马时期被作为一个特别的、单独的部分来烤。在古典时期,它连同皮一起是被放在一边,要留给祭司的,也就是希埃罗克勒斯现在想要代替的。②

7.08 羊肉:无。

7.09 这块肉(ταυτί):奴隶正在切的这块肉,伴随着一个手势,为了撒点盐在这块肉上。阿塞尼奥(Athenio)说献给神的肉不可能撒盐。要么这是一个比较晚的习俗,要么拷给神的那一块还是没有撒盐,是撒在人吃的那些肉上,或者22行的贿赂掩盖了这个场景。③

7.10 盐(ἀλσί):无。

7.11 牺牲的腿肉:无。

7.12 肚肉:无。

7.13 内脏:无。

7.14 酒:无。

7.15 祭品:无。

7.16 酒肉:无。

8.01 奶酪:无。

8.02 洋葱(τυροῦ τε καὶ κρομμύων):参考368行,军队的食物。洋葱被大量种植,各种品种都有,洋葱经销商会在集市的某一特定区域进行买卖。④

8.03 美酒:无。

8.04 豌豆(ἀνθραίζων τοὐρεβίνθου):"烤一些我的鹰嘴豆",也就是说,"这些是说话者自己种的",注意在乡村自给自足的强调。鹰嘴豆可以生着吃,煮着吃,或者在一个特别的容器里烤着吃。⑤

8.05 栗子(τήν τε φηγόν):"我的甜橡子",也就是"我自己收集的"。大多数橡子是极其苦涩的,但甜的品种生长于橡山一代,或许就是马其顿栎。也是烤着吃,是一道简单平常的菜。亨德森(Henderson1991)提出这里有明显的性意味,这篇文章是有误导性的(Vaio, Gnomon 51[1979]693),正如他

---

① S. Douglas Olson 注释本,第270页。
② S. Douglas Olson 注释本,第271页。
③ S. Douglas Olson 注释本,第275页。
④ S. Douglas Olson 注释本,第284页。
⑤ S. Douglas Olson 注释本,第285页。

在回顾里有所退让（p.246）。[1]

8.06 酒：无。

8.07 豆子（τῶν φασήλων）：无法证实，但推测是一种坚果或者某种豆子。[2]

8.08 好麦粉（τῶν τε πυρῶν）：是一种从新时期时代在希腊培育的麦子（在这个时期被称为硬粒小麦(Triticum durum)，一种裸体的二粒小麦），也是古代地中海地区两种基本的作物之一，另一种是大麦。"πυροί"也在阿那克西曼德（Anaxandr）长长的食物清单中。推测这种作物是和"φάσηλοι"一起烤。[3]

8.09 无花果（τῶν τε σύκων ἔξελε）："取出一些我们的无花果"，也就是从他们储存东西的篮子里或者盆里取出。无花果是干的，可以长期储存，这应该是夏季食物的剩余。[4]

8.10 鸫鹑（τὴν κίχλην）：见 531-2 行和 1195-7 行。

8.11 二只乌鸡（τὼ σπίνω）："我的一对花鸡"（燕雀属(Fringilla coelebs)），也和"κίχλαι"一起作为一道菜。用鸟胶捉花鸡，捆上再在市场上出售，据说是要 7 个欧宝（obol）。[5]

8.12 母牛的初乳（πυός）："初乳"，母牛生产后所产的浓厚的、淡黄色的奶，被看作一道美味。当加热并且凝固后叫作"πυριατή"。有一个小细节是，这个场景设置在冬天，但母牛生产在春天，所以这是想象所有好东西都在一起的场景。[6]

8.13 四块野兔肉（λαγῷα τέτταρα）："四块野兔肉"，兔肉通常是烤着吃，或者炖着吃，是很有特色的一道美味。兔子血和内脏常常用来生产"μίμαρκυς"。欧洲的兔子（Lepus europaeus）喜欢空旷的、耕种的地形，在过去的阿提卡地区，这种兔子很常见，并且他们占了太多空间，色诺芬（Xenophon）曾建议围剿它们。[7]

8.14 利姆诺斯的葡萄（τὰς Λημλίας ἀμπέλυος）：来自于利母诺斯（Lemnos，从公元前 5 世纪就被雅典控制）这个岛的葡萄酒早在荷马时期就被提到过。[8]

8.15 多汁的无花果（τόν τε φήλη(κα)）：多方面地被识别为（a）一种野生的无花果，看起来熟了，实际没有；（b）（更有可能）任何熟透了的无花果。[9]

---

[1] S. Douglas Olson 注释本，第 285 页。
[2] S. Douglas Olson 注释本，第 287 页。
[3] S. Douglas Olson 注释本，第 287 页。
[4] S. Douglas Olson 注释本，第 287 页。
[5] S. Douglas Olson 注释本，第 288 页。
[6] S. Douglas Olson 注释本，第 288 页。
[7] S. Douglas Olson 注释本，第 288 页。
[8] S. Douglas Olson 注释本，第 290 页。
[9] S. Douglas Olson 注释本，第 290 页。

8.16 可口的果酒：无。

8.17 粮食：无。

9.01 鹌鹑（τὰς κίχλας）：在烤架上烤，一般和野兔肉一起，在大宴会的前菜中出现，不过这里是炖的。①

9.02 松鸡②（τοὺς ἀμύλους）：一种糕点，显然是加了奶和蜂蜜做成的，有时会在这个上面加肉，会出现在婚礼上。③

9.03 馅儿饼（τοὺς κολλάβους）：麦面小卷，会配上有异域情调切法的肉。④

9.04 兔子肉（τῶν λαγῴων πολλά）：见 1149-50 行。

9.05 松鸡（κίχλας）：无。

9.06 无花果（ἰσχάδων）：见 634-5 行。

9.07 无花果干：无。

10.01 牛肉：无。

10.02 午餐：无。

10.03 美食：无。

11.01 餐桌上的东西（ταῦτα πάντα）：在 1191-6 行带上桌的食物。⑤

11.02 兔子肉（τῶν λαγῴων）：字面意思，"把这些兔子肉扔给奴隶"，也就是说，"吃掉一些兔子肉"。⑥

11.03 馅儿饼（πλακοῦσιν...πλανωμένοις ἐρήμοις）：这应该指的是 1195-6 行的 ἄμυλοι 和 κόλλαβοι。对理想生活图景想象是免费且丰裕的食物，这是旧喜剧的典型特点。明确地与 1366-7 行的和平有关。⑦

11.04 酒：无。

11.05 大麦：无。

11.06 葡萄美酒：无。

11.07 无花果：无。

11.08 成熟的果实（τρυγήσομεν αὐτήν）：字面意思，"我们将使她结出成熟的果实"，涉及到歌队对农田的迫切回归（1320 行），以此产生农作物，这包含了主人公和他新娘的名字（523 行），但是也有解释说这是歌队（Opora）的性元素，会和全部参加婚礼的人分享，或推测这是一种典型的粗野幽默，

---

① S. Douglas Olson 注释本，第 297 页。
② 根据 S. Douglas Olson 的注释来看，应为一种糕点。
③ S. Douglas Olson 注释本，第 296 页。
④ S. Douglas Olson 注释本，第 297 页。
⑤ S. Douglas Olson 注释本，第 311 页。
⑥ S. Douglas Olson 注释本，第 313 页。
⑦ S. Douglas Olson 注释本，第 313 页。

在真实的婚礼中会喊出来。①

11.09 婚礼的糕点（πλακοῦντας ἔδεσθε）：参考 1315-16 行，与喜剧开始的粪饼形成了鲜明对比。相似的对观众的邀请也在喜剧《吕西斯特拉特》（Ec.1141-8）的结尾中。歌队在歌队长的引领下退出，伴随着歌队歌声，进入侧房，站在前面的两个人扛着特律盖奥斯，其他人拿着农具和装食物的盘子（1318-21 行）。②

4. 食物的喜剧：食物在剧中的功用

从巴赫金（Mikhail Bakhtin）的狂欢理论来研究阿里斯托芬一直是被学界所认可的。③根据巴赫金的狂欢理论来理解，阿里斯托芬喜剧对食物的痴迷可以看作狂欢意识在文学作品中的反应，这是与正统文化相对立的东西，代表了对日常生活和等级制度的颠覆，有涅槃重生之意。④或许巴赫金的分析有一定的道理，但由于自身能力所限，笔者更想回到食物本身，回到食物在阿里斯托芬喜剧中的具体作用，勾画出阿里斯托芬喜剧里的食物图景，以此为以后更深入的探析打下基础。

（1）食物前后的反差

在《和平女神》中，有一个特别明显的反差，从开场的"驴粪"⑤到退场的"婚礼的甜糕"⑥，在这两样食物地位的高低差异中，我们或许可以感受到阿里斯托芬想要传达的情绪——和平女神回归后的喜悦。粪便应该从古至今都是不受待见的东西，因为它总是和肮脏、恶臭和恶心有关。而甜糕，这是经常出现在婚礼上的糕点，由面粉加蜂蜜和奶做成，有时也会加肉，它的美味程度可想而知。⑦在退场中，特律盖奥斯邀请观众一起来吃，相当于把婚礼的喜悦传递给了观众。

此外，螳螂自己的食物也有一个提升。在《和平女神》开场的时候，两位奴隶正在伺候螳螂吃"粪便"，从他们俩的对话中，我们可以感受到他们极其嫌恶的心情。而后，当特律盖奥斯到达天上后，螳螂在吃诸神侍酒童的"仙果"。⑧也就是螳螂最开始吃的是各种各样的"粪便"，最后吃的是神圣的"仙

---

① S. Douglas Olson 注释本，第 317 页。
② S. Douglas Olson 注释本，第 318 页。
③ Charles Platter. Aristophanes and the Carnival of Genres. Baltimore: The Johns Hopkins Press, 2007, p. 1-3.
④〔苏〕巴赫金著、李兆林等译：《拉伯雷研究》，石家庄：河北教育出版社，1998 年，第 321-350 页。
⑤ 张竹明译：《古希腊悲喜剧全集》第 6 卷，南京：译林出版社，2007 年，第 489-492 页。
⑥ 张竹明译：《古希腊悲喜剧全集》第 6 卷，南京：译林出版社，2007 年，第 601 页。
⑦ S. Douglas Olson 注释本，第 224 页和第 318 页。
⑧ 张竹明译：《古希腊悲喜剧全集》第 6 卷，南京：译林出版社，2007 年，第 547 页。

果"，"仙果"还在谈及和平女神侍女"收获"的饮食时提到①，这里的吃食变化也许可以理解为，因为螳螂去到了天上，它所吃的东西就变了，变得更加高贵，与和平女神侍女吃一样的东西，不再吃之前那个人人嫌恶的"粪便"。虽然 S. Douglas Olson 也有提到说这里的"仙果"是指的伽尼墨得斯的粪便②，但这也只是一种猜测。

（2）食物名称与地点名称的双关

在第二场中，当战神想要捣碎希腊城邦的时候，阿里斯托芬说他在做"苦味的色拉酱"。③这种"色拉酱"是一种辛辣的酱，通常是以大蒜为原料，加入蜂蜜、奶酪、韭菜、鸡蛋等等食材。④每当战神要加入一种食材时，他就会叫出一个城市或者地区的名字，依次是"普拉西亚""麦加拉""西西里"和"阿提克"。"普拉西亚（Πρασιαί）"与"韭菜（πράσα）"相似，"麦加拉"盛产"大蒜"，在和平时期，是"大蒜"的出口之地。⑤"西西里"以"奶酪"闻名，而"阿提克的蜂蜜"则被认为是世界上最好的"蜂蜜"。⑥也就是说，阿里斯托芬利用城市名和食物的谐音，也利用该城市或者地区盛产的食物来表达双关的含义，做"色拉酱"的过程就是这些被提到地方毁灭的过程，好像是要它们永远消失，作为它们经常挑起战争的惩罚。有趣的是，这种"色拉酱"是士兵很常见的食物⑦，本来是为了让士兵饱腹的东西现在正在毁灭这些地方，这也是阿里斯托芬在反对战争上对食物的运用，可以提醒当时在场的观众想起这些地方过去发生的战事，从而引起观众的害怕。

另外，"大蒜"也是一种与斗争相关的具有危险性的食物，说它具有危险性，并不是说它的食材本身，而是从它的运用场景来说。在当时的一种斗鸡游戏中，为了增加鸡的战斗性，会给它们吃很多"大蒜"。⑧在《和平女神》第二场里，暴乱神因为动作慢被战神打了，而暴乱神的反应是问他的拳头上有没有涂"大蒜"。⑨在士兵去打仗的时候，也会带上许多"大蒜"，因为"大蒜"可以抗热。⑩而且在赫尔墨斯的描述里，和平女神也讨厌被涂"大蒜"⑪，这也暗示了大蒜是一种与和平相对立的食物。

---

① 张竹明译：《古希腊悲喜剧全集》第6卷，南京：译林出版社，2007年，第556页。
② S. Douglas Olson 注释本，第215页。
③ 张竹明译：《古希腊悲喜剧全集》第6卷，南京：译林出版社，2007年，第507-509页。
④ S. Douglas Olson 注释本，第117-118页。
⑤ S. Douglas Olson 注释本，第118-119页。
⑥ S. Douglas Olson 注释本，第120页。
⑦ S. Douglas Olson 注释本，第117-118页。
⑧ S. Douglas Olson 注释本，第122、502页。
⑨ 张竹明译：《古希腊悲喜剧全集》第6卷，南京：译林出版社，2007年，第509-510页。
⑩ S. Douglas Olson 注释本，第147、185页。
⑪ 张竹明译：《古希腊悲喜剧全集》第6卷，南京：译林出版社，2007年，第531页。

（3）人名蕴含食物名称

《和平女神》的主人公特律盖奥斯（古希腊语为"τρυγαῖοσ"）这个名字在雅典其他地方都没有见到，它是阿里斯托芬的创造，来源于古希腊语动词"τρυγάω"，意思是"收获水果"[1]。葡萄作为希腊非常常见的水果，如果用它作为全部水果的代表也没有太大问题。这跟主人公的身份很相和，因为他想要恢复和平时期乡村的耕种生活。于是当赫尔墨斯问他是从哪里来的，他回答说是阿特莫尼村社的人，还给自己总结了三个特点——"善种葡萄，不爱诬告，不惹是非"。[2]在这三个特点里，后两个特点的反面就是《鸟》中主人公离开雅典，要建立鸟邦的原因。[3]在这两部喜剧里，阿里斯托芬都借助剧中人物对雅典诉讼成风的情况表明了自己反对的态度。

当特律盖奥斯救出和平女神及她的两位侍女时，赫尔墨斯表示要把侍女"收获"嫁给他，跟他一起"繁殖葡萄幼苗"[4]，这里又契合了他的名字含义。最后，当他们结婚的时候，歌队唱"我们将从她那里收获成熟的果实"[5]，于是特律盖奥斯名字的含义真正得以实现。

（4）食物的贿赂作用

在《和平女神》的第一场中，赫尔墨斯问特律盖奥斯来到天上做什么，特律盖奥斯说他来给他送一块肉。原本很暴躁的赫尔墨斯一下子就温柔起来了，他把特律盖奥斯称为"可怜的伙计"，还耐心回答他的问题。[6]在特律盖奥斯得知宙斯出走、把希腊交给战神以及和平女神被困的事情后，他求赫尔墨斯让他们把女神救出来，赫尔墨斯最开始是拒绝的。但当歌队再次提及送肉的事，承诺以后会永远祭祀他并且送给他一只奠酒用的金杯的时候，赫尔墨斯答应了。[7]这就说明送给以及将要送给赫尔墨斯的食物发挥了作用，让他答应帮助特律盖奥斯。

三、《鸟》中的食物

1. 与食物相关的情节梳理

相关的缘由见第二部分第一点，此处不再赘述。

---

[1] S. Douglas Olson 注释本，第 105 页。
[2] 张竹明译：《古希腊悲喜剧全集》第 6 卷，南京：译林出版社，2007 年，第 502 页。
[3] 张竹明译：《古希腊悲喜剧全集》第 6 卷，南京：译林出版社，2007 年，第 619 页。
[4] 张竹明译：《古希腊悲喜剧全集》第 6 卷，南京：译林出版社，2007 年，第 545-546 页。
[5] 张竹明译：《古希腊悲喜剧全集》第 6 卷，南京：译林出版社，2007 年，第 599-560 页。
[6] 张竹明译：《古希腊悲喜剧全集》第 6 卷，南京：译林出版社，2007 年，第 501-504 页。
[7] 张竹明译：《古希腊悲喜剧全集》第 6 卷，南京：译林出版社，2007 年，第 518-524 页。

下面，笔者将梳理《鸟》中与食物相关的情节，并将每一种食物用"加粗字体"的方式表示出来。

(1) 开场（1-208）欧佩①寻理想城邦，遇戴胜

欧埃尔庇得斯带一只穴鸟，佩斯特泰罗斯带一只乌鸦上场，他们要根据鸟的指示寻找忒瑞斯（戴胜鸟），跑了很久都没找到，相互抱怨。欧埃尔庇得斯于是向观众诉说他们为什么要离开雅典去找忒瑞斯，因为雅典人没完没了地诉讼，他们想要到一个清静的地方，过平静的生活。他们遇到一块岩石，穴鸟和乌鸦都对着上空叫个不停，于是他们拿石头敲岩石②，此时，鸟飞走了，鹪鹩上场了，它的出现让他们两人大吃一惊。它对他们说它是一只做奴仆的鸟，它的主人就是忒瑞斯。它说因为戴胜鸟从前是人，所以他需要侍奉。当其想吃**凤尾鱼**时，它要拿个盘子去给他盛鱼，当其想喝**汤**时，它要去拿勺子。当欧埃尔庇得斯要求见它的主人时，它说戴胜鸟吃饱了**常春果**和**小蚊子**刚睡着。欧埃尔庇得斯再次请求叫出它的主人，它答应了，他们又指责它把自己带的鸟吓跑了，最后互相嘲笑对方胆子小。

此时，戴胜③出场，欧埃尔庇得斯嘲笑他的样子，一对翅膀，头上三簇毛，身上没有毛，他们讨论了戴胜到底是鸟还是孔雀。戴胜问他们是什么，欧埃尔庇得斯回答他们是人，并且来自有勇敢舰队的国家，戴胜立即猜测他们是陪审员，但欧埃尔庇得斯说他们是反陪审员的。戴胜不信，认为那个国家没有这种生物④，欧埃尔庇得斯说从乡下可以找到一些。戴胜问他们来这里有什么事，欧埃尔庇得斯说他们有事想请教他，因为他既有做人的经验，也有做鸟的经验，想问他一个城邦哪里最舒服，可以逃避债务，可以睡个好觉。他理想的城邦要比雅典更舒服，不是贵族专政。这个城邦最大麻烦就是一清早起来就有朋友来找他吃喜酒。戴胜又问佩斯特泰罗斯要什么样的，他回答说也是如此，并且在那里有漂亮孩子的家长向他抱怨说，为什么不抱抱他们的孩子，不跟他们的孩子亲密一下。戴胜说红海边有这种城市，但欧埃尔庇得斯说他不去海边。戴胜又推荐埃利斯的勒普瑞奥斯城和克洛里斯的奥普提奥斯人那里，欧埃尔庇得斯也不去，因为他讨厌麻风病。戴胜又推荐了一个城市，欧埃尔庇得斯依旧拒绝。

---

① 欧埃尔庇得斯和佩斯特泰罗斯的简称。为了叙述方便，以下皆以此称呼。另外，本文在情节梳理部分所涉及的喜剧人名和地名皆采用张竹明先生的翻译。
② 转注："旧注说，有一则孩子气的笑话，说拿腿撞石头可使鸟掉下来。"张竹明译：《古希腊悲喜剧全集》第6卷，南京：译林出版社，2007年，第611页。在这里，佩斯特泰罗斯开玩笑让欧埃尔庇得斯拿腿去撞，遭欧埃尔庇得斯回怼他用头去撞，最后，欧埃尔庇得斯用石头去敲。
③ 即前面的戴胜鸟，一个人扮作鸟的样子，以下都称为戴胜。
④ 再次印证前面欧埃尔庇得斯和佩斯特泰罗斯离开雅典的原因。

食物的喜剧：论阿里斯托芬《和平女神》《鸟》中的食物

然后欧埃尔庇得斯问戴胜这里的生活怎么样。他告诉他这里不需要钱袋，他们只在园子里吃白芝麻、石榴籽、水堇菜籽和罂粟籽。①此时，佩斯特泰罗斯②突然想出了一个计划——在鸟类这里建立一个城邦。因为鸟生活在天空中，正好是神与人的中间，是一个枢纽。这样，鸟既可以统治人类，也可以统治天神。鸟如果不让祭肉的香气通过城邦和混沌大气，那么天神就得不到献祭。只有天神向鸟类进贡，他们才能得到人类的献祭。戴胜非常赞成他的主意，并推荐佩斯特泰罗斯去向其他的鸟解释他的计划。③紧接着，戴胜去找他的妻子夜莺，一起鸣叫，召唤其他的鸟。

（2）进场（209-353）戴胜召唤鸟群，与欧佩起冲突

戴胜进入景后唱起叫醒夜莺的歌，夜莺醒了，回应歌声。④欧埃尔庇得斯赞叹夜莺的歌声像甘甜的蜜流过丛林。佩斯特泰罗斯让他别说话，因为戴胜也要唱了。于是，戴胜开始唱了，他召唤各种鸟儿，从农民的土地上，从茂盛的麦丛中，赶快飞到这里来，不管它们正在啄食种子、在藤萝上觅食、在山上的橄榄树间飞来飞去的、在沼泽地吞食蚊虫的，还有在平原上的、海面上的⑤，统统都来听佩斯特泰罗斯的计划。刚开始一只鸟都没有，一会儿，一只鸟来了，欧埃尔庇得斯和佩斯特泰罗斯不知道那是一只什么鸟，戴胜出场，告诉他们那是生活在沼泽地里的不常见的鸟，名字叫作锦鸡。此时，第二只鸟上来了，佩斯特泰罗斯说它像是外国来的，戴胜告诉他这叫作米底⑥鸟。此时，第三只鸟又来了，戴胜说它是菲洛克勒斯⑦的儿子戴胜，它自己是这只鸟的爷爷，因为就像西帕尼科斯是卡里阿斯的儿子，西帕尼科斯的儿子又叫卡里阿斯。佩斯特泰罗斯误理解为它是卡里阿斯⑧，并调戏到他的毛怎么都掉光了。此时，第四只鸟又来了，佩斯特泰罗斯说它是只冠毛漂亮的鸟，并问它叫什么，戴胜告诉他说它叫饭桶，佩斯特泰罗斯问它的头盔有什么用，戴胜

---

① 这里用了"只吃"，与之前他吃鱼喝汤，吃常春果和小蚊子是矛盾的。白芝麻、石榴籽、水堇菜籽和罂粟籽都常常出现在婚宴上，所以欧埃尔庇得斯说他们的生活快乐如新郎。
② 从佩斯特泰罗斯提出这个计划开始，他的台词就比较多了，之前是欧埃尔庇得斯的台词比较多。
③ 因为戴胜在鸟类这里生活了许久，已经教会了它们说人话。
④ 转注：景后笛声作夜莺鸣叫。张竹明译：《古希腊悲喜剧全集》第6卷，南京：译林出版社，2007年，第628页。
⑤ 佩斯特泰罗斯呼唤了各个地方的鸟，农地里、陇沟里、果园里、山地上、草地里、沼泽地里、平原上和海面上的。
⑥ 转注：西亚古国，当时已属波斯帝国版图。张竹明译：《古希腊悲喜剧全集》第6卷，南京：译林出版社，2007年，第633页。
⑦ 转注：菲洛克勒斯是个悲剧作家，也写一个关于忒瑞斯的悲剧，这是拿他开玩笑。张竹明译：《古希腊悲喜剧全集》第6卷，南京：译林出版社，2007年，第633页。
⑧ 转注：他是一个富人，但把钱挥霍光了，这里拿他开玩笑。张竹明译：《古希腊悲喜剧全集》第6卷，南京：译林出版社，2007年，第634页。

说为了安全住在山顶上①。

此时，歌队出场，代表着一大群鸟出来了。佩斯特泰罗斯和欧埃尔庇得斯显得有点惊慌，细数各种鸟的名字。歌队长问谁把它们召来，召来干什么，戴胜说是他自己，召来见两个老头儿，这两个老头儿要和他们生活在一起，并且带来了一个绝妙的计划。

歌队首节开唱，抱怨自己被戴胜出卖了，卖给了人类②。歌队长要判这两个老头死刑，要把他们大卸八块。欧埃尔庇得斯抱怨佩斯特泰罗斯把他带到这里来，带来了灾祸。歌队次节开唱，它们要冲去杀了他们，吃了他们。歌队长发号施令，指挥进攻。

（3）第一场（354-450）鸟群要杀死欧佩

欧埃尔庇得斯要逃，佩斯特泰罗斯让他拿起沙锅战斗，因为沙锅③可以吸引猫头鹰；还可以把烤肉的叉举在鹫鸟前面，拿盘子或者碟子挡住眼睛。歌队长继续发号施令，叫它们冲，并且先打破沙锅。戴胜出来指责它们，骂它们是最无赖的畜生，为什么要杀死、撕碎这两个无辜的人，他们还是自己老婆的本家④。歌队长说它们不要怜悯他们，他们是最大的仇人。戴胜解释说人类虽然是天敌，但是他们俩是友好的，是来出主意的，歌队长不相信。戴胜继续劝说，因为向敌人可以学到许多东西，歌队长答应了。欧埃尔庇得斯和佩斯特泰罗斯意识到危机解除，准备放下武器。歌队长让鸟群（歌队）放下怒气，收起武器，让他们回答他们是谁、从哪来、到哪去。戴胜告诉它他们来自智慧的希腊，爱上了鸟的生活方式，想永远地生活在这儿，并且把一切都归入鸟国。歌队长有点不相信，但非常高兴，以为他们发疯了。戴胜让他们把武器挂在炉子边，灶台上方，让佩斯特泰罗斯自己来说清楚。佩斯特泰罗斯要求跟它们签订盟约，不许咬他、拉他、挖他。歌队长发誓答应他，并让鸟群（歌队）拿着武器回家去等待下一步命令。

（4）第二场（451-675）佩向歌队叙述建鸟邦的理由⑤

歌队首节接着唱，说人类狡猾，但它们还是愿意听他们说说它们想不到

---

① 转注："头盔"、（鸟的）"冠毛"和"山顶"在希腊文里是同一个词。张竹明译：《古希腊悲喜剧全集》第6卷，南京：译林出版社，2007年，第635页。

② 看歌队所代表的鸟类的反应，它们似乎之前与人类有很大的过节。

③ 转注：雅典每年沙锅节这一天人们用沙锅煮菜献给雅典娜女神，而猫头鹰是雅典娜的圣鸟，所以说看见沙锅就不会攻击了。张竹明译：《古希腊悲喜剧全集》第6卷，南京：译林出版社，2007年，第642页。

④ 转注：在变成鸟之前，忒瑞斯的妻子普罗克涅乃是雅典王女。张竹明译：《古希腊悲喜剧全集》第6卷，南京：译林出版社，2007年，第643页。

⑤ 从鸟类昔日的荣光到现在的没落，从对付神的办法到对付人的策略(不顺从会怎么样，顺从会怎么样)。在这一场中，欧埃尔庇得斯基本上属于插科打诨的角色，佩斯特泰罗斯滔滔不绝，长篇大论，消除鸟类的疑惑，赢得支持。

的好主意，希望利益属于他们全体共有。歌队长让他们说说来意和想到的办法。佩斯特泰罗斯说他已经憋得快吐了，需要马上说出来，并让拿花冠来，拿水来，他要洗手。欧埃尔庇得斯以为他要去赴宴，但他是要做一次精彩的重大演说。

佩斯特泰罗斯对鸟群（歌队）说，他感到很难过，因为它们早先是王，是万物之王，比克罗诺斯和提坦神族还要早，阿波罗可以作证。他说，在《伊索寓言》中，云雀是第一个出生的鸟，波斯人的王是公鸡，至今公鸡还叫波斯鸟，只要它清晨一叫，各个职业的人就要起床工作，不论是铜匠、陶工、皮匠、鞋匠、还是织布的、卖面粉的，修竖琴的。此时欧埃尔庇得斯说起自己吃酒的时候因为鸡鸣而发生的一件糗事。佩斯特泰罗斯继续说，鹞鹰[1]曾经称王统治希腊人，它要求人们一见到它就得下拜。埃及和腓尼基都曾经是布谷鸟为王，那里的人们一听到"布谷"就要去收割大麦和小麦。在希腊的城邦里，阿伽门农或墨涅拉奥斯总得有个鸟站在他的权杖上接受贡品。而且，现在的统治者宙斯头上站着一只鹰，作为王权的标志，他的女儿带着一只猫头鹰，阿波罗作为他的侍者带着一只隼。

欧埃尔庇得斯问这是为什么，佩斯特泰罗斯说这是为了让鸟可以在神之前先吃到祭肉，而且人们从前立誓时总是呼鸟作证，现在人们却把鸟当作奴隶、傻子、浑虫，还要设下各种陷阱捕捉，摸摸肥瘦看是否能吃，还要抹上香油奶酥，加上葱姜酱醋，还要做个又油又烫的卤子，就好像鸟身上很臭的样子。

歌队次节开唱，它们说自己非常痛苦，因为丢了祖先的光荣，但很感动遇到救星，它们愿意把自己托付给他们。歌队长问它们到底应该怎么做，佩斯特泰罗斯告诉它首先要建一个鸟类的城邦，筑起高大的围墙，再向宙斯要回王权，如果他不愿意，就不允许众神在天空中跑来跑去，还要派人去向人类宣布，鸟现在是王，要先向鸟献祭，再向神献祭。还要给每一位神配上一只合适的鸟，要给鹬鸟献麦子，给鸭献麦子，给鱼鹰献蜜糕，若是向宙斯献上一头羊，凤头鸡就得献给它一只没阉过的蚊子。欧埃尔庇得斯说他喜欢这样的蚊子。歌队长问人类要怎么样才会相信长了翅膀会飞行的鸟是神。佩斯特泰罗斯说神也会利用翅膀飞行，要是人类无知不肯把鸟类放在眼里就让麻雀和白嘴鸦吃光他们地里的种子，让得墨忒尔给挨饿的他们分发麦子去吧。还可以让老鸦把他们耕地牲口牛的眼睛啄瞎，他们就得花钱治疗。可是，如果他们承认鸟的统治，他们就什么都有了。

---

[1] 转注：其实这是民间流传的风俗。张竹明译：《古希腊悲喜剧全集》第6卷，南京：译林出版社，2007年，第654页。

歌队长让他举一个例子来听。佩斯特泰罗斯说，首先蝗虫不会吃他们的葡萄，猫头鹰和鹬鸟可以消灭它们，蚜虫、树瘿虫也并不能吃无花果，画眉会消灭它们。

歌队长又问怎么帮喜欢钱的人类搞到钱。佩斯特泰罗斯说鸟类可以预卜先知，告诉要出海的人们哪里以及什么时候有大买卖，还可以告诉人类哪里藏了前人的金银财宝。①歌队长又问要怎么给身体健康，因为人的寿命是神给的。佩斯特泰罗斯说鸟不仅能给，还能把人类的寿命增到三百岁，因为"聒噪的乌鸦活五代"。欧埃尔庇得斯附和说鸟做我们的王比宙斯好得多。

佩斯特泰罗斯继续站在人类的角度解释好处，不用给鸟造大理石的庙，装黄金的门，因为它们住在树林里。也不用到德尔菲和阿蒙去献牲祈祷，只需在橄榄树、杨梅树下撒下大麦、小麦的麦粒，祈求鸟类为了这些麦粒而给他们降下福祉。

歌队长被说服了，说鸟类一定按照派斯特泰罗斯的意旨办事。歌队紧接着开唱②，附和歌队长的话。歌队长说需要力气的事交给它们，佩斯特泰罗斯只需负责智慧的事。戴胜邀请佩斯特泰罗斯参观鸟的巢穴，并询问他和欧埃尔庇得斯的名字。突然，佩斯特泰罗斯发现自己没有翅膀，无法飞行，戴胜说它有一种草药，吃了就能长出翅膀。佩斯特泰罗斯叫两个奴隶拿上行李跟他们走。此时，歌队叫住了戴胜，让它带他们在家里好好吃顿饭，再把夜莺叫出来，它们想跟她玩，佩斯特泰罗斯和欧埃尔庇得斯附议③。戴胜只好答应。夜莺一出来，就赢得了佩斯特泰罗斯的一片赞美声，欧埃尔庇得斯更是出言不逊。最后戴胜叫他们走，佩斯特泰罗斯让它带路，并希望老天赐给他们好运。

（5）第一插曲（676-800）歌队鼓吹鸟类带来的好处

歌队长（短语）请夜莺用甜美的声音和它们的歌一起唱起来。歌队长（插曲正文）述说人类的无知、鸟类的智慧。④鸟对人类的帮助极大，帮助相爱者⑤、告知种地时令、航海时机以及春夏秋冬。在做事之前还要找鸟卜一卦，不管是做买卖、置家具，还是吃喜酒。人类时常把鸟挂在嘴边。⑥

---

① 文中用俗语作出解释："除了飞鸟谁也不知道我的财宝藏在哪儿。"张竹明译：《古希腊悲喜剧全集》第6卷，南京：译林出版社，2007年，第661页。
② 没有注解这里是歌队首节还是次节。
③ 歌队长对欧埃尔庇得斯和佩斯特泰罗斯的态度发生了180度的大转弯。
④ 转注：鸟知道自己的天性，诸神的产生黑暗与混沌。张竹明译：《古希腊悲喜剧全集》第6卷，南京：译林出版社，2007：第669页。
⑤ 转注：送鸟讨漂亮男孩的开心。张竹明译：《古希腊悲喜剧全集》第6卷，南京：译林出版社，2007年，第669页。
⑥ "一切可以作为兆头的东西人类都称作鸟，不平常的信息对于你们就是鸟，打个喷嚏是鸟，遇到奴隶、看见驴子都是鸟，鸟，鸟。还不明白吗？鸟对于你们，就是发布预言的阿波罗。"张竹明译：《古希腊悲喜剧全集》第6卷，南京：译林出版社，2007年，第670页。

歌队长（快调）说如果人类以它们为神，它们将唱预言，并且永远呆在这里，把财富、健康、幸福，把幸运、快乐、和平，把青春、快乐、歌舞带给他们，甚至还会把鸟奶给他们吃。他们将得到前所未有的幸福与满足。

歌队（短歌首节）发出各种鸟的叫声，还形容为蜜蜂采蜜，呈现出一种欢快的语调。歌队长（后言首段）召唤观众中想要过无忧无虑、无拘无束生活的人，在人们那里被禁止的东西在这里是被允许的。歌队（短歌次节）继续发出鸟叫声，并且想象它们自己吸引了美惠女神和缪斯。歌队长（后言次段）鼓吹有翅膀的好处，还可以飞回家吃完午饭再来看演出。

（6）第三场（801-1057）鸟邦取名后祭祀，招来各种骗子

佩斯特泰罗斯和欧埃尔庇得斯出场，佩斯特泰罗斯嘲笑欧埃尔庇得斯的翅膀像个蹩脚画匠画的鹅，欧埃尔庇得斯回嘲他像个拔光了毛的八哥。歌队长问佩斯特泰罗斯现在该做什么。佩斯特泰罗斯说先给城邦取一个响亮的名字，然后祭神。最终定为"云中鹁鸪国"①，歌队长赞成。并把战神小鸡作为守护神。佩斯特泰罗斯叫欧埃尔庇得斯去帮助鸟们建城墙，并找两个信使，一个上天通知神，一个下地通知人类。

欧埃尔庇得斯抱怨佩斯特泰罗斯偷懒，佩斯特泰罗斯好心劝他走，自己开始祭祀，并叫仆人把食篮和水盆拿来。歌队（首节）表示赞成，并要把羔羊作为礼物献给众神。祭司上场，开始祭祀，呼唤各种英雄鸟，佩斯特泰罗斯让祭司滚蛋，因为他呼唤了太多的鸟，没有那么多吃的。歌队（次节）唱圣歌，因为祭祀的东西只剩下毛和脚，所以只能请一位天神。佩斯特泰罗斯说他们向有翅膀的神祷告。

此时，诗人出场，述说自己很早以前就写过赞美云中鹁鸪国的歌，需要赏赐，佩斯特泰罗斯用祭祀的外套和衬衫把他打发走来了。佩斯特泰罗斯很疑惑这个诗人是怎么找到这里来的，他让祭司重新端着水盆绕着祭坛走。

此时，预言家出场，说有天意要告知他们，那就是他们需要给潘多拉献上一只白毛的羊，给自己一件新的大衣和一双新的鞋子，一只杯子和满满一棒烤肉。佩斯特泰罗斯怀疑书里竟然还要烤肉，他展示自己的预言，说如果有骗子想要吃祭肉，就要给他一顿打，吓得预言家逃走。接着，墨同②来了，要帮忙丈量土地。佩斯特泰罗斯悄悄告诉他这里像斯巴达一样排外，打击骗子，让他先走为妙，说着就把拳头举起了，墨同逃走。此时，视察员出场，

---

① 转注：此为杨宪益译，今袭之。张竹明译：《古希腊悲剧喜剧全集》第6卷，南京：译林出版社，2007年，第679页。
② 转注：墨同是个以丈量土地为职业的几何学家。张竹明译：《古希腊悲剧喜剧全集》第6卷，南京：译林出版社，2007年，第690页。

佩斯特泰罗斯也要打他,他逃走。此时,卖法律者出场,遭受同样的命运。此时,视察员再次出场,扬言要控告佩斯特泰罗斯伤人,卖法律者也再次出场,宣布相关法律。佩斯特泰罗斯叫人去抓住他们,他们逃走,可是发现仆人和祭司都走了,他也下场要去祭祀,给神供羊。

(7)第二插曲(1058-1117)歌队继续鼓吹鸟带来的好处

歌队(短歌首节)说从今以前鸟类将统治一切,保护鲜花果实、杀死害虫,因为害虫会咬掉花苞,吃掉果实,玷污香花,咬死花果。歌队长(后言首段)说要贴出告示,悬赏捉拿捉雀人,并且敦促大家放掉关在笼子里的鸟。歌队(短歌次节)述说鸟类的幸福生活,分别说了冬天、夏天、秋天、春天的生活,春天可以在美惠女神的院子里吃常春藤的白花。歌队长(后言次段)对评判员说好话,想要优胜。他会让银币上的猫头鹰孵化出小猫头鹰,在山墙上安上鹰的楣饰,如果他们想吃饭,还会给谷物。

(8)第四场(1118-1469)城建完毕,神和人来到鸟邦

佩斯特泰罗斯出场,说祭仪很顺利,问工地的情况怎么样,有报信者甲说城墙筑好了,并且十分漂亮宏大,而且都是鸟类自己干的,碎石、砖头、沙泥都是它们自己运的,木匠活也是它们自己做的。歌队长问佩斯特泰罗斯是不是不相信,他说的确不太相信。

此时,报信者乙大惊,说一个从宙斯那里来的神趁警戒的乌鸦不注意的时候飞进大气里来了,已经派了三万鹰骑兵去追,但还没追到。佩斯特泰罗斯叫侍从给他拿武器过来。歌队(首节)呼吁鸟类抵御众神。女神伊里斯出场,佩特泰罗斯责问她是谁,从哪进来的,要去哪儿,因为混沌的大气归鸟类管。伊里斯说她从宙斯那里来,要到人类那里去,去叫他们宰牛杀羊,向众神献祭,使烤肉的香味上去。佩斯特泰罗斯告诉她现在鸟类是人类的神,人类向鸟献祭,不再向宙斯献祭。伊里斯非常生气,佩斯特泰罗斯也很生气,他要赶她走,让她到别处去勾搭比他年轻的人。歌队(次节)宣布禁止宙斯家族经过鸟族的城邦,也不准许人类献祭牺牲的香味再上升到他们那里。

佩斯特泰罗斯正担心到人间去的传令官不回来,传令官就出场了。他告诉佩斯特泰罗斯人们非常敬佩其智慧,也非常向往大气城邦,之前他们都学苏格拉底,蓄长发、饿肚子、不洗脸、手拿枴棒。[1]如今他们都变了,犯起了鸟病,模仿鸟,飞到"发绿"的牧场,钻到"草案"里,再咀嚼"葛榛桃李"。[2]他

---

[1] 转注:讥笑当时的一些哲学家。张竹明译:《古希腊悲喜剧全集》第6卷,南京:译林出版社,2007年,第710页。
[2] 转注:"发绿"与"法律"谐音。"草岸"与"草案"谐音。"葛榛桃李"与"章程条例"谐音。张竹明译:《古希腊悲喜剧全集》第6卷,南京:译林出版社,2007年,第714页。

们还以鸟为名，以歌代言，都希望有一副翅膀和鸟的生活方式，并且即将来到这个地方。佩斯特泰罗斯吩咐奴隶们准备接待客人，并叫曼涅斯把准备好的翅膀和羽毛拿来，传令官下场。

歌队（首节）说鸟邦不久将成为人口众多的国家，大家都爱它，因为鸟类有凡人所需的一切：智慧、热情、非凡的优雅、温顺的平静和愉快的笑容。中间穿插着佩斯特泰罗斯对曼涅斯的催促。歌队（次节）也觉得曼涅斯太慢，让他快点分好类。佩斯特泰罗斯继续抱怨曼涅斯。

此时，逆子上场，他说要变成一只鹰，在不结果实的蓝色海面上飞翔，并且爱上了鸟类的法律，想要住在这里。他认为最好的一条法律是可以咬父亲并且掐他的脖子，他想要得到父亲的一切。但是佩斯特泰罗斯告诉他，小公鸡啄它的爸爸被看作是勇敢，然而，小鸟依旧有赡养的父亲的责任，因为它的父亲养大了它，并且教会了它飞翔。逆子觉得不合算，想要走。但佩斯特泰罗斯建议他去吃当兵的饭[1]，既然好斗就去打仗。逆子赞成，退场。

酒神颂作家克涅西阿斯上场，边唱边跳，他想要翅膀，想要变成夜莺，去取得诗意。克涅西阿斯想要为佩斯特泰罗斯唱歌，佩斯特泰罗斯不想听，去打他。克涅西阿斯下场。讼师上，他也想要一双翅膀，这样可以更快地传案，但是佩斯特泰罗斯说他要用语言给他装上翅膀，因为人都是被语言鼓动起来的，讼师不干，坚持要翅膀，佩斯特泰罗斯拿出了一条鞭子。讼师逃走。佩斯特泰罗斯也吩咐奴仆收拾翅膀走。

（9）合唱歌（1470-1493）歌队叙说见过许多怪事

歌队（首节）叙说鸟类去过许多地方，见过许多怪事。见过树身中空、内心腐朽却正常开花结果的大树,（次节）见过白天欢乐晚上强盗横行的地方。

（10）第五场（1494-1705）普[2]告密，佩赢得与天神使团的谈判

普罗米修斯蒙着脸上场，问佩斯特泰罗斯在哪里。佩斯特泰罗斯问他是谁，他东扯西扯，一会儿问时间，一会儿问宙斯在干什么。直到佩斯特泰罗斯快要生气了，他才摘下面罩。佩斯特泰罗斯认出了普罗米修斯，但是普罗米修斯让他别叫，他是来告诉佩斯特泰罗斯天上发生的事情，普罗米修斯让佩斯特泰罗斯找一把伞来给他遮住，不要让宙斯发现了，佩斯特泰罗斯让他躲到自己的伞下面。普罗米修斯告诉佩斯特泰罗斯宙斯要完了，因为自从建了云中鹁鸪国，宙斯就再也收不到任何牺牲，再没有烤肉的香味了。他们没有祭肉，那些蛮族的神就要开战，说要开辟商埠，进口内脏。普罗米修斯告诉他马上就有宙斯和特里拜洛斯那里的使节来讲和，除非宙斯把王杖和巴西

---

[1] 吃当兵的饭有津贴，这样就不用靠父母养着了，还可以让自己好斗的本性得到舒展。
[2] 普罗米修斯的简称。

勒亚①嫁给你，否则就不要答应。普罗米修斯说自己一向对人类怀有善意。佩斯特泰罗斯说他知道，他们有烤肉吃就是普罗米修斯的功劳。普罗米修斯说自己向来就讨厌神，要拿着伞，装作游行女郎回去。

歌队（首节）唱了一个关于苏格拉底、佩珊德罗斯、奥德修斯和凯瑞丰②的故事。

此时，波塞冬、特里拜洛斯神及赫拉克勒斯出场。波塞冬说他们已经到了，但抱怨特里拜洛斯的野蛮和鲁莽，问赫拉克勒斯他们要干什么。赫拉克勒斯说要杀死封锁神的家伙，波塞冬提醒他是来讲和的，但他说这样他就更想掐死他。

佩斯特泰罗斯对仆人说把刀递来，把酱递来，把奶油拿来，把火弄旺点。波塞冬向他打招呼，代表三个神向他致敬，然而被忽略。佩斯特泰罗斯说他正忙着抹酱。赫拉克勒斯开始搭讪，问这是什么肉。佩斯特泰罗斯说是一些反对民主被判死刑的鸟，赫拉克勒斯说那就先给它们抹酱。佩斯特泰罗斯问赫拉克勒斯有什么事，波塞冬回答说他们是使节，是来讲和的。仆人说瓶里没油了，波塞冬再次被打断，赫拉克勒斯对于鸟肉要油表示赞同。波塞冬开始讲条件谈判。佩斯特泰罗斯也开始谈，他说鸟类从来没有对神发动战争，如果宙斯愿意把王杖归还给鸟类，他们就同意议和，并且请使团进屋赴宴。赫拉克勒斯马上表示同意，波塞冬骂他是饭桶，这样他的父亲就要退位。佩斯特泰罗斯说如果鸟类统治了下界，神会更强大，因为鸟类可以帮神辨别伪誓。波塞冬赞成这个说法，赫拉克勒斯和特里拜洛斯也赞成。佩斯特泰罗斯继续说神让出王权的好处，因为他们可以让那些悔誓的人再次献给神，例如，他们可以在那些人数钱或者坐着洗澡的时候叼走两只羊，送给神。波塞冬再次向其他两位确认他们是赞成让出王杖的。

此时，佩斯特泰罗斯突然想起来他还有一个条件，那就是把巴西勒亚嫁给他，波塞冬说这不像是谈判，他有点生气，要返回。佩斯特泰罗斯不在意，并嘱咐厨子把卤子做甜点。赫拉克勒斯责怪波塞冬，不值得为一个丫头这样，要同意这个条件。波塞冬给他分析利弊，说把王权交给鸟类，宙斯一死，他什么都得不到。佩斯特泰罗斯说波塞冬在糊弄赫拉克勒斯，因为他是个私生子，根本得不到父亲的财产，法律也不允许他这么做。法律规定如果没有嫡出的子女，遗产就归于最近的亲人，也就是对于父亲的财产他一点也得不到，

---

① 在文中，巴西勒亚主管宙斯的霹雳和其他的一切：明智、公正、谦逊、造船厂、辱骂、损税、陪审津贴。参见张竹明译：《古希腊悲喜剧全集》第6卷，南京：译林出版社，2007年，第636页。
② 转注：这里在丑化苏格拉底和两位政客佩珊德罗斯及凯瑞丰。张竹明译：《古希腊悲喜剧全集》第6卷，南京：译林出版社，2007年，第738页。

波塞冬反而可以以亲生兄弟的身份得到。佩斯特泰罗斯问为何恶狠狠地盯着天，并且说如果愿意留在这里，他将被封僭主的身份，并且有鸟奶吃。赫拉克勒斯再次表明同意，波塞冬还是反对，特里拜洛斯同意，无奈之下，波塞冬也同意。赫拉克勒斯让佩斯特泰罗斯跟他们一起到天上去，去娶巴西勒亚，佩斯特泰罗斯说这些鸟杀的正是时候，正好用于婚宴。赫拉克勒斯说他想要留下来烤鸟肉，波塞冬一脸嫌弃说他不是想烤鸟肉，是嘴馋。佩斯特泰罗斯要结婚礼服。

歌队（次节）唱了在一个好争讼的城里，人们用舌头耕地、播种、割草、收获粮食，这是高尔吉亚和菲利普斯[①]的种族。因此，在阿提克各地，献祭的时候，要割下牺牲的舌头献给神。

（11）退场（1706-1765）佩和巴[②]举行婚庆典礼

报信者丙出场叙述佩斯特泰罗斯的辉煌成绩。佩斯特泰罗斯携巴西勒亚出场，歌队给他们唱着祝歌，（首节）回想宙斯的婚礼，（次节）继续回忆那时的气势磅礴。佩斯特泰罗斯说他喜欢这歌声。歌队赞颂宙斯以及他的权力，但这些都归了佩斯特泰罗斯。佩斯特泰罗斯呼唤各种鸟都跟着他们去到宙斯的国土和婚床，并跟新娘跳起舞来。歌队赞颂他的光荣——战胜了天神。

2. 对食物的统计

同《和平女神》的缘由一样，表2记录了《鸟》中所有的食物。

该表格的凡例也与《和平女神》一样，只是参考的注释本有变化，如下：

【有无注释】：参考 Nan Dunbar 的注解，如果在他的书里有详细注解，则标注为有，反之则无，但在相关语句中提到就标注为涉及。

【类属】：为了统计"次数"而做出来的，有些食物其实就是同一种东西或很接近的东西，但名字或者说叫法不一样，如此，就只选择其中一个名称作为"类属"，若食物只有一种，则该食物的"类属"就是在该剧中实际所指的食物名称。

【次数】：这类食物在整本书中出现了多少次，但在"类属"中字体加粗的食物所对应的"次数"也是该食物出现的总数。

【人物】：食物所对应的说话者。

【作用】：该食物出现的简单场景或者原因介绍。

[①] 转注：高尔吉亚是著名的诡辩学者，菲利普斯是他的弟子。张竹明译：《古希腊悲喜剧全集》第6卷，南京：译林出版社，2007年，第750页。
[②] 巴西勒亚的简称。

表 2 《鸟》中食物相关信息

章节	序号	食物名称	行	有无注释	类属	次数	人物	作用
1.开场	1.01	凤尾鱼	76	有	凤尾鱼	1	鹪鹩	描述变成鸟侍者的原因
	1.02	汤	77	有	汤	1	同上	同上
	1.03	常春果	82	涉及	常春果	1	同上	描述戴胜为什么睡觉
	1.04	小蚊子	82	涉及	蚊子	1	同上	同上
	1.05	喜酒	132	有	喜酒	1	欧	描述理想生活
	1.06	白芝麻	159	有	白芝麻	1	戴胜	描述鸟的生活
	1.07	石榴籽	160	有	石榴籽	1	同上	同上
	1.08	水堇菜籽	160	有	水堇菜籽	1	同上	同上
	1.09	罂粟籽	160	有	罂粟籽	1	同上	同上
	1.10	祭肉的香气	193	有	烤肉的香味	1	佩	描述如何统治天神
2.进场	2.01	香甜的蜜	224	涉及	蜜	1	欧	描述夜莺的歌声
	2.02	麦丛	230	无	麦子	1	戴胜	描述鸟儿飞来的路径
	2.03	种子	232	涉及	种子	1	同上	描述鸟儿可能在做什么
	2.04	蚊虫	246	涉及	蚊子	2	同上	同上
3.第一场	--①	--	--	--	--	--	--	--
4.第二场	4.01	面粉	491	有	面粉	1	佩	描述被公鸡支配人的职业
	4.02	（吃）酒	494	有	喜酒	2	欧	描述曾经经历的糗事的场景
	4.03	大麦和小麦	506	有	麦子	2	佩	描述布谷鸟的作用
	4.04	祭肉	519	有	祭肉	1	同上	描述神肩膀上为什么要站只鸟
	4.05	鸟	529	有	鸟	1	同上	描述鸟的地位一落千丈

① "--"该符号表示此处没有食物，在表 4-1、表 4-2 以及表 4-3 中也是如此。

续表

章节	序号	食物名称	行	有无注释	类属	次数	人物	作用
4.第二场	4.06	香油奶酥	533	有	香油奶酥	1	同上	描述烤鸟的作料
	4.07	葱姜酱醋	534	有	葱姜酱醋	1	同上	描述烤鸟的作料
	4.08	卤子	535	有	卤子	1	同上	描述鸟做出来的美食
	4.09	麦子	565	有	麦子	3	同上	描述给鸟的祭品
	4.10	麦子	566	有	麦子	4	同上	同上
	4.11	蜜糕	567	有	蜜糕	1	同上	同上
	4.12	一头羊	568	无	羊	1	同上	描述给宙斯的祭品
	4.13	一只没阉过的蚊子	569	有	蚊子	3	同上	描述给凤头鸡的祭品
	4.14	蚊子	570	无	蚊子	4	欧	同上
	4.15	地里的种子	579	涉及	种子	2	佩	描述人类不顺从的后果
	4.16	麦子	580	涉及	麦子	5	同上	描述欧埃尔庇得斯的附和
	4.17	葡萄	587	有	葡萄	1	同上	描述人类顺从的好处
	4.18	无花果	590	有	无花果	1	同上	同上
	4.19	小麦、大麦的麦粒	622	有	麦子	6	同上	描述人类给鸟献祭的物品
	4.20	麦粒	624	无	麦子	7	同上	同上
	4.21	饭	657	无	饭	1	歌队	描述戴胜招待这两个人的食物
5.第一插曲	5.01	喜酒	718	有	喜酒	3	歌队长	描述鸟占卜的作用
	5.02	鸟奶	734	有	鸟奶	1	歌队长	描述鸟对人类的照顾
	5.03	蜜	749	无	蜜	2	歌队	描述鸟制作自己的歌
	5.04	午饭	788	涉及	饭	2	歌队长	描述有翅膀的好处

续表

章节	序号	食物名称	行	有无注释	类属	次数	人物	作用
6.第三场	6.01	羔羊	856	有	羊	2	歌队	描述献给神的祭品
	6.02	毛和脚	902	有	毛和脚	1	歌队	描述祭祀剩下的东西
	6.03	那头羊	958	无	羊	3	预言家	上场时说的话
	6.04	白毛的羊	971	有	羊	4	同上	描述自己的预言
	6.05	烤肉	975	有	祭肉	2	同上	同上
	6.06	烤肉	976	无	祭肉	3	同上	同上
	6.07	祭肉	984	有	祭肉	4	佩	描述自己的预言
	6.08	羊	1067	有	羊	5	同上	描述自己下场要干的事
7.第二插曲	7.01	鲜花果实	1062	无	鲜花果实	1	歌队	描述鸟类自己的职能
	7.02	害虫	1064	无	害虫	1	同上	同上
	7.03	花苞	1065	无	花	1	同上	描述害虫的危害
	7.04	果实	1066	涉及	果实	1	同上	同上
	7.05	香花	1067	有	花	2	同上	同上
	7.06	害虫	1067	无	害虫	2	同上	同上
	7.07	花果	1068	无	鲜花果实	2	同上	同上
	7.08	害虫	1068	无	害虫	3	同上	同上
	7.09	白花	1099	有	白花	1	歌队	描述春天的幸福生活
	7.10	谷物	1113	有	谷物	1	歌队长	描述评判员会得到的好处
8.第四场	8.01	牛	1231	无	牛	1	伊里斯	描述去人间的目的
	8.02	羊	1231	无	羊	6	同上	同上
	8.03	烤肉的香气	1233	有	烤肉的香味	2	同上	同上
	8.04	牺牲的香味	1265-66	无	烤肉的香味	3	歌队	描述鸟族的禁令

续表

章节	序号	食物名称	行	有无注释	类属	次数	人物	作用
	8.05	"葛榛桃李"	1289	有	"葛榛桃李"	1	传令官	描述人们犯起的鸟病
	8.06	果实	1338	无	果实	2	逆子	描述飞行的海面
	8.07	当兵的饭	1367	有	饭	3	佩	描述建议逆子做的事
9.合唱歌	--	--	--	--	--	--	--	--
10.第五场	10.01	牺牲	1517	无	牺牲	1	普	描述宙斯的现状
	10.02	烤肉的香味	1517	有	烤肉的香味	4	同上	同上
	10.03	祭肉	1520	无	祭肉	5	同上	同上
	10.04	内脏	1524	有	内脏	1	同上	描述蛮族神的要求
	10.05	烤肉	1546	无	祭肉	6	佩	描述普罗米修斯的功劳
	10.06	酱	1579	涉及	酱	1	同上	描述佩正在烤肉
	10.07	奶油	1580	无	奶油	1	同上	同上
	10.08	酱	1582	无	酱	2	同上	描述佩忙得抽不开身
	10.09	肉	1583	无	肉	1	赫	描述赫拉克勒斯的好奇
	10.10	鸟	1584	有	鸟	2	佩	描述鸟肉的来历
	10.11	酱	1585	无	酱	3	赫	描述赫拉克勒斯的贪吃
	10.12	油	1589	涉及	油	1	仆人	描述佩烤肉出现的新发现
10.第五场	10.13	鸟肉	1590	涉及	鸟肉	1	赫	描述赫拉克勒斯的贪吃
	10.14	油	1590	涉及	油	2	赫	同上
	10.15	羊	1625	涉及	羊	7	佩	描述鸟统治后对神的好处
	10.16	卤子	1638	涉及	卤子	2	同上	描述佩对波塞冬的轻视
	10.17	鸟奶	1673	有	鸟奶	2	同上	描述达成一致的好处

续表

章节	序号	食物名称	行	有无注释	类属	次数	人物	作用
	10.18	鸟	1688	有	鸟	3	同上	描述鸟杀的时间很巧
	10.19	鸟肉	1690	涉及	鸟肉	2	赫	描述赫拉克勒斯的贪吃
	10.20	鸟肉	1691	无	鸟肉	3	波	描述波塞冬对赫的嫌弃
	10.21	粮食	1699	涉及	粮食	1	歌队	描述对好争讼民族的讽刺
	10.22	牺牲的舌头	1705	有	舌头	1	同上	同上
11.退场	--	--	--	--	--	--	--	--

3. 对食物的解释

这一节出现的缘由与第二部分第三点一样，相关解释见前文。只是，这部分笔者会借助 Nan DunBar 对《鸟》的详注本，仔细地记录 Nan DunBar 对食物的注释，以求更加全面地、准确地了解食物。同样，为了便于对照和区别，沿用表 2 中食物的序号。

1.01 凤尾鱼(ἀφύας)：这个词被翻译成各种各样的鱼,沙丁鱼、凤尾鱼①、鲱鱼,似乎是用来表示常见的小鱼苗(就像英国的银鱼),包含各种鱼的鱼苗②。这是雅典人最喜欢的一种鱼,在雅典西南方最近的一个港口——帕勒农(Phaleron)被抓起来的。③

1.02 汤(ἔτνους)：这是一种日常浓汤,由豌豆或者其他豆类熬成。戴胜(Tereus)现在可能是一只鸟,但是仍然喜欢吃以前家里的食物。一会儿,我们会听到他吃了更有代表性的鸟食——桃金娘科植物的果子和小昆虫,因此,他的仆人不总是以人类的食物侍奉他。④

1.03 常春果：Tereus 刚刚睡着,但是由于一些动物(一些人也是)经常吃饱就睡,我们不能推断戏剧时刻从这里开始,或许从叫醒夜莺开始。⑤

1.04 小蚊子：这和常春果一样,是具有代表性的鸟类的食物。常春果和

---

① 张竹明先生的译本为凤尾鱼。
② Nan Dunbar 提到,更清楚的介绍可以参见 D'A.W. Thompson, A Glossary of Greek Fishes (London, 1947), p.21-3.
③ Nan Dunbar 注释本, 第 158-159 页。
④ Nan Dunbar 注释本, 第 159 页。
⑤ Nan Dunbar 注释本, 第 159 页。

小蚊子就是在"汤"的那条注释里提到的桃金娘科植物的果子和小昆虫，可能在翻译中会有不一样的说法。

1.05 喜酒(ἑστιᾶν γάμους)：款待亲戚和朋友是希腊婚礼很常规的一部分。一个婚礼通常有三个宴席：（a）在婚礼当天，女方父亲在家举行的，新娘由女伴们拥簇着，在那之后，新郎会敲锣打鼓地用马车队迎接新娘回新家；（b）男方为他的亲戚朋友举办的，据推测应该在婚礼之后，并且新娘不在场，出于对他们自己的女人与不相关人的隔离这个原因；（c）男方为宗族举办，通常在孩子出生后的第一个 Apaturia 节举办，标志着他被宗族承认，在孩子成年后也要举行一次，标志着他取得社会地位①。从这不具体的叙述中，我们可以看出阿里斯托芬没有提及（c），但是我们也不能判断这次喜酒是（a），还是（b），因为关键点在这两种喜酒场合都是一样的：在欧埃尔庇得斯理想的城邦里，出席婚宴是人们最期待的事，也是最基本的社会责任之一。如果忽视它，对应的惩罚就是在主人倒霉的时候不许去找他。②

1.06 白芝麻(σήσαμα)：具有代表性的鸟的食物，当在婚礼上被用来散在大饼上，象征着子嗣繁衍。芝麻、桃金娘科植物、水堇菜和罂粟，这四种植物或许全都跟节庆有关，至少芝麻和桃金娘科植物是。③

1.07 石榴籽(μύρτα)：应该是一种桃金娘科植物的果子，但这里被翻译为石榴籽，应该是不同的人理解不一样。桃金娘科植物可以编成花环，不仅在宗教和酒宴场合可以带，还可以表示对阿佛洛狄忒的尊敬之情。④

1.08 水堇菜籽(σισύμβριον)：英文翻译是"water-mint"，也就是水薄荷，不是鸟类的日常食物，或许阿里斯托芬看到过鸽子和鹅吃水堇菜叶。婚礼花环用了水堇菜的只在一处提到过，或许，其他与之相关的记载我们已经看不到了。⑤

1.09 罂粟籽(μήκων)：大量广泛地被食用，经常是和蜂蜜一起，虽然找不到与婚礼相关的连接，但是它有那么多籽，大概可以像芝麻籽那样，象征着子嗣繁衍。⑥

1.10 祭肉的香气(τῶν μηρίων τὴν κνῖσαν)："κνῖσα"（在荷马那里写作"κνίση"）是令人愉快的香气，从热气腾腾的烤肉上飘起来，神闻到香气就相当于吃了饭，接受了祭祀。这些通常是大腿和臀上的骨头，外面有肥肉包裹

---

① Nan Dunbar 注释本，第 473、735 页。
② Nan Dunbar 注释本，第 175 页。
③ Nan Dunbar 注释本，第 185 页。
④ Nan Dunbar 注释本，第 185 页。
⑤ Nan Dunbar 注释本，第 185 页。
⑥ 这四种植物是在一起介绍的，Nan Dunbar 注释本，第 185 页。

着。到了阿里斯托芬的年代，这些祭肉经常被内脏替换掉。因为祭肉在神和祖先之间极其不公平的分享（有神抱怨说他们就只能收到骨头，像狗一样），所以看起来很可笑。①

2.01 香甜的蜜（κατεμελίτωσε）：用来形容夜莺的歌声，可能是阿里斯托芬杜撰的一个词，根据"καταχρυσοῦν, καταπιττοῦν"。用蜂蜜来形容女生的声音，是一个很常见的比喻。②

2.02 麦丛：无。应该是大麦和小麦的麦丛，也许可以推测这是当时很常见的谷物。

2.03 种子（σπερμολόγων）：主要解释的是啄食种子的鸟是寒鸦和燕八哥，不是白嘴鸦。③

2.04 蚊虫：在马拉松沼泽地上的蚊子是招鸟儿喜欢的，但是不招人喜欢，因为鸟儿吃蚊子，而蚊子会咬人。④

4.01 面粉（ἄλφιτα）：关于"μᾶζα"的介绍见426-3行，这是一种还没有烹饪的揉好了的混合物，有大麦去壳颗粒，加蜂蜜、盐、油和成面糊状，是雅典人必不可少的部分主食。一般都要使劲揉，才能做好一个"μᾶζα"。⑤雅典非常依赖进口谷物来养活它的人民，在轻薄贫瘠的阿提卡地区，不能种太多小麦，而且它主要的谷类植物——大麦，只能承担每年粮食一小部的消耗。⑥

4.02 （吃）酒（δεκάτην...παιδαρίου）：相当于是小孩的洗礼仪式，在出生后十天举行，给小孩正式命名，接入宗室。这个仪式之后会宴席，有时至少持续一整晚，但是我们没有办法判断这个宴席是从什么时候开始的。⑦

4.03 大麦和小麦（τοὺς πυροὺς...καὶ τὰς κριθάς）：在荷马史诗里经常成对出现。佩斯特泰罗斯对腓尼基人丰收的断言映衬了他的论点，完全没有语言上的不协调。但是这两种植物是淫秽下作的翻译，从欧埃尔庇得斯对出的话就可以看出。谷物长长的形状象征着生殖器，麦秆象征着阴茎。即使是在悲剧里，这些双关语都是最基本的文字记录的农业对于生殖的隐喻。⑧

4.04 祭肉（τὰ σπλάγχνα）：给宗族祖先祭祀的内部器官（心脏，肾脏，

---

① Nan Dunbar 注释本，第 198 页。
② Nan Dunbar 注释本，第 208 页。
③ Nan Dunbar 注释本，第 215 页。
④ Nan Dunbar 注释本，第 219 页。
⑤ Nan Dunbar 注释本，第 319 页。这里解释得是一个动词，顺便解释了面粉以及为什么要用快要流出来了作为想法藏不住了的比喻。
⑥ Nan Dunbar 注释本，第 335 页。
⑦ Nan Dunbar 注释本，第 339 页。
⑧ Nan Dunbar 注释本，第 346 页。

肝脏，肺）先烤，烤完可以给来的人吃点，垫垫肚子，因为主要的肉还没烤好，然后再在祭台上烤给神的肥肉骨头。①

4.05 鸟（πωλοῦσ᾽ἀθρόους）：买大量小鸟用来做菜是很正常的，但在阿里斯托芬的观众看来，被"一打一打"地买是冒犯的，因为就像低等的奴隶一样，特别是外邦人。②

4.06 香油奶酥：和下一个"葱姜酱醋"一样，这应该是先生的意译，不是直译。这段话的后面说人们烤鸟肉时用许多调料是来掩盖肉的腐烂味，但是任何厨子都会用一些油来防止小鸟被烤干，这是对于鸟的逢迎没有好处的一点，因此被佩斯特泰罗斯省略了。但是增加奶酪和许多串叶松香草香料的确是冒犯的（就像在后面的 1579-1585 行派斯特泰罗斯所说的那样，他烤反叛民主的鸟用的是同样的作料），就像现在处理劣质肉和剩肉那样。对于冒犯当代人的指控，阿里斯托芬可能会说，希腊人把许多鸟做成佳肴，从他的其他许多文本里可以看到，而且，把烤云雀作为美味的除了在旧喜剧中，其他地方都没看到。此外，他可能还会说，串叶松香草等香料是用来增加风味，不是用来掩盖腐味的。至少在烤鱼的时候，奶酪和松香草同时使用，这在中期喜剧诗人亚历克西斯（Alexis）的剧中还可以看到（松香草，奶酪和牛至被用来烤马鲛鱼），在新喜剧中，厨师自吹自擂，"我烤鱼不用奶酪，但实际上当鱼还是活着的时候他用的是相同的烤法"，因此他使用的火是比较小的。"Silphion"③是雅典烹饪中常见的一种香料，也作药用，尤其有通便的作用。它是从昔兰尼（Cyrene）引进的，而且很贵。在阿里斯托芬公元前 424 年的《骑士》演出不久后，它便宜了一段时间。

4.07 葱姜酱醋：克勒翁（Kleon）声称曾经利用了这一点，导致许多陪审员吃了它之后在一个接一个的臭屁中快要窒息。在蒲林尼（Pliny）的时代，昔兰尼（Cyrene）周围的这种植物就灭绝了，因此它不能准确地被辨别出来，但是通过昔兰尼（Cyrene）硬币上的描述和图片可以看出它是一种阿魏（Asa Foetida），有很刺鼻的味道。茎、秆、根和汁液都有用，把他磨成汁，《鸟》的文本可能是唯一的证据。但是在亚历克西斯（Alexis）的残篇似乎暗示这是一种固体，不是液体，虽然这不太准确。在希腊烹饪中，醋是一种主要的调料，有时候只用醋，有时候把它调进酱汁里。④

---

① Nan Dunbar 注释本，第 356 页。
② Nan Dunbar 注释本，第 357 页，第 585 页有小鸟被买的详细记录，第 261 页有"Maneses"的注释。
③ Nan Dunbar 注释本，第 365 页，在 1579，1582 和 1585-6 行里出现的"酱"就是这种香料。
④ 有关"香油奶酥"和"葱姜酱醋"的相关解释都在 Nan Dunbar 注释本，第 364-365 页。

4.08 卤子（κατάχυσμ'ἕτερον λιπαρόν）：倒出来的东西，这里是指倒出来的一种酱汁，但是也被用来指蜜饯（坚果，无花果，种子），向新结婚的夫妻或者新买来的奴隶倒下去，这是一种很常见的礼节。奶酪，橄榄油，香草和醋被看成是一种捣碎在鸟肉上的东西，但是橄榄油和醋应该是被倒在鸟肉上，不是被捣碎到鸟肉上，或许从这里我们可以看出阿里斯托芬烤鸟肉的两个阶段，首先涂奶酪，涂油，加醋，防止肉烤干，然后再把其他酱料浇上去。这些其他闪着光的其他酱料可能是更多的与之前相同的酱料，但也可能不是，因为这个词本身有尝起来甜，不酸，很可口的意思。除非我们假设阿里斯托芬就是含糊地用这些酱料指加了一些蜂蜜和一些其他的厨用香料，但是他不是这样的，毕竟他是第一个把这个食谱描述得如此详细的人。在真实的表演中，如果第二次加进去的酱料是跟第一次一样的，那么观众可能会觉得这是画蛇添足。但是更可能的是，这些文本反映了一种烹饪的习惯，那就是加特别多的香草植物和蜂蜜去加重口味。在 1637 行，这种东西应该是指的是加甜烧烤酱料或者最后的收汁。①

4.09 麦子（ἢν Ἀφροδίτη θύῃ, ...καθαγίζειν.）：鹬鸟前（565 行）的麦子。这段话中"πυρούς"在两行都有出现，565 行的鹬鸟（ὄρνιθι）前面和 566 行的鸭（καθαγίζειν）前面都是麦子，但在之后两种鸟的前面却不是不同的食物，这种情况是不太可能的。最好的解决办法就是布伦克（Brunck）的替换，"κριθάς"去替换第一次出现（565 行）的小麦（πυρούς），大麦（κριθαί）和小麦（πυροί）经常一起出现的解释见前面 4.03（506 行）的注释，而且在 622 行，大麦小麦的麦粒又是一起出现的，作为给鸟神的祭品。抄写员看到其中一个就会想到另一个，565 行的麦子（πυρούς）可能是 566 行的麦子（πυρούς）的意外前奏。在 565 行的"κριθάς"很恰当地引出了一个双关语，这个双关语加强了"φαληρίδι"的文字游戏，"φαληρίδι"是女神的性伙伴。如果阿里斯托芬在 565 行写下了"κριθάς"，当这一段话说完之前，它就已经透露出腐化的意味，因为传言烤熟的小麦有激发性欲的作用，这也解释了为什么"πυρούς"对于阿佛洛狄忒的确是一个合适的祭品，所以逗号应该在"πυρούς"之前，而不是在它之后。但是从整段来看，在这里强调的是给鸟的祭祀，不是给神的祭祀。在 567 行，赫拉克勒斯的祭品也没有被命名，这和阿佛洛狄忒这里的情况一样。施罗德（Schroeder）用"κριθάς"代替 566 行的麦子（πυρούς），这样就丢失了图形双关语的作用，而且，重复的假设未必就比前奏的假设好。②

---

① Nan Dunbar 注释本，第 367 页。
② 655 行的麦子和 656 行的麦子是放在一起解释的，Nan Dunbar 注释本，第 379 页。

4.10 麦子（πυρούς）：鸭前（566 行）的麦子，见上一条解释。

4.11 蜜糕（ναστούς）：这是一个名词性的形容词，主格形式"νάσσω"，意思是压的，挤的，填满的，与之相对应的名词可能是长面包（ἄρτος）或者面饼（πλάξ），不管它实际（本质和形式）是什么，一个"ναστός"反正都跟"μέγας"（大，多）有关。也就是说，这种祭祀的食物（χοινικιαῖος）从用雅典男人一天的口粮（χοῖνιξ）做成的。阿里斯托芬在这里的意思似乎是，贪吃的鱼鹰应该配上又大又香的祭品，而在奥利匹亚山上的贪吃的赫拉克勒斯应在在它之后享用（就像前两行阿佛洛狄忒想要性，但这个性是用鸭对之应的）。罗杰斯（Rogers）把小的蜜糕（μελιτούττας）作为这种东西（ναστούς）的同位语，也就是说，他认为这种大的填满了的长面包是用来做小的蜜糕的，通常在特定的形式下完成。在通常意义上，他的观点或许是对的，但是，"μελιτούττας"具体的形式会让我们很困惑，我们不知道对于阿里斯托芬的观众来说，一个"ναστός"到底总是加蜂蜜，还是偶尔甚至不加蜂蜜，而且这个形容词本身也没有特别强调这一点。这样的话，这个形容词增加了一个新的含义（加蜜），或许这个意思就是为了用来显示与"μελιτούττας"细微差别的。"ναστός"对人们来说是一种佳肴，由旧喜剧诗人佩雷克拉特斯（Pherekrates）和梅塔杰尼斯（Metagenes）的描述得出。新喜剧诗人底菲罗斯（Diphilos）也描述过，一个贪吃的人在午宴上吃了一打。目前，对于这种东西提供给神的证据是不清楚的。阿里斯托芬的喜剧和当时的碑文有少量记录。"μελιτούττα"倒是经常被当做祭品给神，至少是给神秘力量的——特罗珀尼乌斯（Trophonios）的蛇，这条伟大的蛇守护雅典卫城，据推测是一股地下的力量，也是执行官陪葬物件之一。但是在旧喜剧诗人尼克芬（Nikophon）的描述里，它也出现在谷类食物的清单里，这表明（无证据，不能证明）蜜糕（μελιτούττα）也有做来人吃的。罗杰斯（Rogers）认为这种东西（ναστός）一定加了蜂蜜，就像蜜糕（μελιτούττα）一样，但他忽视了我们不知道它的形状和材料。几乎没有文本提到它的材料，只有一位，中期喜剧诗人尼克斯特哈托斯（Nikostratos）提到了蜂蜜。在其他地方，它包含了"捣碎的葡萄干和杏仁"，还有许多不可名状的混合物，像血和香料之类的，做成"καρύκη"。其中一些，或者全部有时候添加了蜂蜜，但是就算是在同一时期，也不是所有的"ναστοί"都用相同的材料。

假设对于观众来说，这种东西（ναστοί）和蜜糕（μελιτούτται）是有联系的，都是给神的常规祭品并且含有蜂蜜，但是这种东西（ναστός）显然更大，而且准备又大又奢侈的祭品给吵闹、贪吃的鱼鹰是很可笑的；但是如果如果

427

这种东西（ναστός）不一定包含蜂蜜，或者，比起献给神，它更常见于寻常人家，这样不合适的吃食或许可以被蜜糕（μελιτούττας）替代去献给鱼鹰，因为后者（μᾶζα，μελιτοῦττα）有祭祀的暗示。①

4.12 一头羊：无。

4.13 一只没阉过的蚊子（σέρφον ἐνόρχην σφαγιασειν）：一只"有完整睾丸的蚊子"是为了符合献祭完整雌性动物的要求，也就是说，至少在某些仪式下，献祭的动物要在宰杀的时候被阉割。②

4.14 蚊子：无。这里的蚊子还是指的上面那只没阉过的蚊子。

4.15 地里的种子：谷物种子。

4.16 麦子（κἄπειτ'αὐτοῖς...παρέχουσαν）：如果鸟吃光了人们地里的谷物种子，人们就会挨饿，再让谷物女神来分发谷物给饥饿的人们，这喜剧描绘的图景会让观众联想到政治家的承诺——分发给有需要的人们免费的或者便宜的谷物，但是他们一般很少有具体行动。当他们自己害怕的时候，他们就承诺分五十期给。但他们绝不会给你，除非几天以前你努力得到了一夸脱大麦（也就是说，在希望之后，对于演讲提到的"σῖτος"，包括大麦和小麦，他们自己将会得到小麦）。③

4.17 葡萄（τὰς οἰνάνθας οἱ πάρνοπες οὐ κατέδονται）：其实是葡萄树。蝗虫吃植物开花的精华部分，并且一点一点侵蚀叶子的茎干，这对葡萄树来说是一个特大的威胁。进而影响红酒的产量，神谕上有说神会阻止他们，但是没有说怎么阻止，于是佩斯特泰罗斯在这里告诉观众鸟可以吃掉这些害虫。④

4.18 无花果（οἱ κνῖπες καὶ ψῆνες...τὰς συκᾶς οὐ κατέδονται）：正如罗杰斯（Rogers）所标注的，佩斯特泰罗斯把无花果树（συκαῖ）和昆虫（ψήν）之间的关系弄错了；或许当时的观众清楚这一点。欧洲培育的无花果（Ficus carica）只能开出雌性的花，需要一种昆虫（叫作"ὁ ψήν"），对于现代昆虫学者来说，这些昆虫是无花果蜂，移居在家养无花果树上（古今相同）来授粉，这些昆虫把野生的无花果雄性花粉带到家养的无花果身上。除此之外，还可以把野生的无花果树种在家养的旁边，或者把野生的无花果挂在家养的树上。因为古代人对于自然的性的无知，在这里阿里斯托芬犯了一个错误，把这种昆虫当成有害虫了。⑤

---

① Nan Dunbar 注释本，第 381-383 页。
② Nan Dunbar 注释本，第 384 页。
③ Nan Dunbar 注释本，第 388-389 页。
④ Nan Dunbar 注释本，第 393 页。
⑤ Nan Dunbar 注释本，第 395 页。

4.19 小麦、大麦的麦粒：见 4.09 麦子的解释（565-566 行）。

4.20 麦粒：无。

4.21 饭：无。

5.01 喜酒（πρὸς γάμον ἀνδρός）：这是意译，原词是与人结婚①的意思。

5.02 鸟奶（γάλα τ'ὀρνίθων）：是一个谚语，用来描述极其奢侈的佳肴。②

5.03 蜜：无。

5.04 午饭（ἠρίστησεν）：参考 659 行和 1602 行。这段话证明一部分悲剧是在上午上演，但不一定是所有的，因为"我们"不是指"我们喜剧表演者"。因此，它不能证明所有的喜剧都是在午饭之后上演的。③

6.01 羔羊（προβάτιον τι θύειν）："προβάτα"原本指的是任何走在前面的羊（προβαίνειν），并且欧波利斯（Eupolis）在"Αἶγες"里给他的歌队使用过"προβατικὸς χόρος"。在阿里斯托芬这里，这个意思是明显的，也就是那个小羔羊"προβάτιον"，像其他羊"πρόβατον"一样。这里的不一致不仅仅是对这个人们习以为常的词的逆转，或许是故意的，牵上来一只瘦骨嶙峋的羊。这里的小不是指体型的大小，有轻蔑的意思。有一个笑点，原本应为牛或者公牛（按照以前建立城邦的人所建立的传统），但后来牵上来的不只是羊，而是一只瘦得可怜的羔羊（参考 902 行，957 行，1057 行），观众会发笑。④

6.02 毛和脚（γένειόν τ'ἐστὶ καὶ κέρατα）：有胡子的下巴和角。来自一个谚语——"τρίχες καὶ κέρατα"，没有在其他地方看见这种形式，或许是喜剧的变体。⑤

6.03 那头羊：无。

6.04 白毛的羊（λευκότριχα κριόν）：黑色的牲畜献给阴间的神，如潘多拉，白色的牲畜献给奥林匹亚山上的神。而且女神不总是收到雌性的牲畜，因为在雅典 Thargelion 的第六天，要献一个"κριόν"给得墨忒耳（Demeter）。⑥

6.05 烤肉：见 4.04（518-519 行）。

6.06 烤肉：无。这里的烤肉跟前一个一样。

6.07 祭肉：见 4.04（518-519 行）。

6.08 羊：见 4.01（855-856 行）。

---

① Nan Dunbar 注释本，第 457 页。
② Nan Dunbar 注释本，第 460 页。
③ Nan Dunbar 注释本，第 482 页。
④ Nan Dunbar 注释本，第 506 页。
⑤ Nan Dunbar 注释本，第 519-520 页。
⑥ Nan Dunbar 注释本，第 546-547 页。

7.01 鲜花果实：无。

7.02 害虫：无。

7.03 花苞：无。

7.04 果实（ἐκ κάλυκος）：这里解释了与果实搭配的动词——吞食，说是这个词并没有在其他地方被用在果实上，但是这里的意思是清楚的，而且语言是为内容服务的。①

7.05 香花（κήπους εὐώδεις）：与必不可少的作物一样，鸟保护花园的植物，这些植物带给人们（还有围绕着他们的神）愉悦之感。②

7.06 害虫：无。

7.07 花果：无。

7.08 害虫：无。

7.09 白花（παρθένια λευκόροφα / μύρτα）："洁白无暇的……桃金娘果浆"（viginal...myrtle-berries），或许是"没有摘的""没有用手碰过的"，或者"与处女有关系的"的意思，大概是因为桃金娘是献祭给阿佛洛狄忒（Aphrodite）的，而且和婚礼（160 行）有联系。"Λευκόροφα"，或许是被动语态，"white-fed"，也就是说，从常春藤（Myrtus communis）芳香的白花上长出的浆果，这种植物在地中海地区是野生的，它的浆果是略带紫色的，在早冬成熟；也有可能是主动的，"white-feeding"，也就是，珍贵常春藤的白色多汁的浆果，也在希腊和意大利发现过。在描述了鸟在冬天和夏天的舒适生活后，"ἠρινά"暗示季节是很宜人的，"βοσκόμεθα"暗示鸟儿在春天仍然吃得好，因为其他生物（包括人）的食物储量很少。③

7.10 谷物（πρηγορεῶνας）：一个"πρηγορεών"是鸟的"干粮"，这可以避免晚宴上客人吃不到自己想吃的东西的尴尬，他们可以先吃点垫垫肚子，等待后面上的食物，鸟也为它们自己和孩子这样做。④

8.01 牛：无。

8.02 羊：无。

8.03 烤肉的香味（κνισᾶν τ' ἀγυιάς）：是祭仪术语。至于烤肉（ἀγυιαί）参见 996 行。喜剧里香味（κνῖσα）对神的重要性见 1.10（193 行）。哈珀克拉辛（Harpokration）有一个有趣的解释，那就是他认为在这个短语中的名词是

---

① Nan Dunbar 注释本，第 579-580 页。
② Nan Dunbar 注释本，第 580 页。
③ Nan Dunbar 注释本，第 590-591 页。
④ Nan Dunbar 注释本，第 592 页。

烤肉（Ἀγυιᾶς），也就是说，不是烤肉的（of ἀγυιά），是烤肉的（of Ἀγυιεύς），这是阿波罗街道的表示法，这条街道从雅典房门突出来，街道两旁有象征神的柱子，有时还有一个祭台。如果这是真的，要么暗示会在祭台（Ἀγυιεύς）上烤肉，要么暗示让香味（κνῖσα）从正在烤肉的房门内飘出来。但是卢西恩（Lucian）明确地把烤肉（ἀγυιαί）当作名词，而且传统的观点是不会招致异议的。①

8.04 牺牲的香味：无。

8.05 "葛榛桃李"（νομός/νόμος，τὰ βιβλία）：注意这一段里的"发绿"（法律）和"草岸"（草岸），有谐音，这些"葛榛桃李"暗指法令案卷。②

8.06 果实：无。

8.07 当兵的饭（φρούρει, στρατεύου, μισθοφορῶν σαυτὸν τρέφε）：青年人急切地想要通过自愿参军、变成重装步兵来养活自己。在军队，青年人可以拿到钱养活自己，就不用杀了父亲把他的财产抢过来了。至于他们后来是否愿意供养父亲，那就不得而知了。③

10.01 牺牲：无。

10.02 烤肉的香味：见 1.10（193 行）和 8.03（1233 行）。

10.03 祭肉：无。

10.04 内脏（σπλάγχνα κατατετμημένα）：神和祖先共同分享的烤内脏，在这作为蛮族神最喜欢的食物进口，很滑稽。见 4.04（518-519 行）。

10.05 烤肉（ἀπανθρακίζομεν）：这里是意译，原文是"我们做彻底的炭烤"，也就是说，"我们人享受火这个礼物"。雅典人在炭上用格栅烤肉或者鱼。④

10.06 酱（τὴν τυρόκνηστιν...σίλφιον）：silphion，一种香料，观众听到这个就能想到肉应该是鸟肉。⑤

10.07 奶油：无。

10.08 酱：无。

10.09 肉：无。

10.10 鸟（ὄρνιθές τινες...ἀδικεῖν）：企图反叛民主的鸟。这里没有提到烤羊肉，推测之前已经在室内烤好了，但是还记得的观众也一定会记得它只是"毛和角"（901-902 行）。在鸟邦里前后相关真相的缺失，对民主鸟随意的提

---

① Nan Dunbar 注释本，第 623 页。
② Nan Dunbar 注释本，第 638-639 页。
③ Nan Dunbar 注释本，第 659-660 页。
④ Nan Dunbar 注释本，第 707 页。
⑤ Nan Dunbar 注释本，第 719 页。在这里有对各种酱进行介绍。

及和正规术语"被发现有罪"的使用都强烈地表明这不是对佩斯特泰罗斯锁定规则本质的讽刺，只是一个反对雅典人的玩笑。因为雅典人在之前的几年里都有一个倾向，那就是去看犯罪行动或者任何不寻常的活动，这是对民主的一个威胁。①

10.11 酱：无。

10.12 油：橄榄油，这样的重复好像是真实厨房场景在一个奇幻情景下的滑稽反映。这些酱料的解释可以参见前面 4.06-4.08（533-535 行）。②

10.13 鸟肉：赫拉克勒斯意识到鸟肉没油容易烤干，因此回答说鸟肉要油。③

10.14 油：同上。

10.15 羊（προβάτοιν δυοῖν τιμήν）：偷了东西，要两倍还于公诉人，这里就是违背誓言的人要给两只羊给神。这里的羊不是真正的羊，而是一件昂贵的衣裳，可能值得上一只羊的价格。④

10.16 卤子（τὸ κατάχυσμα）：见 4.08（535 行）。这里第一次提到一个厨子，他是专门为了某个节庆场合做饭的厨子，虽然做饭的场景没有太多描述。但是，在观众的眼里，他的在场表示这是节日盛宴，前有祭祀，然后有宴席，最后有婚庆。⑤

10.17 鸟奶：见 5.02（734 行）。

10.18 鸟（κατεκόπησαν οὑτοιί）：οἱ ὄρνιθες，这些被烤的企图反叛的鸟，见 10.10（1583-1585 行）。"κατεκόπτειν"——"被切成小片烤""屠杀"——这个词是烹饪用语。动物是被专门的厨师杀的，被做出来祭祀，随后有常规的宴会。⑥

10.19 鸟肉：贪吃的赫拉克勒斯完全被正在烤的鸟肉吸引，不想回天庭。⑦

10.20 鸟肉；同上。

10.21 粮食（οἳ θερίζουσίν τε...συκάζουσί τε）：从 1697 行到 1699 行，表面上是在说民族，却把舌头（ταῖς γλώτταισι）放在三个与农业有关的词（耕地、播种、割草）后面，实际上创造了对收获粮食这一词的比喻意义。粮食本指谷物或者葡萄，用舌头收获粮食，那粮食就暗指利益了，在这里是对雅

---

① Nan Dunbar 注释本，第 719-720 页。
② Nan Dunbar 注释本，第 719 页。
③ Nan Dunbar 注释本，第 720 页。
④ Nan Dunbar 注释本，第 727 页。
⑤ Nan Dunbar 注释本，第 729 页。
⑥ Nan Dunbar 注释本，第 738 页。
⑦ Nan Dunbar 注释本，第 738 页。

典法庭的戏拟，讽刺许多人用舌头来为自己牟利。①

10.22 牺牲的舌头（ἡ γλῶττα χωρὶς τέμνεται）：雅典人单独地割下牺牲的舌头，在荷马的《奥德赛》（Odyssey. 3. 332）中可以见到，在祭祀波塞冬和节日的宴席之后，舌头放在祭台上烤。但是在古典希腊时期，它更常作为祭司的额外津贴，或者是传令官的额外津贴（如果他在一个公共祭祀中做了事）。我们发现舌头也被先知急切地需要，如果他准备去负责祭祀。还有，厨师会把舌头给打下手的人，如果他们在自己做菜的时候帮了忙。阿里斯托芬是否认为把牺牲的舌头单独切下来献祭是合适的，我们不知道，但更有可能，他的重点在于暗示：在雅典公众说话人的舌头既然如此重要，也足够去解释这个舌头在宗教礼仪里的使用情况。②

4. 食物的喜剧：食物在剧中的功用

与上一章所对应的部分一样，这里的食物分析也是想回到食物本身，回到食物在阿里斯托芬喜剧中的具体作用，勾画并丰富出阿里斯托芬喜剧里的食物图景，以此为以后更深入地探析打下基础。

（1）食物的吸引作用

在《鸟》第二场中，"香油奶酥"③和"葱姜酱醋"④是烤鸟肉用的，当鸟听到这些的时候，必然很愤怒。因为在当时会觉得越不干净的肉越需要更多的作料来进行烹饪，以此来掩盖肉的不新鲜。当鸟意识到这层意思的时候，它们必然愤怒。激起鸟类的愤怒之后，再以"麦子""蜜糕""没阉过的蚊子"诱惑鸟类⑤，让它们看到答应之后的好处，它们对此就很心动了。食物在鸟类态度的转变中有着重要的作用。

在第五场中，"香油奶酥"和"葱姜酱醋"没有这么紧密地出现，但也是以"油""酱""奶油"这样分散的佐料反复出现，并且成功的吸引赫拉克勒斯的注意力，引起了他肚子里的馋虫，抓住了他的软肋。⑥他的态度转变在整个谈判中也起着关键的作用，如果不是他在一旁劝波塞冬，波塞冬不会轻易答应佩斯特泰罗斯的条件。但有趣的点在于赫拉克勒斯最开始是特别气愤的，还说要"掐死那个人"⑦，他应该是天神团中的谈判主力，但在看到佩斯特泰

---

① Nan Dunbar 注释本，第 741-742 页。
② Nan Dunbar 注释本，第 743-744 页。
③ Nan Dunbar 注释本，第 365 页。
④ Nan Dunbar 注释本，第 365 页。
⑤ 张竹明译：《古希腊悲喜剧全集》第 6 卷，南京：译林出版社，2007 年，第 657-658 页。
⑥ 张竹明译：《古希腊悲喜剧全集》第 6 卷，南京：译林出版社，2007 年，第 739-740 页。
⑦ 张竹明译：《古希腊悲喜剧全集》第 6 卷，南京：译林出版社，2007 年，第 738 页。

罗斯在烤鸟肉的时候，他的魂就被勾走了，态度发生了 180 度大转变，这时候，谈判主力变成了波塞冬，但屡屡受挫。因此，食物在这次谈判中起着重要的作用，它是赫拉克勒斯态度转变的关键点，而赫拉克勒斯的转变带动了其他两位，特别是波塞冬态度的转变。最后，天上代表神的讲和使团答应了佩斯特泰罗斯的条件。

（2）食物展现与人物身份有关的信息

在第一场中，戴胜的仆人鹪鹩用"凤尾鱼"和"汤"证明戴胜之前是人，或者说不管它有没有以此来证明，至少当时的观众是能够听出这层意思的，因为这种"鱼"和"汤"是人们的日常食物。[①]其后，它用"常春果"和"小蚊子"来暗示他鸟的身份，因为"常春果"和"小蚊子"是鸟类的典型食物。在这两类食物的转换中，戴胜成了两类生物的交汇点，也为后来他回答欧埃尔庇得斯的问题（用鸟的眼光来看哪个地方更舒服？）、召来鸟类，帮佩斯特泰罗斯说服众鸟提供了身份依据。

在第四场中，鸟邦已经建好，逆子来到这里，他问鸟邦有没有相关的法律约束，因为他想要"掐死爸爸，得到他的一切"[②]，佩斯特泰罗斯让他去"吃当兵的饭"[③]，这样就不用掐死父亲。Nan Dunbar 认为，在军队，青年人可以通过自愿参军、变成重装步兵、拿到钱，从而养活自己，就不用杀了父亲把他的财产抢过来了。[④]在这里，佩斯特泰罗斯的意思也是参军可以拿到供给，从而不依靠父亲来养活自己。然而，在《和平女神》第二插曲的 1182 行中，一个人没有"粮食"就被选中要去参战，他因此发愁，那这里的意思就是去参战要自己带"粮食"。而且在《和平女神》进场的 312 行提到了"带上三天干粮到军营集中"[⑤]，在 368 行，特律盖奥斯说他还没准备去送死，因为他还没有带上面包和奶酪，他的言下之意是，只有去参战的人才会带上面包和奶酪。如果后面《和平女神》的描写是真的，前面佩斯特泰罗斯的建议就不成立了，反之亦然。所以，当兵的人能够得到钱粮这件事还有待考证。

（3）食物引发观众的笑声

在第三场中，"云中鹧鸪国"建立，向新的神献祭，他们要献羊。[⑥]古希腊文所用的词是"προβάτιον"。"προβάτα"原本指的是任何走在前面的羊

[①] 张竹明译：《古希腊悲喜剧全集》第 6 卷，南京：译林出版社，2007 年，第 614-615 页。
[②] 张竹明译：《古希腊悲喜剧全集》第 6 卷，南京：译林出版社，2007 年，第 719 页。
[③] 张竹明译：《古希腊悲喜剧全集》第 6 卷，南京：译林出版社，2007 年，第 719 页。
[④] Nan Dunbar 注释本，第 659-660 页。
[⑤] 张竹明译：《古希腊悲喜剧全集》第 6 卷，南京：译林出版社，2007 年，第 514 页。
[⑥] 张竹明译：《古希腊悲喜剧全集》第 6 卷，南京：译林出版社，2007 年，第 678-682 页。

"προβαίνειν"，并且欧波利斯（Eupolis）在"Αἶγες"里给他的歌队使用过"προβατικὸς χόρος"。在阿里斯托芬这里，"προβάτιον"中的"τιον"是表小的含义，也就是那个走在最前面的小羔羊，像其他正常的羊"πρόβατον"一样，这里的小不是指体型的大小，有轻蔑的意思。在这里观众可能就会感觉到这个词的些许变动。但是后来，当观众看到祭司牵上来的是一只瘦骨嶙峋的羊，他们一定会忍不住发笑。按照以前所建立的传统，建立城邦的人原本应该向神献祭牛或者公牛，但后来牵上来的不仅仅是只羊，而且是一只瘦得可怜的羔羊。①这样，即便在这种严肃的祭祀场景中，阿里斯托芬也利用献祭的羔羊创造了戏剧效果。

此外，在第四场的 1284-1289 行中，传令官描述人们都犯起了鸟病，人们一早起来就飞到"发绿"的"草岸"去咀嚼"葛榛桃李"。这里的"发绿"与"法律"谐音，"草岸"与"草案"谐音，"葛榛桃李"与"法令条案"谐音。②（特别厉害的是，张竹明先生的中文翻译居然保持了古希腊原文的这个谐音的含义）其实，在雅典城邦的人们还是喜欢诉讼，并没有改变他们的生活习惯，但是这样的谐音就可以表示出鸟邦建立之后，人的习性和鸟的习性逐渐一致的含义。想象一下，坐在剧场的观众听到这样的描述，或许还配有滑稽的动作，他们会有怎样的反应，笔者猜测他们如果不是捧腹大笑，那也该是会心一笑。阿里斯托芬一如既往地用了比较轻松的方式来讽刺雅典当时的诉讼风气，即便在这样的幽默中，他的立场还是明确地传达出去了。

（4）作为工具的舌头与作为食物的舌头

在第五场 1694-1405 行中，歌队唱了一段有关舌头的词③，很明显在对当时的雅典含沙射影。他们用舌头"耕地""播种""割草"以及"收获粮食"，这里的舌头不是食物，而是指人们嘴里的舌头，被用来比喻成农具；这里的"粮食"也不是吃的粮食，而是利益。这段话实际是说他们用舌头在法庭上为自己牟利。因此，词的后半段说，正因为如此，在阿提克各地区才必须割下牺牲的舌头献神。实际上，雅典人单独地割下牺牲的舌头，在荷马的《奥德赛》（Odyssey. 3. 332）④中可以见到，在祭祀波塞冬和节日的宴席之后，舌头放在祭台上烤。但是在古典时期，牺牲的舌头并不总是献给神，它更常作为祭司的额外津贴，或者是传令官的额外津贴（如果他在一个公共祭祀中做了

---

① Nan Dunbar 注释本，第 506 页。
② 参见张竹明译：《古希腊悲喜剧全集》第 6 卷，南京：译林出版社，2007 年，第 714 页。
③ 参见张竹明译：《古希腊悲喜剧全集》第 6 卷，南京：译林出版社，2007 年，第 749-750 页。
④ 《奥德赛》第 3 卷，第 332 行。

事）；如果先知准备去负责祭祀，他也很想要舌头。还有，厨师也会把舌头给打下手的人，如果他们在自己做菜的时候帮了忙。①所以这段歌队唱词的因果关系明显是不对的，但阿里斯托芬或许并不在意因果关系是否真的成立，他想表达的只是自己对舌头的不喜欢，对雅典在公众说话人的厌恶。

四、三种主要的食物类型

笔者惊喜地发现，食物出现的多少与情节的重要程度有一定的关联，而且从食物出现的次数也可以看出它的重要性。在《和平女神》中，每一场都有食物的出现，进场和第三场尤其多，分别有 31 次和 28 次，而这两场分别是和平女神被救和特律盖奥斯回到地面，安顿两位侍女，准备祭祀，在情节上是与题目有着紧密关系的两场，如果在进场中和平女神不能被救出来，那么第三场的内容也就不存在了。在《鸟》中，除了第一场、合唱歌和退场没有食物出现，其余部分皆有食物，而且在第二场和第五场尤其多，分别有 21 次和 22 次，而这两场分别是佩斯特泰罗斯跟鸟的对驳与其跟天神使团的谈判，在情节上也有着关键的作用。前者决定了他的理想能否开始，能否得到鸟的支持，后者决定了他的理想最终能否实现，能否得到神的支持。在这关键的两场中，食物的描写也相应增多。

在如此之多的食物中，我们是否能找到一种方法让它们看起来更有条理呢？虽然笔者不主张简单地对食物进行分类，但是通过之前的梳理、统计、解释和分析，笔者发现，从食物出现的场合来看，有三种类型的食物相互交错，即日常食物、宴会食物和祭祀食物。阿里斯托芬喜剧里的食物跟喜剧的情节和角色设定有很大的关系，这样的分类只是为了对阿里斯托芬所描写的食物有一个大概的印象，让它们看起来更有条理，并不是说阿里斯托芬喜剧里的食物一定可以被归入这三类食物之中。《和平女神》中的"饕餮""偷吃鱼者"和"成熟的果实"就没有办法归入这三类食物之中。因为"饕餮"和"贪吃鱼者"本身并不是食物，但这两个词涉及到食物，"成熟的果实"带有比喻的含义，也无法归类，这些食物有它自己的特殊性。

日常食物、宴会食物和祭祀食物这三种食物相互包含。这三类食物在这两部喜剧中都有大量涉及，为了更具体的看出每一类食物包含了哪些东西，笔者设计了 3 个表（见表 3、表 4 和表 5），接下来笔者会在能力范围内对它们进行整理分析。

---

① Nan Dunbar 注释本，第 741-742 页。

1. 日常食物

表3 《和平女神》和《鸟》中的日常食物

			《和平女神》	《鸟》
日常食物	人吃的	生活	1.04 饼	1.01 凤尾鱼
			1.08 好大的面包	1.02 汤
			1.09 粮食	2.01 香甜的蜜
			1.10 拳头那么大的果酱	2.02 麦丛
			1.17 芬芳的百里香	4.01 面粉
			1.18 香油	4.03 大麦和小麦
			2.01 葡萄	4.17 葡萄
			4.10 圆饼	4.18 无花果
			4.12 生大麦	4.21 饭
			4.14 葡萄	5.02 鸟奶
			4.16 夜莺	5.03 蜜
			4.17 咸鱼腊肉	5.04 午饭
			4.23 烤大麦	8.06 果实
			4.24 水果	10.17 鸟奶
			4.25 无花果	10.21 粮食
			4.26 果实	--
			4.27 薄荷	--
			6.01 用小麦和大麦做的馒头	--
			6.06 肉骨头	--
			6.09 葡萄	--
			6.10 葡萄酒	--
			6.17 大蒜	--
			6.18 早黄瓜	--
			6.19 柿子	--
			6.20 苹果	--
			6.21 鸽子	--
			6.22 野鸭	--

续表

			《和平女神》	《鸟》
日常食物	人吃的	生活	6.23 鹅	--
			6.24 鸧鸟	--
			6.25 鳗鱼	--
			6.26 甜菜叶	--
			9.06 无花果	--
			9.07 无花果干	--
			11.05 大麦	--
			11.06 葡萄美酒	--
			11.07 无花果	--
		休闲	4.19 果脯	--
			4.20 无花果	--
			4.21 葡萄美酒	--
			4.22 橄榄	--
			8.01 奶酪	--
			8.02 洋葱	--
			8.03 美酒	--
			8.04 豌豆	--
			8.05 栗子	--
			8.06 酒	--
			8.07 豆子	--
			8.08 好麦粉	--
			8.09 无花果	--
			8.10 鹌鹑	--
			8.11 二只乌鸡	--
			8.12 母牛的初乳	--
			8.13 四块野兔肉	--
			8.14 利姆诺斯的葡萄	--
			8.15 多汁的无花果	--
			8.16 可口的果酒	--
		战争	1.11 粮食	8.07 当兵的饭

续表

			《和平女神》	《鸟》
日常食物	人吃的	战争	3.01 普拉西亚	--
			3.02 麦加拉	--
			3.03 色拉	--
			3.04 麦加拉	--
			3.06 阿提克的蜂蜜	--
			3.07 别的蜂蜜	--
			3.05 西西里	--
			3.08 阿提克的蜜	--
			3.09 大蒜	--
			3.10 苦味的色拉酱	--
			4.01 干粮	--
			4.02 面包	--
			4.03 奶酪	--
			4.13 大蒜	--
			4.15 洋葱的臭气味	--
			8.17 粮食	--
	动物吃的	螳螂	1.01 螳螂吃的饼	--
			1.02 驴粪	--
			1.03 驴粪丸	--
			1.05 粪便	--
			1.06 油油的圆蛋糕	--
			1.07 粪团	--
			1.12 它吃的粮食	--
			1.13 那东西	--
			1.14 粪便	--
			1.15 食粮	--
			1.16 屎	--
			4.31 仙果	--
		鸟	--	1.03 常春果

续表

				《和平女神》	《鸟》
日常食物	动物吃的	鸟		--	1.04 小蚊子
				--	2.03 种子
				--	2.04 蚊虫
				--	4.15 地里的种子
				--	4.16 麦子
				--	7.01 鲜花果实
				--	7.02 害虫
				--	7.03 花苞
				--	7.04 果实
				--	7.05 香花
				--	7.06 害虫
				--	7.07 花果
				--	7.08 害虫
				--	7.09 白花
				--	7.10 谷物
				--	8.05 "葛榛桃李"

为什么会有日常食物这个分类？因为宴会食物和祭祀食物都出现得很明显，这就使笔者发现在宴会食物和祭祀食物之外，还存在着一类很普遍的食物，也就是日常食物。"日常"是相对于"宴会"和"祭祀"而言的，这类食物也是三种主要的食物类型中数量最多的，在《和平女神》和《鸟》中占了很大一部分。

日常食物包括大麦、小麦、葡萄、蜂蜜、奶酪等，以食物原材料本身为主，普通人多半能够自给自足。日常食物按照吃的主体分为 2 类，人吃的和动物吃的，人吃的再次按照食物出现的场景分为 3 类，分别是生活食物、休闲食物和战争食物。

顾名思义，生活食物就是人们在日常生活中吃的食物，比较普通，是人们赖以生存的食物；休闲食物是人们在休闲时光吃的食物，跟宴会食物的属性很像，比较奢侈，不是人们赖以生存的食物，是属于那些闲逸人士或者闲暇时光的食物（有点类似于现在的零食，关于休闲食物的介绍，在在下一节有更具体地阐述）；战争食物就是与战争有关的食物，或者说是士兵们带上战场的食物。至于战争食物为什么会被归在日常食物这一类，一是因为它们本身就与生活食物很相似，只是出现的场景不同，二是它们的数量并不多，不用单独列为一类。

其实人吃的食物的再次分类是因为在《和平女神》中它们有很明显的区别，可以细分下去。然而，在《鸟》中，休闲食物和战争食物就寥寥无几了，这是因为在《鸟》中，鸟的食物占了很大一部分，人类的习性也在很大程度上与鸟趋同，所以具有休闲食物这一类特点的食物就出现在鸟吃的食物里了。这也与笔者之前的看法一致，阿里斯托芬喜剧里的食物跟喜剧的情节和角色设定具有很大的关系。

动物吃的食物是指主要动物，主要动物就是指它们在情节上有重要的作用，在《和平女神》中，主要动物是螳螂，如果没有螳螂，主人公特律盖奥斯就不能飞到天上，更别谈救出和平女神了；在《鸟》中，主要动物是鸟，如果没有鸟，鸟邦就不可能建立，整个故事也就不存在。既然有主要动物，那就有次要动物。例如，在《鸟》中，蚜虫之类的害虫就是次要动物，它们也会吃东西，吃花苞和果实之类的东西，但它们在情节上没有什么重要影响，而且它们本身也是鸟的食物，相当于，害虫吃花苞和果实，鸟吃害虫，鸟在食物链的上端。为了避免分类过于繁杂，害虫吃的东西以及它们本身都归在鸟的食物里。总之，动物吃的食物因为喜剧的不同会有特别大的变化，这也就造成了表3中大片的空白。

从表3可以看出，《和平女神》中的日常食物比《鸟》中的多了许多，这主要是因为《和平女神》的食物总数本来就比《鸟》多，而且在《鸟》中，因为鸟的影响，一部分生活食物其实展现的是鸟的食物，人的食物也就相应减少。因此，如果想要窥见当时雅典人的日常生活，还得依靠《和平女神》。或许正因为《和平女神》讲的是特律盖奥斯联合大家的力量救出和平女神的故事，所以《和平女神》中日常生活食物才会如此完整的展现在我们面前。

在《和平女神》中，生活食物有全面的展现。我们可以看到家里的食物（如"饼""面包""果酱""烤大麦""葡萄"等），也可以看到在市场展销的食物（如"大蒜""早黄瓜""柿子""苹果""鸽子""野鸭""鹅""鸫鸟""鳗鱼""甜菜叶""无花果"等），当时雅典的生活图景生动地被展现了出来。此外，在《和平女神》中的休闲食物也为我们展现了当时雅典人的休闲生活，Gwendolyn Compton-Engle（1999）在他的文章中还专门分析了1265-1304行中的食物[①]，笔者已经在附录里翻译了他的文章，在此不再赘述。

---

① Gwendolyn Compton-Engle. Aristophanes Peace 1265-1304: Food, Poetry, and the Comic Genre, Classical Philosophy, Vol. 94, No. 3（Jul. 1999），p. 324-329.

战争食物是日常食物里比较特殊的一类食物，这些食物是日常生活吃的食物，但因为与战争有关，就增加了一些行军作战所需要的特点。例如，"奶酪"不是新鲜的绿奶酪，而是干奶酪，这样保存的时间可以更长。"大蒜"因为具有耐热的特点也是军旅途中不可缺少的调料。而且据说"大蒜"在当时的一种斗鸡游戏里很有作用，所以它也被用来增加士兵的战斗力。

动物吃的食物在《和平女神》中是很特殊的食物，也就是螳螂吃的食物——粪便。对于人类来说，它甚至都不能被称为食物，因为它正好是人类食物被消化后所产生的排泄物，但阿里斯托芬把它当作了螳螂的食物。笔者猜测这就是阿里斯托芬的特色，他在利用食物给予食物意义的同时，也在拿食物开玩笑，对食物进行消解。

日常食物中的每一类食物都具有它们自己的特点，也因为这些特点，雅典人的日常生活得以更全面的展现，阿里斯托芬的喜剧表达方式也变得更加丰富。

2. 宴会食物

表4　《和平女神》和《鸟》中的宴会食物

	《和平女神》	《鸟》
宴会食物	3.11 幸福美酒	1.05 喜酒
	4.18 节日的大圆饼	1.06 白芝麻
	5.01 甜糕	1.07 石榴籽
	5.02 甜饼	1.08 水堇菜籽
	6.03 糕点	1.09 罂粟籽
	6.04 芝麻粉	4.02（吃）酒
	6.05 蜜	4.05 鸟
	9.01 鹌鹑	4.06 香油奶酥
	9.02 松鸡	4.07 葱姜酱醋
	9.03 馅儿饼	4.08 卤子
	9.04 兔子肉	5.01 喜酒
	9.05 松鸡	10.05 烤肉
	10.01 牛肉	10.06 酱
	10.02 午餐	10.07 奶油
	10.03 美食	10.08 酱
	11.01 餐桌上的东西	10.09 肉

续表

	《和平女神》	《鸟》
宴会食物	11.02 兔子肉	10.10 鸟
	11.03 馅儿饼	10.11 酱
	11.09 婚礼的糕点	10.12 油
	--	10.13 鸟肉
	--	10.14 油
	--	10.16 卤子
	--	10.18 鸟
	--	10.19 鸟肉
	--	10.20 鸟肉

严格来说，宴会食物是包含于日常食物之中的，但做法比较复杂一点，是日常食物的多次加工，而且会比较多地出现肉类、糕点和酒。这些食物往往有美好的寓意，象征着富裕、繁衍和幸福。宴会一般出现在重大节日，例如酒神节，或者人们的重要时间节点上，如结婚、孩子满月[1]或者死亡时。

但是雅典好像有宴饮的传统，在和平时期，只要自己高兴，随时都可以召集三五好友举行宴饮，大家可以在宴饮中高谈阔论，不醉不归。[2]这种传统在《和平女神》1127-1158 行中有具体的体现，这几行涉及的食物有："美酒""豌豆""栗子""豆子""好麦粉""无花果""鹌鹑""乌鸡""初乳"和"野兔肉"。关于这类食物的分类，笔者其实比较难以定夺，因为它们具有宴会食物的特点，比较难得，比较奢侈，但是没有出现在正式的宴会之上。思虑再三之后，笔者还是决定把它们归入日常食物的休闲食物，因为它们本身还是以原材料为主的食物，出现的场景也是在日常生活中，而分类的标准就是以出现的场景来划分的。这也体现了三类食物并不互相独立，而是相互交错的关系。Gwendolyn Compton-Engle（1999）在他的文章中提到，宴饮和战争的关系是对立的。[3]因此，宴饮也是和平时期的一大快乐，这种日常生活中的休闲食物反映了普通人理想的幸福生活。

食物加工的繁复在一定程度上暗示了欲望。在《鸟》中，烤鸟肉的时候，佐料非常多，有"香油奶酥"和"葱姜酱醋"，这种佐料常常在狂欢的场景出

---

[1] Nan Dunbar 注释本，第 175 页。Nan Dunbar 注释本，第 339 页。
[2] 张竹明译：《古希腊悲喜剧全集》第 6 卷，南京：译林出版社，2007 年，第 582-584 页。
[3] Gwendolyn Compton-Engle. Aristophanes Peace 1265-1304: Food, Poetry, and the Comic Genre, Classical Philosophy, Vol. 94, No. 3（Jul. 1999）, p. 324-329.

现，例如狂欢节、婚庆等。①按照巴赫金的理论，在这些场景中可以做许多在平常生活中不能做的事，欲望可以得到释放，这里的食欲具有更新、重生的含义。②笔者觉得这样的解释有一定的道理，在普遍意义上，食物的味道会影响人的心情。而加工繁复、佐料极其之多的食物会让吃的人产生特别强烈的兴奋感，不管是生理上还是心理上，这也是宴会食物的一大特点。

在《和平女神》和《鸟》中，宴会食物都是婚宴上的食物，但从表 4 可以看出，两边的食物还是很不相同。《和平女神》中的食物都是人吃的，《鸟》中多了鸟吃的食物，如"白芝麻""石榴籽""水堇菜籽""罂粟籽"等。同时，《鸟》中的宴会食物大多与鸟相关，因为鸟邦的建立，那些企图反叛民主的鸟被杀，端上了婚宴的餐桌。

3. 祭祀食物

表 5 《和平女神》和《鸟》中的祭祀食物

	《和平女神》	《鸟》
祭祀食物	2.02 肉	1.10 祭肉的香气
	4.04 猪	4.04 祭肉
	4.05 美味香肉	4.09 麦子
	4.06 猪肉	4.10 麦子
	4.07 乳猪肉	4.11 蜜糕
	4.08 香肉	4.12 一头羊
	4.11 酒	4.13 一只没阉过的蚊子
	4.28 鲜美的汤	4.14 蚊子
	4.29 煮熟的肚子	4.19 小麦、大麦的麦粒
	4.30 鲜嫩的肉	4.20 麦粒
	6.02 仙果	6.01 羔羊
	6.07 供品	6.02 毛和脚
	6.11 公牛	6.03 那头羊
	6.12 大肥猪	6.04 白毛的羊

---

① Nan Dunbar 注释本，第 364-365 页。
② 〔苏〕巴赫金著. 李兆林等译：《拉伯雷研究》，石家庄：河北教育出版社，1998 年，第 321-350 页。

续表

	《和平女神》	《鸟》
祭祀食物	6.13 羊	6.05 烤肉
	6.14 大麦	6.06 烤肉
	6.15 谷子	6.07 祭肉
	6.16 供品	6.08 羊
	6.27 绵羊	8.01 牛
	6.28 羊腿	8.02 羊
	7.01 羊腿	8.03 烤肉的香味
	7.02 内脏	8.04 牺牲的香味
	7.03 烤羊肉的香味	10.01 牺牲
	7.04 肚肉	10.02 烤肉的香味
	7.05 尾巴	10.03 祭肉
	7.06 酒	10.04 内脏
	7.07 舌头	10.15 羊
	7.08 羊肉	10.22 牺牲的舌头
	7.09 这块肉	--
	7.10 盐	--
	7.11 牺牲的腿肉	--
	7.12 肚肉	--
	7.13 内脏	--
	7.14 酒	--
	7.15 祭品	--
	7.16 酒肉	--
	11.04 酒	--

祭祀食物在古希腊社会是必不可少的一部分，不管是私人场合还是公共场合，祭祀这个行为都必不可少。[1]从《和平女神》和《鸟》来看，祭祀食物多半是动物的肉，包括动物的内脏和舌头，一般来说，可以用来祭祀的动物是"猪""牛"或者"羊"。[2]在祭祀食物中，酒也是必不可少的，所有的酒大

---

[1] John F. Donahue. Food and Drink in Antiquity: Readings from the Graeco-Roman World. Bloomsbury Academic: An imprint of Bloomsbury Publishing Plc, 2015. p.111-113.
[2] Nan Dunbar 注释本，第 198、357、743-744 页。S. Douglas Olson 注释本，第 264-265 页、第 267、271 页。

都是葡萄酒，因为希腊盛产葡萄。①祭祀食物也会包括一些谷物，如"大麦""小麦""谷子"等。

祭祀食物与宴会食物有紧密的联系，因为举行宴会的场合（如前面提到的孩子满月、结婚、死亡或者节日庆典等）往往需要祭祀，以求得神的庇佑。但是神是没有办法吃掉祭祀食物的，完成祭祀之后，食物就会被祭司、歌队和参与祭祀的人分掉，特别是肉类，大家都会抢着吃。其实祭祀食物跟人类的日常食物也很像，肉类、酒水和谷物，或许人们在祭祀的时候就是把神想象成为人，认为神也会喜欢人喜欢吃的食物。

在《和平女神》中，祭祀食物也是非常丰富的，"猪""牛"和"羊"都有提到，但是主要是"猪"和"羊"。"猪肉"在对赫尔墨斯的贿赂上有极其关键的作用（相关的论述可以参见第二部分第四点第四项），"羊"是献给和平女神的，其中也是有戏谑的成分（相关论述见第三部分第四点第三项）。

在《鸟》中，因为鸟邦的建立，鸟成为人类的神，人们祭祀的时候也需要祭祀鸟，因此在祭祀的食物中出现了"麦子""蜜糕""蚊子"之类专门献给鸟的祭祀食物，这些食物都符合鸟的习性。鸟接受祭祀不仅仅因为鸟邦的建立，佩斯特泰罗斯还叙说了很多传说中很伟大的鸟，从而论证了鸟得到祭祀的合理性，不管他的论证合理与否，只要当时的观众信以为然，他就成功了。

另外再提一个值得注意的食物，在《和平女神》中，"仙果"本来是和平女神的侍女"收获"吃的食物，并不是人们祭祀的食物，但因为这个食物不知道该被归为哪一类，而"收获"也是女神侍女，所以暂时放在祭祀食物里面。

---

① S. Douglas Olson 注释本，第 131-132、290 页。

结　语

　　阿里斯托芬是古希腊著名的旧喜剧诗人，他的喜剧取材于当时的社会生活，而且有相当多口语化的语言，这就带我们最大限度地回到了当时的社会，我们也因此可以了解到当时的食物，以及他对食物在喜剧效果上的运用，借此发现阿里斯托芬喜剧新的表现形式，加深人们对其喜剧作品的理解。

　　食物在阿里斯托芬的喜剧里不仅仅是食物，还承载着许多其他的含义，在暗示人物身份、表达人物情感、引发观众笑声、传达诗人的情绪、展现当时的社会生活等各方面都有很重要的作用。但是，食物的作用会因为喜剧作品的选材不同而有很大的变化，因此，每一部喜剧作品里食物的作用都必须根据喜剧的场景来进行分析，不能概而论之。然而，按照食物在喜剧里出现的场景来看，《和平女神》和《鸟》中的食物可以大概分为三种主要的食物类型，分别是日常食物、宴会食物和祭祀食物，它们并不是各自独立，而是存在着相互交错的关系。

　　日常食物比较简单，以食物原材料为主，包括大麦、小麦、奶酪等。日常食物可以再次往下细分为人吃的食物和动物吃的食物，人吃的食物又可以分为生活食物、休闲食物和战争食物，不同类型的食物可能属于同一类属[1]，但出现在不同的场景，因此也会传达不同的情绪。

　　宴会食物是出现在盛大的宴会里的食物，一般比较复杂，是日常食物的加工处理，也会显得更加丰盛和奢侈，一般有着美好的寓意，象征着富裕、繁衍和幸福。祭祀食物与宴会食物有紧密的联系，因为举行宴会的时候往往需要祭祀，以求得神的庇佑。祭祀食物有动物、酒和谷物，动物主要是"猪""牛"和"羊"。通过这样的分类，在不同场景出现的食物更加清晰，它们所表达的作用也更加明了，我们可以具体地看出阿里斯托芬喜剧里不同食物的分工。

　　对于《和平女神》和《鸟》中的食物，本文进行了较为全面的梳理和详细的解释，但由于对当时社会和文学的了解不够，又缺乏前人的研究分析，本文对阿里斯托芬喜剧里的食物分析或许还不够全面，对自己发现的一些翻译错误也来不及去求证。同时，由于选取文本的有限[2]，食物统计的数据还不够多，其在不同喜剧里的异同分析也没办法展现。当然，最大的不足便是在

---

[1] 也就是表1和表2中的"类属"概念，与这里的三种食物"类型"不是同一概念。
[2] 在阿里斯托芬留存下来的11部喜剧中，只选取了2部喜剧，还不到1/5。

古希腊语的掌握上还很欠缺,从而没办法直接阅读原文本,因此在记录和分析的过程中难免出现错误。希望今后可以继续在这方面深挖下去,并完成对阿里斯托芬剩下篇章的梳理、统计、整理与功能分析,展现阿里斯托芬所有喜剧里的食物图景。

参考文献

1. 外文

[1] Olson, S. D. Aristophanes Peace edited with introduction and commentary [M]. Oxford: Clarendon Press, 1998.

[2] Dunbar, N. Aristophanes Birds edited with introduction and commentary [M]. Oxford: Clarendon Press, 1995.

[3] HARVEY P. The Oxford Companion to Classical literature[M]. Oxford at the Clarendon Press, 1937, p.43-44

[4] Easterling P. E. and Knox B. M.W. The Cambridge History of Classical Literature (Vol. 1, Greek literature)[M]. Eighth, Cambridge University Press, 2003. p. 355-414

[5] ARNOTT P. D. , M.A., PH.D. An Introduction to the Greek Theatre[M]. London: Macmillan Press LTD, 1959, p. 133-145

[6] PLATTER C. Aristophanes and the Carnival of Genres[M]. Baltimore: The Johns Hopkins Press, 2007, p. 1-3

[7] COMPTON-ENGLE G. Aristophanes Peace 1265-1304: Food, Poetry, and the Comic Genre[J]. Classical Philosophy, Vol. 94, No. 3 (Jul. 1999), p. 324-329

[8] DONAHUE J. F. Food and Drink in Antiquity: Readings from the Graeco-Roman World[M]. Bloomsbury Academic: An imprint of Bloomsbury Publishing Plc, 2015

[9] GARNSEY P. Food and Society in Classical Antiquity[M]. New York: Cambrige University Press, 1999

2. 中文

[1] 古希腊悲喜剧全集（第6卷）. 张竹明, 译. 南京: 译林出版社, 2007

[2] 多佛, 等. 古希腊文学常谈. 陈国强, 译. 南京: 华夏出版社, 2012.

[3] 伊索. 伊索寓言. 王焕生, 译. 上海: 上海人民出版社, 2014.

[4] 巴赫金. 拉伯雷研究. 李兆林, 等, 译. 石家庄: 河北教育出版社, 1998.

附　录

这篇附录是笔者翻译的 Gwendolyn Compton-Engle 的文章[1]，也是笔者第一次接触阿里斯托芬喜剧里的食物这个主题的起点，对我关注到食物有很大的影响，故在此附上。

阿里斯托芬的《和平女神》1265-1304 行：食物、诗歌与喜剧题材

在本文中，我将仔细探究阿里斯托芬《和平女神》中的两个话题的交汇：食物和诗歌。《和平女神》中描述了各种各样的食物，从军队干粮、粪便蛋糕到更多相当诱人的饕餮美食，这些食物伴随着和平的修复。[2]同时，《和平女神》中也有许多诗歌的片段。阿里斯托芬既有从他自己的早期剧作《马蜂》中直接引用诗歌到《和平女神》的合唱队主唱段中，也有插入其他作者的诗歌文本和其他的题材。[3]本文我将关注的情节是：特律盖奥斯（Trygaeus）碰见了两个要到舞台上去诵诗的男孩儿。第一个男孩儿唱诵了截取于史诗的片段；第二个男孩儿唱诵了阿尔齐洛科斯（Archilochus）的著名篇章。通过描述这些简短的"表演"以及特律盖奥斯对他们的反应，阿里斯托芬展现了他自己在一场关于何为适宜的诵诗主题的争论中的立场。他的立场全然贯穿起了《和平女神》的整个主题，即反对战争，支持和平与欢宴。

当《和平女神》的最后一次庆典在后台进行时，第一个男孩儿走上舞台，开始了关于战争的诵诗。有三次（1270，1273-74，1276），他才唱诵了关于

---

[1] Gwendolyn Compton-Engle. Aristophanes Peace 1265-1304: Food, Poetry, and the Comic Genre. Classical Philosophy, Vol. 94, No. 3（Jul. 1999），p. 324-329.
[2] 关于《和平女神》中的食物，参见 Reckford 1979。遗憾的是，这篇文章是在 S.Douglas Olson 的《和平女神》出现之前完成的。
[3] Hubbard 1991，148-53，在《和平女神》中，阿里斯托芬合唱队主唱段对《马蜂》的自我引用以及相关线索。关于《和平女神》中对引用其他诗人作品的吸收，参见 Bremer1993，150-153。

战争的两三行诗（这些诗取自史诗），结果就被特律盖奥斯的反对打断了。① 随即，特律盖奥斯有机会去建议对这些战争的语言做一个正面的替换，这时，这个男孩儿问特律盖奥斯想要听什么。特律盖奥斯所建议的话题是食物（1279-90）：

	Π. α	Ἀλλὰ τί δητ' ἄδω; Σὺ γὰρ εἰπέ μοι οἷστισι χαίρεις.
1280	ΤΡ.	"Ὣς οἱ μὲν δαίνυντο βοῶν κρέα," καὶ τὰ τοιαυτί·
		"ἄριστον προτίθεντο καὶ ἄσσ' ἥδιστα πάσασθαι."
	Π. α	Ὣς οἱ μὲν δαίνυντο βοῶν κρέα, καὐχένας ἵππων
		ἔκλυον ἱδρώοντας, ἐπεὶ πολέμου ἐκόρεσθεν.
	ΤΡ.	Εἶέν· ἐκόρεσθεν τοῦ πολέμου κᾆτ' ἤσθιον.
1285		ταῦτ' ἄδε, ταῦθ', ὡς ἤσθιον κεκορημένοι.
	Π. α	Θωρήσσοντ' ἄρ' ἔπειτα πεπαυμένοι
	ΤΡ.	Ἄαμενοι, οἶμαι.
	Π. α	πύργων δ' ἐξεχέοντο, βοὴ δ' ἄσβεστος ὀρώρει.
	ΤΡ.	Κάκιστ' ἀπόλοιο, παιδάριον, αὐταῖς μάχαις·
		οὐδὲν γὰρ ᾄδεις πλὴν πολέμους. Τοῦ καί ποτ' εἶ
1290	Π. α	Ἐγώ;
	ΤΡ.	Σὺ μέτοι νὴ Δί'.
	Π. α	Υἱὸς Λαμάχου.

这个部分遵循与之前相同的套路：这个男孩儿三次试图开始他的诵诗（1282-83，1286，1287），每一次结束后都伴随着特律盖奥斯的打断。像之前的三组史诗片断，这个部分是由《伊利亚特》的引用语组成的

---

① 括号里的批注告诉我们，1270 行是节选自循环的史诗《后裔》（Epigonoi）。1273-74 是《伊利亚特》4.446-49（=8.60-63）行的浓缩版；1276 行是伊利亚特 4.450（=8.64）行的浓缩版。《和平女神》1273 行是相当于《伊利亚特》的 3.15=13.604=16.462 行。史诗的"子孙（Offspring）"行非常贴合第一个男孩儿的表达方式。首先，这个剧最大的笑话就是关于子孙的——换句话说，两个著名雅典人的儿子选择体现他们父亲性格的诗歌。其次，一首关于七将攻忒拜（The Seven against Thebes）儿子们的诗歌适合出自一个男孩儿之口，因为这个男孩儿的名字据说曾是 Tydeus（Sommerstein 1985 ad loc.）。关于 Lamachus 儿子的名字，参见 Mattingly 1977, 238. 在《阿卡奈人》（Ach.）的 965 行，Lamachus 这个名字被提到，这一行中的半行是取自埃斯库罗斯（Aesch.）的《家族》（Sept.）384 行，在这一行有一些 Tydeus 的描述。
通过在《和平女神》1273-74 行中浓缩《伊利亚特》在 4.446-49（=8.60-63）行中的战争行动，阿里斯托芬在 rhinoi 和 aspides 之间做了同义反复，初始的版本更加明显，因此也是荒唐的（Sommerstein 1985 ad loc.），并且把观众的注意力引到中间凸出的盾牌（aspidas omphaloessas），在 1274 行的末尾，看起来很多余，但也起了突出的作用。Trygaeus 会立即注意到，并且断然反对 aspidas（1275）和他们的绰号（1278）。当第二个男孩儿以 aspidi 开始诵诗时，对 aspis 强调的重要性就很明显了。

451

（1282-83=Certamen Homeri et Hesiodi 107-8 Allen①），引用语之后是两行《伊利亚特》的诗（1286≈《伊利亚特》.8.53-54；1287≈《伊利亚特》.16.267）。这一次，特律盖奥斯表示支持（1284，1286），除非他发现这个男孩儿又倒回到对战争的叙述，此刻他会用两倍于男孩儿的声音呐喊来打断他的诵诗（1288-89，cf. 1277-78）。最后，在1290行，在这一连串的结尾警语中，我们知道了这个男孩儿对于战争主题迷恋的原因：他是拉马科斯（Lamachus）的儿子。特律盖奥斯想要改变这个男孩儿的诗歌选择，但他的尝试被证明是无望的，因此，他把这个男孩儿赶下了舞台。

在阿里斯托芬的喜剧作品中，以争论怎样的诗才应该被朗诵作为喜剧的中心主题，这是其中之一。在《云》和《马蜂》中，父亲与儿子关于晚餐后娱乐的争论反映了代际和文化的冲突，这些冲突也是这两部喜剧的主题。②同样，在《和平女神》中，关于怎样的诗才应该被朗诵的争论反映了更大的冲突，即战争与和平之间的时代，这也推进了该剧的情节。在1284行，特律盖奥斯的一次打断，似乎很好地概述了《和平女神》的情节："很好。他们对战争感到辛苦，来参加宴会。"在反战/反和的角度上，食物和欢宴毫无疑问地站在支持和平这一边。在《和平女神》中，随和平女神回归而来的丰裕食物与稀少的战争口粮和因战争而产生的饥荒形成了鲜明的对比。食物和和平结合在一起来反对战争，这与阿卡奈人（Acharnians）的结尾相似，狄凯奥波利斯（Dicaeopolis）所享受的世俗欲望（包括对食物的）与拉马科斯所遭受的痛苦和损失形成了强烈的对比。在对拉马科斯的儿子所选择的诵诗主题的反对中，特律盖奥斯表达了相同的反战态度。

喜欢用以食物为主题的诗歌去代替以战争为主题的诗歌，使之成为一种方法（gesture），并不仅仅体现在《和平女神》的主题中，还体现在大多迷恋食物的喜剧世界中，阿里斯托芬开创了一个主题传统（a sympotic topos）。比如，色诺芬尼（Xenophanes）在他的宴会禁止以泰坦巨神（Titans）或巨人族（Giants）或半人马（Centaurs）或激烈争吵（στάσιας σψεδανάς, "violent quarrels"）

---

① 更准确的是，《和平》1282a=Cert. 119a Allen；《和平》1282b-1283=Cert. 107b-108 Allen。
② 在《云》1353-75行，斯特瑞普西阿得斯（Strepsiades）讲述了一场争论，在这场争论中，他让斐狄庇得斯（Pheidippides）唱一些西蒙尼得斯（Simonides）的诗歌；当斐狄庇得斯拒绝的时候，他把晚餐后诵诗称为 passe，斯特瑞普西阿得斯建议换成埃斯库罗斯（Aeschylus）；斐狄庇得斯嘲笑了埃斯库罗斯，进而引用了欧里得斯的一段诗句，这遭到了他父亲的强烈反对。同样地，在《马蜂》（1174-1207）里，父亲和儿子就在宴会中什么是合适的交谈产生了不同的意见，菲洛克里昂（Philocleon）喜欢伊索（Aesop）寓言，但布吕得克里昂（Bdelycleon）推荐更复杂点的。关于菲洛克里昂对伊索的喜爱，参见罗思韦尔（Rothwell）1995。

为主题的诗歌（frag. 1 W，lines21-23）。①阿纳克里翁（Anacreon）（eleg. frag. 2W）不支持一个人在宴会上谈到 νείκεα 和 πόλεμος；缪斯女神们和阿佛洛狄忒的礼物更适合这样的场合。

在宴饮诗会上，避免容易引起争斗的诗与尽力避免宴会中的酒后暴力有直接的关系。②在阿纳克里翁（Anacreon）的不完整片段（frag.）356PMG 中，说话者阻止"赛西亚人式喝酒"（Scythian drinking），主张有节制地和参与者喝酒 καλοῖς...ἐν ὕμνοις。相反，阿里斯托芬不担心他的欢宴者喝太多酒而举止不当；喜剧并不会受此影响。《和平女神》的重点是对战争的拒绝，对欢宴的支持。于此，阿里斯托芬也转向用欢宴诗歌替换战争话题的传统。有评注指出，《和平女神》774-79 行引用自 Stesichorus' Oresteia（33 PMG），Stesichorus 在这里呼唤缪斯（the Muse）搁置战争，去歌唱"天神的婚礼、英雄们的欢宴和幸福者的作乐"。③阿里斯托芬对 Stesichorus 的引用传达了一个清楚的信号，那就是他意识到了他和诗歌传统的类同。

在《和平女神》的其他地方，阿里斯托芬很明显表现了关于宴饮题材（诗歌）的阿里斯托芬式的扭曲。在 1130-39 行中，歌队宣布在打仗获得快乐，除非和朋友围炉喝酒（μετ' ἀνδρῶν ἑταίρων φίλων），烤鹰嘴豆和橡子，以及当妻子在洗东西时和侍女亲吻。这是传统宴饮的粗俗形式，包含了重要的元素——食物、红酒、男性朋友、用来获取性欢愉的侍女、以及妻子不在场。《和平女神》中这一片段的宴饮语调被与之相似的色诺芬尼中的宴饮片段确定（18=22 DK）：

πὰρ πυρὶ χρὴ τοιαῦτα λέγειν χειμῶνος ἐν ὥρῃ
ἐν κλίνῃ μαλακῇ κατακείμενον, ἔμπλεον ὄντα,
πίνοντα γλυκὺν οἶνον, ὑποτρώγοντ' ἐρεβίνθους.

火（Peace 1131, πρὸς πῦρ; Xen. 18.1 πὰρ πυρί）、喝酒（Peace 1133, διέλκων; Xen. 18.3, πίνοντα γλυκὺν οἶνον）、以及鹰嘴豆（Peace 1137, τοὺρεβίνθου; Xen. 18.3 ἐρεβίνθους）联系着这两个片段。④甚至是涉及的季节也是相同的：

---

① οὔ τι μάχας διέπειν Τιτήνων οὐδὲ Γιγάντων / οὐδὲ( ) Κενταύρων, πλάσμα(τα) τῶν προτέρων, / ἢ στάσιας σφεδανάς. τοῖς οὐδὲν χρηστὸν ἔνεστιν. 关于传统（topos），参见史雷特（Slater）1981；理查德森（Richardson）1981.3.

② 史雷特 1981. 我们在阿里斯托芬的阿卡奈人的 978-87 行中，发现了这个主题的变体，战争在此被塑造为一个坏的晚宴同伴。

③ Stesichorus 33 PMG: Μοῖσα σὺ μὲν πολέμους ἀπωσαμένα μετ' ἐμοῦ / κλείοισα θεῶν τε γάμους ἀνδρῶν τε δαίτας / καὶ θαλίας μακάρων. 这几行如何介绍 Oresteia 是一个复杂的问题，但是与本文所研究的问题不相关。

④ 有趣的点在于，像之前提到的宴饮诗歌一样，色诺芬尼的 18 行讲述的是在宴饮中应该说什么。然而，在此，被讨论的话题却有荷马式的语调（18.4-5）：τίς πόθεν εἰς ἀνδρῶν; πόσου τοι ἔτε' ἐστί, φέριστε; / πηλίκος ἦσθ', ὅθ' ὁ Μῆδος ἀφίκετο;

色诺芬尼明确地把他的场景设置在冬天（Line 1，χειμῶνος ἐν ὥρῃ），而在《和平女神》中，提到了夏天收集的木材（Peace 1135，τοῦς θέρους），这暗示了在《和平女神》中的粗俗聚会发生在冬天，因为只有在这个时候，木材才会被用来烤火取暖。被增加的带有阿里斯托芬特色的是烤鹰嘴豆和橡子可能有暗示性的双关语意味；①和侍女亲吻使性语调变得更加明显。像聚集在火堆边、橡子和色雷斯女孩这样粗俗的细节让色诺芬尼优雅高贵的宴会变得更加朴实、简陋，并且成为典型的喜剧场景。

特律盖奥斯在与两位诵诗男孩相遇时对战争的拒绝并不仅仅表示一种主题特权，还有一种对题材的偏爱：战争时期的诗歌（如战争本身）被拒绝，取而代之的是和平时期欢宴的诗歌。特律盖奥斯这样的主题传统的形成使这种方法（gesture）足够明确。而且在《和平女神》1265-94 行中，战争诗歌与和平诗歌之间的矛盾被再次提及，这有力印证了我的观点。在《和平女神》1282-83 行中，其中一个男孩谈到了特律盖奥斯的企图，这两行也同样被发现于《荷马和赫西俄德的辩论》（the Certamen Homeri et Hesiodi）中，它们在这里被当作难解的语句（a riddle）。这两处巧合的重要性当然取决于我们如何界定该《辩论》（the Certamen）文本的日期，在此的问题很复杂，最终无法解决。《辩论》现存的版本始于安东尼时期（Antonine period），已经被发现至少部分片段来自阿尔克达马斯（Alcidamas）的缪斯馆（the Mouseion），他是一位生活在公元前 4 世纪的智者。②不太确定的是阿尔克达马斯是否从头开始虚构了《辩论》，或是从以前存在的文本中整理的。即使《辩论》在《和平女神》创作的时期不存在现存版本的任何东西，它也留存了一种可能性，那就是阿里斯托芬正在利用一种传统。在这种传统中，这些诗行是在荷马和赫西俄德之间的"an ἀγών"的一部分。

在《辩论》中的这一部分中，这些诗行显示，赫西俄德提出了一系列明显荒谬的六步格诗（hexameter lines）。为了去弄明白第一行，荷马给每一行

---

① 亨德森(Henderson) 1991，120、143、177 以及 246。
② 可靠的证据摘要，参见奥苏利文（O'Sullivan）1992，63-64 和韦斯特（West）1967，431.在《辩论》（the Certamen）中的文本至少始于希腊化时期（Hellenistic period）这一说法，被发现与弗林德斯皮特里纸莎草残篇（the Flinders Petrie papyrus）（PLond. Lit. 191）相吻合，这些残篇始于公元前 3 世纪。和阿尔克达马斯（Alcidamas）的联系是在密歇根纸莎草 2754（the Michigan papyrus 2754）中被发现的，这个纸莎草中叙述的结尾与《辩论》的结尾非常相似；在结尾之后，这个纸莎草包含了对]δαμαντος περι ομηρου 的描述。
韦斯特（West）1967，438-41 认为没有任何证据显示《荷马和赫西俄德的辩论》（a Contest of Homer and Hesiod）在阿尔克达马斯（Alcidamas）之前。理查德森（Richardson）1981，1-3 不同意，因为像阿尔克达马斯（Alcidamas）这样的智者来整理文本，并不是从头开始虚构的。理查德森（Richardson）也辩论说这两个文本主题的相近（在《和平女神》1282-83 行中的宴会诗歌和《辩论》之间）也可以被当作公元前 6 世纪辩论开始兴起的证据。

增加了第二行。在这难解的语句（the riddle）的第一行（Peace 1282）（=Cert. 107 Allen）中，马脖子起初貌似是 δαινυντο 的第二个宾语，但是随着第二行（=Cert. 108 Allen）的增加，很显然它变成了 εκλυον 的宾语。在形式上，特律盖奥斯和和男孩之间的"争论"并不是与赫西俄德和荷马之间的一样，但是特律盖奥斯的确在一定程度上扮演了赫西俄德的角色，因为他要求诗歌包含欢宴的意思。这个像《辩论》中的荷马的男孩完成了诗行。把这个男孩联系到《辩论》中的荷马还有一条证据，由男孩所唱的《和平女神》1270 行也在《辩论》（line 259 Allen）中发现，在此处是荷马自己所说的。[①]

在《辩论》中，作为战争诗人的荷马与作为和平和农耕诗人的赫西俄德是针锋相对的。国王赐予赫西俄德胜利 εἰπὼν δίκαιον εἶναι τὸν ἐπὶ γεωργίαν καὶ εἰρήνην προκαλούμενον νικᾶν, οὐ τὸν πολέμους καὶ σφαγὰς διεξιόντα（Cert. 207-10 Allen）。阿里斯托芬当然意识到了作为战争诗人的荷马与作为和平诗人的赫西俄德的区别，因为相同的对立也出现在《蛙》的 1033-36 行中，在此荷马是战略师，赫西俄德是农耕师。在《和平女神》中，阿里斯托芬做了和《辩论》中国王的一样的结论：和平（也即食物，阿里斯托芬或许想增加）诗人战胜歌颂战争和屠杀的诗人（例如拉马科斯的儿子）是正义的。

在特律盖奥斯让拉马科斯的儿子离开以后，他叫上了第二个男孩——臭名昭著的贪吃鬼克勒奥倪摩斯的儿子（Peace 1295-1304）。这个男孩唱了著名的阿尔齐洛抒情（Archilochean）诗，开始于 ἀσπιδι μὲν Σαίων τις ἀγάλλεται（frag. 5 W）。原本在 1274-78 行被特律盖奥斯极度嫌弃的盾在这首诗歌里得到了合适的对待——它被丢弃了。当克勒奥倪摩斯的儿子被特律盖奥斯揶揄时，跟拉马科斯的儿子相比，很重要的一点是这个男孩并没有被要求换一首诗歌。在这首 σαπις 诗歌中表现出来的反英雄伦理与《和平女神》的情境相符。更重要的是，贪吃和逃离战斗——在阿里斯托芬的喜剧里被嘲笑的两种特征，是与喜剧中欢宴高于战争的价值观相一致，也正因为如此，相对于拉马科斯的特征，他才更少地被反对。[②]

通过特律盖奥斯对两个男孩的反应，阿里斯托芬以极具特征地复杂而灵活的方式建立了他自己的题材立场。他有选择性地与宴饮诗人结盟，一会儿赫西俄德，一会儿阿尔齐洛科斯（Archilochus），但在每一个时刻都反对荷

---

① 评注把这行归到安提玛科斯（Antimachus）的《后裔》（Epigonoi）；希罗多德（Herodotus）4.32 暂时相信荷马写了一首名为《后裔》（Epigonoi）的诗。参见普拉特诺诶（Platnauer）1964 有关《和平女神》1270. 出现在《辩论》节选中的这一行被认为是不是来自于阿尔克达马斯（Alcidamas），但是有可能来自《荷马的一生》（a Life of Homer）[韦斯特（West）1967, 449 如是说]。

② 就贪吃和 ριψασπία 关于克勒奥倪摩斯的名声的讨论，以及诱发之后控告的事件，参见斯托雷（Storey）1989。

马。①通过把反对战争、称颂欢宴的主题传统转化为阿里斯托芬的术语,并在舞台上扮演,《和平女神》1265-1304 行要表达的内容不言而喻。考虑到在战争和食物之间的选择,任何头脑明智的人(如特律盖奥斯)都会选择欢宴,这就是阿里斯托芬的喜剧。②

---

① 关于诗歌与史诗的复杂关系,参见福勒(Fowler)1987,3-52。
② 这篇论文的一个早期版本是提交在 1996 年 12 月的纽约市 APA 年会上。我很感激在那时给我建议的人,也很感激 CP 编辑和匿名的审稿人,您们的宝贵意见显著地加强了这篇文章的观点。